殺劫（シャーチェ）

チベットの文化大革命

ツェリン・オーセル【著】
ツェリン・ドルジェ【写真】
藤野 彰【訳＋解説】
劉 燕子【訳】

集広舎

大革命

目次

གསར་བརྗེ།

凡例

一、チベット語の人名のうち、歴史上の主要な人物、著名人等については、初出の箇所に中国語表記を〔 〕で付記した。一般の人名は、同一の名前であっても複数の中国語表記が行われているため、これを省いた。また、チベット語の主要な地名、寺院名等については初出の箇所に中国語表記を〔 〕で付記した。なお、二〇一二年の重版および今回の増補改訂版において初版の誤記や用語の不統一を正した。

二、チベット人は、貴族、大商人、僧職者（高僧や転生僧）ら支配層以外は「姓」に相当する家名（寺院名）を持っておらず、名前だけしかない。「姓」を持つ人名については名前との区切りを「＝」で示した（例：ラミン＝イェシェ・ツルティム）。名前の部分は、音節の区切りを「・」で示した（例：チャンパ・リンチェン）。

三、原著初版では、民族名の表記で、「漢族」と「漢人」、また「蔵族（チベット族）」と「蔵人（チベット人）」といった具合に、二種類の用語が混用されていた。一般的にどちらを使うか（特に、多民族国家・中国の下位単位である一少数民族としての「蔵族」か、中国から自立した民族としての「蔵人」か）によって政治的ニュアンスの相違が生じてくるが、本書では歴史的な意味での中立性が高いと判断される「漢人」「チベット人」に表記を統一した。ただし、引用文献が「漢族」「蔵族（チベット族）」と記している場合などはその表記に従った。原著の増補改訂版（二〇一六年）、増補改訂新版（二〇二三年）では基本的に「漢人」「蔵人」に用語が統一されている（登場人物の発言の中では「漢族」「蔵族」の表現も用いられている）。

四、著者は日本語版発行に際して原著の若干の誤記等を修正した。また、明らかな誤記は訳者の判断で正した。このため、日本語版には原著とは記述がごく一部異なる箇所がある。

五、原著本文のうち、記述が長大な節については、読みやすさを考慮して適宜分割し、新たに小見出しをつけた。

六、文中の人物の肩書きや年齢は、原著執筆当時のものである。時間の経過とともに肩書も年齢も変化しているが、執筆時の全体的内容との整合性を保つ必要上、原文のままとした。

七、原著本文中の（ ）の著者注釈は原則として（ ）のままとし、訳者による注釈は〔 〕で挿入した。

八、第六章「補記」の原注および「解説」の注は、〔 〕内に注番号（漢数字）を付してそれぞれの文末に載せた。

九、訳注は通し番号（英数字）を付して巻末にまとめた。

一〇、文化大革命終結以降の写真は、特に注記のない限り、基本的に著者本人が撮影したものである。

一一、著者名のカタカナ表記をめぐり、日本では「オーセル」「ウーセル」など複数の表記が行われているが、著者本人に発音を確認し、専門家の意見も参考にした上で、本書では「オーセル」を採用した。

本書は、チベットにおけるプロレタリア文化大革命（一九六六－七六年）の写真・証言集であり、台湾・台北の大塊文化出版股份有限公司から二〇二三年四月に発行された中国語版『殺劫』全新修訂版（増補改訂新版、全三二八頁）の全訳である。初版は二〇〇六年二月に同公司から発行され、日本語版（藤野彰・劉燕子訳）は二〇〇九年一〇月、集広舎より出版された。原著は、北京在住のチベット人女性作家、ツェリン・オーセル（茨仁唯色）氏が、父親のツェリン・ドルジェ（澤仁多吉）氏の撮影した写真と自らの取材を基に、執筆・編集したもので、本文は写真解説、関係者へのインタビューおよびルポルタージュで構成されている。

原著の題名「殺劫（シャーチエ）」の「劫」には、「強奪する」、「脅す」、「極めて長い時間」などの意味がある。仏教語には「永遠」を意味する「劫波（劫簸）」という言葉があり、これは梵語「kalpa」の音訳である。また、「万劫不復（永遠に回復できない）」や「劫数（厄運、避けられない運命）」という熟語もある。さらに、「劫灰」という言葉があるが、「戦いによって灰になること」、「劫火の時に生ずる灰」、「灰となって消え滅びる」といった意味である。例えば、唐詩の中に「劫灰飛尽古今平（劫灰飛び尽くして古今平らかなり）」（李賀「秦王飲酒」）という詩句があるが、全世界を焼き滅ぼした劫火の余灰が飛び散り、昔と今とが時間を超越して一つになっているといったありさまを形容している。【訳者記】

序

ツェリン・オーセル

「殺劫」はチベット語の「サルジェ（革命）」と似た発音で、拼音〔ピンイン＝標準中国語のローマ字表記〕では「shajie」となる。そもそも「革命」という言葉は伝統的なチベット語の中には存在しなかった。半世紀余り前に、中国共産党〔以下、中共とも表記〕の軍隊がチベット〔西蔵〕に進軍したとき、チベット語の「革命」という言葉をつくるために、それまでのチベット語の「新しい」と「取り替える」という二つの言葉を組み合わせた。これによって誕生したのが「サルジェ」という言葉である。これは、新たな時代の訪れに伴って生まれた無数の新語の中で、最も的確に翻訳されたものの一つだといわれている。

チベット語の「サルジェ」に当たる「shajie」については、中国語にたくさんの同音漢字がある。その中で、私が「殺劫」を選んだのは、一九五〇年代以降の「革命」がチベットにもたらした災禍を明確に示すためだ。一九六六年、「文化大革命〔文革〕」[1]と称するもう一つの「革命」がチベットを席巻した。「殺劫」の前に「リンネー（文化）」が付け加えられたのである。

チベット語の「リンネー」の発音は、拼音で綴れば「renlei」となり、これは中国語の「人類」の発音と似通っている。このため、チベット語の「リンネー（文化）・サルジェ（革命）・チェンボ（大きい）＝文化大革命」という言葉を中国語で表現すると、チベット民族にとっては「人類殺劫」ということになる。

序

王力雄

一九九九年の暮れ、オーセルから郵便物が届けられた。その中には数百枚のネガがあった。そのとき、私たちはまだ会ったことさえなかった。彼女は手紙で、次のように説明していた。

「このネガは一九九一年に亡くなった父が『文化大革命』期のチベットを撮影したものです。非常に重要なものだとは分かりますが、どのように活用すべきなのか考えつきません。あなたには一度もお会いしたことがありませんが、チベットについて書かれたものを読み、このネガを有効にお使いいただけると信じ、寄贈いたします」

私は手袋をして、明かりの下でネガを見た。そして、すぐに結論を出した。私はこれを受けとれない。なぜならば、あまりにも貴重すぎるからだ。

中国の文化大革命は、人類の歴史において極めて独特な事件である。それは空前絶後の奇異な歴史であるだけでなく、人類の向かうべき方向の探求という問題とも関連しており、それゆえ多くの研究者がずっと関心を寄せてきた。幸いなことに、文化大革命の影響は広範囲にわたり、また、時間的にそれほど遠い昔のことではないため、おびただしい資料が残されている。世界各国の主要な大学や図書館はこれらの資料を収集しており、文革研究が当局によって規制されている中国においてさえも、民間では多くの資料が流布している。

しかし、文革研究においても、資料収集においても、長い間ずっと一つの空白が存在していた。それはチベットの文革であった。現時点で最も充実した文革資料集であるCD-ROM版『中国文化大革命文庫』（二〇〇二年に香港中文大学が発行）には、一万件以上の公文書や講話、文献が収録されているが、チベットに関する文献はわずか八件しかない。また、米国ワシントンの中国資料研究センターが出版した『新編紅衛兵資料』には三一〇〇種類の紅衛兵[2]のタブロイド判新聞が収録されているが、このうちチベットの新聞はたった四種類しかない。文革研究の専門家であり、文革資料の編集者でもある宋永毅氏が、まさしく私あての手紙の中で感慨を込めてこう語った通りである。「チベット文革の資料は非常に不足している……私たちはチベット文革についてあまりにも知らなすぎる！」

チベット自治区[3]の檔案館〔行政・歴史文書を保管する文書館〕においてさえも、一九六六年から一九七一年までは一つの断層となっている。この六年間に残された資料はわずか三件を数えるのみである。しかも、文革運動が最も激しかった最初の二年間は何と資料が一件もないのだ。

もちろん、チベット文革の資料は間違いなく存在している。少なくとも、文革期に主要な権力を掌握していたチベット軍区〔戦略上区分された軍事的地域・組織〕は、数多くの資料を保存している。しかし、それは奥深い場所に隠された秘密の資料であり、衛兵に守られ、門外不出となっている。中国当局が確保しているすべての文革資料と同様に、日の目を見ることのない「極秘資料」である。文革は中国共産党にとって痛恨の古傷であるだけでなく、深く掘り下げれば、共産党体制の根幹に触れるものである。このため、すでに四〇年の歳月が過ぎている（現在〔二〇二三年時点〕では五七年が過ぎた）にもかかわらず、文革は依然として触れてはならないタブーとされている。

国際社会に対して、文革は共産党の一つの不都合な出来事であり、チベットはもう一つの不都合な問題である。したがって、チベット文革は二重のタブーとなり、なおさら触れてはならないものになっている。中国共産党中央統一戦線工作部が一九九九年に編纂した写真集『図説百年西蔵』（廖東凡ほか編、雲南人民出版社）は数百枚の写真を掲載しているが、あろうことか、この中には文革期の写真は一枚もないのである。まるで一九六六年から一九七六年までの一〇年の歳月が、チベットの歴史には存在していないかのように！

このように意図的な歴史の抹殺に対しては、「強権との闘いは、まさに忘却との闘いである」という言葉が、いよいよ動かしがたいものとなってくる。面積一〇〇万平方キロメートルを超えるチベットが文革研究の空白であるならば、文革研究は完全なものではありえない。したがって、オーセルの父親が撮影したチベット文革の写真は極めて特別な意義を持っていると言える。

ほかの資料と比べれば、写真の持つ客観性はより高い。文章や口述、取材といったものは、当事者の主観性――立場、目的、記憶、解釈など――とのかかわりを免れることができず、その融通性と多義性ゆえに、内容に疑念を持たれたり、否定されたりしやすい。しかし、写真は歴史の瞬間を凝固させたものであり、その一瞬に光が投射した画素の一つひとつは否定できない性質を有し、「動かぬ証拠」となっている。

これまでチベット文革の文献や資料は非常に不足しており、写真に至ってはなおさらであった。長い間、正式に発表されたチベット文革の写真はたった一枚しか見たことがない（台湾の写真誌『撮影家』第三九号）。中国語と英語のグーグルで検索してみると、インターネット上で見つかるチベット文革の写真も、たった一枚しかないのである！　オーセルの父親が撮った数百枚に上るチベット文革のネガにどれほど大きな価値があるか、推して知るべし、であろう。

私はオーセルに返事を出した。私はあなたの手助けはできるが、これらの写真を歴史の証人とする作業は私のような漢人の役目ではなく、あなた自身が担わなければならない、と。

　それから今日まで、とうに六年が過ぎてしまった。オーセルがこれらの写真をめぐって取り組んだ長期間の調査と執筆がようやく完了した。彼女の父親の写真は四〇年の歳月を経て再び光明にめぐり会えたのである。これにより、文革研究におけるチベットの部分も、もはや空白ではなくなった。

　彼女の父親の昇天した魂が安らかに眠ることを祈りたい。

　ついでに付記すれば、オーセルはいま私の伴侶になっている。

　これらの写真に感謝する。

二〇〇五年九月一七日

（追記：私の父は三七年前の今日、文革の迫害により亡くなった）

写真について

ツェリン・オーセル

　二〇〇二年初夏のある日の午後、私がこれらの写真を紙袋から取り出した際、五六歳になるホルカン＝チャンパ・テンダルが示した反応に驚かされた。彼は背が高く、がっしりした体格をしており、寡黙なラサ〔拉薩〕人である。

　最初、彼は自分の両親や母方の祖父が「牛鬼蛇神」[4]として批判闘争にかけられている場面の写真を繰り返し眺めているだけで、落ち着いた様子だった。ところが、思いがけないことに、突然、泣き出したのである。彼は声を上げることなく、ただ全身をぶるぶる震わせながら、傍らの人を片手でギュッとつかんでいた。顔は溢れる涙でくしゃくしゃだった。彼はこうして長いこと泣き続けており、私自身もはらはらと涙がこぼれ落ちるのを禁じえなかった。ほどなくして、彼はのどを詰まらせながら、こう語った。

　「当時、父が話したことがあったよ。つるし上げをくっているときに、誰かが写真を撮っているのを見た、とね。そのころ、私はラサにいなかったので、一生、こんな場面を目にすることなどないと思っていたんだが……」

　ホルカン＝チャンパ・テンダルがようやく自分の目で見ることのできた写真は、私の父、ツェリン・ドルジェ（漢名・程寛徳）が四〇年前〔文化大革命期〕に撮ったものだ。

　父はチベット東部カム出身のチベット人である。チベットの伝統的な地理的概念によれば、全チベット地域は標高の高さの順に上、中、下の三地区に分けられる。つまり、上はガリ・コルスム〔西チベット地区〕、中はウー・ツァン・ルシ〔中央チベット地区〕、下はド・カム・カンドゥク〔東チベット地区」と呼ばれており、現在の中国の行政区画であるチベット自治区、四川省、雲南省、青海省、甘粛省にまたがるチベット地域に分布している。

一九五〇年、毛沢東は[5]「帝国主義によって抑圧されているチベット同胞を解放せよ」との命令を発し、人民解放軍を派遣した。中国の西南地区からラサへと進軍した先遣部隊は道中で数百人のチベット青年を入隊させたが、その中にわずか一三歳の少年だった私の父がいた。

一九六六年、文化大革命が燎原の火のように燃え広がるさなか、私はチベット軍区総病院で生まれた。このとき、父はすでにチベット駐屯軍の士官になっており、また同時に熱心なアマチュア写真家でもあった。私は物心がついてから、父が自分で撮った写真とネガを整理する姿をいつも目にしており、その印象は今も心に焼きついている。

一九九一年、ラサ軍分区〔成都軍区の管轄下にあったチベット軍区の分区の一つ〕の副司令員をしていた父が私の生まれた病院で病死した。父の形見を整理した際、私はこれらの写真をしまっておいたものの、当時はそれがチベット文革に関する、今までで最も内容的に充実した個人所蔵の写真であるとはまったく気がつかなかった。

一九九九年になって、私は国外からチベットに入ってきた『天葬――西蔵的命運〔鳥葬――チベットの運命〕』〔明鏡出版社、一九九八年〕という本を読み、この本の著者である中国の作家、王力雄に、父の写真を送ることを決めた。当時、私が考えたのは、父の写真を箱の奥にずっとしまいこんでおくよりも、チベット問題を公正な観点から研究できる学者に提供する方が多少は役立つかもしれないという程度のことだった。

一面識もなかった王力雄は、私に写真を送り返してきた。彼の手紙にはこんなメッセージが記されていた。

「これらの写真はチベットの抹殺された時代を再現するものであり、回復すべきチベットの記憶そのものです。民族の継承がよりどころとするのは歴史の記憶であり、『記憶』をもって『忘却』に対抗するのは良識ある個々人の責任でしょう。もしかしたら、まさにこれがあなたのお父さんが写真を遺したことの真意かもしれません」

王力雄の言葉は私の心を揺さぶった。それ以来、私はこれらの写真に導かれながら、苦難に満ちた、先が見えないほど長い道のりの取材と執筆に取りかかった。

六年かけて、私は七〇人以上の関係者に取材した。そのほとんどは私の親の世代であり、チベットの天地がひっくり返ったような数十年の歴史とともに生きてきた人たちである。チベット人が大多数を占めるものの、漢人もいれば、回族〔アラブ人やペルシャ人を祖先とする少数民族。言葉は漢語を用い、多くはイスラム教を信仰する〕もいる。今では定年退職した幹部、軍人、労働者、一般市民であるが、中にはまだ現役の役人や学者がおり、心から仏に仕える僧侶たちもいる。

しかし、あの時代、彼らの中には、紅衛兵や造反派もいれば、「牛鬼蛇神」と見なされた人や「積極分子」[6]として活動した人もいたのである。私は王力雄が北京で引き伸ばしてくれた写真を携えてラサの街をあちこち探訪し、写真を一枚一枚取り出しながら、関係者に見せて回った。写真を見せるたびに、それはしばしば人々の痛苦に満ちた記憶を呼び覚ました。

多くの人は思い出を語る際に、言いよどんだり、言い間違えたり、それ以上話すことに耐えられずに口を閉ざしたりした。私はいつもじっと黙って話に耳を傾け、自分の礼を失した僭越な言動や勘違いによって、彼らの重苦しい追憶の作業を遮らないようにした。私は注意深く、その話から自然と吐露される、あるいは漏れ出る事実を探し求めた。そのような事実は、往々にして写真に対する詳細な説明となり、また補足となった。何回となく、私は録音した取材内容を整理するたびに、彼らの戦慄、嘆息、懺悔に繰り返し耳を傾けた。

「気が狂ったんだ。あのときは、みんな気が狂ったんだ。幻覚剤を飲まされたみたいにね」

「哀れだなあ。おれたちの民族はほんとうに哀れだよ……」

そんなとき、歴史と心の傷に向き合うというのは確かに難しいことだと、私はいつも感じた。

私は父に感謝したい。動機が何であったにせよ、極めて貴重な歴史の証拠を遺してくれたからだ。また、母に感謝したい。父は当時の人から見ればまったく無用な写真撮影に給料のかなりの部分を費やしたが、彼女はそれを受け入れてくれたからである。王力雄にも感謝する。彼は私がこの本を書くことを提案し、後押ししてくれただけでなく、今は私の伴侶になっている。

さらに、ボイス・オブ・アメリカ〔VOA〕チベット語部のツェテン・ワンジュク（Tsetan Wangchuk）氏に感謝したい。本書をまとめるにあたって欠くことのできない助言をしてくれたほか、彼が行った取材や翻訳のデータを提供してくれた。独立系の映画人で教授のカルマ・ヒントン（Carma Hinton）氏にも感謝する。彼女はネガの保管とスキャニングで協力してくれた。これらの写真と調査記録を世に送り出してくれた台湾・大塊文化出版股份有限公司会長の郝明義氏にもお礼を申し上げたい。

そして、最も感謝しなければならないのは、私の取材に応じてくれた年長者たちである。その多くは今なおチベットで暮らしていることから、彼らの身の安全を考慮し、本書においてはこのうちの七人について仮名を用いている（男性三人の名前はチベット語の曜日で、また女性四人の名前はチベット語の二桁の数字で、それぞれ代替した）。悲しいことに、そのうちの二人はすでに病気で亡くなった（私が知る範囲では、二〇二三年三月時点で、すでに半数以上の年長者が逝去しており、私の母ツェリン・ユドンも二〇二二年八月一一日、ラサが新型コロナウイルスの感染拡大により百余日間の都市封鎖となる数時間前にラサで病没した）。

諸般の事情を考慮し、もともと私はペンネームを使うつもりだった。しかし、二〇〇三年九月、中国の花城出版社〔広州〕から私が出版した散文集『西蔵筆記』が「政治的誤り」を理由に発禁処分を受け、私自身も公職を解かれた。まさしくこれがチベットの今日の現実であり、イデオロギー統制においては、依然として文革時代と同じような状況にある。この一件によって迷いが吹っ切れ、文革発動四〇周年を機に、実名で本書を出版することを決意した。

最後に、一九五九年に中共が侵攻したことにより、チベットから亡命した高僧ソギャル・リンポチェ師の著書『西蔵生死書〔チベットの生と死の書〕』から一文を引用する。

「文化大革命期のチベットのすべての受難者に本書を捧げたい。彼らは自分たちの信仰と仏法の最も優れた光景が踏みにじられるのを目撃した証人となったのである」[一]

二〇〇五年九月九日　毛沢東逝去二九周年の当日

原注

〔一〕英語版の原著にはこう書かれている。「チベットにおける恐怖の中で命を落とした数十万の人々に本書を捧げたい」。

日本の読者へ

日本語版（初版）序　ツェリン・オーセル

二〇〇六年は毛沢東が発動した文化大革命の四〇周年の年であった。この年、私は気の遠くなるほど長期間に及んだ取材と執筆をようやく終えて、チベットにおける文化大革命に関する二冊の本――『殺劫』と『西蔵記憶』――を完成させた。そして、中国国内では出版することのできないこの二冊の本は台湾で発行された。『殺劫』は台湾の代表的日刊紙『中国時報』の二〇〇六年度中国語作品ベストテン賞を受賞した。

広く知られているように、文化大革命という赤色テロの暴風は中国の大地の上を一〇年間にもわたって吹き荒れた。では、中国によってとうに「解放」されていたチベットも同じようにそれに巻き込まれたのであろうか。チベットにおける政府の公式宣伝を見ると、中国は今に至るも文革に対して奇妙な態度をとっている。つまり、チベットでは中国内地を襲ったような狂気と大災禍は発生せず、一〇〇万人の「翻身農奴」[7]が「解放」後の「新チベット」でこの上なく幸せな生活を送っているかのように見せかけている。

二〇〇八年三月以来、全チベット各地に波及し、世界を震撼させたチベット人による抵抗運動の後、北京では「チベット今昔」をテーマにした大展覧会が開かれた。その狙いは「旧チベット」の暗黒と「新チベット」の光明、また「旧チベット」の苦難と「新チベット」の歓喜をアピールすることにあった。だが、これまでと同じく、チベットの歴史上、最も暗黒かつ苦難に満ちた文革の一〇年については、またしても完全に省略され、無視された。

長い間、強大な外来権力による支配の下で、チベットの実状はずっと美しい嘘によって覆い隠されてきた。チベットにいる中国共産党の役人たちはいつも「今はチベット史上でいちばんすばらしい時期だ」と、外に対して言い触らしている。これは最も陳腐で中身のない嘘である。もし歴史上最良の時期であるならば、二〇〇八年三月から続く抵抗運動はなぜ起きたのか。さらには、どうして広範なチベット人があのように不満を爆発させ、命がけで抗ったのか。

数か月前、胡錦濤国家主席[8]は、国際社会に対して、チベット問題は民族問題でも、宗教問題でも、人権問題でもないと否認した。しかし、チベット問題は実質的に民族問題、宗教問題、人権問題の複合体である。数多くの問題が長年にわたって積み重なり、ついに北京五輪の年に爆発したのである。チベット人はわざわざこの特別な時期を選んで世界の注目を集めようとしたのではない。仏教の言葉を用いれば、因縁が熟したということだ。

悲しいことに、北京五輪が予定通り開かれると、チベットで三月以降発生した抵抗運動はしだいに人々の記憶から遠のいた。中国共産党のチベットの役人たちは相変わらず「ダライ・ラマ一味と生きるか死ぬかの闘争を行う」と公言し、その方針をかたくなに堅持している。依然として、中国内地からは大量の移住者が続々と途切れることなくラサをはじめとしたチベット各地へ押し寄せ、市場経済の最大利潤の争奪戦を繰り広げている。絶対多数のチベット人は相変わらず周縁に置かれており、粗暴な漢化のプロセスの中で民族性を失いつつある。チベットのあらゆる寺院では「愛国主義教育運動」が引き続き展開され、僧侶たちは自らの信仰を否定し、ダライ・ラマを口汚くののしることを強要されている……。何もかもがこれまでと変わっておらず、何千何万のチベット人が払った気高い犠牲が、北京五輪によってもたらされた見せかけの繁栄に呑み込まれてしまった。

このようなときこそ、作家は沈黙を打ち破り、発言しなければならない。かねてより、私の著述の理念は徐々に明確かつ強固なものになってきている。すなわち、著述とは祈ることであり、巡り歩くことであり、証人になることである。まさにこのようなときこそ、著述は証人としての使命を担わなければならない。二〇〇六年に出版された『殺劫』と『西蔵記憶』は、まさしくこうして文革四〇年後に歴史の証人としての使命を担ったのである。このうち、『殺劫』に収められたモノクロ写真は、一九六〇‐七〇年代に撮影されたもので、撮影したのは私の父のツェリン・ドルジェであった。父は当時、中国のチベット駐屯軍の中級士官だった。写真撮影が趣味で、自分のカメラを持っていた父は、軍人という身分であったことから、文革の混乱状況の中でもカメラでその時々の情景を記録することができた。しかし、彼がそれらの写真を発表することはなかった。

一九九一年、ラサの軍分区で副司令員を務めていた父は病気で他界した。遺品の中に、チベット文革を記録した数百枚の写真とネガがあった。一九九九年から、私はこれらの写真に登場する人物や事件を手掛かりに、ラサや北京で長期にわたる調査や取材を行い、執筆に取り組んだ。六年の歳月を費やして七十数人にインタビューし、ついに二冊の本にまとめることができた。これらは「現在までのところ、チベット文革に関する、最も全面的な民間の写真記録である」、「文革研究のチベットの部分はこれにより、もはや空白ではなくなった」と評価された。ここで述べておかなければならないのは、私のインタビューに応じてくれた年配者のうち、もうすでに六人が相次いでこの世を去り、それとともに歴史の一頁も消え去ったということである。彼らの証言に対しては、永遠に感謝しても感謝しきれない。

チベット域内で暮らしたチベット人の私は、まさに文化大革命が青蔵〔青海・チベット〕高原を席巻していたその時期に生まれた。私の成長の歳月には、外来の強権によって押された多くの烙印が刻まれている。歴史的な原因により、私は統治者の言語〔中国語〕で著述するという特殊な世代の一人となった。しかし、これにより、私は統治者の言語で、統治者に対して、自分たちの歴史を証言することができ、「記憶」をもって「忘却」に抵抗する決意を伝えることもできるのである。中国語版の『殺劫』と『西蔵記憶』を執筆し、出版したことは、その証しである。それと同時に、これが様々な言語に翻訳され、文革がチベットにもたらした大きな災難を世の人々に理解してもらえれば、と願っている。さらに、一九六六年以降一〇年間にわたり、かつての宗教聖地ラサがチベット文革の嵐の中心に巻き込まれ、しかも、どっしりと重く厚い暗黒のカーテンの奥にひた隠しに隠され続けてきたことを知ってもらいたいと願っている。

とても幸運なことに、日本で暮らしている劉燕子女史が『殺劫』を日本語に翻訳し、チベット文革に関する写真と記録を日本の読者に紹介しようと望んだ。これは確かにとても苦労の多い仕事である。見たところ文弱純良だが、意志の強い劉燕子女史が二年以上も費やした翻訳の過程で、どれほど心を砕き、骨を折ったか、私には分かる。しばらく前に、彼女からメールが届いた。そこにはこう記してあった。

「オーセル、あなたは『写真について』の中でこう書いていますね。『私はこれらの写真に導かれながら、苦難に満ちた、先が見えないほど長い道のりの取材と執筆にとりかかった』と。私もまた二〇〇六年から、同じように『苦難に満ちた、先が見えないほど長い道のり』の学習と翻訳を始めました。……この二年来、私は何度も困難な翻訳の壁にぶつかり、へとへとになりながら何とかはい上がりました。翻訳といっても、中国語で書かれたチベット問題を日本語で表現し直す作業であり、実に体力と気力が鍛えられる文化創造のプロセスでした」

さらに、彼女はこう伝えてきた。日本語に翻訳するにあたり、『読売新聞』編集委員の藤野彰氏の賛同を得た。彼がいなければ、翻訳を完成させることは不可能に近かった。藤野氏は翻訳を分担しただけでなく、解説を執筆するなど、とても誠実で綿密な仕事をしてくださった。また、チベット現代史研究者である佛教大学の手塚利彰氏は、チベット語の人名・地名などの表記に関して、多くの有益なアドバイスをしてくださった。集広舎の川端幸夫氏は、出版不況にもかかわらず、日本語版の発行に尽力し、日本で本書を世に問う機会を与えてくださった。

いずれも貴重この上ない友情と言うべきであり、良知に従ったヒューマニズムと堅忍不抜の信念に基づくものであろう。私はそれを心に深く刻み、感謝感激の思いである。ここで、親愛なる劉燕子女史、藤野彰氏、手塚利彰氏、川端幸夫氏に、私の拙い文字をもって純白のカタ(9)を献上する。チベット伝統の礼節をもって、真っ白な雪のように純真な気持ちを表したい。

最後に、拙著を読んでくださる日本の読者の方々に感謝する。みなさんが私に教えてくれるのである。同じアジアの国である日本がこうしてチベットの運命に関心を寄せてくれているからこそ、疑いなく真実の姿を歴史に遺すことができるのだ、と。

タシデレ（吉祥あれかし）！

二〇〇八年一一月四日　北京にて

日本の読者へ

日本語版（増補改訂版）序　ツェリン・オーセル

本書『殺劫』は毛沢東の文化大革命によるチベット高原の蹂躙を目撃者の目で証明した写真ルポルタージュである。二〇〇六年の文革開始四〇周年に台湾で中国語版を出版してからすでに一七年の歳月が流れた。この一七年は一本の木が成長する過程のようなものだった。チベットには「如意樹」という名前の、仏教信仰と関連したシンボルマークがある。青々と生い茂った大樹が満開の花を咲かせ、宝物をいっぱいつけているさまを描いたもので、何でも願いをかなえてくれ、無尽蔵の富を与えてくれると考えられている。だが、私がここで言う木とは災難の実をたわわにつけた記憶の木であり、今ではこの木には以下の刊行本をはじめとした果実が実っている。

日本語版：二〇〇九年一〇月、日本で出版。

チベット語版：二〇〇九年一一月、インドで出版。チベット語の電子書籍も制作され、二〇一三年にインターネットで公開。

中国語版の改訂版は二〇一六年の文革開始五〇周年の時に台湾で出版された。その中には、私が父のカメラを使って彼がかつて撮影した現場で改めて撮影した写真と、私がデジタルカメラで撮った写真および現在の「ポストチベット文革」時代に関する私の考えをまとめた文章を収録してある。

英語版《*Forbidden Memory: Tibet during the Cultural Revolution*》は二〇二〇年、アメリカで紙の書籍と電子書籍の二つの形で発行され、西側のチベット研究者からはこのように論評された。

「毛沢東時代の暴力の下でチベット人とその他の少数民族が現代の中華民

族の記憶の中にいかに無理やり組み込まれたかについて理解したいと望む読者はすべからく『殺劫』を必読書に挙げるべきである」

「現代チベットと中国史研究、人種による迫害の研究、記憶についての研究、さらにその他の関連の学問分野にとっては、明らかに格別貴重な資料と言うに値する」

中国語版の二回目の改訂版は二〇二三年に台湾で発行された。それ以前に出版されたすべての訳本における修正箇所や、さらに多岐にわたる細部の加筆に基づいて、多くの昔の写真を追加したほか、初版の一部の写真を別のものに差し替えたが、いずれも父が文革期に撮影した、初公開の写真である。

そして、この日本語の最新改訂版もまた、『殺劫』という記憶の木を彩るいちばん新しい果実である。この記憶の木を育て上げてくれたすべての訳者、編集者、出版者に感謝申し上げたい。

もちろん、私はしばしばこんなふうに思いもする。人々、とりわけ異国の人々が、はるかかなたのチベットで起きた様々な政治的暴力の物語に関心を抱くだろうか、と。さらには、似たような境遇——奴隷のごとく酷使され、自由を失い、今なお昔の傷跡にまみれ、相変わらず暴力にさらされるという経験——に苦しめられたことがあるのだろうか、と。それは私の考えすぎかもしれず、実際にはどうしても理由を探し出さなければならないという必要もないことだ。歴史的事件の明らかな証拠に基づいており、なおかつ無数の人々の運命にかかわっていることでありさえすれば、多くの言語で翻訳出版される価値がある。それによって世の人々は理解を深め、警戒を強めることになるのだ。『殺劫』が記録したものは五十数年前の歴史であるが、中共当局の強力な隠蔽と抹殺の企てにより、遠い昔と言うほどではない過去の中にしだいに沈潜してしまい、ほとんどの人は忘却し、何も感じなくなっている。しかし、私の著述は、根本的に、強権による強制的な忘却に抵抗するためのものであり、自分一人の著述をもって、国家および国家主義者、強権および強権が植民者に授けた「記憶を消し去る呪い」を力の限り打ち破りたいと願っている。私が言いたいのは、現場証拠としての意義を持つノンフィクション作品の価値は、使命を帯びている文筆家にとっては、すべてに優先するということだ。

それ以上に重要な意義があるのは、私が本書の出版に際して日本の読者に伝えたいと思っているメッセージである。時間の経過とともに、かつて私の取材に応じてくれた七十数名の体験者たちは次々に他界し、すでに半数を超えている。私の母もそのうちの一人であり、昨年〔二〇二二年〕夏、当局が新型コロナウイルスの感染拡大を理由に、ラサを四か月間のロックダウンにする直前に病気で亡くなった。目撃者たちの死去は悲しみを誘うだけでなく、記録することの緊急性を感じさせる。近年、現実の中で起きている諸々の出来事を前に、私はしばしばあっけにとられてものが言えなくなってしまう。なぜなら、体験者たち全員がまだ健在だったころ、一つひとつの過去が野蛮な権力によっておおっぴらに書き換えられるのを、私たちは目にしているからである。しかし、白い紙に書かれた黒い文字は明々白々なのであって、始めから終わりまで証拠なのだ。そうでなければ、ジョージ・オーウェルが小説『一九八四』の中で描いた廃棄と改竄は起きるはずがないのである。

日本の読者各位に感謝したい。

二〇二三年一〇月二四日

གསར་བརྗེ།

第一章

「古いチベット」を破壊せよ

荒れ狂う文化大革命

やがて革命が押し寄せてくる

毛沢東の思想によれば、「破」がなければ「立」はなく〔不破不立〕、旧いものを壊してこそ新しいものを打ち立てることができる〔破旧立新〕。かくして、「四旧打破」と「四新確立」の運動が生まれた。いわゆる「四旧」は旧思想、旧文化、旧風俗、旧習慣を指す。一方、いわゆる「四新[1]」はそれとはまったく正反対の概念で、中国共産党が代表する一切の事物を意味する。

共産党によっていわゆる封建農奴制から「解放」されてわずか一七年のチベットには、ありとあらゆる「四旧」が集積されており、それゆえ、力を尽くして徹底的に打破しなければ、光り輝く新チベットの誕生はありえないだろうとされた。したがって、全チベットの中心であるラサにおいては、まず寺院に象徴される伝統文化が破壊された。真っ先にその標的となったのはチベットの宗教の魂であるジョカン寺〔大昭寺〕[2]だった。

次に、「牛鬼蛇神」に対する批判闘争[3]が展開された。彼らの大多数は旧チベットの「最も暗黒で、最も野蛮で、最も残酷な部分」を代表する「三大領主」（共産党が伝統的なチベットの政府であるカシャ〔内閣〕、寺院、貴族および荘園主に対してつけた専用の呼称）[4]であった。その中の少なからぬ人たちは以前、共産党の「統一戦線」上の「愛国上層人士」とされていたが、ほどなくして襲来した古今未曾有の革命の嵐の中ではプロレタリア独裁の糾弾を避けられなかった。

文化大革命がやがて押し寄せてくる前のラサは、何事もなく平穏無事なたたずまいを見せている。兵舎のような家屋が何棟も昔の広大な野原やリンカ〔林園〕、沼沢の上に建てられているが、いずれも新政府の役所と宿舎である。新たに切り開かれた道路には北京路、人民路などの名称がつけられた。一九六五年の『西蔵日報』〔チベット自治区党委機関紙〕の報道によると、ラサ市には人民路を中心に二五棟の比較的大きな建物を配置した新市街が建設された。中国の官製メディアの記者は次のように記述している。

「一九六五年のチベット自治区成立を祝賀して中央政府はラサ市政の建設に特別支出金を直接給付した。民主改革後の市政建設の最初のラッシュが起きた」

二〇世紀六〇年代のラサでは、古い歴史を持つ独特の景観が失われつつあった。世界に名高いポタラ〔布達拉〕宮[5]は激しく移り変わる時代の目撃者である。

ポタラ宮の南西の山〔チャクポ・リ＝薬王山〕にはかつて一七世紀に建てられたメンパ・タツァン〔医薬利衆寺〕があったが、一九五九年三月の人民解放軍の砲火によって破壊されてしまった。

ポタラ宮からラサの東南方面の景観を撮ったものである。左側のチベット式の建物はダライ・ラマ〔達頼喇嘛〕一四世[6]の家族の邸宅ヤプシー・タクツェルで、ポタラ宮の東門から小道でつながっている。左上の隅にぼんやりと見える寺院風の建物は悠久の歴史を誇るジョカン寺である。はっきりと写っていないが、東側にもチベット式の古い建物が軒を連ねている。

これはダライ・ラマ一四世が「全チベットで最も崇高なる寺院」と称賛したジョカン寺である。ちょうどチベット暦の正月に当たる一九六四年二月一九日から二九日にかけて、チベットの伝統にのっとり、この場所で祝福祈願の盛大な法会「モンラム・チェンモ〔大祈願会〕」——中国語では「伝召法会」と訳される——が開かれた。しかし、寺院の屋根に立てられた「五星紅旗〔中華人民共和国国旗〕」と、寺院の壁に掲げられたスローガン〔チベット語と中国語で「……経済を盛んにし、人民の生活を改善する」と書かれている〕は、時勢が様変わりしたことを物語っている。チベットの魂であり、最高至上の存在であるダライ・ラマは一九五九年三月一七日、脱出を余儀なくされ、インドへ亡命してからすでに五年の歳月が経っていた。

中国の公式報道によると、この大祈願会の期間に「中央人民政府代表の張経武〔チベット軍区第一政治委員、党中央統一戦線工作部副部長〕と自治区準備委員会代理主任委員のパンチェン・ラマ〔班禅喇嘛〕一〇世[7]が、それぞれ代表を派遣し、大祈願会に参加した僧侶たちにお布施を渡した」という。その半年後、パンチェン・ラマは毛沢東に宛てて有名な「七万言書〔七万字の意見書〕」を提出し、中共によるチベット全域の破壊、とりわけチベットの宗教に対する破壊をあからさまに批判したことから、チベットの「最大の反動農奴主の一人」として批判闘争にかけられ、公職から罷免された。翌年のモンラム・チェンモも取り止めとなり、一九八六年になってようやく復活したが、その三年後にまた禁止され、今に至るまで開催されていない。

1964年のチベット暦の正月期間。チベット人たちが各地から駆けつけ、ジョカン寺を参拝している。老若男女が並んでコルラ〔右繞＝時計回りの参拝〕をしているのは、ジョカン寺の四階部分にある金色の屋根の中でも最も重要なジョカン（釈迦牟尼等身像仏殿）上方の金色の屋根である。

一九六四年の大祈願会モンラム・チェンモである。伝統に従えば、ラサのすべての主要寺院から数万人に上る僧侶たちがジョカン寺に参集し、何日間にもわたって大祈願会を営むが、同年のその規模はすでに大幅に縮小されていた。

一九五九年三月、中共に反抗する「ラサ抗暴〔暴力的鎮圧への抗議行動〕」(共産党は「チベット反革命武装反乱」と呼ぶ)[8]を経た後、もともとチベット(現在の中国の行政区画上のチベット自治区を指す。以下、「チベット」という言葉を含む場合、チベット自治区を指すこともあれば、チベット全域を指すこともある。例えば、「チベット文革」という場合はその内容による)に十数万人いた僧侶・尼僧のうち、寺院に残ったのはわずか数千人しかいなかった。写真を見れば分かるように、ジョカン寺二階のバルコニーを埋め尽くしているのは、以前のような僧侶たちではなく、ごく普通の老若男女である。

人目を引く様々な政治スローガンがもうすでにジョカン寺を取り囲んでいることも深く考えさせられる。かつて大祈願会の期間中、ダライ・ラマが宿泊した日光殿には、チベット語と中国語で書かれた「政治統一、信教自由の方針を引き続き徹底的に実行しよう」というスローガンが掲げられている。これは実際には強権者が発した一つの指令であり、要するに、チベットの宗教に対する、中共のいかなる処置にも従わなければならないということである。もう一つ、チベット語と中国語で書かれた「各民族人民の偉大なる領袖毛主席万歳!」という横断幕が掲げられている。無神論を信奉する唯物主義者がその大神によって天下を統一するのだという本性をさらけ出している。

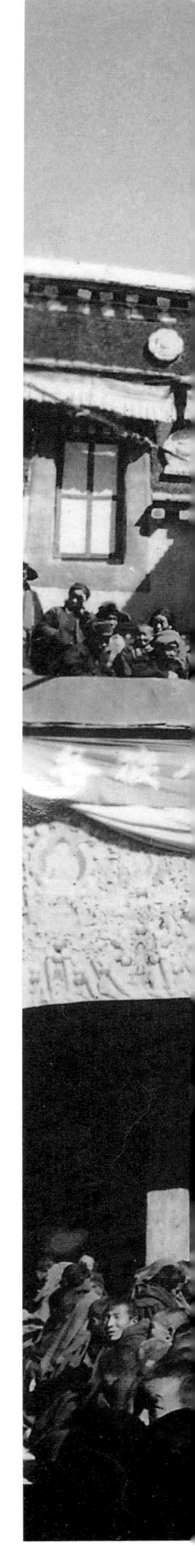

1964年の大祈願会モンラム・チェンモだ。大祈願会における最も重要な行事の一つは、ジョカン寺南側の講経場「スンチュ・ラワ」で行われる問答試験である。試験に合格すれば、チベット仏教の上級学位を取得できる。

右隅で問答試験の場面を撮影しているのは、中央ニュース記録映画制作所チベット支局のチベット人カメラマンのツェリンである。彼は私の父と同郷であり、2人は深い友情で結ばれていた。

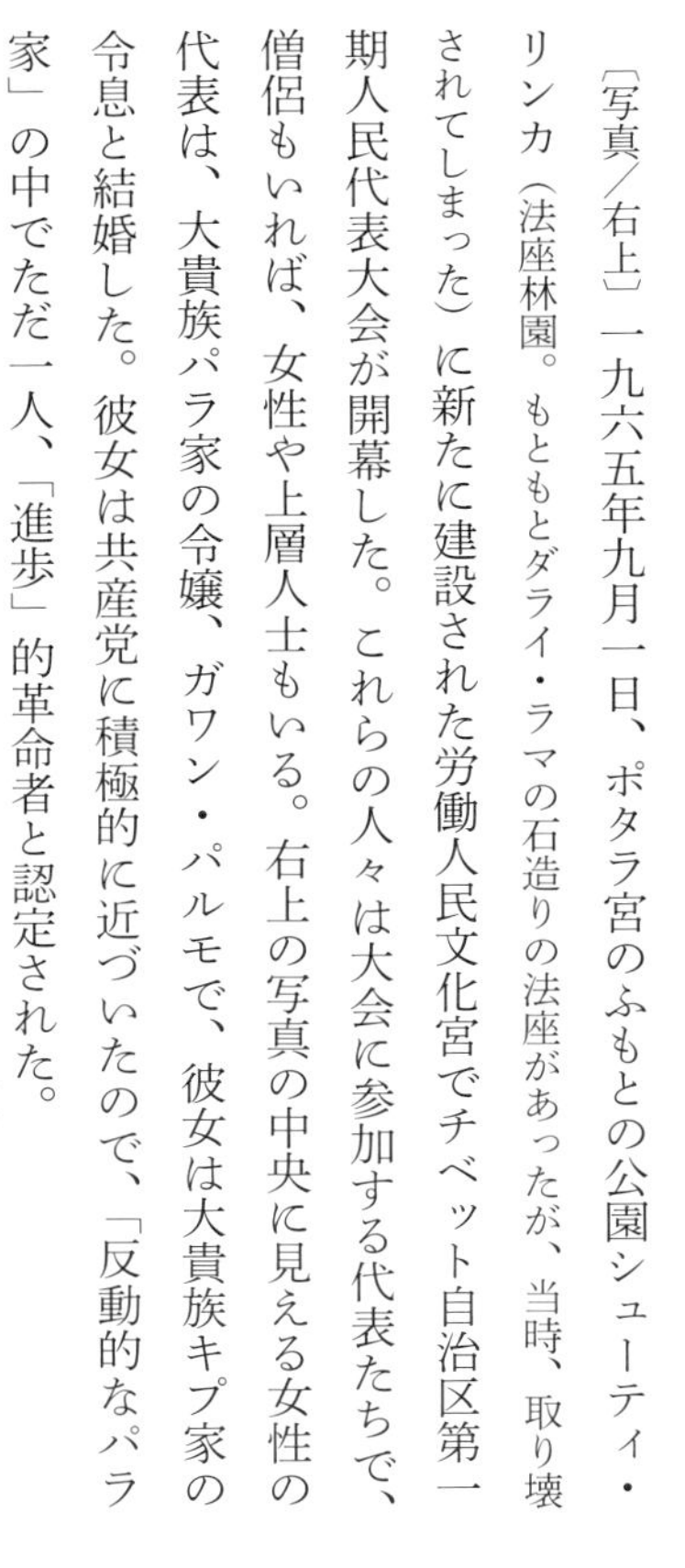

〔写真／右上〕一九六五年九月一日、ポタラ宮のふもとの公園シューティ・リンカ〔法座林園。もともとダライ・ラマの石造りの法座があったが、当時、取り壊されてしまった〕に新たに建設された労働人民文化宮でチベット自治区第一期人民代表大会が開幕した。これらの人々は大会に参加する代表たちで、僧侶もいれば、女性や上層人士もいる。右上の写真の中央に見える女性の代表は、大貴族パラ家の令嬢、ガワン・パルモで、彼女は大貴族キプ家の令息と結婚した。彼女は共産党に積極的に近づいたので、「反動的なパラ家」の中でただ一人、「進歩」的革命者と認定された。

彼女の横の堂々とした男性は、シガツェ〔日喀則〕地区の貴族、プンラプ・リンチェンである。その後ろから階段を上る中山服[9]〔中国式の男性の礼装。孫中山が愛用したことから、そう呼ばれる〕の老人は、シガツェ地区の貴族、ラモン＝イェシェ・ツルティムとみられる。一年後、彼らはみな「牛鬼蛇神」のレッテルを貼られ、引き回された上、公衆の面前でつるし上げられた。

実のところ、この大会で任命された何人もの副主席たちは、後に全員が「牛鬼蛇神」と決めつけられた。ほぼ同時に開かれた政治協商会議〔政協〕チベット自治区第二期委員会で選出された何人もの副主席たちも、その後、「牛鬼蛇神」と化してしまった。彼らの多くは本書所収の「牛鬼蛇神」つるし上げの現場写真に登場している。

写真の背景はポタラ宮である。青々と繁る木の下に十数両の自動車が停まっており、それらの多くは軍用トラックとジープである。この当時のラサは、表面上は広々として、キラキラ輝き、平穏そのもののように見えたが、実際にはすでに暴風雨に見舞われる直前だったのである。

〔写真／右下〕僧侶の隊列の先頭を歩く二人が「チベット自治区成立を祝賀する」と書かれた横断幕を高々と掲げている。一九六五年九月九日、チベット自治区が正式に成立した日の大会の一場面であることが分かる。このころはまだ彼らに政治的パフォーマンスを演じさせる必要があった。ところが、一年も経たないうちに、文化大革命という赤色テロの暴風が襲来し、チベット各地の僧侶の集団組織は徹底的に打ちのめされほか、すべての僧侶の運命も根底から変えられ、誰一人として免れることはできなかった。

「自治」を名目とする新政権が成立し、僧侶たちが花（色付きのちりめん紙を束ねて作った花のようだが、これは中国からラサへ伝えられた新しい流行の一つだった）を振って歓迎の意を表している場面である。実際、彼らには手にしていた花のように、ちっぽけなお飾りの役割しかなく、その上、あまりにも弱々しかった。

しかし、文革時代には、このささやかな役割さえも徹底的に奪われてしまった。チベット自治区内にもともとあった二七一三か所の寺院は、一九七六年にはわずか八か所しか残っていなかった[10]。このわずかに残った寺院にどれほどの僧侶が留まることができたか、推して知るべし、である。

写真の中で二列目にいる、八の字ひげを生やした中年の僧侶は用心深げな表情を浮かべながら、目の前でカメラを構えている軍人を注視しているが、どうも解せないといったような風情である。

彼らは「翻身農奴」と呼ばれるチベット人たちである。彼らもちりめん紙の花を振りながらチベット自治区の成立を祝っている。しかし、彼らの姿勢や表情はまるで操り人形のようであり、何とも機械的な動きを見せている。

「祖国の花」――私の父はこの写真とネガを入れた封筒にそう記していた。これは当時の流行語である。もう一つの流行語は「共産主義事業の後継者」である。私は幼いころから聞き慣れていた。

数えてみれば、このかわいい女の子も、今では四十数歳の中年女性になっているだろう（〔二〇二四年の時点では〕もう還暦を過ぎているはずである）。

一九六六年五月一六日、毛沢東が文化大革命の号令を発し、五月二八日には後に「一人の下、億万人の上〔毛沢東の下、全国民の上〕」の最高権力機構となる「中央文化革命小組[11]」が発足した。そして、五月末、直ちにチベット自治区党委員会は「文化大革命指導小組」を設置した。六月初め、北京大学の教師と学生が第一号の大字報[12]を貼り出した後、ラサの各機関、工場、学校、団体でも、「言論・文章で容赦なくやっつける」ことをモットーとする大量の大字報が続々と貼り出された。

ここで明らかなのは、共産党の指導の下で「解放」されたチベットが北京のまねをして追従したということである。北京とチベットの動きの間にはいくらかの時間差があったが、連なる山河と果てしない距離を考えれば、この点は理解できよう。

この二枚の写真〔文革祝賀大会〕は一九六六年八月一九日に撮影された。場所は「ラサ人民体育場」〔元はラサの貴族、スルカン一族の林園「ポー・リンカ〔波林卡〕」〕である。『西蔵日報』の報道によれば、「ラサの五万の大衆が集会を開いて行進し、プロレタリア文化大革命を祝賀した」という。これにより、チベット文革の幕が正式に切って落とされた。

〔写真／上〕ひな壇に立って大会を主宰しているのはチベットにおける中共の最高権力者の張国華[13]で、当時、チベット軍区司令員兼チベット自治区党委第一書記だった。

〔写真／下〕毛沢東の肖像画の前にカメラマンが二人いてひな壇と多くの中共の役人たちの方を向いている。一人は明るい色の上衣を着て鳥打ち帽をかぶり、胸の前にカメラを二つぶら下げている。おそらくチベット軍区のカメラマンであろう。もう一人、濃い色の上着に鳥打ち帽の、ビデオカメラを手で持ち上げている者は、中央ニュース記録映画制作所チベット支局のチベット人カメラマンである。さらに、演説者の左側にいて、首に二台のカメラをぶら下げている無帽の男性は『西蔵日報』のカメラマンとみられる。

一九六六年八月一九日の文革祝賀大会。毛沢東の肖像画の両側に立っているのはチベット師範学校とラサ中学（中国の中学は日本の中高校に相当）の紅衛兵である。紅衛兵組織としてはラサで最も早く成立し、かつまた最も早く街頭に繰り出して「四旧打破」の運動を展開した。彼らが掲げているスローガンは左から右に「大海を航行するには舵取りに頼る」、「紅衛兵は毛沢東思想の旗印の下に団結しよう」、「毛主席万歳！」。

ければ大きいほど、文革に注ぐ情熱も激しいと言わんばかりであった。写真の中で、軍隊および地元当局の最高権力者である張国華と周仁山はへりくだった姿勢で革命大衆の「決心書」を受け取っている。

写真の中のサングラスをかけている軍人が張国華である。張国華の右にいるのが周仁山で、当時、チベット自治区党委書記処書記だった。彼に紅衛兵の腕章をつけているのは、ラサ中学教師で、ラサの紅衛兵の主要な組織者であり、かつまたラサの造反派の主要なリーダーでもあった陶長松とみられる。

〔写真／下〕「決心書〔決意書〕」を書くのは文革期の流行だった。「決心書」が大き

〔写真／上〕文化大革命の祝賀大会である。チベット師範学校のチベット人紅衛兵が壇上に駆け上がり、チベットにおける共産党の最高権力者、張国華に紅衛兵の腕章をつけた。これは毛沢東が北京の紅衛兵に腕章をつけてもらったパフォーマンス〔天安門広場での紅衛兵接見〕をまねたものである。

しかし、このことは張国華がチベットの毛沢東であるということを意味してはいない。まもなく張国華はチベットの「土皇帝〔地方ボス〕」、最大の「走資派〔資本主義の道を歩む実権派〕」と見なされ、「わが身が八つ裂きになろうとも、あえて皇帝を権力の座から引きずり下ろす」と意気込む学生紅衛兵の造反にあった。

「毛主席の遣わした人々に　雪山もうなずき微笑んだ　彩雲も道を開いたよ　一筋の金色のリボンで北京とラサがつながった　われらは金色の鞍の駿馬に乗るよ　カタを携え、北京へ行って毛主席に捧げよう　ああ、われらに幸せをもたらしてくれてありがとう　幸せをもたらしてくれて……」

左上の写真は、常留柱という漢人がチベット人に扮し、文革祝賀大会でチベット人を代表して声を張り上げて歌っている場面である。この歌のメロディーはチベットの民間の歌曲に由来しているが、作詞者は別にチベット人ではない。中共がチベットへ入ってから、新たに歌詞をつくり、昔の曲を流用して「チベット民謡」を称したプロパガンダ歌曲が次から次へと登場したことから、外部では今もなおチベット人が毛沢東と中共に捧げた感謝の歌曲であると誤解されている。

左下の写真のように、こぶしを高く挙げて振り回すポーズは、しばしば政治スローガンの絶叫とセットであった。いわば革命的行為の印(しるし)の一つであり、すでに「新社会」に足を踏み入れていたチベット人にとってはおなじみの動作であった。写真のチベット人は明らかに中共のレトリックでいうところの「翻身農奴」の代表である。彼の背後の暗がりにはチベット軍区の多くの高級将校たちが座っている。

当時、軍の平服を着ることは全中国の紅衛兵の流行であり、チベットの紅衛兵も例外ではなかった。また、チベット人女性は髪をお下げに編むのが習慣だったが、それが当時は耳元で切り揃えた短髪となり、これも「革命化」のシンボルとされた(14)。

世
的。

この赤いネッカチーフ〔少年・児童の大衆組織である少年先鋒隊の隊員の印〕を着け、「紅宝書」と呼ばれた『毛主席語録』[15]を振り回す子供たちはいずれも小学生に見えるが、紅衛兵の腕章をつけている。これは紅衛兵の出身階級がすでに拡大化したことを示している。

他の同級生がスローガンを声高に叫んでいるとき、右隅でうつむいている男の子は何をして遊んでいるのだろうか。

「チベットで起きた文革は決して孤立した事件ではなかった。内地〔漢人地域〕、とりわけ北京と緊密にかかわりあって一歩一歩進んだと言っていい。実際、文革期には、北京が何かスローガンを叫べば、チベットも同じスローガンを叫んだ。北京が何か行動をとれば、チベットも同じ行動をとった」

二〇〇一年夏のことである。ポタラ宮の、かつて宗教舞踊「ツェグートル・ガルチャム」が演じられ、今では各地からの観光客が多数集まるデヤン・シャル（東歓楽広場）で、ポタラ宮管理処研究員のダワ・ツェリン（二〇〇二年夏に病死。享年五七歳。一九六四年から清華大学精密計器学部で学び、一九七〇年に卒業）は、以上のような総括を行った。最も早い時期に中国の最高学府で学んだ一人のチベット人として、この発言はまさしく彼個人の、あの特殊な歴史時期の証拠となるものである。

一九六六年八月初め、「翻身農奴」の子弟であるダワ・ツェリンは、造反精神に溢れた紅衛兵組織がいかにして清華大学に真っ先に誕生し、勢いよく拡大していったかを、身をもって体験した。それにおおいに感化されて、ないしは扇動されて、彼は一年後輩のガワン・ツェリンとともに、胸にはち切れんばかりの革命の情熱を抱きつつラサに戻った。

そのころ、チベットではまさに文革が燎原の火のように燃え広がっていた。一九五〇年から「毛主席の遣わした人々」がやって来て、とうに「一筋の金色のリボン」で「北京とラサがつながった」状況にあった。この革命歌曲は、文革期にチベットの隅々で歌われると同時に全国にあまねく広まり、今日に至るも人気が衰えていない。かくも如実に、北京とチベットの半世紀以上におよぶ特殊な関係を物語る歌はない。ダワ・ツェリンとガワン・ツェリンは、母校のラサ中学で動員報告会を行ったとき、学内の教師から生徒に至るまで、そのほとんどがすでに紅衛兵の腕章をつけているのを目にした。

一九六六年八月一八日、毛沢東が天安門広場で全国各地から集まった一〇〇万人の紅衛兵を接見した後、北京では「旧い世界を徹底的に叩き壊そう」をスローガンに掲げた「四旧打破」のうねりが盛り上がった。共産党の二大宣伝機関である中央人民放送局と『人民日報』〔党中央機関紙〕が、全国人民は実際の行動をもって文化大革命を進めようと煽り立て、ラサはこれに積極的に応えた。一九六六年八月二六日から八月三一日までの『西蔵日報』をめくると、六日連続で一面に人目を引く見出しで以下の出来事が報じられている。

八月二六日「ラサ紅衛兵、鉄のほうきを高く掲げて旧世界を一掃」
八月二七日「ラサ紅衛兵、旧世界を猛烈に攻撃」
八月二八日「ラサ紅衛兵、枯れ草をなぎ倒す勢いで『四旧』を掃討」
八月二九日「『破旧立新』の革命の嵐がラサ全市を席巻」
八月三〇日「ラサ紅衛兵、闘争の中でさらに解放軍に学ぼうと速やかに決意」
八月三一日「ラサ紅衛兵の『破旧立新』宣伝活動、住民の庭にまで深く入る」

これらの報道は、見出しだけ読んでも、チベット文革初期の気勢に満ちた派手な光景を目の前に広げて見せてくれる。「鉄のほうき」とは何なのか。「旧世界を一掃」とは？「枯れ草をなぎ倒す勢いで『四旧』を掃討」とは？　一つひとつの、非常に激烈な政治的行動ないし軍事的行動が、かくしてこのような文学的表現に取って代わられた。もしその場に身を置いていなければ、誰も想像できないであろう。一〇〇〇年にわたって安らかで静かな時を過ごしてきたこの雪山の仏教国で、どのような赤色テロの暴風がやむことなく吹き荒れ、一切合切を巻き込み、生臭い風と血の雨に満ちた、この世の悲劇を一幕また一幕と繰り広げたか、を。

〔写真／左〕これはラサ紅衛兵の腕章である。当時これをつけていたチベット人の女子紅衛兵はすでに他界し、彼女の夫（故人）がこれを保管していた。ラサ中学の元紅衛兵の説明によると、紅衛兵の腕章はこのようにして作られた。まずブリキに字を彫り、ペンキを塗って赤い布に印刷する。その後、医学用の高圧鍋でしばらく蒸すと、色があせないように仕上がった。このほか、謄写版で印刷したり、刺繍したりして作った腕章もあった。二〇〇三年一月撮影。

〔写真／下〕一九六六年八月二〇日（土曜日）の『西藏日報』。取材の中で、私は秘密のルートで西藏日報社から『西蔵日報』の一九六六年の合本を借り出して閲覧し、これらの二枚の写真を撮った。

西藏日報

毛主席是当代无产阶级最杰出的领袖，是当代最伟大的天才。毛主席最相信群众，最关心群众，最支持群众的革命运动，和革命群众心连心！

政治生活中的一件大喜事

最热烈地欢呼伟大领袖、伟大统帅、伟大舵手毛主席万万岁！

拉薩五万群众集会游行庆祝无产阶级文化大革命

中共西藏自治区委員会第一书記张国华同志在会上讲了話

西藏革命群众同我们最敬爱的伟大领袖毛主席心贴心。广大工农兵、革命知識分子和革命干部代表在会上坚决表示：永远跟着毛主席在大风大浪里前进，迎接无产阶级文化大革命新高潮的到来。

永远跟着毛主席，鬧一輩子革命！

ジョカン寺の破壊

「四旧」のシンボル

厳密に言えば、ジョカン寺は寺院ではない。釈迦牟尼十二歳等身像を本尊として数多くの仏像や聖物、法器を祭り、チベット人から「ツクラカン」と尊称される仏殿である。今から約一四〇〇年前、七世紀の吐蕃〔古代チベット帝国に対する唐代中国からの呼称〕王朝第三三代のツェンポ〔国王〔古代チベット帝国の皇帝の称号〕〕であるソンツェン・ガムポ〔松賛干布、五八一－六四九年〕の時代に建設が始まったとされる。ソンツェン・ガムポはチベット人から観音菩薩の化身〔トゥルク〕と見なされ、チベット史上初めて仏教をもって国を治めた法王であった。

ソンツェン・ガムポは重臣をインドに派遣して文字と仏教を学ばせ、今日でもそのまま用いられているチベット文字をつくり、仏法僧〔仏、仏の教え、教えを奉ずる僧。仏教を構成する三要素〕の三宝への帰依を主体とする一連の法律と制度を定めた。二人のチベット人の王妃を娶った後、さらにネパール王国から仏教を信仰するブリクティー・デーヴィー（Bhrkuti Devi）〔チベット名＝ティツゥン〕王女を、唐から文成公主をそれぞれ妃として迎えた。二人の妃がそれぞれ携えてきた二体の釈迦牟尼像は、いずれも仏祖がまだ在世中に開眼の儀式を執り行ったと言い伝えられており、この上なく貴重なものである。ソンツェン・ガムポもまたこれらの釈迦牟尼像を祭るために、二人の妃を率いて二か所の仏殿を創建した。つまり、このような麗しい巡り合わせによってジョカン寺とラモチェ寺〔小昭寺〕は誕生したのであった。

ジョカン寺とラモチェ寺の地理的な位置には特別の意味がある。チベットの民間の伝承や古文書によれば、チベット全体の地形は、羅刹女（らせつにょ）〔人を食うという女鬼〕が仰向けに寝た姿に似ていた。もともと広大な沼沢地だったラサの中央に一つの湖〔オタン湖〕があり、そこはちょうど羅刹女の心血が集まるところに当たっていた。そこで、湖を埋め立てて女鬼の血脈を塞がなければならなくなり、寺を建ててこれを鎮めた。この寺がすなわちジョカン寺である。また、湖畔の砂礫の浜は龍宮の所在地となっており、これも寺を建てて龍魔を鎮める必要があった。これがラモチェ寺である。

このほか、女鬼の両手両足を押さえ込むため、チベット各地に一二か所の神廟を建立し、女鬼の体に一二本の釘を打ち込んだ形にした。今日、チベットのロカ〔山南〕地区にあるタンドゥク〔昌珠〕寺は「鎮魔十二寺」の一つである。残りの寺のほとんどは文革中に廃墟となってしまった。

ジョカン寺はかつてカシャ〔旧チベットの内閣〕の所在地の一つであった。ダライ・ラマ五世〔一六一七－八二年〕が政教一致のガンデン・ポタン〔政府組織に相当〕政権を設立してから、財政、税務、食糧、司法などを所管するカシャ各部門がジョカン寺の二階に置かれた〔外務省はポタラ宮に置かれた〕。それ以後、「金瓶掣籤（きんぺいせいせん）」[16]などの、強国による介入があり、強烈な政治的色彩と植民地化の狙いを帯びた行事がここで催された。このことは、宗教世界と世俗世界は分離できないというチベットの特徴をジョカン寺がはっきりと体現していることを物語っている。つまり、ジョカン寺は宗教的には仏の世界「曼荼羅（まんだら）」を具象化したところであり、人文的には一〇〇〇年に及ぶ俗世ラサの中心で、幾多の世の転変を経てきた。ジョカン寺の歴史はラサの歴史そのものなのである。

しかしながら、旧政権が新政権に取って代わられるのに伴い、さらにはプロレタリア文化大革命の荒波が逆巻くのにつれて、チベットの伝統を凝縮したジョカン寺は、当然のことながら、「四旧」のシンボルとされてしまい、破壊に見舞われる不運から逃れられなかった。これも大勢の赴くところであり、結局いかにもがこうとも避けようがなかった。

かくして、ジョカン寺はついに事実上の革命の標的と化すのである。

この3枚の写真は、1966年8月26日（金曜日）付『西蔵日報』の一面掲載記事「造反有理　革命万歳　ラサ『紅衛兵』、鉄のほうきを高く掲げて旧世界を一掃」に付けられた写真と同じだ。まさにラサ中学の紅衛兵たちがポタラ宮の裏側にある学校を出発し、ジョカン寺で「四旧打破」を行った後、ポタラ宮の正面（現在の北京中路）を通って学校に帰る場面である。

紅衛兵たちがチベット人の集中居住区であるパルコル〔帕廓街〕[17]で文化大革命の宣伝を行っている。先頭を歩いている紅衛兵の男女はラサ市内の各小学校の教師とみられ、ムル〔木如〕寺の向かい側の横丁から出てきたところである。パルコルは中国語で八角街〔パーチアオチエ〕ともいう。したがって、「八角街居民委員会」[18]、「八角街派出所」などは、新政府が命名した統一的な呼称である。

一九六六年八月二六日付『西蔵日報』は一面で次のように報道した。

「二四日午後、数十名の紅衛兵と革命的な教師・生徒は、毛主席の巨大な肖像画を掲げ、提議文を携え、銅鑼と太鼓を叩きながら街頭へ繰り出した……」

「紅衛兵が通り過ぎる街路の外壁には、旧世界を批判し、新世界を打ち立てようという、革命の熱情がほとばしるスローガンと公告がびっしりと貼られている。そこにはこう書かれている。『旧思想、旧文化、旧風俗、旧習慣、旧伝統、旧道徳を徹底的に打倒せよ』、『われわれは科学を必要とし、迷信は必要としない』、『すべての商店と居民委員会を毛沢東思想宣伝の陣地とせよ』」

「〔チベット〕師範学校の紅衛兵たちは……封建主義、資本主義、帝国主義の遺物のような地名と旧いしきたり、慣わしをことごとく改めるよう提案している。例えば、師範学校の所在地のトゥンチェ・リンカ〔仲吉林卡〕のほか、パルコル、リンコル〔林廓路〕[19]、ノルブ・リンカ〔羅布林卡〕[20]、ラル〔拉魯〕郷〔郷は村に相当〕などは、すべて革命的意味のある名称に変更しなければならない……」

「この二つの学校の紅衛兵による街頭宣伝と提議文は、広範な労働者、農民、兵士、大衆と革命的幹部の熱烈な歓迎と強い支持を受けている……」

この漫画のポスターは、まさしく毛沢東の有名な語録のチベット版である。

「すべて反動的なものは、あなたがやっつけなければ倒れない。これも掃除と同じことであり、ほうきで掃かなければ、ホコリはふつう自ずと失せることはない」

漫画は革命を行う者が最も得意とするプロパガンダの道具でもあり、楽しみながら効果的に教育する機能がある。もっとも、それは、見たところ厳粛で、実際にもおどろおどろしい革命に、喜劇であるかのようなカムフラージュを施すのが狙いなのである。

こうして、正義感溢れる「翻身農奴」の「鉄のほうき」により、チベットの「四旧」の象徴——漫画には、身をかわそうとする丸刈りの僧侶二人が描かれているが、明らかにそのうちの一人はダライ・ラマ一四世であり、もう一人はパンチェン・ラマ一〇世である。彼らの周りには仏塔〔チョルテン〕と無数の経典が散らばっている——は、ことごとく「掃討」されたのであった。

この漫画にはチベット語と中国語で「ダライ封建農奴主階級の大本を徹底的にえぐり出そう」と書かれている。これらの漫画は誰が描いたのであろうか。今となっては知るよしもない。しかし、チベットの著名な絵師で、かつてダライ・ラマ一四世の夏の離宮ノルブ・リンカで壁画やタンカ〔軸装した仏画〕を描いたこともあるアムド・チャンパ〔一九一四－二〇〇二年〕にまつわる秘話を耳にした。文革期、彼は毛沢東の肖像画をはじめとする多くの漫画と宣伝ポスターを描いて、自ら進んで各居民委員会に贈呈し、「革命大衆」に歓迎されたそうである。

私は文革期にラサにいた漢人画家の葉星生に取材した。彼は当時たくさんの宣伝ポスターや漫画を描いたと語った。

「『三忠於〔三つの忠実〕』や『四無限〔四つの限りなく〕』[21]を描いた。毛沢東も描いたし、林彪[22]〔当時、中共のナンバーツーで、かつては毛沢東の後継者だった〕も描いた。ほかのもろもろの指導者の肖像画もね。私の宣伝パンフレットには、私が自分で描いたエンゲルスの肖像画の前に立っている写真が載っている。主に描いたのは毛主席だな。林彪の肖像画は出来がよかったよ。彼が失脚する前はちゃんとした肖像画を描いたけれども、失脚後はちゃかして描いたものだ」

写真を見ると、腕章を腕につけ、漫画の看板を担いで先頭を歩いている紅衛兵はラサ市第二小学校の数人の教師である。彼らは、シャベルを肩に担ぎ、赤いネッカチーフ〔少年先鋒隊員のシンボル〕をつけた小学生たちを引率してワパリン〔河壩林〕一帯からラセル横丁に入ろうとしている。ラセルは「とてもはっきりしている」という意味で、ジョカン寺の南側に位置している。みな寺院を破壊する革命的行動に参加しようとしているのだろうか。

一四〇九年、チベット仏教ゲルク派の開祖であるツォンカパ〔宗喀巴、一三五七‐一四一九年〕は、ジョカン寺に大規模な修繕を施した後、本尊の釈迦牟尼十二歳等身像（チベット人は「ジョウォ・リンポチェ」と尊称する。「ジョウォ」は至尊無上の意。「リンポチェ」は宝物を意味し、また転生者の高僧を指す）に世にも珍しい宝物をお供えし、また純金製の五仏冠を捧げた。同時に、ツォンカパは仏陀が六師外道〔仏陀と同時代の紀元前五‐六世紀、中インドで活躍した六人の思想家〕と神変を競って勝利した功徳を記念するため、各寺院、各教派の多くの僧侶に広く呼びかけ、チベット暦の正月期間にジョカン寺で祝福祈願の大法会「モンラム・チェンモ」を前後一五日間にわたって執り行った。

　大祈願会に参加する僧侶や信者が多かったことから、法座をジョカン寺南側の広場に移して仏法を説いた。それ以降、歴代のダライ・ラマとガンデン・ティパ（ガンデン〔甘丹〕寺座主）がここで仏法を伝授したことから、「スンチュ・ラワ」、つまり「伝法の地〔講経場〕」と呼ばれるようになった。こうして大祈願会は慣例として踏襲されるようになり、ダライ・ラマ五世以降は期間が二一日間へと延長された。

　大祈願会の際には、ラサの三大名刹――デプン〔哲蚌〕寺、セラ〔色拉〕寺、ガンデン寺――およびその他の寺院の僧侶数万人がジョカン寺に集まり、仏法修行、教義問答、厄払い、チュンガ・チューパ〔チベット暦一月一五日のバター灯明祭〕、チャンパ〔弥勒菩薩。釈迦入滅後五六億七〇〇〇万年後にこの世に降下し、衆生を済度する未来仏〕の迎請などの行事が行われる。スンチュ・ラワでの教義問答の情景は極めて壮観であり、最優秀者はゲルク派の最高学位「ゲシェー・ラランパ」を取得することができる。この年一度の盛大な法会は、ダライ・ラマが自ら主宰するのが通例である。

　文革前のスンチュ・ラワは、ラサにおいては寺院とポタラ宮を除き、唯一、石を敷き詰めた場所であり、大祈願会の際にはもっぱら無数の僧侶の座席として利用された。しかし、文革期、ここは「牛鬼蛇神」を引っ張り出してつるし上げる批判闘争の場となり、「立新広場」と改名された。以降、大衆集会の会場になったり、野外映画館になったり、文芸団体がチベット語に翻訳した革命模範劇(23)「紅灯記」や現代革命バレエ劇「紅色娘子軍」を上演する劇場になったりした。

　文革が終わった後、スンチュ・ラワは政治集会の場として使われなくなったものの、その宗教的役割は完全にはよみがえらなかった。一九八六年二月、二〇年間も禁止されていたモンラム・チェンモが復活したが、伝統的な催しの規模には遠く及ばず、三年後の一九八九年、モンラム・チェンモの期間中に、当局が喧伝するところの「騒乱」が起きたために再び禁止され、今も行われていない(24)。スンチュ・ラワはしだいに物売りの露店がひしめくようになり、わずかな空間しか残らなくなった。これらの行商人の中には、ロカ地区の農村からやって来た者たちがいて、手織りのプル〔チベット産の羊毛織物〕の毛布をラサの住民や旅行者に売っている。このほか、多くの漢人や回族の物売りもここで露店を開き、主に観光客向けの工芸品を商っている。スンチュ・ラワ左方の遠くない場所にはパルコル派出所がある（二〇一三年夏に完了した「ラサ旧市街保全プロジェクト」により、それ以前にパルコルを埋め尽くしていた二千六百余の露店はことごとく立ち退かされた。そのうちの多くはチベット人の商人だった。「スンチュ・ラワ」は塀で封鎖されて立ち入り禁止となり、ジョカン寺に駐在する工作組〔当局が特定の問題を抱える地区や職場に派遣する調査・指導グループ〕の休憩所兼駐車場に変わっている。パルコル派出所は「パルコル古城公安局」に格上げされた。ジョカン寺とそれを取り巻くパルコルを中心とする旧市街は「パルコル古城」と命名され、もっぱら旅行客用に仕立てられた観光スポット兼テーマパークとなり、それ自身の宗教性は弱められた）。

この写真は、「四旧打破」運動における第一次「革命行動」となった一九六六年八月二四日のジョカン寺破壊に参加した紅衛兵の一部が講経場スンチュ・ラワに集まって記念撮影したものである。

その昔、臙脂色の僧服をまとった数万人の僧侶が集合した講経場は見る影もなく変わり果てた。かつてダライ・ラマや高僧大徳の法座を祭った高い台の上は、このとき、毛沢東の肖像画と、「宣戦書」と書かれた大きなプラカードが占拠するところとなった。「徹底的に旧世界を粉砕せよ！　われわれこそ新世界の主人公だ！」というスローガンが高々と掲げられ、ジョカン寺の赤塗りの壁や金色の屋根よりも目立っている。

野次馬の子供たちと、頭巾をかぶって固まって座っている七、八人の女性たち（パルコルの住民）を除けば、若者たちのほとんどがラサ中学の生徒だ。林立する赤旗と、赤い房飾りがついた槍の間で、彼らはそれぞれあたりをきょろきょろと見回すばかりで、あどけなさ丸出しである。もとより、この中には生徒たちを統率・指揮して寺院を破壊した教師たちもおり、例えば、前列左端の人物がそうである。

宣伝隊や文芸小分隊は革命には欠くことのできない道具の一つだ。まさしく、ある作家が言うように、あらゆる革命家は「スローガンや革命用語を作ったり、政治運動を始めたり、いつまでたっても終わらない集会やお祭り騒ぎをやるのが得意」なのである。それだけでなく、大衆の感情を奮い立たせるような革命歌曲を数限りなく作曲することにも長けている。加えて、チベット民謡を流用して歌詞を改作し、チベット人の口ぶりで毛沢東、中国共産党および中国軍に感謝を捧げることも上手だった。そこで、チベット服を身にまといつつ、「翻身農奴が解放された」ことを訴える中学生たちは興奮の面持ちで、チベット伝統民謡を全面的に作り替えた、いわゆるチベット革命歌曲を歌うのである。

北京の金色の山から光芒が四方を照らす
毛主席こそ、かの金色の太陽
何と温かく、何と慈悲深い
われら農奴の心を明るく照らす
われらは社会主義の輝かしい道を歩む
エー、パタ、ヘー！……[25]

拍手をしている二人の少女はラサ中学の宣伝隊の演技隊員。背景はやはりジョカン寺の講経場スンチュ・ラワである。

颯爽たる雄姿の中学生紅衛兵たちが講経場スンチュ・ラワに集まり、整列している。赤い房飾りのついた槍が陽光を受けて女子紅衛兵の肩に影を投げかけており、この日がうららかな日和であったことが分かる。写真の女子紅衛兵は、数頁後ろの写真にも登場しており、実は一般の紅衛兵とは異なる事情を抱えていたが、後に敬虔な仏教徒になり、数年前にラサで亡くなった。

これはジョカン寺の中庭キンコル（壇城〔諸仏諸尊の集まる所〕を指す）である。ラサの紅衛兵が「四旧打破」の活動を行ったこの日、めちゃくちゃに壊された仏像や法器、供具、その他の仏教のシンボルがあたり一面に積み上げられている。それらの多くは、二階の仏殿や長い回廊から運び出され、放り投げられたものだという。

二階のバルコニーにいる十数人の若者たちはみな紅衛兵で、その中にはお下げ髪の女子紅衛兵もいる。さらに、腰をかがめたような格好の、小柄な感じの子供二人が見える。手に何か物を抱えており、下に放り投げようとしているかのようだ。一階には、赤い房飾りがついた槍を持った男の紅衛兵が三人いるのがはっきり分かる。角の奥の方には、軍服ないし軍の平服を身につけた四人の人物の後ろ影が見える。何本かの高い柱にはスローガンが貼られている。

伝統的に、キンコルはチベット暦の正月期間にジョカン寺で行われるモンラム・チェンモの場所とされる。そのときには、臙脂色の僧衣に身を包んだ数万の僧侶がここで車座になって声を揃えて祈禱を行う盛大な光景が見られる。

中庭には主としてデプン寺の僧侶が座る。その他の寺院の僧侶たちはマニ車〔仏具の一つ。真鍮や木で作った筒の中に経文が入っており、一回まわすと一回経文を読んだことになる〕の並ぶナンコル〔転経回廊。マニ車の内環路〕に沿って座るが、二階の凹字形のバルコニーまで人でいっぱいになってしまう。ダライ・ラマは、黄金色の紗のカーテンで覆われ、その上部には金色の屋根が光り輝く三階のシムチュン（貴人の寝室を意味する敬語であり、「日光殿」とも呼ばれる）から、ゆっくりと下りてきて、中庭の左側にある金色の法座に端座し、自ら年に一度の盛大な法会をつかさどる。

一九八九年三月、ここで最後の大祈願会が行われたが、いわゆる「騒乱」が発生したため、モンラム・チェンモはとうとう禁止された。事情に通じたある人がその伝記の中で明らかにしているところによれば、以下のような出来事がチベット人の抗議を誘発する導火線となった。

大祈願会がまもなく終わろうという当日、あるチベット人の高官が北京から来た漢人の役人数名を引き連れて、ダライ・ラマが法会期間中に宿泊する日光殿に無断で入り込んだ。彼らは窓に掛かっていた黄色い繻子のカーテンをめくり、外をきょろきょろ見回したところ、中庭に集まって法要を営んでいた僧侶たちに見つかってしまった。彼らの行為をとんでもなくひどい侮辱であると受け止めた僧侶たちは、怒りの感情を爆発させた。僧侶たちの不満を抑え込むため、武装した共産党軍がジョカン寺に突入し、「分裂分子」と見なされた多くの僧侶を捕らえ、殴りつけた。

倉庫に身を隠して難を逃れた僧侶の回想によれば、翌日になって彼が倉庫の外に出たところ、すでに人っ子一人いない中庭の至るところにチベット式の木碗と僧侶の衣や靴が散乱していた。いずれもあたふたと逃げ出した僧侶たちが落としたものであった。それだけでなく、さらに驚くべきことに、地面には血の跡が薄く氷っていた。

今日、この中庭は、平素は清潔で平穏なたたずまいを見せているが、宗教行事のあるときやチベット暦の正月期間はことのほか混み合う。チベット各地からやって来る信者たちが

長蛇の列をつくり、釈迦牟尼等身像に参拝するからである。この釈迦牟尼像を祭ったお堂「ジョウォ・ラカン」はジョカン寺全体の中心であり、苦しい長旅を重ね、さらには尺取り虫のように五体投地〔全身を投げ出し、両膝、両肘、額を地面につけて礼拝すること〕を繰り返しながら、はるかな道のりを聖地巡礼するチベット庶民の究極的な憧れの場所である。ラサ近辺の寺院や各家庭に招かれた僧侶がここで法会を営むこともあるが、当局の規制によって、この種の法会の規模はますます小さくなった挙げ句、今では取り止めになり、禁止されている。

〔写真／上〕　これら二人の女子紅衛兵はラサ中学の生徒である。左側の少女は大商家の出身で、その後、ダライ・ラマの家族の親戚と結婚し、パルコルあたりに住む一般市民となり、数年前に死去した。右側の少女も大商家の出身で、今は定年退職した幹部だが、それ以上のことは分からない。よく見ると、彼女たちは四六－四七頁の写真の中でジョカン寺二階のバルコニーに立ち、「四旧」を投げ捨てて壊した紅衛兵であることが分かる。彼女たちの視線に沿って下を見れば、そこはまさしく、破壊された無数の仏像や仏具が積み重なっている中庭キンコルである。

右側の少女の服はほこりにまみれている。彼女たちは、政治態度がよろしいということから、「戦いの最前線」で紅衛兵に加わることを認められたのであろうか。[26]

〔写真／下〕　馬鍬を振り動かし、ジョカン寺の黄金色の屋根を懸命に壊している女子紅衛兵は誰だろうか。横顔しか見えないため、多くの人に聞いてみても答えはあいまいだった。だが、二〇〇四年になってそれははっきりした。チベット暦の正月期間中、二人の別々のラサ住民——ともに当時、ラサ中学の生徒だった——に、この写真をじっくり見てもらったところ、二人とも同じ人物の名前を挙げた。その少女はルク〔魯固〕居民委員会に家があり、いわゆる「翻身農奴」家庭の出身だった。

彼女はラサ中学で「最も積極的で、最も大胆な行動をとる」生徒だったそうである。「武闘〔暴力や武器を用いた派閥間闘争〕」が行われた当時は、「大連指〔プロレタリア大連合革命総指揮部〕」の下部組織のボスで、その後、チベットテレビ局や中央人民放送局のアナウンサーを務めたが、とうに定年退職して北京に住んでいる。ただ、彼女は別の人間だと断言する声もある。その人はやはりラサ中学の生徒で、文革にとても積極的に参加し、後にチベット自治区婦女連合会の役人になったという。

これはジョカン寺の正門である。一八－一九頁の写真と比べると、すでに大きく変わっていることが分かる。ヤクの毛で編んだタルチョ〔経文が印刷された祈禱旗〕も、巨大な金メッキの宝瓶も、六つの角に吊り下げられた銅の鈴も消えてしまった。金色の法輪と左右一対の雌雄の祥麟（しょうりん）〔めでたいしるしとして現れる鹿〕を組み合わせた「祥麟法輪」も消え去っている。しかしながら、なお五星紅旗は風に翻っている。二十数人の紅衛兵が、赤い房飾りのついた槍を手に、毛沢東の巨大な肖像画を据え付けようとしている。

上から下へ目を転じると、両サイドの朱塗りの壁にハート形のような装飾がある。もともと中には金メッキを施した銅製の「十相自在」〔チベット語で「ナムチュワンデン」〔カーラチャクラのモノグラム〕という。チベット仏教のシンボルの一つ。神聖な価値と力を凝集していると考えられており、装飾のほか、幸福を祈願し、邪気を払う効用がある〕がはめ込んであったが、右側のものはすでに剝ぎ取られてしまっている。左側の方は、剝ぎ取っている最中である。

手前の群衆の中で一人だけ体の向きを変え、顔をさらけ出している人物は、ラサ市第二小学校の校長、ガワンである。彼は漢人とチベット人との間に生まれ、後にラサ市文化局副局長となり、一九七〇年代末に死去した。

このよく茂っている巨木は、チベットの歴史上、非常に有名な「唐蕃古柳」（略称は「唐柳」）という木で、またの名を「公主柳」という。言い伝えによれば、約一四〇〇年前、「和親」のために遠方から輿入れした異国の女性と一緒に中国の唐の都・長安から吐蕃の都であるラサまで運ばれ、その女性自らが植えた木であるとされる。その異国の女性こそが今日、話に枝葉がついて政治神話と化した唐宗室の皇女、文成公主である。

チベット人はこの巨木を「ジョウダ」と呼ぶ。それは「仏の頭髪」を意味するが、文成公主が釈迦牟尼十二歳等身像をラサにもたらし、柳の枝はまるで仏の頭髪のようだからである。しかし、今ではすでに生命力を失って枯れた切り株しか残っておらず、元の木の前には別の柳の木が葉をまばらに茂らせながら立っている。文革後にどこから移植したのかは不明で、「唐柳」の代わりというものの、実のところは作り事である。

元の木は一九六六年八月二四日、災禍に見舞われた。生い茂った枝がへし折られ、スンチュ・ラワに積み上げられ、タルチョや経典、マニ車を焼く薪に用いられた。

まもなく二つのセクトに分裂した「革命大衆」の間で武闘が始まると、双方の武器として、牛や羊の毛で編んだ一種の投石器であるウルド〔チベットの放牧用具）のほかに、六塩化ベンゼン〔殺虫剤の一種〕が使われた。六塩化ベンゼンは「革命大衆」の頭上にばらまかれただけでなく、一〇〇〇年の長きにわたって生きてきた「唐蕃古柳」の枝や幹にも振りかけられた。こうして有名な古木は枯死するに至り、これ以降、書物と伝説の中だけでひそかに息づくことになった。

しかし、もう一つ、それを目撃したものがある。「唐蕃会盟碑」である。西暦八二三年、チベット王ティ・レルパチェン〔赤熱巴堅〕と唐王朝は、双方の境界線を定め、互いに侵略せず、信用を守って友好を保つため、盟約を誓う石碑を建立した。その中でも最も著名な文言は「蕃於蕃国受安，漢亦漢国受楽〔チベットはチベットにおいて安けく、中国もまた中国にて楽しむ〕」である。前頁の写真では、この古碑は右手の石積みの塀の中に立っており、伸びた木の枝でほとんど遮られ、間近には高く掲げられた横書きのチベット語スローガンが見える。現在では、石碑に刻まれた、チベット語、中国語の二種類の文字は、長い歳月による風化で判読困難になっている。当時、隣同士だった両国がいかに仲睦まじく共存したかについてわれわれに語りかけている。

塀の外にある大きな石碑は「勧人種痘碑」といい、清の乾隆年間に建てられた。当時、伝染病の天然痘が猛威を振るって多くの人命を奪ったことから、駐蔵大臣[27]の和琳〔在任一七九二－九四年〕がこの石碑を建て、チベットに宗主権を持っていた満清王朝〔清朝〕の形式的な心遣いを示した。この「勧人種痘碑」の裏側にもう一つ石碑があり、半分ほどしか残っていないが、ツォンカパ大師〔チベット仏教の最大宗派ゲルク派の開祖〕が一四〇九年にジョカン寺を修繕したときに建てた無字碑とみられる（二〇二〇年、新型コロナウイルスの大流行から程なくしてジョカン寺の前に二つの中国式の碑亭〔石碑を風雨から守るあずまや〕が突如出現し、三つの石碑を覆い隠してしまった。ジョカン寺の伝統的な風格を損なっただけでなく、国連教育・科学・文化機関〔ユネスコ〕によって指定を受けた「世界文化遺産」〔ジョカン寺は「ラサのポタラ宮の歴史的遺跡群」の一つとして登録〕が順守すべき保護規定にも違反している）。

柳の古木のもう一方に「ペルジョル・ラプテン」という名称のチベット様式の建物がある。かつてパンチェン・ケンポ会議庁（パンチェン・ラマがシガツェ地区の行政・宗教事務を管轄する機関で、チベット語で「ナンマガン」という）の役人が、一九五〇年代にラサで居住した建物で、後に壊された。

この写真をよく見ると、柳の古木の下は、居民委員会が動員した「翻身農奴」や、物見高い子供たちでいっぱいだ。そこには赤旗、銅鑼、毛沢東の肖像画、チベット語に訳された「プロレタリア文化大革命……」のスローガンの横断幕と、すべて揃っている。学生紅衛兵たちが等間隔で整然と立ち並び、教師なのか、居民委員会の積極分子なのかは分からないが、三人が手に紙を持ち、どうやら決心書を読み上げているようである。柳の古木の下で戸口に立っている数人の大人たちは容貌が漢人の幹部のようであり、短髪の女性の横顔も見えるが、みんな何かを監督しているような表情をしている。小さな三角旗を手で掲げている者も多い。通常それにはチベット語や中国語で毛沢東語録の類いが書かれている。

銅や鉄の残骸、手足をもぎ取られた藁人形、一枚一枚引きちぎられた経典、踏みにじられて汚れたタルチョ――地面にはそれらが山積みになっているが、決してゴミなどではない。まさしく、柳の古木の向かい側にあるジョカン寺から運び出され、「四旧」として破壊、放逐された仏像や法器、供具であり、仏教を象徴するその他の品々なのである。

〔写真／上〕　経典やタルチョを燃やしているこれらの人々の中には、学生紅衛兵もいれば、住民紅衛兵もいる。燃やされている木の枝の一部は「唐柳」から切り取られたものだという。家々の屋根の上でもともと使われていた、タルチョを掛けるための木の枝もあるようだ。

〔写真／中〕　これらの巨大なチベット様式の建物――カル・シャル、カートク・シャル、ツェスム・シャル――は、ジョカン寺の建設が始まって以降、その周りにしだいに建てられたものである。かつてはカシャ政府が所有し、商人や住民に貸していたが、一九五九年に中共がいわゆる「民主改革[28]〔民改〕」を実施した後、居民委員会、ラサ市貿易公司卸売部などの機関が置かれたほか、市民の住居としても利用された。近年、何度も修復されたり、建て直されたりしている。

〔写真／下〕　七、八人の若い男女の学生がまさに力を振り絞って大きな車輪のようなものを動かし、赤々と燃え盛る火の中へ押し入れようとしている。内部にたくさんの経文を納めたマニ車であり、ジョカン寺の二階にあったものだ。かつて、アニ・ツァングン〔倉姑寺〕など三か所の尼寺の尼僧だけが毎年順番でジョカン寺へ行ってこのマニ車を回すことができたとされるが、このときに燃やされて灰になってしまった。

チベット様式の建物の玄関上に看板が一つ掲げられており、チベット語と中国語の二種類の文字で「八角街先進氆氇〔プル＝毛織物〕互助組」と書かれている。

ぼうぼうと燃え上がる烈火である。焼かれて灰燼に帰しつつある無数の書物の紙片——どれも以前は寺院に保管されていた仏教の経典だ——を激しく巻き上げ、呑み込みながら燃え盛っている。

誰が火をつけたのか、誰が野次馬なのかは判別できない。みんな入り混じってしまっており、どの顔も興奮の極にあるからである。しかも、中国各地の同じような文革写真に登場する人々と比べると、身なりも顔つきも実によく似ている。

ただ、背後のチベット様式の建物だけがわれわれにこう注意を促している。ここはチベットなのだ、ここはラサなのだ、ここはジョカン寺の講経場「スンチュ・ラワ」なのだ、と。

これらの若者たちはラサ中学の紅衛兵で、当時のラサの目抜き通り、人民路（かつてこの一帯はユトク〔宇妥〔宇拓〕〕と呼ばれ、その名は交差点の中国式の廊橋〔ユトク・サンパ〕に由来する。「ユ」はトルコ石、「トク」は屋根を意味し、ここでは橋の屋根を飾る青緑色の瑠璃瓦を指す）を歩いている。紅衛兵の腕章をつけた彼らの左腕の側には一九六五年に建てられた「新華書店」があり、中国各地の官営書店と同じく、命名も揮毫も毛沢東によるものである。赤い房飾りのついた槍を担いでいる右腕の側には一九六五年に集会場から商店に改築された「ラサ百貨公司」（ほどなくして「ラサ百貨商店」に改称）がある。

彼らが歩いてきた方角からすると、その後ろの方にジョカン寺がある。実際には、三七頁の三枚の写真と同じ情景である。これらの紅衛兵はこの日の「四旧打破」の任務を完了し、教師に率いられて学校へ帰るところである。

ラサ紅衛兵の第一次行動

それは一九六六年八月下旬のある日のことであった。正確な日時については、多くの当事者たちはもう覚えていない。それは枝葉末節にすぎず、覚えておく必要がなかったせいかもしれない。あるいは、当時は、以前と違って毎日毎日が「破旧立新」の意義に彩られ、入り組んだ事件が交錯し、幾重にも重なり合っていたため、ある一日の出来事などは記憶の中では漠然としたものになってしまったからかもしれない。

しかしながら、あの日に発生した事件は、当時においても、今日においても、まるでチベットで起きた史上稀な地震のように、人々を震撼させずにはおかない。当時、ラサ中学の生徒だったチョクスム（仮名）の回想によれば、ラサの紅衛兵の第一次「革命行動」はジョカン寺に行って「四旧打破」を実行することだった。あの日は水曜日だったと、彼女の母親は明確に付け加えた。水曜日はチベット語で「サラクパ」というが、ダライ・ラマの誕生日がまさしく水曜日であったことから、神聖な日とされている。その水曜日は、仏教を心から信仰するラサの老人にとって、特別な意味があったに相違ない。というのは、この日に、神聖な仏殿が公然と踏みにじられ、荘厳な宗教上の聖物が手当たりしだいに破壊されたからだ。明らかに、老人の生涯を通じてかつて出会ったことのない災禍であった。それゆえ、彼女の記憶に刻まれているのである。

八月下旬の水曜日だったとすれば、それは二四日のはずである。

それから二〇年後、「西蔵党校増刊」の一部として内部発行の形で小部数印刷された『西蔵大事輯録（一九四九－一九八五）』には、「八月二四日ラサの一部の学校の紅衛兵が街頭への出陣を開始し、盛大に『四旧』を破壊した」という素っ気ない一文しか記載されていない。

西藏日報

毛主席语录

一切反动派都是纸老虎。看起来，反动派的样子是可怕的，但是实际上并没有什么了不起的力量。从长远的观点看问题，真正强大的力量不是属于反动派，而是属于人民。

人民日报 社论

伟大的战略思想

—纪念毛泽东同志关于帝国主义和一切反动派都是纸老虎的英明论断发表二十周年

造反有理　革命万岁

拉薩"紅卫兵"举起鉄扫帚横扫旧世界

我們什么都不怕

—纪念毛主席关于帝国主义和一切反动派都是紙老虎的英明論断发表二十周年

1966年8月26日（金曜日）の『西蔵日報』一面

当時、チベット自治区で唯一公刊されていた新聞『西蔵日報』は、一九六六年八月二六日（金曜日）付の第一面に「造反有理　革命万歳　ラサ『紅衛兵』、鉄のほうきを高く掲げて旧世界を一掃」との見出しを掲げてこれを報じ、典型的な文革用語でラサ紅衛兵の八月二四日の「革命行動」を抽象化し、抒情化した。実際にどのように旧世界を「一掃」したのかについては具体的に伝えておらず、「革命行動」の目標――ダライ・ラマ一四世に「全チベットで最も崇高なる寺院」と称賛されたジョカン寺――がどのように破壊されたのかに至っては一言も触れていない。

その日、ラサの街頭に繰り出して「四旧」を盛大に叩き壊したのはチベット師範学校とラサ中学の紅衛兵だった。一九六六年三月に設立されたチベット師範学校（前身は一九五一年に設けられた蔵文幹部〔チベット語のできる漢人幹部〕育成訓練班。一九八五年、チベット大学に昇格）は、大多数の学生がチベット各地の農村や牧畜区の出身で、教育水準が低く、いかに識字率を高めるかといった程度のレベルだった。さらに、情勢の急激な変化によって寺院を離れ還俗した者までがここで学んでいた。

ラサ中学は一九五六年に創設された。ダライ・ラマが名誉校長を、またダライ・ラマの経師〔経文を講説する師僧〕ティジャン・リンポチェが校長を務めたこともあった。チベット史上、私塾でも寺院の学校でもなく、中国の学校の性格を備えた最初の中学校であり、ラサに当時あった、同様に中国の学校の性格を持つ三か所の小学校から生徒を集めた。初級中学から高級中学〔高校〕まであり、教師の陣容は非常に充実していた。チベット語を教える教師はチベット人〔主として「旧チベット」で寺院や私塾の教育を受けた上層人士たち〕で、その他の主要科目の教師はいずれも中国各地の高等学府を卒業した漢人だった。中には大学の教師だった者もいたが、出身が悪かったり、政治的に問題があったりしてチベットに「流罪」になったのであった。しかし、多くは共産党のプロパガンダの下で、理想主義の情熱を抱いて中国各地からチベットへ馳せ参じた者たちだった。例えば、陶長松などはそのうちの一人であった。

陶長松はチベット文化大革命の風雲児であった。文革が始まると、先頭に立って人々を扇動し、変幻めまぐるしく予測不能な政治舞台に一躍登場するや、以後数年にわたって活躍した。彼は生徒たちを率いて「四旧打破」を実行するリーダー役の教師だったが、まもなくラサの二大造反派組織の一つである「造総」（正式名称は「ラサ革命造反総司令部」。対立していたのは略称「大連指」こと「プロレタリア大連合革命総指揮部」〔大連指が張国華支持派であるのに対し、造総は反張国華派〕）の総司令官になった。

したがって、チベット人、漢人を問わず、チベットであの時代を体験した多くの人々は、名声を鳴り響かせた「陶司令官」のことを知っている。その後、彼はチベット自治区革命委員会[29]（略称「革委会」）の副主任（現在の自治区副主席に相当）に就任したが、文革の終結に伴い、囚人に身を落とした。一九八〇年代半ば以降は、第一線から引退し、学者として書斎生活を送っている。

陶長松は江蘇省揚州の出身で、一九六〇年に華東師範大学〔上海にある名門の教育系総合大学〕を卒業した後、自らチベット行きを申請し、ラサ中学に配属されて国語〔中国語〕の教師になった。生徒の間では高い声望があり、このこともまさしく彼がラサ紅衛兵と「造総」を組織する基盤となった。

二〇〇一年、私が二度にわたって陶長松に取材したとき、なおラサに居住していた彼は齢六〇を超えていた。すでに定年退職していたものの、チベット社会科学院に招かれ、政府のいくつかの研究プロジェクトを主管していた。その後、漢人地域に戻って隠居し、成都に住んだというが、会ったときの彼は相変わらずやせていてすらっとしており、鳥打ち帽に眼鏡、中山服という往時の身なりをしていた。上品で礼儀正しい振る舞いからは、多くの人が耳にした、当時の彼の威風堂々とした姿はまったく想像すべくもない。

お互いに言葉を交わし始めると、彼はしばしば見かける漢人の知識人の横顔——感情を表に出さず、物静かで、学識が深く、物腰も上品といった性向——をのぞかせた。だが、ゆっくりとささやかな変化を見せ始め、かつて自身の青年、中年時代を貫いていたある種の気質が滲み出てきて、だんだん激越さを増す語調と、ますます熱狂の色を帯びる眼差しの中にそれがみなぎった。明らかに、私たちの話題がチベット文革に及んだからであった。彼は時たま突然目覚めたかのように立て板に水のおしゃべりに一息入れ、申し訳なさそうに笑ったが、すぐまた、自分が威風堂々と光り輝き、思わぬ出来事が満ち溢れていた昔に戻った。

ラサ紅衛兵の出現について、彼は率直に語った。

> チベット地区で紅衛兵を発足させることになったが、それは「新生事物」[30]であり、当時、生徒たちはどうやったらいいか分からなかったようだ。私はそのとき、ラサ中学の若手教師で、いくらか影響力もあった。そこで、事実上、私がこの問題の責任者になったわけだ。いずれにせよ、紅衛兵組織はすぐに立ち上げられた。けれども、その具体的な日にちは全然覚えていないね。たぶん、「八・一八」〔一九六六年八月一八日、毛沢東が天安門の城楼に立ち、全国各地からやって来た、中学生主体の紅衛兵一〇〇万人を初めて接見したことを指す〕の後に成立したんじゃないかな。
>
> 最初のころの紅衛兵はみな学生だった。内地でも紅衛兵はみな中学生だったからね。ラサ中学を率いていたのはこの私と言っていいが、チベット師範学校を率いていたのは「ミミ」というあだ名のチベット

族の男性教師だった。もっとも、私は前に師範学校で教えたことがあり、お互いによく知った間柄だったので、彼らも私の言うことをわりと聞いてくれたよ。ところが、後になって紅衛兵の範囲が広がってしまった。なぜって紅衛兵は流行だったものだから、至るところ紅衛兵だらけになった。住民がいちばん多かったが、団体や官公庁にもたくさんいた。これもまた、毛主席の命令一下、全国が行動する、ということの表れだった。

紅衛兵がジョカン寺で行った「四旧打破」に関する状況は敏感な話題であるため、ほかの問題では驚くべき記憶力を発揮した陶長松も、これについてはやや大雑把な話しかしなかった。

私たちはお寺を壊しに行ったわけではないんだよ。私自身はそういうことには特に反対だった。ああした場所は文化財なのだから、保護する必要があるということは分かっていたからね。ところが、お寺は壊されてしまった。これは主として一般大衆と関係があったことなんだ。彼らは紅衛兵の中に混じってお寺に入って行ったのさ。主に紅衛兵は五体投地する信者たちの体にスローガンを貼りつけて、五体投地なんてものは封建的な迷信だと訴えたわけだよ。信者たちはすぐにいなくなったけどね。

時には紅衛兵がお寺で騒ぎを起こしたこともあったけれども、何しろ「四旧」と見なしていたわけだからね。しかし、紅衛兵について言えば、仮にお寺を破壊するにしても、好き勝手にどんどん壊して回るようなことは断じてなかったね。例えば、私たちがセラ寺の近くの小さなお寺を壊しに行ったときは、文化財を一つひとつ記録にとったものだ。

ジョカン寺に行ったあのときは、実際は寺の中にそんなに長い時間いなかった。党宣伝部が人をよこして「総理（周恩来）[31]が保護せよとの指示を出した」と言ったので、私たちはすぐに撤退したんだ。その後、居民委員会の紅衛兵がまた中に入って行った可能性が高いね。実のところ、私たちはジョカン寺へ行っても、何もしないですぐ出てきたんだよ。周総理の電報が来たわけだから。正直なところ、紅衛兵はとても聞き分けがよかった。みんなにきちんと説明したので、何でもなかった。あのとき、ジョカン寺は少し傷ついたけれども、釈迦牟尼像しか残らないほど徹底的に破壊されたなどということはなかったんだよ。

周恩来の指示の具体的内容は詳らかではない。取材を通じて分かったのは、ジョカン寺の破壊を止めさせる指示ではあったが、そのほかの寺院をも対象にした指示ではなかったということである。

チョクスムは写真の中の自分を見て驚いた。四三頁の記念写真では、彼女は一列目の右の方に写っており、やせていて背が高く、ズボンに大きなつぎが二つある。見たところ、端正な顔立ちをしており、はにかんでいるようだ。ほかの同級生と違って、腕に紅衛兵の腕章をしておらず、赤い房飾りがついた槍も持たず、寂しそうである。チョクスムによれば、あの当時、出身の悪い生徒は紅衛兵になることができず、赤い房飾りがついた槍を持つ資格もなかったという。

赤い房飾りがついた槍とは何のことか。棒の先端に切れ味の悪い金属製の矛先を差し込み、赤い房を縛りつけた大昔の武器で、今から見れば、オモチャみたいなものだ。当時においても殺傷力などたいしてなかったにせよ、その象徴的な意味合いは実用性をはるかに超越していたと言うべきである。

初期の中国共産党が統率者を失い、ばらばらになった兵士たちがいわゆる「革命根拠地」の農村に集結した当時、赤い房飾りがついた槍は新たに誕生した赤色政権を防衛する一種の装飾的な印となり、赤いネッカチーフや赤い腕章のように他者との差別化を図る標識と同じものだった。こうした標識があるということは、革命の後継者となる資格を有するということであった。それゆえに、個人の「階級成分〔階級的な身分〕」がことさら強調された文革時代において、成長期の青少年にとっては、一本の赤い房飾りがついた槍を獲得できるかどうかは、まさに革命陣営の一員になれるかどうかという大問題であった。

紅衛兵に加わることを許されなかった当時のことを振り返ると、今なおチョクスムはそのころ心の中を塞いだやりきれない思いと劣等感にさいなまれる。当時、彼女はラサ中学の初六六年組（本来なら一九六六年に初級中学を卒業するはずだったが、文革が勃発したため、三年遅れでようやく卒業した）の生徒で、まだ一七歳であった。周りの多くの同級生が紅衛兵になるのを眺めつつ、彼女はただただ商人家庭の出という重荷を背負ったまま、それから逃れるすべもなく、まったく意気が上がらなかった。彼女の記憶によれば、ジョカン寺破壊の前日、学校では動員大会が開かれ、国語教師の陶長松が丁寧に感情を込めて生徒たちをこう諭した。

「われわれの紅衛兵の若い闘士たちはみな『翻身農奴』の子弟ではあるけれども、出身家庭が悪い学友を決して差別したりはしない。個人の出身家庭など選択しようがないのだ。だが、肝心なのはその人の立場と態度であり、それは選択できる。明日の行動は一人ひとりの学友をテストするチャンスだ。革命の側に立つのか、それとも反革命の側に立つのか、明日の行動で分かる」

当時のラサ中学には、出身家庭の悪い生徒が少なくなかった。それは、伝統的に貴族や荘園主、商人の家庭がそれまでずっと子供を学校に通わせていたからである。だが、底辺の庶民は貧困に苦しみ、子供を学校にやる力などなかった。チベット人が寺院や私塾に子供を送り込んで教育を受けさせる習わしを、これ以上引きずらないようにするために、さらにはいわゆる「民族幹部」を育成するために、およそラサ小学校とラサ中学で学ぶ生徒であれば、家庭の出身を問わず、学校の創立初期には、全員が毎月、中共が支給する銀貨三〇元を受け取ることができた。その後、金額はしだいに減少し、文革前には就学補助金は一級、二級、三級に区分され、最高の支給額は一五元だった。

しかし、中国の当時の状況と似たようなもので、もし出身家庭が悪ければ、間違いなく要注意人物としてブラックリストに載せられ、そうした人たちの学生時代は極めて暗澹としたものになった。例えば、初級中学生だったツェトプには今でも忘れられない体験がある。彼はチョクスムと同じく商人家庭の出で、しかも祖母に「参反」（「参加反乱〔反乱参加〕」の略称。一九五九年三月、ラサで発生した、チベット人による共産党への反抗事件に参加したことを指す。共産党は事件を武力鎮圧し、「平息反革命反乱〔反革命反乱平定〕」と称している。略称「平反」）の前歴があったことから、特別視された。

彼は教科書に載っていた岳飛〔南宋の名将。金との主戦論を唱え、講和派の宰相秦檜の謀略で獄死した民族英雄〕の肖像画に米国の喜劇王チャップリンの帽子をいたずら書きし、それを同級生からクラス担任に告げ口された。担任も自分の出身が良くないチベット人だったが、すこぶる「革命的」であったため、このことを大げさに取り上げ、ツェトプが民族英雄の岳飛に対して「階級的な恨み」を抱いていると決めつけ、批判集会を開いたり、自己批判書を書かせたりした。一三歳の彼には忍びがたい苦痛であり、自殺さえも考えた。それは一九六四年のことで、「唯成分論[32]」の暗い影がすでに多くの年端も行かぬ中学生をすっぽり包み込んでいた。

一九六六年八月時点で、全寮制をとっていたラサ中学には全部で一二クラス（初級中学八クラス、高級中学四クラス）があり、計三六〇人余りの生徒がいた。このほか、他県から募集した、低層家庭出身の新入生二〇〇人余りがいて、全員が学校の寮に住んでいた。全校で漢人の生徒は一〇〇人近くおり、彼らは五五人いた教職員と一緒に同じ食堂を利用できる待遇を受け、チベット人の生徒に比べれば特別扱いされていた。

八月二四日、空がすっきりと晴れ渡り、陽光がまぶしく輝く日だった。早朝、新華社チベット支社の記者たちが気勢を上げながらラサ中学に大字報を持ってきた。これは当時最も流行していた「革命行動」の一つであった。各居民委員会を中心とするラサの各官公庁・団体から約一〇〇人に上る積極分子も駆けつけてきた。高らかに響く学校のスピーカーから国語教師、謝方芸の声が流れ、すべての紅衛兵の「少将〔若き闘士〕」と「革命師生〔革命的な教師・生徒〕」はグラウンドに集合するように、と呼びかけた。天をも焦がす文化大革命の猛火をチベットの隅々にまで燃え広がらせるとの誓いのスローガンをみんなで叫んだ後、全校の教師・生徒と各官公庁・団体の積極分子は整然と隊列を組み、革命歌を歌いながら、ラサ市街東方へ向けて出発した。

あのころは、ラサ中学からジョカン寺までの距離は今よりもずっと遠く感じられたようである。おそらく、この間には今日のようにたくさんの官公庁や商店はなく、にぎやかな通りもなかったためであろう。道中にはうっそうとした樹木が延々と茂っており、流沙河がセラ寺の背後の高い山から勢いよく流れ込んでいた。このため、市街北部一帯には、現在ではもう見られないが、ただただ湿地と畦道が広がっていた。

先頭を歩くのはみな紅衛兵になった「少将」たちで、赤い腕章をつけ、赤い房飾りがついた槍を担いでいた。誰もが意気軒昂で、闘志満々だった。後ろからついていく者たちは様相が異なった。学校から配られた棒を肩に担いでいる者もいれば、何一つ携えていない手ぶらの者もいた。彼らはいずれも出身がたいしたことのない生徒たちだったが、「革命師生」には違いなかった。

しかし、なぜ出身の悪い生徒でも紅衛兵になれたのか。例えば、四三頁の写真で第一列の中央に立っている、明るい色の上着をつけた少女は高六六年組（一九六六年に高級中学卒業）の生徒で、名門貴族の出身である。理屈から言えば、紅衛兵の腕章をつけることも、赤い房飾りのついた槍を持つこともできなかった。第一列の左から三人目の少女は彼女の妹で、やはり紅衛兵だった。さらに、四八頁の写真を見ると、二人の女子紅衛兵は商家の出身であり、もともと紅衛兵になる資格はなかった。

彼女たちのような人々については当時、特有の呼び名があり、「ガーダク」の子弟といわれていた。「ガーダク」とは三大領主の意味で、プロレタリア独裁の対象である「黒五類」（当時、中国当局が言うところの地主、富農、反革命分子、悪質分子、右派分子）と見なされていた。「四旧打破」のとき、真っ先に突進した者たちの中には「ガーダク」の子弟が多かったという。思想を改造するために、「三大領主」の末裔は誰よりも多くの手柄を立てて罪を償わなければならないと考えられていたのがその理由である。

四三頁の記念写真の中で、第一列左方の、体を半分見せている、麦藁帽の男性は、国語教師の謝方芸である（数学教師の李知遠だと言う人もいる）。彼は学校の共青団〔中国共産主義青年団。中国共産党の青年組織〕総支部委員会書記であり、また、ラサ中学紅衛兵の発起人の一人でもあり、後に「造総」

のボスの一人となった。一九八〇年代末、故郷の福建省に転勤となり、すでに他界した。まさにこの謝先生が、ジョカン寺へ行く前に、わざわざ出身家庭の良くない生徒を選んだそうである。そこで、もともと赤い腕章をつけたり、赤い房飾りのついた槍を持ったりすることができなかった「ガーダク」の子弟たちの中にも、積極的な態度を示したことによって紅衛兵になれた者がいたという。

事実は、果たしてそうだったのだろうか。たかだか数十年前のことなのに、あたかも疑問だらけといった感じである。当時、どうして紅衛兵ではなかったのか、どうして紅衛兵になろうと頑張らなかったのか、おそらく、チョクスム自身もはっきり説明できないだろう。

このほかに身元が判明したのは、第一列の左から五人目、六人目、八人目の三人の少女たちである。いずれも漢人で、初六六年組〔一九六六年に初級中学卒業〕漢人クラスの生徒だった。上段の左側の赤旗の間で、手を腰に当てている麦藁帽の人物は教師なのか、それとも党の幹部なのか。

説明しておく必要があるのは、この記念写真には当日いた教師、生徒の一部しか写っていないということである。それでは、ほかの者たちはなぜ記念撮影に加わらなかったのか。さらに、これはジョカン寺を破壊する前に撮ったのか、それとも後に撮ったのか。今や、関係者の話は一致しない。しかし、このことは別に重要ではない。重要なのは、この写真が多くの往年の参加者たちに強烈な衝撃を与えたということだ。彼らにすれば、自分が、あるいは自分のよく知っている人が、この記念写真に写っているとは思いもしなかったのである。ぽかんとしているうちに昔の出来事が複雑に交錯し、さっと眼前に浮かび上がった。それは、彼らにとっては決して思い出したくない青春のひとコマであった。ある者が複雑な表情を見せつつ、ややしばらくたってから、ようやく口を開いた。「私たちも歴史の罪人なんだな」

ジョカン寺はいかに壊されたか

私はラサで当時の参加者、目撃者数人に取材した。彼らはそのときの「革命行動」についてどう語ったか。

チョクスムはこう述べた。

「私たちがジョカン寺の正門に着くと、まだ五体投地をしている信徒たちがいたので、その体に大字報を貼りつけたのよ。ジョカン寺の正門の両側にある二体の護法神像にも、糊で大字報を貼りつけ、赤い筆で大きなバッテン〔×印は誤りや廃棄だけでなく、犯人や処刑される者も意味する〕を書きつけたわ。次に、スンチュ・ラワへ行って集会を開き、宣誓をしたのよ。学校の宣伝隊が歌や踊りを披露してね。見物の野次馬がたくさんいた。居民委員会の紅衛兵も演壇に上がって発言し、ラサ中学の紅衛兵に必ず学ばなければいけないと話していたわ。あの日、生徒たちが主にやったことはマニ車を叩き壊すことで、中から経巻を取り出して焼いた。でも、仏像はたいして壊さなかったのよ」

彼女が認めたところでは、ラサの「四旧打破」運動は、間違いなくラサ中学と師範学校の紅衛兵が点火役を務めた。しかし、彼女は、陶長松が語ったように、すぐあとで参加した居民委員会の紅衛兵の勢いはもっと猛烈だったと強調し、こう続けた。

「実際のところ、学生紅衛兵はみんなすごく単純で、溢れんばかりの情熱を抱き、毛主席と党中央にとても忠実だったわ。それに、社会のことはまったく知らなかった。居民委員会の紅衛兵は違うわ。だって、みんな社会人でしょう。いろいろな人がいて、それぞれ下心があったわけよ。だから、お寺を壊したり、家捜しをして家財を没収したり、『牛鬼蛇神』をつるし上げたりした際に、文化財や貴重品を盗む、略奪する、持ち出すといった問題がたくさん起きた。学生紅衛兵はそんなことはしなかったわね」

ある自治区機関を定年退職したダワは、当時、ラサ中学高六六年組〔一九六六年に高級中学卒業〕の生徒で、学生紅衛兵のボスの一人だった。彼はジョカン寺破壊の経緯についてよく知っていると言うべきである。したがって、彼の思い出話はわりと詳しかった。

前日の晩、（紅衛兵）司令部はラサ中学で上部の意向を受けて会議を開いたんだよ。この「上部」とは自治区当局のことだけれども、いったい誰がこの指示を出したのか、私には分からないな。翌日、パルコルへ行って宣伝活動を行い、居民委員会の大衆も参加させるように、というのが指示の内容だった。ただし、手を出すな、モノを壊すな、とのことだった。そのときは、ジョカン寺を破壊しろとは言われず、宣伝に行けとだけ言われた。その点はしっかり言われたんだ。

翌朝、まだ明けきらないうちに居民委員会の人たちがたくさんやって来て、城関区所属の全居民委員会の若者たちもみなラサ中学に集まった。だいたい一〇〇人ちょっといたな。まず会議を行い、集合して整列し、それから一斉にラサ中学を出発した。全校の教師と生徒に新入生を加えて七〇〇人以上はいただろう。全部合わせれば、間違いなく一〇〇〇人に達していたと思うが、あるいはそれ以上いたかもしれない。出発したときは日差しが強く、行進しながらスローガンを叫んだのを覚えているよ。

ジョカン寺の南のスンチュ・ラワに着いてから、歌や踊りを披露し、宣伝活動を行い、次に大会を開いた。謝方芸先生が壇上で演説をし、まだ話し終わらないうちだったと思うけれども、突然、騒がしくなったんだ。上を見ると、ジョカン寺の二階のバルコニーに大勢の人が現れた。どうやら、みんな居民委員会の大衆のようだった。各県からやって来た積極分子もいたと後で聞いたよ。いったい何が起きたのか、どのみち分からなかったが、いずれにしろ、みな普通の人たちだ。手につるはしだとか、シャベルだとか、そんなものを持っていたな。どこから潜り込んだのか、分からなかったよ。何しろ、私たちは下の講経場にいたんだからね。

そこの壁には全面に絵が描いてあって、居民委員会の若者数人がつるはしを振るって壁画を壊し始めると、大きな破片がドサッと崩れ落ちた。そこで、私たち何人かが連中に言ったんだ。「なんで壁画を壊すのか？」とね。でも、誰も耳を貸そうとしなかった。そうしているうちに、二階にはもう黄金色の屋根を剥がしてきた者たちがいて、ちょうど下に放り投げていた。それで、一階もめちゃくちゃさ。混乱したせいでみんなバラバラになり、蜘蛛の子を散らしたようになった。私たちも指図の仕様がなくなった。みんなジョカン寺の中へと駆けていくので、私も後について走ったんだ……。

お寺の中に入ると、人でいっぱいで、それこそいろいろな人がいたよ。パルコル居民委員会管内の普通の住民たちもいて、みんな若者だった。出しゃばり屋の積極分子が多くてね、その中には漢族もけっこういたよ……。

私は金色の屋上へ駆け上った。そこで、一人の同級生が私のところに寄ってきて「おい、ちょっと変だぞ。金銀財宝を狙って持ち去るやつがいるぞ」と言うんだね。まず私の頭に浮かんだのは「これはどれも国の財産だ」ということだった。文化財ではないかという点については、当時、そんな考えはまだ頭になかったが、ともあれ国の財産だと思ったので、すぐ手筈を整えた。上の階から下の階まで各所に同級生を見張りに立たせ、目を光らせて人が勝手に入らないようにせよ、誰にもモノを持ち出させるな、と命じたんだ。

こんなじいさんを見かけたよ。住民の一人でね、仏像の頭に載っていた冠を手に持ってずらかろうとしていたんだ。その冠は全体が純金と宝石で出来たものだった。私が「何をやっているんだ」と問い詰めると、じいさんはそわそわしながら「こいつは『四旧』だから、投げ捨てるのさ」という。「地面に置け。捨てるんじゃない」と命じたら、じいさんは仕方なく置いて出ていったよ。

ジョカン寺の主殿のそばにドルマ・ラカン（度母殿〔ターラー菩薩の御堂。ドルマは「救う女性」を意味する〕）があるよね。当時、ある同級生が私に言うには、その入り口に漢族やチベット族が一〇〇人以上も集まり、「戸を開けろ」とコンニェル（仏殿を管理する僧侶）に詰め寄ったそうだ。コンニェルは嫌がったが、脅されたので怖くなり、鍵を出して戸を開けようとした。そこで同級生はこう言って止めた。「開けちゃだめだ。中には多くの仏像があるし、金銀財宝もたくさんあるんだから」とね。

そうしたら、何人かのチベット族と言い争いになってしまった。同級生は「僕はラサ中学の紅衛兵だ。中のものはとても貴重で、しかも国の財産だ。勝手に入ることは許されないぞ」と言った。その上、彼はわざわざ一団の中の漢族に向かって「あんたたち漢族には分からないだろうが、中のものはみな国の財産だ」と叫んだ。それで漢族はいなくなった。残っていたおおむね数十人のチベット族もこれは具合が悪いと思って去っていった。だから、ドルマ・ラカンは、その日は襲撃されることなく、無事だった。でも、やはり破壊されたと、後で聞いたよ。

そのときはジョウォ・ラカン（釈迦牟尼等身像が安置された仏殿）にも手はつけられなかった。ジョウォ・リンポチェの前は鉄の鎖で鍵がかけられていたからだ。コンニェルが鍵を渡さない限り、内部が壊されることはない。後に、ラサ中学の生徒がジョウォ・リンポチェをつるはしで叩き壊したという人もいた。あの日はラサ中学のほとんど全部の生徒がジョカン寺に行ったけれども、いったい叩き壊したのかどうか、私には分からないし、当時も聞いたことがなかった。そのほかのものは確かに破壊されたよ。この写真に写っている通りで、見たところ、あちこちに投げ捨てられていた。

実際、後日、お寺のお坊さんたちがこう語っていたよ。この話はしっかり覚えておいてもらいたいな。彼らが言うにはね、あの日の破壊は表面的なものでしかなかった。うわべだけちょっと壊されたにすぎない。一部のものが中庭に放り出されたが、それだけだった。写真の通り、めちゃめちゃに散乱した状態のまま置いておかれ、誰も管理しないし、あえて動かそうともしなかった。だが、しばらくして少しずつ片付けが始まり、三か月たったら、お寺にあった本当の宝物はみんな持ち去られてしまった。まず金銀財宝、次に銅製のものや鉄製のものが片付けられた。粘土製のものは投げ捨てられた。いらないからだ。

当時、「トゥプツェル・レーグン」という部門があった。中国語では「廃旧物資収購站〔廃品購買所〕」といった。対外貿易関係の部署で、あちこちのお寺にあったものを専門に集めていた。でも、実際は廃品なんかじゃない。クズなんかじゃないんだよ。どれもすばらしいものだったんだ。例えば、ジョカン寺ではジョゥオ・リンポチェだけは助かったが、ほかのものは三か月の間にほとんど全部片付けられてしまった。要するに、あの日の破壊は表面だけのことで、その後にほんとうに壊されたんだよ。国が担当者を派遣してみんな「整理」してしまったのさ。

チベット文物の収集家として著名な葉星生は、チベット生活が四〇年以上にもなる四川人である。彼もラサ中学で学んだことがあり、「四旧打破」のときはすでに卒業していた。彼には絵画の専門技術があったので、かつて「紅衛兵四旧打破成果展覧弁公室」の職員を務めたことがあった。この弁公室はジョカン寺の中に置かれていた。以下は私と彼の対話である。

オーセル　文革のとき、ジョカン寺は紅衛兵に破壊されたけれども、いったいどういうことだったの？

葉　居民委員会の者がジョカン寺を破壊したことをはっきり覚えているよ。

オーセル　ラサ中学の生徒はいたの？

葉　ラサ中学の生徒も参加していたよ。……いずれにせよ、僕がいちばんはっきり覚えているのは、居民委員会の者がシャベルで壁をえぐっていたことだ。

オーセル　壁画のこと？

葉　そう、壁画さ。マニ車の並ぶナンコルのあたりだ。シャベルを手にしてえぐったんだ。まるで地面をほじくるようにね。あの芸術を、泥の塊だと言わんばかりに、えぐったのさ。みんな居民委員会の、パルコル一帯の住民たちだった。当時はそれぞれの居民委員会が自分の管内にある「四旧」に責任を負っていた。ジョカン寺はパルコル居民委員会の管轄だからね。……お寺の破壊は組織的な行動だったと思う。居民委員会が先頭に立ってやった。上部の指図があったに違いないよ。

オーセル　例えば、ジョカン寺を破壊しろ、と？

葉　実際は、組織的ルールから言えば、おそらくパルコル派出所とか、パルコル居民委員会とか、城関区とか、とにかくそれぞれが指示を出したと思う。もちろん、まもなく政府機関のほとんどは機能しなくなってしまった。ただ、あのときはまだしっかり動いていたんだよ。

確かに、ジョカン寺破壊の光景をとらえたこれらの写真の中には大勢のラサ中学の生徒たちがいる。例えば、四八頁の下の写真には、馬鍬を振り動かし、仏殿の黄金色の屋根を壊している女子紅衛兵が写っている。顔の側面だけで容貌は分からず、漢人の服装をしているものの、頭の後ろにいささかほつれたおさげ髪（通常、チベット人の髪型である）をぐるぐる巻き上げていることや、笑みを浮かべたような頰のちょっとした輪郭や、腰をかがめた姿勢から、だいたいチベット人だと識別できる。

当時の参加者たちが、この人のようだ、あの人のようだと言い合ったが、後になってようやく確認できた。実際のところ、誰であろうとも、今やすでに年老いたその女性は当時ジョカン寺で起きたこの光景を思い起こし、辛いと感じるであろうか。罪を告白して許しを請うであろうか。見たところ、若い彼女は激しい情熱——それはどんな情熱であったのか——に突き動かされ、少しもためらうことなく、今日のチベット人たちなら心の底からたまげてしまうような壮挙をやってのけたのだ。

彼女の心の中では、チベット民族の宗教的精神、歴史的意義、芸術的魅力を凝集したこれらの寺院建築は、単に「四旧」を象徴するガラクタにすぎなかったとでもいうのだろうか。だから、決然として、勇猛果敢に、それを取り除けば、まったく新しい世界が旧世界の廃墟の上に誕生するとで

明け方、ポタラ宮で巡礼を行う老人。さながらタイムトンネルの中へ戻っていくかのようである。2003年2月撮影。

も思ったのだろうか。

現在では、当時の積極分子の多くが、毎日早朝、ジョカン寺やポタラ宮の周りで「コルラ〔右繞（うにょう）〕」（仏教徒の礼拝の一つの形式で、時計の針の進行方向に従って寺院や宗教聖物の周りをぐるぐる回って歩くことを指す）をする人波の中を歩いたり、家の中で夕暮れ前に浄水碗を黙々と磨いたりしているのである。さて、彼女もまたこのように仏事に精進しているだろうか。

しかし、ジョカン寺の破壊は、ラサ中学の生徒とパルコル居民委員会の住民だけがやったことなのだろうか。取材を通じて、あの日は生徒と住民のほかに、特別な身分の者たち、つまり「三教工作団」もいたことが分かった。

「三教工作団」とは特定の意味を持つ名詞で、ここで簡単に説明しておかなければならない。さもなければ、これがどのような組織なのか誰にも分からないだろう。

一九六三年九月、党中央の呼びかけに応じて、チベットでは、階級教育を重点とし、愛国主義教育と社会主義前途教育〔社会主義の未来を教える教育〕を含む「三大教育」（略称「三教」）運動が盛り上がった。多くの特殊な任務を負った軍人、幹部および卒業したばかりの学生たち――その中には漢人もいれば、チベット人もいた――は、光線が四方八方へ広がるように、チベット各地へ、ひいては農村や牧畜区へ数年にわたって派遣された。中国共産党の専門用語を借りれば、「階級教育を通じて農牧地区の階級闘争のふたを開けた」（中共西蔵自治区委員会党史資料徴集委員会編『西蔵革命史』）のだった。その実質は、政治的、思想的に党と敵対する者を選別し、異分子を粛清する運動だった。

中国各地では、社会主義教育を主とする運動[33]〔社会主義教育運動〕は文革開始前にすでに終わっていたが、それまで足並みがずっと半歩遅れていたチベットではまだ「三教」運動が続けられていた。チベット各地に広く展開していた工作団は「三教」運動を繰り広げると同時に、おおいに「四旧」を打破したのであろうか。事実、文革前に早くもチベットでは多くの地方で寺院を破壊したり、僧侶をつるし上げたりする現象が起きていた。これと「三教工作団」が無関係とは言えない。

その後、共産党自身もこう認めた。まさしく「三教」運動の中で、「階級闘争が拡大化されるという問題が少なからず発生し、……党の民族政策と宗教信仰の自由政策を台無しにした」（『西蔵革命史』）と。あるチベット人の知識人は、「三教」は実のところ、文化大革命の口火を切るものだった、と指摘する。

そうであれば、ジョカン寺でも「三教」運動が行われていたのか。あるいは、ジョカン寺が破壊されたあの日、「三教工作団」は現場にいたのか。まさにその通りであった。現場にいただけではなかった。生徒と住民がジョカン寺に入る前、彼らはすでに寺内に駐留しており、貴重な仏具、供具や古い経典、タンカ〔仏画〕などを軍用車で外へ運び始めていた。どこへ運んでいったのかについては誰も知らない。

こんなことをはっきり覚えている人もいる。「三教工作団」の団長は名前を李方（音訳）といい、後に城関区の党書記になった。彼はジョカン寺の本尊である釈迦牟尼像の前に供えられていた黄金製の灯明台（チベット語でロンドルセルコン）を自分のものにしてしまったという。

このほか、一連の写真のうち、一六八頁の写真は「革命大衆」が「立新大街の誕生を熱烈に祝賀する」という見出しの大字報を広げている場面を撮ったもので、末尾に「三教二団全体革命……」との署名がある。このことから、「三教工作団」は少なくとも一九六六年八月末時点では依然として存在し、「立新大街」と改名されたパルコルで活動していたことが分かる。

このようなわけで、かつてラサ中学の紅衛兵だったある人物は、何ともやりきれないといった様子で口を開いた。

一九六九年、文革前に入学した新入生を除いて、ラサ中学の全生徒が知識青年として農山村に下放させられた（記録では、一九六九年九月二七日、ラサ中学の第一陣の知識青年一三二人が農村に住みついた）。私たちはチベットで初めての知識青年だった。当時、ラサの人々は「罰が当たったのさ」と言いはやしたものだ。私たちがいちばん最初にジョカン寺を壊しに行ったので、革命が自分の頭に降ってきたのだ、ざまを見ろ、とね。

ラサ中学の後輩たちも、あの上級生のやつらはみんなを巻き添えにして世間に顔向けできなくさせたと恨み言を口にしたよ。実際は、私たちはスケープゴートにされたのだ。道具として使われたのだ。一八歳か一九歳の子供に何が分かるかね？　その点からいうと、私たちは生贄にされたわけだ。

かつてパルコル居民委員会の主任を務めたことがあるチュプシ（仮名）は、これらの写真を眺めながら、何とも意味深長な反応を見せた。まず彼女に、そうよ、ジョカン寺は壊されたのよ、とうなずいた。しかし、すぐに「あれは全部、学校の子供たちが、つまりラサ中学の生徒たちがやったのよ。でも、みんなまだ幼かった」と続けた。私が「住民はいなかったの？　たくさんの住民が参加したそうね」と聞くと、彼女は忙しげに目をぱちぱちさせながらこう答えた。

「いたかもしれない。でも、私は知らない。中に入らなかったから。でも、学校の紅衛兵がジョカン寺を壊しに行ったことは承知していましたよ。

その後、住民も駆けつけてちょっと壊したかもしれない。とはいえ、当時、あえてあんなことをやれるのは学生だけで、そのほかの人たちにはとてもやれっこないわ」

「じゃあ、そのとき、あなたは現場に？」と私は聞いた。

「ジョカン寺が壊されたと聞き、みんなそこへ走って行って様子をうかがったけれども、中には入らなかった。内部が壊されてどんな風になったのかは分からなかった。後で私たちがスンチュ・ラワへ行ってみると、紅衛兵がお寺を壊す様子を見ようと駆けつけてきた人たちが大勢いた。本当にいろいろなところから来ていて、もともと巡礼していた人もいたし、コルラをしていた人もいたわ。騒ぎを聞いて野次馬的に集まったのよ」

「あのころでも、コルラをする人がまだいたの？」と私。「いたわよ」と彼女はうなずき、「紅衛兵は突然やって来たのよ。いつやって来るか、誰も知らなかった。だから、コルラをしていた人も五体投地をしていた人もみんないた。でも、小さい赤旗を掲げてスローガンを叫んでいるような人たちは組織されたのよ。居民委員会にね」と言った。

彼女は写真を指差した。

「ああした情景を目にして、心の中でどんなことを考えたの？」

彼女はちょっとためらってから口を開いた。

「どう言えばいいかしら。みんな壊されてしまったのかと思ったわ。ただ、思ったことを口にする勇気なんてなかった。そうでしょう？　でなければ、罪人のレッテルを貼られてしまうわ。そうでしょう？　そんな肝っ玉は誰にもなかったわ」

しかし、彼女はいささか興奮気味に語った。

「もし毛主席の『司令部を砲撃せよ』の大字報[34]がなければ、そしてその後のあれやこれやの動員もなければ、学生たちがあんなことをするはずがなかった。だって、あの大字報が出る前には、学生たちは一度だってお寺を壊したことなんかなかったわけだから」

興味深かったのは、彼女が話の中で「組織」、「事実」、「レッテルを貼る」、「司令部を砲撃せよ」といった単語を、きれいな中国語で発音したことだ。

子供のころに出家したチャンパ・リンチェンは、一九五九年から文革期にかけて居民委員会の民政委員、紅衛兵、民兵、造反派と転変を繰り返し、文革後は再び仏教に帰依した。「積極分子」の一人であったが、当時、彼は「人民に奉仕せよ」と呼びかける共産主義を一種の宗教としてしっかり受け入れ、服従し、実践した。それゆえ、彼の思い出の中に渦巻く矛盾や困惑は、かえって一人の庶民の偽らざる思いと体験を鮮やかに浮かび上がらせている。

……まもなく、私たちはまた会議に出席した。そこで、勝利弁事処（パルコル、トムスィーカン〔沖賽康〕など四つの居民委員会を管轄）の張書記がこう言ったんだ……スルシ（ラサ旧市街の四隅。まっすぐそびえたつタルチョ〔祈禱旗〕の旗竿が目印）とチョクシ（四つの護法神像。ポタラ宮、ジョカン寺、テンギェーリン寺のものと、さらにもう一つあるが、チャンパ・リンチェンは忘れたと言った）を徹底的に叩き潰さなければならない。これらはみな「四旧」だ。四つの古臭いものだ。スルシとチョクシはそれぞれを管轄区域とする居民委員会にやらせる、とね。

私たちトムスィーカン居民委員会の任務はカニゴシを壊すことだった。カニゴシはパルコルの北通りにあるナンツェ・シャル〔ジョカン寺北面の建物でダライ・ラマ五世の時代から監獄が置かれた。現在は博物館〕とマニ・ラカンの傍らにある白いチョルテンで、四つの門があった。かなり歴史が古くて、およそ五〇〇年も昔のものだ。ノルブ・サンボという大商人が建てたといわれており、そのため、塔の内部には彼の遺体が納められている。

当時、私は民兵の下っ端の幹部で、班長格だった。私たちのボスはカンツーといい、彼は今も健在で、トムスィーカン居民委員会の党書記をしているよ。私たちは彼に率いられてカニゴシの前に着いた。私とソナム（故人）という若者が命令でチョルテンに登らされた。ともあれ、役人に命じられたら、その通りにしなければならなかったんだ。だから、上に登ったんだ。

チョルテンのてっぺんにはお月さまとお日さまの飾りがあったよ。私とソナムはつるはしで壊し始めたが、うまくいかない。かなりしっかりとくっついていたんだよ。それで、縄をかけて力いっぱい引っ張り、やっと倒したら、中から宝物がざくざく出てきたのさ。九眼石〔天眼珠とも呼ばれ、チベット、ブータンなどヒマラヤ山域で産する宝石〕もあれば、トルコ石も珊瑚も翡翠もあった。金や銀もね。私はカタで包み、ソナムに持ち帰るなと言いつけた。それから、このカタの包みを居民委員会のもう一人のボスのロロさんに渡したんだよ。

2003年初め、私はある年配者の紹介でチャンパ・リンチェンという老人に会うことができ、彼の文革の思い出話を聞いた。

実は、何ともいやな気分だった。何と言おうが、私は昔、坊主だったんだ。それがいまこんなことをしでかしてしまった。罪業だ。とはいえ、革命はやらないわけにはいかない。だから、私は心の中でひそかに念じた。お願いだから、来世では金持ちの家に生まれ変わり、これとそっくり同じチョルテンを建てられますように、と。そのとき、ラサ中学の生徒たちがやって来たんだ、にぎやかにスローガンを連呼しながら。「四旧」をおおいに打破せよ、とね。

もっとも、私たちはカニゴシを完全には壊さなかったんだよ。城関区建築隊の親玉がやって来て、このチョルテンはトムスィーカンの管轄ではないと言ったからだ。それでこの任務は連中が引き継いだのさ。連中は、ノルブ・サンボの、小さく縮んだ遺体を取り出し、街中引き回して見せしめにした後、どこかに捨てちまった。チョルテンの中の宝物も全部持ち去った。上級の関係部門に引き渡したのか、自分たちでネコババしたのか、私には分からないが、どのみちもう見つけようがなくなった。まさにこの日にジョカン寺は壊されたんだ。パルコル居民委員会が中心になってやったんだよ。ジョカン寺はパルコル居民委員会の管轄だからね。

ムル〔木如〕居民委員会の住民、ロサン・チョドンもこう回想している。

ある日、居民委員会から通達が来たのよ。翌朝早く、みんな着飾って集会に参加せよ。それに、鍬、つるはし、背負いかごを持って来い。家には誰も残ってはいけないし、休みをとることも許さない。参加しなければ、戸籍と食糧配給通帳を取り消す、とね。

だから、みんな朝早く出かけた。何をするのか、誰も知らなかったわ。居民委員会の幹部は、家ごとに人数を調べて揃っているかどうか確認してから集会を開き、「四旧打破」を宣言したのよ。それから、みんなで整列して出発したわ。

で、どこへ行ったかというとね、ティパ・ラカンまで連れて行かれた人たちもいたし、ギュメー・タツァンやシト・ラカンへ連れて行かれた人たちもいた。ティパ・ラカンはラモチェ寺の隣にある仏殿よ。シト・ラカンはチェプンカン〔吉崩崗〕近くの小さな仏殿、そしてギュメー・タツァンは下密院〔ラサの二大密教学院の一つ〕で、ムル〔木如〕寺のそばにあるわ。

どれもムル居民委員会の管内にあるのよ。居民委員会の紅衛兵と積極分子は先頭に立って突撃し、二つの仏殿とギュメー・タツァンを壊してしまった。私たち住民は仏像のかけらを背負いかごに入れ、大通りや街路にばらまいた。経典も一枚一枚、通りにまいて捨てた。居民委員会がそうするよう指示していたのでね。私も背負いかごを担いで仏像を捨てたのよ。そうしないわけにはいかなかった。やらなければ、どなりつけられるだけでなく、もっと厳しい処罰を受けるわけだから。つまり、戸籍と食糧配給通帳を取り消されるということよ。そういうしだいで、誰もが参加したわ。大胆にも参加しないなどという人は一人もいなかった。多くの人は怖くて、仕方なくそうしたのよ。積極分子を除けば、自ら進んでやった人は一人もいないわ。

第二居民委員会（チェプンカン居民委員会）の任務は、ラモチェ寺の破壊だった。ラモチェ寺に祭られているジョゥオ・リンポチェは、ネパールのお姫様〔ソンツェン・ガムポ王に嫁いだティツゥン公主〕が当時携えてきたもので、金属製だったのよ。ほかの粘土製の仏像のように、壊してから道端に捨てておくというわけにはいかなかったため、ノコギリで二つに切って、ラサ市内の倉庫に放り捨てられたわ。文革が終わった後、何と北京でその上半身が見つかったのよね。パンチェン・リンポチェ（パンチェン・ラマ一〇世）が人を遣ってラサへ送り返したので、下半身と新たにつなぎ合わせて、またラモチェ寺に祭られているわよ。

このことから「四旧打破」の嵐の中では、各居民委員会がそれを組織し、実施し、貫徹する役割を担っていたことが分かる。ただし、もし上級機関、さらにその上の上級機関の指示や割り振りがなければ、各居民委員会が勝手にそれを主張することなどできなかった。まさに、ある居民委員会幹部がこう語った通りだった。

「居民委員会がこんなことをしたのも城関区の指示だった。城関区の上にはラサ市があり、ラサ市の上にはチベット自治区があり……」

言うまでもなく、学校の役割もとても大きかった。毛沢東がいたくかわいがった紅衛兵はまさしく中学や大学から現れたのであり、学生紅衛兵はある種の神聖な地位を有していたので、何をしようが「造反有理」だった。

このほか、多くの人が補足して語るにはこんな状況だったという。寺院を壊す運動では、最初、確かに学生紅衛兵や住民の中の積極分子が意気盛んだったが、後には寺院の僧侶自身が破壊活動に加わるよう、しばしば強要された。その理由は「おまえたち自身がつくった『牛鬼蛇神』は、おまえたち自身でぶち壊せ」というものだった。「自ら進んでやりたくはないものの、従わないわけにはいかないよ。やらなければ、つるし上げられ、果ては監獄行きだ。ああいう雰囲気は本当に恐ろしかった」。ほとんどの人はそう語った。

間違いなく、大権力を手に悪例をつくり出した者は、はるか遠い北京の天安門の楼上で全国人民に手を振ってあいさつする毛沢東であり、ごく身近ではチベットの軍と政治を握る最高実力者の張国華、あるいは城関区のナントカ書記や居民委員会のナントカ主任だったのである。だが、同じように、これもまた間違いのないことだ。つまり、自ら進んでやったのかどうか、言われるままに追従したのかどうか、あるいは強制されてやったのかどうかを問わず、参加者たちはしょせんたぶらかされ、操られ、利用された道具であったが、その多くは地元の人間であり、中には学生紅衛兵もいれば、住民紅衛兵も労働者紅衛兵も農民紅衛兵も牧畜民紅衛兵もいたということである。さらには平凡な庶民、いわゆる一般大衆もいたわけであり、それは疑いを差し挟む余地のない、確かに存在した事実であるはずなのだ。

なぜこのようなことになったのか。どれだけの関係者が、麗しい約束事に満ちた新思想に駆り立てられて、あるいは洗脳されて、ある種の理想主義の色に染まりながら、新世界の建設を渇望する変革のただ中に身を投じたのだろうか。また、どれだけの関係者が、全体主義統治がもたらした赤色テロの空気に脅かされて、すさまじい勢いで押し寄せ、あらゆるものをひっくり返そうとする潮流の中に否応なく巻き込まれたのだろうか。そもそも、これら二つの状況は、どちらか一つだけということなのか、あるいは両方がない交ぜになっているということなのか。

四九頁の写真を慎重に吟味する必要がある。非常に印象深いのは、ジョカン寺の屋根に、チベットの宗教とは明らかに異なる種類のもの、あるいは異教の符号――毛沢東の肖像画と五星紅旗――があり、もともと「祥麟法輪」(チベット仏教の一つのシンボル。法輪の真ん中で二頭の鹿が左右に分かれてゆったり寝そべっており、釈迦牟尼が悟りを開いてから初めて仏法を説いたことを示している)が仏教の象徴として屹立していた場所を占拠していることである。それは、一一〇〇年来、チベットの大地においては前代未聞の意味深長な現象であった。

しかし、その一切合切は、実のところ、もともとこの土地に生きる民衆、つまり、すでにチュバ〔チベット服〕を脱ぎ捨て、数珠とマニ車を捨て去り、軍服を身にまとって紅衛兵の腕章をつけ、赤い房飾りのついた槍を手にした若いチベット人たちが、彼らの祖先と同様に激しい宗教的感情に突き動かされて実行したのであった。毛沢東の肖像画を昔の宗教の殿堂に祭り上げたとき、その行為が意味したものは、彼らの心中において、毛こそが比類なき威力を誇る新たな神であるということだったのではないか。

だからこそ、写真を見ると、ジョカン寺の正門前に雲霞のごとく押し寄せた無数の群衆は、この瞬間、まさに新たな神を仰ぎ見る姿勢のまま静止している。しかし、以前であれば、この同じ場所に集まったのは、地面にひれ伏して祈りを捧げる、無数の敬虔な信徒たちであり、半世紀余り後の今日においても、昔と同じように五体投地を行う信徒が大勢集まっている。そこにはどれほどの共通点があり、またどれほどの根本的な変化があるのか。

ここに集まった男性も女性も、当時、全国的に流行した軍の平服を着ており、型にはめたような格好をしているが、その中で、ただ一人、顔がはっきり写っている男性がいる〔左下〕。見ての通り、このような服装をしており、みんなと同じような髪型であることから、彼がチベット人か漢人かは見分けられない(実際には、彼は漢人とチベット人との間に生まれた)。もっとも、見分ける必要はもはやまったくない。なぜなら、この特殊な歴史の時期において、多くのチベット人は中国各地の漢人やその他の民族と同様に、共通の信仰を持っていたからだ。つまり、彼らは嘘偽りなく胸の内で同じ神、毛沢東を仰いでいたと言えるのである。

その原因は何なのか。なぜ、そのようになったのか。まさか、いきなり激しい変化が起きたことによって、天地の状況が根本的に改められ、桃符〔桃の板に神様の像を描いた魔除けの札。元日などに門戸に貼る〕が古いお札から新しいお札に替えられ、古い神が新しい神に取って代わられたとでもいうのだろうか。チベット人にすれば、自分たちの神を捨て去ることなど、自ら望んだことであるはずがないのだ。

しかし、一九五〇年以降、とりわけ一九五九年以降の事実は、外来のまったく新しい神がその強大な力によって、郷土の古い神を徹底的に打ち負かしたことを証明した。チベット人は呆然として、はらはらしながら眼前で起きた一切合財を眺め、ついには文化大革命が嵐のように襲来したとき、その渦中に巻き込まれてしまった。それゆえ、ジョカン寺は破壊され、「神の置き換え」が起きたのである。

中国各地からチベット入りした紅衛兵

地元の紅衛兵のほかに、中国各地からチベットに入った紅衛兵がいたのだろうか。あるいは、中国各地からチベットに入ったそれらの紅衛兵は、ラサの「四旧打破」運動の中で、どれだけの役割を果たしたのだろうか。

まず指摘すべきは、まさに陶長松が語ったように、ラサの紅衛兵の成立は、実際、中国各地の紅衛兵の到来とは「あまり関係なかった」ということだ。彼は「内地の紅衛兵の中では北京から来た連中の影響力が比較的大きかっただけで、地元の紅衛兵の成立は彼らとはほとんど関係なかった」と証言した。

当時、北京から戻ってきて扇動しただけのダワ・ツェリンも、中国各地の紅衛兵が果たした役割について「主として扇動だった。……私たちが戻ってきた目的もまさに扇動だった。しかし、どんな組織を立ち上げたかといったような具体的なことは、私たちに関係なかった」と語った。それでも、「当初、こういった扇動は確かに大きな成果を上げた」と、彼は認めた。

前述したように、ダワ・ツェリンと、学校で一年後輩のガワン・ツェリンは、一九六六年八月初め、チベットに戻った。彼らは二人とも清華大学精密計器学部の学生で、文化大革命を故郷にもたらすために、北京から汽車に乗り、甘粛省の柳園（当時、チベットと中国各地を結ぶ青蔵〔青海－チベット〕公路の支線上の重要な中継地点で、町にチベット弁事処が設置されていた）に着き、そこから自動車でラサに戻った。ラサでは当時の自治区政府第二招待所に宿泊した。略称を「二所」というこの場所は、元はダライ・ラマ一四世の家族の邸宅だったところで、「ヤプシー・タクツェル」あるいは「チャンセプ・シャル」と呼ばれていた。文革期には、経験大交流〔紅衛兵が各地を旅行して革命経験の交流を行うこと〕をやるために中国各地からラサにやって来た紅衛兵専用の宿泊施設になり、二つのセクトが現れてからは「造総」の本部になった。

ダワ・ツェリンによると、初めのころにやって来た紅衛兵はこんな様子であった。

「だいたいチベット族だったよ……ほとんどが北京など内地で勉強していたチベット族学生だった……チベット民院（陝西省咸陽市のチベット民族学院、現在はチベット民族大学と改称）から来た学生がいちばん多くて、中央民院（北京の中央民族学院、現在は中央民族大学と改称）から来た者も少なくなかった」

「当初、漢族は少なかったが、後で増えた。でも、連中の滞在期間はわりと短かったな。……私たちがいたときは、だいたい一〇〇－二〇〇人だったろう。もっとも、続々と入ってきたが、何日か滞在してすぐ立ち去るというのがすごく多かったんだよ。全部合わせたところで一〇〇〇人もいなかったんじゃないかと思う」

現在、チベット自治区社会科学院現代チベット研究所の所長を務めるガワン・ツェリン（故人）は、記憶を頼りに、ラサに来て革命を行った、中国各地のいくつかの学校の紅衛兵について、その概況を説明してくれた。彼らは北京第八〇中学、清華大学、北京地質学院、北京航空学院、北京第二医学院、北京大学、北京科学技術大学、北京師範学院、北京工業学院、ハルビン軍事工程学院、内モンゴル交通学校などから来た学生で、ほとんどが漢人だった。人数はダワ・ツェリンの話とほぼ同じだった。

今日のポタラ宮は相変わらず浄土のようにそびえ立っているが、世の中のめまぐるしい転変の傷跡を至るところに残している。ポタラ宮に寄り添って人生の年輪を刻んできたチベット人に言わせれば、元の固有の生活風景はすでに塗り替えられてしまった。2003年2月撮影。

二人が学んだ清華大学は全国の紅衛兵の発祥地[35]であるだけでなく、一時期名声を博した紅衛兵司令官の蒯大富（かいだいふ）〔紅衛兵組織「井岡山兵団」の指導者〕を輩出したところでもある。面白いことに、文革終息後、秦城監獄〔政治犯らを収容する北京の刑務所〕に投獄され、後に深圳でビジネスに従事した蒯大富は、意外にも二人を知っており、しかも強い印象を抱いている。二〇〇三年、彼は北京で何人かの学者と会合を持ち、その場に同席していた王力雄にこう語ったという。

「ダワ・ツェリンはラサに戻り、文革を発動した。当時、一緒に行った者の中には清華大学の漢人学生も何人かいた。その後、ダワ・ツェリンはラサから北京に戻り、私に『五四式』拳銃〔中国製トカレフ〕を一丁くれた」

しかし、ダワ・ツェリンは、私が取材したときには、この興味深いエピソードには一言も触れなかった。ただ、ガワン・ツェリンが語るには、二人とも「造総」司令官の陶長松と蒯大富の連絡係であり、さらには中央文革小組との橋渡しをするパイプ役だった。

私はチベット民族学院の紅衛兵だった人物を取材した。名前を閻振中（えんしんちゅう）といい、河南省出身の回族である。定年退職するまでは、私がかつて勤めていた『西蔵文学』雑誌社の編集長だった。以下は彼が語った往時の体験である。

「私が初めてチベットに入ったのは一九六六年一〇月のことでね、その当時、私はチベット民族学院の学生で、二二歳だったよ。……私たちはチベット民族学院からチベットに入った紅衛兵の第一陣と言うべきだろうな。けっこうな人数で、何百人もいた。漢族だけでだいたい二〇〇人。チベット族も多かったが、どのくらいいたかは思い出せない。柳園から車でチベットへ入ったんだ。ラサに着いたとき、北京の紅衛兵はとっくにラサに着いていたよ。いくつもの学校から来ていたな。北京から来た紅衛兵の中にもチベット族はたくさんいたよ。

着いた当初はクンデリン〔功徳林〕寺に宿泊したけれども、まもなく「二所」へ移った。「二所」は以前、ダライ・ラマの親族が住んでいた大きな屋敷だったんだが、このときは紅衛兵の接待所になっていたよ。北京の紅衛兵や私たちのグループもここで世話になった。大字報を書いたり、集会を開いたりするのが主な活動でね、自治区党委員会や軍区といったところに押しかけたりもしたな。

そのころ、ラサの紅衛兵との接触は多くなかった。だいたい同じ学校の者だけで固まっていたよ。もっとも、造反派である限り、戦友だった。自分の兄弟、さらには父母よりも親しい間柄だったんだ。お互いに自分のいちばんいいものを分けあったものだ。そのころは紅衛兵だってカネがないからね。いわば一文無しで、どこでメシを食うか、行き当たりばったりだったな。

……私はあちこち歩き回るのが好きなので、ラサに着いてまもなく、男の同級生二人とシガツェ〔日喀則〕に行ったんだ。当時、タシルンポ〔紮什倫布〕寺はもう破壊されていたね。仏殿は全部叩き壊され、仏像とか経典とかいろいろなものがそこかしこに積み上げられていたよ。どれもぼろぼろだった。でも、中にはすばらしいものもあった。小さな黄金の仏像とか、間違いなく年代物の仏像とか……。私は木で出来た装飾品を拾ってポケットに入れただけだった。……私たちがラサを離れたのは一九六七年一月末だから、ラサ滞在はおおよそ三か月だったね。

中国各地の紅衛兵がチベットに入るルートは、柳園から青蔵公路を経てラサへと至るルートのほかに、成都から川蔵〔四川‐チベット〕公路を経てラサに入るルートがある。五八歳（今は七〇歳を超えている）の程徳美は二〇〇五年に上梓した自伝『高山反応』の中で、彼が六人の男子学生とともに「首都継紅〔革命を継承する〕長征隊」を組織し、一九六六年一二月の出発後、約三か月かけて川蔵ルート沿いに二五〇〇キロメートルを踏破してラサまで行った体験を記している。当時、彼は北京第四七中学の高級中学三年生で、ほかの六人は清華大学附属中学の生徒や北京工業大学の学生だった。彼らの「チベット行宣言」では、次のように述べられている。

「二五〇〇キロメートルに及ぶ川蔵公路の沿線で、また海抜数千メートルの高原で、文化大革命の火種をまき散らし、毛主席が自ら火をつけた文化

このチベット式の建物は、現在のダライ・ラマの家族の邸宅「ヤプシー・タクツェル」あるいは「チャンセプ・シャル」である。文革期には「二所」すなわちチベット自治区第二招待所」となり、また造反派の「造総」本部にもなった。1980年代に西蔵大厦の職員・労働者の寮になった。2003年2月撮影（日ごとに廃墟化が進み、2018年に解体された。同じ場所に元の姿と似た建物が再建されたが、これは現代の暗黒の歴史を抹殺するものである）。

大革命の激しい炎を高原全域へ、さらには全国へと燃え広がらせ、文化大革命の奔流を隅々にまで注ぎ入れ、共産主義思想の火種を至るところで発火させる」

この宣言からは、沿道の「革命大衆」を、全力で「扇動」し、文化大革命に参加させようという、紅衛兵の溢れんばかりの情熱がうかがわれる。実際、彼らはその通りに行動した。自伝で回想されるのは決して誇らしい過去の出来事ではないものの、作者は自らを飾りつくろうことと追想に多くの紙幅を割き、自己反省と懺悔はあまり語っていない。にもかかわらず、彼はなおもこう記している。北京と聞いただけで毛主席の声を耳にしたかのように激しく興奮する辺境の民衆の間に、「首都紅衛兵」である私たちは、何と言っても「四旧打破」の逆巻く嵐を巻き起こしたのであった――と。

このほか、程徳美は仲間の日記から、四川省のチベット人居住地域の二郎山営林場に入った際、「全国からやって来た数多くの長征隊を見かけた」との一文を引用している。これは、当時、川蔵ルートからチベットに入り、文革を発動した紅衛兵が決して少なくなかったことを物語っている。しかも、全チベット地域には四川、雲南、甘粛、青海各省の「自治州」、「自治県」など、新行政区画にすでに併合されてしまった地区が含まれている。したがって、数え切れないほどの多種多様な「四旧」のうち、かなりのものが「経験大交流」の各紅衛兵グループによって間違いなく破壊された。さらに、彼らに「扇動」された現地革命大衆の「四旧打破」の熱情もばかにできない。むろん中国各地からチベットに入った紅衛兵は頭数では現地の紅衛兵にかなわなかったが、中国各地の紅衛兵、特に「首都紅衛兵」の影響力は極めて大きかった。

ラサの地元の青年、学生について言えば、チョクスムが語っているように、ラサの紅衛兵は中国各地から来た紅衛兵、とりわけ首都からやって来た紅衛兵にわりと「服」した。なぜなら、彼らが携えてきたのは党中央の精神だったからである。いわゆる「服する」には当然ながら「服従する」と「信服する」の意味が含まれていた。

ジョカン寺はどれだけ破壊されたか

事はすでに過ぎ去り、状況も変わった。一九六六年八月二四日にジョカン寺がいったいどの程度破壊されたのかについては、明らかに諸説紛々である。しかし、どんな説があるにせよ、まず、当時、現場で撮影された写真に基づき、ジョカン寺でこの日発生した状況について調べてみることにしよう。

例えば、四六‐四七頁の写真は、ジョカン寺が破壊された事実を最も如実に物語っている。仏教を象徴する多数の品々がめちゃくちゃに壊され、中庭を埋め尽くしているが、二階のバルコニーから放り投げられたのだろうか。事実は確かにその通りであることが取材を通じて分かった。

一面に散らかっているものをつぶさに点検した結果、かろうじて判別できたのは、護法神のパルデン・ラモ〔吉祥天女。代表的な女性の忿怒尊〕の法衣、ナンコル（ジョカン寺の転経回廊）のマニ車、木製の壇城〔立体曼荼羅〕、バターを燃やす灯明台、祥麟法輪などであった。ジョカン寺はこんなにもひどい災難に見舞われ、見る影もなく変わり果ててしまった。

辛酸をなめてきた民俗学者のデモン＝デチェン・トルカル（故人）が、私に語った。

「この写真を見ると、ほんとうに恐ろしい。ああ、クンチョク・スム（仏法僧の三宝への誓いの言葉）よ。見るだけで恐ろしい。こんな写真をどうやって撮ったのか、まったく想像もできない」

積み上げられた破片の中には、貴重な仏像――かつて仏殿一階の左側にあった「トゥジェ・ラカン」の十一面千手千眼観世音菩薩像――も混じっていたのだろうか。チベット人からトゥジェ・チェンポと呼ばれるそれは、吐蕃王、ソンツェン・ガムポが各地の主だった聖地の土を採取して自ら作り上げたとされ、一四〇〇年以上の歴史を持っている。チベット語の古い書物には、ソンツェン・ガムポ王とネパールのブリクティー公主、中国唐朝の文成公主の二人の妃の霊魂や精神がこの仏像に溶け込んでいるという神話が記述されている。

文革の終了後、この仏像にまつわる象徴的意味合いに富んだ逸話が残された。寺院を破壊した革命大衆の中には、敬虔な信徒も紛れ込んでおり、生命の危険を冒しながら、仏像の五つの頭部の片割れと折れた仏像の指数本、さらに散逸したスンシュク（仏像の中に納められている金銀、真珠、宝石、霊薬、妙薬、甘露、香料、五穀、雑穀など。「装蔵」ともいう）の一部をひそかに隠し持ち、想像を絶する危険を冒して雪山を越え、転々としながらインドへと持ち出して、チベット人から観音菩薩の化身としてあがめられているダライ・ラマ一四世に献上したというものである。

一九七〇年、「リトル・ラサ」と呼ばれるインドのダラムサラに、ラサのジョカン寺と同様の仏殿が建てられた際、十一面千手千眼観世音菩薩の純銀の像も作られ、その中に祭られた。ダライ・ラマ一四世は、仏師にわざわざ指示して、五つの頭部の片割れのうち三個を、新しく作った仏像の頭に安置させるとともに、残りの二つの頭部の片割れを、新しい仏像の傍らに置かせた。そのようにして文革の災禍に警鐘を鳴らしたのである。さらに、散逸していたスンシュクを新しい仏像の内部に納め、折れた仏像の指はダライ・ラマが自ら大切に保管した。それ以来、ダラムサラのジョカン寺にも、ラサのジョカン寺の仏像の霊魂が息づくことになり、貴重な精神が苦難の末に保存されることになった。

現在、中国のチベット地域からダラムサラに亡命した研究者のパリ・ダワ・ツェリン（台湾ダライ・ラマ法王チベット宗教基金会の元理事長で、現在はチベット亡命政府チベット政策研究センターの責任者）は、私に宛てた手紙の中で以上の逸話を確認し、補足説明してくれた。

「紅衛兵がお寺にあったあれらのものを破壊したとき、その中にチベット人とネパール人の混血のカツァラ（もっぱらネパール国籍の者との結婚後に生まれた子女を指す）がいました。彼はもともとギュメー・タツァンの僧侶だったのですが、還俗してから紅衛兵になりました。破壊活動のさなかに、彼は仏像の頭部をこっそり家の中に隠したのです。彼はカツァラであり、チベット人ではありませんから、家宅捜索を受けることはなかったのです。カツァラは、チベットではチベット人よりも多くの特権を持っており、いわば、優遇されていました……彼の身分は外国人であったけれども、自らの信仰に身も心も捧げており、その後、手立てを講じて仏頭を国外へ持ち出し、ギャワ・リンポチェ（チベット人のダライ・ラマ一四世に対する尊称。法王を意味する）に献上しました。今はダラムサラのジョカン寺に安置されています」

このほか、触れておかなければならないのは、釈迦牟尼十二歳等身像（ジョウォ・リンポチェ）のことである。仏陀が生前に自ら開眼供養を行ったとされるこの仏像は、チベットに迎え入れられてから、チベット人の敬虔な信仰を集め、精神的な拠り所となった。また、ジョカン寺はもとより、ラサおよび全チベットの精神の存するところとなったが、文革中にいやというほど辱めを受けた。

多くの人々は、「四旧打破」の後、ジョカン寺全体で最終的にこの仏像だけは残ったと思っていたが、やはり紅衛兵によってつるはしで叩き割られた。ラサ中学の初六六年組のある生徒の具体的な証言によれば、つるはしでジョウォ・リンポチェの太ももを叩いて穴をあけたのは、彼の同級生だった。後に当局の役人になったが、当時の「革命行動」について、少なくとも表面上はいまだに後悔していないという。

ジョカン寺の複数の老僧の回想によると、ある時期、ジョウォ・リンポチェは三角帽子をかぶせられ、そこにはあれこれ侮辱的な言葉が書かれていた。全身に飾りつけられていた金銀、真珠、宝石、絹織物はどれもいつの間にかなくなってしまい、体や顔に塗られていた金もきれいにこそぎ落とされた。さらには、眉間に象嵌されていた類いまれな宝石や、両耳にぶら下がっていた年代物の黄金の耳輪、仏像の前に供えられたいくつかの純金の燈明〔チューメ〕と純金の浄水碗なども、どこかの誰かに奪われてしまった。

白塔カニゴシを壊したチャンパ・リンチェンによれば、ジョウォ・リンポチェを含むあらゆる仏像の体内に納められていた物はことごとくほじくり出され、持ち去られたという。その中にあった裸麦は食糧局の倉庫に運ばれ、製粉してツァンパ〔チベット人の主食。バター茶で練って団子状にして食べる〕にされた。

このように傷だらけになったジョウォ・リンポチェは裸のまま、汚された蓮華座の上で結跏趺坐していた。頭上にあった華蓋〔蓮華の形の天蓋〕はもともと純金製だったが、幸いなことに、長年にわたって線香や灯明に燻されて真っ黒になっていたために気付かれずにすみ、難を逃れた。その後、ジョカン寺内に一度設置されたラサ市政治協商会議の事務所に移されたが、ジョカン寺が再び公開された際にやっと本殿ジョウォ・ラカンに戻された。仏像はブラシで繰り返し水洗いされ、ようやく本来の金色の姿を取り戻した（二〇一八年二月一七日にジョカン寺で発生した火災により焼けてしまった）。

ジョウォ・リンポチェにはもともと、純金と宝石で作った五仏宝冠の頭飾が五つあり、それらの価値は計りがたいほど大きかった。それぞれツォンカパ大師、ダライ・ラマ五世、貴族のシャタ家、貴族のツァロン＝タサン・タトゥル、そしてゲンラメーというラマ商人によって供えられたもの

これはジョカン寺に祭られている釈迦牟尼十二歳等身像である。よく見ると、あぐらを組んでいる左の太ももに深い穴があるのが今でもはっきりと分かる。紅衛兵が傷つけたものだと考える僧侶もいるが、9世紀中葉、吐蕃の最後の王ラン・ダルマ〔朗達瑪。在位838－42年〕の仏教弾圧の時期に傷つけられたと考える者もいる。ところが、そのそばにはもともと、もう一つの穴があった。これこそ紅衛兵がジョカン寺で初めて破壊活動を行った際にあけた穴であり、後に修復された。ただ、軽く叩くと、「コン、コン」という音が聞こえる。2003年1月撮影。

であり、約五〇〇年前のものもあれば数十年前のものもあるというように時代はまちまちであったが、「三教工作団」がジョカン寺に進駐した期間に、何もかも行方不明になったそうである。今のジョウォ・リンポチェにかぶせられた頭飾も確かに貴重なものだが、もとからあった頭飾ではなく、別の仏像のものを借用しているので、いくらか大きすぎるようである。

当時の積極分子で、文革後、長期にわたってトムスィーカン居民委員会の党書記を務めたカンツーが私に語ったところでは、彼はジョカン寺に駐屯した軍隊に食糧を運んだことがあり、その際、ジョウォ・リンポチェの周りの仏殿がどれも豚小屋になっているのを目撃した。そこでは豚があたり一面に臭気を放ちながら飼育されていた。二階の仏殿は軍人の宿舎となり、一階と二階の間には梯子がかけられていた。ムル居民委員会の管内に住むロサン・チョドンは、次のように語っている。

私たちが命令を受けてジョカン寺まで豚のエサを運んだとき、お寺の中に豚がたくさんいるのを見たのよ。豚を殺している兵隊もいたわ。お寺全体からジョウォ・リンポチェ以外の仏像が消え失せ、ことごとく壊されてしまっていた。ジョウォ・リンポチェの飾りは全部きれいに持ち去られ、ほこりが分厚く積もっているほかには何もなかったわ。ジョウォ・リンポチェのひざには穴が一つあいていてね、初めは小さかったけれども、しょっちゅう誰かに匙でえぐられたり、ほじくられたりしたため、いくらか大きくなってしまったみたいだった。その穴から出てきたのは、黒炭のようなカスよ。後になって、ツォテルという、貴重なチベットの薬であることを知ったわ。

当時、私は大貴族のラル＝ツェワン・ドルジェと一緒に働かせられていたのよ。彼は私にこう念押ししたわ。ジョカン寺まで豚のエサを運ぶときは必ず匙を持っていくように、とね。「匙を持っていって何をするの」と聞いたら、「ジョウォ・リンポチェのひざの穴からチンテン（霊薬）をえぐり出せる。仏のたいへんなご加護があるのさ」と言うのよ。ラルは労働改造の対象になっていて、やはりジョカン寺までエサを運ぶ仕事をしていた。お寺へ行くときにはいつも匙を持参し、チンテンをえぐり出して飲むんだと彼は言っていたわ。

叩き壊すか燃やすか、である。例えば、五二－五三頁の四枚の写真は、いずれもスンチュ・ラワで経典やタルチョ、マニ車が焼き払われる光景を浮き彫りにしている。「四旧」と見なされたものは実に多かったので、叩き壊せるものは叩き壊され、燃やせるものは燃やされ、処分しきれなかったものは大通りに、あるいは便所や川の中に投げ捨てられた。私の母はこれらの写真を見て、私にこう言った。

すごく印象に残っている出来事があるのよ。あなたを産んでから初めて外出したときのことだったわ。軍区の裏門を出てパルコルの東側にあるルクのバス停に行き、それから撮影所のバス停までの道中、ジョカン寺をまた荒らしたのか、それとも近くのいくつかの仏殿を荒らしたのかは分からなかったけれども、以前はお寺の中にあった経典が街中に散らかっていたのよ。地面はバラバラになった経典で埋め尽くされていて、木の葉の数よりも多かった。上を歩くと、カサカサ音がするほどだったわ。

経典を踏むのは何とも畏れ多くて、ちょっと怖かったけれども、まあ、仕方がないわよね。至るところ経典だらけで、踏まないわけにはいかず、よけようにもよけきれないんだから。車もその上を押しつぶしながら走ったので、経典はもう汚れてぼろぼろになってしまっていたわ。季節はちょうど秋。風が吹くと、粉々になった経典が木の葉と一緒に空に舞い上がって乱れ飛ぶのよ。あのときのことは本当に忘れられないわね。

すでに還暦（今は八〇歳を超えている）を過ぎているロサン・チョドンは、今なお胸中のおびえを抑え切れない様子で話した。

ジョカン寺の仏殿1階右側の入り口わきにある法王殿。チベット語で「トゥーモン・ラカン」と呼ばれる。このソンツェン・ガムポ王の像は、座布団が何枚も積み重ねて置いてあったため、人々の視線から遮られ、幸いにも難を逃れた。2003年2月撮影。

叩き壊した仏像は、背負いかごに入れて運び、道端や大通りに投げ捨てたわ。経典も一枚一枚破って道にばらまいた。それはとても怖かったわよ。仏像を投げ捨てに行くたびに、そして経典や仏像を踏みしめながら歩くたびに、胸に恐怖が込み上げてきてね、本当に言葉にならない。でも、仕方なかったのよ。

ああ、そのときは経典を挟む板で便所まで作ってしまった。その板にはお経が刻まれていたのに。クンチョク・スム（仏法僧の三宝）！　その上に大小便をするとは、罰当たりもいいところよ。そんな便所がムル寺に一つ、ラモチェ寺に一つ、そしてムル居民委員会にも一つ作られたわ。みんなそこへ大小便をしにいくのを恐れたけれど、行かなければ、居民委員会の幹部にどやしつけられたの。

当時、ラサの大通りは、破壊された仏像と引きちぎられた経典で埋め尽くされたが、多くの信心深い年寄りたちは悲しみに打ちひしがれ、声をひそめてつぶやいた。「長生きなんてするもんじゃない。長生きしたら、菩薩様の死ぬのまで見てしまった。これ以上の不幸なんてない！」と。

私の幼いころ、面倒を見てくれたばあやは、敬虔な仏教徒のおばあさんで、イェシェという名前だった。彼女は白髪交じりの頭を振りながら、「まったくこれ以上の不幸はないわ。文革のときは菩薩様さえもやっつけられて死んだのよ……」とため息をついた。

いったい誰に罪があるのか

実際、チベット全土で、破壊された寺院はジョカン寺だけではなかった。一九五〇年代半ばから、ウー・ツァン〔衛蔵＝中央チベット〕周辺のカム〔康〕、アムド〔安多〕の二大チベット人居住区では、多くの寺院が砲火を浴びて廃墟と化した。それは、「反革命反乱の平定」を名目とした軍事行動であり、中国共産党の軍人たちは「反乱分子」を鎮圧するため、寺院を「反乱」の堡塁や拠点と見なして粉砕したのだった。

その後、「現場に深く入り、思想を改造せよ」という様々な政治運動が次から次へと発動され、数え切れないほどの工作組によって扇動された「翻身農奴」たちが、革命の具体的な目標の一つとされた寺院破壊に巻き込まれた。つまり、いわゆる寺院取り壊しは、早々と「民主改革〔民改〕」以前から、さらにまた「三教」、「四清」の時期にかけてずっと行われていたことだったのである。

「民改」とは、一九五九年以後、共産党がチベットの昔からの経済体制に対して行った革命を指し、もともと上層社会の所有物であった土地や家畜を下層社会の人々に均等に分配することによって、荘園経済、寺院政治といった伝統的な社会構造を打ち砕くことを主眼としていた。また、「四清」は一九六三年から一九六六年まで共産党が全国の都市、農村で展開した社会主義教育運動を指し、農村においては「人民公社での労働点数、帳簿、倉庫、財産の点検」が、都市においては「思想、政治、組織、経済の点検」がそれぞれ行われた。パンチェン・ラマ一〇世は一九六二年に共産党当局に提出した「七万言書〔七万字の意見書〕」の中で、「民改の前、チベットには大中小の寺院が約二五〇〇か所あったが、民改の後に政府が残した寺院はほんの七〇か所余りにすぎず、九七パーセント以上も減少してしまった……」と訴えている。

これに対して、当局はどのように対応したのか。『中共西蔵党史大事記』の記述によると、一九六六年三月二日、チベット自治区党委員会は党中央西南局と党中央統一戦線工作部に対して、「大衆」が寺院の取り壊しを要求している問題について報告し、こう指摘した。

> チベットの一部の地方では、大衆が寺院の取り壊しを求めている。自治区党委統一戦線工作部は以下のように通達した。保存対象となっている寺院と、国境地区や都市、町、交通の要路にある寺院については、取り壊さないよう大衆を説得しなければならない。大衆がそこに居住することを望むのであれば、そのように分配してよい。保存対象となっていない辺鄙な地域の寺院や倒壊寸前の寺院については、確かに無用であり、しかも多くの大衆が積極的に取り壊しを求めているのであれば、県党委員会の許可を得た上で、貧農下層中農協会〔社会主義教育運動の中で設立された農民の大衆組織〕が責任をもって組織的に取り壊すこととする。

これは重視すべき文書である。そこには、「大衆」による寺院取り壊しを極力制止しようという意図はまったくうかがわれず、むしろ取り壊しをそそのかすようなきらいがある。このほか、至るところに出てくる「大衆」とはいったい何者なのか。人数はどれくらいなのか。後にも先にもそんな人たちはいなかったのに、なぜ「解放」後に限って、寺院を破壊する「大衆」が現れたのか。

チベット自治区副主席のプチュン・ツェリンが一九八七年に記者会見で認めたところによると、一九五九年当時、自治区内には二七〇〇か所の寺院があり、宗教活動を行っていたが、一九六六年の文革前夜にはわずか五五〇か所の寺院しか公開されていなかった。文革が正式に始まると、寺院取り壊しに拍車がかかった。五五〇か所の寺院のうち、いったいどれくらい残ったのか。関係資料によれば、一九五九年から一九七六年までの間に、チベット自治区にもともとあった二七〇〇か所（実際には二七一三か所）の寺院はわずか八か所へと激減してしまった。

ラサでの「四旧打破」の状況について調査したとき、私は中国の総理だった周恩来の名前をしばしば耳にした。例えば、ジョカン寺の最初の破壊の際、周恩来から中止の指示が伝えられた。周恩来は一九七二年、ジョカン寺の修復も指示した。さらに、こんなこともあった。「各居民委員会はそれぞれの管内の『四旧』を徹底的に破壊すべし」との指示に基づいて、ポタラ宮のふもとにあるショル〔雪〕居民委員会の積極分子たち——先頭に立ったのは、今もなお居民委員会書記の座にあり、全国人民代表大会〔全人代〕代表を何期か務めたロサンだったとされる——が当初、ポタラ宮まで突撃したが、周恩来からまたも禁止令が出されたために、完全武装の解放軍兵士たちによって阻止された。

そのおかげで、世界的にその名を知られたポタラ宮は何とか壊滅的な破壊を免れた。もっとも、ポタラ宮にあった数え切れないほどの貴重な文化財が行方知れずとなったほか、歴史が古く、しかも精巧で美しい壁画が毛沢東の語録で覆われ、数百年かけて少しずつ蓄えられた、計り知れないほどの富を収蔵した二つの大きな金庫もすっかり持ち去られてしまった。

では、周恩来はチベット文革においてチベット文化の救世主の役割を演じたのであろうか。海外在住の学者、宋永毅らが編集した『中国文化大革命文庫』には、一九六六年一〇月一五日、周恩来が北京で中央民族学院幹部訓練班のチベット人学生を接見した際の談話記録が収録されており、そこに以下のようなくだりがある。

> チベットの宗教は長期的にわたる問題である。だが、政治と宗教は絶対に分離しなければならない。ラマ〔本来は「師」を意味するが、中国語では広くチベット仏教の僧侶を指す〕制度は必ず打ち壊さなければならない。なぜなら、ラマ制度が民族の発展をおおいに妨げたからである。なぜ解放前のチベットや内モンゴルでは人口がしだいに減少してしまったのか。まさにラマ宗教制度のためである。このたびの文化大革命は思想大革命であり、ラマ制度を徹底的に打破し、若い学僧たちを解放しなければならない。
>
> しかし、迷信の打破は長い時間をかけてやらなければならない。迷信の思想は新しい思想と入れ替えない限り、すぐには消滅しない。これは長期にわたって改造すべき問題だ。現在、チベットではまさに「四旧打破」、寺院の打ち壊し、ラマ制度の破壊が行われているが、どれもすばらしいことである。だが、寺院は破壊せずに学校や倉庫として利用できないかどうか。仏像については、大衆が壊したければ、一部は壊してもかまわない。それでも、何か所かの大寺院は保存することを検討しなければならない。そうしなければ、年寄りがわれわれに不満を抱く。

以上のことから分かるのは、紅衛兵と積極分子がジョカン寺やポタラ宮を破壊するのを制止したのは、決してチベットの伝統文化を重んじるゆえの判断ではなかったということである。でなければ、チベット全土であんなにも多くの寺院が破壊されたのに、なぜ阻止しなかったのか。ましてや、数年の間に、もっとさかのぼれば一九五〇年代半ばから、かなりの数の寺院が次から次へと破壊されたのである。もし本気で止めようとしたのであれば、少なくとも例の上意下達の命令を効果的に伝えたであろうし、さらには臨戦態勢の軍人を動員して完全に制止することだってできたのだ。

本当の理由は、断じて「年寄りがわれわれに不満を抱く」からということではなく、ほかにはばかること――例えば、中国の国際的なイメージなど――があったのである。そのため、周恩来は急いで命令を下し、ジョカン寺とポタラ宮がこれ以上破壊されるのを防いだのであった。なぜなら、この二つの建物が何を象徴しているかは、誰の目にも明らかだったからである。

もっとも、われわれは周恩来とチベット文革の関係を究明しなくともよい。文革期、周恩来はチベットで起きた問題を解決するため、相次いで計一六回もチベットの軍や現地責任者、大衆の代表を接見し、多くの重要な講話を行い、指示を与えた。しかし、しょせん彼は遠い北京の朝廷に居座っていたのである。比較したらの話だが、彼の役割はラサに駐在していた共産党官僚たちには遠く及ばなかった。

いろいろ考えさせられるのは、むしろ今日のチベット当局の態度である。あるチベット人学者が取材の中で私に語ったところによると、二〇〇二年にチベット社会科学院が開催した英雄叙事詩『ケサル王伝』千年記念学術シンポジウムの席上、チベット自治区党委書記の郭金龍（後に北京市委書記に就任）が演説を行った。彼は、「ダライ・ラマ分裂集団」がチベット伝統文化の破壊を国外で言い触らしていると非難し、怒りを爆発させた。

「われわれがチベット文化を破壊し、多くの寺院をめちゃくちゃにしたなどと、いつも国外でほざいている。だが、われわれがやったというのか。解放軍の仕業だというのか。それとも漢人の仕業か。ふん、単に文化の問題を持ち出して騒いでいるにすぎんよ」

この発言はいかにももっともらしく、本人は自信満々であるかのように聞こえる。しかし、深く追究すれば、決してそういうことではあるまい。まぎれもなく、生殺与奪の権を握る当局者であるにもかかわらず、このように責任逃れをし、まるで無関係の第三者のようである。いったい、誰が責任を負う立場にあるというのか。

パルコルの一般住民の一人はこう語る。

「チベット人自らお寺を壊したんだといわれるよね。そういうやつがいたかどうかと聞かれりゃ、もちろんいたが、多くの連中は仕方なくやったのさ。要するに、この責任はやっぱり政府にある。もし政府が止めさせようと考えたならば、問題なく止めさせられたんだ。例えば、ガプー（ガプー＝ガワン・ジクメ〔阿沛・阿旺晋美〕。チベットのカシャ政権の中でただ一人、共産党に受け入れられた貴族官僚で、チベット自治区主席を務めた。文革期、紅衛兵の大字報で一九五〇年代に共産党に入党したと暴露され、批判闘争に巻き込まれたが、その後、中共の特別機で北京へ移された。二〇〇九年、天命を全うした）[36]のような人間が、大衆につるし上げられるとするね。中央は彼を保護しようとし、実際、保護したに違いない。だから、保護する気がありさえすれば、完璧にそうできたんだよ。あんなにたくさんの兵隊がいたわけだし、軍を派遣して守らせたら、誰があえてお寺を壊したりするかね？　誰もやりっこないよ。下種の後知恵など、誰だってひねり出せるさ」

今もなお在職中の当局の役人（チベット人。その後、定年退職し隠居）は私にこう言った。

「そうさ。今から見れば、あの当時に、お寺を壊したり、お坊さんをつるし上げたりした連中は極悪非道だったと思うよ。ところが、当時はそうするのが悪いことだとは誰も考えていなくて、むしろ、そうするようハッパをかけられたんだよ。みんな、そうやってこそ革命だと聞かされていたので、こっちで壊し、あっちでつるし上げるということをやったんだ。もちろん、昔だったら誰だってそんなことはしなかったよ。それぞれ自宅に仏壇と仏像があるけれども、それらを全部叩き壊す日がやって来るなんて、誰一人、思っていなかったさ。でもね、政策が上から降ってきたんだ。つまり、自治区、ラサ市、城関区、居民委員会と段階的に政策が伝達されたのさ。そうやって動員したのでなければ、あんなにめちゃくちゃなことにはならなかった」

「心の中では、好きこのんで破壊しようと思った者は一人もいなかったはずだし、そんな考えを持つなんてありえない話だ。もし中央が保護せよとの命令を出さなかったら、とっくに全部壊されていたといったような言い方があるが、本当に保護する気があったならば、軍人を派遣すべきだったんだ。大衆がさあ打ち壊すぞというときに、これは保護するから壊すなと告げれば、あえて突撃して壊そうとするやつなんかいないよ。誰だって解放軍は怖いんだからね。一九五九年に解放軍が発砲したら、すぐに『反乱平定〔チベット動乱の鎮圧〕』となっただろう？　ところが、あのときはそうしなかったんだよ。それに、いいかい、ジョカン寺は文革のときに解放軍の豚小屋にされてしまったが、私はそれをこの目で見たんだからね」

客観的に言えば、当時は中国全土で似たような事件がいろいろ起きた。例えば、中国仏教の寺院や道教の道観、儒教の祖廟、プロテスタントやカトリックの教会は、いずれも「四旧」と見なされて破壊された。それだけでなく、モンゴル人の寺院や回族、ウイグル人のモスク〔清真寺〕など少数民族の宗教施設も革命の独裁の対象となった。これらの事件に鑑みれば、こう言っていいだろう。「四旧打破」というのは、あらゆる非共産主義的な文化を旧文化と見なして一掃しようとした運動であり、その中でもチベットの伝統文化はこれ以上古いものはないというほどの「腐りきった文化」であると考えられたため、自ずと災難を免れなかった。

しかし、他の多くの民族と異なる点は、チベット仏教の伝統における、宗教上の聖物や仏具、供具の位置付けである。それらが重視されるのは、ただ単に一般信者の「偶像崇拝」を満足させるためだけではなく、修行に励む者たちが徳性を実践的に高めるために欠くことのできない補助具だからである。このため、全チベットにおいて、それらは往々にして寺院に延々と千年来蓄えられてきた財産であり、この財産は数え切れないほどの聖物、仏具、供具として具現化され、先祖代々、敬虔な心持ちで仏に対してきたチベット人の精神を凝集している。

チベットの人口は決して多くないものの、一九五〇年以前はチベット全土（現在のチベット自治区および四川省、雲南省、青海省、甘粛省に分布する各チベット地域を含む）で六千余の寺院があって無数の宝物が秘蔵されており、それはなかなかたいしたものだった。「物質」面の損失を見れば、おそらくチベット民族ほど革命で大きな被害を受けた民族はないと言えよう。

一つだけ例を挙げれば、文革期、ラサには二つの巨大な倉庫が設けられ、そこにはもっぱら周辺の寺院から没収した多種多様な「四旧」が積み上げられていた。かつてチベット軍区の自動車修理工場で働いたことのあるチベット人が私に語ったところでは、軍隊の車両用の部品を作るため、自動車修理工場は二つの倉庫のうちの一つから、一度に四トンもの金属製の仏像、仏具、供具などを持ち出し、それらを溶かして鍛造したという。

破壊後のジョカン寺

「四旧打破」の嵐が吹き荒れた後、具体的に言えば、一九六六年八月二四日以後、重大な損害をこうむったジョカン寺はどのような運命に見舞われたのだろうか。取材と関連資料に基づき、時系列で見ると、ジョカン寺はいくつかの機関によって占拠されたことが分かる。

一九六六年八月に打ち壊しにあってから一九六七年に至るまでは、「紅衛兵四旧打破成果展覧弁公室」が設置され、ラサ全域で「四旧打破」の際に没収された「四旧」の一部がここに集められた。ラサ市公安局長率いる工作組が数か月にわたって駐在し、寺院内にあった経典やその版木、タンカなどが炊事の燃料にされた。これに関しては、「紅衛兵四旧打破成果展覧弁公室」に務めた経験のある葉星生と私の間でこんなやりとりがあった。

葉　あれは一九六六年の秋のことで、九月か一〇月だったと思う。……当時、僕は展覧グループの一員で、美術を担当し、連環画〔子供向けの小型の連続絵物語〕を描いていたんだ。……はっきり覚えているよ。そのころ、弁公室はジョカン寺二階の大倉庫の中にあってね。そこは明らかに大きな経堂だったんだが、「四旧打破」で壊された品々がいっぱい積んであった。

オーセル　どんなものがあったの？

葉　……あー、そりゃもう、めちゃくちゃだったさ。レコードもあれば、蓄音機のようなものもあった。どれもジョカン寺のものじゃない。ラサ中で「四旧打破」をやったときに没収したものがそこに積んであったんだよ。要するに、家宅捜索で分捕ったものばかりだった。

オーセル　……経典の版木を火に放り込んで燃やしたってほんとうなの？　うんと燃やしたのかしら？

葉　ああ、燃やしたよ。僕らのグループは特に盛大にやった。版木を薪と一緒に積み上げて燃やしたんだ。煮炊きに使ったのさ。でも、僕は図案の入った版木は見なかったな。燃やしたのはみんな文字を刻んだ版木だよ。……あっ、見たよ。僕が中から抜き出して失敬したんだっけ。……それにタンカを何枚か、こっそり持ち出したな。ほかに版画もね。版画は経文を書いた巻物みたいにぐるぐる巻いてあった。大蔵経〔チベット大蔵経〕の版木もあったので、僕もいくつか拾ったよ。

一九六七年六月、チベット軍区は一個中隊をジョカン寺に駐屯させた。元チベット軍区司令員の陳明義は何年も後に発表した回想記の中に「ジョカン寺の重要な仏像は厳重に保護した」と記している。しかし、実際にはこのとき、裸にされた釈迦牟尼十二歳等身像を除いて、あらゆる金属製の仏像や仏具、供具などが運び出され、粘土製の仏像はことごとく、とうとうと流れるラサ河〔キチュ〕に投げ込まれた。

軍の駐屯がどれくらい続いたかは明らかでないが、一九六九年以前にジョカン寺はまず「大連指」の拠点の一つになり、その後、「造総」の主要な陣地になった。「造総」の放送局は、ダライ・ラマが宿泊した三階の日光殿とつながっている仏殿に置かれ、さらに数十人の「造総」メンバーが寺院内に寝泊まりしていた。この間、ほとんど空っぽになったジョカン寺への破壊行為はやむことなく続いた。

一九六九年から一九七〇年代初めまで、ジョカン寺はラサ警備区司令部に占拠された。先述したように、一階の数十間の仏殿は、僧侶たちが今日、法要を行う壇城殿をも含めて、ことごとく豚小屋にされてしまい、豚があちこちでブーブー鳴いて騒ぎ、臭気をまき散らした。釈迦牟尼の仏殿だけは豚小屋になるのを免れ、傷ついた裸の釈迦牟尼像はまっ暗な本殿ジョウォ・ラカンの奥深くで足を組み、無言のままたたずんでいた。

大本堂二階の数十間の仏殿は軍人たちの宿舎になった。当時、豚のエサを運んだことのある老僧は「あいつらはジョカン寺の一角に便所を作った。

ジョカン寺3階の、パルコルの通りに面した一角にある仏殿は、もともとダライ・ラマの法会時の宿泊所だった「日光殿」とつながっており、文革初期に「造総」の放送局になった。2003年2月撮影。

地面に小便をするのが見えたよ。お寺の別の一角は家畜の屠殺場に改造された」と語った。また、当時、「造総」のメンバーだった元紅衛兵も「ジョカン寺を豚小屋にしただけでなく、屠殺場にもしたんだ。そこで豚を殺したり、毛を抜いたりしたよ」と証言した。

ダライ・ラマがモンラム・チェンモの開かれる期間に宿泊する日光殿も被害にあった。壁一面に仏様や菩薩の絵がたくさん描かれていたが、それらの顔の部分がナイフのような刃物でずたずたに切り裂かれた。大小の傷跡は今でもはっきり確認できる。文革時にそこに住んだ軍人がやったのだと、ジョカン寺の僧侶は私に語った。彼はデコボコの床板を指差しながら、軍人たちがしょっちゅう好き勝手に水をまいたので、床板がずいぶん前から歪んでしまったのだと話した。彼の目撃談によれば、当時、チベット軍区の将校だった党中央組織部のある古参幹部がジョカン寺を参観した折、わざわざ日光殿を指差して「おれはダライ・ラマの部屋に寝泊まりしたんだぞ」と得意気に語ったそうである。

一九七〇年代初め、ジョカン寺はラサ市党委員会の第二招待所になった。チベット民族学院の卒業生である閻振中は、その当時、メルド・グンカル〔墨竹工卡〕県からラサへ出張するたびにこの招待所に泊まったことをよく覚えている。多くのお堂が招待所の客室に改造され、壁画がバター茶を煮込む炎や水蒸気のせいでぼろぼろになっていた。各地区や近郊の各県からラサにやって来た幹部から庶民まで、男女を問わず、誰でも宿泊できた。チベット人だけでなく、漢人やほかの民族もいた。閻は回族である。

初めのころ、ベッド一つの代金は一角三分〔〇・一三元〕だったが、その後、三角〔〇・三元〕に値上がりした。従業員は男も女もいたが、

これは私の父が文革前に撮影した写真である。満面に笑みを浮かべたパルデン・ラモ（ペー・ラモともいう）の像は、「四旧打破」の際にめちゃめちゃに壊された。その後、この場所は男女の便所に改造された。パルデン・ラモはジョカン寺と全ラサの守護神である。

その多くはチベット人だった。ジョカン寺には僧服を着た僧侶は一人もいなかった。闔振中によれば、当時のラサ市街は、午後の三、四時には早々と人影が消え、六、七時を過ぎると、ほとんど人っ子一人いなくなり、ゴースト・タウンのようだった。もし招待所に戻るのが夜一〇時ごろになるとすれば、それはもう相当けっこうな時間であり、お寺の正門の重たい扉を力任せにドンドン叩かなければならなかった。そして、のどが破れるくらい叫ぶと、ようやく人が出てきて門を開けてくれた。

ジョカン寺の老僧の一人が語る。

「本殿ジョウォ・ラカンの上の黄金に輝く屋根のところに便所が一つ作られた。護法神のパルデン・ラモの像が祭られていた場所にも、板で仕切った男女別の便所が作られ、招待所の便所になった。パルデン・ラモはとっくに壊されてしまっていたよ」

別の老僧はこう話した。

「みんなこの招待所を『二所』と呼んでいたね。文革の後、市政府の隣に移ったが、今度は『招待マーボ』と呼ばれるようになった。『赤い招待所』という意味だ。一九八一年、私はジョカン寺に再び戻ったとき、一階と二階にある仏殿の戸の木枠に数字が書いてあるのを見たよ。招待所の部屋の番号だった」

当時、ラサ市党委員会はまだジョカン寺の本殿で市、県（区）、郷（鎮）の合同幹部会議を開いていた。中庭のキンコルは一度、革命映画を上映する野外映画館となり、僧坊の一部はラサ市政治協商会議の事務所になった。

一九七二年、周恩来はチベットの軍・政府関係者を接見したとき、中米関係の改善や中日国交回復に伴って、チベットを含む中国全土を統制の下で開放する考えを明らかにした。続いて、ジョカン寺の修復を指示した。当時、北京で保護されていたカンボジアのシアヌーク殿下〔一九七〇年、外遊中に起きた軍事クーデターによって国外追放された〕がラサを訪問し、ジョカン寺を参拝したいという希望を示していたからだといわれている。とはいっても、空っぽのジョカン寺のお堂にどの仏像を置くべきなのか、仏像の中にどんな聖物を納めるべきなのか、修復担当者には皆目分からなかった。このため、人格高潔で名声が高いデモ・リンポチェ一〇世にひそかに教えを請うことになった。しかし、「牛鬼蛇神」のレッテルを貼られ、ひどいつるし上げにあったデモ・リンポチェはそのとき、重い病気にかかっており、記憶もあいまいな状態で、人生の最後の段階を迎えようとしていた。そこで、ダライ・ラマ五世が一六四五年に編纂した『ジョカン寺目録』を頼りに取り組むしか方法がなくなり、難儀しつつも職人や絵師を指導して一階の仏殿の修復を終えた。

一九七四年、ジョカン寺修復の初期工事が完了した。ラサ市公安局の近くにある倉庫――そこには多くの寺院から没収した仏像が積み上げられていた――から多くの仏像を選び出してジョカン寺へ移送し、新たに仏像の中に供物を納め、補修を行った。さらに、セラ寺、ガンデン寺、デプン寺から何人かの老僧を派遣してもらった。「四旧」として打ち壊しにあったジョカン寺であったが、しだいに再び線香の煙や灯明の炎がゆらゆら揺らぎ、祈禱の声が響くようになった。当時、「ラ・デチュエリャン・コンニェル・フイリー」というユーモラスな戯言がはやっていた。チベット語で「ラ」は仏を意味する。「デチュエリャン」は当時もてはやされたポリエステル繊維の商標で、純毛でも純綿でもないまがい物を指す。「コンニェル」は寺院を管理する僧侶で、「フイリー」は回族の呼称である。つまり、仏像は本来の仏像ではなく、寺院の管理者は仏教徒ではないという意味であった（当時は馬という名字の回族が宗教局の指導者としてジョカン寺を管理していた）。

ジョカン寺の前では、毎日、チベット各地からお参りにやってきたチベット人たちが絶え間なく五体投地を行う姿を見ることができる（2003年2月撮影）。

現在、この場所はずらりと並べられた植木鉢に囲まれており、信者たちは内側でひれ伏して叩頭している。中国の観光客たちは外側から信者たちの写真を撮ったり、野蛮人（彼らがそう思い込んでいるチベット人）に扮して撮影したりしている。公安局の歩哨所があるほか、銃を携帯した武装警察がパトロールしている。あちらこちらの高所に監視カメラが設置されており、ジョカン寺と向かい合う両側の建物の屋上には武装警察の歩哨所がある。

一九八五年、フランス人記者のピエール＝アントワーヌ・ドネ（当時、AFP北京特派員）は許可を得てラサを訪れた際、ジョカン寺で「真新しい菩薩像と完成したばかりの壁画」を目撃し、「驚きを覚えるとともに落ち着かない気分」を味わったという。自分が「まるでオペラ劇場の舞台装置の中にいるような」感覚にとらわれたドネは、「大急ぎでこしらえ、作り直し、補修した結果は、一つの文化をほぼ抹殺しようとした政治の嵐がもたらした破壊の光景に、取り繕おうとすればするほどぼろが出るという注釈を付け加えただけのことであった」と感想を記している。

しかし、何はともあれ、幸いだったと言えるのは、大災難を生き延びた釈迦牟尼（像）の衆生に注ぐ慈悲の微笑みを、多くの信者が再び拝めるようになったことである。革命の急先鋒であった積極分子の多くも、後悔先に立たずではあったが、心を入れ替えて再出発することを切に望んだ。

二〇〇三年三月、ジョカン寺。かつて七年間投獄され、一三年間の労働改造を強いられた後、一九八一年にようやくジョカン寺に戻ることができた老僧トゥプテン・リンチェン（故人）は目に涙を浮かべながら私に語った。

文革が終わってから、お寺は修復されて、また公開されたよ。あんなにも長いこと、宗教の信仰が許されない日々が続いて、みんな何年もジョカン寺に入ったことがなかったから、お参りにやって来る者がかなりおった。当時は信徒に入場券を売り出した。今みんなが五体投地をする正門のところに柵を置いて、毎日二〇〇〇枚だけ売り出したんだよ。一枚一角〔〇・一元〕でな。だから、たくさんの者が夜のうちから列をつくって、しょっちゅう徹夜で並んだものさ。寝るときは地面にそのまま横になるんだ。

2003年のチベット暦1月8日のジョカン寺。参拝者たちが長蛇の列をなしている。傍らに見えるのは、遠方の寺院から仏法を修めるために馳せ参じた僧侶たちだ。こうした光景は今ではあってはならないものである。

そのころ、ジョカン寺は一日中開放されていたが、日が暮れた後、大急ぎで門を閉めなけりゃ、お参りの者が大勢入ってくる。ああ、ニンジェ（かわいそうに）！　あんなにもたくさんのチベット人が、もう何年もジョウォ・リンポチェを拝んでいなかったんだよ。多くの者が泣いておった。涙を流しながら、こう言っていたよ。「生きとるうちに仏様を拝めるなんて思いもよらないことだ。まさか、こんな日がやってくるとは」とな。

その後、パンチェン・リンポチェ〔パンチェン・ラマ一〇世〕がラサにお戻りになられ、ジョカン寺で法要を営まれた。信徒の頭をなでて祝福する儀式を行ったときは、郵便電信ビルのところまで数キロもの長蛇の列ができたよ。押し潰されて亡くなった者が一人おったぞ。あんなにも多くの信徒がおって、それがあっという間に一斉に押し寄せてきたわけだからな。年寄りだけでなく、若い衆も大勢おった。文化大革命のころには想像もできなかったことだ。堰で押し止めていた大水がどっと溢れ出たみたいだったな……。

かくして、ジョカン寺はそれ以降、再び仏教聖地の中の聖地となり、また俗地の中の俗地となり、今日に至っている（今ではもう一つの機能が付け加えられた。中国の観光客を主体とする観光名所と化したのである）。

「牛鬼蛇神」のつるし上げ

「遊闘」の隊列が進む

「牛鬼蛇神」を街中引き回してつるし上げる闘争が初めてラサで繰り広げられたのは、一九六六年八月二七日のことであった。この日、当局の統一的な指示の下で、ラサの各居民委員会は積極分子と一般大衆を組織し、それぞれの管轄区域内の「牛鬼蛇神」を街中引き回してつるし上げた。その後、ジョカン寺の講経場「スンチュ・ラワ」で集中的に批判闘争にかけた。

以下の一組の写真は、一九六六年八月末から九月にかけて、様々な「牛鬼蛇神」の中でも、主として宗教人、旧チベット軍将校、農村の「領代分子」（荘園主、執事らを指す）といった人たちが闘争集会に連れ出された光景をとらえたものである。彼らはそれぞれ大衆集会で集団的なつるし上げにあったり、街から街へと引き回され、各居民委員会が組織したいくつかの闘争集会で大衆に糾弾されたりした。闘争の規模はまちまちであったが、彼らはさんざんつらい目にあった。まさに、当時流行した政治スローガンが言い表しているように、これは大衆独裁のやり方によってプロレタリア独裁の強大な威力を示し、あらゆるチベット人の骨身にしみる「教育」となった。

実際、このような闘争集会は三、四か月の長きにわたって繰り返された。後に、党派闘争が生じたことにより、彼らは二つの造反派の間を転々と連れ回され、引き続きつるし上げをくった。また、「牛鬼蛇神」小組〔特定の問題を担当する小組織〕の監視下に置かれ、各自が所属する居民委員会で長期にわたる労働と学習に従事させられた。その結果、発狂する者は発狂し、病気になる者は病気になり、死ぬ者は死んだ。

写真の中の人々は、この時期に亡くなった人もいれば、文革後に亡くなった者もいる。今なお生存している者は多くない。生き残った人たちの中にはチベットを離れて海外へ渡った者もいるが、チベットにとどまった者は再び高位高禄を享受できる「統一戦線工作の対象」となった。彼らは政協、人民代表大会、仏教協会などに配属され、全員が役に立たない飾り物、あるいは当局の代弁者となり、自己保身を第一に唯々諾々として安逸をむさぼっている。

黒山のような人だかりである。ジョカン寺の講経場「スンチュ・ラワ」は「牛鬼蛇神」を糾弾する大会場となった。このような光景は当時よく見られた。

上の写真を、目を凝らしてよく見ると、いくつもの細かいことに気がつく。高いひな壇の真ん中に毛沢東の肖像画と横断幕が掲げられている。毛沢東の肖像画の両側にはチベット語と中国語で「偉大な領袖毛主席万歳」、「偉大な中国共産党万歳」と、縦書き、横書きの両方で記されている。また、横断幕には中国語とチベット語で「闘争大会」と書かれている。横断幕のわきと下にはたくさんの毛の肖像画が配置してある。高いひな壇の上でつるし上げられている「牛鬼蛇神」はかつての貴族の役人たち四人で、それぞれ二人の紅衛兵によって押さえつけられている。糾弾されている四人の前には撮影している者が少なくとも二人おり、一人はビデオカメラを回し、もう一人は写真を撮っている。

より重要なのは、〔前頁の〕写真の左上、講経場とつながっている寺院の建物の二階角に、少なくとも三人の男性が立っており、批判闘争の現場を見詰めていることである。三人とも帽子（人民解放軍の軍帽か否かは不明）をかぶり、制服（人民解放軍の軍服か?）を着ている。このうちの一人は手を後ろに組み、中共の役人や権力者がよくとるポーズで立っている。このため、彼らは批判闘争の現場を注視していると言うよりも、現場を指揮、制御、監視していると言うべきである。

今も写真家であるデモ＝ワンチュク・ドルジェは、自分の両親が初めて街中を引き回され、闘争集会にかけられた日にちをはっきり記憶している。ちょうどそれはノルブ・リンカが「人民公園」に改称される前日、つまり一九六六年八月二七日だった。彼の父はデモ＝ロサン・ジャンペル・ルントク・テンジン・ギャムツォといい、有名なデモ・リンポチェ一〇世だった。デモ・リンポチェはチベット仏教における高位の転生僧の伝承の中でも非常に重要な系統に属する。ラサの著名なテンギェーリン寺の貫主で、六世、七世、九世のデモ・リンポチェはチベットの摂政〔ギェルツァプ〕（ダライ・ラマに代わって政治と宗教を所管する最高権威者）であった。デモ・リンポチェ一〇世はチベット史上で第一号の、しかもチベットではこれまでのところ最も優れた写真家の一人であった。

左の写真を見ると、当時六五歳だったデモ・リンポチェ一〇世は紙製の背の高い帽子〔三角帽子〕をかぶせられている。そこにはチベット語で「反動農奴主テンジン・ギャムツォを徹底的に打倒せよ」と書かれている。胸の前にぶら下げているカメラは彼の「犯罪の証拠」とされているものであり、彼が祖国を裏切って外国と通じた反動分子であることをほのめかしている。実は、この「上海58Ⅱ型35」カメラは、息子のワンチュク・ドルジェのもので、デモ夫人がツァンパを入れる袋の中に隠していたが、やはり居民委員会の紅衛兵の家宅捜索で見つけられた。デモ・リンポチェ自身のいくつもの高級カメラは、その前に「スパイの犯罪道具」と見なされ、工作組に没収されていた。その中にはツァイス・イコンのカメラがあったが、これは閻という工作組の組長が着服してしまい、返還されなかった。

四七歳のデモ夫人の身なりは昔のラサ貴族夫人の華美な装いで、金銀や真珠、宝石を入れたお盆を両手で捧げ持っている。息子のワンチュク・ドルジェはこう回想する。

「引き回しが行われるたびに、父はわが家の護法神ツィウ・マルワの法衣を着せられ、母は貴婦人の華やかな服を着せられた。後で父はこう言っていたよ。『当時、捕まって引き回されるときは、無理やり僧服を着せられるのかとすごく心配した。もしそうだったら、面目丸つぶれで死んでしまうところだった。幸い、着るようにと言われたのは金剛法舞〔チャム＝チベット仏教の祭礼で披露される伝統的な仮面舞踊〕を踊るときに着るツィウ・マルワの法衣だったから、かえって芝居のような感じを与えたよ。それに、引き回しの際には、一人の少年がおとなしく白状しろと叫んだだけだった。見物人は誰も私を殴ったり、ののしったりしなかったので、まあまあだった』ってね」

しかし、デモ夫人は衆人環視の中で家宅捜索や引き回し、つるし上げと

いった辱めを受けただけでなく、居民委員会によって長く独房に拘禁されたことから、その後、精神状態がおかしくなり、発狂した末、わずか一年でこの世を去った。その六年後にはデモ・リンポチェが入寂したが、その身分にふさわしいチベット伝統の葬儀を執り行うことは許されなかった。

前頁の写真はテンギェーリン居民委員会が組織した「遊闘〔罪人を引き回し、大衆の前でつるし上げる活動〕」の隊列である。デモ夫妻を護送する二人の積極分子は、われがちに握りこぶしを振りかざし、「牛鬼蛇神」への深い恨みをアピールしている。

左側にいるのはタシーといい、元は馬車引きで、文革のときは居民委員会副主任だった。デモ屋敷の家宅捜索の際、彼は「四旧打破」を口実に、衣類や真珠、宝石を横取りしただけでなく、当局が「買い取り」（一九五九年以後の「民主改革」では、「反乱」に参加しなかった貴族、荘園主、寺院の財産を買い取って国有化する政策がとられた。買い取り金支払券が支給され、その券を銀行に持って行けば買い取り金を受け取れた）のときにデモ・リンポチェに発行した預金通帳まで着服した。その後、ワンチュク・ドルジェにしつこく返還を要求されたために、返さざるをえなくなったが、うち二〇〇元はすでに自分で引き出してしまっていた。これは、当時はたいへんな金額であった。タシーは後にポタラ宮の表門の門番になった。二〇〇三年二月、私はもともと彼に取材するつもりだったが、少し前に病死したと伝え聞いた。

ぼろをまとった右側の男はテンジンといい、「牛鬼蛇神」小組の責任者だった。「牛鬼蛇神」をつるし上げるとき、いちばん手厳しかったそうである。デモ夫人は彼に情け容赦なく殴られた。彼はずいぶん前に亡くなっている。

〔写真／次頁〕テンギェーリン居民委員会が組織した「遊闘」の隊列がちょうどジョカン寺に面した大通りを通過しているところである。当時、この大通りはまだすごく広々としていたが、人や車の往来が激しく露店もぎっしり立ち並ぶ現在のようなにぎわいはなかった。

写真に写っているチベット式の建物は、現在ではファストフード店「徳克士〔ディコス〕」や観光客向けの工芸品を売る土産物店になっている。かつてはデプン寺が管轄する、チューティンリンという名の仏殿であった。この仏殿はとても古い歴史を持ち、文化財も非常にたくさんあったが、「武闘」のときに造反派の拠点となった。聞くところでは、階上から下に向けて機関銃が掃射されたことがあり、その後、建物は撤去された。

実は、当時、テンギェーリン居民委員会が摘発した「牛鬼蛇神」の中には、チャムド〔昌都〕のチャンパリン〔強巴林〕寺の一一世リンポチェで、現在、全国政協副主席のパクパラ＝ゲレク・ナムギャルもいた。彼も同じように「遊闘」に引きずり出されたことがあったが、この「遊闘」の中にはいなかった。写真の中の「牛鬼蛇神」は、「封建農奴制」下の反動的な「三大領主」であったことを示すために、以前の身分や地位を象徴する衣服を着せられている。そのため、頭にかぶせられた三角帽子や胸にぶら下げられた紙には、様々な侮辱の言葉が書かれている。

デモ・リンポチェの後ろにいる「牛鬼蛇神」はラモン＝イェシェ・ツルティムであると確認できた。彼はパンチェン・ラマ九世、一〇世の腹心の役人で、パンチェン・ラマ一〇世の代表として、一九五六年、成立したばかりのチベット自治区準備委員会副主任になった。その後、チベット自治区政協副主席、全国政協常務委員を歴任したが、いい状況は長く続かなかった。

パンチェン・ラマ一〇世は一九六二年、全チベットの民情と民意を記した「七万言書」を大胆にも毛沢東に提出し、チベットでの失政を率直に戒めた。その結果、張経武と張国華が主宰したチベット自治区準備委員会第七回拡大会議〔一九六四年九－一一月〕で「最大の反動農奴主の一人」として批判さ

れ、ラモン＝イェシェ・ツルティムたちは「パンチェン・ラマ率いる祖国反逆集団」の一員とされてしまった。ところが、パンチェン・ラマ一〇世を闘争集会にかけたとき、ラモン＝イェシェ・ツルティムの六番目の弟のラモン＝ソナム・ルンドゥプ（パンチェン・ラマの内庫〔文書・財物を収蔵する倉庫〕の元秘書）や、タシルンポ寺の転生僧の一人であるセンチェン＝ロサン・ギェンツェン、ダライ・ラマ一四世付きの経師だったギャムツォリン・リンポチェ〔ギャムツォリン＝トゥプテン・ケサン〕は、極めて積極的につるし上げに加わり、パンチェン・ラマを告発する際にあれこれ最大限の致命的な誹謗中傷を行ったという。

このため、彼らはすぐに抜擢されて、重要なポストを得た。言うまでもなく、これは彼らがパンチェン・ラマを非難したことへの褒賞であった。チベットの庶民の間では、パンチェン・ラマをつるし上げることによってのし上がった者たちのことを、もっぱら「パンバル」と呼ぶようになった。ラモン＝ソナム・ルンドゥプは今でも自治区政協副主席である（二〇一三年に病没）。ラモン＝イェシェ・ツルティムは何度も批判され、苦労が重なって病気になり、一九七八年に他界した。

ラモン＝イエシェ・ツルティムの後ろを歩き、一方の手には金剛鈴（ティルブ）、もう一方の手にマンダラ（仏教の法具の一種で、仏の世界を象徴する）を持っている僧侶は、セラ寺の高僧ラツン・リンポチェとみられる。当時、すでに八〇歳を過ぎていた。その後まもなく家宅捜索を受けたとき、居民委員会の紅衛兵によって、没収された金剛杵（ドルジェ）で頭を叩き割られ、出血が止まらず、翌日入寂した。当時は伝統的な風俗習慣は禁止されていたため、チベット文化の特別な方法や儀式にのっとって死者を弔うことはできず、老人の遺骸をそそくさと鳥葬台まで運び、ハゲワシに食べさせるしかなかった。

写真の中で、ラモン＝イエシェ・ツルティムを連行している女性の積極分子はペルトンといい、かつてはデモ・リンポチェの屋敷に住む使用人だった。ラモン＝イエシェ・ツルティムともう一人の「牛鬼蛇神」の間にいる女性の積極分子は、積極分子テンジンの愛人でラモといった。以前はある貴族の使用人だったが、すでに亡くなったという。

周りをぐるりと取り囲んでいる荒縄は、「牛鬼蛇神」を大衆から隔離するためのものであり、越えてはならない境界線を示していた。それはまた、積極分子の存在を際立たせることにより、革命の徹底ぶりと自覚の高さ、さらにはそれらが付与する特別な資格をアピールするためのものでもあった。

〔写真／下、次頁上下〕　テンギェーリン居民委員会が組織した「遊闘」の隊列は、パルコルを進み、さらにタプチー・シャル、ナンツェ・シャル、紅衛兵と積極分子に破壊された白塔カニゴシと道をたどり、ガンデン・タルチェンの前を過ぎていった。タプチー・シャルはラサに現存する建物の中で最も古い家の一つで、もともとはセラ寺のガクパ・タツァン（学堂）に属し、以前は民家だったが、今は店舗になっている。また、ナンツェ・シャルはかつての「ガンデン・ポタン」政権時代のラサ市法院（裁判所）で、一階が監獄、二階が執務室であった。今は「文物保護単位（指定文化財）」、「愛国主義教育基地」[37]となっている。さらに、ガンデン・タルチェンはパルコルの北東の角にあり、タルチェンは「大きな祈禱旗」を意味する。パルコルには四本の大祈禱旗があったが、少なくともうち二本は「四旧」として

破壊された。

隊列はいよいよ講経場スンチュ・ラワに到着しようとしている。ここで、ほかの居民委員会の「遊闘」部隊と合流し、合同で闘争大会を開いた。おもしろいことに、この「遊闘」の隊列はパルコル北側の入口から時計回りに行進した。これはその実、チベット仏教徒が仏事を行うときの一つのやり方であり、打破すべき「四旧」に属するものであるから、「革命大衆」は当然、逆のやり方で事を行うべきであった。

パルコルでは以前、タルチョがはためき、ドゥンチェン〔仏事で用いるチベット式ラッパ〕が長々と鳴り響く中で、これと同じように多くの人々が心を沸き立たせながら駆け回っていた。しかし、それは宗教的儀式があることに伴う人出であり、あるいは民間の儀式が行われることに伴うにぎわいであった。さらには、チベット暦正月二五日に行われる、祈願大法会モンラム・チェンモの重要な主題の一つ——未来仏チャンパの一日も早い降臨を祈願する儀式——が醸し出す喧騒であった。もしかしたら、写真に登場する、「遊闘」見物の野次馬や「牛鬼蛇神」引き回し隊の連中の中には、かつて五体投地をしたことのある信者がいたかもしれない。

しかし、このとき、未来仏チャンパはすでに毛沢東の肖像画に取って代わられていた。それにぴったり付き従っているのは、高く掲げられた赤旗と騒々しい銅鑼や太鼓であった。年少の子供たちは旗手や鼓手を務めていた。彼らはみな革命の新しい力であった。

「遊闘」の隊列がまさにパルコルの東通りを行進している。通りに立つ立派なチベット様式の建物は、かつての大貴族スルカン＝ワンチェン・ケレクの邸宅だった（「スルカン」とは曲がり角の家という意味で、パルコルの東通りと南通りが接するところにあることからそう名付けられた。一七世紀の建築で、一九九三年に壊され、新たにセルカン〔賽康〕商城が建てられた）。スルカン邸の東側の壁には、護法神パルデン・ラモのツァツァカン（泥を型に詰めて作った小さな仏像を納める仏龕〈ぶつがん〉）が据え付けられていたが、このときにはすでに泥で塗り固められ、その前の香炉も叩き壊されていた。

文革式の言い方をすれば、旧チベット政府の高官を務めた貴族のスルカンは極悪非道な反革命分子とされた。もし一九五九年にインドへ亡命しなかったら、間違いなく「革命大衆」に捕らえられた後、街中を引き回されて見せしめにされ、さらに踏みつけられて、永遠に立ち上がることができないようにさせられたであろう。

この写真を改めてよく見ると、毛沢東の肖像画を担いでいる二人の女性の左側を、濃色の中山服を着た、髪の黒い男性が歩いている。一見して漢人幹部と分かる。さらに、人ごみの中にはこんな人たちもいる。一人はカメラをぶら下げ、満面に笑みを浮かべている男である。もう一人は身を乗り出して「牛鬼蛇神」の写真を撮っている後ろ姿の人物で、さらにもう一人、手にカメラを持ち、後ろを振り向いて様子をうかがっている者がいる。彼らは誰であろうか。記者だろうか。よく調べたところ、満面に笑みを浮かべている男は『西蔵日報』の記者で、後ろを振り向いて周囲を見回している男は新華社チベット支社の記者だという。

当時、チベットにはいくつかのメディアがあった。新華社チベット支社、『西蔵日報』、チベット軍区発行の『高原戦士報』、チベット人民放送局および中央ニュース記録映画制作所チベット支局である。いずれも、チベットの文革期にかなり活躍したメディアであった。しかし、当時の新聞紙面には「牛鬼蛇神」を闘争集会にかける写真は一枚も見当たらない。

顔に派手な隈取りを施されたこの人物は誰か。僧服を身にまとっていることから、僧侶だと分かる。この僧衣姿の人物は両手で小さな仏龕を持ち、首から一組のティンシャー〔小型のシンバル。法具の一つで儀式に用いる〕をぶら下げている。彼は二人の積極分子に押さえつけられながら大通りや路地を引き回されており、漫画のようにいたずら書きされた顔からは苦しそうな目付きがかすかにうかがえる。

醜い姿にさせられた僧侶が頭にかぶっている三角帽子には、彼の名前が書いてあるが、「牛鬼蛇神」という言葉と「……ギャムツォ」という文字しか読み取れない。それでも、彼はセラ寺の高僧リンプン・リンポチェ〔リプル・リンポチェ〕であることが分かる。正式の名前はリンプン＝ガワン・ギャムツォという。文革終息後、彼はチベットを去ってインドへ行き、現在は米国ニューヨークに在住し、すでに八〇歳の高齢になっている〔二〇〇六年初め、インドのセラ寺で入寂〕。

フランスの記者、ピエール＝アントワーヌ・ドネは自著『西蔵生與死――雪域的民族主義』〔原著は*Tibet mort ou vif*。邦訳は山本一郎訳『チベット＝受難と希望――「雪の国」の民族主義』〕の中で、文革期にチベットがこうむった受難について、リブル・トゥルクという転生僧にわざわざインタビューしている。いくつかの事実を突き合わせると、彼はリンプン・リンポチェとみられる。そこにはこう記されている。

「三五回もの大小様々な『闘争集会』を経験させられた。……闘争集会の間、私は先の尖った長い帽子をかぶり、僧服を着なければならなかった。私が『黒五類〔地主、富農、反革命分子、悪質分子、右派分子〕』に属することを大衆に十分知らしめるためだった。連中は私の僧服の上にいろいろな法器やバッジをぶら下げてなぶりものにした。ラッパと銅鑼の音や紅衛兵の嘲笑に先導されながら、ラサの街を引き回されたことも二回あった」

「闘争集会はふつう仕事が終わった後の夜八時から一一時までの間に行われた。私は昼間、労働をしなければならず、建設と砕石の仕事に従事させられた。私を告発したのは当然ながら漢人で、郭祥志という名前だった。私の記憶はすごく鮮明だ。彼は私が住んでいた地区の責任者だった。彼の告発は、私がダライ・ラマと密に連絡をとっており、『外国の反動分子』と接触し、チベット独立運動を画策している、というものだった」

「連中は、大衆の面前で頭を下げて土下座するよう私に強要し、その後、私を批判し、殴りつけた。あるとき、連中は銃の台尻で私の右耳を激しく殴りつけたが、それで今なお耳に障害が残っている。こっぴどく殴られると、私には暴力をふるう連中の足しか見えなくなる。実際は、私はラサのラマの中では、ひどい目にあったとはいっても仕打ちがいちばん軽い方だった。私がこうして今も生きており、この件について証言できるということが一つの証拠だ」

前述したように、ラモチェ寺の本尊はネパールの公主〔ソンツェン・ガムポ王に嫁いだティツゥン〕が携えてきた釈迦牟尼八歳等身像である。「四旧打破」の際に革命大衆によって飼い葉切りで二つに切断され、上半身は北京に持ち出され、下半身はラサ市内に打ち捨てられた。文革終息後、パンチェン・ラマ一〇世が北京の工場の倉庫で上半身を発見し、チベット仏教の聖なる仏具を探し出すために北京へ赴いたリンプン・リンポチェらによってラサへと運ばれた。そして下半身とつなぎ合わされ、今はラモチェ寺に祭られている。

ピエール＝アントワーヌ・ドネはこう書き記している。「彼ら〔リンプン・リンポチェら〕は北京の中心にある故宮博物院の中に収められていたチベットの宗教的聖遺物二六トン以上を発見したのだ！　これらの信仰のための像と品々は一六三の木箱に収められて、チベットのもとの場所それぞれへ

輸送された。チベットの聖遺物の別の六トンが北京の孔子廟の広間で発見された。これらもまた数百の箱に分けられてチベットに戻された。このグループは全部で一万三五三七の像を回復して、それを六百の箱に入れてチベットに急送した。この話は盗まれ、壊されたもののほんのわずかの部分にしかあたらない」〔前掲『チベット＝受難と希望――「雪の国」の民族主義』一二四－一二五頁〕。

写真の中で、リンプン・リンポチェの首を押さえながら、大股で歩いている二人の積極分子のうち、鳥打ち帽をかぶっている左側の男はかつて同じようにしてデモ夫人を引き回したテンジンである。軍帽をかぶっている右側の男は、テンギェーリン居民委員会の治安保衛委員のイェシェである。彼は首が曲がっていたため、「イェシェ・ツィキョク」と呼ばれたが、その意味は「首曲がりのイェシェ」である。後に、彼は「武闘」の中で「農牧民司令部」の副司令官になり、二大造反派の一つ「大連指」の中核メンバーとなった。文革後に離婚し、ちっぽけな茶店を開いて生計を立てていたが、数年前に病死した。

「批闘」の隊列はどこを通り過ぎているのか。写真を見たチベット人は「ツェムンリン寺からラモチェ寺へ通じる横丁だ」と言った。

この八の字ひげを描かれ、左耳に長い耳飾り「ソクチル」(貴族と役人の印)をしている人物の名前はプンカン＝ツェリン・トゥンドゥプである。彼の父は一九四〇年代にカロン(カシャの大臣。全部で四人おり、僧侶一人と俗人三人)を務めたことがあり、兄はシッキム国王の娘婿で、妻は貴族ツァロン家の娘だった。彼本人はただのぼんぼんで、四品官になったものの、生涯凡庸で何もしなかった。彼はまた「ヤプシー」のプンカンとも呼ばれていた。いわゆる「ヤプシー」とは「国父の荘園」を意味し、もっぱら歴代ダライ・ラマの家族のことを指す。プンカン家からダライ・ラマ一一世が誕生したために、この尊称を得たのであった。

何ともおもしろいことに、写真の中で、プンカンは道化役者のような格好をさせられているだけでなく、西洋料理で使うナイフとフォークがたくさん入ったケースを両手に持たされている。おそらく、彼が搾取階級の腐敗した生活を送っていることを示すため、居民委員会の革命大衆がわざわざ彼に無理やりこのような格好で街を歩かせたのであろう。

しかし、搾取の罪を裏付ける証拠はたくさんあるのに、なぜそれらの中から、わざとこの食器セットを選んだのか。あるいは、「翻身農奴」たちはこんなにも立派なナイフとフォークを見たことがなかったからではないか。それゆえ、金銀財宝の山の中から、キラキラまぶしく輝いている洋式食器セットを引っ張り出し、

三角帽子をかぶせられた「牛鬼蛇神」が、紅衛兵と「革命大衆」に護送されながら、ラサ市街をぐるぐる引き回されている。その中には、顔に派手な隈取りを施されたリンプン・リンポチェや、拳を振り上げている積極分子のテンジン、イェシェもいる。

仏頂面をしたプンカンを押さえつけながら街中を引き回したのではないか。もっとも、これによって「牛鬼蛇神」をつるし上げる引き回しはかえっていくぶん喜劇的な様相を呈することになった。

プンカンの家族は以前から西洋人との関係が深かったので、わざと洋式食器セットをプンカンに持たせて街を引き回し、彼がひそかに外国と内通し祖国を裏切っていることの証拠としたのだ——。そんなことを言う者もいた。プンカンもテンギェーリン居民委員会管轄の「牛鬼蛇神」だった。文革が終わった後、彼は名誉回復を果たし、チベット自治区政協副主席、全国政協委員の職をあてがわれたが、一九九〇年前後にこの世を去った。

今日、パルコルの北側にあるプンカン屋敷は保存価値のある古建築と見なされている。一〇〇年以上の歴史があるといわれており、二〇〇三年に修繕された。今は居民委員会から選ばれた住民と、代金を払って家を買ったカム出身のチベット人が住んでいる。ダライ・ラマ一一世が住んだことのある家とプンカン家の旧経堂では、とても美しい昔の壁画や、花を彫刻した柱とひさしを見ることができる（現在、プンカン屋敷は漢人の商人によってホテルと工芸品の店に改造されている）。

糾弾される転生僧

次頁の写真のように、共通の敵に敵愾心を燃やして批判闘争を行う場面は、当時、実によく見られた。無数の固く握り締めたこぶし、無数の憤怒の叱責が、四方八方から、嵐のように人込みの中心に向かって押し寄せている。そのため、この写真は見たところ、急流がぐるぐる渦巻いているような感じを与える。

人民大衆の洋々たる大海の渦巻きの中に突き落とされて、うつむきながら腰をかがめ、つるし上げられている「牛鬼蛇神」は誰であろうか。チベットで最も著名な女性リンポチェのサムディン＝ドルジェ・パクモ・デチェン・チュドゥンで、まだ二四歳の若さであった。しかも、三人目の子供を一か月前に出産したばかりだった。しばらく前の一九五九年にダライ・ラマに付き従ってインドへ亡命したものの、すぐまたチベットに戻ってきたことから、彼女は「反動集団と縁を切って革命組織に参加」した「愛国主義者」と見なされ、共産党の大事な客人として毛沢東の接見の栄に浴するなど、極めて高い政治的地位と手厚い物質的待遇を享受していた。

ドルジェ・パクモはワパリン居民委員会管轄の「牛鬼蛇神」であり、彼女をつるし上げた「革命大衆」はみなそこの住民だった。闘争集会の現場はドルジェ・パクモの屋敷で、パルコル東通りにあるギェル・ラカン〔清真大寺、イスラム教のモスク〕のそばにあった。ドルジェ・パクモの前夫のカショ＝ルンドゥプ・ナムギェル（『西蔵文芸』主編、チベット作家協会副主席を務めた著名な詩人。二〇一七年病没）は、私の取材に対し、感慨無量といった面持ちで述べた。

「これらの写真を他人様が見たら何と言うだろう？　そもそもドルジェ・パクモが一九五九年にインドから戻ってきた当時、まさに中国は全世界に向かって『四不』政策、つまり『殺さず、監禁せず、裁かず、つるし上げず』を宣言したんだからね」

その日の情景を思い起こし、彼は沈んだ口調で続けた。

「あれは八月末のある日ことだったよ。午後二時か三時ごろだったな。私たちはちょうど家にいて、生まれたばかりの息子の世話でばたばたしていたんだ。突然、中庭の外からわいわいがやがや騒がしい音やスローガンを叫ぶ声が聞こえてきた。ほどなく、何人もの連中が家の中に乱入し、いきなり家宅捜索したり、物を叩き壊したり、燃やしたりしたんだ。その後、ドルジェ・パクモを中庭まで追い出してつるし上げが始まった。ところが、すぐに解放軍の兵士数人と城関区の役人が駆けつけてきて制止したんだよ。『ドルジェ・パクモを外で引き回してはいけない。自ら進んで帰国し、反動集団と縁を切って革命組織に参加したんだから、ほかの「牛鬼蛇神」とは違うんだ。特別に対処しなければいけない。そうしないと、国際的に好ましくない影響が生じる。だから、中庭で批判闘争を行うだけでいい。三角帽子はかぶせるな』とね」

彼は写真を指差しながら、「これがうちの中庭だよ」と説明したが、「ほら、右側に木があって、左側には窓が……」と言うやいなや、右上の木の後ろに立っている女性を指し示して「ああ、アマ・キ・ラー〔アマ・キさん〕がここにいるぞ」と叫んだ。

「彼女は当時、うちの屋敷に住んでいたんだよ。普通の庶民さ。ドルジェ・パクモをつるし上げたりせず、ただわきで見ているだけだった。……ああ、アニ・ラトン〔尼さんのラトン〕もここにいるぞ。彼女は居民委員会の主任でね、批判闘争の急先鋒だったよ。保衛委員会主任のペンバ・ツェリンもいる。積極分子のプルブ・ツェリンもね。みんな死んじまったな

……。この女性はね、毛主席の肖像画の左側にいる背の高い女性だけれども、カムのチベット人で、ギェル・ラカンの西側のジャルパ・カンサルに住んでいた。今はやはり死んでしまったかもしれない。あっ、ツェラモもここにいるよ」。ルンドゥプ・ナムギェルは昔の知人をたくさん見つけ出した。

高々と掲げられた毛沢東の肖像画には考えさせられるものがある。彼の冷ややかな表情と、遠くをじっと見詰めているような眼差しは、このようにいきり立った大衆の光景とはまったく不釣合いな感じがする。しかし、それにもまして、遠大な理想を抱き、あらゆるものを指揮し、勝利を掌中に握っているという権威性を漂わせ、すべての人に臣従せよと要求している。

丸い帽子をかぶり、僧衣を身にまとい、手に宝瓶を持っている若い女性は中国語で習慣的に「女活仏」と呼ばれるドルジェ・パクモだ。その両側に立ち、物悲しい表情を浮かべながら、戦々恐々としている二人の老人はこの転生僧の両親である。

ドルジェ・パクモの父親はリンジン・ギャルポといい、ある貴族の家の総執事だった。母親は小商人の出身だった。娘が特殊な身分であることから、両親も浮き沈みをともにすることになった。父親は「反乱平定」のとき、解放軍の道案内をしたり、情報を提供したり、スパイになったりして働いたために、真の「愛国人士」と見なされたそうである。ところが、まさにこの「愛国人士」が娘と一緒に闘争集会に引きずり出されただけでなく、二か月後には監獄行きとなってしまった。

ルンドゥプ・ナムギェルはこう回想する。

実際、義父には何の罪もなかったんだよ。でも、その罪名はわりと重いものだった。というのは、義父が酒に酔ったときに「マオ・トゥシ・キャクパ・ソー（毛主席なんかクソ食らえ）」と口走ったと、大衆からの告発があったためだ。それで何回もつるし上げられたんだ。こっぴどくやっつけられて、肩の骨が折れたほどだったよ。

出獄した後も「四類分子（地主分子、富農分子、反革命分子、悪質分子）」のレッテルを貼られ、大衆の監督の下で労働改造に従事させられた。監督小組は一〇日か半月に一回、つるし上げを行い、顔中血だらけになるまで殴りつけたんだ。その上、殴られたことは口外するなよ、言えば後でもっとひどいことになるぞ、と脅しもした。

文革期はこんな状況が続き、一九七六年に毛沢東が死んでも変わらなかったな。ある日、居民委員会の幹部たちがまたやってきてね、テーブルの上にあったメモ書きを見つけたんだ。それは義父がふだん気ままに書きつけたもので、「今日はうちで肉を食べた」とか「今日はうちでバター茶を飲んだ」とか、どれも戯れに書いたものさ。

ところが、連中はそれを見るなり、どなりつけたんだ。「お前はどんな反動的なことを書いたんだ？ ああ、毛主席が亡くなったというのに、お前はうれしいのか。肉を食ったり、バター茶を飲んだりしやがって！ この現行犯の反革命分子めが！」とね。そこで、義父はまた連行され、めちゃくちゃにやっつけられた。

後になって義父は自分が以前「愛国」行為をしたことをすごく後悔していたよ。つまり、「反乱平定」のときにやったことを、さ。一九七七年か、その翌年に、義父は亡くなった。義母はとても気が弱い女性でね、毎日おとなしく労働改造に参加し、余計なことは何も言わなかったよ。

「じゃあ、転生僧の夫として一緒にやっつけられなかったの？」という私の質問に、彼は「いや、やっつけられなかった。ただ、私もやっつけられて投獄されるといううわさはあったよ。けれども、最終的には運よく難を逃れた。あの日はね……」と答え、いくらか恥ずかしそうに思い出を口にした。

当時、ああいった連中は自分たちで家宅捜索をするだけでなく、私たちに命令して家の中の物を中庭に放り出させた。私は磁器のお碗を一山抱えて、いくつか叩き壊したよ。そのとき、チベット古典詩歌についての経典を一冊持っていることを突然思い出したんだ。私の父がくれたもので、家に代々伝わっているものだった。それで、すぐさまこの本を探し出し、こっそり便所まで持っていって捨てたよ。

今思い出してもすごく悔やまれてならない。あのときはとにかく怖くてたまらなかったんだ。私は怖さのあまり、便所に閉じこもった。戸にカギをし、ずっと中にいて、出ようとしなかった。誰も私を探しはしなかった。こうして難を逃れたんだ。今、こういう写真を見ると、何とも気の毒に思うよ。でも、もし便所に隠れていなければ、間違いなくこの写真の中に私がいた。当時は私も二一歳になったばかりだったんだ。

そこで私は聞いた。「でも、外にいるドルジェ・パクモがかわいそうだとは思わなかったの？」

「あー」。彼はため息をついて言った。「彼女は一人じゃなかった。両親と一緒だったんだよ」

「じゃあ、お子さんは？」。私はまた聞いた。

「子供はみんな小さくて、部屋で泣いていたよ。ほったらかしだった。世話もできなかったんだ。泣こうが、腹を空かそうが、そんな余裕なんてなかったんだ」

「お坊ちゃんは？　まだ赤ちゃんだったんでしょ？」。私は追い打ちをかけた。

「そうだよ。生まれて一か月ちょっとだったよ。その後、私とドルジェ・パクモが労働改造をしていたときは、土や石を運ぶ背負いかごにその子を入れて、野良に置いた。裸麦の脱穀をするとき、ほこりが多いし、麦のトゲも多いので、赤ん坊の目に入らないように、スカーフを顔にかぶせておいた。そのせいでドルジェ・パクモはいつも泣いていたよ」

右の三枚組写真の中で転生僧の顔に向けて握りこぶしを突きつけている若い女性はアニ・ラトン、またの呼び名をワパリン・アニ〔ワパリンの尼さん〕という人物である。彼女は東チベット・カムのダヤプ〔察雅〕出身で、かなり昔にラサへ巡礼にやって来て、そのままワパリン一帯に居着いてしまったという。彼女は僧衣を着用し、髪もとても短く、夫も子供もいないため、みんなから尼僧と見なされていた。主に人々から施しを受けて暮らし、カチェ〔チベット語でイスラム教徒を指す〕の家で使用人として働いたこともあったという。

文革前は合作社〔協同組合〕で野菜をつくったり、家畜の解体場で内臓を処理したりする仕事に携わった。文革が始まるやいなや、大車輪で活躍し、

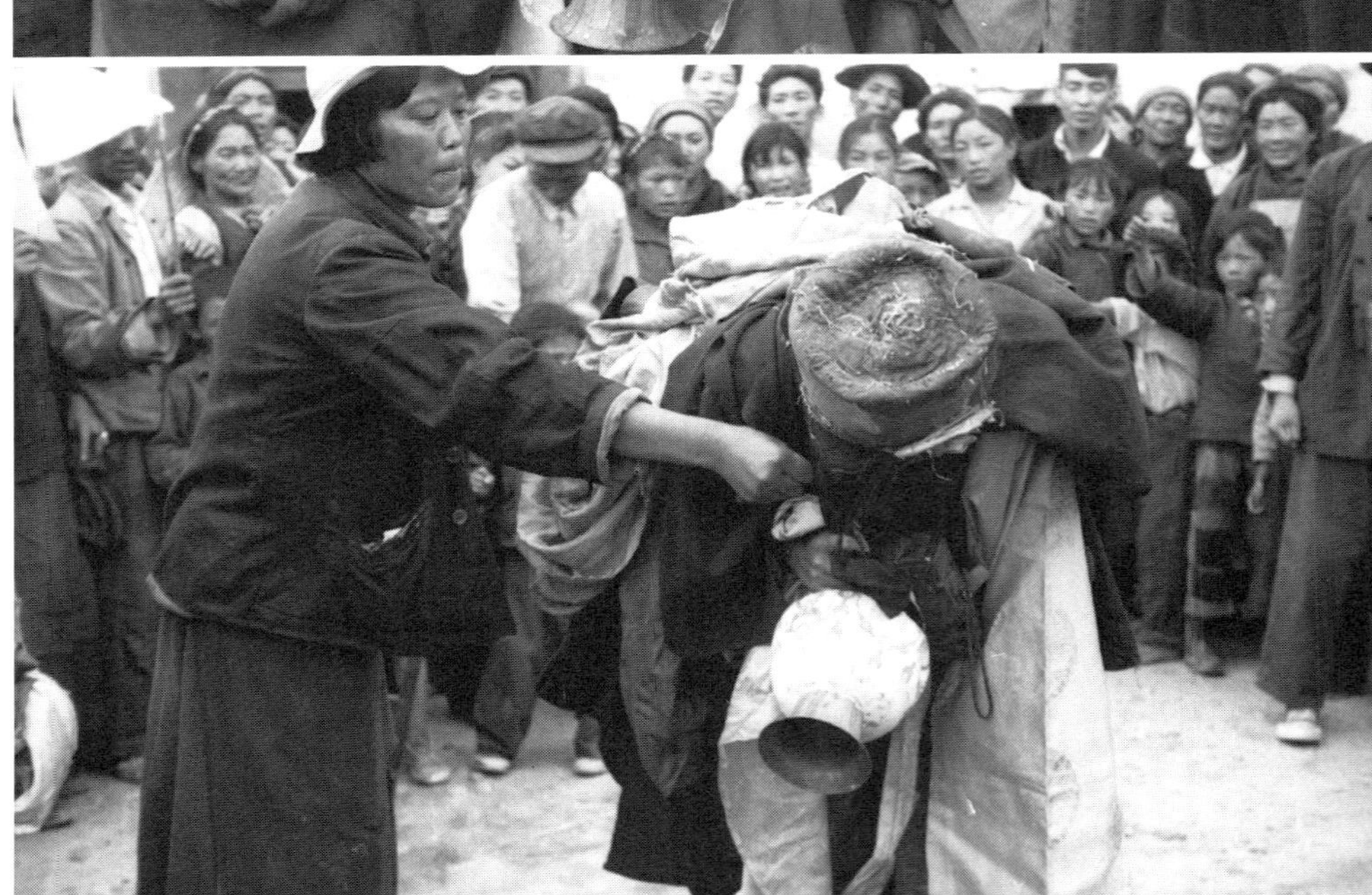

とりわけ「牛鬼蛇神」の批判闘争では激しい糾弾ぶりを見せた。これにより、当時は広く名前を知られる人物にのし上がり、たちまちワパリン居民委員会の副主任、そして主任に任命され、共産党にも入党した。彼女はまた「造総」の下部機関である「造反公社」のボスでもあった。「武闘」のときは、何とも勇猛果敢に戦った。

アニ・ラトンと転生僧ドルジェ・パクモが不仲だったのかどうかは知りようがない。ただ、宗教的な伝統から言っても、世の風俗習慣から言っても、そうした可能性はまずない。ところが、この三枚の写真を見ると、アニ・ラトンは何はばかることなく、深々と頭を下げている転生僧に憤怒の握りこぶしを突き出し、不倶戴天の敵と言わんばかりの激しい恨みを抱いているようである。何とも珍しいことに、従来から「人の中の宝」と見なされてきた仏教の高僧を告発し、糾弾する者が、僧侶の集団から現れた（彼女が本物の尼僧ならば）のであり、彼女はまさしく新政権が必要としていた種類の人間であった。見たところ、彼女の行動は周りの大衆を教育し、感化したようである。子供までが小さな握りこぶしを突き出している。

文革の後期、「造総」が権勢を失っていくにつれて、アニ・ラトンも意気が上がらなくなり、さらにある汚職事件の嫌疑をかけられ、一年余り投獄された。しかし、それは誰かに陥れられたもので、実のところ、本人は潔白だと言う人もいる。さらに、別の見方もある。本当の原因は、彼女が頑迷なためにいつまでも「造総」にしがみつき、頼る相手を選び損なったことにあるという。もし、彼女が風見鶏のように振る舞い、寝返って味方を攻撃し、勢いのある「大連指」に足場を移していたら、相変わらず羽振りを利かせていた可能性が極めて高く、よしんば、汚職が事実であったとしても何ということはなかったというのである。出獄してまもなく、アニ・ラトンは死んだ。おそらく一九八五年のことで、六〇歳をいくつか超えていた。

今日でも、ラサ旧市街あたりには、彼女のことを覚えている人がたくさんいる。漢人の上着の下にスカート風の僧衣を巻いていたアニ・ラトンは、まったくの典型的な「フルツォンパ（積極分子）」だったと、みんなが口を揃える。彼女にまつわるあれこれの出来事について、嫌悪感をむき出しにした口調で語る人は少なくない。だが、なお彼女のことを懐かしみ、よく言う人もいる。自分の利益を考えずに、ひたすらみんなのために頑張ったというのである。

彼女が宗教にどんな態度で接したかについて、ある人に尋ねたら、こういう答えが返ってきた。

「信じちゃいなかったよ。髪を短くし、『アニ』と呼ばれてはいたものの、仏様を信じちゃいなかった。少なくとも表向きは、これっぽっちもね。さすがに腹の中で何を考えていたのかまでは分からないから。たぶん、あの人が信じていたのは共産党だろうよ。だから入党したのさ」

右の写真を見ると、転生僧ドルジェ・パクモに対するつるし上げがしだいにエスカレートしたことが分かる。彼女の搾取の犯罪証拠を十分に示すため、背中に絹織物をたくさん背負わせており、やせて弱々しい彼女はその重さに耐えられない様子だ。野次馬の人々を見ると、握りこぶしを突き出しながら前列に立っている子供が何人かいる。彼女に石を投げつけたのだろうか。

彼女の頭にかぶせられている黒帽〔シャナク〕について触れておく必要がある。写真を見ると、ぼろぼろになっているが、実は帽子の周りはもともと金糸で飾られ、小さな金の仏像が縫いつけられていた。しかも、数え切れないほどの真珠が埋め込まれていてこの上なく貴重であるとともに、とても美しいものであった。ところが、闘争集会が始まる前に、帽子の上の真珠や金の仏像はことごとく取り去られ、雀の涙ほどの値段で銀行に買い上げられたのである。ルンドゥプ・ナムギェルは「私の記憶では、当時、居民委員会の監督下で、銀行はドルジェ・パクモに二〇〇〇元しか払わなかったみたいだ。金の仏像は言うまでもなく、むしり取った真珠だけで洗面器がいっぱいになるほどだったのに」と振り返る。

チベットには黒帽は二つしかないという。一つはカルマ・カギュ派[38]の法王カルマパの黒帽で、もう一つはシャンパ・カギュ派の主要な寺院サムディン〔桑頂〕寺〔ヤムドク湖〔羊卓雍錯〕畔の尼寺〕の住持であるドルジェ・パクモの黒帽である。いずれもチベット密教の教義上は、空行母〔ダーキニー〕が自分の頭髪で織り上げた黒い金剛宝冠とされ、不思議な加持の霊力を備えていると考えられている。したがって、この法帽はドルジェ・パクモの転生の伝承および彼女の寺院にとって極めて貴重な意義を持っていた。

「ドルジェ・パクモは一九五九年、この黒帽をかぶってインドへ逃げた。その後、インドから戻ってきたときもそれをかぶっていた。でも、あの日、革命大衆が火の中に放り込んで灰にしてしまったそうだ。壊された品々の中で、いちばん惜しかったのはあの黒帽だ」

ルンドゥプ・ナムギェルはそう語った。

写真の中でドルジェ・パクモが手にしている宝瓶はブムパという。ブムパはチベットの民俗において非常に重要な物で、中には五穀や雑穀、各種の宗教上の聖物を納める。一般には幸福を祈り、幸運を呼び招くために、家の中に安置したり、山の地下水がある場所に埋めたりする。ドルジェ・パクモのブムパは、数あるブムパの中でも最高級のヤンブムで、悠久の歴史を持ち、非常に精巧かつ美しい作りだったという。しかし、この闘争集会の後に失われてしまい、ずっと行方知れずとなっている。

揺れ動く人波。振りかざした握りこぶし。右の写真では、何よりも細部に注意していただきたい。鳥打ち帽をかぶっている若い男が宝瓶の上の「カウ」に手を伸ばしていじくり回し、じっと見つめている。さて、彼はただの好奇心からそんなことをしているのだろうか。あるいはそうではないかもしれない。なぜなら、「四旧打破」の中では、「叩き壊す」、「打ち砕く」といったことよりも、「奪い取る」ことの方が多かったからだ。これこそ積極分子が次々に現れた理由の一つである。

カウはチベット人が仏像やそのほかの宗教上の神聖な物を納める小さな仏龕で、身につけて持ち歩いたり、家に大切にしまっておいたりするお守りである。上等のカウは通常、金や銀で作られ、宝石や真珠の装飾が施されていてとても貴重なものである。女性転生僧のカウはそのような上等品で、一般信者の普通のカウとは別物だったに違いない。

興味深いのはむしろ周りの人々の表情である。恨めしそうな目付きをしている者、眉間にしわを寄せている者、口を開いてスローガンを叫んでいるように見える者、奇妙にも視線の定まらない目付きで握りこぶしをやたらに振りかざす者、うつむいてびくびくした表情で何か考え込んでいるような者などがいる。このカウをいじくり回している若い男は後に回族であることが分かった。ワパリン一帯を居住区とする回族社会の積極分子で、名前をユーヌスという。その後、彼は「大連指」に所属する「農牧民司令部」の司令官になった。取材時に耳にしたことだが、彼は家にマージャンの賭博場を設け、すこぶる豊かな暮らしをしている。

ユーヌスのそばにいる女性はツェ・ドルマという名前で、彼女も積極分子だった。かつて合作社で靴を作っていたが、すでに他界した。ツェ・ドルマの後ろで小さな赤旗を掲げている老婦人はもともと真面目でおとなしい人で、居民委員会から呼び出され、応援に来たのだろう。ドルジェ・パクモの右にいる短い髪の少女はサマという回族で、今は家庭の主婦である。

闘争集会の現場が中庭から屋敷の正門へと移った。門の上には小さな拡声器が設置され、人がごちゃごちゃと入り乱れている。

上の写真には、ドルジェ・パクモの後ろ〔右上〕に、鳥打ち帽をかぶり、片手でカメラを高く持ち上げている男性が写っている。よく見てみると、彼は今日、中国の官製メディアから「新中国写真史上の重要人物であり、二〇世紀五〇−七〇年代におけるチベット写真の代表的人物」と称されている藍志貴であることが分かった。藍志貴は一九五〇年に中共軍とともにチベットに入った従軍カメラマンである。実は、私の父と彼はよく知った仲で、二人ともチベット軍区で仕事をし、一九五六年のロッパ人〔チベット自治区東南部に住む少数民族〕の群像や一九六二年の中印国境紛争を一緒に撮影したこともあった。文革中は彼も父と同じくたくさんの写真を撮ったが、まさに女性転生僧をつるし上げているこの写真が物語っているように、彼も現場にいて、一二〇フィルムを使うローライフレックス〔ドイツ製の二眼レフカメラ〕を高々と掲げていたのである。だが、彼が二〇一六年に他界した後、チベット文革に関する彼の写真は、近年の中国のウェブサイト上ではたった三点しか見つからなかった。それも一般大衆が写っているだけで、何かの具体的な場面をとらえたものではなく、私の『殺劫』初版の関連の説明が一部でそのまま使われていた。

次頁の写真の中で、奇妙な姿勢でドルジェ・パクモを見つめている男性はドルジェ・ツェリンという。彼も居民委員会の積極分子の一人で、すでに亡くなっている。この闘争集会か、別の闘争集会かは分からないが、ツェリン・ワンモという女性の積極分子が突然、手の指を突き出した。その凶悪で残忍なポーズはまるでドルジェ・パクモの目をえぐり出そうとしているかのようだった。彼女はすっかりおびえて

しまい、家に帰ると、大声で泣き崩れた。
　これらの写真の中では、ドルジェ・パクモはずっとうつむき、腰をかがめたままで、表情は乱れた髪の毛に隠れている。私たちには、当時の彼女の千々に乱れた複雑な気持ちを体験するすべはない。これまで信徒から尊崇されてきた仏教の上人を、ほかのどんな方法で辱めたことがあっただろうか。言うまでもなく、そんなことはなかった。革命は、その数多くの目的の一つを、このようにして達成したのである。一部の者が別の一部の者を辱めることにより、別の一部の者の尊厳はほとんど失われたが、実際には一人ひとりがみな尊厳を失う羽目に陥ったのであった。
　サムディン＝ドルジェ・パクモ・デチェン・チュドゥンは今なお健在である。チベット自治区人民代表大会副主任、自治区仏教協会副会長（現在は全国政協常務委員、全国婦女連合会副主席）などたくさんの公職を兼任し、テレビで放映される各種の会議のニュースにしょっちゅう登場している。私は以前、ある政府職員の娘の結婚式で彼女を見かけたことがある。彼女は足を引きずりながら歩いていたが、穏やかな表情をした、感じのいいおばあさんで、ラサの女性の普段着姿だった。私は彼女を訪ねてこれらの写真を見せてやりたいとの誘惑にかられたが、関係者から「やめた方がいい」と言われた。
　話によると、彼女はいつも家に閉じこもってお経を唱えており、少なくとも年に一回はサムディン寺に帰るそうである。そのお寺は、かつては規模が大きかったが、今は小ぢんまりしたものになっている。お寺の彼女の部屋から窓にもたれて外を眺めれば、まるで碧玉のように美しいヤムドク湖が見える。その湖面は陽光の下で清らかに光り輝いていることだろう。

僧衣を身にまとい、頭を下げて批判闘争にかけられている僧侶はリンポチェのギャムツォリン＝トゥプテン・ケサンである。彼はもともとチャムド〔昌都〕地区ペンバー〔辺壩〕県ギャムツォリン〔江措林〕寺のリンポチェで、かつてはダライ・ラマ一四世付きの経師でもあった。

一九五九年にダライ・ラマ一四世がインドに亡命した後、それに付き従わなかったギャムツォリン・リンポチェは、まもなく繰り広げられた「ダライ・ラマ反逆集団」告発運動に積極的にかかわった。一九六四年、パンチェン・ラマ一〇世を袋叩きにする批判大会が開かれた際、ギャムツォリンやタシルンポ寺のセンチェン＝ロサン・ギェンツェンやパンチェン・ケンポ会議庁の役人のラモン＝ソナム・ルンドゥプといった人たちはとりわけ大活躍し、それによって新しい主人〔中国共産党〕の歓心を買ったという。共産党政権で要職を務めたあるチベット人は、この写真を見て、しきりにため息をつきなが

ら、ギャムツォリンはダライ・ラマにかしずいていたとき、チベット軍区連絡部から特別俸給をもらって内通していたと明かした。

一九六五年、ギャムツォリン＝トゥプテン・ケサンはチベット自治区政協副主席、自治区仏教協会副会長、全国仏教協会常務理事などに就任したが、わずか一年でこのような末路を迎えるとはまったく想定外の出来事であった。見たところ、彼は「手柄を立てて罪を償う」ことができず、共産党の信任を得られなかったようである。彼は「外国のスパイ」、「ペンバー地区の反逆者への物資支援」、「文化大革命の破壊」などの罪名で「反革命分子」のレッテルを貼られ、何度も何度も闘争集会に引きずり出されたという。文革終息後、「愛国上層人士」は再び重用されるようになったものの、彼は一九七四年に他界してしまった。幸い名誉回復は行われたものの、時すでに遅く、世俗の安穏な生活を楽しむことはかなわなかった。彼の転生僧の名跡の継承者は現在、またもや共産党に忠誠を誓う阿諛追従の輩となっているが、まったく不思議極まる輪廻である。

写真を見る限り、現場はスンチュ・ラワで、比較的規模が大きい闘争集会のようである。つるし上げの標的に身を落としたギャムツォリン＝トゥプテン・ケサンの顔には、笑っているような、悲しんでいるような、一種不思議な表情が浮かび、うつろな目をしている。彼の隣で一緒につるし上げられているのは上層人士のポムダ＝ドルジェである。彼らの背後には、住民のチベット人女性紅衛兵と思われる者もいれば、後ろ手を組んだ、主宰者の漢人幹部とみられる者もいる。

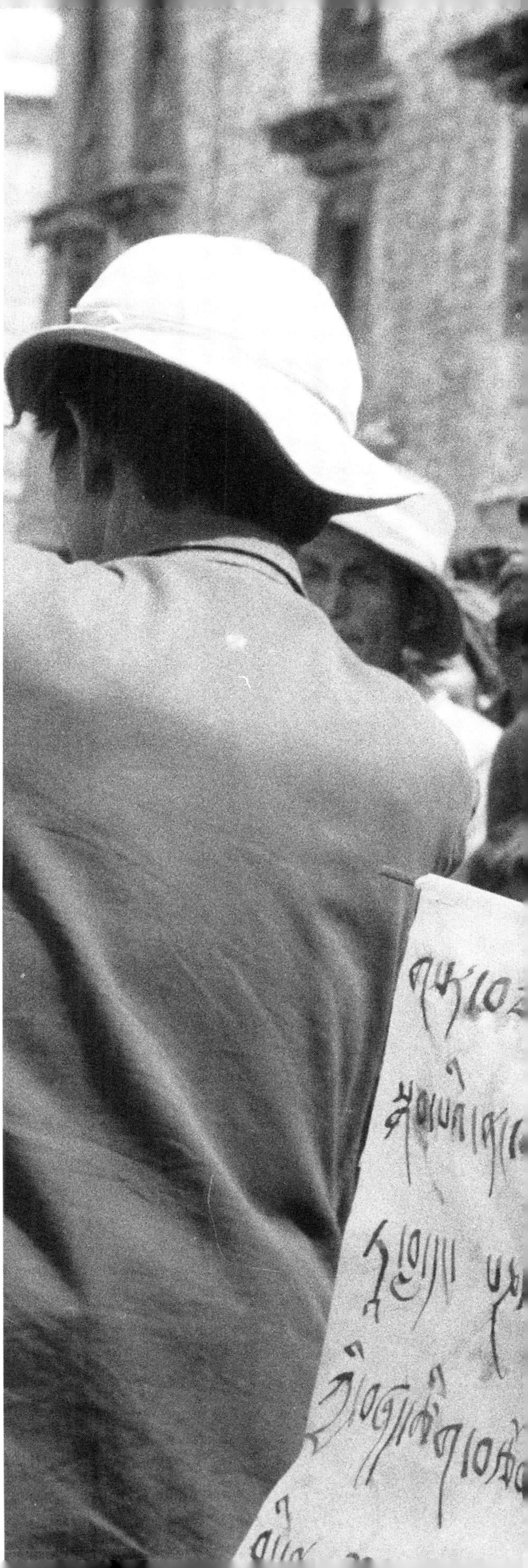

人倫の崩壊

この女性は何とも痛ましい表情をしている。今でもラサには彼女が何者かを知っているお年寄りたちがいる。彼女は、かつて権勢を誇り富貴を極めた貴婦人として、さらには自ら進んですべてを捨てて出家修行の道に入った尼僧として記憶されている。彼女は穏やかな性格で、俗世と縁を切って仏の道に没頭していた。彼女はみんなにアニ・シタル・ラー〔アニ・シタルさん〕と呼ばれていた。

しかし、闘争集会で、彼女は法会のときにしか使うことを許されない五仏宝冠〔金剛界の大日如来が頭にかぶる冠〕を頭にかぶらせられている。両肩にはマンダラを奉るときに用いる供器が結わえつけられ、首根っこを「革命大衆」の手で押さえつけられている。いったい彼女はどのような罪でこんな辱しめを受けなければならなかったのだろうか。

よく見ると、胸にぶら下げている大字報には、チベット語〔誤字や当て字が多い〕で「反革命分子シタル。こいつは反動分子、シャカッパの家族で、反乱の後、反動分子のダライ・ラマとパンチェン・ラマの太ももをしっかりつかんで、やつらの提灯を持つ歌詞を書いた……」と書いてある。頭上の三角帽子からは「シャカッパの……」というくつかのチベット文字がはっきり読み取れるだけである。では、「シャカッパ」とは何者なのか。

シャカッパのフルネームはシャカッパ＝ワンチュク・デデンで、チベット政府の権威ある機関であるツィカン〔財務省〕のツィポン〔財務大臣〕、四品官であった。多くの重大な歴史的事件にかかわったことがあり、チベット現代史において絶対に欠くことのできない重要人物である。また、中国共産党に対抗する立場を堅持していることから、亡命チベット人社会の有名な「分裂分子」でもある。

さらに、卓越した学者でもあり、著書の『十万明月──高階西蔵政治史〔*One Hundred Thousand Moons: An Advanced Political History of Tibet*〕』（チベット語版と英語版）は、国際的なチベット学界から近代チベット史研究の嚆矢となる作品として高く評価されているが、中国共産党からは非難されている。彼にはもう一つの著書『ジョカン寺目録〔*Guide to the Central Temple of Lhasa*〕』がある。それはダライ・ラマ五世が著した『ジョカン寺目録』の続編と言えるものであり、ジョカン寺の歴史をよりいっそう包括的に論述しているだけでなく、時間的にも現在までの流れを扱っている。彼はその中で、ジョカン寺は文革期に徹底的な略奪にあい、釈迦牟尼十二歳等身像を含むあらゆる仏像が跡形もなく消え失せたと記しているが、当然ながら、この点は誤りである。彼は一九八九年に米国で亡くなった。享年八二であった。

アニ・シタル・ラーはそのシャカッパの妹である。このため、「血統論〔唯成分論〕」が流行した時代に、「三大領主」の出身であり、しかも「極悪非道」の兄を持つ彼女は、自分自身が封建、迷信、反動を代表する宗教集団の一員ということにされた。このような者が批判闘争の対象とならずにすむはずがなかった。

「反乱の後、反動分子のダライ・ラマとパンチェン・ラマの太ももをしっかりつかんで、やつらの提灯を持つ歌詞を書いた……」という大字報の意味は分からない。当時、彼女はセラ寺近くの山中にある修行用の洞窟に閉じこもり、ひたすら仏典を学んでいたが、まもなく学習班〔毛沢東思想学習班。審査対象になった人たちの再教育が目的〕に押し込められて批判を受け、思想改造を強制されたのであった。事実上、彼女は一九五九年以降、自らの宗教信仰に基づいて他の一切合切を顧みずに修行に専念することはもはや続けられなくなっていた。世俗の世界に無理やり連れ戻されてこうむった様々な苦難が、この写真の物悲しそうな表情に余すところなく凝縮されており、重ねて見るに忍びない。

聞くところでは、ある日、彼女がアニ・ツァングン〔倉姑寺。パルコルの東南にある尼寺〕でひそやかに仏事を営んでいたとき、突然、人が乱入してきて、彼女を批判闘争にかけようとしたが、彼女は恐ろしさのあまり、その場で自分の頭をナイフで切りつけたそうである。さらに彼女はまるまる八年間も監獄に入れられ、文革が終わってからようやく「寛大」な処置によって釈放された。監獄から出ると、彼女は再びかつての修行の場である山の洞窟に戻り、一人閉じこもって行う修行を約二〇年ぶりに再開した。しかし、悪夢のような過去は彼女が穏やかな日々を送ることを許さなかった。ついに一九八一年、彼女は親族訪問でインドへ出国したのを機に、そのまま定住することを決め、二〇〇〇年に修行尼僧としてダラムサラでこの世を去った。すでに八〇歳を過ぎていた。

写真の中で、アニ・シタル・ラーの後ろに立っている、礼帽をかぶった男性は地元の大店の支配人で、ツェリン・プンツォといい、シェルパ・レパというあだ名で呼ばれていた。レパは家事を取り仕切る執事という意味で、シェルパは彼がシェルパ人〔主にネパールのヒマラヤ山麓に居住するチベット系民族〕であることを示している。彼はパルコル居民委員会の住民であり、政府の密偵でもあった。

批判闘争にさらされているこの老人は、近代チベットの政局に影響を与えたいくつかの歴史的事件に密接にかかわった重要人物である。チベット近代史の研究では必ず彼に触れなければならないが、ほとんど衆目の一致するところは、彼への評価があまり芳しくないことである。例えば、米国のチベット学者、メルビン・ゴールドスタインは自著『現代西蔵史〔一九一三至一九五一〕――喇嘛王国的崩逝〔*A History of Modern Tibet, 1913-1951: the Demise of the Lamaist State*〕』の中で、彼がこれらの歴史的事件のうち、「ルンシャル事件」、「摂政ラデン〔熱振〕事件」、「漢人追放事件」[39]などにかかわった経緯を詳述し、ラサの貴族と官僚の間の内紛がこの雪山の仏教国を闇夜で覆うとともに滅亡へと導いた原因の一つになったと指摘している。

彼の名前はカショ＝チューキ・ニマで、またの名をカショパという。歴史が一九五〇年代に入ると、かつてカロンを務め、後に罷免された彼は、新政権に積極的に近づき、一九五六年に竣工したダムシュン〔当雄〕空港（チベット初の空港）の副総指揮長となった。また、一九六〇年代にはチベット自治区政協常務委員も務めた。しかし、やがて災難に見舞われ、「牛鬼蛇神」として侮辱と迫害を経験した。まさにこの写真を見れば、彼がかぶらせられた三角帽子にはチベット語で「牛鬼蛇神、権力奪取が大好きな悪党のカショ＝チューキ・ニマを徹底的に殲滅せよ」と書かれている。

彼は昔の錦の官服を着せられているほか、首には女性用の金銀の装身具や分厚いチベット紙幣の束をぶら下げられ、右手には両面太鼓を持たされている。これはひもで結びつけられた撥（ばち）で両面を叩くことができる小さな太鼓で、チベット語で「ダマル」と呼ばれる。当時、闘争集会に参加した者によると、「ある年寄りがカショパに無理やり持たせた」という。というのは、一九四〇年代にラサの街中ではカショパを風刺する戯れ歌が流行し、彼は日和見主義で二股をかけているとしてダマルに例えられていたからである。

彼は繰り返し批判闘争にかけられ、ワパリン居民委員会では連続して一四日間もつるし上げられた。昼間は脱穀場で労働に従事させられ、夜は深夜に至るまでずっと批判を受けた。毎回、初めから終わりまでずっとうつむきっぱなしで、おとなしく相手の言いなりになっていなければならず、いかなる不満を抱くことも許されなかった。だが、確かにカショパは稀に見る堅固な意志の持ち主だった。このように落ちぶれても、文革の一〇年間を耐え忍んで再び統一戦線人士となり、全国政協委員、チベット自治区政協副主席となった。一九八六年、八三歳の高齢で、ラサで亡くなった。

しかし、カショパの四人の息子（広く語られているところによれば、彼らは実子ではなく、弟の息子という）の一人は、突然降りかかった災難に父親のように耐えることはできなかった。それは長男のカショ＝トゥンドゥプで、一九六〇年代に『西蔵日報』の副編集長を務めたが、文革時に何度も引きずり出されて批判され、耐え切れずに一九六六年一二月に四四歳の若さで自殺した。カショ＝トゥンドゥプはカシャの四品官で、若い時分にはインドの有名な貴族大学で学んだ。生れつき語学の才があり、ダライ・ラマの英語通訳を務めたこともあった。

彼の妻は貴族ツァロン＝タサン・タトゥルの三女で、カスル・ソナム・ドルマという名前だった。彼女はラサに住んでいたので、私はかつて訪ねたことがある。上品な感じの老婦人で、ずっと再婚せず、今でも夫のカショ＝トゥンドゥプが一九五七年にチベット愛国青年連誼会の副主任委員として中国共青団代表団とともにモスクワ世界青年交流祭に参加したときの写真を保存している。そこに写っているカショ＝トゥンドゥプは学識や品格を感じさせる俊秀で、意気揚々としたチベット人青年貴族であった。彼は中共の協力者でもあったが、最終的に中共の手で破滅させられた。なお、何回も私の取材に応じてくれたカショ＝ルンドゥプ・ナムギェルはカショパの四男である。

前頁の写真の中で、カショパを押さえつけている二人の積極分子のうち、左側の若い女性はケルサン・ドルマという名前で、両親は転生僧ドルジェ・パクモの屋敷に住んでいた、比較的貧しい使用人だった。その後、彼女の母親は居民委員会の「牛鬼蛇神」小組の責任者になった。彼女本人は今も健在だが、失明しているようだ（すでに他界した）。紅衛兵の腕章をつけた右側の男性はケルサン・ペルジョルといい、やはり住民である。顔の右の頬に黒いあざがあった。すでに他界したという。

上の写真の背景を見ると、闘争集会の現場は一一九頁の写真とは異なる。調べたところ、城関区の闘争会場であるらしい。つるし上げられているのはやはりカショパである。身なりは同じで、首にかけられたいくつかの女性用の装飾品とチベット紙幣の束が目立っている。彼は見せしめのため、無理やり頭を上げさせられている。歯を食いしばったその表情は怒りに満ちている。

両脇で彼を押さえつける人物は前の写真とは入れ替わっている。憤激のあまり歯ぎしりしている左側の若い女性はツェリン・ワンモといい、ワパリン居民委員会のかなり活発な積極分子である。ドルジェ・パクモ、ホルカン＝ソナム・ペンバルら「牛鬼蛇神」のつるし上げに加わり、温情のかけらも見せなかった。

ツェリン・ワンモは貧しい家庭に生まれた。母親はかつて靴職人をしており、家族全員が貴族のホルカン＝ソナム・ペンバルの屋敷内に住んでいた。文革前、ツェリン・ワンモは母親と一緒にワパリン居民委員会が運営する合作社（後にラサ鞋帽廠〔靴・帽子工場〕と改称）で靴を作っていた。文革期、彼女は積極分子たちを率いて大貴族ホルカン家の家宅捜索を行い、財産を略奪したほか、現代チベットの著名な学者であるゲンドゥン・チュンペルがホルカン家に残し、そのまま同家に保管されていた大量の自筆原稿を没収した。原稿の一部はその場で焼き捨てられ、一部は行方が分からなくなった。あるチベット人の劇作家が、私の取材に応じながら、怒りをあらわにした。

「これはチベットの歴史と文化に対する最大級の冒瀆だ。もはやどこを探したって、こんな貴重な原稿は見つからない。取り返しのつかない損失だよ。ツェリン・ワンモらは歴史上とんでもない破壊行為を働いたんだ」

ツェリン・ワンモは紅衛兵であると同時に、「造総」のメンバーでもあった。ある「武闘」のさなか、別のセクトを支援する解放軍の銃弾に当たり、首を負傷した。その後、彼女は居民委員会の幹部になり、一度はワパリン居民委員会の党支部書記を務めたが、二〇〇二年の任期満了選挙で副主任に格下げされた。

二〇〇三年のチベット暦新年の前夜、私は取材でワパリン居民委員会を訪れた際に彼女に会った。彼女は見るからに凶悪な顔付きをした老女で、ちょうど忙しそうに事務所の魔法瓶を拭いていた。文革の話を切り出すやいなや、目に警戒心をみなぎらせ、インタビューも写真撮影も拒絶した。しかも、二度と私の前に出てこなかった。居民委員会のほかの人たちはみな、彼女のことを「老書記」と呼んでいる。副主任に格下げされた理由について彼らに聞くと、「年をとったからだ」との答えが返ってきた。

その昔、彼女に糾弾されたことのある「牛鬼蛇神」はこう語る。

「今でも時々、街で彼女に出くわすよ。何とも決まりが悪そうにしてね、腰を低くして、ひたすら『ゲンラー〔先生〕、ゲンラー』と声をかけてくるんだ」

右側で同じく歯ぎしりしている男性はオロといい、テープンカン〔鉄崩崗〕居民委員会の幹部で、主任とみられる。その後、合作社と馬車隊の責任者になり、キレー〔吉日〕旅館の支配人にまでなった。昔は貴族ツァロンの運転手だったと言う者もいれば、ギャンツェ〔江孜〕の農民だったと言う者もいる。彼はすでに亡くなっている。

〔写真／次頁〕一九六六年八月末のある日、ワパリン居民委員会の革命大衆がパルコル東通りの大きな屋敷に押しかけた。その結果、以下のような光景が写真に記録されている。

頭に狐の毛皮の帽子をかぶせられ、毛皮の服を着せられている男性は、貴族のホルカン＝ソナム・ペンバルである。その服装はまさしくチベット・カシャの四品官以上の役人の冬服だ。ラサは夏でもさほど暑くないとはいえ、やはり盛夏の八月に分厚い冬服を着せられるのは明らかに苦行である。当時、家宅捜索で毛皮の帽子と毛皮の服を見つけられ、このような衣類を家の中に置いておくのは「封建農奴制の復活を夢見る」ものだと決めつけられて、強制的に着せられたという。絹をまとい、パトゥクという伝統的な髪飾りをつけている女性は彼の妻ドルマ・ヤンゾムである。チベット軍将校の軍服を着ている年寄りは彼の義父だ。

三人の姿勢はなんとも奇妙である。二人の男性はそれぞれ、いろいろな模様が描かれた布の旗を両手に持って広げている。チベット軍の軍旗だと言う人もいれば、中国文化における「八卦（はっけ）」にちなんだものだと言う人もいる。実は、いずれも間違いである。ホルカン＝ソナム・ペンバルの息子、ホルカン＝チャンパ・テンダルの話では、これは「ノルブ・ガーキ」と呼ばれるものだ。丸い記号はチベットの伝統的な吉祥模様の「ノルブ〔宝物〕」で、一般的には昔の地主や富豪が節句のときに、魔除けや家内安全のため、屋根に掛けたり、門柱に貼ったりした。しかし、どうして彼らにこの「ノルブ・ガーキ」を広げて持たせたのだろうか。これも封建社会の迷信に類する「四旧」であることを示すためなのだろうか。ホルカン＝ソナム・ペンバルの妻は、片手で頭を支え、三角形の髪飾りが落ちないようにしている。

ホルカン＝ソナム・ペンバルは、チベットの世襲貴族の中でも非常に有名なホルカン家の第一〇代目の当主で、一九歳で官途に就き、七品官から三品官にまで昇進し、チベット軍の将校にもなった。一九五〇年のチャムド戦役[40]で解放軍の捕虜になったが、まもなく「統一戦線」に組み入れられ、チャムド地区人民解放委員会委員に任命された。チベットがいわゆる「平和解放」を遂げた後、彼はチベット軍区幹部学校教務処長、チベット自治区準備委員会参事室参事などを歴任した。ホルカン＝ソナム・ペンバルは、チベットの貴族や役人の中で、中国共産党の模範的協力者であるガプー＝ガワン・ジクメの従弟で、一九五九年三月の「ラサ抗暴」後、ガプーによりチベット軍区に引き取られ、保護を受けた。文革初期にはガプー自身が危うくなり、夫人とともに大衆大会でつるし上げにあったが、そうたいしたことにはならなかった。翌日、彼は中共が派遣した特別機で北京へ行き、保護を受けたものの、再びホルカンに救いの手を差し伸べることはできなかった。

ホルカンは「牛鬼蛇神」に身を落とし、何度も闘争集会で糾弾された。現代チベットの著名な学者、ゲンドゥン・チュンペルとの厚い友情も主な罪状の一つであった。ゲンドゥン・チュンペルの施主かつ弟子として、ホルカンは彼が何度も危険にさらされるたびに全力で助けた。このため、ゲンドゥン・チュンペルは臨終の床でホルカンに多くの著作の原稿を託し、保管してもらったのであった。

残念なことに、「四旧打破」のとき、原稿の大半がワパリン居民委員会の積極分子たちに奪われ、ほとんど焼き捨てられるなどした。幸いにも、著作の一部は写本やコピーの形で残った。文革が終わった後、ホルカンは次々に見つかった草稿を整理し、『ゲンドゥン・チュンペル著作集』全三巻として出版した。これは現在、ゲンドゥン・チュンペル研究において最も主要な文献資料となっている。ホルカン自身も学者であり、歴史研究や文学、文法の分野で大きな功績を残した。

一九九五年、チベット自治区社会科学院顧問と自治区政協副主席を務めていたホルカン＝ソナム・ペンバルは、病気のため、この世を去った。享年七七であった。

彼はホルカン＝ソナム・ペンバルの岳父で、今でも多くの人々がピシ・ポーラー（「ポーラー」はチベット語で年をとった男性の尊称）と呼ばれた彼のことを覚えている。ピシはシガツェ地区パナム〔白朗〕県の名門貴族だが、ピシ・ポーラーは普通の荘園地主にすぎなかった。

彼には息子と娘が一人ずついた。長男が荘園の家督を継ぎ、娘はホルカン家の若旦那ソナム・ペンバルに嫁いだ。一九五九年以前に、ピシ・ポーラーは妻を連れてラサまで巡礼に来たが、それ以降、再び故郷には戻らなかった。なぜなら、「民主改革」によって土地が「翻身農奴」に分配されてしまい、彼の息子も領主として批判闘争に巻き込まれていたからである。そのため、彼と妻は娘の嫁ぎ先にずっと身を寄せていた。

ピシ・ポーラーの身なりを見ると、首にかけられた縄と丸い帽子はいずれも旧チベット軍将校の軍服の装飾である。イギリス軍人の軍服をまねた

ものだという。実は、これは娘婿のホルカン＝ソナム・ペンバルが旧チベット軍将校だったときの軍服で、トランクにしまわれていたが、「革命大衆」に見つかって強制的に着用させられたのである。当時、ピシ・ポーラーは六〇歳を超えていたが、革命でひどく打ちのめされて失意のどん底にあり、気が抜けてぽかんとしているように見える。彼の後方で有頂天になってスローガンを叫んでいる「翻身農奴」たちとはまったく対照的である。この数年後、ピシ・ポーラーはラサで死去した。

これら数枚の写真をよく見ると、ホルカン一家を糾弾している大衆の中には、女性転生僧ドルジェ・パクモの闘争集会にも姿を見せている者が少なくない。

この写真を見ると、ホルカン＝チャンパ・テンダルに初めて会ったときのことを思い出す。彼は写真を前に、激しく、しかし声を出さずに泣き崩れ、沈痛な面持ちで訴えた。そう、彼はこう語ったのだった。

「あのころ、父は闘争集会のときに誰かが写真を撮っているのを見たと言っていたよ。私は当時、ラサにいなかったし、まさか生涯でこのような光景を目にするとは思ってもいなかった」

写真のピシ・ポーラーはホルカン＝チャンパ・テンダルの母方の祖父で、彼はにぶい目付きでカメラのレンズをにらみ、解放軍将校の私の父と一瞬見つめ合った。

チベットのカシャの官職の中で、「ミプン」は四品官（五品官との見方もある）にすぎないものの、相当な実権を持っている。ゴールドスタインは前掲『現代西藏史［一九一三至一九五一］――喇嘛王国的崩逝』の中で「ラサ市長」と位置付けている。

一二六－一二八頁の写真の中で糾弾されている者は、ツァティ＝ツェテン・ドルジェといい、一九五〇年以前にミプンの職にあった。当時、もう一人の貴族とともにミプンを務め、彼は「ツァティ・ミプン」と呼ばれた。主要な仕事は政権の一部門であるナンツェ・シャルの管理運営であった。ナンツェ・シャルは主にラサ市の裁判所兼監獄の機能を果たしていた。

ツァティ＝ツェテン・ドルジェはラサの一般貴族の出身で、実は、私の母のおじである。というのは、私の母方の祖母と彼は異父兄妹の関係にあるからだ。しかし、母は彼についてほとんど記憶していない。彼の妻は、ガプー＝ガワン・ジグメ夫人の姉である。彼ら夫婦には子供がいなかったため、家のお手伝いを養子にした。一九五九年の「ラサ抗暴」の後、ツァティは「反乱」に加わらなかったことから「愛国上層人士」と見なされ、一度はチベット軍区に迎えられ、解放軍に保護された。しかし、一九六六年、ツァティは「牛鬼蛇神」として闘争集会に引き出された。彼はルグ居民委員会の管轄区域に住んでいたため、そこの「牛鬼蛇神」にされたという。

彼がかぶせられている三角帽子には、チベット語で「ツァティ・ミプン」と書かれている。ほかの「牛鬼蛇神」と比べると、彼の格好はことさら特別で、首輪のようなものをはめられている。実は、これはかつて犯罪者に使われた刑具の首かせである。そこにはチベット語で「勤労人民を虐殺した下手人」と書かれている。胸に掛けられている大字報にも「勤労人民を虐殺した下手人、ひそかに身を隠す反革命分子、かつてのミプン――ツェテン・ドルジェ」との文字が見える。彼は手に革のムチや手かせ足かせを持たせられているが、こうしてそれらがかつて勤労人民を殺害した刑具であることを示しているわけである。

話によると、批判闘争の標的になった「牛鬼蛇神」の中で、ツァティは

最も悲惨で、最も苦しめられた者の一人だという。闘争集会で暴行を受けただけでなく、みんなの面前で、とうてい食べられないような物を飲み下すよう強要された。当時、「牛鬼蛇神」闘争集会のステージの下からその様子を眺めていた老人が目撃談として語ったところによると、居民委員会の紅衛兵たちはツァティの頭を押さえつけ、黒々とした、大便のような塊を彼の口の中に無理やり押し込んだという。ツァティはとても苦しそうで、口をもぐもぐしてなかなか飲み込むことができなかったという。

写真を見ると、ツァティの口元には何かがくっついているようだ。ホルカン＝チャンパ・テンダルもこう証言した。

「ツァティが食べさせられたのはツァンパの固まりに裸麦のトゲを混ぜたもので、昔は犯罪者に与えた食べ物だったが、彼らでさえも食べようとはしなかった。とても飲み込めなかったからだ。ツァティはかつてナンツェ・シャルの責任者だったから、間違いなく多くの人の恨みを買っていた。それでひどい目にあわされたのだ」

後に彼が早死にしたのもそれが原因で、胃袋に裸麦のトゲが突き刺さって傷付いたのだという。ツァティは、文革の後期に亡くなった。まもなく彼の妻も病死した。

ツァティを押さえつけている二人の男性は、ルグ居民委員会の紅衛兵で、その中の一人がつけている腕章には「城関区紅衛兵」と書いてあるのがはっきりと見える。ツァティの隣でつるし上げられている女性は、貴婦人のギャルタクパ＝デチョクだという。彼女を押さえつけている女性の積極分子はケサンという名前であることが分かった。当時はみんなから「レー・チューパ・ケサン・ラー」と呼ばれていたが、これは「幹部のケサンさん」という意味である。その後、確かに居民委員会の幹部になったが、すでに死去した。

この二枚の写真の中で、軍帽をかぶっている若い女性は非常に興奮した様子でツァティ＝ツェテン・ドルジェの犯罪行為を糾弾している。彼女はルグ居民委員会の有名な積極分子で、「ルク・アチャー（ルクのお姉さん）」と呼ばれていた。名前をツァムチョといい、一九五九年以前は物乞いをしていたため、ルク・パンコ（「パンコ」は物乞いを意味する）とも呼ばれていた。文革が終了した後、彼女は小商いをして生計を立て、孤児を一人引き取って養育し、インドの学校で勉強させた。現在は巡礼したり、お寺に参拝したりの毎日を送っているという。彼女の後ろに立っている老婦人も非常に貧しそうである。

闘争集会の現場はジョカン寺講経場のスンチュ・ラワで、「立新広場」と書かれた看板がジョカン寺の朱塗りの壁に掛けられている。

ツァティ・ミプンの首からぶら下げられた大字報は、見たところ、ものすごく長大で、地面をはうようにずっと先へ延びている。

鼻水と涙を流し、何とも惨めな格好をしている人物はサンポー＝ツェワン・リンジンである。彼の一族からダライ・ラマ七世が誕生したことから、おおいに家が栄え、チベット貴族の格としては最も身分が高い「ヤプシー一族」の一員となった。彼はチベットの伝統に従って一五歳で官途に就き、チベット・カシャの一連の官職を歴任した。一九五〇年代、彼はチベット軍総司令官で、中共に協力したことから、チベット軍区副司令員という有名無実のポストと中国人民解放軍少将の称号を得たが、それらは彼が身につけている空の拳銃ケースや長い房飾りと同じで、まったくのこけおどしであった。

しかし、サンポー＝ツェワン・リンジンが歴史に記録されるのは、誰にも覚え切れないような官職によってではなく、チベットの運命が大きな転機を迎えようというときに起きた予想外の事件によってである。それは一九五九年三月一〇日のことで、『中共西蔵党史大事記』にはこう記されている。

「朝、ラサ市民がノルブ・リンカへとどんどん向かい始めた。一一時、商店は次々に戸を閉め、民衆はわれ先に飲み水を蓄えた。同時に、『軍区がダライ・ラマを毒殺しようとしている』、『軍区がヘリコプターを用意し、ダライ・ラマを北京へ連れ去ろうとしている』といった流言が飛び交った。一二時ごろ、愛国進歩人士のパクパラ＝ソナム・ギャツォ（現全国政協副主席であるパクパラ＝ゲレク・ナムギェル、すなわち一一世パクパラ・リンポチェの兄）がノルブ・リンカの正門の外で反乱分子に打ち殺された。……同時に一〇〇〇人に上る人々が手に手に小さな白旗を持ちながらデモ行進を始め、『チベット独立』、『漢人はとっとと帰れ』などのスローガンを叫んだ。続いて、チベットの元カロンで軍区副司令員のサンポー＝ツェワン・リンジンがノルブ・リンカの正門前で、反乱分子から投げつけられた石で負傷し、車も破壊された」

サンポーは負傷したため、チベットを離れたダライ・ラマに随行しなかったもう一人のカロン、ガプー＝ガワン・ジグメとともに「愛国上層人士」の傑出した代表と見なされた。サンポーは再び昇進し、軍事管制委員会副主任に抜擢され、「反乱平定」の期間中に新政権が公布した、「反乱分子」鎮圧を含む通知文書にはみな彼の署名が記されている。このため、ラサの市民の間では「サンポーの頭にぶつかったのは石ころじゃなくて『ノルド（宝の石）』だった」という戯言がはやった。

しかし、一九六六年八月、サンポーは「牛鬼蛇神」に身を落とした。この鼻水と涙を流している写真が、彼に対するつるし上げの証拠である。彼の罪状は「反乱を組織し、外国のスパイになり、共産党とプロレタリア独裁に反対した」というものであった。彼は妻とともに何度も糾弾され、財産はすべて没収されたという。一九七三年、彼は鬱々とした心を抱えたまま鬼籍に入った。まもなく妻もこの世を去った。

写真のサンポーは華やかな「カカスル（モンゴル語の言葉）」を着せられている。これは四品官以上の俗官の服装だという。しかし、帽子がそれとは不釣り合いである。彼がかぶせられている帽子は「チャンダー」という夏用の帽子で、金糸や銀糸で飾られ、上には宝石が縫いつけてある。彼が左耳につけている長い耳飾りは「ソクチル」といい、貴族と役人の身分を表すシンボルだ。胸からぶら下がっている長い房飾りは「ドムドン」といい、四品官以上の役人の馬だけにつけることのできる装飾品である。

サンポーを押さえつけている二人の積極分子は、ラプセル〔繞賽〕居民委員会の住民であることが分かった。左側の若者はトゥプテンといい、片方の目が見えないため、「トゥプテン・シャルコク〔盲人のトゥプテン〕」とも呼ばれていた。一九八七年以後はパルコル居民委員会の治安保衛委員会主任に転任し、今は亡くなっている。彼のことをよく知っている人は「すごく積極的なやつだった。あまりにも積極的すぎたものだから、早死にしちまった」と評した。

右側の男性はポー・ツェリン〔ツェリンじいさん〕と呼ばれた人物で、すでに他界している。

一九六六年八月、闘争集会に引き出されているサンポー＝ツェワン・リンジンは六二歳であった。写真を見ると、彼は早くも杖を使っていた。それに、二本の木の棒を背負わされている。これは手や足を挟む刑具の一種だという。一緒につるし上げられているのは彼の妻で、すでに胡麻塩頭である。

サンポー夫人はカム出身のチベットの大商人、ポムダ＝ヤンペルの娘で、サンポーの第二夫人であった。これらの住民紅衛兵は、明らかにサンポー夫人をいちばん「優遇」している。というのは、彼女の全身をラメ入りの服や宝石で飾り立てているだけでなく、たくさんの仏具を載せたお盆を両手に持たせ、さらに箱まで背負わせている。

この箱は食糧を量るための伝統的な容器で、「ポル」という。一般のチベット人の家にはどこにでもあるものだ。この箱はかなりの重量があるに違いない。そうでなければ、サンポー夫人があやうく地面に突っ伏してしまいそうな格好をしているわけがない。呆然と地面を見つめる彼女の目付きは、絶望の色を漂わせている。聞くところによれば、サンポー夫人を押さえつけている若者は、チャンパ・チューキといい、ラサ住宅建築隊の大工である。一三二－一三三頁の写真の中で左側に立っている紅衛兵の名前はツェタンといい、パルコル派出所の警官だったが、すでに死去している。

前頁の写真ではサンポー夫妻の闘争集会の現場ははっきり分からないが、左の写真によれば、現場はシャルジョー〔下覚〕の馬車隊だという。シャルジョーは東城区にあり、文革期には「東方紅弁事処」と呼ばれていた。シャルジョーの馬車隊はカチェ・ラカン〔清真寺。イスラム教のモスク〕の近くにあり、ワパリン居民委員会の道路の向かい側にあった。当時は、弁事処に所属する合作社の所在地で、いつも闘争集会の会場になっていた。一方、ラキャリンカ、つまり牛角林園だという者もいる。ラキャリンカはかつて回族の食肉処理業者がヤクを屠殺した後、その角を廃棄した場所である。周りを塀に囲まれていて、中には野菜畑などがあった。いずれにせよ、サンポー夫妻はあちこち引き回され、「革命大衆」のつるし上げにあったのである。

サンポーの六人の子供の中で、歴史上の重要人物は、長男のサンポー＝テンジン・トゥンドゥプである。彼はデポン〔チベット軍高級将校で連隊長に相当。四品官〕の一人であり、一九五一年に北京で「一七条協議〔中央人民政府とチベット地方政府のチベット平和解放に関する協議〕」[41]に調印したチベット代表団のメンバー五人のうちの一人であった。彼はまさに軍人だったので、一九五九年三月の「ラサ抗暴」に関与しないわけにはいかず、それゆえに鎮圧される運命から逃れることもできなかった。彼は二〇年近い歳月を獄中で過ごし、出所後はインドへ出国した。

サンポーの三男は一九七〇年、「反逆分子」の罪名で公開裁判にかけられ、銃殺刑に処せられた。何人かの若者たちとともにインドへの逃亡を企て、その途上で捕まったのが処刑の理由だった。当時、彼はまだ二〇歳前で、足が不自由だった。これらの若者たち数人は中共に反対する抵抗組織をつくったが、密告されたともいわれる。サンポーのほかの息子や娘は今もラサに住んでいる。政協の高官になっている者もいれば、麻薬中毒になって家を没落させた者もいる。つまり、サンポー＝ツェワン・リンジンという協力者の一家は破綻したと言える。彼はまた貴族ホルカン＝ソナム・ペンバルのいとこであり、ツォコ＝トゥンドゥプ・ツェリンの叔父でもあった。

当時、サンポー＝ツェワン・リンジンの糾弾の場では、壇上で告発と批判を行うよう「翻身農奴」に強要したという。おもしろいことに、サンポーの昔の使用人が壇上に跳び上がったが、何を告発したらいいのか分からず、しばらく考えてから、ひとくさりこんなことをしゃべった。

「あるとき、オラがおめえのいる窓の下を通りかかったら、前の晩に見た夢について話しているのが聞こえたぞ。おめえはどういう夢を見たんだ？白状しろ。どうせ夢だろう。どんな夢を見たのか説明しやがれ……」

この「夢」に関する告発で、会場は騒然となった。

闘争集会の現場を見ると、当時はたいへんな高級品だったマイクロホンが四つも置いてあるのがとりわけ人目を引く。明らかにこれは重要な闘争集会であり、だからこそ、ジョカン寺講経場のスンチュ・ラワで開かれたのである。糾弾されている者は、腰をかがめ、うつむいているので、顔が見えないが、服装からしてサンポー＝ツェワン・リンジンだと分かる。

彼を押さえつけている二人の男性紅衛兵のうち、サンポーの左腕をつかみ、袖をまくり上げているのは有名な積極分子で、トムスィーカン居民委員会の紅衛兵、カンツーである。サンポーの右腕をつかんでいるのはパンジョル・ゲオといい、パルコル居民委員会の紅衛兵だそうである。その後、居民委員会のボスになったが、「ひどい悪人」だったという。すでに亡くなっている。

しかし、別の説もある。彼はワンドゥー・ドルジェといい、パルコル居民委員会の幹部で、治安管理の責任者だった。数年前のトゥンラ・ヤルソル（ダライ・ラマの生誕記念日で、チベットでは伝統的にその日を祝う）のときに、ラサ東郊のトゥンラ村（現在のタマル村、つまり紅旗村）にある尊者（ダライ・ラマ一四世）出生の神を祭った小さな寺を荒らし回り、数日後に頓死したという。悪いことをした報いだと受け止められている。そうではなく、ワンドゥー・ドルジェはまだ生きているという話も聞いた。昔はパルコル居民委員会の幹部でかなり活躍したが、今は巡礼の日々を送っているという。

パルコル居民委員会とトムスィーカン居民委員会はともに勝利弁事処に所属する居民委員会であり、したがって集会や学習会を開くときは、弁事処管内の四つの居民委員会が一同に集まった。パルコル居民委員会の元主任によると、とりわけ「牛鬼蛇神」をつるし上げるときは「こっちで一人、あっちで一人といった具合に引きずり出して、一緒にまとめて糾弾した」という。

後ろをそそくさと通り過ぎようとしているのは、ラプセル居民委員会主任のタシ・ツェリンである。「紅（政治意識が高いこと）」と「左（思想が革命的であること）」を兼ね備えた人物で、「四旧打破」と「牛鬼蛇神」つるし上げにすごく積極的に参加した。彼は職人の出で、昔はもっぱら高僧が履く靴を作っていた。主任になった後も、靴の敷き皮に乾いた藁を入れる仕事をいつもしていた。

一九八二年、チベット自治区政府は少数民族の国慶節（中華人民共和国の建国記念日）参観団を組織して中国各地へ派遣したが、その中には各居民委員会や各寺院管理委員会の主任たちが含まれており、タシ・ツェリンもメンバーの一人だった。言うまでもなく、党に信頼されている積極分子であるからこそ、このような栄誉に輝いたのであった。ところが、おもしろいことに、タシ・ツェリンはその後、極めて敬虔な仏教徒に変身した。もっとも、ある日、巡礼中に車にはねられて死んでしまった。

写真の中で、発言している老婦人はラプセル居民委員会の住民である。

腰を深くかがめた姿勢で批判を受けているのはツォコ＝トゥンドゥプ・ツェリンである。彼の三角帽子には「牛鬼蛇神、ミゲン（悪人）のツォコ＝トゥンドゥプ・ツェリンを徹底的に打倒せよ」と書かれている。批判闘争会の場所はダライ・ラマ一四世の家族の邸宅だったヤブシー・タクツェル（チャンセプ・シャル）の前で、現在の北京中路にある。

ツォコ一族はシガツェ地区の世襲貴族である。しかし、この写真のツォコはもともとツォコ一族の人間ではなく、貴族のサンポー＝ツェワン・リンジンの弟の息子で、ツォコ家の婿養子になり、ツォコの家名を継いだのである。

ある貴族の子孫の言葉を借りれば、「あのツォコかい。確かに共産党にとってはたいへんな功労者だね」ということになる。一九五〇年に人民解放軍が引き起こした「チャムド戦役」の際、ツォコはカシャのチャムド駐在秘書官として、チャムド知事のガプー＝ガワン・ジクメおよび四十数名の僧俗の高官とともに捕虜になった。まもなく中国共産党の統一戦線政策を受け入れて積極的に協力し、カシャの和平交渉派の一人となり、チベット軍区から大佐の称号を与えられた。一九五九年の「反乱平定」のときは、反乱に加わらなかったために「愛国上層人士」と見なされ、ラサ市長、自治区人民委員会副主席などの官職を授けられた。

しかし、文革期にはさんざん糾弾された。彼とサンポー＝ツェワン・リンジン、ポムダ＝ドルジェ、ギャムツォリン＝トゥプテン・ケサンの四人が小グループの反動組織を結成したということであった。張国華はわざわざ報告書を作成し、彼らを革命大衆に引き渡すよう求めた。それ以降、彼らに対するつるし上げはエスカレートした。一九七八年、ツォコ＝トゥンドゥプ・ツェリンは病死した。彼に対する名誉回復が行われたのはその翌年のことであり、共産党は「チベットの著名な愛国進歩人士で、チベットの平和解放に重要な貢献をした」との評価を与えた。

おそらく、かつてツォコに解放軍大佐という虚名があったためであろうが、彼は街を引きずり回されるとき、空の拳銃ケースや革製の鞍、望遠鏡を体に結わえつけられた。さらに、長い数珠やカシャの官服の飾りなど何でもかんでも身につけさせられ、奇妙極まりなかった。

彼には跡取りがおらず、養子が一人いた。ツォコはワパリン居民委員会管内の「牛鬼蛇神」であった。

三角帽子をかぶせられ、「牛鬼蛇神」と書かれた札を胸に掛けられている者は、サルチュン＝ワンドゥー・リンチェンである。サルチュンはウー地方の名門貴族で、これまでに四人のカロンを輩出している。そのうちの一人はダライ・ラマ一三世時代の首席カロンを務め、全局面を左右する重要な地位にあった。

きらびやかな官服を着せられているサルチュン＝ワンドゥー・リンチェンは三品官で、「ショルワ」が彼の職務であった。それはポタラ宮のふもとのショル〔雪〕地区を管轄する行政長官で、ラサの行政長官「ミプン」と似たような権力を持っていた。昔、ラサには二つの監獄があり、一つはナンツェ・シャルに置かれていた。もう一つはショルレークンで、ポタラ宮のふもとのシャクツェンチョク〔夏欽角〕にあり、ショルワが管理していた。また、パルコルの裏手のワパリン、ルク一帯もショルワの管轄区域だった。

さらに、ショルワはウー地方一八県の食糧生産の小作料取り立ても管理した。このため、写真のサルチュン＝ワンドゥー・リンチェンは左手に四角い枡を二つ持たされている。この枡は「プチュ」といい、かつて裸麦を取り立てるときに計量器として用いた容器である。また、彼は裸麦を入れる箱である「ポル」を背負わされている。右手には棒を握っているが、これは裸麦を取り立てるとき、「ポル」に入れた裸麦を平らにならすために用いる。このような取り立てのやり方は、チベット全域で広く行われていた。

サルチュン＝ワンドゥー・リンチェンには六人の子供がいた。彼はトムセーカン居民委員会管轄の「牛鬼蛇神」で、一九七〇年ないしその翌年に亡くなった。

紅衛兵の腕章をつけ、サルチュンの右手に立ち、その首を押さえつけているのは、トムスィーカン居民委員会はもちろん、城関区全体でもいちばん有名だった積極分子のカンツーで、サンポーの闘争集会の写真にも登場している。一九六六年八月二六日付『西蔵日報』は、ラサの学生紅衛兵による「四旧打破」の嵐を報じる記事の中でカンツーについても触れている。「建築工程処の塗装工、カンツーは退勤後、作業服を脱いだり、家に帰ったりする暇もなく、配布されたばかりのチベット語版『毛主席語録』を胸に抱き、気持ちを高ぶらせながら『紅衛兵』の宣伝会場に駆けつけ、その宣伝に耳を傾けた。彼は『革命の若い闘士たちのやり方は正しくてすばらしい！　私たちにお手本を示してくれた。私は戻ったら必ず大衆を立ち上がらせ、あらゆる旧思想、旧文化、旧風俗、旧習慣を攻撃する』と述べた」

今でもカンツーは『西蔵日報』やチベットテレビのニュース番組によく登場し、「長年にわたり、末端の現場で黙々と奉仕してきた、平凡かつ立派な党書記」と紹介されている。これについて、ある人があぁだこうだと持論を披露した。

写真家のデモ＝ワンチュク・ドルジェは「どんな時代でも舞台の役者になれる者がいるものさ。階級闘争を重んじる時代には積極的にこれに応じ、階級闘争を重んじなくなっても積極的に動き回る。だから、そいつはいつの時代でももてはやされる。時代の流れにぴったりくっついていく出しゃばり野郎さ」と評した。

二〇〇三年、チベット暦の正月の前に、私はトムスィーカン居民委員会の事務所でカンツーに会った。文革中に時勢に乗じて奮起した元積極分子の中には取材を受けたがらない者も何人かいたが、彼はそういう人たちとは違って、逆に喜んでインタビューや写真撮影に応じた。しかも、彼の話は極めて時局に沿った内容で、たびたび「三つの代表」[42]、「小康〔いくらかゆとりのある生活〕に向かって進もう」などといった新しい言葉を口にした。彼は自分が「旧社会の貧しい木彫り職人」だったことをことさらに強調した。文革についても語ってくれたが、話題を選んだり、質問をはぐらかし

たりし、とても普通の「末端幹部」とは思えないほどの人物であった。
取材の際に、カンツーにこれらの写真を見せるかどうか思案した。あの闘志満々の紅衛兵の姿を、まさしく自分の青年時代のありのままの姿を目にして、彼がどんな気持ちを抱くかが知りたかったのである。しかし、考え直してこうも思った。カンツーは今も依然として居民委員会の党書記である。このように面と向かって他人に自らの旧悪を暴かれることは決して望んでいないであろう。あれこれ口実を設けて言い逃れをしたり、責任逃れをしたりすることはできるにしても、結局は面目を失うことになる。そんなしだいで、彼を刺激する恐れがあるこれらの写真はとうとう見せずじまいだった。彼は現在、仏教を信じ、こっそりといろいろな仏事を営んでいるという。

これはパルコル居民委員会が組織した闘争集会の現場で、場所はテンギエーリン寺近くの横町である。三角帽子をかぶせられ、顔に隈取りを施された三人の男女が包囲攻撃を受けている。彼らはラサの有名な民間医「ニャロン・シャル（建物名。所在地はパルコル東通り）」の一家である。

右側の男性の首にはずっしりと重たい小袋の束がぶら下げられている。これらの小袋はチベット伝統医学でもっぱら薬入れとして使われているもので、「メンク」という。普通はそれぞれの袋にちっぽけな匙が結びつけられている。真ん中の老人の胸にぶら下がっている紙の束はインドの紙幣で、これは彼がかつてインドへ行ったときに患者から受けとった治療費である。

この老人はラサ市民から「ニャロン・シャルのお医者さん」、「ニャロン・シャルの先生」と呼ばれたツォクギェル・リンジン＝ルンドゥプ・ペンジョルである。彼は一八九八年にニェモ〔尼木〕県のルメンパツァンというチベット医の家系に生まれ、代々、医術に優れていた。医業がしっかりしていただけでなく、医学などを伝授する私塾を自ら開いた。かつてのチベットにおいて、彼の私塾は宗教とは関係のない学校の中で規模が最も大きく、教育内容もいちばん充実していたことから、多くの貴族がそこで学んだ。一九五九年の「ラサ抗暴」の後、この私塾は解散させられた。彼の父親はダライ・ラマ一三世の侍医を務めたことがあり、母親は貴族マルラムパ家の娘だった。彼には六人の子供がおり、医業を継いだ。

写真の中でツォクギェルを支えている若い女性は三女のツェペルである。彼女も患者を診察することができ、パルコルで暮らしていたが、すでに病死した。二〇〇三年、六六歳になっていた彼女は私の取材に応じ、写真を指差しながら、こう語った。

「あのときは娘を産んだばかりで、まだ三、四日しかたっていなかったのよ。体からまだ出血していてね、無理やり腰をかがめさせられてつるし上げを受けたとき、地面に血が流れているのが見えたわ。三宝に誓って言うけれども、あのときの連中には哀れみの情がこれっぽっちもなかった。私たちは街中を引きずり回され、さらにマニ・ラカン（ナンツェ・シャル近くの仏殿）を壊すよう強制されたのよ。連中はファシストと同じだわ」

ツォクギェルの右側にいる男性は次男のクンギュルで、数年前にラサを離れてインドへ行き、ダライ・ラマ一四世の私的な担当医になったが、後に病死した。残りの四人の子供もみな医師で、蔵医院〔メンツィカン〕に勤めている者もいれば、開業医として診療に当たっている者もいる。ツォクギェルは文革中に激しく殴打されたため、ずっと床に就いたきり起き上がることができず、一九七九年に八二歳で亡くなった。息を引き取る当日も一七人の患者を診察したという。

写真に戻る。声高にスローガンを叫んでいる群衆のうち、眼鏡をかけ、人民帽をかぶっている右下の男性はロサンといい、パルコル居民委員会の副主任である。以前は大貴族ヤプシー・ランドゥン家の仕立て職人であった（彼については後述する）。サングラスをかけ、手に棒を持ち、指にたばこを挟んでいる男性はロサン・イェシェといい、アムドの出身である。当時、パルコル居民委員会の治安保衛委員で、先陣を切ってニャロン・シャルに押し入り、家宅捜索を行った。彼は斧で木箱や戸棚の鍵を壊し、中に入っていた物を一つ残らず奪い取った。さらに、「牛鬼蛇神」の一人ひとりにあだ名をつけ、彼らの顔に適当にいたずら書きをした。文革が終わってから青海省に戻ったが、すでに死んだ。

コンチョクの後ろに立っているチベット服の女性はラクパという。彼女に関してはこんなおもしろいエピソードがある。毛沢東が死去したとき、居民委員会が開いた追悼集会で、ラクパは気を失って地面に倒れるほど泣き崩れた。ところが、居民委員会から外へ出たところであたりをよく見回

し、誰もいないと見定めるや、お尻の土をポンとはたき、雲を霞と家へ駆け戻ったという。

一方、闘争集会の輪の外側には解放軍の軍人、党の幹部の姿が見える。通り過ぎるような、立ち止まるようなポーズである。

上の写真にはスンチュ・ラワに臨時に設けられた演台の前に強制的に立たされ、見せしめにされている「牛鬼蛇神」三人が写っている。このうち、右側の鼻水を垂らしている者はサンポー＝ツェワン・リンジンである。真ん中で、空の銃ケースを掛けられている者はツォコ＝トゥンドゥプ・ツェリンだ。見たところ、二人の服装は前掲の写真と異なるので、これは別の闘争集会であることが分かる。

サンポーは紙製の三角帽子をかぶせられている。ツォコは胸にも背中にも大字報がぶら下げられ、三角帽子には「反革命分子ツォコ＝トゥンドゥプ・ツェリンを徹底的に殲滅せよ」と書かれている。二人の服装は、組み合わせがおかしく、適当に着せられた感じだが、いずれにせよ、カシャの官服である。これと対照的に、左側の者の格好はまるで道化役者だ。おそらく、彼は旧政府の役人でも僧侶でもなく、商人であることから、その本性をくまなく暴き出す服装が見つからず、彼の家に祭られている守護神から剝ぎ取った服を着せられたのであろう。

彼はチベットでは有名な、カムの大商人一族、ポムダ・ツァン〔ポムダ家〕の代表的人物であるポムダ＝ドルジェである。かつて彼の一族からサキャ〔薩迦〕寺の魔女サキャ・パモが現れたため、サキャ・パモを家の守護神として祭っていた。そのため、ポムダ＝ドルジェはサキャ・パモの法衣——体にぴったり合った、手足付きの服で、二つの護心鏡と二つの乳房、三つの目玉のような球を肩に斜めに掛けてある——を着るよう強制された。彼の帽子には「反革命分子ポムダ＝ドルジェを徹底的に殲滅せよ」と書かれており、胸の大字報にも同じ文句が見える。

ポムダ＝ドルジェには、ポムダ＝ヤンペルとポムダ＝ラプガという二人の兄がいた。三人の兄弟はみな政治、軍事、商業と幅広い分野で活躍した豪傑であり、全チベットを見渡しても非常に珍しい存在だった。さらに、それぞれの活動においても、ウー・ツァンとカムの現代史に鮮やかな足跡を残した。彼らをどう評価したらいいか。そのためには、明らかに多くの紙幅と言葉を費やさなければならない。ここでは簡単に触れるだけにしたい。

彼らはある種の変革志向の新勢力を代表していた。カム出身のチベット人という背景から、また、度量が狭く、業績など何もないカシャ内部の高位高官との交際を通じて、彼らは「カムの者がカムを治める」という政治的企みをずっと抱いていた。一方で、時局を左右する、より大きな政治勢力に対しては、日和見主義的な選択を余儀なくされた。これは彼らが成功を収める一方で失敗もした原因であった。

例えば、ポムダ＝ドルジェは一九五〇年の解放軍のチベット侵攻に積極的に協力したため、チャムドの「平和解放」後、チャムド地区人民解放委員会副主任に任命され、その後、自治区政治協商会議副主席などを歴任した。しかし、文革時には「反乱を組織し画策した」、「一貫して改革に反対した」という罪をなすりつけられ、苦難をなめた末、一九七四年に病死した。いわゆる「名誉回復」を果たしたのは一九七九年のことだった。

長男のポムダ＝ヤンペルは一九五〇年代末、中国共産党への抵抗運動に積極的に加わり、一九五九年一月にインドへ出国した。インド亡命中のカシャの役人たちとともに当面の政策の立案に携わった。しかし、どういうわけか、一九六四年にラサに戻り、文革をくぐりぬけた（中共当局の保護を受け、つるし上げにはあわなかったという）後、一九七六年に病没した。

次男のポムダ＝ラプガは孫中山〔孫文〕の信奉者で、三民主義に関するパンフレットをチベット語に翻訳した。一九三九年、インドで西チベット改革党〔ヌププー・レクチョ・キドゥ。中国では「西蔵革命党」と呼ぶ〕の設立に参画したが、その後、インドのカリンポンにとどまり、死ぬまで帰郷することはなかった。

一九五〇年代、ポムダ家はパルコル南通りにあった、三百余年の歴史を有する古い豪邸（元は貴族ツァロン家の屋敷だったが、新居への移転に際してポムダ家へ売却したばかりだった）を、チベットへ侵攻した中共軍に売り渡し、ラサ河のほとりのポー・リンカ〔波林卡〕あたりの新築の邸宅へ転居した。このため、ポムダ＝ドルジェはワパリン居民委員会管轄の「牛鬼蛇神」となり、ワパリンでつるし上げを受けなければならなくなった。

上の写真を見ると、違う色のサキャ・パモの法衣を着せられているのは、やはりポムダ＝ドルジェである。どうやら、サキャ・パモには白と黒（一説には白ではなくピンク）の二種類の法衣があるようだ。サキャ・パモの法衣は小ぶりだそうで、太目のポムダ＝ドルジェが着ると、もうパンパンである。いかにも滑稽な感じがする。ポムダ＝ドルジェはすごく老けて見え、すっかりしょげかえった表情をしている。

写真の情景は、ツォコ＝トゥンドゥプ・ツェリンが一人で糾弾されたときと同じ場所で、ダライ・ラマ一四世の家族の邸宅ヤプシー・タクツェル〔チャンセプ・シャル〕の前、今の北京中路である。ポムダ＝ドルジェの首をつかんで押さえつけている女性はツェ・ドルマという名前だそうである。前掲のドルジェ・パクモの闘争集会の写真にも登場している。

麦藁帽子をかぶっている男性は、当時のワパリン居民委員会主任で、ハピルという。みんなからはよく「ハピルの兄貴」と呼ばれていた。今はもう亡くなっている。彼はイスラム教徒で、より正確には「ギャ・カチェ」といい、つまり「漢回〔中国の回族〕」である。ラサのイスラム教徒は、出身地と居住地の違いによって二つのグループに分かれている。一つのグループは国外、主にネパールやインド〔主としてカシミール地区〕から来た者たちで、「カシミール・カチェ」と呼ばれ、だいたいパルコル一帯に住んでいる。もう一つのグループは漢人地域、例えば青海、陝西、雲南などから来た者たちで、「ギャ・カチェ」と呼ばれ、おおむねワパリン一帯を居住地としている。

文革期、ラサのイスラム教徒は、チベット人と比べると、比較的平穏な環境にあった。ラサに置かれているネパール領事館への配慮から、外国とつながりのあるイスラム教徒と、彼らが所属するモスクの宗教活動への影響はなかった。一方、ワパリン一帯のイスラム教徒は、文革の荒波に巻き込まれただけでなく、所属しているギェル・ラカン〔清真大寺〕も、ジョカン寺が破壊されたその日、紅衛兵と「革命大衆」の襲撃を受け、破壊されそうになったという。しかし、彼らはモスクの内部をぐるりと見回し、がらんとしていて何も壊すものがないのに気付くと、仕方なく壁に革命のスローガンを書きなぐって立ち去ったそうである。

それでも、ギェル・ラカンは後日、やはり被害にあった。居民委員会の積極分子を中心にチベット人や回族が荒らしたとのことだったが、壊すものがなかったので、たいした被害ではなかった。ギェル・ラカンの礼拝ホールは、会議を開いたり、歌や踊りを披露したりする場所として利用され、後にはワパリン居民委員会の所在地にもなった。「アホン〔回族の宗教職能者〕」は「ちびダライ」と呼ばれ、つるし上げられたり、家宅捜索を受けたりした。

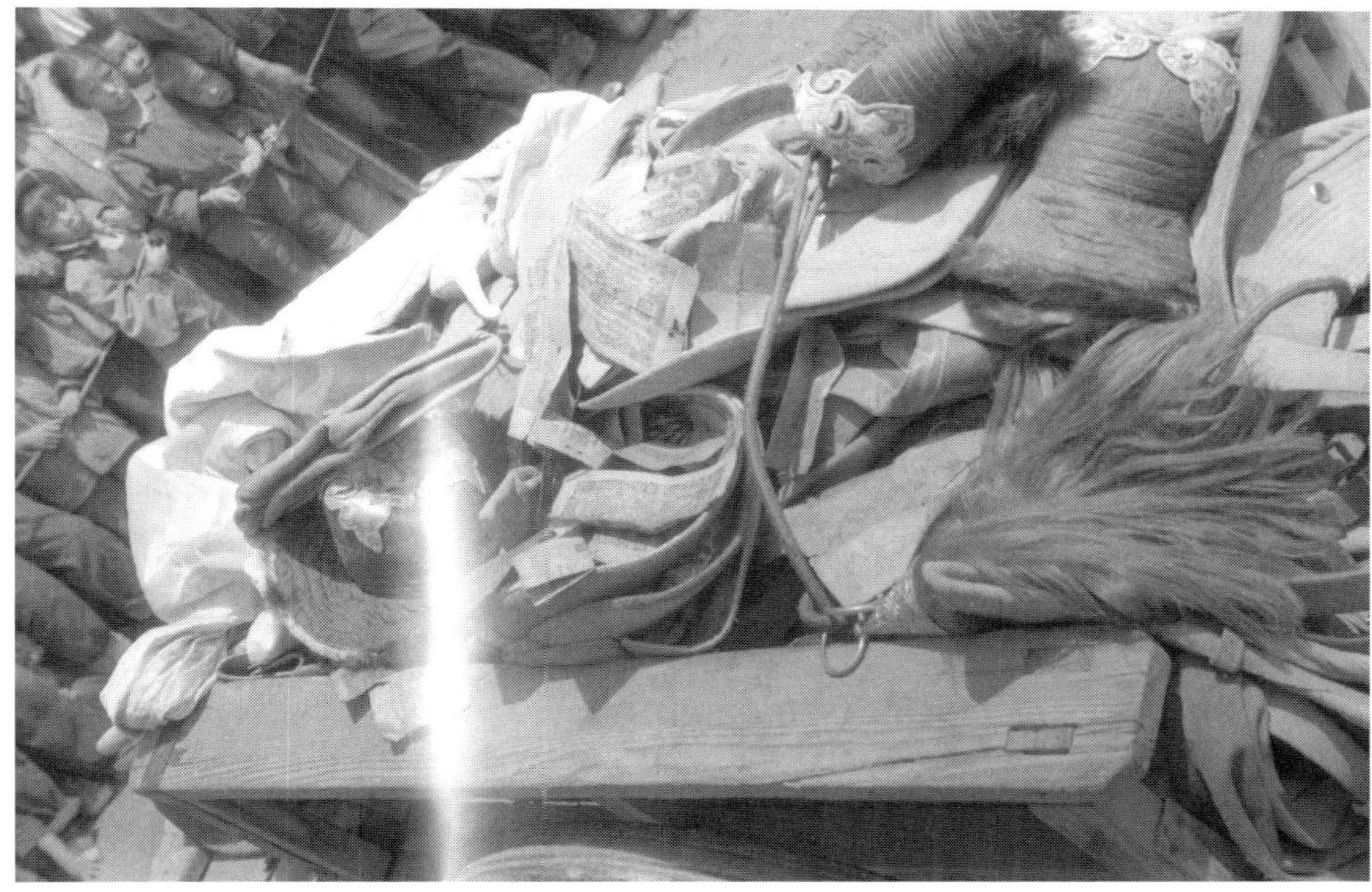

荷車に積んである物はポムダ＝ドルジェの家から見つけ出した「搾取の罪証」である。

闘争集会の現場を見物する「大衆」は、その多くがワパリン居民委員会の住民である。中には赤い房飾りのついた槍を手に持った学生もいる。両手で麦藁帽子をつかんでいる若い女性は住民の紅衛兵だ。彼女の姉の夫はカムのデルゲ〔徳格〕県の出身で、セラ寺から還俗して商人になった。彼は一九五九年三月初め、ダライ・ラマ一四世が中共に軟禁され、ひいては危害を加えられることを阻止するために、何千何万ものチベット人とともにノルブ・リンカに赴き、ダライ・ラマを守ろうとしたが、「反乱」の名目で中共に鎮圧された。丸腰で立ち向かった彼は銃撃されて捕虜になり、囚人護送車に押し込められてラサから追放された。行き先はカムの労働改造所で、彼はラサの身重の妻と離れ離れにならざるをえなかった。二人は深く愛し合っていたが、その日を境に二度と会うことはなかった。

次頁の三枚の写真が示しているのは、ワパリン居民委員会が「牛鬼蛇神」を「遊闘」にかけている現場である。左上の写真は、「遊闘」の隊列がユトク路を通り過ぎている場面である。つるし上げられている者たちの中で、一番手前がツォコ＝トゥンドゥプ・ツェリンである。また、ポムダ＝ドルジェと息子のポムダ＝ジクメもおり、それぞれ黒と白のサキャ・パモの法衣を着て、ツォコ＝トゥンドゥプ・ツェリンのすぐ後ろを歩いている。紙細工の三角帽子をかぶせられ、本来なら護法神がまとう法衣を着せられた上、搾取階級の「贓品（ぞうひん）」を満載したリヤカーを引いており、しょんぼりとうなだれながらの引き回しである。

ポムダ＝ジクメはガプー＝ガワン・ジクメの娘婿である。ガプー＝ガワン・ジクメの娘も最初は見物の大衆の中にいたとのことで、突然、自分の夫がサキャ・パモの淡色の服を着て引き回されているのを目撃し、びっくり仰天したという。そばの人が「早く離れなさい。ここにいちゃだめだよ。

さもないと、すぐにあなたも引きずり出されるよ」とこっそりささやいたので、彼女は急いで家に逃げ帰った。

中段の写真は、「遊闘」の隊列がちょうどダライ・ラマ一四世の家族の邸宅ヤプシー・タクツェル（チャンセプ・シャル）の前を通過しているところである。当時は広い林に囲まれていたが、今は北京中路になっている。林のわきの平屋は一九五〇年代に建てられた郵便電信局（すでに壊され、郵電賓館に建て替えられた）である。右上の隅の四角い家は二、三階建てで、外壁にチベット式の装飾を省いた、四つの小窓が設けられており、見たところ、チベット軍区のトーチカである。トーチカは一九五〇年代に建設され、現在のセルカン（賽康）商場の向かいにあった。当時、人民解放軍はラサ市内に多くのトーチカを造ったが、チベット人には何に使うものなのか分からなかった。一九五三年三月の「ラサ抗暴」のとき、人民解放軍はガラス窓を開け放って機関銃をむき出しにした。この石造りの建物は軍用トーチカに一変し、多くのチベット人が撃ち殺された。ツォコの左側の、麦藁帽子を背中にかけている積極分子はカショパをつるし上げる場面で登場したケルサン・ペルジョルである。

下の写真の現場はジョカン寺講経場のスンチュ・ラワである。たくさんの見物人がわれ先につるし上げの様子を見ようとし、手を叩いて喝采を叫んでいるところだ。彼らの大多数はチベット人だが、回族もいる。その回族は左上と真ん中の写真で前を歩いている積極分子のユーヌスで、ドルジェ・パクモの闘争集会の写真にも登場している。左側の三階建てのチベット式の建物はカル・シャルで、元はカシャ政府が所有していて商人と住民に賃貸していた。大学者のゲンドゥン・チュンペルは一九五一年に亡くなるまで三階の一室に住んでいた。今は「ゲンドゥン・チュンペル記念館」になっている。彼の一生は進歩のために努力した「愛国志士」ということにされたが、その「愛国」が意味するものは「新中国」を愛するということであった。

今まさに批判闘争にかけられている女性は、貴婦人のギャルタクパ＝デチョクであると確認された。頭に伝統的なパトゥクという飾りをつけ、首からはずっしり重い真珠や宝石の飾りをたくさんぶら下げている。胸の前の大字報には数々の罪状が列挙されている。第一項ははっきり読めないが、第二項は「……デマを飛ばした」、第三項は「表向きは積極分子であると自称していたが、実は反革命分子の物品をこっそり隠していた」、第四項は「金銀財宝を外国商人に売り渡した」といった内容である。このほか、「文化大革命活動」という字句も見える。おそらく、彼女が文化大革命を破壊したと書いてあるのだろう。

ギャルタクパはウー・ツァンのウー地方の貴族だ。ギャルタクパ＝デチョクはギャルタクパ家の嫁で、彼女と貴族ラル＝ツェワン・ドルジェの夫人は貴族

トンパ家の二人姉妹である。ギャルタクパ＝デチョクはパルコル南通りの古い屋敷「ラブラン・ニンバ」に住んでいたが、すでに病死したらしい。そのほかのことははっきりしない。

ラブラン・ニンバは、一五世紀にツォンカパ大師、一七世紀にダライ・ラマ五世が住んだことのある古い建物で、後にニェモ地方出身でチベット文字の規範を作ったとされるトンミ・サンボータの子孫のトンパ一族が暮らした。一九五九年から一九九五年まではパルコル居民委員会の事務所が置かれるとともに、多くの住民が暮らす雑居住宅になった。一九九七年から一九九九年にドイツの建築家アンドレ・アレクサンダーが創設したチベット文化発展公益基金会により、原状回復の形でほぼ完全に修復された。

ギャルタクパ＝デチョクを押さえつけている二人の女性のうち、右側の女性は名前をボンジョクという。パルコル居民委員会の「凶暴」な積極分子だったとされるが、中風になった。左側の女性もパルコル居民委員会の積極分子で、後に仕立屋になった。ただし、彼女はラサ中学の生徒で、鍛冶屋の娘だという説もある。伝統的なチベットでは鍛冶屋、屠畜業者といった職業は殺生とかかわりがあることから、差別視されてきたが、「新チベット」になって「翻身農奴」に変わり、一時は意気揚々とした様子だった。もっとも、今はまた昔と同様に再び差別されている。

右の写真の中でつるし上げを受けている二人のうち、女性は貴婦人のギャルタクパ＝デチョクである。彼女の頭にかぶせられている三角帽子には「牛鬼蛇神のデチョク」と書かれている。

男性にかぶせられている三角帽子の字と胸の前の大字報を読むと、名前は莫建章といい、その罪状は以下の通りである。

一．青海省から何度も銃や弾丸をひそかに運び込み、チベットの反乱を支援した上、青海省で国の銀貨を三〇箱以上も盗みだし、インドまで運んで反乱分子を援助した。

二．ダライ・ラマ一味と結託し、野菜の栽培を名目に祖国を裏切る活動を行い、パンチェン・ラマ一味やラミンなど反乱分子のボスと結託し、一貫して反乱活動を行った。

三．一貫して商品を買いだめして値上がりを待ち、市場価格をつり上げ、また税金をごまかしたり、資金を不法に引き出したりした。また、幹部と結託して国の経済情報を盗み出し、悪質分子数人と徒党を組んで資本主義を復活させる活動を行った。

四．……。

莫建章とギャルタクパ＝デチョクが一緒に批判闘争にかけられた理由は不明である。二人はどんな関係なのか。よく見ると、二人は取りはずされた窓の建具を背中にくくりつけられており、その窓の建具にも大字報が貼りつけられている。確かにほかの人たちとは違う格好だ。二人ともパルコルに住んでいたから、パルコル居民委員会管轄の「牛鬼蛇神」である。

もう一つ異なる箇所がある。莫建章の「罪名」はみな中国語で書かれている。彼は漢人ということなのか。判明したところでは、彼は青海省出身の商人で、かつてパルコルで日用雑貨店を開いていた。チベット名をギャミ・ツェリンといった。「漢人のツェリン」という意味である。彼の娘は莫玉珍という名前で、父親の店で働いていたことを、今でも多くの人が覚えている。文革後、彼女と父親は一緒に故郷の青海省に戻ったそうだ。

ギャルタクパ＝デチョクを押さえつけている男性はペンジョルという。手に握り締めているのは石だろうか、それとも帽子だろうか。彼は以前、泥棒をしていたが、後にパルコル居民委員会の積極分子になったと聞いた。とうに亡くなっている。スローガンを叫んでいる女性たちのうち、口を大きく開けている女性は、実は口を利くことができない。名前はラモ・モーラー［ラモおばあさん］といい、なお健在である。口が利けないのに、何のスローガンを叫んだのだろうか。

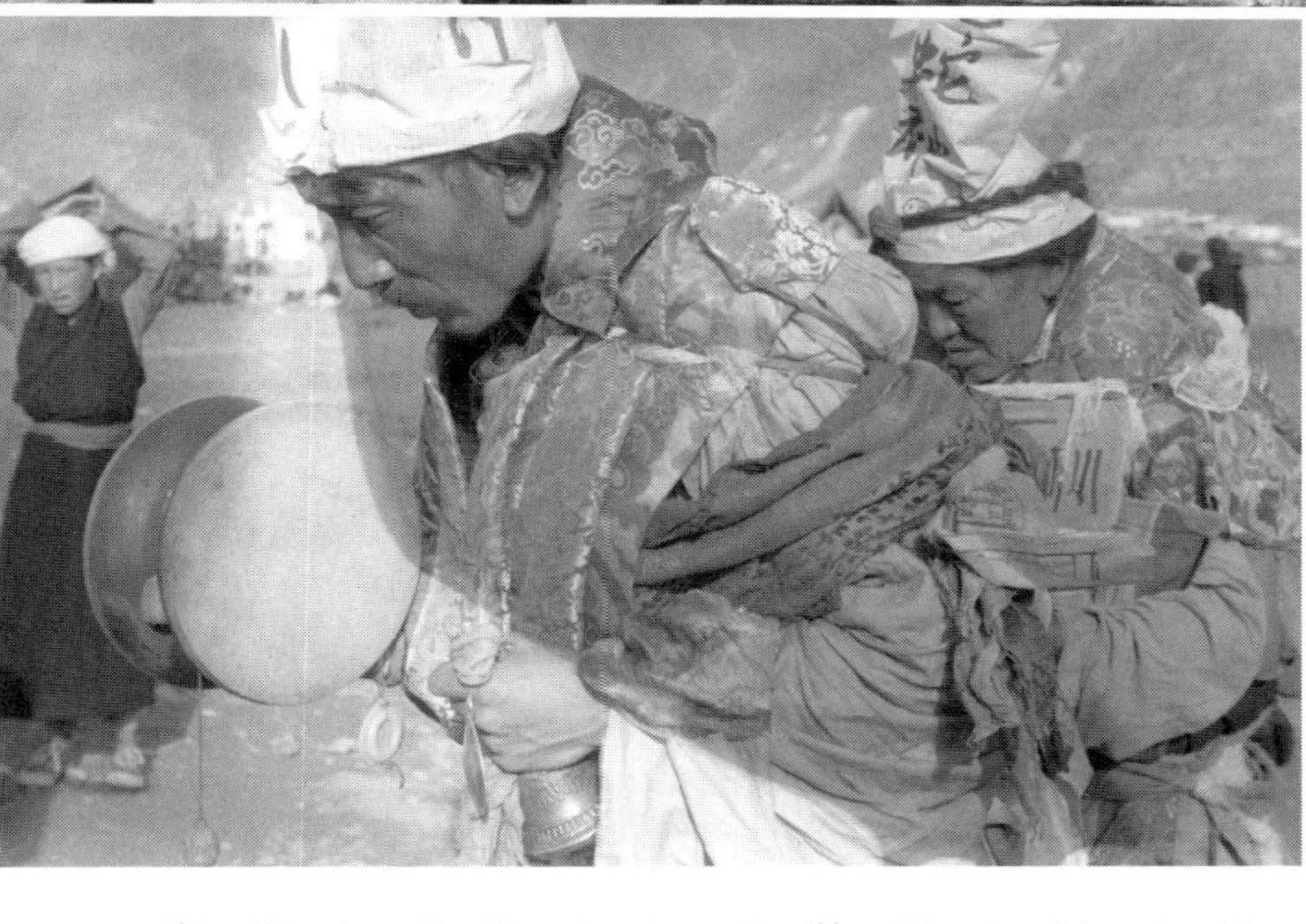

上の写真の人物の身なりや遠景から判断すると、この闘争集会の現場は明らかにラサ市内ではなく、近くの農村である。一九六六年八月の何日かは分からないが、頭を垂れてつるし上げを受けている老婦人は、左手で小さな仏龕（中に護法神のパルデン・ラモ、コンポなどの粘土造りの塑像ツァツァを入れる）を抱え、右手に仏事用の太鼓を持っている。下の写真で批判闘争にかけられている男性は法具を手にしている。密教の修法の会得に励む遊行僧と思われる。ある人によれば、彼女は口寄せ巫女かもしれないという。

農村や牧畜地域においては、このような者たちは通常、地元の精神的シンボルとなっている。彼女らが果たしている役割はとても大きく、庶民の意識にしっかり染み込んだ観念を形成している。しかし、革命によって彼女たちは糾弾の対象となり、様々な侮蔑的な言葉を投げつけられ、辱めを受けた。結局のところ、民衆はかつて彼女たちをすっかり頼りにしていたが、このときは詐欺師だ、吸血鬼だ、社会の害虫だと告発したのだった。このような公開の闘争集会によって、彼女たちに象徴される伝統は徹底的に愚弄され、貶められた。

この写真を見て、あるチベット人が言った。

「またあの時代に戻ったみたいだな。私もこういうのにしょっちゅう参加していたよ」

別のチベット人も感慨深げに語った。

「ほら、建物の窓はめちゃめちゃに壊れているし、この子供の服もぼろぼろだ。誰かからもらった演説原稿を手にしているけれど、意味なんか分かっちゃいないよ。周りの人たちだってぼうっとしていて、人の言いなりになっているみたいだ。これら一切合切がつまりチベットの文化大革命なのさ」

首の血管が浮き出るほど激高してスローガンを叫んでいるこの紅小兵〔中高生らの紅衛兵に対し、革命的な小学生をこう呼んだ〕は、ある人によれば、ガワン・ゲレクといい、大人になってから民兵隊の隊長になった。今は年老いて日々、市内を巡拝したり仏様を拝んだりしている。背中に継ぎの当たった服を着て、首をよじって男の子を見ている傍らの男性は、ワパリンの自転車修理屋の老人である。男の子の後ろにいる、頭巾をした女性は回族で、その後、いつもパルコルの露店で餅子〔ビンズ。小麦粉などをこねて焼いたもの〕を売っていた。

よく見ると、ポムダ＝ドルジェも人混みの中にいる。男の子の後ろで、

日除けの丸い帽子をかぶり、上半身だけ写っている男性が彼である。顔中に物悲しさを漂わせ、つるし上げの現場をぼんやり見つめている。いつ名前を呼ばれ、つるし上げの場に引きずり出されてもいいように構えているのだ。一代の豪傑がかくも落ちぶれてしまうとは何ということか。

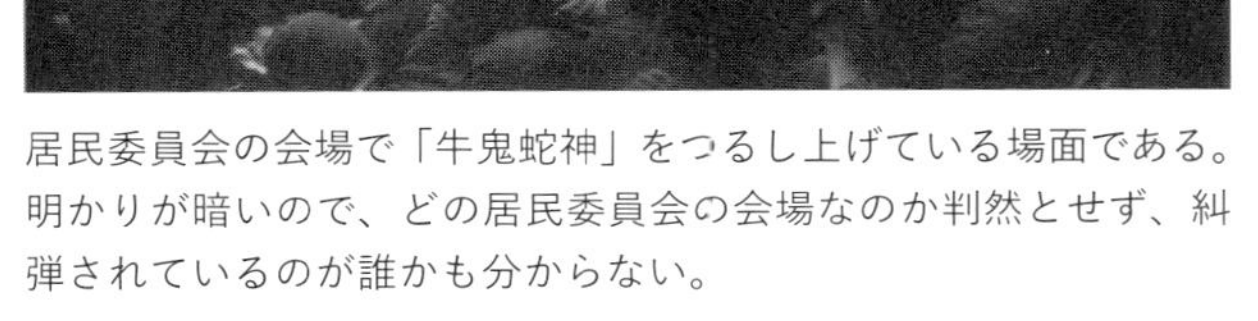

居民委員会の会場で「牛鬼蛇神」をつるし上げている場面である。明かりが暗いので、どの居民委員会の会場なのか判然とせず、糾弾されているのが誰かも分からない。

上の写真の中でにこにこと笑っている人物に注意されたい。見たところ、典型的な漢人の姿形で、いかにも共産党の幹部といったポーズをとっており、この闘争集会の主宰者であることが分かる。彼はかすかに胸をそらし、うなだれたまま糾弾を受けている僧侶をさげすむように指差している。その指は、たとえ下ろすことがあっても、いつでもまた突き出す用意ができているかのようである。

彼のにこにこ顔は、「牛鬼蛇神」つるし上げの写真の中で、唯一の笑顔である。反面、「翻身農奴」の表情には、このように気楽な感じの、晴れやかな笑みは見られない。彼らの顔に浮かんでいるのはむしろ興奮、激高、憤激であるが、一方で、緊張感や、眼前の突然の変化を信じられないという戸惑いがわずかにうかがわれる。僧侶の肩に手をかけているチベット人紅衛兵は、その姿勢や表情が凶猛さとは程遠いだけでなく、何と不思議なことに舌を出し〔チベットには高貴な人に敬意を払ってあいさつするときに舌を出す礼法がある〕、腰をかがめ加減にし、自然と恐れ入ったような格好をしている。笑っているのはこの漢人幹部だけだ。しかも、にこにこと心から笑っている。これは新たな主人としての笑顔である。

彼は誰なのか。かつて「三教工作団」団長や城関区党書記を務めた李方（音訳）ではないかという人がいた。彼は横暴かつ貪婪で、後に転勤で漢人地域へ戻るとき、たくさんの貴重な文物をこっそり持ち去ったという。ところが、その道中、乗っていた車が横転し、彼は重傷を負った。この事故で、持ち出した文物が地面に散乱したため、不正行為がすべて露見してしまった。しかし、写真の人物は果たして顔中ヒゲだらけだったという「書記のキャオ・ラー〔「キャオさん」〕」（「キャオ」はヒゲもじゃという意味で、李方のこと）なのだろうか。そうではないと言う者もいる。これについては推測するしかなく、確実なことは知るすべもない。とはいえ、彼とその顔に浮かんだ笑みを見過ごすわけにはいかない。彼の得意満面の笑顔は実際、象徴的である。

講経場の高台に並んで立っている人たちも見落としてはならない。彼らは胸の前で腕を組んだり、手を腰に当てたりしている。軍人か幹部か、そのどちらかであろう。いずれにせよ、チベットの新たな主人である。

三角帽子からは「……ギャツォ」という字がかすかに判読できるが、この僧侶も同じように象徴的である。彼の胸にぶら下げられた貴重な経典の束も象徴的であるし、「四旧」と見なされた法器、タンカなどの宗教上の品々を満載した、彼の面前の手押し車も象徴的である。この僧侶はジョカン寺の釈迦牟尼殿を管理する「コンニェル・ポンラ」だと言う者もいれば、デプン寺の四大ケンポ〔高僧〕の一人であるギェワ・ラマ、あるいはセラ寺かガンデン寺の高僧だと言う人もいる。実際のところ、護法神の法衣を無理やり着せられて引きずり回されたデモ・リンポチェ、ないしは紅衛兵によって金剛杵で殴り殺されたラツン・リンポチェと見なすこともできるのではないか。

何重にも現場を取り囲んで眺めている野次馬（その中に、三角帽子をかぶせられた女性がいて体中に靴をぶら下げているが、これはどういう意味なのか）がいる。彼らのうち、「解放」された喜びと興奮から参加した者、恐怖と不安から参加した者、自分の損得勘定から参加した者は、それぞれどれだけいるだろうか。私たちにも知りようがない。

しかし、分かっていることが一つある。それはつまり、実際上、奴隷は相変わらず奴隷だということである。このように笑顔を浮かべた新しい主人が現れたとき、かつて仏法を広めるために使われた場所が不公正な法廷になったとき、一人の人間が根も葉もない罪で侮辱的な裁きを受けたとき、これらの老若男女の野次馬たちは、あるいは共犯者とまでは言えないかもしれないが、少なくとも表面的には従順そうにしている以上、彼らはもはや奴隷に身を落とし、いわゆる「解放」によって、逆にすべてを失ったのである。

スンチュ・ラワは、このとき、もともと染み込んでいた宗教的精神を失った。このとき、いや、この時代、チベット人が「人類殺劫〔リンネー・サルジェ〕」と呼ぶこの時代、あまりにも多くの恥辱が、講経場に敷き詰められた石の一つひとつに深く刻まれた。それ以来、スンチュ・ラワは一九六六年に始まったあの暴力革命の目撃者となった。

チベットの「牛鬼蛇神」

「牛鬼蛇神」という言葉は、古くは古代中国の詩の中で使われており、元来は宗教儀式のときにお面をかぶって仮装行列をする人物を指した。しかし、文革中は「古為今用〔昔のものを今に役立てる〕」ということで、「階級の敵」の代名詞とされた。

チベット語には「牛鬼蛇神」という言葉はない。衆生は対等であり、万物は魂を有するという宗教的伝統があるチベット人には、天性がそれぞれ異なる四種類の衆生を一緒くたにするメタファーは理解しがたい。もちろん、この難題は最終的にはやはり解決された。「牛鬼蛇神」は「ラ・デ・ドン・ゲー」と命名された。「ラ」と「デ」は「神」と「鬼」のことであり、「ドン」と「ゲー」はかなり抽象的ではあるが、災難を意味している。実際には、「ラ・デ・ドン・ゲー」と「牛鬼蛇神」は意味が釣り合っておらず、「牛鬼蛇神」をチベット語に無理やり直訳すれば「神鬼神鬼」という意味の言葉になってしまう。

このため、どうにかこうにかチベット語の中に「牛鬼蛇神」に当たる専門用語をひねり出しはしたものの、話し言葉としては、多くのチベット人が中国語で「牛鬼蛇神〔ニュウクェイ・ショーシェン〕」と発音するのを覚えた。どうやら、何を言っているのか分からないチベット語の「牛鬼蛇神」を使うよりも、不慣れで言いにくい中国語の言葉を覚えてしまう方がずっと楽であるということのようであった。ある天文暦学の大家が文革中の体験を語ったときのことである。彼は中国語を話せなかったが、「あのとき、私は『牛鬼蛇神』の一人だったよ」と笑いながら話した。その際、彼はまさに中国語の「牛鬼蛇神」という言葉を使った。

チベットでは「牛鬼蛇神」の身分構成は中国ほど複雑ではなく、主としてカシャの役人、貴族、リンポチェ〔ラマ〕に代表される「三大領主」を指した。これらの「牛鬼蛇神」の大部分は、一九五〇年代から文革前まで、共産党の「統一戦線工作の対象」になっていた上層人士であった。彼らは一九五九年の「反乱」の際、「ダライ・ラマ分裂主義集団」に追随せず、「祖国を裏切って亡命」したりはしなかった。あるいは、「反動勢力と手を切って進歩勢力に与する」道を選んだ。それゆえ、共産党にとりわけ重んじられたのであった。以上の事実はなかなか意味深長である。

「反乱参加分子」だったラル＝ツェワン・ドルジェ〔元カロン。一九五九年三月の「ラサ抗暴」で「反乱軍司令官」を務めたため、六年間拘禁され、一九六五年に特赦を受けた後、農村に下放し、労働改造に参加した〕の言葉を借りれば、「牛鬼蛇神」はみな「愛国人士」であり、彼のような「反乱参加分子」は「敵対的反革命分子」だった。それらは二つの相異なる陣営に属していたが、荒れ狂う文化大革命によって思いがけずその境界があいまいになってしまった。ラルは回想録の中でいくらか皮肉を込めてこう記している。

「私は以前、彼ら愛国人士は幸せな生活を送っていると思っていた。一方、私は一九五九年の反乱で過ちを犯し、改造させられた。ところが、今は彼ら愛国人士も街中を引きずり回されていて、私たちと何も違わないように感じられる」

つまり、この当時は、「愛国」か「非愛国」か、「反乱に加わった」か「加わらなかった」かに関係なく、彼らの運命はどれも同じだったのである。誰もが「牛鬼蛇神」の三角帽子をかぶせられ、頭を垂れながら、共通の敵に対して敵愾心を燃やす「革命大衆」の批判を受けなければならなかった。これ以上の皮肉はないに違いない。

次々に打倒された宗教関係者の数の多さには心が痛む思いがする。チベ

文革後、再び自治区政治協商会議に入ったラル＝ツェワン・ドルジェ（左）、ホルカン＝ソナム・ペンバル（中）、コンパサル＝トゥプテン・ジクタル（右）（写真提供者＝ホルカン＝チャンパ・テンダル）。

ットの伝統では、僧侶は三宝（仏法僧）の一つであり、衆生を解脱の道へと導く役割を担っている。僧侶は実のところ、全チベットの魂でもある。しかし、共産党の理屈によれば、宗教は搾取階級が貧しい民衆を麻痺させるために用いる精神的アヘンであり、僧侶階級は働かないで他人の生産物を横取りする寄生虫である。こうしてチベット仏教はかつてない誹謗と蹂躙に見舞われ、革命の中で壊滅の危機に瀕した。

文化大革命が止むことなく拡大するにつれて、共産党政権のために血まみれになって奮戦する生涯を送ってきた一部の政府の役人や高級将校は、「資本主義の道を歩む実権派」と見なされ、みんなから袋叩きにされた。もちろん、「牛鬼蛇神」の中には、多くの民間の芸人、医者、絵師や大小の商人、遊行僧、修行者といった伝統社会の精髄と言うべき人々もいた。

おもしろいのは、文革が終わった後、「反乱参加分子」のラル＝ツェワン・ドルジェや「牛鬼蛇神」のサムディン＝ドルジェ・パクモらの運命を再び襲った劇的な類似性である。いずれもチベット自治区の政治協商会議や人民代表大会で副主席、副主任といったような役職に就き、大小様々な会議で、またもや政治的な飾り物の役割を演じ、そのまま今日に至っている。

十人十色の積極分子

一方、この時期、紅衛兵はひとからげにそう呼ばれはしたものの、人員構成には大きな変化が生じ、社会全体の様々な階層へと急速に拡大していった。最初は学校で組織されたが、その後、各官庁や団体、居民委員会、工場、農村へと広がった。当時、これに参加した者たちには「積極分子」というもう一つの呼び名があった。チベット語では「フルツォンパ」、あるいは「フルツォンチェン」と言った。

積極分子の登場には長い歴史がある。共産党は早くも一九五〇年にチベットへ進軍し、「燦然と光り輝く新チベット」の建設を引き受けると同時に、精神的な「洗脳」と物質的な恩恵を施すことに全力を傾け、下層チベット人だけでなく、上層チベット人の中の反抗的な青年をも取り込んで配下に置いた。共産党がチベットで「大衆的基盤」を築くことができたのは、まさに「洗脳」教育の成果とさえ言えるであろう。

例えば、「搾取」と「抑圧」の意味を繰り返し教え込む一方、仏教でいう「来世」や因果の思想を否定することなどによって「洗脳」を行った。共産党は一九五九年に「反乱平定」を終えた後、「民主改革」を通じて、チベットにおける「三大領主」を区分けしただけでなく、「積極分子」についても区分けした。これ以後、「三教」、「四清」など幾多の政治運動を通じ、一九六六年の文革開始までには、すでにかなりの数の積極分子を育て上げることに成功していたのであった。

まさしく、「牛鬼蛇神」を糾弾する場面の写真からも分かるように、人々の間には二つの階級、はっきりと対立した二大陣営が生じていたことが一目瞭然である。それはかつて見られたような関係――チベットには貧富の差はあったが、みんな同じ民族だったし、僧俗の別はあったものの、同じ宗教を信仰していた――ではなかった。しかし、今や二つの階級の境界はくっきりと線引きされてしまっていた。それだけでなく、チベット史上、これまでなかったことであるが、下層階級が初めて上層階級に対して、特にその中でも昔から「宝石」（チベット語で「リンポチェ」）と見なされていた徳望ある高僧に対して、握りこぶしを振り上げ、怒声を浴びせたのであった。なぜこんなことになったのか。

これに関し、王力雄は自著『天葬――西蔵的命運』の中で、チベットの新たな統治者である共産党は状況を「よく理解していた」として、こう分析している。

「階級闘争が存在しないことにより、伝統的なチベット社会は一つの総体として凝集し、宗教と民族の旗の下で統一していた。この二本の旗はチベットの上層社会が握っており、外来の漢人にはどうしても奪い取ることができない。このため、チベット社会を分裂させ、下層チベット人を味方に引き入れるには、共産党は自らが手中に握る旗を別に打ち立てなければならなかった。それはすなわちチベット民族の間に階級闘争を引き起こすことであった。……階級闘争は共産党の得意技である。もし階級によって世界を区分するように変えられれば、チベットの民族と宗教の一体性は打破される」

それゆえに、毛沢東は「民族問題の実質は階級問題である」と意味深長な表現で指摘したのであった。

ところが、積極分子の中には、プロレタリアではあっても無頼漢のような者が少なくなかった。あるチベット人の劇作家はこう語った。

「一部の人は品性がとても悪かったね。『反乱平定』のとき、『反乱参加者』からモノを没収するどさくさにまぎれて、こそ泥を働いたりうまい汁を吸ったりしたんだ。彼らはみんな、昔は抑圧され、搾取されたテーバ、ナンセン（徴用労働者や属民）[43]といった人たちだったんだよ」

また、城関区の役所を退職したチベット人も、次のように述べた。

「居民委員会の幹部の中には、『四旧打破』を名目に、お寺や貴族の家にあったものをたんまり持ち去ったやつもいたな。お寺を壊したのはこういう連中だった。家の中を荒らし回って家財を差し押さえたのも、金もうけをしたのもこういう連中だった」

しかし、「積極分子や造反派を装い、実際は自民族の文化を保護した者もいた」という。そう証言したのは、何度も批判闘争にかけられたことのある「牛鬼蛇神」の一人だ。このような人物は決して多くはなかったが、まったく見上げたものである。

こんな話を聞いた。文革期、シガツェに有名な造反派のボスがいたが、パンチェン・ラマ一〇世が文革後初めてチベットに戻ったとき、すでに役人になっていたこの人は激しく泣きじゃくりながら、いくつかの麻袋を取り出した。袋の中には、歴代パンチェン・ラマのばらばらになった遺骸や、この上なく貴重な文物が入っていた。これらの貴い品々は後にパンチェン・ラマ五世、六世、七世、八世、九世の合葬霊塔の主要な宝物として内部に納められた。

もちろん、積極分子の中には、心から断固たる決意と情熱を抱いて革命に身を投じた者が多かった。文革中に一家離散の憂き目を見た写真家のデモ＝ワンチュク・ドルジェは感慨深げに語った。

あの時代はね、多くの者が本当に共産党と毛主席を真心から敬愛して、ああいったことをやったんだ。別の魂胆を持っていた者もいたけどね。実際は、前者の方が多かったよ。すっかり惑わされた者も多かった。文革当初は私も毛主席の語録を頭から信じ込んでいたよ。彼の言うことは何から何まで「どこにでも適用できる真理」だと思っていたのさ。でも、毛主席の言うことが間違っているかどうか、毛主席に付き従ってやっていることが間違っているかどうかについては、当時、ほとんどの者が考えもしなかった。長い時間がたってから、ようやっといくらか目が覚めたんだ。私の見るところ、文革中に積極分子だった者の多くは、その後とてもつらい思いをした。中にはまた別の極端へと突っ走ったやつまでいるよ。

そうなのだ。文革が終わった後、大多数の積極分子は一八〇度の変身を遂げ、次々と読経や巡拝や寺院参詣に励むようになった。宗教信仰の世界に舞い戻った彼らの熱心さは、往事の宗教破壊の情熱と同じくらい強烈だとは、多くの人が語るところである。ある居民委員会主任は、寺院を破壊したり、「牛鬼蛇神」をつるし上げたりするときに、とても積極的に取り組んだという。彼に糾弾された者が「たとえ骨が腐ってもあいつのことは忘れない」と言い切るほどだった。ところが、その主任は数年前に数十万元を投じて、文革中に荒らされた、シガツェの有名なシャル〔夏魯〕寺のチョルテンを修復した。

また、聞くところでは、ラサ近郊のある郷の党書記は、退職を目前にして巡拝を始めたという。これについて人から異議が出されると、彼は不愉快に思い、上に離党届を出した。「自分は若いころ、忠誠心に燃えて党のために働いたが、年をとって、宗教というものを捨てられなくなった。だが、共産党員は宗教を信じることが許されないので、離党したい」というのが彼の言い分だった。この要求は受け入れられなかったが、同じような考えを持っている「基層幹部」は実際たくさんいる。

なぜこんなにも大きな変化が起きたのか。その奥に隠されている精神的圧力や懺悔の気持ちを、どう理解すべきか。かつて積極分子だったチャンパ・リンチェンの解釈はこうである。

最初、私たちは革命がすばらしい生活をもたらしてくれると思ったんだよ。昔とはまったく違う生活をね。私たちが国の主人公だって言っていただろう？　私たちも役人になれる、金持ちになれる、という意味じゃなかったかね？　要するに、まるっきり違う生活がきっとやって来ると思ったのさ。けれども、後になればなるほど、まずそんな

スンチュ・ラワはかつて「牛鬼蛇神」を糾弾する闘争集会の場であったが、今は田舎から出てきた農民たちが自分で編んだプル〔毛織物〕をいつも売っている（現在、スンチュ・ラワは封鎖されていて立ち入ることができず、ジョカン寺駐在工作組の休憩所および駐車場になっている）。2001年7月撮影。

ことはないと気がついた。人がこの世でどのように暮らすかは、実は因果によって決まるんだ。つまり、前世の「因」により、今生の「果」が決まる。福のある者にはやはり福がある。福がない者にはやはり福がない。これはみんな「レー（因縁）」だ。

それに年をとればとるほど、死に近づく。人間はもう死にそうだというときになって、やっと宗教に思いが至るのさ。しかし、昔は若くて、世の中を知らないものだから、宗教を踏みにじるようなことをさんざんやらかした。本当に申し訳ないことをしちまった。まだ死なないうちに、急いで悔い改めるよ。さもないと、いずれ鳥葬台に運ばれても、ハゲワシが食ってくれない。そうなりゃ、まったくもって情けないことだ。

多くの辛酸をなめてきたある老僧は、こうした状況についてとても寛容だった。

「多くの者がな、昔は積極分子だったが、今は仏に深く帰依する信者に変わったんだ。仏の教えから言えば、これこそ懺悔さ。たいへんけっこう。心からそうしさえすれば、昔犯した過ちを帳消しにできるかもしれん。あのときは多くの者が愚かで、真理に暗かっただけなんだ」

しかし、取材を通じて、多くの人々がかつての積極分子にかなり反感を抱いていることが分かった。この話に触れると、彼らはいまいましそうな口調で「あいつらは悪いことをやりすぎた。だから、早死にしたのだ。悪の報いだ」などと語った。このようなわけで、庶民の間では、現世で悪の報いを受けた物語がたくさん流布している。例えば、ジョカン寺で十一面千手千眼観世音菩薩像を叩き壊した者がいたが、その人は武闘のさなかに運悪く仏殿の入り口で殴り殺されたという。

確かに、多くの積極分子がすでに亡くなっている。それを因果応報説で解釈するなら、疑いなく心は慰められよう。しかし、今なお生きている者が少なくないのはもちろん、相変わらず羽振りのいい者もたくさんいる。ますます幅を利かせているのに、昔の行いを少しも悔い改めない者も決して少数派ではない。天網恢恢（てんもうかいかい）疎にして漏らさず。まさかこのような人たちにだけ、網の一角が開け放たれているわけではあるまい。善には善の報いがあり、悪には悪の報いがある。それは遅いか早いかだけのことにすぎないのだ。さもなければ、天の正しい道理が許さない。

恐るべき居民委員会

都市の積極分子に言及するなら、居民委員会という最も末端の組織に触れないわけにはいかない。これは共産党の特質を色濃く反映した基層組織である。実際は共産党の最も小規模な職能機関だが、決して見くびることはできない。それは一つひとつの地域コミュニティーの中に深く入り込み、民情を監視し、また政治思想を伝達し、大衆による監督という方法で、一人ひとりの住民を管理しており、その影響力と支配力の大きさは並の権力組織をはるかにしのいでいる。まるで疎にして漏らさずの天網のように、一般庶民の運命をしっかり掌握している。

チベットにとって、一九五九年の「反乱平定」の後に成立した居民委員会は、それまでなかった「新生事物」であった。チベット語では略称で「ウヨンレンカン〔委員会の意味で、これにより「居民委員会」を指す〕」という。

当時、ラサ市の地域社会組織は、城関区の場合、三つのコミュニティーで構成されていた。東城地区、南城地区と北城地区である。文革期、それぞれの地区には弁事処が設置され、それぞれ「東方紅弁事処」、「勝利弁事処」、「衛東弁事処」と呼ばれていた。各弁事処の下にはさらにまた四つの居民委員会が置かれており、全部で一二の居民委員会があった。例えば、東方紅弁事処に所属する居民委員会としては、ワパリン、テープンカン、バーナクショル〔八郎学〕、キレー〔吉日〕があった。また、勝利弁事処の下にはパルコル、トムスィーカン、ルク、ラプセルの各居民委員会、衛東弁事処の下にはムル、ツェムンリン〔策墨林〕、テンギェーリン、ショルの各居民委員会があった。

これらの居民委員会は文革中に次々と改称された。例えば、「立新」、「衛新」、「永新」、「向陽」といったように改められた。一方、各居民委員会の管内には寺院、仏殿、聖なる仏具など――例えば、ジョカン寺はパルコル居民委員会の管内――があり、いずれも管轄する居民委員会が自分たちで破壊すべき「四旧」とされた。文革後期、居民委員会は大幅に改編され、統合や分割が行われた。ここ数年、住民や建物が増え、地域が拡大したことに伴い、現在、ラサ市〔市街地域〕には計一八の居民委員会がある（二〇一二年時点で、ラサ市城関区の管内には一二の街道弁事処、五二の社区居民委員会がある。ネウ〔柳梧〕新区、トゥールン・デチェン〔堆龍徳慶〕区、ニェモ〔尼木〕県、メルド・グンカル〔墨竹工卡〕県など、他の七つの区・県は含まない）。

パルコル居民委員会の主任だったチュプシの話では、居民委員会のメンバーはみな「選抜された基層幹部」であるとのことだ。居民委員会の定員は通常七人で、主任一人、副主任二人、委員四人（治安保衛委員、婦女連合会委員、衛生委員、共青団委員）で構成される。それぞれの居民委員会には党支部がある。普通は党書記が主任を兼ねる（今は基本的に兼任しない）。主な責任者には毎月、給与が支給され、ほかのメンバーには手当が出る。

現在、各居民委員会には、目に見えない収入がいろいろある。例えば、露店の場所代、地所の賃料、輪タクやタクシー乗り場の管理収入などである。ある居民委員会のボスはにわか成金になり、その豪奢な生活ぶりとひどい腐敗ぶりは、旧チベットの「三大領主」をはるかにしのいでいたそうである（現在、いくつかの大きな居民委員会の書記は定年退職しているが、意外にもその子供たちが後を継いでおり、「世襲制」になっている）。このことは、政治が最優先された時代でも、経済発展を主としている時代でも、居民委員会は一貫して「水辺の楼台は月が真っ先に照らす（関係の近い者が得する）」ところであるということを物語っている。

文革期、居民委員会のいちばん主要な役割は「民を分断して治める」ことにあった。具体的に言えば、まず住民を「序列化」し、四種類――依拠すべき対象、団結すべき対象、保護すべき対象、攻撃すべき対象――に区分けした。次に、「食糧」と「戸籍」を用いて脅した。つまり、もし服従しない者がいたら、食糧配給と戸籍を取り消す懲罰を加え、生存権を剥奪された「無戸籍者」にしてしまうのである。これは相当ひどく、しかもかなり効果的な方法であり、それにびくつかない者などいなかった。

ムル居民委員会の住民、ロサン・チョドンは「当時、私たち一人ひとりに毎月配給された食糧はたった一三キログラムしかなかった。このうち五キログラムが小麦粉で、八キログラムがツァンパだった。もし居民委員会の指示を聞かなければ、食糧配給通帳は取り消され、ツァンパを食べられなくなる。こんなにひどい仕打ちがあるだろうか」と語った。みんな、お互いに監視しあい、摘発しあい、闘争しあったのであった。

あるチベット人老作家は「こんなやり方はあまりにも残酷すぎるよ」と言ってから、こう結論付けた。

「居民委員会はまさに『極左』路線を実行した典型的な組織だ。文革期のいかなる機関や団体よりも過激だった。居民委員会が組織した活動に参加しない者は、『反革命分子』のレッテルを貼られるか、立場がしっかりしていないと批判されるかのどちらかであった。居民委員会のボスはみな『土皇帝』で、ものすごい権力を握っていた」

当時、出身が悪かったためにことさら差別されたリンジン・ギェルツァンはテープンカン居民委員会管内の住民だが、こんな思い出を語ってくれた。

「居民委員会の権力はとても大きい。あのころは、出身の悪い家庭の子供が新しい服を着ただけで、幹部たちに詰問された。どうしてお前らに新しい服があるんだ、俺たちにはないぞってね。家の中でバター茶を作ってもなじられた。お前らのバターはどこから持ってきたのか、なぜ俺たちにはなくてお前らにはあるんだって言うんだからね。炒め物を作ろうと思って、鍋に少しでも油を入れたら、またたいへん。『ジュッ』という音を聞かれて、お前らは炒め物の油をどこで手に入れたんだと問い詰められる。ああいった日々はね、思い出すたびに身震いがする」

実際、今でも居民委員会の話になると、相変わらず多くの人たちが消し去ることのできない恐怖心に襲われる。当時まだ幼い子供だった、貴族出身のある中学教師は、私の取材を受けた後、自分が写真を見て誰々が積極分子だと指摘したなどとは絶対に書かないで欲しい、と繰り返し念押しした。彼女は「さもないと、連中に知られて必ず仕返しされるから」と付け加えた。突如、彼女の目に浮かんだ恐怖の色は、一瞬のうちに、とうに過ぎ去った文革時代へと私を連れ戻した。

2003年3月、トムスィーカン居民委員会（上）、テンギェーリン居民委員会（中）、ワパリン居民委員会（下）の各事務室。居民委員会の現職メンバー全員に勢揃いしてもらい、記念撮影した。上の写真の中央で礼帽をかぶり眼鏡をかけている老人は往年の積極分子で、今も党書記を務めるカンツーである（すでに定年退職し、子供が後を継いだという）。そのほかは居民委員会の新しい世代である。

今日でもチベットの各居民委員会の集会場には相変わらず毛沢東の肖像画が高々と掲げられている。そこに身を置けば、文革の空気が正面から顔に吹きつけてくる。昔の積極分子、カンツーは今も相変わらず「革命的」で、取材の最中も一時流行した様々な政治用語がすらすら口をついて出てきた。この写真は私がわざわざ彼のために撮ったものだ。2003年3月撮影。

改名の嵐

「封建的」とされたチベット名

改名もまた「破旧立新」の重要な指標の一つであった。古い名前を捨て去り、新しい名前に変えることは、新しい世界を打ち立てるのに必要な形式であり、改名は流行になった。通りの名前が変わっただけでなく、商店の名前や町村の名前も変わり、ひいては人々も改名しなければならなかった。以下は私の母、ツェリン・ユドンの思い出話である。

あのころはみんな改名を迫られてね。チベット人の名前は「四旧」の一部で、封建的で迷信的な色彩があるといわれ、改名しなければならなかったのよ。私たちの名前は公安庁が統一的に改名したわ。一人ひとりの新しい名前は公安庁の政治部に報告して許可をもらう必要があったのよ。名字は「毛」でなければ「林」〔毛沢東とその後継者とされた林彪にちなんでつけた〕といった具合で、「高原紅」なんていう名前もあったわね。

私は最初、「毛衛華」という名前にしたけれども、公安庁の中にすでに「毛衛華」という人がいたのよ。それで、漢人の名前には「玉珍」というのもあったなと考え、思い切って「林玉珍」にした。林彪副総帥と同じ名字よ。

でも、新しい名前を使わなければいけないといっても、軍代表が点呼を行うとき以外、いつもは誰も新しい名前を呼ばないので、忘れてしまった人も多かったわ。私の同僚のダワさんの名前は「高原紅」だったけど、彼女はいつも新しい名前を呼ばれても返事をしないのよ。私たちがすぐ彼女をつついて、「ダワさん、あんたが呼ばれているのよ」と言うと、彼女は大慌てで「ハイ、ハイ、ハイ」って答えたの。思い出すと、まったくおかしいわ。

いわゆる「立新大街」とは、ラサ旧市街の有名な宗教街であり商業街でもあるパルコルを指した。漢人はパルコルを「八角街」と呼ぶ。パルコルとは真ん中の輪という意味で、ジョカン寺の周りをぐるりと巡る中環巡礼路を指すが、「封建的かつ迷信的な色彩を帯びている」とされ、改名を迫られた。

一九六六年八月二九日付の『西蔵日報』はこう報じている。

「昨日、ラサ市城関区の革命大衆八〇〇人がラサ映画館で破旧立新の大会を開いた。大会は八角街の革命大衆の提案により、封建的かつ迷信的な色彩を帯びている『八角街』（チベット語の意味は巡礼路）を『立新大街』と改名することを決定した」

この写真を見ると、分厚い石で築いた高い壁とチベット式の窓の前に、中国語とチベット語で「立新大街」と書いた大きな看板と、カタを巻きつけた毛沢東の肖像画が並べられ、ともに人目を引く。何枚かの大字報はすべて中国語で書かれており、なぜチベット語の大字報が一枚もないのかと考えさせられる。新しい言葉があまりにも多く、チベット語の中にそれらに該当する言葉が見つからないために、中国語でしか書けなかったのか。それとも、これらの大字報はご主人様である漢人たちに見せるためのものだったのか。しかし、多くの新語を盛り込んだ『毛主席語録』のチベット語版はとっくに発行されていたのではなかったか。

非常に興味深いのは、かわいらしい頭と体をのぞかせている幼い子供たちである。右側の、小さな握りこぶしを突き出している子供は、大人のまねをしてスローガンを叫んでいるのだろうか。左端の、怒った顔付きの子供は、大人のまねをして階級の敵を糾弾しているのだろうか。さらに、真ん中にはあぐらをかいている軍帽姿の子供がおり、右端にはおかっぱ頭の女の子が立っているが、どの子も新しい名前に改名し、もはやドルジェ、パサン、ニマ、チョドンといった名前ではなく、衛東、勝利、紅旗、永紅といったような名前に変わってしまったのだろうか。

時代の烙印を押されてしまったこれらのチベットの子供たちは、今どこにいるのだろうか。そして、何をしているのだろうか。間違いないのは、彼ら全員がとうに四十いくつの中年になっていることだ。彼らの子供たちがもうアニメや電子ゲーム、コカ・コーラの世代になっていることもまったく疑いないことである（今では彼らもみな六十何歳かになっているはずだ）。

　右端の少女はツェリン・ヤンゾムという名前であることが分かった。当時の彼女の髪型はいわゆるギャメー・チャプトク（おまる）頭である。かつてラサの西農集団（国有企業の西蔵農牧業機械集団総公司）に勤めていたが、早期退職している。

これらの人たちはみなパルコル居民委員会の住民である。左端の眼鏡をかけている者は副主任のロサンで、前出の「ニャロン・シャルのお医者さん」一家つるし上げ写真（一四一頁）にも登場している。ロサンのそばに立っている人たちは、居民委員会宣伝隊の隊員である。左から三人目は名前をワンドゥーといい、後に居民委員会の生産合作社で働き、数年前はチベットの伝統的な音楽や舞踊を上演する娯楽場「ナンマ」でいつもピワン（チベットの伝統楽器〔弦楽器の一種〕）を演奏していた。今も健在かどうかは分からない。

中国各地と同様、チベットでも文革初期は大字報が盛んに書かれた。そのほとんどは中国語で書かれた大字報だった。書き上げられた大字報はこっちに貼り出されたり、あっちに届けられたりし、まるで盛大な贈り物のようであった。大字報は目的地まで届けられると、まず大声でひとわたり朗読され、それから宣伝隊がにぎやかにはやしたてながら歌や踊りのパフォーマンスを披露した。

この写真は、ロサンと彼の革命戦友たちが一枚の巨大な大字報を広げて見せているところである。巨大な大字報は、大きな漢字と感嘆符を用いて、「破旧立新」の偉大なる意義を掘り下げるとともに堅固なものにしており、必ずや世の中を根本から変えてやるのだという気迫をみなぎらせている。

眼鏡をかけた仕立屋のロサンと彼の革命戦友たちが、大字報の漢字を読めたのかどうかは分からないが、彼らの胸の内がいかに数え切れないほどの感嘆符で打ち震えていたかは想像できよう。

大字報の下の「三教二団全体革命……」という署名に注目していただきたい。先述したように、これは一九六六年八月になっても「三教工作団」がなお存続していたことを物語っている。

一九六六年八月二九日付の『西藏日報』は、チャクポ・リ（薬王山）の改名の経緯を、何とも扇情的な文章で紹介している。記事はチャクポ・リについて「過去の封建農奴制による統治時代には、ダライ・ラマを頂点とする農奴主に奉仕する医療機関であり、勤労人民をひどく抑圧した封建制度の堡塁の一つであった」と指摘し、こう続けている。

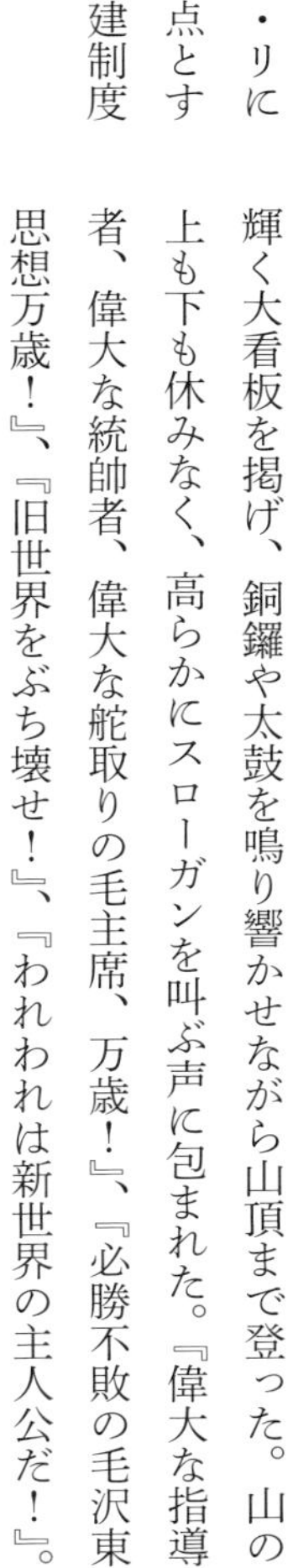

「紅衛兵たちは革命大衆の支持の下、『勝利峰』と書かれた、金色に光り輝く大看板を掲げ、銅鑼や太鼓を鳴り響かせながら山頂まで登った。山の上も下も休みなく、高らかにスローガンを叫ぶ声に包まれた。『偉大な指導者、偉大な統帥者、偉大な舵取りの毛主席、万歳！』、『必勝不敗の毛沢東思想万歳！』、『旧世界をぶち壊せ！』、『われわれは新世界の主人公だ！』。ああ、勝利峰よ！　今日より君は毛沢東思想の光が照らす中、ついに姿を変えて一段と壮麗に高く聳え立っている！」

これらの写真には、赤旗を持ち、毛沢東の肖像画を掲げつつ、「チャクポ・リ」を「勝利峰」に改名する紅衛兵たちが写っている。彼らの足元は、まさに病院兼医学僧院メンパ・タツァン〔医薬利衆寺〕があったところだ。かつては誉れ高い場所だったが、解放軍の砲火によって破壊されてしまった。今日では、ラサの人々がチベット暦の正月や宗教上の祭日に仏事を執り行う場所になっており、小さなタクラルプク寺などがある。現在、タルチョを掲げ、五体投地を行う信徒の中に、かつて「勝利峰」の看板を担いで山に登った紅衛兵はいるであろうか。

これらの写真に写っているのは、かつて数代にわたるダライ・ラマの夏の離宮だったノルブ・リンカの改名が行われている場面である。一九六六年八月二九日付の『西蔵日報』第一面で、こう報道されている。

「二八日、雄々しく勇ましい紅衛兵と、ラサ市の五千余人に上る手工業労働者、農民、都市住民およびラサの各種文芸団体、機関の革命幹部は、毛主席の巨大な肖像画と毛主席語録のプラカードを高く掲げながら、また旧世界を攻撃する宣戦布告書や提案書、決心書を取り囲みながら、さらにチベット語と中国語で『人民公園』、『勝利峰』などと赤地に金文字で書いた作りたての大プラカードを持ち上げながら、四方八方から威風堂々とラサの各目抜き通りへとなだれ込んだ。全市は熱烈な歓声とスローガン、そして歌声と銅鑼、太鼓の音に包まれ、にわかに沸き立った」

右下の写真で、真ん中の毛沢東肖像画の前に立っている男性——眼鏡を

かけ、左腕に赤い腕章をつけている青年――こそ、ラサ中学の国語教師で、ラサ紅衛兵を組織したラサ造反派「造総」司令官の陶長松である。

まさに、報道記事で次のように描写されている通りの状況であった。

「(八月二八日) 朝から、人民公園 (元ノルブ・リンカ) の革命的な職員・労働者は、激情をほとばしらせながら、正門で紅衛兵と革命大衆を出迎えた。早々と数日前から、彼らは若き革命闘士たちに革命精神を学び、しっかり検討し討論した上で、『ノルブ・リンカを人民公園に改称する』との紅衛兵の提案を支持することを決定した。同時に、大衆を欺く迷信に彩られたものを取り壊し、叩き潰し、正門の赤い瓦屋根の上に五星紅旗を掲揚することによって、旧世界に宣戦布告する決意を表明した。この日、紅衛兵たちが『人民公園』の巨大な看板を運び込むと、彼らはその前に駆け寄って出迎え、自分たちの手で看板を受け取って正門に掲げた。このとき、職員・労働者全員は気持ちを奮い立たせながら銅鑼や太鼓を叩き始め、その音は数千人に上る革命大衆の気勢や歓声と一つになって鳴り響いた。公園に遊びにきた職員・労働者大衆も改名運動の隊列に加わった。歌えよ! 踊れよ! 人民公園が革命の炎の中で誕生したことを誰もが心ゆくまで褒めたたえた」

チベット医学は長い歴史を持つ治療科学であり、チベット文化の重要な一部である。その昔、医療機関はふつう寺院に置かれていて独自に活動し、政府による管理はほとんどなかった。最も有名なのは、薬王山の上にあった医薬利衆寺で、またの名をメンパ・タツァンといい、一六九六年、ダライ・ラマ五世の趣意に基づいて設立された。一九一六年にはダライ・ラマ一三世の指示でチベット医学と暦学の学校が創設された。医学治療を行うとともに暦学の人材を育成する学校で、メンツィカンと呼ばれ、今のニャンタン〔娘熱〕路近辺にあり、その外来診療部はジョカン寺の西側にあった。一九五九年以後、新政府はメンツィカンとメンパ・タツァン（当時は解放軍の砲火で破壊され、すでに失われていた）を統合し、「ラサ蔵医院」を設けた。

文革期、チベット医学は最も典型的な「四旧」であるとして、まったく無価値のゴミと見なされた。このため、丹精込めて開発された丸薬はラサ河に投げ込まれ、代々伝えられてきた、各種の木版、手刷りの医薬書は燃やされて灰になった。多くの声望の高い医師や町医者が「牛鬼蛇神」のレッテルを貼られ、いわれのない辱めを受けた。

蔵医院は封建的迷信をどんどん生み出す場所と見なされ、その名称自体がやり玉に挙げられた。以下は一九六六年八月二九日付『西蔵日報』の記事である。

「蔵医院が二五日に自治区師範学校の革命の提案書を受け取った後、革命的な職員・労働者たちは革命の呼びかけに続々と応じ、直ちに行動を開始した。まず、封建的で迷信的な色彩を帯びた在来の薬名を変更する一方、日柄を選んで治療を行うといった、昔の迷信的なやり方を廃止した。また、『ラサ蔵医院』を『労働人民医院』に改称することを討論した上で決定した。二八日、医院全体の革命的な職員・労働者は紅衛兵の心のこもった支

援を受けて、赤い絹で飾り立てた『労働人民医院』の看板を厳かに正門に据えつけた。そして、毛沢東思想の偉大な赤旗をさらに高々と掲げ、われらが労働人民医院を、広範な勤労人民に奉仕し、毛沢東思想を学ぶ陣地とすることを決意した」

一九八〇年九月一日、労働人民医院はさらにチベット自治区蔵医院に改称された。しかし、チベット人は習慣的に、今なおメンツィカンと呼んでいる。

パルコルは「立新大街」に

「帕廓〔パルコル〕」（「八廓」とも書く）は、宗教的意味を帯びた名称である。チベット語、中国語、英語の三か国語で書かれた『拉薩八廓街区古建築物簡介〔ラサ・パルコルの古建築案内〕』は以下のように紹介している。

「ラサ市には三つの輪のような巡礼路がある。ジョカン寺内の各仏殿を取り巻く回廊が内環巡礼路〔ナンコル〕であり、ジョカン寺を一周するルートが中環巡礼路である。また、東は清真大寺〔ギェル・ラカン〕、南は林廓〔リンコル〕南路、西は薬王山、北はラモチェ寺を範囲内とするラサ市中心部をぐるりと巡るルートが外環巡礼路（リンコル。全長約一〇キロメートル）である。これから分かるように、中環巡礼路とはつまりパルコルを指している」。このほか、ポタラ宮を一周する巡礼路はツェコル〔孜廓〕という。

すなわち、パルコルはジョカン寺によって形成されたわけである。パルコルの最も早い原形は壁画からうかがえる。そこには、七世紀のころのジョカン寺を取り囲む、堡塁のような石造りの小屋と天幕が描かれている。かつて長い間、ここはラサで唯一のコミュニティーであった。前記の案内書にはこう記されている。

「パルコルの石畳の道は一キロメートルに及ぶ。道の両側に立ち並ぶ商店、民家、廟、馬小屋などの整然とした建築群がジョカン寺を取り囲み、その独特の風格はことさら人目を引く。四方八方から参拝客や商人が集まり、市が立ったり、祝賀行事が行われたりする中心的な場所になっている」

この通りには、世俗生活の息吹が渦巻いているだけでなく、世俗とかけ離れた宗教探究の空気も満ち溢れており、飯を炊くかまどの煙と線香やろうそくの煙、勘定高さと仏への供養、日常生活と仏事が、まったく違和感なく混ざり合っている。しかし、新政権が権力を引き継ぐ以前のチベットでは、この通りに監獄、病院、郵便局、兵営、警察局、市政府など旧政権の諸機関も置かれていたのである。それゆえ、パルコルはただ単に巡礼者たちが参拝して回る通りではなく、チベット社会全体の姿の縮図でもあるのだ。

しかし、パルコルという地名は、中国語ではしばしば「八角街」（中国語のピンインはBa Jiao Jie〔パーチアオチエ〕）と呼ばれている。別の意味を生じやすいこの誤った発音には、こんな言い伝えがある。一九五〇年、チベットに進軍した解放軍部隊の四川人兵士の訛りとかかわりがあるという。あるいはもっと昔にさかのぼって満清〔清朝〕の駐蔵大臣の時代のことかもしれないが、四川人と関係があることは間違いない。四川方言では「角〔チアオ〕」を「クオ」と発音するため、「帕廓街〔パークオチエ〕」が「八角街」になってしまったというのは怪しむに足りない。ただ、その意味はこの通りに八つの角があるということではまったくなく、もともとの発音も「Ba Jiao Jie」ではない。

しかしながら、一九六六年八月二八日、「帕廓街」は、いや四川人からそもそも「八角街」と呼ばれたこの古い通りは、宗教的な意味を帯びた旧名称に代わって、革命的な意味に満ち溢れた新たな名前をつけられた。「帕廓街」であろうと、「八角街」であろうと、それ以来、この通りは「立新大街」に改められたのである。チベット語では「サルドゥプ・ラムチェン」と呼ぶ。

このほかの一部の街路も改名された。例えば、「ド・センゲ（石獅子）」は「新華路」に、「ユトク（トルコ石のような天蓋）」は「人民路」に、「チャンセプシャル」（チャンセプはダライ・ラマ法王の眼力を、シャルはポタラ宮の東側を意味する）は「北京東路」に変えられた。それぞれの居民委員会も名前が変わ

このように五体投地を繰り返しながらパルコルを巡礼する光景が毎日見られる。これらの敬虔な信者はチベットのいろいろな地方からやって来る。彼らに老若男女、僧俗の別はない。2004年8月撮影。

った。例えば、「パルコル」居民委員会は「立新」居民委員会に、「テンギエーリン」居民委員会は「光明」居民委員会に、「ワパリン」居民委員会は「東方紅」居民委員会に変更、といった具合である。もはやラサの町が自らの歴史、伝統、文化とはまったく無関係な新名詞の山の中に埋もれてしまったことが、誰の目にも明らかになった。

時間が流転し、風水が流転し、神界の輪廻が再び逆転したとき、「立新大街」という名称は消滅した。かつてパルコル居民委員会の主任を務めたチュプシはこう回想する。

パルコルにはきらびやかな品物をたくさん揃えた露店が並び、各地から訪れる旅行者を引きつけてやまない。2004年8月、王力雄撮影（露店は今ではすべて撤去された）。

「一九五九年以降、私たちの居民委員会はパルコル居民委員会になったが、文革時に立新居民委員会と改称された。三中全会[44]がもう終わった後の一九八一年ごろ、城関区のチュンペル区長が、やはり昔の名前にしよう、新しい名前はふさわしくないと言ったので、名前を元に戻した」

こうして、一時は大字報やポスターがあちこちに貼り出され、「牛鬼蛇神」が引き回されたりつるし上げられたりした「立新大街」は、今日、チベット人が呼び習わしてきた「パルコル」となり、漢人が呼び習わしてきた「八角街」となった。また、巡礼者の行き交う門前町となり、商売が行

パルコルの通りにある居民委員会。2003年2月撮影。

「積極分子」ロサンの家で。2003年2月撮影。

われるビジネス街となった。しかし、一方で秘密警察が最も多い街となったが、それは一九八七年と一九八九年に、この通りでいわゆる「騒乱」が起きたからである（一九九〇年代と二〇〇八年にもパルコルでは中国当局が称するところのいわゆる「騒乱」が発生したが、実際はチベット人による抗議活動だった）。

仕立屋のロサンもパルコル居民委員会のボスだったことがあり、副主任を務めた。彼は早くも一九五九年に「基層幹部」育成の対象者となり、文革時には「四旧打破」の急先鋒となった。彼については、多くの人が「とても積極的で、どんな運動にも首を突っ込んでいた」と証言する。定年退職後はすこぶる熱心な仏教徒になったという。

二〇〇三年二月末、チベット暦の正月の数日前、かつて同じ積極分子だったチャンパ・リンチェンの手助けで、パルコル南通り「ラブラン・ニンバ」の三階に暮らすロサンに会った。彼はすでに胡麻塩頭で腰の曲がった老人になっていた。虫眼鏡のような分厚い眼鏡をかけていたので、目が歪んで見え、変てこな感じだった。彼はやみくもに取材を申し出た、見ず知らずの私を警戒の眼差しで見つめながら、「もし取材をしたいのなら、城関区が居民委員会に発行した紹介状が必要だ。そうでなければ、取材には応じない」と拒否した。見たところ、彼は依然として「基層幹部」の謹厳な態度を持ち続けているようだった。しかし、彼は写真撮影には同意したので、急いでシャッターを二回切った。辞去する際、壁の隅に古い型のミシンが置いてあるのに気付いた。革命に一生を捧げたロサンはやはり仕立屋のロサンであったということであろうか。

「人民公園」になったノルブ・リンカ

ノルブ・リンカ、すなわち宝蔵林苑〔ノルブは宝物、リンカは公園を意味する〕に話を戻す。臙脂色の仏教国チベットにとって、ポタラ宮とノルブ・リンカは法王ダライ・ラマの宮殿であった。もちろん、河谷地帯のラサにそびえる神山、マルポ・リ（赤い山）に建てられたポタラ宮の方が、より長い歴史を持ち、雄壮で高貴である。一三〇〇年以上も昔の吐蕃王ソンツェン・ガムポの時代に、最初は砦のような建物が築かれた。一六四二年、ダライ・ラマ五世がガンデン・ポタン政権を樹立してチベットを統一し、全チベットの政教両面の絶対権力者となったが、彼のもう一つの注目すべき業績は、仏経の中で授記された観音菩薩の道場の神山にポタラ宮を建造したことだった（デシー〔摂政〕のサンギェ・ギャムツォが完成させた）。規模の雄大なポタラ宮はこのときからチベットの政教一致の象徴となった。ダライ・

ラマ五世はポタラ宮にこもり、そこで遷化したが、五世の遺骸を奉安した霊塔もポタラ宮内に安置された。それは後世のダライ・ラマが受け継ぐ伝統となった。

ダライ・ラマ七世の時代に造営が始まったノルブ・リンカは、すでに三〇〇年以上の歴史を有している。その大自然と俗世間に囲まれた環境は、以後の歴代ダライ・ラマがいたく愛するところとなった。毎年、初夏になると、ダライ・ラマはポタラ宮からノルブ・リンカへ移動し、その日のラサは盛大な祭日となる。美しい陽光が燦々と降り注ぐ中、重たい冬服を脱いだ人たちは、貴賤や貧富の違いを問わず町を挙げて外へ繰り出し、純白のカタを両手で捧げ持ちながら、心の中の観音菩薩が夏の離宮へと移っていくのを、道の両側から見送るのである。

ダライ・ラマ一四世は自伝『流亡中的自在』〔原著は*Freedom in Exile*。邦訳は山際素男訳『ダライ・ラマ自伝』〕の中で往事の様子をこう回想している。

「ポタラ宮の陰気な寝室に別れを告げるときは、私にとって疑いなく一年で最も楽しい日であった。……この時期はちょうど草木が芽吹き、若葉が香る季節で、みずみずしい自然の美が至るところで顔をのぞかせていた」

ところが、一九五九年三月一七日深夜、ノルブ・リンカは彼の以後四六年〔二〇二三年時点ですでに六四年〕の長きにわたる亡命人生の起点となった。数日後、ラサの町が未曾有の激しい砲撃に見舞われる中、ノルブ・リンカは大量虐殺の場となり、無数のチベット人が「反乱分子」と見なされ、そこで血を流して死んだ。長い年月を経ても、一部の建物にはなお深い弾痕が残り、赤い塀の下を掘れば、山のような白骨が出てくる。こうして、一九五九年のノルブ・リンカは、チベット史上最も血なまぐさい一幕の無言の目撃者となった。

以来、「宝物の園〔ノルブ・リンカ〕」は有名無実となった。一九六六年まではまだその名前だけは残っていたものの、ダライ・ラマがいなくなったノルブ・リンカは果たしてノルブ・リンカであろうか。おそらく、この点は新政権がまさに考慮したところであり、人民の名義で新たに命名するのが当たり前ではないかということになった。一九六六年八月二九日の『西蔵日報』が一面で伝えたところでは、造反精神に染まった紅衛兵の闘士たちは真っ先にこう宣言した。

「ノルブ・リンカは、もともとダライ・ラマが自分の名前から命名したものだ。ダライ・ラマは最も反動的で、最も暗黒で、最も残酷で、最も野蛮な封建農奴制の元凶である。われわれはダライ・ラマの悪名を、勤労人民が造ったリンカ〔林園〕の名前とすることは断じてできない」

八月二八日当日、「三大領主」出身のラサ中学生、デモ＝ワンチュク・ドルジェは学校で行われる批判闘争から逃れるため、ノルブ・リンカに隠れて本を書いていたチベット語の教師と一緒にいた。彼はノルブ・リンカが人民公園に変わる現場を目撃した。以下は彼の回想である。

ラサの「牛鬼蛇神」が初めて市中引き回しの罰を受けた翌日のことだよ。ノルブ・リンカの園内労働者組織の紅衛兵造反隊が、僕と龍国泰先生の宿舎にやって来て家宅捜索をしたんだ。連中は僕らの荷物を全部、ノルブ・リンカの正門まで持っていって投げ捨て、僕のカメラの中のフィルムまで引っ張り出してダメにしてしまった。当時は、写真をたくさん撮っていたんだよ。ほとんどが壁画の写真さ。例えば、ツォキル・ポタン、つまり湖心亭の中には以前、すばらしい壁画があったけれども、「四旧打破」のときにみんなめちゃくちゃに叩き壊されてしまった。

僕たちのラジオも、「敵の放送局を聴いている」証拠だと決めつけられたよ。でも、正直言って、「敵の放送局」がどこにあるのか、まったく知らなかった。連中は僕ら二人に、正門のところで頭を下げて立っていろと無理やり命じてね。だから、午前中ずっとそうしていた。そのとき、また紅衛兵がたくさんやって来た。ただ、うちの学校の者はおらず、別の学校の一行だった。連中は全員集合して、ノルブ・リンカに新しい看板を掛けようとしていたよ。「人民公園」というやつさ。その後、学校から馬車が一台やって来た。紅衛兵が何人か乗っていて、赤い房飾りのついた槍を持っていたな。僕らはそれで学校まで護送されたんだ。

ノルブ・リンカは「人民公園」に改名されたのに、一九五九年の「反乱平定」の際に解放軍から砲弾を浴びせられたポタラ宮が「人民宮」とか、ほかの何とかに改名されなかったのはなぜなのか。二つのいにしえの宮殿は、いずれも「三大領主」の大親分が「勤労人民を残酷に抑圧した封建主義の堡塁の一部」ではなかったか。かつてポタラ宮を「東方紅宮」に改名しようと提案した者は確かにいたという。「東方紅」はまさしく、赤い太陽である毛沢東の威力が四方にあまねく行き渡るということを例えた象徴的な言葉だ。ポタラ宮はその後も改名されなかったものの、文革中の最も有名なスローガン「毛主席万歳」の五文字を刻んだ巨大な看板がポタラ宮の金色の頂の前に掲げられ、ラサの町を俯瞰していた。また、北京の天安門の城楼をまねて、ポタラ宮の左側には「中華人民共和国万歳」、右側には「各民族人民大団結万歳」のスローガンがそれぞれ設置された。一時はさらに五星紅旗がポタラ宮に掲揚されたほか、その間に毛沢東の巨大な肖像画が高々と掲げられ、日夜、威厳に満ちた表情でラサの人々を見下ろしていた。

ノルブ・リンカのパンダのゴミ箱。2001年7月1日撮影。

今日でも、ラサにはノルブ・リンカをなお「人民公園」と呼ぶ人がいる。ただ、昔日の深紅の正門上に高々と掲げられ、あたかも万物に君臨するかのようであった毛沢東の大きな肖像と「人民公園」の看板はもはや消えてなくなり、ノルブ・リンカは再び元の名前に戻った。しかし、そのノルブ・リンカでは、至るところ、気ままな観光客がブラブラうろつき、また土産物だの、不細工なパンダのゴミ箱だのが溢れている。まったく、「人民公園」と呼ぶ方がずっと名実相伴っている（パンダのゴミ箱はチベット式のデザインのものと取り替えられた）。

チャクポ・リ変じて「勝利峰」

最後にチャクポ・リに触れておきたい。チャクポ・リは山の名前で、チベット語で「鉄の山」を意味する。ポタラ宮が位置するマルポ・リ（赤い山）の斜め向かいにあり、マルポ・リおよびその傍らの小さな山パルマ・リ（磨盤山）とともに、ラサの河谷の中心に位置しつつ、非常に目立つ三山を構成している。ずっと昔、チャクポ・リとマルポ・リはつながっていて、神獣のような地形をなし、なんとも独特の風水を見せていた。このため、ポタラ宮をその背骨の上に築き、力で神獣を組み伏せたという伝説が生まれた。

チャクポ・リ（薬王山）の摩崖仏。2003年3月撮影。

その後、唐から吐蕃との和親のために輿入れした金城公主〔唐・中宗の養女で、七一〇年に吐蕃王ティデ・ツクツェンに嫁いだ〕は、勢いが盛んな吐蕃の風水を破壊するために二つの山をつなぐ地脈を切断した。続いてツェンポ〔皇帝の称号〕のティソン・デツェンが切断された場所に三つの白塔〔チョルテン＝チベット式仏塔〕を建て、地脈をつなぎ合わせた。ダライ・ラマ五世の時代に三つの白塔は修復され、塔の先端は一三個の法輪の風鐸とタルチョ〔祈禱旗〕で連接された。それは「パルゴカリン」と呼ばれたが、その大意は「揺鈴接脈〔鈴を鳴らして地脈をつなぐ〕」である。

しかし、満清の武将、フカンガ〔福康安〕は乾隆帝に命じられてチベット入りし、「援軍」という名目でチベット軍に協力して侵入者のゴルカ〔グルカ。ネパールの一部族で、ゴルカ王朝を開き、一八世紀末、二度にわたりチベットへ侵入した〕を撃退したが、この一帯の風水が盛んなのを見て、将来に災いを招くのではないかとおおいに恐れ、三つの白塔を大砲で爆破した。後にチベット人によって修復され、真ん中の白塔はラサに出入りする門となった。さらに、鉄の鎖と銅の鈴で二つの山がつながれ、古都ラサの重要なランドマークの一つとなった。

一九六五年、新政権がラサで初めて「市政建設」を行う中で、この三つの白塔は壊され、数十メートル幅の舗装道路が二つの山の間に開通した。世間の人々は神の血脈が断ち切られたと思い、いろいろ考えた末、タルチョを用いて二つの山をつないだ。毎年、チベット暦の新年を迎える際、敬虔な信者がここにやって来て新しいタルチョに掛け替える。文革終結後の一九八〇年代、過ぎ去った時代への強いノスタルジーから、チベット人の

「カンギュル」の経塔の前に立っているのは建立者の僧侶トデン・ダワ。2004年9月撮影。

作家、作曲家が作詞・作曲し、有名なチベット人歌手のタムティンが心を込めて歌った歌曲「白塔パルゴカリン」がラサをはじめチベット全域で人気を博した。一九九五年、三つの白塔は元の場所にコンクリートで新たに建てられた。真ん中の白塔のスペースが小さくなり、南北の二つの白塔との間の道幅が広げられたことで車が通行できるようになり、北京中路の一部となった。

今日、チャクポ・リは薬王山の名前でより広く知られている。これは当然ながらチベット語ではないが、チベット医学と関係がある。一七世紀末、チベット史上の卓越した人物の一人であるデシー〔摂政〕のサンギェ・ギャムツォは、ダライ・ラマ五世の命により、この山の上に有名な医薬利衆寺「メンパ・タツァン」を建てた。そこにはトルコ石で飾り立てた薬師如来が祭られたことから、漢人たちは「薬王山」と呼んだ。しかし、二〇世紀半ば、薬王山の上の医薬利衆寺は跡形もなく消え失せた。一九五九年三月の「ラサ抗暴」の際、薬王山は地形が高いことから、チベット政府の軍隊が陣地を構えた。このため、解放軍は猛烈な砲火を浴びせかけて薬王山を攻め、医薬利衆寺を廃墟にしてしまった。

チャクポ・リの運命はそれだけでは終わらなかった。「四旧打破」の潮流が逆巻いた際、そのときはもはや打破すべき「旧いもの」などなかったのだが、紅衛兵たちはなおも「勝利峰」の看板をチャクポ・リの山頂に建てて、「旧社会」の山が新たな命を得たことを見せつけたのである。以後、「戦争に備え、飢饉に備えよ」という毛沢東の呼びかけに応えるため、山のふもとには深い防空壕が掘られた。一九八五年、かつて赤旗がはためいていた山頂に、高さ七九メートルのテレビ塔が建設された。しかも、ふもとには兵営が置かれ、軍が駐屯することになったため、日夜、厳しい警戒態勢が敷かれた。これにより、信者が宗教の伝統にのっとって山の上にタルチョを掛けることさえも許されなくなった。ラサに住むある老人の言葉を借りれば、「こうなっちゃ、チャクポ・リもおしまいよ」なのであった。

現在、チャクポ・リのあちこちの岩壁には、それぞれ姿形の異なる仏像と長短様々な経文がびっしり彫られている。仏像の数は五〇〇〇体を超えるとされるが、絶えず増え続けており、チベットの磨崖仏の白眉と言える。一九九〇年代半ば、チャクポ・リには、石板を積み上げて築いたマニ・ドプン〔マニ塚〕が新たにお目見えした。カム地区からラサまで五体投地で巡礼した遊行僧のトデン・ダワが提唱し、数え切れないほどの信者の寄進を受けて築いたものだ。石板には大蔵経「カンギュル」が彫ってある。トデン・ダワはこれを築いた後、ほどなくして入寂した。チャクポ・リの片側の兵営近くにあるタクラルプク寺〔洞窟寺〕など一部の洞窟の中では、線香やろうそくの煙がゆらゆらと立ち上り、バター灯明が消えることなく燃え続け、お祈りの声が響き渡る。チャクポ・リ、いや薬王山は、巡礼の聖地であるだけでなく、観光地ともなっている。巡礼者は引きも切らず訪れ、観光客の足もまた絶えることがない。

གསར་བརྗེ།

造反者の内戦

「仲の良し悪しは派閥で決まる」

二大造反派

「造総」か「大連指」か

一、「造総」（チベット語「ギェンロ」）

■成立時期：一九六六年一二月二二日、正式名称は「ラサ革命造反総司令部」。

■解散時期：一九六九年三月二五日、「造総」は総司令部および各支部、司令部の解散を宣言。

■総本部：「ヤプシー・タクツェル」（もともとはダライ・ラマ一四世一族の邸宅。後に中共当局に接収され、チベット自治区第二招待所、略称「二所」となる）。

■放送局：ジョカン寺、テンギェーリン寺、シデ・タツアン〔希徳林寺〕内に設置。

■機関紙：『紅色造反報』（中国語版の編集長は張という名字の漢人、チベット語版の編集長はワンチュク。『西藏日報』社の印刷工場で印刷）。

■総司令官：陶長松（もともとはラサ中学教師。文革中、革命委員会副主任を務め、文革後にチベット社会科学院の研究者となる。すでに定年退職）。

■主要組織：「土皇帝〔地方ボス〕打倒連絡委員会」（北京航空学院「紅旗チベット派遣小分隊」を率いる女性指導員の教師・聶聡と、チベット民族学院「紅色造反団」司令員・魏志平が責任者）、「チベット紅衛兵革命造反司令部」、「ラサ革命造反公社」など。

■構成員の出身：学生（中央民族学院とラサ中学の学生が多数を占め、ほかにチベット民族学院の学生もいる）を主体とする「チベット紅衛兵造反司令部」と「紅色造反団」、農民・牧畜民を主体とする「ラサ革命造反公社」、労働者を主体とするセメント工場、機械修理工場、第一自動車隊、第二自動車隊など。

■スローガン：「保皇[1]有罪、罪は万死に値する」、「青松は枯れず、造総は倒れず」。

■歌曲：「造反有理」、「頭をもたげて北斗星を望む」。

■各地の状況：両派の勢力はラサ、チャムドのような都市部だけにとどまらず、農村や牧畜地区へも広がりを見せ、「大衆組織」が至るところで結成された。

二、「大連指」（チベット語「ニャムデー」）

■成立時期：一九六七年二月五日、正式名称は「プロレタリア大連合革命総指揮部」。

■解散時期：一九六八年一一月九日、「大連指」は総本部の解散を宣言すると同時に、機関紙『風雷激戦報』を停刊。

■総本部：ポタラ宮の下の「ショル」村とチベット自治区党委員会の敷地内のパンチェン棟。

■放送局：「交際処」（現在の「迎賓館」）とラモチェ寺内に設置。

■機関紙：『風雷激戦報』（中国語版の編集長は陳家璡、チベット語版の編集長はラクパ・プンツォ。最初は刑務所で印刷し、後に「三所」すなわちチベット自治区政府第三招待所、今のチベット自治区党校で印刷。

■総指揮者：劉紹民（もともとはチベット自治区党委員会秘書。文革中は革命委員会副主任を務め、後にロカ〔山南〕地区副専員〔自治区から派遣された地区副代表〕、チベット農牧学校長を経て北京で定年退職）。

■主要組織：「農奴戟（げき）」、「農牧民司令部」（ムル〔木如〕寺内）、「工総司」など。

■構成員の出身：学生（チベット民族学院の学生が多数を占める）を主体とする「農奴戟」、居民委員会の住民と農民・牧畜民を主体とする「農牧民司令部」および労働者を主体とする、ラサのいくつかの工場の「工総司」など。

■スローガン：毛主席語録。

■歌曲：「わが心中の歌を解放軍に捧げる」、「誰であれ革命の立場に立つ者は、すなわち革命派……」。

■各地の状況：両派の勢力はラサ、チャムドのような都市部だけにとどまらず、農村や牧畜地区へも広がりを見せ、「大衆組織」が至るところで結成された。

一九六六年一〇月一日は、中国共産党の、チベットにおける第一七回目の国慶節だった。ラサでは市民五万人が「建国一七周年」の大会と行進を行い、規模は極めて盛大であった。

しかし、このとき、互いに対立していた大衆組織はすでに一触即発の状況にあり、中国の様々な地方からチベットへやって来た多くの紅衛兵がさらに火に油を注いでいた。国慶節の前日、張国華は内部の幹部会議でチベット情勢の特殊性を指摘し、チベット入りした学生たちと地元の学生たちが軍の部隊に押しかけて人を捕まえたり家宅捜索したりするのを制止しなければならないと訴えた。このことから、事態がどれだけ緊迫化していたかが分かる。

遠くに見える高い山はラサの有名な神山ブムパ・リ（宝瓶山）で、八弁蓮華の一つに例えられた。昔は無数のタルチョが幾重にもはためいていたが、当時はとうに消えてなくなってしまっていた。ラサは中国各地と同じく、あちこちの指導者が忠誠を表明する中、毛沢東を熱狂的に崇拝する「赤い海」と化した。赤旗、赤いスローガン、紅宝書（『毛主席語録』）がウイルスのように増殖した無数の毛沢東の肖像画を取り囲んでいる。

上の写真は「ラサ人民体育場」である。ラサ河のほとりに位置し、以前、ここには「ポー・リンカ」と呼ばれる林が広がっていた。ポー・リンカはお年寄りの公園という意味で、公園の世話をする老人にちなんで名付けられ、もともとは貴族スルカン家の地所だった。人民体育場という名前がついているものの、ここでは各種の政治的な大規模集会が開かれ、運動会をはるかに上回るにぎわいを見せた。現在、それは依然として政治的意義を帯びた役割を発揮している。

文革期、この場所はまた「階級の敵」を裁き、死刑執行命令を言い渡して無数のチベット人を震え上がらせた公開裁判大会の会場でもあった（二〇〇八年三月に暴動が勃発した後、この場所は数年もの間、兵営になった）。

「建国一七周年」を祝う集会の光景。「翻身農奴」たちは、毛沢東への限りない感謝の思いを表明するため、誰もが『毛主席語録』や語録のプラカード、あるいはチベットの伝統として敬意などの儀礼を表す細長い織物「カタ」で飾った毛沢東の肖像画を高々と掲げなければならなかった。これは実際には一種の組織された活動であった。

下の写真の二列目の中央で、スカーフをかぶり、毛沢東の肖像画を掲げている婦人（おそらく「チベット回族」のムスリム）は物憂げな眼差しをレンズに向け、撮影者である私の父と一瞬目が合った。

この「翻身農奴」の代表は、今まさに紙の造花を振りかざしながら、先頭に立ってスローガンを叫んでいるところだ。

細かいことだが、彼が着ている白いワイシャツのポケットにペンが一本差し込んである点に注意されたい。当時、これは幹部〔党・政府機関、軍隊、大衆団体などの管理職、事務系職員を指す〕であることの象徴であり、人々の羨望の的でもあった。

祝賀大会が終わった。ラサの婦人、子供および各界の大衆は、毛沢東の肖像画、毛語録のプラカードや五星紅旗を高々と掲げて政権当局者たちが大勢集まった演台の前を順繰りに通り過ぎ、彼らの「観閲」を受けている。演台に向かって右側の看板には「一六条を学習し、よく理解し、自分のものとし、運用しよう」と書かれている。いわゆる「一六条」とは「プロレタリア文化大革命についての決定[2]」を指し、毛沢東が「自ら指導して制定した」文革の綱領である。その後、大衆が二派に分かれて造反する段階へ突入した。

左側の看板には「毛主席の本を読み、毛主席の言うことを聞き、毛主席の指示通りに行動し、毛主席の良い戦士になろう」と書かれている。こうした言い方は副総帥の林彪から出たものである。五年後、彼は妻子を伴って飛行機で中国から逃亡したが、モンゴルの荒野に墜落して命を散らし、全国で激しい批判を浴びた。

中央上の横断幕には「ラサの各民族、各界の人民は中華人民共和国成立一七周年大会を祝賀する」とある。全面的な洗脳を行うため、いずれの標語にもチベット語の訳文がつけられている。

读毛主席的书、听毛主席的话、照毛主席的指示办事、做毛主席的好战士。

こうした盛大なデモ行進の情景は、当時、中国各地で一斉にすさまじい勢いで沸き起こった。これは人民大衆の果てしない大海原であり、まさに、元紅衛兵の中国の作家が次のように語った通りであった。

「大衆の海は一つの恐怖の磁場だ。いったん沸き立つと、周囲の一切合切が自分の方向と位置を識別するすべを失ってしまい、吸い寄せられる運命から、まず逃れられなくなる」

しかし、様々な政治スローガンは、「翻身農奴」たちにとって、決して理解できるものではなかった。こんなエピソードがある。「必勝不敗の毛沢東思想万歳」をチベット語に翻訳したところ、その言葉は何とも発音しにくかった。「翻身農奴」たちは結局、間違った叫び方をする羽目になった。これは確かに極めて重大な政治的事件である。「翻身農奴」たちはすぐさま幹部に対して、スローガンの前の方はあなたが音頭をとって叫んでくれないか、自分たちは「万歳」だけ叫ぶから、と懇願した。「万歳」にも二通りの叫び方があ

り、一つはチベット語訳の叫び方、もう一つは中国語の叫び方であるが、中国語の「万歳（ワンスェイ）」はやはりしばしば訛って発音され、「アンソ」（意味はない）という言葉に変わってしまった。

写真のデモ隊はチベット軍区前の大通り（現在の江蘇路）を行進中とみられる。

劳動人民文化宫
拉萨市红卫兵庆祝无产阶级文化大革

北京に「労働人民文化宮」が完成すると、中国各地でこれをまねる動きが続々と現れた。ポタラ宮の足元に位置する「労働人民文化宮」は一九六五年八月三〇日に竣工したが、前世紀六〇年代の代表的かつ最も早い「チベット支援」による建築物である。金メッキを施した七つの文字は、中国共産党の元老、朱徳[3]の揮毫といわれる。

報道によれば、その後の経緯は以下の通りである。

「一九六五年から一九八五年まで、チベット自治区のすべての重要会議はこの建物の中で開催された。ふだんは映画上映や大型公演の開催という役割も担っていた。文化的生活が比較的乏しかった時代にあって、文化宮はラサ市民が娯楽生活を味わう唯一の場所であった。一九九七年になって文化宮ホールは映画上映や芝居・演芸などの上演を停止し、ついにはダンスホールに改装された」

二〇〇五年、ポタラ宮広場を拡張する際、美的価値のかけらもないこの政治会場は取り壊された。現在、ここには中共首脳の習近平の巨大な肖像画が立っている。向かい側には毛沢東、鄧小平、江沢民、胡錦濤、習近平の五世代の中共指導者の巨大な肖像画が立ち、その間には武装警察が警護する国旗掲揚台があり、直立するポールに中国国旗がはためいている。

文革中、かつての講経場は集会場に改められ、昔のチベット式家屋「ガルシャル」には「ラサ市貿易公司卸部」の看板が掲げられた。ラサ市城関区の各居民委員会に属する数万人の住民がここに集められ、様々な激励大会や批判大会に参加させられた。しかし、彼らは文化大革命の意味を本当に理解していたのだろうか。

元紅衛兵の老人、チャンパ・リンチェンはこう回想する。

「大会の席上、幹部たちは、プロレタリア司令部はブルジョア司令部を砲撃せよ、と言った。砲撃だって？　どういう意味かね？　プロレタリア文化大革命を進めなければならない、これは毛主席の教えだ、とも言った。それじゃあ、毛主席はほかにどんなことを言われたのか。自分の身辺には『シルシチョフ』が眠っているとおっしゃった。『シルシチョフ』？　当時、私たちはそれを耳にしてから、この『シルシチョフ』とはいったい何者なのかと考えた。頭のてっぺんに牛の角を生やした恐ろしい悪魔なのか。言うまでもないけどね、後になってやっと分かったよ。もともと『劉書記』のことを指していたわけで、何と毛主席は『劉書記』の司令部を砲撃しようとしていたのだとね」

文化大革命というこの「新生事物」は、チャンパ・リンチェンや彼と同じ「翻身農奴」にとっては、確かに分かりにくいものだったかもしれない。今なお彼は劉少奇[4]のことを『劉書記』と呼び、フルシチョフ〔元

ソ連共産党第一書記、元首相）のことを「シルシチョフ」という名前の悪魔が実際に眠っていたといまだに考えており、劉少奇を「シルシチョフ」とフルシチョフに例えたのは修正主義に変わったソ連に由来するということを知らないでいる。

聞くところによれば、全中国の至るところに大小の「シルシチョフ」がおり、チベットにも「シルシチョフ」がいるとのことだ。何とこんなにも多くの悪魔が毛主席のそばに眠らんとしている。そいつらをやっつけずに、どうして人民の幸福な生活がありえようか。人民は幸せな生活を求めているのだ――。そこで、チャンパ・リンチェンもプロレタリア司令部の隊列の中に加わり、ブルジョア司令部を「砲撃」したのであった。

「造総」に加わるか。それとも「大連指」に加わるか。それは政治上の原則的な是非にかかわる立場の問題であった。当時、上の写真のような大衆大会はほとんど毎日のように開かれていた。町口であれ、役所であれ、大衆を立ち上がらせて教育するといった光景がしばしば見られた。互いに対立する造反派はそれぞれ派閥をつくり、一触即発の状態だった。

この集会場は「交際処」と呼ばれ、後に「迎賓館」に改名された場所である。

スローガンを叫んでいるこれらの群衆を見て、彼らがどの一派に属しているか分かるだろうか。「造総」か、それとも「大連指」か。あるいは、「造総」と見なすこともできるし、「大連指」と考えることもできよう。これらの二派は互いに対立していたものの、実のところ、性質は同じで、どちらも文革の混乱に乗じて権力を奪い取ることを目的にしていたからである。
背景はやはりジョカン寺の講経場「スンチュ・ラワ」である。群衆の中に掲げられているプラカードには「国家の大事に関心を持ち、プロレタリア文化大革命を最後まで推し進めよ！」との毛沢東語録が書かれている。

当時、ラサの唯一の舗装道路は人民路――つまり現在のユトク路――だった。そのころ、両派は互いに競って道路の両脇に大字報を貼り出した。向こうが貼り出したらこちらはその上に貼って覆い隠す、こちらが貼り出したら向こうがまたその上に貼り出して覆い隠す、といった調子だった。あちこちに毛語録の看板が林立し、革命の情熱に満ち溢れた「革命大衆」は道端に座り込むのも厭わず、スローガンを書いた。

写真は、ある派が語録の看板を作っている場面である。漢字を書く者は漢字を書き、チベット文字を書く者はチベット文字を書く。団結と協力の新たな気風が漂う。この中には軍服姿で参加している女性兵士もいれば、赤いネッカチーフ［少年先鋒隊員の印］を首に巻いて見物している子供もいる。

チベット語、中国語の二種類の文字で書かれた毛主席語録の看板〔「およそ敵が反対するものは、われわれは擁護しなければならない。およそ敵が擁護するものは、われわれは反対しなければならない」〕が立つ人民路沿いの「ラサ百貨公司」〔ほどなくして「ラサ百貨商店」に改称〕の入り口。ここは当時、ラサ最大のマーケットだったが、物品購入券〔配給切符〕がなければ日用雑貨を買うことができなかった。一九五〇年代、この場所には粗末な講堂が建っており、会議や公演に使われていたことから、ラサ市民には「大講堂」という名前でも呼ばれていた。一九六〇年代に火事に見舞われた後、マーケットに建て替えられ、現在は「ラサ百貨大楼〔デパート〕」という名前のビルになっている。

　これは文革中によく見かけた光景である。私の母が語るには、当時の人たちはみな気が触れたような感じで、真夜中にデモ行進に行くぞと言われれば、押っ取り刀で駆けつけるなど、本当に元気いっぱいだった。このころは勤めに出るという日常の光景が消え失せ、出勤する必要もなかった。つるし上げの対象になった者以外は、誰もかもが革命をやった。毎日、どこかで会議をやっているといった案配で、「ドンドンチャン、ドンドンチャン」とあちこちで銅鑼や太鼓が打ち鳴らされ、通りには宣伝カーと拡声器の音が溢れていた。人々の弁舌はどれもさわやかだった。誰もが自分に道理があると言い、造反有理を口にした。

　写真に写っている様々なスローガンや旗の中に、「交通庁職工子弟学校紅衛兵」と書かれた横断幕がある。この学校は一九六一年の創立で、中国各地からチベット入りした交通関連部門の職員・労働者の子弟向けに設置された。ポタラ宮西のデキ〔徳吉〕路の北区間に位置し、現在の名称はラサ市第三中学である。

　手前を走り回っている子供に興味をそそられる。手に持っているのは何だろうか。

「文闘〔言論による闘争〕」であるからには、宣伝は非常に重要であった。例えば、このころ革命舞踊を演じたチベット人の一人はこう証言する。

「当時、文芸界には二つの派があった。このうちの一つは『紅芸司』と呼ばれ、『紅色芸術司令部』という意味。これは『造総』に所属していて、チベット歌舞団、話劇〔現代劇〕団、チベット地方劇の劇団などの文芸団体を擁していた。もう一つは『五・二三文芸総部』といい、毛主席の一九四二年五月二三日の延安文芸座談会講話[5]にちなんで命名された。こちらは『大連指』に所属し、話劇団と秦劇〔陝西省の地方劇〕団、豫劇〔河南省の地方劇〕団（この二つの劇団は最も早く中共軍に付き従ってチベット入りした。というのは、軍隊内には陝西人と河南人が多かったからであり、軍首脳の郷土意識とも関連があった。チベット入り後ほどなくして黄梅戯〔安徽省の地方劇〕劇団や川劇〔四川省の地方劇〕団、京劇団もやって来た）などの文芸団体を抱えていた」

「両派はそれぞれ独自の宣伝活動の場や宣伝隊、機関紙を持っていた。毛主席から指示が下ると、それを出し物や歌曲にまとめ上げ、あちこちで公演を行った。さらに革命模範劇を学ばなければならなかった。話劇団が学んだのは『沙家浜』、歌舞団が学んだのは『白毛女』であり、いずれもチベット人が中国語で上演した。当時の公演はみな中国語で行われたが、それはこの時代の社会風潮であり、少数民族の言葉など見向きもされなかった。意外なことに、チベット地方劇の劇団が文革模範京劇『紅灯記』をチベットの芝居に改編し、チベット語で上演した。旋律はチベットの芝居のそれであり、ただ自己流で改編しただけ

のもので、いわば現代チベット劇だった。しかし、全体のストーリーの構成とせりふは翻訳したものだった」

実際のところ、一つひとつの機関と同様に、各文芸団体にも「造総」と「大連指」があり、参加人数が多いか少ないかというだけのことだった。

写真の女性たちは自治区話劇団の団員と判断される。それぞれ「旧チベット」を悪者扱いした洗脳映画「出生を許されない人」、「農奴」に出演したことがある。

自治区歌舞団の団員なのか、話劇団の団員なのか、判然としない。まさに、ラサの街頭で歌ったり踊ったりして、広範な「翻身農奴」たちを前に、激情溢れる様子で文化大革命を宣伝しているところである。チベット人の団員が中心で、新チベットに感謝し、旧チベットを批判する内容を主とする公演団体には、チベット歌舞団、チベット話劇団、チベット地方劇団があり、一九五八年と一九六二年にそれぞれ設立された。文革期には、伝統的なチベットの芝居は「四旧」として貶められたことから、チベット地方劇団は公演を一時停止したが、一九七二年に再結成され、もっぱら「解放軍の恩情」、「紅灯記」などの、新しく創作されたいわゆる革命チベット劇を上演した。今日もいわゆる京劇チベット劇「文成公主」が引き続き新しい観点から創作、上演されている。

一九六七年以降、「造総」と「大連指」は公然と対立して争うようになった。最初の手合わせで、「奪権」にいったん成功した「造総」は軍隊に抑え込まれて挫折した。三月五日、「大連指」を中心とする各界の大衆と解放軍の軍人三万人近くが、ラサで「ブルジョア反動路線を徹底的に粉砕する新たな反撃のための総決起大会」を開催した。この大会は「三・五大会」とも呼ばれた。大会終了後、全市で大規模なデモ行進が行われた。

「チベット自治区プロレタリア革命派大連合造反総指揮部」と書かれたプラカードを担いだ隊列が写真に見えるが、これがまさに「大連指」の隊列であり、当時の主要なデモ区域である人民路（現在のユトク路）を通過しているところだ。地上にはスローガンの痕跡があり、建物の壁にもぼろぼろになったスローガンと雑然とした大字報が見える。

壁の上の、一部ちぎれたスローガンに「チベット軍区がごく少数の反動分子に対して……を実行することを断固支持する」と書かれていることに注意されたい。このことから、当時、軍隊と、「ごく少数の反動分子」と目されていた「造総」は、実のところ、すでに敵か味方かという事態に立ち至っていたことが分かる。

上の写真のプラカードにある「農奴戟」の名は、毛沢東の詩の一句「紅旗　農奴の戟を捲きて起てば」[6]にちなんでいる。チベット民族学院の一部の紅衛兵が「農奴戟紅衛兵造反総司令部」を組織し、「大連指」に所属した。別の一部の紅衛兵は「紅色造反団」を立ち上げ、「造総」の傘下に入った。文革の初期、どちらも陝西省咸陽市からラサに戻ったが、活動がすこぶる活発で、影響力も非常に大きかった。このうち、「農奴戟」はラサの紅衛兵組織の中で最大の一派とされ、メンバーは基本的にみなチベット各地の貧困家庭の子弟だった。活躍した者たちは文革後の権力者となった。

当時、チベット民族学院の中国語の著名な教育家だったタシ・ツェリン先生は自伝『西藏是我家（チベットはわが家）』の中でこう回想している。

「ラサの軍区司令部の許可を得た後、私たち数千人は荷物を整えて出発した。……私たちの団体は大人数だったので、二つの集団に分かれて腰を落ち着けた。一つの集団（私たち）は招待所、つまり以前のラモチェ寺に入り、もう一つの集団はクンデリン寺に入った……張国華将軍が招待所まで陣中見舞いに来てくれた。彼は心から私たちを歓迎し、君たちは文化大革命の前衛隊だと言った。……私たちがラサにいたのは四、五か月のことで、一九六六年一二月から一九六七年三月までだった」

お揃いの服を着たこれらの女性紅衛兵は、「経験大交流」を行うため、ちょうど咸陽〔陝西省〕からラサにやって来たチベット民族学院の学生たちであり、「三・五大会」の大規模デモに参加した。その多くはチベット人だが、漢人もおり、みんな「農奴戟」の紅衛兵だった。多くの者がラサで仕事に携わり、とっくに定年退職している。

写真の女性紅衛兵は見たところ疲れている様子で、眉をひそめながら、一瞬ぼうっとした視線で撮影者の私の父をとらえた。

毛沢東バッジをつけ、毛沢東語録を握り締めながら、声を張り上げて歌っているこの女性は、チベットの有名な「赤い歌手」、ツェテン・ドルマである。この半世紀余の間、チベットで作られた、毛沢東と共産党をたたえる革命歌曲は、そのほとんど全部を彼女が歌ったと言っても過言ではない。彼女の歌声はチベットにあまねく広まり、中国全土でもてはやされた。その名に恥じない「経典的な革命歌曲」の歌い手であったことから、このように書かれたりした。

「六〇年代を過ごした者は、誰であれ、ツェテン・ドルマのことは忘れようがない。なぜなら、彼女の歌声はあの時代の血のようなものであり、時代の脈の中を流れているからだ」

シガツェの田舎の農家出身のツェテン・ドルマは党が必要とする「翻身農奴」の代表になった。だから、当時、彼女は感涙にむせびながら、こう褒めたたえた。

「毛主席はね　赤い太陽よ／救いの神　それは共産党なの／解き放たれた農奴が歌を口ずさめば／幸せの歌声が四方に伝わるわ」

今や彼女は限りない情愛を込めて訴える。

「チベット族と漢族は一人のお母さんの娘たちなの／彼女たちのお母さんは中国よ」

左腕に「農奴戟　紅衛兵」の腕章をつけたツェテン・ドルマ〔前列中央〕。当時、三〇歳。一九六四年、彼女は大型音楽舞踊劇「東方紅」の中での独唱「毛主席のご長寿を祈念します」で世の耳目を引き、このときから党の御用歌手となり、副省長クラスの待遇を受けるまでになった。彼女がつけている腕章から判断すると、彼女は「大連指」所属であることが分かる。

彼女と一緒に写真に写っているのは、中国各地からチベット入りした紅衛兵の若者たち。北京から来たのか、ほかのどこかから来たのか分からないものの、飾り気のない軍の平服を着ており、それぞれ青春のはつらつとした活力に満ち溢れている。チベット人とみられる男性が抱きかかえている幼児は誰の子供だろうか。ツェテン・ドルマの娘だろうか。

この人たちはラサ近郊の農村大衆という。一説では、トムスィーカン居民委員会の下部組織である衛東人民公社の農民たちで、大多数は野菜を栽培し、裸麦をつくる者もいたとされる。一方、ラサ河上流の紅旗人民公社の農民ではないかと言う人もいる。紅旗人民公社の所在地は元の名をトゥンラ・ラカンといい、誕生の神の神殿という意味である。ここにはもともとダライ・ラマ七世の時期に建てられた神殿があり、伝統的にダライ・ラマの誕生日が来るたびに政府と民間によって盛大な祝賀の儀式がここで執り行われ、トゥンラ・ヤルソルと呼ばれた。一九五九年〔チベット動乱〕の後、三〇〇年近い歴史があった風習は廃止され、文革期に神殿も破壊された。今日、紅旗人民公社も姿を消し、チベット大学の新キャンパスになっている。

口の中に手を入れている男性は、唾をつけて、革命の宣伝ビラを配ろうとしているところだ。周りから催促の手が伸びている。

両派は実のところ似た者同士

一九六六年一二月二二日、大衆組織五六団体を代表するという数千人規模の集会で、「ラサ革命造反総司令部」の成立宣言が正式に出された。銅鑼、太鼓の音やスローガンの叫びが天地を揺るがすかのようにとどろく中、ラサ全域に「造反」の声が響き渡った。

> われわれは党内のひとつまみの資本主義の道を歩む実権派に対して造反を行うぞ！　われわれはブルジョア反動路線を堅持する頑迷派に対して造反を行うぞ！　われわれは牛鬼蛇神に対して造反を行うぞ！　われわれはブルジョア保皇派に対して造反を行うぞ！　われわれは天をも恐れず地をも恐れない革命造反派であり、鉄のほうきを手に持ち、重い棒を振り回して、古い世界を歴史のゴミためにはたきこんでやるぞ。天下をおおいに乱れさせ、暴風雨をも恐れず、荒れ狂う大風をも恐れない……造反だ、造反だ、ひとたび造反すればどこまでもやり遂げ、必ずや真っ赤なプロレタリアの新世界を打ち立てるぞ！

何年も後のこと、この力強く高らかな宣言は自分で書いたのかと陶長松に尋ねたら、彼は笑って答えず、抗争の当時に立ち戻ったかのような、うっとりとした表情を浮かべた。

「造総」は言うまでもなく造反派であり、造反の矛先を、当時、チベットの軍事と政治の大権を一手に握っていた「土皇帝」の張国華に直接向けた。張国華はチベットで毛主席の革命路線を遂行していないと彼らは考えたのである。しかし、その後すぐ設立された「大連指」はむしろ張国華を断固として守ったことから、保守派と見なされた。両派はそれぞれ学生や住民、労働者、幹部、農牧民を擁し、チベット人もいれば漢人もいた。当時の流行語で言えば、「仲の良し悪しは派閥で決まる」という次第だった。

当時の「造総」メンバーが今日まで保存している「造総」の腕章。そこに印刷されている「西蔵」の「蔵」の字〔草冠に上〕は非公式な簡体字である。

注目に値するのは、ずっと軍隊による統治が続いていたチベットで、決して真空状態ではなかった兵営に向けて、派閥の風が猛烈に吹き込んだことである。比較すれば、「大連指」支持の軍人は軍内の上層部も含めて「造総」支持の軍人を上回っていた。

チベットの権力者はというと、区党委宣伝部副部長兼『西蔵日報』編集長の金沙、区党委常務委員兼組織部長の恵毅然、ラサ市党委第一書記の何祖蔭ら関係者一同をスケープゴートにしようと最初から考えており、彼らに「資本主義の道を歩む実権派」、「反動的な学術権威」のレッテルを貼った上で、文革開始当初、鳴り物入りで批判を行わせた。しかも、「四旧打破」の運動を、上から下へと大衆を「決起」させて革命をやる政府の行為にすり替えてしまった。

まさしく、かなりの程度、権力者が自己保身から闘争の方向転換を企んだものであり、「翻身農奴」たちが「四旧打破」の過程で、「三大領主」に対する満腔の「階級の恨み」や「民族の憎悪」を晴らす代わりに、自分らの手中にある権力の奪取には無関心でいるよう期待したのだった。ところが、それは徒労に終わり、張国華をトップとする権力者たちも結局は革命の烈火に身を焼かれる運命から逃れられなかった。

しだいに、両派は各地区、各県、果ては農村や牧畜区にまで勢力を伸ばし、文革への参加禁止を厳しく命じられていた国境地区（北京の規定では、チベットの七一の県のうち、国境沿いにある二五の県が文革を行うことを許されなかった。例えば、ガリ〔阿里〕、ツォナ〔錯那〕、トモ〔亜東〕、ニェラム〔聶拉木〕、キロン〔吉隆〕、プラン〔普蘭〕などの町や国境警備拠点がそうだった）を除いて、チベットのほかの地方はことごとく両派の紛争に巻き込まれた。「牛鬼蛇神」以外は、ほとんどの人々が「造総」か「大連指」かという選択を迫られ、そうした状況から超然としていることは非常に難しかった。多くの人にとって、どの派を選んで参加するかは一種の大勢順応式の行為であり、まず、ある派に加わり、情勢の変化に応じて別の派に鞍替えするといった調子で、それは「戈を反対に向けて一撃を加える〔寝返りを打って味方を攻撃する〕」と称された。

表面的に見れば、両派はお互いに水と火のように相容れなかったが、実際はイデオロギーのレベルではまったく一致していた。つまり、両派はともに自分たちこそが真のマルクス主義者であり、毛沢東とその思想の守護者であるとの立場を堅持していたのである。しかし、かつての「大連指」メンバーが今日語った話を紹介すれば、こういうことだ。

「私が思うに、両派はともに似た者同士で、ドングリの背比べみたいなもの。いずれもが『毛主席万歳、万歳、万万歳』を叫び、使うものといえば毛主席の語録だ。いずれにせよ、赤色政権永遠なれといったことが目的であり、これは両派の共通点だった。だから、みんな同じで、どっちが正しくてどっちが間違っているとはっきり言うことはできないよ」

実際、煎じ詰めれば、互いに対立していた両派のそれぞれの目的はいずれも権力にあり、造反派であれ保守派であれ、権力だけを狙い澄まし、従来の権力システムに衝撃を与えたこの革命の中で、権力を奪い取り掌握することを望んでいた。これこそが両派の最大の共通項であった。

権力を獲得するため、両派は「奪権」と称する争奪戦を繰り広げた。最初のころのやり方は「文闘」といい、全人民が参加して言論や文章を用いて容赦なく批判を行った。きな臭さに満ち溢れた大字報、大討論、大批判、経験大交流が激しく展開され、双方の論点や行動が真っ向からぶつかりあった。ついには「武闘」へと向かい、犠牲者を生む流血の内戦に陥った。しかし、両派は絶え間なくがやがやと権力闘争を繰り広げ、「有為転変はなはだし、わが世の春も常ならず」といったありさまであった。

説明しておく必要があるのは、二年余に及んだチベットでの武闘は、その影響の深刻さ、破壊の激しさ、後々の災難のひどさ、真相不明事件の多さから、本書が概括、総括できるものではないということだ。その上で強調しなければならないのは、「四旧打破」の風潮は収まることなくずっと継続し、果ては両派の革命性が徹底しているかどうかを見分ける基準に変わってしまったことである。なかんずく、広大な農村と牧畜区において、非常に長い歴史を誇る寺院や古跡が廃墟と化し、伝統的な生産方式や生活様式、道徳観念が貶められたことにより、チベットで発生した文化大革命は案の定、チベット文化全体に対する大革命となった。

残念ながら、私はこの段階の状況を、もっと詳しく物語る写真を探し当てることができなかった。私の父はかつてチベット軍区軍事管制委員会宣伝組の一員だったものの、彼が残した数百点の写真の中から、両派の武闘にまつわる写真は見つからなかった。というのは、一九六八年夏から一九六九年春にかけて、彼は老父と弟妹に会うため、休暇をとってカムの郷里に戻っていたからである。当時、父は私の母と二歳になったばかりの私も帯同していた。しかし、この時期、ラサの武闘はまさにピークを迎えていた。彼は現場におらず、記録をとって保存することはかなわなかったのである。

一方、当時の新聞にしても、今日の大事記〔主要な出来事を年月を追って記録した資料〕など政府側の書籍にしても、この間の歴史については記載しておらず、問題に触れるのを避けている。両派がそれぞれ発行した機関紙（十数種類に上るとされ、チベット語版もある）には意外と多くの記事が載っているものの、これらの民間の小さな新聞の発行部数は高が知れており、しかも今となってはそれらを探し求めるのは至難の業だ。

加えて、チベットは自然環境の面でも人為的な意味でも特有の隔絶状態にあったことから、チベットで発生した派閥闘争はほとんど知られることがなかった。このため、チベットで文革期に武闘が発生したとはいえ、多くの文革研究者の目には、中国各地のそれとは比較しがたい出来事と映った。実際にはどっちも似たり寄ったりであり、同じように麻のごとく乱れ、同じように至るところ傷跡だらけとなり、同じように人命が軽んじられたのであるが。

ここでは、私の取材と関連資料に基づいて、両派の文革中の重大な出来事から、最も主要な数項目を選び、簡単に記録にとどめて回顧するのが精いっぱいである。

これは当時の「大連指」メンバー（チベット人。チベット民族学院を卒業し、定年退職前は自治区放送局に勤務）が保存しているノートの二頁。そこにはこう記してある。

「……文化大革命が始まったころ、私はほかの同志と同様、最大限の革命の情熱を戦闘に注いだ。後になって、多くの事実を目の当たりにし、しだいに疑問を抱くようになった。多くのベテラン幹部は共産党のためにたくさんのいい事をした功労者なのに、なぜすぐさま打倒しなければならないのか。各レベルの共産党組織は蹴っ飛ばされて機能マヒに陥ったが、革命と建設は誰が指導するのか。ある者はどうして天下が乱れることばかりを望み、あれこれ策を弄して大衆の中に分裂、武闘、流血をもたらすのか。なぜ好き勝手に人を捕まえ、引っ張り出してつるし上げるのか。これは毛沢東思想に合致したことなのか。このままいったら、国はどんなふうになってしまうのか。私は黙りこくってしまった。一部のベテラン幹部がわけもなく街頭に引きずり出されて引き回しにあい、つるし上げられるのを見て、涙がこぼれるのを禁じえなかった。生産が破壊され、人民の生命と財産が損なわれるのを目にして、憤懣やるかたなく、夜も眠れない」

血と炎の対決

一九六七年一月六日、上海で発生した「奪権」行動[7]〔上海一月革命〕は毛沢東の称賛を浴びた。中国各地では、大胆にも『文匯報』[8]の権力を奪取した上海造反派をまねる動きが続々と現れ、奪権の嵐が吹きすさぶ中、各地の省党委員会は相次いで瓦解した。同じくこれに奮い立ったチベットの造反派は一月一一日夜、『西蔵日報』の奪権を宣言したが、それは「造総」が発動した最初の攻撃だった。すぐその後、新華社チベット支社、自治区放送局、ラサ臨時市党委員会および市人民委員会、さらに自治区の各部、委員会、庁、局が次々と奪権された。

『西蔵大事輯録（一九四九‐一九八五）』によると、一月一三日、「ラサ革命造反総司令部」、「ラサ革命造反公社」および「首都チベット造反革命総司令部」は、ラサの三百余の「造反組織」を代表して、約二万人規模の「プロレタリア革命派が大連合し、資本主義の道を歩む実権派から奪権する総決起大会」を開催した。大会は毛沢東に敬意を表す電報と「チベット全区の人民に告げる書」を採択するとともに、たいまつ行進を行った。

全中国を席巻した奪権の嵐は社会の全面的な動揺を引き起こした。中国各地の最高責任者は同時に軍の要職を兼務している。彼らの抗議を受けて、毛沢東は軍に対して造反派の行動に介入するよう命令、乱れた秩序を軍によって回復することを望んだ。その上で、二月上旬、「『右派』の大衆組織が部隊を攻撃することは断じて許さない……部隊は自衛のために発砲してもよいが、それは騒動を先導する『右派』の中核的活動家を鎮圧する場合に限る」との指示を出した。そこで、全軍は上から下まで「右派」を鎮圧してよいとの命令を受け、いわゆる「右派」はことごとく「奪権」造反派と決めつけられてしまった。このため、各地で激しい衝突が起き、多くの死傷者が出た。

『西蔵日報』の接収管理に出向いたチベット軍区はどちらかと言えば慎重な姿勢をとり、「造総」に発砲することなく、『西蔵日報』の社屋全体を包囲して軍事管理を行った。数日後、陶長松ら「造総」の中核的活動家一二人が逮捕された。こうして、軍の圧力の下、最初の手合わせは「造総」の挫折で終わった。

時を移さず、毛沢東は、文化大革命に不満を抱く軍内の実権派が文革の最大の脅威であると気付いた。このため、軍によるこのたびの報復行為は「二月逆流」[9]として非難され、全面的に否定された。一九六七年四月一日、中央文革小組は「四・一指示」を通達し、造反派の名誉回復を図る方針を示す一方、造反派鎮圧を停止するよう軍に命じた。七一日間にわたって監禁されていた陶長松は釈放され、「造総」は返り咲きを果たし、「大連指」はしばし勢力を失った。

一九六七年四月、得意満面の「造総」はラサで一万人規

「ラサ革命造反総司令部」の記章

模の大衆大会を開き、「大連指」を激しく非難した。中国各地からチベット入りした無数の紅衛兵たちが声援を送る中、そこには清華大学から再び戻ってきたダワ・ツェリンとガワン・ツェリンの姿があった。彼ら二人はもともと二月下旬、四十数名の「首都紅衛兵」と一緒に、チベット軍区の二台のトラックに乗せられ、川蔵〔四川 - チベット〕公路経由で四川省の成都へと送還されていた。これらの世間知らずの学生たちはチベットから追い出してしまうということだったのである。しかし、「四・一指示」が出された後、彼らは先払いを先頭に立てて屋敷に戻るがごとく、再びラサに帰還した。かつて取り締まりにあった「造総」の精鋭組織「土皇帝〔地方ボス〕打倒連絡委員会」は復活を果たした。

これらは当時の「造総」メンバーが今なお保存している赤い腕章である。残念ながら、「大連指」の赤い腕章はまだ見つかっていない。わが家で以前収蔵していたものはあったが、その後の度重なる引っ越しの中でとうとう紛失してしまった。

陶長松は引き続き「造総」の総司令官を務めた。「釈放されてから、何をやったの？」。私がそう尋ねると、彼はこう答えた。

「私たちはそのまま続けて加わったのでね、また総司令部に戻り、やっぱり中核組織の人間になったんだよ。私たちのことを反革命であるとは言っていない以上、われわれは間違っていない、中央は名誉回復してくれた、さあ、続けてやろう、というわけさ。もちろん、経験と教訓を総括することは避けられず、組織をちょっといじくった。私たちが釈放されてから、すぐさま武闘が発生したんだ」

一九六七年五月、張国華が四川省の最高責任者に転出した後、チベットの高級幹部たちは張が残した権力の空席を争って分裂し、それぞれ「大衆組織」を利用して陰に陽にしのぎを削った。ほどなくして、中央文革小組副組長の江青[10]が七月二二日に「文攻武衛」に関する講話[11]を発表したことから、全国的に武闘が大きな高まりを見せ、武闘に合法的な根拠が与えられた。ラサでは市街戦が勃発し、さらに市街戦は戦略拠点に対する攻撃へと発展した。チベット各地でも武闘が頻発し、例外は軍事管制下に置かれた一部の国境沿いの県だけだった。『西藏日報』はついにいったん発行停止に追い込まれてしまった。

当初、武闘の武器は非常に原始的なもので、何と石ころやウルド〔チベットの放牧用具の一種〕、たがね、長短のナイフなどが用いられた。このほか、昔の信者が不殺生を誓って寺院に納めた矛、鎧兜などの古い武具、果ては旧式の方法で手作りした銃器と薬包までが使われたとされるが、すぐに本物の銃と実弾が登場した。これらの武器はどこから来たのか。当時、「おおっぴらな略奪、人目をはばかる引き渡し」という言い方があったが、これは同じく派閥抗争を抱えていた軍隊が、両派間で公平な調停役を務めることができなかったばかりか、反対に銃器と弾薬をひそかに両派に提供したり、両派が武器庫に入って略奪するのを放任したりしたことを指している。

武闘の中では、どちらの派も同じように荒々しく残酷だった。銃砲などの武器を用いて相手を死地に追い込むだけでなく、耳をえぐる、鼻を削ぐ、

廃墟と化したシデ・タツァン（上）とシデ・タツァンの廃墟内の損壊した壁画（下）。2003年3月19日撮影（2018年、当局は廃墟を撤去し、その場所に新しい建物を建てたが、書き換えられた歴史を改めて物語ると同時に、現代の歴史の中で赤色テロがもたらした災難を消し去っている）。

手足を切断するなどの原始的で残虐な刑罰がしばしば行われ、鉄クギを打ち込まれて無残な死を遂げた「造総」メンバー二人の屍がパルコルの街頭にさらされたこともあった。

多くの古い家屋や建物がめちゃめちゃに破壊された。「四旧打破」の中ですでに破壊された多数の寺院が引き続き災難にあった。これらの寺院は目立つ場所に位置し、敷地も広大であることから、両派の拠点となった。例えば、ラモチェ寺、ツェムンリン寺は「大連指」の放送局となり、ジョカン寺、テンギェーリン寺、シデ・タツァンには「造総」が放送局を置いた。「文闘」期間であれ、「武闘」期間であれ、放送局は両派の非常に重要な宣伝拠点であり、それゆえに放送局を標的とした激しい戦闘がかなり頻繁に繰り広げられた。これらの寺院も度重なる戦闘の中で被害を免れることができなかった。例えば、シデ・タツァンの四層の仏殿は三層が残骸をさらすのみとなり、その後、僧房が解放軍の兵舎と化し、さらにチベット劇団、黄梅戯劇団の駐在地になった。ゲルク派の重要な密教学堂〔下密院、ギュメー・タツァン〕の東隣にあるムル〔木如〕寺は、話劇団と豫劇団の駐在地となったが、飲み食いや大小便の汚物にまみれて、まるでちまたの雑居住宅のようになってしまった。

チベットの武闘は北京を驚かせた。九月一八日、周恩来と江青ら中央文革小組のメンバーたちはチベットの軍および地元主要幹部たちを接見し、わざわざ「チベットの武闘の制止に関する五項目の指示[12]」を通達した。しかし、武闘はもはや制御不能に陥っており、ますます激しさを増した。

チベットで起きた武闘は、東部のチャムド地区が最もすさまじく、打ち殺された者は二〇〇人余りに上ったとされ、当時の中国の都市人口から言えば、犠牲者の比率は非常に高かった。チャムドの「大連指」と「造総」はそれぞれ自分たちの「烈士陵園〔革命烈士の公園墓地〕」を持っており、死者の中にはチベット人もいれば漢人もいた。

武闘が激化した主要な原因は、武器庫が略奪されたことにあった。一九六八年初めのチャムドの武器庫略奪を自ら体験した「大連指」のメンバー〔彼の名前はティンレー・トプギェルといい、私の母方のおじである。定年退職前はチベット社会科学院古籍出版社の社長だった。故人〕が、事件の経緯を事細かに私に語ってくれた。彼によれば、武器庫の中の状況はこんな感じだった。

「どんな銃だって弾薬だってすべて揃っていたよ。五四式拳銃や七九式狙撃銃、チベット兵が昔使ったイギリス銃などのほか、手榴弾、重機関銃、軽機関銃、十一年式軽機関銃もあったね。さらにロケット砲まであり、テレビで見た、タリバン〔アフガニスタンのイスラム原理主義組織〕が使っている武器と同じだったよ。俺たちは全部で三‐四回、略奪をやった……『造総』は『大連指』が銃を略奪していることをもちろん知っており、連中も銃を奪いに行った。俺たちがきょう略奪をやったら、連中は翌日に略奪をやるという案配で、いずれも押し入ったのはくだんの武器庫だった。どっちみち、武器はいくらでもあり、全部は奪えなかった。部隊側には派閥があるから、それぞれが自分たちのセクトを支持していたよ。けれども、部隊の人数は非常に少なく、当初は一個小隊だけだった。そりゃあ、たいしたことないよ、銃を奪いに行く方は何百人もいるんだからね。略奪が始まったばかりのころは部隊側も阻止するつもりだったが、結局は二、三人で一人の兵士をどっと押さえ込んでしまうので、兵士は動くに動けず、成り行き任せになって両派による略奪が行われたんだ。それ以降の武闘は手に負えなくなったよ」

略奪にあった武器庫のうち、ザム〔扎木〕武器庫ではとりわけ深刻な略奪事件が起きた。ザムは小さな田舎町で、チベット東部ポミー〔波密〕県の県政府所在地だが、当時、行政区画上はチャムド地区に属し、一九八三年、ニンティ〔林芝〕地区に組み入れられた。ここにはチベットで最も古い木材加工業基地や機械工場、輸送ステーション、地質調査隊、橋梁工事隊、住宅建設隊などがあったほか、兵営、兵站、食糧倉庫および武器庫も配置されていた。このほか、多くのチベット人の政治犯が拘禁されていたザム監獄があり、かつてはチベット自治区公安庁第二労改〔労働改造〕隊という名称だった。

　両派が出現した後、労働者がたくさんいるザムは基本的に「造総」の天下になった。「大連指」の勢力も見られたものの、非常に弱体だった。すでに故人となった体験者のロサン・ニマは当時、「造総」のメンバーで、そのころの経緯を私に語ってくれた。

　一九六八年夏、ザム鎮〔鎮は町に相当〕に置かれている武器庫が現地の一〇〇〇人にも上る「造総」メンバーの略奪にあった。この武器庫を守備する軍人たちも「造総」を支持したとのことで、彼らは持ち去られる武器を、拱手の礼をもって見送ったと言っていい。しかも武器庫には多量の銃、弾薬があり、一個師団の装備を賄えるほどだった。略奪された大量の武器はラサ、チャムドなどへ運ばれ、瞬く間に「造総」の力をぐんと増強させ、チベットの武闘をエスカレートさせた。一方、多くの武器があちこちで流出し、翌年のいわゆる「再反乱」の際に軽視できない影響をもたらした。それは当局にとって最も頭の痛い出来事であった。

　一九六八年六月七日、チベット文革史上、最も驚くべき殺傷事件の一つである「六・七ジョカン寺事件」がラサで発生した。かいつまんで説明すれば、事の成り行きは以下のようなものだった。

　ジョカン寺は「造総」が拠点として占領していたが、三階の「日光殿」およびそれとつながっている、通り沿いの付属の仏殿には放送局が置かれ、数十人の「造総」メンバーが防衛のため駐屯していた。いずれもワパリンなど居民委員会の住民紅衛兵とラサ中学の紅衛兵だった。この放送局の宣

上：当時、「六・七ジョカン寺事件」の記事を掲載した「造総」の機関紙『紅色造反報』（チベット語版）。

下：「六・七ジョカン寺事件」を記念してわざわざ作られた毛沢東バッジ。1セット3個で特製の赤い記念ケース付き。バッジの裏には、毛が1968年11月14日にわざわざ発した指示――「軍の指導者は部隊が行った悪事を庇い立てせず、被害を受けた人民のために冤罪をそそぐこと。それが国家隆盛の態度である」――が刻まれている。バッジの発行元はチベット自治区革命委員会とチベット軍区である（これらの赤い腕章、毛沢東バッジ、『紅色造反報』はいずれも当時の「造総」メンバー、ソツェ・ラー〔ソツェさん〕が収蔵していたものである。彼の妻は重傷を負った放送係のタムティンだが、文革後、交通事故で死亡した。機関紙は当時の原物で、ほとんど開いたことがなかったため、真新しいままだ。私は2003年1月、彼の家で写真を撮った。彼はすでに病没した）。

2001年6月、私は王力雄を伴ってラサ西方のデプン寺の下にある烈士陵園に行き、父の墓参りをしたついでに、ブラックリストに載せられた要注意人物のように囲いで隔離された紅衛兵たちの墓地に詣でた。王力雄は、チベット文革に関するこの目撃証言の本は必ず完成させるんだよと私を励ましてくれた。こうして、数年の歳月を費やすことになるこの本の草稿は、父と12人の若いチベット人の墓前で最初のかたちを現したのである。あたかも彼らの霊魂が私に託した使命のようであった。

伝攻勢はすさまじく、「大連指」と軍隊の保守派を痛烈に非難する声が一日中、ラサ市内に響き渡っていたという。

このため、ジョカン寺は六月七日、パルコルのスルカン屋敷に居住していた秦劇団とラサ市歌舞団の団員たちにまず包囲され、これに続いて「大連指」を支持するラサ警備区部隊による武力攻撃を受けた。現場では寺院内で一〇人、近くの通りで二人がそれぞれ打ち殺され、多くの負傷者が出た。

よく通る大きな声の持ち主だったことから「高音（カオイン）〔ソプラノ〕」と呼ばれた放送係のティンレー・チョキーは、腹部を突かれて腸がどっと外に飛び出したため、琺瑯のコップで傷口を塞いだが、口ではなお「決心を固め、犠牲を恐れず……」と、『毛主席語録』の一節を大声で叫んだ。もう一人の放送係、タムティンは銃弾が軍帽を貫通して頭皮をかすり、あやうく命を落とすところだった。手榴弾で足を引きちぎられたが、その後、病院で応急手当を受け、運よく生き延びることができた。

戦いが早々に終結し、解放軍がジョカン寺を占拠した後も、秦劇団の団員はさらに突進してけが人を殴打したという。それから、死傷者たちは馬亘に乱雑に積み上げられ、「蔵医院」の入り口まで運ばれたが、ラサ市中のうわさを耳にしてやって来た野次馬たちがそれをぐるりと取り囲んで見物した。

ジョカン寺で発生したこの血生臭い事件はラサ中を騒然とさせ、北京に衝撃を与えた。両派から特派された責任者が北京へ急行して報告を行った後、毛沢東と林彪はともに指示を出し、チベットの軍当局を批判した。これを受けて軍側は「造総」に謝罪し、一部の将校たちを処罰した。「造総」は直ちに『紅色造反報』のチベット語版、中国語版の両紙面で詳しく報道し、毛沢東の指示を書き入れた毛沢東バッジを特別に作成したほか、大掛かりなデモ行進を行った。この事件で落命した一二人はラサ西郊の「烈士陵園」の中にわざわざ造られた小陵園に埋葬され、さらにチベット軍区とチベット自治区革命委員会によって碑も建立された。

これらの一二人はいずれもチベット人で、しかもほとんどがラサの人間だった。平均年齢は二〇歳余り、最年少は一七歳の少女だった。取材の過程で、ある人から、激しい憤りを覚えるような話を聞いた。本来、「烈士」として追悼された一二人は、一年後、死んでもなお償い切れない罪があるといわれ、棺を掘り起こされて、屍を野外にさらされた。何体かの屍は遺族に引き取られたが、残りは野犬に食い荒らされるままに放って置かれた。ところが、不思議なことに、墓穴はどれもこれもとっくに空っぽだったにもかかわらず、ほどなくして墓地はまた元の状態に戻された。

現在、烈士陵園の一角にはなおこの特殊な墓地が残されている。雑草が一面にぼうぼうと生い茂る中、荒れ果てた前庭には家畜の飼料が積まれ、墓にはすでにヒビが入り、碑文もはっきり読めない。例えば、事件全体の経緯がいかなる公開文書にも見当たらないように、わずか数十年で、いきさつをはっきり語れる者が一人もいなくなったかのようであり、またわざと一言も触れないかのようでもある。かくして事件自体がほとんど埋もれてしまった。どうしてこうなったのか。

「六・七ジョカン寺事件」の後、「大連指」は勢力を失い、「造総」は敗勢を逆転して勝利した。九月五日、チベット自治区革命委員会が成立し、両派の親玉の陶長松と劉紹民はともに副省長クラスのポストである革命委員会副主任に任命された。一一月九日、「大連指」は総本部の解散を宣言すると同時に、『風雷激戦報』の発行を停止した。一一月一三日、チベット軍区はラサ人民体育場で「造総」の名誉回復大会を開催した。

しかし、それでも事態が落ち着くことはなかった。一九六九年三月から、チベットのチャムド地区、ラサ市の郊外県、シガツェ地区、ナクチュ〔那曲〕地区などでチベット人が相次いで比較的規模の大きい抵抗事件を引き起こした。[13]当時、情勢は極めて深刻であると受け止められた。これらの一連の事件の中では解放軍の軍人が打ち殺されており、一般人のみが犠牲になったそれ以前の武闘とは性質を異にしていたことが主な理由だった。これに激怒した北京の中央指導部は軍に武力鎮圧を断行するよう命じ、事態はついに身も震えるほどのおぞましい段階へと突入した。

今日、これらの一連の事件は当局の公式の出版物では「反革命暴乱事件」と命名されているが、当時は「再反乱（再度の反乱）」と定義されていた。いわゆる「再反乱」とは、一九五六－五九年にチベット全域で発生した、共産党政権に対するチベット人の武装抵抗事件〔チベット動乱〕を受けた言い方である。中共に「反革命反乱」と規定されて虐殺・鎮圧が行われた結果、ダライ・ラマとチベットのカシャがインドへ亡命することになり、数万人の難民もまた郷里から逃げ去った。

それでは、一九六九年に発生した一連の事件は中共政権に反抗した第二次「反乱」ということになるのかどうか。どうして当局は言い方を変えて、当時規定した「再反乱」を「反革命暴乱」に改めたのか（事実上、現在の「ニェモ〔尼木〕烈士陵園」では、相変わらず、「ニェモ事件」は「両九」反乱に属するとしている。いわゆる「両九」とは一九五九年と一九六九年を指す）。この変化の背景には、いったいどんな秘密があるのか。

当時、チベット自治区には全部で七一の県があり、「再反乱」に巻き込まれた県はなんと五二（一八県が「全面的な反乱」、二四県が「局部的な反乱」とそれぞれ認定された。さらに一部の県は「反乱を計画した」とされた）を数え、七四パーセント近くを占めた。関係者は数え切れないほどの大人数に上り、陶長松が明らかにしたところでは、自治区の関係統計資料は全区で一万人余りに嫌疑がかけられたとしているものの、この数字は不当に低く見積もられていると考えられるという。

「もし、こんなにも多くの者に『反乱』の嫌疑をかけるとすれば、共産党は自分で自分の顔に泥を塗ることにならないか。チベットにおける共産党の長年の実績は消えてしまったのか。毛主席の威信もどこへ行ってしまったのか」

彼は皮肉を込めてそう語った。したがって、当時発生した暴力事件は「再反乱」ではなく、「大衆組織」の間の武闘だった――彼は今に至るまでその考えを変えていない。この点からすると、陶長松は当局のチベット占領の合法性を擁護する利口者なのであろう。

当時、ラサ近辺のニェモ県とチャムド地区のペンバー県で起きた暴力事件は、時期がおおよそ同じで、性質も基本的に似通っており、これらの一連の事件の中でいちばん目立っていた。事件後の調査で判明したことだが、意味深長だったのは、むしろ旗を掲げて立ち上がった反抗者たちの中に、「三大領主」出身者がいなかっただけでなく、一九五九年の「反乱」の参加者もおらず、全員が「翻身農奴」と言うべき人たちだった点である。

「ニェモ事件」の指導者はティンレー・チュドゥンという名前の尼僧だったが、まだ若い彼女は農村に暮らす貧乏な尼さんにすぎなかった。彼女は共産党に解放された「翻身農奴」と言ってよく、寺院を離れて還俗し、農業に従事するよう求められた。さて、「三大領主」ではなく、「翻身農奴」である以上、「三大領主」の抑圧と搾取から自分たちを解放してくれた「チンドゥー・マーミ（解放軍兵士）」に対して、こんなにも根深い「階級の恨み」と「民族の憎悪」を抱くはずがないのだが、それでは話の筋道が立たないのである。

まさしく、かつて「ニェモ事件」を平定する解放軍に従軍した新華社チ

前　言

尼木烈士陵园，为纪念平息1959年反革命叛乱牺牲的革命烈士而建，位于尼木县城西约1.5公里处。始建于1965年，改建于2001年。

1959年3月，为平息达赖分裂集团组织策划的反革命武装叛乱，打击分裂势力的嚣张气焰，驻藏人民解放军某部奉命对盘踞在前后藏的结合部——尼木县境内的土匪进行追剿。在剿匪过程中，13名解放军官兵和数名人民群众献出了宝贵的生命。

1969年，为宣传党的路线方针政策，巩固民主改革胜利成果，遵照上级指示，驻藏人民解放军某部派出14人工作队进驻尼木开展工作。但“藏独”势力和分裂分子亡我之心不死，他们为复辟政教合一的封建农奴制度，公然与我人民军队和地方政府为敌。同年六月，当工作队进驻帕古区（现帕古乡）开展工作时，以仁穷、赤列曲珍等为首的反革命叛匪，组织、策划并实施了一场屠杀解放军、地方干部和进步群众的武装叛乱。他们采取极其野蛮的法西斯暴力手段，杀害解放军官兵、地方领导干部和进步群众达36人之多，并致使10余位群众终身残疾。

驻藏人民解放军平息尼木“两九”叛乱的胜利，对于粉碎达赖集团和敌对势力的分裂图谋，巩固民主改革胜利成果和基层政权，维护社会稳定和民族团结，具有十分重大而深远的意义。为记载历史，慰籍和缅怀先烈，感召和激励后人，加强全民国防教育和爱国主义教育，拉萨市人民政府和拉萨军分区决定，将尼木烈士陵园重新整修后，作为拉萨市爱国主义教育基地。

二00一年八月一日

2001年に新たに整備された「ニェモ烈士陵園」。「ラサ市愛国主義教育基地」に指定されている。これらの「ニェモ事件」関連の写真は2005年11月、私と王力雄が「ニェモ烈士陵園」陳列室で撮ったものである。陵園の管理人のチベット人の男性が墓の前で念仏を唱えながらチンコー酒を飲んでいたが、すでに酔っぱらっていた。

ベット駐在記者、パサン（仮名、チベット人）が、私の取材に次のように述べた通りである。

「この事件は本来、内部の武闘として処理できた。しかし、あんなにも多くの丸腰の解放軍兵士が殺されたことから、おそらく武闘というわけにはいかなくなったのだろう。犠牲になった将兵たちは突然襲撃されて打ち殺された。そこには、明らかに一種の憎しみの心理、敵意の心理が働いていた。普通の武闘ではなかったし、文化大革命のさなかに口車に乗せられたというような、ありふれた問題でもなかった」

庁〔局〕クラスの役職にあるチベット人政府職員、チュンニー（仮名）は当時、軍が「ニェモ事件」鎮圧後に開催した巡回展覧会の説明係を務めたが、今なお怒りを隠さずにこう語る。

「一九六〇年代末に起きたあのような惨劇は、チベットの『平和解放』[14]後はもとより、一九五九年三月の『反乱平定〔チベット動乱鎮圧〕』の時でさえも発生したことがなかった。一九五九年のチベット『反乱』はかなり大規模だったが、部隊であのような状況は生じなかったし、あんなにも悲惨な敗北を味わうこともなかった。何と一九六九年にあんなことが起き、びっくりさせられたが、実際のところ、あれは『再反乱』と言えるものだった」

しかし、もしそれが間違いなく事実であるなら、こう問い詰めなければならない。これはなぜなのか、と。

チベット「解放」から何年もたっていたのに、なぜあんなにも多くの「翻身農奴」たちが、義として後に引けないとばかりに、解放軍の将兵を殺害することができたのか。ただ単に、当時、「支左」（「左派支持」の意味で、毛沢東がそれを指示した）を掲げた解放軍が「造総」を支持しなかったためか。それとも、彼ら自身が解放軍だからという理由によるものなのか。例えば、ティンレー・チュドゥンが指導した村民たちは、青龍刀（幅広の大刀）や長い矛、太縄や石ころで、熟睡中の数十人の解放軍兵士や積極分子を殺した。その目標の明確さと現場の血生臭さは、通常の武闘における派閥間の殺し合いとは明らかに性質を異にしていた。

また、例えば、「ペンバー事件」のさなかには、四人の若い農村女性がロープを用いて解放軍兵士を無残にも絞め殺すという事件が起きた。では、これに類したもろもろの出来事は、共産党が自らつくり上げた、党の恩義に深く感謝する「翻身農奴」というイメージとあまりにもかけ離れていないか。これは文革中、チベット民族の民族主義が実際には存在していたことを意味しているのか。もし存在していたとすれば、それは初めから陰に隠れており、チャンスの到来を待って一気に爆発したのか。あるいは、「解

チベット人を指導して武装蜂起した「ニェモ・アニ」ことティンレー・チュドゥンの処刑前の写真。目撃者はこう語っている。「彼女がスローガンを叫んだり、人心を惑わしたりすることを恐れて、彼女の気管を切り裂いただけでなく、頬を串刺しにするように針金を何本か突き通して頭の後ろできつく縛った。口も顔も血だらけで、胸にも血が流れ、むごたらしくて見るに忍びなかった」

僧侶のチャンパ・テンジンである。ラサの公開裁判で処刑された「ニェモ事件」関係者の一人で、ティンレー・チュドゥンの師だったとされる。

放」という神話が「植民」という真相に取って代わられるにつれて徐々に生まれたのだろうか。

さらに、これらのすべてのことは、どのような形で表れたのか。一九五六－五九年にチベットの各階層で起きた民族主義運動と似通っているのか。あるいは、低層の民衆を源とする別の形の民族主義運動なのか。もし本当にそうであるなら、最底辺のチベット人までもが憤然と決起したわけであり、共産党が丹精込めて造り上げた「新チベット」はまさしく最低限の土台をも失ってしまったということになる。だが、それは、強権者自身が認めたくないことだったし、人々に知らせたくないことでもあった。

「ニェモ事件」、「ペンバー事件」など一連の事件は、チベット文革史上、最大の疑獄であり、また最大の殺傷事件であったと言っていい。それぞれの対立する立場、矛盾した叙述、さらに当局の行動と言い分には深く考えさせられるものがある。

いわゆる「再反乱」鎮圧、実際には大量虐殺であった軍事行動が終了した後に起きたのは、ほかでもなく大掛かりな逮捕、監禁と公開処刑だった。尼僧のティンレー・チュドゥンはチベットでは知らない者がいない「反動分子」となった。彼女は「再反乱」を罪状として公開裁判にかけられて処刑された第一陣一八人のうちの一人だった。おそらく一九七〇年二月のことであるが、その当日、ラサの人々はほとんど総出で公開裁判大会の会場――ラサ人民体育場および南郊一帯の流沙河刑場――へ駆り出され、見るほどに心が痛む「階級教育」を受けた。

当時、「反乱分子」の銃殺のほかに、「反逆分子」の銃殺も行われ、これらはいずれも各人各様の「現行反革命分子」だった。多くの人が恐怖と貧困に耐え切れずにインドなど周辺国へ逃亡したが、一部の者は不幸にも捕らえられ、「反逆分子」の罪名で厳罰処分を受けた。このうち、トゥプテン・ジクメという名の若者はラサ中学高六六年組〔高級中学一九六六年卒業組〕の生徒で、女友達の華小青（チベット人と漢人の間に生まれた）と逃亡中に捕まった。華小青は監獄で監視人に強姦され、その夜、自殺を図った。トゥプテン・ジクメは公開裁判で処刑された。

「牛鬼蛇神」とされたサンポー＝ツェワン・リンジンの息子はインドへ逃

①-⑤：ラサ人民体育場で開催された「ラサ市革命委員会公開裁判大会」の情景。

げようとしたことから、銃殺された。一緒に逃亡を企てた者は三人おり、うち二人は銃殺、残り一人の女の子は二〇年の判決を言い渡された。一九五八年にチベット軍区副司令員を務めたサンポーは、こともあろうに息子が解放軍の銃撃によって落命するのを目の当たりにした。息子を救うことができなかった彼の胸中はいかばかりだったろうか。

いわゆる「国の裏切り者」は、国外逃亡の計画を抱いただけで身の破滅を招く恐れがあった。例えば、ロカ〔山南〕のギャツァ〔加査〕県とチュスム〔曲松〕県の間のポタン・ラ〔波堵拉〕で道路工事があった時のことである。「領主」ないし「代理人」の家柄の出身である何人かの若者が生活の苦しさと精神的な抑圧に耐え切れなくなって会話の中で国境を越えてインドへ逃げる考えを漏らしたところ、ある仲間に密告され、道路工事隊の指導者から上部にすぐ報告が上がった。ラサから解放軍の軍人が派遣され、これらの若者たちは全員逮捕された。ほどなくして一六歳のトプジョルと一四歳のツェトプが公開裁判で銃殺され、一八歳のソナム・レクタは獄中で打ち殺された。かつて中共におおいに褒めたたえられた「愛国上層人士」の転生僧ツァドゥクの一六歳の甥は二〇年の判決を受けたが、後に釈放されてからやはりインドへ脱出し、以来、戻っていない。

「一罰百戒」の効果を上げるため、当時はこんなやり方が流行した。

一つは、死刑判決の布告を至るところに貼り出し、処刑される者の写真や名前の上に、よく目立つバッテンを書き入れる方法だ。もう一つは、人々を動員して大衆参加の公開裁判大会を開き、終了後に解放軍兵士の監視下で罪人をトラックに乗せて市内全域を引き回し、さらに刑場まで連行して銃殺する方法である。罪人は針金や縄で首を縛られていたため、中には刑場に到着する前に無残にも息絶えてしまう者もいた。公開裁判であれ処刑であれ、その親族は必ず前列に立って「教育」を受けなければならず、しかも遺体の引き取りを許されないだけでなく、縄や弾の代金を納める必要があり、同時に、共産党が「階級の敵」を消滅してくれたことに感謝の意を表明しなければならなかった。苦痛に耐え切れずに獄中で自殺する者も多く、虐待されたあげく死亡する者もいた。

「ラサ人民体育場」と名付けられたポー・リンカ〔波林卡〕は数万人が集まる公開裁判大会の会場となり、しかも処刑場はセラ寺の鳥葬台の付近、シェタプ水力発電所わきの鳥葬台の付近、ツェル・クンタン鳥葬台の付近、クルツァ留置所わきの鳥葬台の付近、北郊の流沙河一帯など何か所もあった。説明しておくと、鳥葬台付近で処刑するということは、それらの受刑者をチベットの伝統的な葬送の習俗にのっとってその場で鳥葬に付してもかまわないということではない。鳥葬の習俗は「四旧」に属するものとされ、とうに厳しく禁止されていた。解放軍の銃声が響く中、それぞれの「反革命分子」はあらかじめ彼ら用に適当に掘られたいびつな穴の中にドスンと転げ落ちたが、ほこりを被せただけで土の中に埋葬したことにされた。中には手足が地面から突き出たままの者もいて、野犬に食い荒らされた。

一九七〇年と一九七一年は銃殺された者が非常に多く、「造総」総司令官の陶長松によれば、そのうち一九六九年にいわゆる「再反乱」で裁判所から銃殺刑の判決を受けた者だけでも二九五人に上ったという。後に、この二九五人の中には誤って処刑されたと認められた人たちもおり、彼らは名誉を回復するとともに、遺族に二〇〇元と八〇〇元の「慰謝料」が順次支払われた。これについて、陶長松から何ともやりきれない話を聞いた。

チベット人はすごいお人よしで、銃殺されるときに「トゥジチェ（ありがとう）」と言

⑥-⑧：ラサ北郊の流沙河刑場で各種の「反動分子」を処刑する場面。

い、二〇〇元もらったときにも「トゥジチェ」と言い、さらに八〇〇元もらったときにも「トゥジチェ」と言った。このようなチベット人はほんとうにかわいそうだよ。

しかし、取材を通じて、処刑された者は以上の数字をはるかに上回ると考える人が少なくないことを知った。そう考えられているのは、ペンバー、テンチェン〔丁青〕両県だけでも一度に一〇〇人余りが銃殺されたからである。

「ペンバー事件」の調査に参加したチベット人学者によると、一九七三年、政府派遣の工作組がペンバー県入りして、「政策の着実な実行」に取り組み、軍による「再反乱」鎮圧拡大化の誤りを正した結果、以下の状況が判明した。「村にいるのは女ばかり。男は年寄りと子供だけで、青壮年はほとんどいなかった。ペンバー県全体がどこもそんなありさまだった。どうしてこんなことになったのか。打ち殺された者たちがいれば、捕らえられてしまった者たちもおり、残った男は一人もいなかった。どの村もみんなそうだった。会議を開けば、黒い服を着た女ばかりで、男は非常に少なかった」。このことから、軍の残酷な鎮圧ぶりがいかに激しかったかがうかがえる。そして、それは当局と軍隊が「再反乱」、「反革命暴乱」といった言い訳を今も堅持している原因かもしれない。殺戮した「翻身農奴」には絶対に「反乱分子」、「反動分子」の判決を言い渡さなければならず、両派の武闘に参加した大衆であると認めてはならない。さもなければ、自分たちがチベット入りして以降、苦心してつくり上げた大恩人、救いの神というイメージを根底からひっくり返すことになってしまう――。それは間違いなく当局が恐れ、覆い隠そうとしたことであった。

事件の結末

一九六九年に発生した一連の暴力事件は、ついに「造総」の滅亡を告げた。別の一派は天下を統一すると、文革が終了した後でさえも、ぐらつくことがなかった。こうして、「造総」の中の不満分子や胸に一物ある者は「三種類の人間」（文革期における「造反してのし上がった者」、「派閥意識が強烈な者」、「暴力・破壊・略奪分子」を指す）と見なされ、しまいには追放された。このことは民族とは関係がない。それゆえに、今なおチベットでは奇妙な現象がよく見られる。つまり、文革当時の両派への参加をめぐる話になると、自分が参加したのは「大連指」だったと語るのは押しなべて非常に光栄なことのようであり、逆に、自分が参加したのは「造総」だったと認めるのはとても恥ずかしいことのようである。これはどんな理由によるものなのか。文革の中後期および文革後に高官になった者たちの略歴（二〇〇六年時点）を見ると、ほとんど例外なく「大連指」の出身である。

ライディ（ナクチュ地区「大連指」責任者、一九七五―二〇〇三年、自治区党委副書記などを務め、現全国人民代表大会常務副委員長）

パサン（ロカ紅衛兵のリーダー、ロカ「大連指」責任者、一九七一―二〇〇三年、自治区党委副書記などを務め、現全国婦女連合会副主席）

レクチョ（シガツェ地区「大連指」責任者、現自治区人民代表大会主任）

ロサン・トゥンドゥー（チベット民族学院「農奴戟」司令員、現自治区人民代表大会副主任）

ラクパ・プンツォ（「大連指」の『風雷激戦報』チベット語版編集主幹、現中国チベット学研究センター総幹事）

ラサでは今も多くの場所に文革の痕跡が残っている。
（上左）テンギェーリン居民委員会の管内にある住宅の壁。赤地に黄色い字で「毛主席語録」が書かれており、人目を引く。2003年2月撮影。
（上右）デプン寺の最も重要な仏殿ガンデン・ポタン〔旧ダライ・ラマ宮殿〕の壁には、軍服を着た毛沢東の肩から上の肖像と文革スローガンが残っている。後に工作組から塗りつぶすよう命じられた。2004年7月撮影。
（下）ラサ河の対岸にあるツェチョリン〔蔡覚林〕寺の壁。文革スローガンが非常にはっきり読める。2004年7月撮影。

後に急スピードで出世したのは次の者たちである。

チャンパ・プンツォ（チャムド「農奴戟」司令員、現自治区党委副書記、自治区政府主席）

ギャムツォ（ザム機械工場「大連指」リーダー、現自治区政府副主席）

デキー・ツォモ（チベット民族学院「農奴戟」責任者、現自治区党委常務委員）

プチュン（ロカ地区チョンゲー〔瓊結〕県「大連指」リーダー、県革命委主任、現自治区党委副書記、自治区規律検査委書記）

パサン・トゥンドゥー（現自治区党委常務委員、自治区政治協商会議副主席、自治区党委統一戦線工作部長。略歴には今なお「一九六九・一一－一九七〇・一二、中国人民解放軍四〇九部隊に従って暴乱鎮圧に参加し、通訳を務める」と記してある）

イェシェ・テンジン（「造総」から「大連指」に寝返り、現自治区政治協商会議副主席）

以上の状況は、これまでのところ、チベットでは文革中に伸し上がった役人たちを、中国各地のようには整頓できていないことを如実に物語っている。なぜこうなのか。そこには、北京の中央当局のどのような思惑が隠されているのだろうか。うまい汁をたっぷり吸ったこれらの地元チベット人たちの存在は、現在まさしく「チベット問題」の解決が困難であることの根本的原因の一つとなっている。「反分裂」をよく心得ていることのうまみは、保身に役立つだけでなく、出世して金持ちになれる点にあるのだ。

取材の中で、パルコルに住む普通のチベット人女性から、思いがけず、何とも興味深い昔の写真を入手した。簡単に紹介しておきたい。

一九六九年五月一八日に撮影されたこの写真には、「紅旗捲起農奴戟」〔二〇六頁参照〕という文字が書かれている。広げられた赤旗には漢字とチベット文字で「農奴戟」および「紅衛兵」の三文字が記されており、四六人の男女の紅衛兵が三列に並び、しゃがみこんだり、座ったり、立ったりしている。これらの紅衛兵のうち、第二列の右から五‐八番目および第三列の右から五番目の計五人の青年たちは、チベット民族学院から、革命のためにチベット入りしたチベット人学生だが、それ以外はすべてムル居民委員会とチェプンカン居民委員会の住民紅衛兵であり、当時、彼らはみんな「大連指」に属していた。

チベット民族学院の紅衛兵の中で、第二列の右から八番目は名前をロサン・トゥンドゥーといい、当時は同学院教員、「農奴戟」司令部司令員だったが、今は自治区人民代表大会副主任である。第二列の右から六番目はチュンペルという名前で、現在は同じく自治区人民代表大会副主任をしている。見たところ、この一枚の写真に写った人物の中から、後に二人の副省長クラスの役人が現れたことになる。

このほか、写真の中で顔を塗りつぶされた二人の少女はともに死亡しており、第二列の右から二番目の青年もすでに故人である。

この写真は現在のラサ市公安局の後ろにある、「ペルレー・ツォコル」という公園で撮影された。

「雪の国」の龍

解放軍による統制とチベット

1 軍事管制

社会秩序の回復

一九五〇年、毛沢東はチベットに人民解放軍を派遣し、それ以降、軍はチベットを支配する唯一の勢力になった。中国共産党が自ら「一〇年の大きな災禍〔文化大革命を指す〕」と総括した時期においてさえも、軍は依然として全チベットをがっちり支配していた。これはむろん非常に重要な配慮――つまりチベットの戦略的地位――によるものである。実は今もなおこうした配慮は存在しており、いささかもないがしろにされたことはない。

嵐のように吹き荒れた文化大革命は、瞬く間に国家機関をマヒ状態に陥れた。このため、毛沢東は各レベルの行政機関の接収管理を軍に命じ、社会秩序の回復を図った。こうして中国全土が軍事管制下に置かれることになった。チベットも例外ではなく、一九六七年五月一一日に軍事管制委員会（略称「軍管会」）が正式に成立し、軍はチベットの文革において重要な役割を演じた。しかし、軍は混乱を助長し、チベットの文革を一段と複雑化させた。中国各地と異なっていたのは、一九六九年三月からチベットの多くの場所で暴力事件が発生し、解放軍が攻撃目標になったことであった。北京はこれに激怒して鎮圧を指示し、ついに大々的な殺戮が繰り広げられる事態に立ち至った。

ただ、軍の特別な地位、とりわけチベットという特殊な背景があることを考えると、軍がいかに全面介入したかという問題に関する資料を探そうと思っても、それは極めて困難である。十分な手続きも理由もなしに、チベット軍区の敷地内に入ろうとしても、銃を携えた数人の兵士が警備するいくつかの歩哨所を通過できないのと同じだ。タブーの壁が幾重にも立ちはだかり、機密が山をなし、多くの真相不明の事柄が固く閉ざされた鉄のカーテンの背後に隠されている。私としては、なかなか表に出ない秘密の一端を明らかにすべく、力を尽くすのが精いっぱいだ。ただそれだけである。

一九六六年八月一九日、ラサ市民五万人による文化大革命祝賀大会の席上、チベットにおける中共の最高責任者、張国華は文化大革命をチベット高原に迎え入れなければならないとの態度表明を行った。彼の腕にはすでに「紅衛兵」の腕章が巻かれているが、これは自治区師範学校のチベット人紅衛兵が演壇に駆け上がってつけたものだ。サングラス姿の張国華は演説の中で声を張り上げた。

「ブルジョア階級や封建農奴主階級のイデオロギー、旧風俗や旧習慣の傾向に対して、猛烈に進攻しよう！反革命修正主義分子やブルジョア右派分子を、またブルジョア反動権威をことごとく打ちのめし、連中の威風を削ぎ落として永久に立ち上がれないようにしよう！」

ところが、予想もしなかったことに、数か月後、その進攻の矛先は彼本人に向けられた。一九六七年五月、心身ともに疲れ果てた張国華は四川省へ異動となり、同省の党、政府、軍の最高責任者となった。一九七二年二月、彼は突発性脳出血のため成都で死去した。享年五八だった。

張国華の後ろに立ち、満面に笑みをたたえながら拍手をしている男性は、自治区党委書記処書記の周仁山である。彼は一九五六年一二月、青海省からチベットへ異動し、一九六七年初め、奪権に立ち上がった「造総」に圧力を加えた自治区党委指導者の一人だったが、まもなく「造総」の支持者になった。張国華がチベットを離れた後、自治区党委代理第一書記になった周仁山は、チベットの文革期に権力闘争の犠牲になった二人の最高幹部の一人だった。もう一人は、第一八軍の古参軍人で、チベット軍区副政治委員を務め、チベットで最初に成立した「文化大革命指導小組」の組長、王其梅だった。

周仁山は「大連指」から「劉・鄧路線」(劉少奇と鄧小平)[1]がチベットへ送り込んだ「黒幕」であると批判され、その出身と政治的背景に疑念を抱かれた。「造総」は、周仁山に反対する運動はチベット軍区副政治委員の任栄が仕組んだもので、その背後には張国華の支持があると公言し、王其梅への攻撃を強めた。彼の罪名は「大反逆者」、「チベットにおける劉少奇の代理人」というものだった。まもなく王其梅は監禁されて残酷な仕打ちを受け、一九六七年八月、北京で軟禁されているときに自殺した。五三歳の若さだった。

王其梅は死んだものの、いわゆる「大連合」を実現するために革命委員会が成立し、軍と両派は周仁山と王其梅を共同で批判することを決定、二人を革命の生贄にした。一九六八年九月七日、『人民日報』(中国共産党機関紙)はチベットで革命委員会が成立したことを伝え、二人に対する闘争を続行しようと呼びかけた。一九七一年八月、チベット自治区第一回党代表大会がラサで開かれ、二人を永遠に党から追放することを宣言した。文革終了後、周仁山と王其梅は名誉を回復された。どうにかこうにか苦難に耐えた周仁山は、新疆ウイグル自治区党委書記に転任し、後に北京へ異動したが、一九八四年に病気で亡くなった。

ずっと以前から、チベットでは軍の進駐以来の慣行が守られてきた。つまり、自治区、ラサ市から、各地区ひいては各県に至るまで、最高指導者のポストはすべて軍人が兼務するというものだ。軍事化という管理によって、人々は警戒心を高め、身辺に階級の敵が現れるのを厳重に防止することを要求された。このような軍人統治の状況は一九八五年になってようやく終わりを告げた。[2]

この写真は文革祝賀大会で同時に撮影されたものである。前列に立って拍手をしている三人の軍人はいずれも最も中心的な権力者たちだ。サングラスをかけた軍人は当時、権力を掌握していた張国華である。真ん中で顔を右に向けている軍人は王其梅の後任のチベット軍区副政治委員の任栄で、一九七一年にチベットの軍と当局の最高指導者になった。いくらかうつむき加減の左端の軍人は当時、チベット軍区副司令員だった曾雍雅だ。任栄と曾雍雅の表情は何やら意味深であるが、両者はそれぞれ「大連指」と「造総」の、軍における後ろ盾だった。そのころすでに進行中だった権力闘争の駆け引きの一瞬を、撮影者の目がとらえた。

当時、チベット軍区の機関で働いていたチベット人は、軍内における両派ないし両派シンパの観点がどのようなものだったかについてこう語った。

「そのころの規定は、はっきり覚えている。軍内で文芸工作、文化・娯楽・体育工作に従事している軍人は軍外の二派の闘争に介入してもよいが、通常の部隊、とりわけ軍事を所管する各部門は大局に従わなければならず、軍外の闘争への介入は許されなかった。ところが、闘争がますます激化するにつれて、軍の各部門がすべて闘争に介入するようになった。それはいつ始まったのだろうか。軍外ですでに二派が形成された後……軍区機関の四大グループ、つまり司令部、政治部、後勤部および接待班がいずれも文革に参加し、すぐさま二つの派閥を形成したのである。なかんずく、司令部、政治部、後勤部はそうだった。部隊内の二派と軍外の二派は、観点が似通っており、張国華への対応を分岐点としていた。一方は張国華を肯定し、もう一方は張国華を否定したわけだ」

これらの女性兵士はいずれもチベット軍区歌舞団の団員である。軍区歌舞団も二派に分かれており、「大連指」派は「文芸兵装部」を称し、「造総」派は「高原紅」を名乗った。お互いに真っ向からいがみ合い、水と油のような関係だった。当時の言葉を用いれば、「派閥の利益が何よりも優先する」というわけである。左下の写真で二列目の右から二人目の女性兵士はソナムといい、チベット入りした解放軍を賛美する革命歌舞で中国人の人気を集めた「洗衣歌〔洗濯の歌〕」の中で中心的な演技者を務めた。後に軍区歌舞団の団長になり、引退後はチベット自治区文化庁の副庁長を務めたが、今は定年退職して成都にいる。

これらの四点の写真は、一九六七年夏に撮影されたに違いない。『西藏大事輯録（一九四九－一九八五）』を見ると、六月二五日にチベット自治区で漢藏〔中国語とチベット語〕対照版の『毛主席語録』が発行され、同時に中国各地でも『毛沢東選集』（一－四巻）が発行されたことが分かる。全中国のあらゆる業種を挙げて「紅宝書のお目見え、心よりお喜び申し上げます」と祝賀しなければならなかったのである。

軍内には「造総」支持者もいたものの、その数は多くなかった。このため、「造総」が好き勝手にのさばっていることに対して、軍内には不満の声が溢れていた。先に述べたように、両派の最初の衝突は、軍の抑圧の下で「造総」の挫折に終わったが、これを受けて一九六七年三月五日、ラサで「ブルジョア反動路線を徹底的に粉砕する新たな反撃のための総決起大会」が開かれ、続いて全市大行進が行われた。軍と「大連指」を主体とする各界大衆は、共通の敵に怒りをあらわにして立ち向かった。これらの写真は軍のデモ行進の状況を撮ったものであり、「奪権」を企む「造総」を威嚇するさまがうかがえる。

表面的には、これは「造総」とチベット軍内の保守勢力との初めての正面衝突だった。もっとも、中国のほかの地方の情勢と照らし合わせれば、実際にはそれと足並みを揃えた行動だった。毛沢東は紅衛兵を利用した「奪権」に勝利した後、軍に「支左」（すなわち「左派支持」）を命じ、軍に各レベルの政権を接収管理させることによって権力の整理統合を行った。こうして全中国各地に一連の軍事管制行動があまねく出現したが、チベットも例外ではなかった。

「八・一〔八月一日＝人民解放軍建軍記念日〕」軍旗と「中国人民解放軍チベット軍区」の横断幕を掲げながら行進する軍隊。ラサの各通りを練り歩いているところで、軍の威風と、「支左〔左派支持〕」貫徹の決意を見せつけている。

よく見ると、行進中の軍人たちはちょうどチベット軍区の外側のリンコル・ナンガ（ラサの最も長いリンコル巡礼路の南部分、現在の江蘇路）を通過しているところである。塀の内側がチベット軍区であり、塀の傍らにあるチベット式の家屋はもともと貴族のチャパ＝ケルサン・ワントゥのものだった。しかし、このときはすでに「七一」農業機械工場に占拠されており、チャパ一家は近くの小さい家へ追いやられていた。

この日は太陽の光がさんさんと降り注ぐ一日だったに違いない。陽光の下、びっしり並んだ銃剣は路傍のまばらな木立よりも数が多く、こんもりした密林のようである。だが、木立は銃剣のように恐ろしげな寒気立つ光をきらきら反射することはない。おぞましい光を放つ銃剣は、『毛主席語録』を掲げつつ、大声でスローガンを叫ぶ若い兵士たちの肩に担がれている。モノクロ写真ではあるが、無数の紅宝書（『毛主席語録』）と、冷え冷えと光り輝く銃剣が醸し出す光景がいかなるものであったかは想像に難くない。

こんなにも多くの、行進中の兵士たちのうち、誰がチベット人なのかはどうも見分けようがないようだ。どの顔もみな漢人の顔のように見える。いや、実のところ、この一瞬は民族や階級を超越した顔――つまり革命軍人の顔――と言うべきである。当然ながら、確実なのは、この写真を撮ったのはチベット人であり、彼もまた革命軍人であったということだ。もう一つ確実なのは、このように完全武装した多数の兵士がラサ全域を行進する光景が、以後、しょっちゅう見られるようになったということである。

これらの四点の写真は、革命軍に匹敵するものなしといった迫力を余すところなく見せつけている。威風堂々とした隊列と数十両の「解放」マークの車で構成された自動車部隊およびその後ろの大砲は、毛沢東の巨大な肖像画に先導されながら、ゆったりとはためく赤旗と耳をつんざくスピーカーの大音響とともに、「革命大衆」が人垣をつくって見守る中を通り過ぎていく。ほぼまっすぐ人民路に沿って行進し、自治区党委員会・政府の所在地（現在も同じくこの場所にある）に近付いたところで右折した。四点の写真は、明らかに自治区党委員会・政府の正門の上から下を見渡して撮影したものであり、これもまた私の父の身分が軍人であることから得られた特権であった。

巨大な毛語録のプラカード以外に、コンクリートの地面の上にまでペンキで書かれたスローガンがごちゃごちゃと入り乱れ、しかもうまい具合に配置されている。字はかすんでいるが、なお識別はできる。「二・九虐殺事件の張本人を断固としてつまみ出せ！」と読めるものがあり、また一部消えているものの、「……軍区党委内のほんの一握りの悪人たちによるファシストの暴行！」、「首都紅衛兵第三司令部に……」、「……反革命修正主義の……張国華！」、「革命大衆の掌中から権力を奪取しようとする者は徹底的に叩き潰す……」、「……土皇帝〔地方ボス〕打倒連絡委員会等の反動組織！」などの字も見える。

「二・九虐殺事件」とは何か。『中共西蔵党史大事記』をひもとくと、こんな一文が目につく。

「（一九六七年）二月九日、首都紅衛兵とラサの一部の大衆組織のメンバーが軍区へと突き進み、張国華を捕まえる――数十人の首都紅衛兵と一部の大衆組織のメンバーが軍区の所在地へ突き進み、軍区指導者に対して、自分たちが行った『二・五奪権』を支持するよう引き続き要求するとともに、『張国華打倒』を叫び、騒動は十数時間に及んだ」。大事記にはこの行動の結末については書かれていないが、「二・九虐殺事件」という呼称から、軍がおそらく武力を伴う措置を講じたのであろうことが理解できる。

以上のスローガンがほぼ「造総」を主体とする「大衆組織」によって書かれたことは、一見して分かる。

「首都紅衛兵第三司令部……」、略称「首都三司」とは「首都大専院校〔総合大学と単科大学〕紅衛兵革命造反司令部」のことで、当時、全中国にその名をとどろかせていた紅衛兵組織の一つであり、ラサにも連絡所を設けていた。

当時のラサの建物は、まばらな上に、屋根が低かった。兵営スタイルの不格好な建物がすでに出現していたものの、人民路の突き当たりにある、チベット様式の特色に満ち溢れたジョカン寺をなお遠くに望むことができた。ジョカン寺は低く垂れ込めた雲の合間に姿をのぞかせる山々と同じく、はるか遠方にある。

「解放」マークの自動車のすぐ後ろを走る高射砲は、軍の武器がきっちり装備されている状況を見せつけている。実際、その後生じた武闘において、軍は介入を余儀なくされたし、軍が保持する武器も流出を避けられず、今回の革命の極端な暴力を激化させることになった。いわゆる「おおっぴらな略奪、人目をはばかる引き渡し」を放任したにせよ、両派の「大衆組織」による略奪を阻止しがたかったにせよ、武器がもたらした血生臭い殺戮により、両派の武闘における軍の役割は何ともあいまいなものとなり、実際のところ、恐ろしいことだった。

写真の中で、通過する解放軍砲車の背後の建物（まさしくラサ百貨商店）上に見えるいくつかのスローガンに注意されたい。そのうちの一つに「二月一七日の造総の百貨商店襲撃は大きな陰謀だ」とある。これはどういうことなのか。『中共西藏党史大事記』には、「ラサの大衆組織が一七日、軍区総医院へ押しかけ、入院治療中の王其梅を引っ張り出してつるし上げた。そのすぐ後、中央は王其梅の北京行きを決定した」と記してある。「軍区総医院」はラサの北側にあり、セラ（色拉）寺に隣接していたが、実際には元の場所はセラ寺の管内にあった。

この点から見ていくと、いわゆる「大衆組織」こと「造総」はこの日、同時にいくつかの行動を起こし、その中に百貨商店等への襲撃が含まれていたことが分かる。これらの一連の行動は、当然ながら、激しい反応と手厳しい対抗措置を招き寄せた。軍事管制委員会が設立されたことはそれを十分物語っている。

一九六七年三月初め、「軍区地方文化大革命支援弁公室〔地弁＝地方〔非軍事部門を指す〕の文化大革命を支援する軍区弁公室〕」がまず設立され、軍区党委常務委員兼政治部主任の陰法唐を「地弁」主任に任命したほか、下部機関として農業・牧畜、工業・交通、文革、司法・立法などのグループが設置された。この後、各地区（市）にも相次いで同じような「弁公室」がつくられた。

三月七日、『西蔵日報』は、軍区が三月三日に公布した訓令を掲載したが、それはすべての「革命大衆」と「大衆組織」は軍区の軍事接収管理任務の完遂に協力しなければならないと規定していた。これに引き続き、五月一一日にチベット軍事管制委員会が成立し、張国華が主任に、任栄と陳明義（チベット軍区副司令員）が副主任にそれぞれ就任した。彼らはいずれも「大連指」の観点の支持者であった。写真は軍事管制委員会の成立を支持する「大連指」の組織である。地面に座って俯きながら「紅宝書」を読んでいる人たちは当然ながらみな「大連指」のメンバーである。

下の写真のプラカードには「チベット自治区軍事管制委員会の成立に熱烈に歓呼の声を送る」と書いてある。「プロレタリア革命派大連合造反総指揮部」などと書かれた看板を担いだ「大連指　五・二三文芸総部　江海造反団」、すなわち話劇団、秦劇団、豫劇団の団員たちがちょうど自治区「交際処」(現在の迎賓館)のあたりを通り過ぎようとしているところだ。

当時、軍事管制委員会は「交際処」に設置されていた。軍区司令部、政治部、連絡部、後勤部の各部から選ばれて派遣されたスタッフがおよそ一〇〇-二〇〇人おり、宣伝組、生産組などに分かれていた。また、自分たちの新聞『高原戦士報』も発行していた。このほか、放送宣伝車も持っていたが、これは一九六二年の「中印国境紛争」[3]のとき、国境線上でインド軍の士気を揺さぶった宣伝車だった。ラウドスピーカーを設置しており、それに向かってしゃべりさえすれば、数十キロメートル範囲内にはっきりと声が届いたそうである。

この二枚の写真を見ると、チベットで起きた出来事とは見定めがたいものがある。このような情景は、当時の中国ではどこでも見られたからだ。北京で文革を体験した、あるベテラン党員は私にこう言った。「まさかこれがラサだとでもいうのかい？　あんたが教えてくれなきゃ、全然分からなかったよ！」

「旧チベット」が「新チベット」に取って代わられた後、大流行した言葉がある。「老西蔵〔ラオシーツァン〕」である。もっぱら、第一八軍に代表される、初期にチベット入りした共産党軍関係者を指して用いられた言葉で、彼らは「とりわけ頑張りが利き、とりわけ忍耐強く、とりわけ勇敢に戦う」部隊であると自任していた。

軍と民衆の間には初めのころ、蜜月時代があったようだったが、いい状態は長続きせず、特に文革期の「三支両軍」[4]によって軍民の関係は極めて悪化した。共産党自身でさえ、後に「民族感情を傷付け、民族団結に深刻な影響を及ぼした」、「思い起こせば、胸が痛む」と認めざるをえなかったほどである（「関於西蔵自治区與西蔵軍区聯合対軍隊在『三支両軍』期間所犯錯誤的調査」、中共西蔵自治区委員会政策研究室編『西蔵自治区重要文献選編』一九九四年）。ある研究者は軍事管制下のチベットについて近代の「最も暗黒の一頁」だったと指摘している。

軍事管制委員会の成立を祝うため、ラサの一部の「大衆組織」は次から次へと同委員会に喜報〔吉報を伝える貼り紙〕を贈った。これもまた文革中の慣わしであり、白い紙に書いたものが大字報、赤い紙に書いたものが喜報だった。チベット人の少女二人が広げている喜報を読むと、これは「五・二三文化芸術戦闘総司令部」という名の大衆組織が贈ったものであり、同組織は話劇団、秦劇団、豫劇団など文芸団体の「大連指」メンバーで構成されていた。

中段の写真には五枚の喜報が見える。文革の慣例によれば、五つの大衆組織から贈られたものに違いなく、いずれも「大連指」の大衆組織であろう。五枚の喜報の書式は同一で、冒頭に書かれている「最高指示」は毛沢東語録である。続いて軍事管制委員会に対する大衆組織の忠誠が表明されており、大同小異の決まり文句のオンパレードだ。チベットでは大字報と喜報はふつう中国語で書かれた。第一に使用する新語をチベット語で表現するのが困難だったからであり、第二に組織者と指導者の主体が漢人だったことによる。

写真の地点は軍事管制委員会が駐在していた自治区交際処（現在の迎賓館）である。

毛沢東は軍と大衆が水魚の交わりを結ぶよう要求し、庶民が解放軍を「菩薩兵」と見なしてくれることを望んでいた。チベットの「一〇〇万人の翻身農奴」にこの点を認めてもらうため、確かに十分な努力を払った。私が取材した往年の軍人がまさにこう語った通りである。

「毎年、秋の取り入れになると、解放軍が民衆の助っ人として出動したが、文革のときも同じだった。何度も出動したことを覚えているよ」

三枚の写真は、チベット軍区後勤部が組織した「毛沢東思想宣伝隊」がラサ東郊のガチェン〔納金〕郷の脱穀場で裸麦の収穫を手伝っている場面である。この宣伝隊はチベット軍区の女性兵士と、チベット軍区後勤部所属の自動車整備工場の女性労働者で構成されていた。左上と右上の写真で農婦の仕事を手伝っているのは同一人物であり、五芒星形の帽子の記章と襟章をつけていることから、チベット軍区の漢人の女性兵士と分かるが、名前は不明である。下の写真の中で、裸麦をふるいにかけている美人の若い女性は兵士ではなく、自動車修理工場の労働者のアヌで、ラサ生まれのチベット人だ。彼女の後ろで農婦と一緒に座っている二人の女性は天津からやって来た「支辺青年」で、やはり自動車修理工場の労働者である。このうちの一人は「小辣椒〔シアオラーチアオ＝気が強い女〕」というあだ名だった。「支辺」とは「支援辺境〔辺境を支援する〕」という意味である。アヌは私の父母の古い知り合いで、彼女によれば、労働者は帽子の記章と襟章をつけることが許されなかったという。

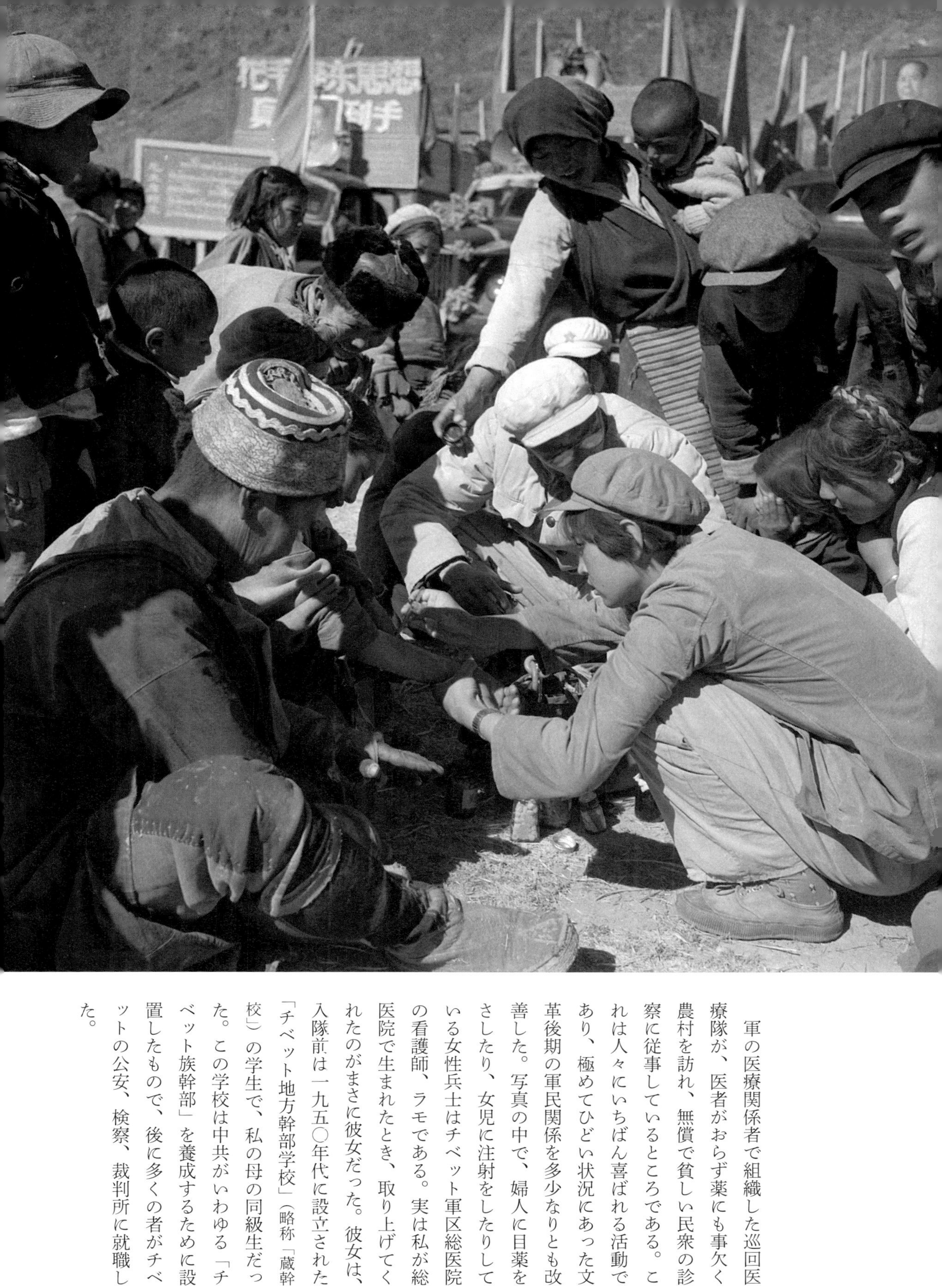

軍の医療関係者で組織した巡回医療隊が、医者がおらず薬にも事欠く農村を訪れ、無償で貧しい民衆の診察に従事しているところである。これは人々にいちばん喜ばれる活動であり、極めてひどい状況にあった文革後期の軍民関係を多少なりとも改善した。写真の中で、婦人に目薬をさしたり、女児に注射をしたりしている女性兵士はチベット軍区総医院の看護師、ラモである。実は私が総医院で生まれたとき、取り上げてくれたのがまさに彼女だった。彼女は、入隊前は一九五〇年代に設立された「チベット地方幹部学校」（略称「蔵幹校」）の学生で、私の母の同級生だった。この学校は中共がいわゆる「チベット族幹部」を養成するために設置したもので、後に多くの者がチベットの公安、検察、裁判所に就職した。

チベットにおける解放軍

共産党のチベットにおける最高権力者、張国華に対する、「造総」を中心とした造反派の攻撃は軍の反発を引き起こした。これは軍自体の軍閥の伝統に起因するだけでなく、一九五〇年にチベット入りして以降、チベットが明らかに中国とは異なるという事実によって一つに結束した軍内に形成された同盟関係によるものであった。張国華は解放軍のチベット進駐主力部隊である第一八軍の軍長を務めたことから、相当数の将兵は彼の忠実な部下だった。実際、張国華はすでに一つのシンボルになっていた。彼らから見れば、張国華という名前は彼個人を代表しているだけでなく、共産党およびその軍隊の、チベットにおける一七年来の業績を代表していた。彼を否定することは、共産党およびその軍隊の「チベット解放」の意義を否定するに等しかった。

一九六六年九月以降、学生紅衛兵が軍区を標的にし、軍隊へ踏み込んで人を捕まえたり、家宅捜索したりする事態が表面化した。このため、張国華はチベットの状況が特殊であることを訴え、学生紅衛兵のこのような行為を制止しようとした。一〇月二八日、彼は周恩来に対して、漢人の学生が経験大交流でチベットに来るのを禁止するよう懇願した。わずか三か月余で、張国華は学生紅衛兵（特に中国各地の学生紅衛兵）に対する態度を支持から拒絶へと豹変させたわけだが、このことは何を物語っているのだろうか。これらの学生紅衛兵があれこれ手の焼けることをしでかし、張国華や軍隊を刺激したために、このような大変化が生じたということなのか。

張国華に反対する声は軍内でも表面化し、数は多くなかったものの、混乱を生じさせるに十分であった。チベット情勢の安定への配慮から、一九六六年一〇月一九日、周恩来は北京で学ぶチベット人学生の代表一一人と面会し、張国華について、仕事の面であれやこれやの欠点や誤りはあるかもしれないが、依然としてよい同志である、と語った。一九六七年二月二四日、中央文革小組はわざわざ「造総」に電報を送って、張国華は「基本的によい同志である」との考えを伝え、チベット駐屯軍がひどい混乱に陥らないようにした。

2001年夏のラサの街頭。中心にあるのはラサの人々が「金の馬」と呼んでいる塑像で、もう1つの十字路にある「金のヤク」の塑像と対をなしている。金の馬にまたがっている人物はチベット北部の競馬大会に出場した牧畜民を模している。2005年の「チベット自治区成立40周年」を祝うためにポタラ宮広場を拡張した際、この塑像は撤去された。

共産党にとって、チベットは「米帝国主義、ソ連修正主義、インド反動派に反対するわが国の闘争の西南地区における陣地」であった。このため、チベットのような重要戦略拠点を支配する上で必要なのは、張国華と戦争経験を有するその他の軍人たちであり、勝手気ままに事態をかき乱すだけの紅衛兵や造反派、あるいは軍内の少数の者たちではなかったのである。高原の気候に体がなじまず、加えて精神状態もすぐれなかったため、チベットから転任した張国華は、引き続き四川省でチベットの政治情勢を操った。彼が権力の空白を残したまま立ち去った結果、チベットの高級幹部たちは陰に陽に闘争を繰り広げるようになり、その中からチベット軍区副政治委員の任栄がたちどころにチベット文革史上のもう一人の重要人物として躍り出た。彼は長いキャリアを持つ実力派軍人で、一九六四年にチベット入りした。おそらく彼のチベット入りの時期が遅く、チベット滞在一七年の張国華らベテランたちにはキャリアが及ばなかったせいであろうが、文革初期のころ、彼は決して造反派の「摘発」の標的ではなかった。しかし、彼は初めから「造総」に反対する立場を堅持し、「大連指」の有力な後ろ盾となった。

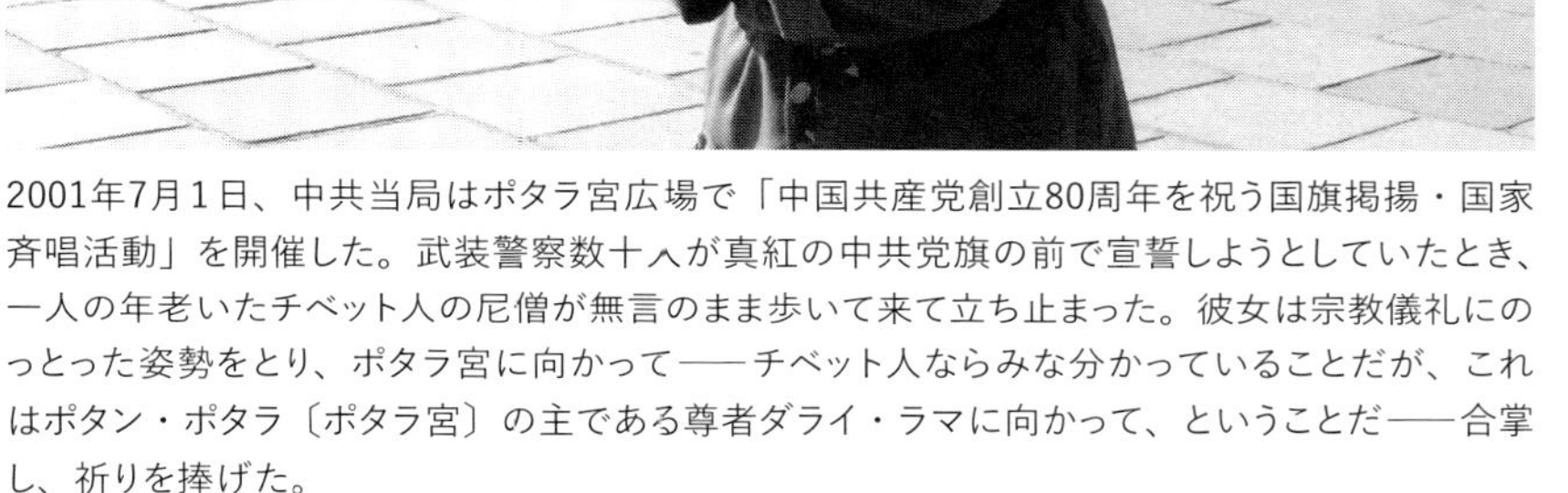

2001年7月1日、中共当局はポタラ宮広場で「中国共産党創立80周年を祝う国旗掲揚・国家斉唱活動」を開催した。武装警察数十人が真紅の中共党旗の前で宣誓しようとしていたとき、一人の年老いたチベット人の尼僧が無言のまま歩いて来て立ち止まった。彼女は宗教儀礼にのっとった姿勢をとり、ポタラ宮に向かって――チベット人ならみな分かっていることだが、これはポタン・ポタラ〔ポタラ宮〕の主である尊者ダライ・ラマに向かって、ということだ――合掌し、祈りを捧げた。

一九六七年三月以降、任栄は軍事管制委員会の副主任としてチベット文革の前線陣地へ赴き、チベットにおける権力闘争の渦中でますます大きな役割を演じるようになった。彼は周仁山、曾雍雅（後にチベット軍区司令員。同じくチベット文革の重要人物）、陶長松といったライバルたちを一人ひとり打ち負かしていった。また、王其梅、陰法唐ら多くの同僚を生贄やスケープゴートにせざるをえなかった。革命委員会の成立から一年もたたないうちに、彼は軍を指揮して冷酷な軍事的手段で、いわゆる「再反乱」を鎮圧する一方、このチャンスを利用して「造総」を徹底的に叩き潰した。それ以後、彼は軍事権力と政治権力を一手に握り、九年の長きにわたる熾烈なチベット統治のスタートを切った。

文革の後期、政治運動は下火となり、宗教の信仰もしだいに復活した。とりわけ、一九七六年に毛沢東が死去したことによって文革が終息し、社会全体が「廃墟からの復興」という問題に直面することになった。とはいうものの、文革がチベットにもたらした壊滅的状況はほとんど修復不能だった[5]。一九七九年、ダライ・ラマ一四世が派遣した代表団はチベットの民衆から熱狂的な歓迎を受け、「極左」統治下の閉ざされた状況を打ち破った。それはまた当局者たちへの痛烈な当てこすりともなった。

その後、胡耀邦[6]がチベットを現地視察したが、押しなべて貧しく立ち遅れたチベットの実態に、彼はダライ・ラマの代表団と同じく驚きの声を上げた。胡は任栄の面前で「（中央が与えた）カネをヤルンツァンポ川に捨ててしまったのか！」と厳しく叱責した。「チベットの文化、宗教、言語改革にまったく無関心」なことで知られ、「チベット人民にひとかけらの同情心もない」任栄は解任され、面目丸つぶれの形でチベットを去った（二〇一七年病没）。

彼の後任は第一八軍の古株の軍人、陰法唐で、任栄と同様にチベットの伝統文化に偏見を抱いていた。陰は年をとって退官し、閑居するようになってからも、相変わらず階級闘争の意識をピンと張り詰め、片時も忘れることなく党に進言を行った。一九九九年、彼は北京に上申書を送り、四川省カンゼ〔甘孜〕・チベット族自治州セーター〔色達〕県にあるラルン・ガル寺〔喇栄五明仏学院〕は、仏教を学びに来る者が非常に多く、カム地区の動乱拠点になる可能性があると訴えた。まさにそのご注進によって、敬虔な仏教修行の場であるラルン・ガル寺は弾圧を受けた。

軍はチベット入りして以降、政府首脳のポストはすべて軍人が担当するという伝統を一貫して堅持してきた。これにならって、各地区および各県のトップはすべて軍の各分区ないし各武装部の政治委員が兼務した。一九八五年、チベット各地の中共指導者は行政官に改められたが、このことは別に軍の地位の低下を意味しなかった。反対に、一九八三年にチベット武装警察部隊が成立したことによって、その膨大な兵力と既存の駐屯軍との連携が生まれ、「チベット社会の安定を守る強固な二大柱石」と称せられるようになった。

軍隊内部の闘争

文革が始まったころ、私の父はチベット軍区の副連隊長クラスの将校で、軍事管制委員会が成立した後、同委員会の宣伝組に配属された。一九五〇年に張国華率いる第一八軍に参加してチベットに入り、しかも一三歳以降のすべての歳月を軍隊で過ごした解放軍軍人としての父は、先輩の軍人たちを、打倒せずにはおかない「実権派」と見なす連中に強い反感を抱いていた。実際、父は「大連指」の政治的観点を断固として支持していた。母が私にこう語ったことがある。

当時は軍隊の中も二派に分かれていてね、司令部、政治部、連絡部、後勤部のいずれにも二つの派閥があったんだよ。後で軍は非軍事部門の二派への参加を禁じる命令を出したけれども、政治的観点の面ではみんな色合いがすごくはっきりしていたから、仲間内では連絡を取り合っていたわ。一般的に言うと、キャリアが長い将校たちの大部分は「大連指」を支持し、若い将校たちの大半は基本的に「造総」支持だった。例えば、連絡部にいた、内地の大学を卒業したばかりの、外国語ができる人たちね、英語とかヒンディー語とかネパール語を話せて、男も女もいたけれども、その人たちは「造総」の政治的観点だった。あなたのお父さんや第一八軍所属でチベット入りした人たちは「大連指」側の考え方でしたよ。

軍は自分たちでも人を引きずり出してつるし上げるということをやったのよ。こっぴどくやっつけられた人もいてね。連絡部に王廷彦という副部長がいて、第一八軍所属でチベットに来たものの、出身家庭が地主だったため、文革が始まると、すぐに軍隊内部で批判闘争にかけられてしまった。出身階級がよくないというのが理由だったようだけれども、本人は納得がいかず、首吊り自殺してしまったわ。あのころ、連絡部は軍区の場所にはなくて、軍区わきの旧貴族のランドゥンかツァロンの屋敷にあってね。チベット式の建物で、王さんはその二階の部屋で首を吊って死んだのよ。その後、ラサ河の近くの山の斜面に適当に葬られてしまった。自殺だったので、自ら進んで党と人民から離反した、裏切り者であり反革命分子だ、ということになった。でも、自殺の原因はずっと明らかにされていないのよ。実のところ、王さんは古くから革命に参加した人で、問題など何もなかった。文革が終わってから、ようやく名誉が回復されたよ。

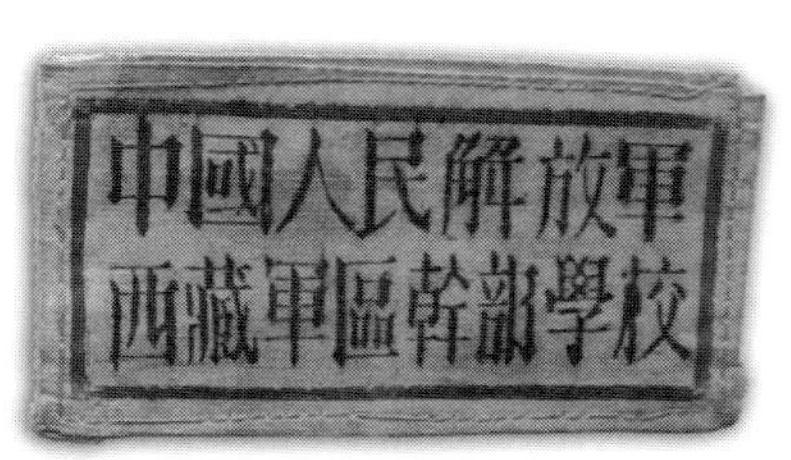

（上）軍事管制委員会の証明書。表に「中国人民解放軍チベット自治区軍事管制委員会工作証〔身分証明書〕」と書いてある。発行年月日は1967年8月18日。証明書の裏には、光芒があたり一面に輝く毛沢東の頭部像と毛沢東語録――大衆を信じるとともに頼りにしなければならず、人民解放軍を信じるとともに頼りにしなければならず、幹部の大多数を信じるとともに頼りにしなければならない――が記されている。

（下）私の父が第18軍参加後に佩用した記章。1952年に創設されたチベット軍区幹部学校はラサ河のほとりのトゥンチェ・リンカにあり、1956年にチベット地方幹部学校に改称された。学生は地方のチベット人青年が中心だったが、配属された軍人も学んでいた。私の父は1954年にチベット軍区幹部学校に入学し、八月に西南民族学院へ送られたが、1957年に再びチベット地方幹部学校に入り、郷里のウユク・ゾン〔伍佑宗〕（現在はシガツェ地区ナムリン〔南木林〕県に編入）を離れてラサへやって来た私の母と同じクラスになった。2人は交際し、愛し合うようになった。

実際、軍内部の派閥対立は非常に深刻だった。チベット軍区の事務部門に長年勤めたチベット人のチュンニーの証言はそれを裏付ける。

「あのころの派閥対立といったら、それはひどいもので、みんな何かに取り憑かれたみたいだったわ。もともとふだんだったらね、お互いの間にはわだかまりも何もないんですよ。ところが、あのころは派閥の利益が何よりも優先される時代でしょ。相手が自分と同じ派閥に属しているとなれば、ベタベタするほど仲がいいけれども、そうでないとなれば、激しくいがみあったのよ」

さらに、彼女によると、軍内で大胆にも旗印を鮮明にして張国華に反対した者はすさまじい攻撃にさらされた。例えば、軍区後勤部の余新（音訳）という名前の副部長がそうだった。

「彼が大会の席上、地団駄を踏みながら張国華を激しくののしったところ、あっという間に騒ぎになり、たくさんの幹部や兵士がすごく腹を立てたのよ。彼が張国華のことをあんなふうに言うものだから、幹部たちは気持ちの上でも理屈の上でもまったく許せないと感じてすぐに切れてしまい、彼を講堂から広場へ引っ張り出してつるし上げたわ。もみあうといったようなことじゃなくて、殴り始めたのよ。それも、殴りに殴って、めちゃくちゃにね。幹部たちだけでなく、兵士たちも遠慮なく手を出したので、そのうち副部長を殴り殺してしまったわ」

何とも驚くべき事件であり、チュンニーは「やっぱり副部長ですからね。後勤部の副部長が部下の兵士たちに無残にも殴り殺されたわけで、この事件は文革が終わってから、さらに調査が行われたわ」と語った。

しかしながら、党は軍であり、党は銃である。「銃口から政権が生まれる〔軍事を重視する毛沢東の言葉〕」との道理について、毛沢東の指導下にある共産党員ほどよく分かっている者はいない。いずれにせよ、混乱した情勢を収拾できたのは軍だけだったようである。マヒしてしまった各レベルの機構を軍事管制方式で回復せよと北京が軍に命じた際、毛沢東が各地の軍事管制委員会に与えた任務は「三支両軍」であった。

威風堂々たる「軍宣隊」

「三支両軍」の任務を執行したのは、「解放軍毛沢東思想宣伝隊」（略称「軍宣隊」）[7]であった。実は、文革が始まるとすぐ、軍は全チベット各地に多くの「軍宣隊」を送り込んだ。「軍事管制委員会」が成立した後も、全チベット各地に引き続き「軍宣隊」を派遣し、かつ広大な農牧区へと深く入り込ませた。当時の報道を読むと、「軍宣隊」は毛沢東の著作と語録を宣伝するだけでなく、現地の農牧業生産や工業生産への支援も行った。さらに、住民の病気の治療、映画の上映、農作物の刈り入れのほか、散髪までやった。事の大小にかかわらず、何でも処理したものと思われる。

かつて「軍宣隊」隊員だったチュンニーにとって、当時の革命の勇壮な心持ちは今なお忘れがたいものとなっている。

「あのころの、ああいった気構えと格好は今では見当もつかないでしょうね。そんな情熱がみなぎっていたのよ。情熱がおおいに高まり、私心がないから怖いものもなく、これっぽっちも個人的な利益を求めたりしなかった。労賃なんか、一銭もなかったわ。おカネというものにはみんな関心がなかったのね。人と競い合う者もおらず、まったく献身的に仕事に励んだものよ。赤旗を掲げ、語録の歌を歌いながら、さあ出発。みんな理想主義者よ。すごく理想的で、理想のかたまり。まったく純粋な人たちだった。一人ひとりがみな一つの目標を目指して駆けていく感じで、断固として揺るがなかったわ。毛主席の革命路線を守るためなら、死んでも悔いなし。誰もがそう決意していたのよ。

しかし、それぞれの軍宣隊はやはり調査班、特捜班だった。事実上、軍宣隊の最も重要で最も主要な役割は調査班と特捜班にあったのである。所在地のあらゆるチベット人の状況を調べるとともに、容疑者について立件して別の面からも調査を行ったが、その仕事ぶりの入念さと守備範囲の広さには驚くべきものがあった。例えば、チベット軍区の直属機関がラサ城関区勝利弁事処に派遣した軍宣隊は、ある調査報告の中で「立新居民委員会で『大連指』に参加しているのは三七〇人。このうち、立場がしっかりしているのは三一六人、ふらついているのは五四人。頼りとなるのは二五〇人、団結しているのは一二〇人」などと、軍宣隊の業務上の専門用語や特殊な述語らしき表現を用いて事細かに記述し、なおかつ「革命大衆」が「悪質分子」に対して行った「告発と摘発」もかなり書き記していた。このことは、軍宣隊が同時に密告者と裁決者の使命を帯びていたことを示している。

当時、文革期のチベット全土はもとより、全中国で流行した「革命歌曲」があった。軍の「三支両軍」の業績をテーマにした「私の心の歌を解放軍に捧げる」である。ここでいう「私」と、歌の中の「私たち」は、当然ながら、チベットの一〇〇万人の「翻身農奴」を指している。この歌はチベット人が自らつくったものだと広く考えられているが、実は作詞者はチベット人ではなく、チベット自治区歌舞団に就職した漢人の常留柱と荘濤である。彼らはチベット民謡のメロディーを改作し、新しい歌詞をつくった。歌詞の内容は解放軍と「軍宣隊」を称えるものだった。このようなやり方で、自分たちはチベットの一〇〇万人の「翻身農奴」の代弁者であると当たり前のように宣言し、彼らのこの上ない感激の心情を完璧かつ徹底的に表現できるというのは、どういった精神構造を反映しているのだろうか。

歌詞はこんな内容である。

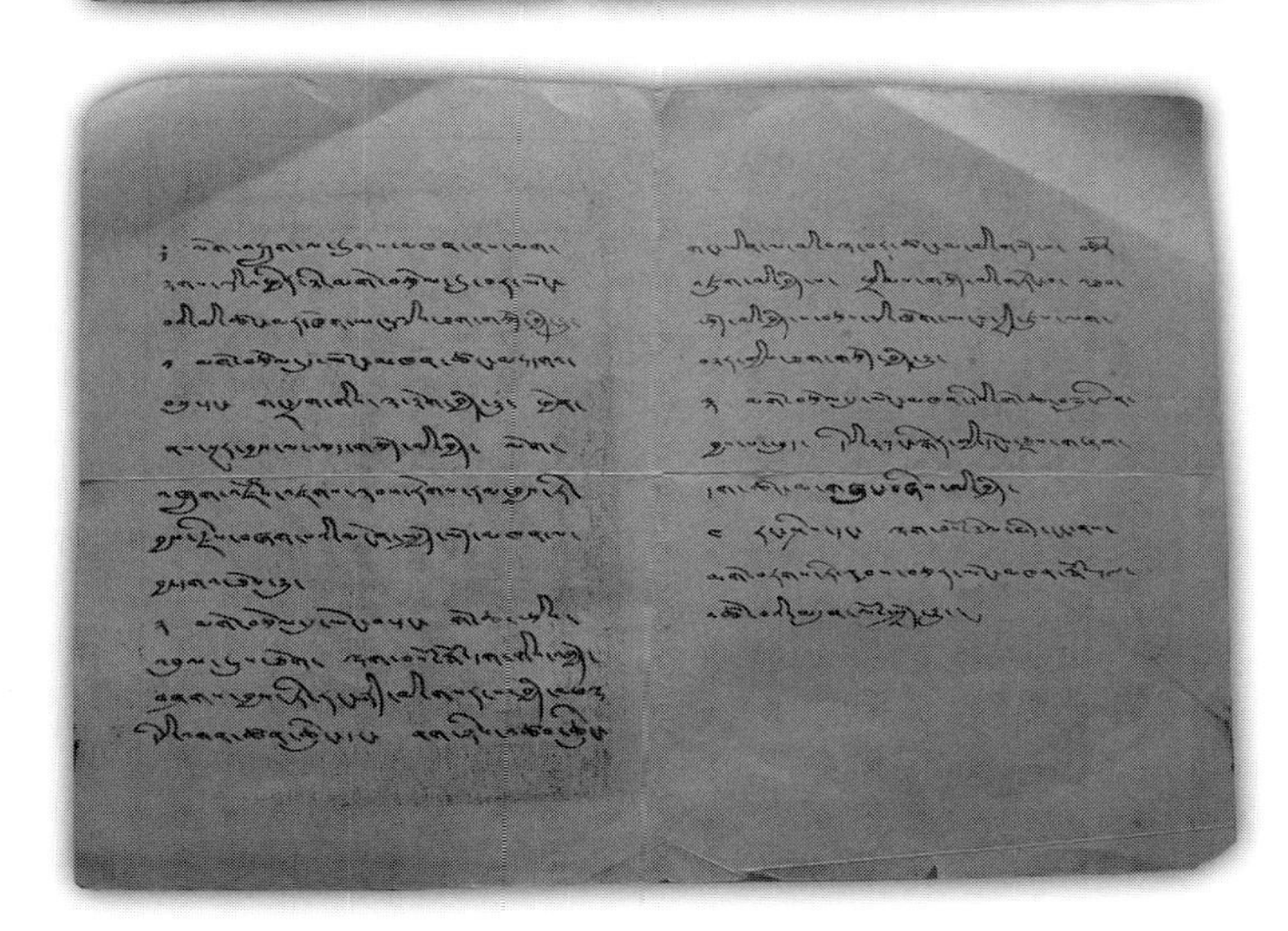
凡参加叛乱的携此証投誠
归来一律寛大处理：
一、对投誠来归者一律欢迎
予以优待一概既往不咎，在
协助平息叛乱中有立功表現
者受奖。
二、凡投誠来归交出武器真
誠悔过自新者，不論其職务
大小罪恶軽重如何，一律采
取不杀、不关、不判、不斗的寛大
政策。
三、凡投誠来归者，除收繳
其武器外对其馬匹及其他私
人財物，一律不予没收。
四、凡自动真誠投降来归者
給予生活出路。

一九五九年八月　日

1959年8月、中共軍が反抗するチベット人（いわゆる「反乱分子」）に向けてばらまいた、チベット語と中国語の「投降勧告書」。「投降、帰順する者」に対しては「殺さない、監禁しない、裁かない、闘争にかけないという寛大な政策を一律に実行する」と書かれている。

チンコー〔青稞〕酒〔裸麦を発酵させた酒〕は勧めません
バター茶も差し上げない
カタだって贈りません
心の歌を歌いましょう
いとしのチンドゥー・マ〔解放軍〕に捧げます、ソー・ヤラソ、いとしのチンドゥー・マに捧げます
解放された私たち、助けてくださりありがとう
一〇〇万農奴は主人公になりました！
左派、工業、農業と、支えてくださり、ありがとう
文化大革命で新たな手柄、立てよ立てよ、新たな手柄

チンコー酒は勧めません
バター茶も差し上げない
カタだって贈りません
心の歌を歌いましょう
いとしのチンドゥー・マに捧げます、ソー・ヤラソ、いとしのチンドゥー・マに捧げます
毛主席のあの御本、お持ちくださり、ありがとう
革命真理は永久に心に刻みます！
鉄砲握って辺境を、お守りくださり、ありがとう
人民祖国は万年赤い、ずっとずっと、万年赤い……

しかし、「軍宣隊」はすでに思想上の「新時代人」をつくり上げることに成功したのであろうか。毛沢東は「共産主義思想で青年を教育し、青年世代を、理想、道徳、文化、規律を備えた共産主義の新時代人に育て上げよ」と呼びかけたが、「軍宣隊」のやることなすことはこの基準に合致していたであろうか。具体的に言えば、両派の間の矛盾と衝突の仲裁を行う際、軍内部の「派閥性」の下で、彼らはいかに公平かつ公正に対処することができたのか。いわゆる「左派」とはいったい誰なのか。造反派を自称していた「造総」なのか、あるいは保守派と見なされていた「大連指」なのか。

軍内部にも両派が存在していた事実はさておき、両派が並立、対峙し、競い合う情勢の中で、その背後の、いっそう強大で、一段と変幻きわまりない政治勢力の影響を受けていたことから、軍事管制委員会も北京の風向きがくるくる変わるたびに、絶えず体制を一新して事態に対応することを余儀なくされ、「大連指」の観点に立つ軍人を全員排除したかと思えば、「造総」の観点に立つ軍人に全員入れ替えたりした。このため、誰が「左派」

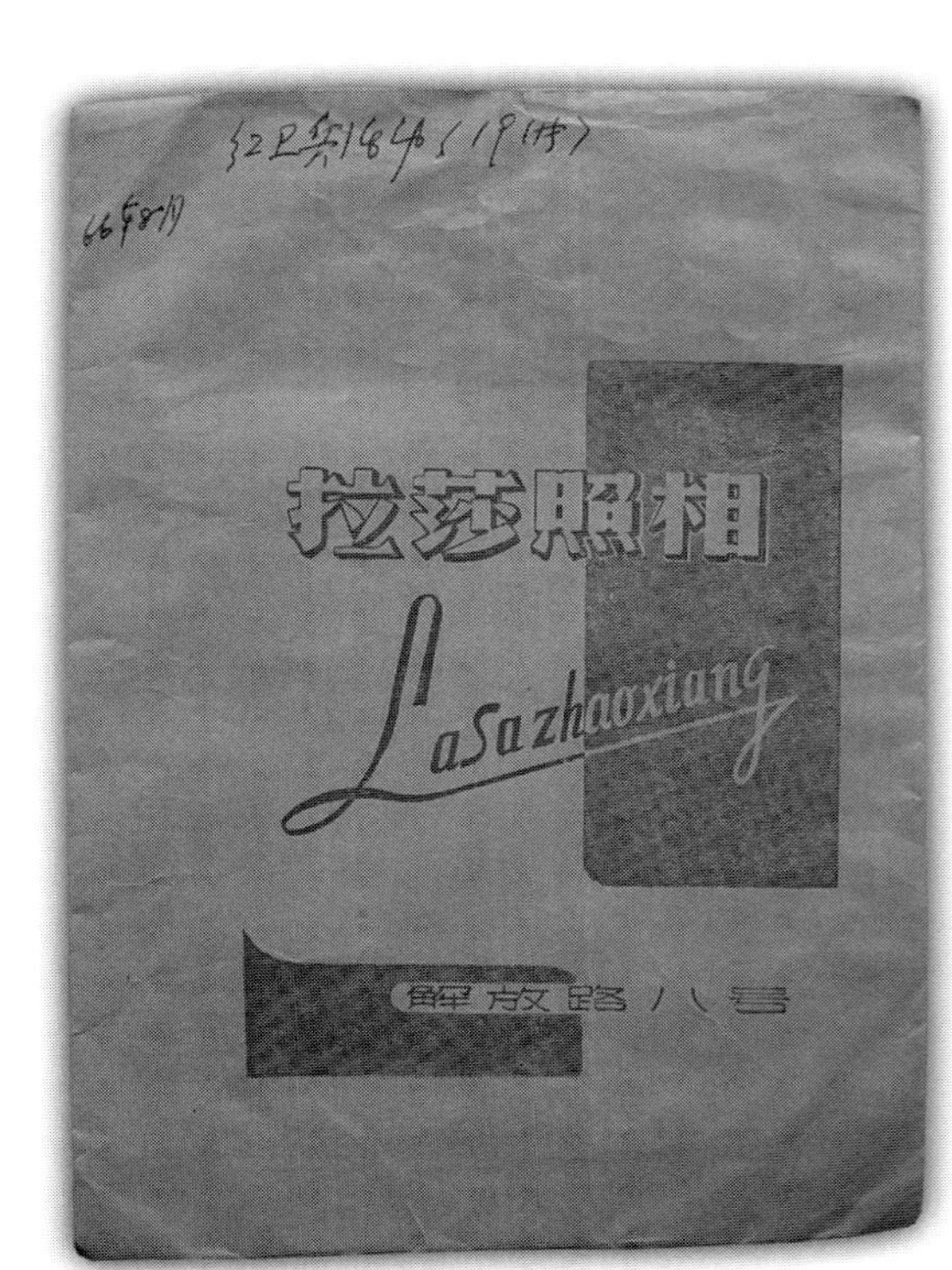

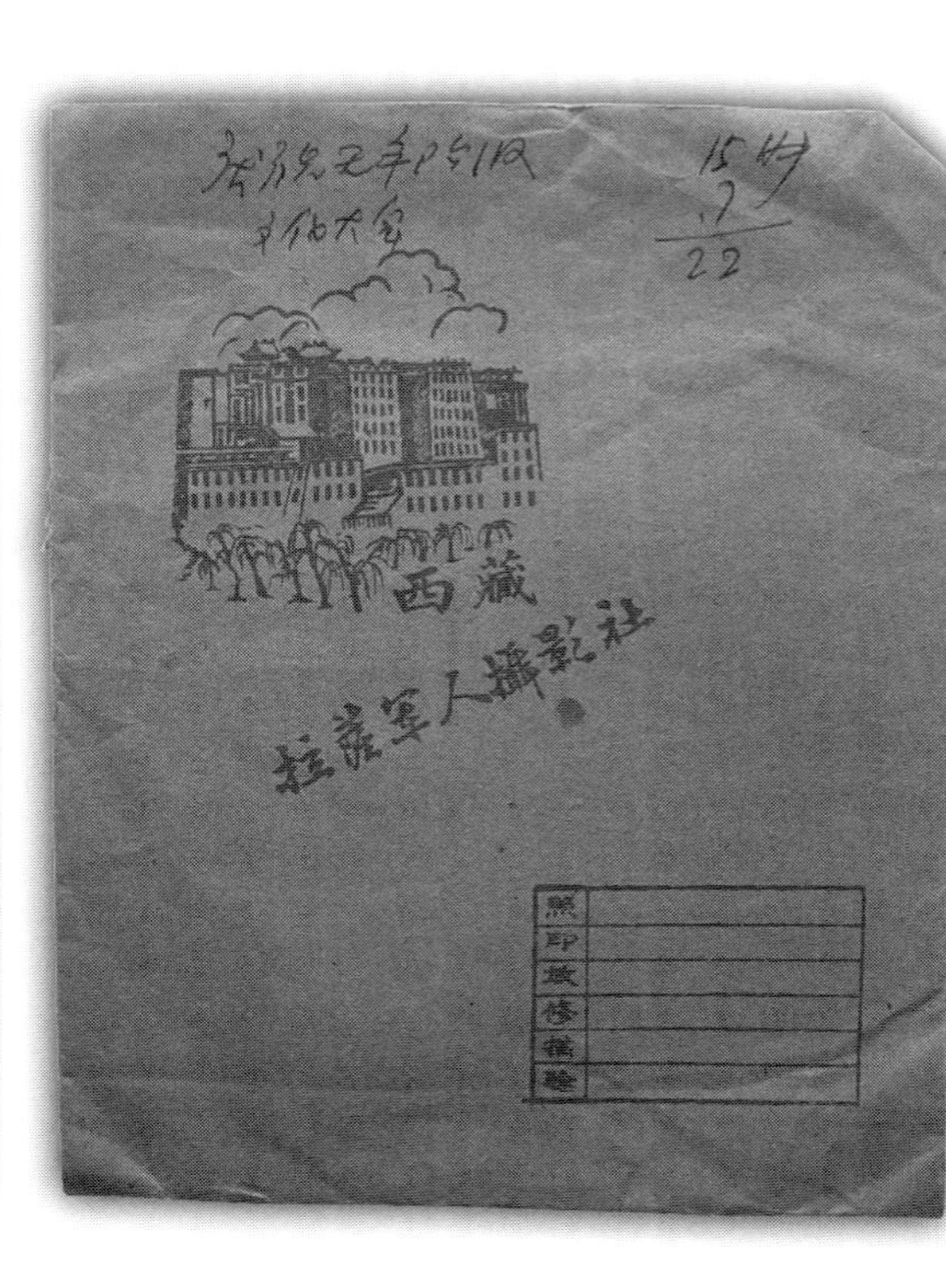

本書掲載の写真とそのネガは当時、このような紙袋の中に入れられていた。私の父は袋の表に写真の内容を簡単にメモしていた。

なのかを判定するとき、政治情勢のめまぐるしい変化に応じて「一派を支持し、もう一派を押さえつける」ということになりかねなかった。

だが、「三支両軍」の過程で起きた一連の暴力事件は、軍内部に多くの深刻な問題があることをさらけ出し、社会情勢のさらなる混乱と軍民関係の極度の悪化を招いた。農牧区へ赴いた「支左」の軍人が「翻身農奴」に殺されたことから、逆に軍は「反乱平定」と「匪賊討伐」を名目に、躍起になって殺戮を行い、さらに深い憎しみをもたらした。このほか、一部の軍宣隊はほしいままに人を拷問にかけて自白を強要したため、自殺、虐殺事件がしばしば発生した。

権力を利用して私利私欲をむさぼるケースもあった。一例を挙げると、タシルンポ〔扎什倫布〕寺に進駐した軍宣隊の責任者は、寺の中にあった金の仏像や金のお碗、玉の器、サイの角などの貴重な物品をこっそり横領したが、内情を知った僧侶に犯行を暴かれ、寺院側が北京に告発資料を提出するに至ってようやく事件が露見した。

もっとおぞましい出来事もあった。チベット全土至るところに点在する寺院はたびたび「四旧打破」や武闘による打撃を受け、すでに甚大な損害をこうむっていたが、軍の「支左」の時期にまたもや衝撃に見舞われた。例えば、一九四〇年代に「親英帝国主義」の僧俗上層部と断固として闘った「愛国人士」であると共産党によって宣伝された転生僧ラデン・リンポチェ[8]が主管するラデン〔熱振〕寺は、軍宣隊の数次にわたる「ご光来」の後、廃墟と化し、寺院内に秘蔵されていた経典は日夜焼き払われ、それは三か月余もの長きに及んだ。実際、崩れ落ちた塀や壁の残骸が散らばる巨大な廃墟は、今日でもなおラサ周辺の農村で見かけることができるが、それは一か所に止まらない。

これらの明確な事実があるので、軍事管制が人々を満足させる結果をもたらさず、チベットを、よりいっそうの緊張と恐怖の時代に突き落としたことは、いささか残念に思われる。軍事管制下のチベットは文革の中の「最も暗黒の一頁」であると語る研究者もいるほどである。しかし、これは軍に取り返しのつかない代価を払わせることにもなった。一九六八年にラサで起きた「六・七ジョカン寺事件」を経た後、広範な「翻身農奴」が心に抱く軍のイメージはすでにひっくり返ってしまった。一九六八年九月、自治区革命委員会が成立したことにより、軍事管制委員会はその使命を終えたが、軍の猛々しい威圧感は相変わらずそのままで、一九六九年にチベットの多くの地方で起きた「反革命暴乱鎮圧事件」は、実際にはチベット人に対する、死刑再開の軍事行動だったのである。

一九六八年一二月、中央軍事委員会は、チベット軍区を大軍区から省級軍区へと格下げし、成都軍区の指揮下に置くことを決めた。

一方、何とも残念なのは、チベットのこの間の歴史を物語る写真がこれ以上はないことである。背景にはこんな事情があった。

革命委員会の成立当初、「造総」の観点に味方するチベット軍区司令員、曾雍雅が主任に就任したため、一時的に軍内部の派閥争いの均衡が崩れ、私の父を含む一〇〇人余りの「大連指」支持者が整理され、次々と追い払われた。[9] 一九七〇年初め、父は四川省カンゼ・チベット族自治州タウ〔道孚〕県の人民武装部（略称「人武部」）〔民兵の組織・訓練などを所管する機関〕へ配置換えとなり、妻子を連れてラサを離れた。父はずっとラサを忘れることができず、二〇年後、再び家族を引き連れて、懐旧の念を断ち切れなかったラサへ舞い戻った。ところが、予想もしなかったことに、わずか一年余りで、不慮の病により早すぎる死を迎え、西郊の「烈士陵園」に埋葬された。そこには、往時、父と一緒に軍に参加した多くのカムのチベット人や、文革の武闘によって亡くなった一二人のラサの紅衛兵が眠っている。

国民皆兵

文革の中後期、私の父はカンゼ・チベット族自治州タウ県人民武装部の副部長、部長を歴任し、主として民兵の組織化と訓練をはじめとした「民兵工作の建設」に従事した。父は相変わらず写真を撮り続けたが、基本的に単なる趣味にすぎなかった。彼の写真は型にはまったものになり始めた。当時、『解放軍画報』、『民族画報』などのグラフ雑誌に載っていた、人物や情景のヤラセ写真をまねて撮影していたのである。つまり、父の写真はありのままの状況を撮ったものではなく、「お膳立て」して撮ったものであった。このため、文革初期に、紅衛兵の寺院破壊や「牛鬼蛇神」のつるし上げを撮影した当時の真実性と生々しさを失ってしまった。

父は苦心してたくさんのヤラセ写真を撮り、カンゼ・チベット族自治州の『甘孜〔カンゼ〕報』や成都軍区の『戦旗報』に投稿したものの、採用された作品は多くなかった。私の記憶にあるのは、ボツになった作品がしょっちゅう送り返されてきても決して気落ちすることなく、相変わらず家の中に設けた暗室にこもって現像と焼き付けに励む父の姿である。

以下の組写真は、ラサとカムのチベット人の民兵が訓練や学習に参加したり、会議を開いたりしている場面を撮ったものである。

民兵は軍の助手であるとともに予備兵力である。このため、軍はチベットの広大な農村で民兵部隊の建設に全力で取り組んだ。当然ながら、民兵になることができたのは、いずれも「根が赤く、芽がまっすぐ」なチベット人であり、それは共産党の専門用語を使えば、つまり「政治的に信頼できる」という意味であった。平時は「民」であり、上の写真の若い農民のように野良仕事に出なければならなかった。ただ、下の写真のように軍事訓練を受ける必要があり、このとき、民は兵に変身した。

県から区、人民公社、生産隊[9]に至るまで、あらゆるレベルで民兵組織がつくられた。普通の人々を兵士にするには、歩兵銃の射撃練習などもろもろの軍事訓練を施さなければならない。これは一九六六年末、ラサ近郊の農村で行われた実弾演習の光景である。下の写真の光景を見ると、遠くないところにある密集した木々の傍らに長方形の建物があり、私が見たことのある「トゥンラ・ラカン」——ダライ・ラマ七世の時代に、ラサ河上流の東南側の、木々が青々と茂った場所に特別に建てられた、ダライ・ラマ出生の神様を祭る神殿——によく似ている。もし「トゥンラ・ラカン」であれば、ここは城関区ガチェン郷紅旗村（タマル〔塔瑪〕村ともいう）である。当時は紅旗〔人民〕公社と呼ばれていた。

（左）本物の銃を担ぐことができたのはいずれも選び抜かれた民兵であり、こうした人たちは基層の主力という意味で「基幹民兵」と呼ばれた。彼らは専門的な軍事訓練を受け、ひとたび戦争が勃発すれば、軍人とともに出陣するが、平素の任務は身の回りの「階級の敵」による「破壊活動」を厳重に防止することであった。もっとも、これらはみな党の用語である。

（下）農村と牧畜地区で民兵を組織しただけでなく、都市、町内、企業・事業機関でも各レベルの民兵組織がつくられた。これは「人民が中華人民共和国建国17周年を祝う」大会で、ラサ市の女性民兵が方形の隊列を組んで演台の前を行進し、党・政府・軍の高官たちの観閲を受けている場面である。190頁で紹介したように、演台の両側にあるスローガンの看板には、毛沢東が「自ら主導して制定」した文革の綱領「一六条」と、毛沢東に対する個人崇拝を煽り立てる林彪副総帥の指示が中国語とチベット語で書かれている。

人民武装部はその土地の民兵の直接的な指揮機関であり、訓練部門である。これらの写真に写っている二人の軍人は四川省のカンゼ・チベット族自治州タウ県人民武装部の副部長と参謀で、ひとまず鍬を下に置いたカムの農民たちに、銃をどう使い、敵をいかに刺殺するかについて手取り足取り教えているところである。この二枚の写真は一九七〇年代初期に撮られた。当時、私の父は文革の派閥闘争のあおりでチベット軍区所在地のラサからタウ県人民武装部へ異動し、副部長を務めていたが、主な仕事は地元の農業・牧畜地区でチベット人の農民や牧畜民を民兵にするための育成訓練を行うことだった。

軍事訓練のほかに、政治学習も強化された。しかし、言うまでもなく、はるかに遠い辺境にいる「翻身農奴」たちにはまったく理解できない内容であった。これらの解放軍の軍人たちにしても「林彪ブルジョア軍事路線」〔写真の中のスローガンは「林彪ブルジョア軍事路線を批判せよ」〕の意味が分かっていたのだろうか。かつて中共のナンバーツーで、毛沢東の親密な戦友であり、毛主席の後継者として党規約に書き込まれた林彪はどうしていきなり「党の指導と権力を簒奪」する「反革命集団」の悪人になってしまったのだろうか。

上の写真の中で、広範な民兵を懇切丁寧に教育している軍人は、実は私の父である。ほかの武装部の軍人が父のカメラで撮影したものとみられる。

村はずれでの訓練と、脱穀場で一休みする男女の民兵。よく見ると、このカムの農村には、高々とそびえる、古い望楼が残されている。実際、これらの望楼には一〇〇〇年もの歴史があるとみられ、吐蕃時代における唐など周辺の隣国との戦争と関係がある。四角、六角、八角、十二角などの建築様式が一般的である。

カム地方の男女の民兵のポートレートである。ふつう本物の銃と実弾を割り当てられるのは「基幹民兵」であり、彼らは班長に相当する。一方、「一般民兵」には銃は支給されず、木製の銃と木の棒で訓練を行った。

一九七〇年代のカム地方の女性民兵。この写真には、明らかにヤラセの形跡があることが分かる。まさしく、私の父が『解放軍画報』の同じような写真をまねて、女性民兵に小型銃砲をいじっているポーズをとらせて撮ったものだ。

大衆政治、大衆独裁に長けた共産党にすれば、広範な人民大衆に号令を発して、敵との様々な闘争に参加させるのは、長期にわたって堅持してきた「優れた伝統」の一つであり、それは「国民皆兵」と呼ばれている。このため、「民兵」のような大衆的武装組織を、共産党は平素から重視してきた。毛沢東の語録の中にも「われわれは強大な正規軍を持つ必要があるだけでなく、民兵師団を大々的に編成しなければならない」との言葉がある。

一九五〇年代に全チベット各地でチベット人の反抗を鎮圧したとき、共産党は「翻身農奴」の民兵化に早々と着手し、文革期には国境地区のみならず、チベット中のほとんどの農村、牧畜地区、都市や町の居民委員会に民兵を組織した。各県の人民武装部は民兵を組織し、訓練する直接の機関であった。党の言い方によれば、人数の多い民兵は、対外的には国境警備に従事し、また対内的には階級の敵と戦い、チベットに駐屯する共産党軍にとって欠くことのできない同盟軍となった。「四旧打破」や「牛鬼蛇神」つるし上げの運動の中であれ、あるいは二つの派閥の権力闘争が解決不能な事態に立ち至ったときであれ、常に多くの民兵——軍服を着ていない軍人——が事実上、それらの事件に関与し、おおいに活躍した。

仏塔を破壊したり、経典を焼き捨てたり、「走資派」をつるし上げたりしたことのあるチャンパ・リンチェンは、自分が民兵だったことを認めている。彼らを率いた民兵隊長は、長いこと居民委員会書記を務めていた積極分子のカンツーだった。

「民兵業務は組織面で着実に遂行し、政治面で着実に遂行し、軍事面で着実に遂行しなければならない」という毛沢東の指示に基づき、チベット軍区の某高級将校は一九七二年、チベット人の民兵幹部を前に行った講話の中で次のように語った。

組織面で着実に遂行しよう。第一に、分隊、小隊、中隊などの組織を持つことであり、それは生産組織に見合ったものでなければならない。チベットの一般的な生産隊では分隊ないし小隊をつくり、公社では中隊をつくるが、人数の多寡や地区の大小に応じて柔軟に対処してよい。

……政治面で着実に遂行しよう。第三に、民兵に対して政治審査を行い、政治上の純潔を保つ。第四に、党による武装兵力の管理を堅持し、民兵は党支部の指導の下で活動しなければならない。

……軍事面で着実に遂行しよう。第一に、軍事訓練を行い、歩哨、巡察、スパイ摘発などの軍事常識を民兵に習得させる。第二に、所有する武器の保管法と使用法を身につける。第三に、各種の職務に積極的に取り組む。第四に、革命防衛の警戒心を高め、召集に迅速に応じ、戦闘に臨めるようにする。

一九六九年以降、文化大革命にまた一つ新たな内容が付け加えられた。戦争準備である。第三次世界大戦がまもなく勃発しそうだということで、帝国主義者と修正主義者が発動するかもしれない核戦争への防御を固めるため、毛沢東は続けざまにこのようなアピールを発した。

「戦争の準備をしなければならない」
「深く防空壕を掘り、より多くの食糧を蓄え、覇を唱えない」
「戦争に備え、飢饉に備えよ、人民のために」

この上なく重要な戦略的地位にあると言っていいチベットも、これに伴って戦争準備段階に入った。ラサ、シガツェ、チャムドなど多くの都市や町の民兵は、農牧地区の民兵のように生産労働に参加する必要はなかったものの、「人民防空工事」と呼ばれる建設作業に加わらなければならなかった。これはまさしく毛沢東が呼びかけた「深く防空壕を掘り、より多くの食糧を蓄え、覇を唱えない」との戦争準備方針を貫徹するためのものであり、中央に全国を指揮する「人民防空指導小組」が、また地方でも各省・直轄市・自治区に「人民防空指導小組」がそれぞれ設けられた。一時、中国全土至るところで、防空壕を掘ったり、建設したり、防空演習を行ったりする活動が盛り上がりを見せた。チベットもその例外ではなかった。

ラサでは今日でもなお当時の防空壕を見ることができる。例えば、ポタラ宮が立つマルポ・リの東側山麓の防空壕は閉鎖されているが、西側の防空壕はチンコー酒を商う酒屋に改造された。その向かい側に隣り合う薬王山〔チャクポ・リ〕の水道会社は当時の防空指揮部である。薬王山の下にも防空壕があるという。ここに防空壕を掘ったのは、自治区党委員会・政府の建物に近く、ひとたび敵機が来襲した場合、指導幹部たちがすぐ退避できるからだ、と人々は言っている。各居民委員会もパルコルに多くの防空壕を掘ったが、今も残っているかどうかは分からない。

取材の中で、多くの人がマルポ・リのふもとの防空壕を話題にした。大きな壕を掘り、しかも大量のダイナマイトを使って山を爆破したため、ポタラ宮は土台から建物本体に至るまで激しく損傷し、亀裂が生じた。当時、ラサ中学で学んでいたチベット人が今なお記憶しているところでは、授業中に耳をつんざく爆破音がしばしば聞こえ、近くを通りかかったとき、地面の振動を感じることさえあったという。ここ数年、ポタラ宮の修復工事が繰り返し行われているのは、まさしく一九六九年の「深く防空壕を掘る」運動と、一九五九年の共産党軍砲兵による猛烈なポタラ宮砲撃がもたらした災難ゆえである。

実際には、もっと多くの災難が今も存在している。「民」を「兵」に変えることは、ほかでもなくチベットの伝統文化の否定である。慈悲の心を尊ぶ仏教がチベットの地に伝わって以来、不殺生、非暴力の思想はチベット人社会全体の共通認識になっている。しかし、共産党は現在、チベットの隅々で「国民皆兵」をおおいに推し進め、まったくの一般庶民を、手に武器を携える兵士に変え、周囲の隣人や同郷人が「階級の敵」かもしれないと思わせて、絶えず警戒心を煽っている。間違いなく、暴力と恐怖のタネが、相対的に平穏なこの大地の上にばらまかれたのである。

ポタラ宮の下の防空壕は今やチンコー酒を商う酒屋に変わってしまった。2004年1月撮影（現在はポタラ宮にちなんだオリジナルの工芸品を売っており、客は主に中国各地からの旅行者である）。

第四章 毛沢東の新チベット

「革命」すなわち「殺劫」

革命委員会

不破不立〔古いものを捨てなければ、新しいものの創出はない〕は、毛沢東思想の真髄である。毛沢東が発動した文化大革命は、中国を「大破」しただけでなく、チベットをも「大破」した。では、「大破」の後に「大立」はあったのだろうか。毛沢東は「革命委員会」はすなわち「立」の指標であると考えた。つまり、自らの破壊行為によって生み出した廃墟の上に再建した新政権――革命委員会――は、おのれの文革発動の目的を実現してくれると考えたのだった。以下は「中国共産党中央、国務院、中央軍事委、中央文革のチベット自治区革命委員会成立に関する指示」の要約である。

「一九六八年八月二八日：中発〔六八〕一三六号」

「毛主席の指示：その通りにせよ」

「中央は中国共産党チベット軍区委員会のチベット自治区革命委員会成立に関する請訓報告に同意する。中央はチベット自治区革命委員会が成功裏に誕生したことを熱烈に祝賀する」

「チベットは米帝国主義、ソ連修正主義、インド反動派に反対するわが国の闘争の西南における最前線である。戦略的地位は非常に重要であり、階級闘争はたいへん複雑だ。チベットは長期にわたって反動的な農奴主階級の残酷な統治を受け、英帝国主義、インド反動派による略奪にあい、米帝国主義、ソ連修正主義と蔣介石反動グループも多数のスパイを送り込んだ。党内最大の、資本主義の道を歩む一つまみの実権派である中国のフルシチョフらと、チベットにおけるその代理人の周仁山、王其梅らは、ダライ・ラマ、パンチェン・ラマ反逆グループおよび国民党反動派の残党と結託し、封建農奴制と資本主義の復活を企んでいる」

「偉大なる領袖、毛主席が自ら発動し指導するプロレタリア文化大革命において、チベットのプロレタリア革命派と各民族の革命大衆は、毛沢東思想の偉大なる赤旗を高々と掲げ、階級の敵と激烈な戦いを繰り広げ、彼らの反革命の夢想を打ち砕いた。これは必勝不敗の毛沢東思想の偉大なる勝利であり、毛主席のプロレタリア革命路線の偉大なる勝利である。人民解放軍チベット駐屯部隊の広範な将兵は、『三支両軍』工作において極めて大きな成果を上げた」

「中央は曾雍雅同志がチベット自治区革命委員会主任に、また任栄、陳明義ら一三名の同志が副主任にそれぞれ就任することに同意する。これとは別に、副主任二名の枠を保留し、以後、補充する」

「……中央はかく信ずる。チベット自治区革命委員会の成立後、偉大なる領袖である毛主席と、毛主席を首領とし、林彪副主席を補佐とするプロレタリア司令部のあらゆる指示や戦闘の号令を、必ずや一段と迅速に伝達し、よりよく貫徹、執行するとともに、プロレタリア文化大革命の全面的な勝利をかちとり、チベットを真紅の毛沢東思想の大学校に築き上げることができる、と」

兵営の雰囲気を漂わせる会場の前で、このとき、またもや軍民共同参加の大会が開かれていた。軍服を着た毛沢東の巨大な肖像画の上に掲げられた横断幕には「解放郷革命委員会成立祝賀大会」と書かれている。それによって、なぜこんなにもたくさんの解放軍兵士がこの大会に参加しているのかが知れる。解放郷の農民をはじめとした広範な大衆が肩を並べて座っている部隊の所属は分からない。しかし、軍が権力を完全に支配する「革命委員会」を次々と設立することこそがまさしく軍の「三支両軍」の目的であった。軍人であれ、農民であれ、誰もが毛沢東の最高指示を集めた「紅宝書」を手に持って高々と掲げているが、これは文革を象徴する光景の一つであった。

いわゆる解放郷は当時のラル郷が文革中に改称してつけられた新しい名前である。ラル郷はもともと八世、一二世ダライ・ラマを生んだヤプシー・ラル家の世襲荘園だった。ラルとはラルカツァルの略称で、チベット語で龍と神の未婚の青年男女たちが遊んだ園林を意味する。ポタラ宮の北側から遠くない場所に位置し、「ラサの肺」と称されるラル湿地がある。

背景にポタラ宮の背面の一部〔右端〕が写っていることから判断すると、この不細工な建物は「解放郷」に改名されたラル郷の会場に違いない。建物は「ラル湿地」と呼ばれた場所にあったが、今はすでに取り壊されている。

一九六八年九月五日、チベット自治区革命委員会が成立した。当日、新疆ウイグル自治区革命委員会も同時に成立した。これで、中国の二九の省・直轄市・自治区の全部に革命委員会が成立したことになり、「全国の山河のすべてが革命的になる」という状況が実現し、「文化大革命」が「闘、批、改」（すなわち、毛沢東が提起した「私利と闘い、修正主義を批判し、世界観を改造する」）の新たな段階へと進んだことを示した。中国のあらゆる地方と同じく、革命委員会は当時のチベットの最高政府機関だった。自治区に革命委員会を設立しただけでなく、地区、県、ひいては郷にも革命委員会が設けられ、一九七〇年末にはチベットの七一のすべての県で革命委員会が成立した。

革命委員会の特徴は「三結合」[1]にあり、その意味は「革命幹部」の代表、軍の代表および「革命大衆」の代表で指導グループを構成するというものであった。このため、チベット自治区革命委員会の主任と副主任には、それぞれ「造総」と「大連指」の観点を支持する軍首脳の曾雍雅と任栄が就任し、その他一三名の副主任の中にはチベット人の代表三名——文革中に出世の階段を駆け上った女性県長のパサン、ベテラン幹部の楊東生〔原名＝シェラプ・トゥンドゥー〕と、再び「招請」されて政治的な飾り物となったガプー＝ガワン・ジクメ——および陶長松、劉紹民の「大衆組織のボス」二名がいた。

伟大的领袖毛主席万岁！
战无不胜的毛泽东思想万岁！
毛主席的无产阶级革命路线胜利万岁！
无产阶级文化大革命的全面胜利万岁！

无产阶级文化大革命的全面胜利万岁！

——热烈欢呼全国（除台湾省外）各省、市、自治区革命委员会全部成立

《人民日报》《解放军报》社论

西藏日報

1968年9月5日の『西藏日報』。文字が朱色で印刷されているのは革命委員会の成立を発表する「重大な吉報」であるためだ。これは中共の伝統であり、中国のすべての新聞は毛沢東の重要指示を発表する際、文字を朱色で印刷する。赤い光芒を放つ毛沢東像の両側の赤い文字列は、左側が「毛主席のプロレタリア革命路線万歳！　プロレタリア文化大革命の全面勝利万歳！」、右側が「偉大な領袖毛主席万歳！　必勝不敗の毛沢東思想万歳！」と書いてある。横見出しの下の赤い小文字は「全国（台湾を除く）の各省・直轄市・自治区の革命委員会がすべて成立したことに熱烈に歓呼の声を送る」という内容である。

後にチベット政権の各機関で重職をあてがわれた一部のチベット人は、このときに革命委員会に組み入れられた。実際、今日のチベット政界で活躍しているチベット人のほぼ全員について、その略歴の中から、かつて各地の革命委員会に在職していた記録を見つけ出すことができる。したがって、別の側面から言えば、チベットがなぜ今まで文革について反省も清算もしていないのかという問題は、文革中に出世し、今なお輝かしい官職に就いているチベット人の存在と関係がないとは言えない。自己保身と利益獲得に長けた彼らの権謀術策は「反分裂」にあるのだ。

「三結合」が決まり、両派は正式に解

散を宣言した。おおっぴらであからさまな派閥闘争には、ともかくピリオドが打たれた。だが、それは表面的に波風が収まっただけのことであった。二年来の絶え間ない闘争は、双方に利害得失をもたらした。しかも、無数の人々の鮮血が流れたため、双方が「笑って怨念を水に流す」ことを難しくした。少なくとも心にはしこりができ、表情は穏やかなれども、心中は穏やかならず、という状況だった。

革命委員会の成立当初、「造総」は毛沢東と林彪を驚愕させた「六・七ジョカン寺事件」の恩恵をこうむり、一定の地位を占めただけでなく、「大連指」よりも上の位置に立ち、にわかに優勢を誇った。ところが、ほどなくして「ニェモ事件」などの暴力事件が相次いで発生した結果、優位を失い、続いて次から次へと来襲した一連の政治運動の後、「造総」にはもはや衰えた勢いを盛り返す力はなくなった。心中不満を抱く者は間違いなく大勢おり、なかんずく「造総」の主要リーダーである陶長松らはひそかに連絡を取り合って反撃のネタを集め、後日の「逆転再評価」をもくろんだが、結局のところ、形勢を挽回することはできなかった。それ以降、「大連指」は目の上のこぶが取れて気勢が上がり、おおいに立場が安定した。ただ、やはり軍の支援に頼らざるをえず、それゆえにひたすら軍に追従することにもなったのである。その意味では、軍の首脳こそが最大の勝利者であった。

一九八〇年代半ばになると、チベットの行政責任者はもう軍人が兼任しないことになり、軍がすべてを取り仕切るという局面にようやく多少の変化が生まれた。とはいえ、やはり軍の束縛は受けたのであり、それは必然的な帰結だった。先に述べたように、チベットはその戦略的地位――まさに「チベット自治区革命委員会の成立に関する報告」に対する北京の指示の中では「チベットは米帝国主義、ソ連修正主義、インド反動派に反対するわが国の闘争の西南における最前線である」と強調されている――が特殊であるため、「鉄の長城」と呼ばれる軍は昔からずっとチベットのあらゆる実務において絶対的に重要な役割を果たすよう運命付けられていたのである。

革命委員会の成立後、「革命に力を入れよう」という毛沢東の呼びかけは、「階級の純潔化」や「一打三反」（すなわち「反革命分子に打撃を加え、汚職・窃盗、投機売買、派手な浪費に反対する」）など多くの政治運動を展開する形で具現化された。また、毛の「生産を促進しよう」との呼びかけは、人民公社化と「戦争と自然災害への準備」の推進という形で実行された。このほか、知識青年を農村に下放させ、広範な「翻身農奴」による再教育を受けさせる運動などもあり、対象になったのはチベット本土の知識青年や中国各地からやって来た漢人の知識青年たちだった。

それでは、「四旧打破」はどうかというと、あろうことか、相変わらず騒ぎが続いており、いちばんひどかったのはチベットで最も有名な寺院の一つであるガンデン寺の破壊だった。今日、多くの人は、広大なガンデン寺の破壊は文革が始まったばかりのころの出来事であり、熱狂的な紅衛兵と付近の村落の農民たちが悪の元凶だったと考えているが、一九八五年の内部資料から明らかになった事の真相はそれとはまったく異なる。この資料はチベット自治区とチベット軍区が、「三支両軍」の期間中に軍が犯した誤りについて共同で調査したもので、その中に次のような記録がある。

「国内外にその名がとどろいている国家重点保護対象のガンデン寺は、こともあろうに自治区革命委員会の成立後に破壊され、文化財が散逸し、政治的に回復しがたい損失がもたらされた。この問題はいまだに調査の結論が出ておらず、当時のラサ軍分区の左派支持の指導者を調査したものの、調べ切れなかった。当時のタクツェ県武装部政治委員は革命委員会主任であり、分区副司令員の李希然は市革命委員会財経組の組長だった」

中国共産党のチベットにおける最高権力機関の正門。名称は幾度か変更され、「チベット自治区革命委員会」の看板が掛けられたこともあった。その後、政治の風向きが変化し、この名称も変わった。ラサ市民は長年の習慣から相変わらず「党委大院」と呼ぶ。

なぜ調べ切れなかったのか。いったい軍は表に出せないどんなことをしでかしたのか。あれらの散逸した文物は「支左」の軍人たちによって私物化されてしまったのか、それとも軍の名義で中国へ持ち去られてしまったのか。明らかにこれも真相不明の事件であったが、チベット人は腹が立っても泣き寝入りするしかないのである。

このほか、第二章「造反者の内戦」で述べたように、革命委員会が成立してまもなく、むやみやたらに人殺しが行われたことがあった。これは決して言いすぎではない。一九六九年に多くの地方の「反革命暴乱」を標的にして行われた武力「鎮圧」にしても、一九七〇年以降に繰り広げられた「階級の純潔化」や「一打三反」などの政治運動にしても、それらはみな各地の革命委員会の指導下で、概念も対象範囲も拡大化された「階級の敵」に対して行われたプロレタリア独裁の「革命行動」であった。

注目に値するのは、これらの「階級の敵」には、「旧チベット」の「三大領主」や「新チベット」の「走資派」はもとより、「五・一六分子」（もともとは、共産党の「五・一六通知」[2]から命名された北京紅衛兵の大衆組織で、登場してまもなく「陰謀を企む反革命グループ」の烙印を押された。続いて中共は中国全土で徹底的な調査運動を展開し、「調査を受けた者は千万に上り、殺された者は一〇万を数えた」といわれた。チベットでも多数の「五・一六分子」が捕らえられた。問題の波及範囲からすれば、「五・一六」はまさに文化大革命中最大の冤罪の一つと言うべきである）、さらには「反乱」や「反逆」の罪を科された、多くの「民族主義分子」のチベット人さえも含まれていたことである。

次から次へと襲来する政治運動の中で、この世の悲劇が一幕さらにまた一幕と、絶え間なく上演された。多くのチベット人が「反乱分子」や「反逆分子」として審判を下され、殺害された。また、多くの地域で、名状しがたい恐怖にかられ、様々な方法で自殺を図る者が見られた。精神が錯乱し、発狂した者も少なくなかった。今日、人々の記憶によれば、このころは文革一〇年を通じて最も恐怖に満ちた時期であり、誰もがわが身に危険が迫っていると感じ、恐れおののいた。

『西藏自治区重要文件選編』によると、一九八〇年にチベット自治区が開いた「政策実施会議」の議事録に「おおまかな統計では、各種の冤罪・でっち上げ・誤審事件に関係し、巻き添えになった者は、全区で十数万人に上り、総人口の一〇パーセント以上を占める」との数字が記載されている。これは言うまでもなく驚くべき数字である。しかも、本当の数字は共産党の会議で公表された数字をはるかに上回っている可能性さえある。では、いったい総人口の何パーセントか。二〇パーセントか、あるいは三〇パーセントか。最悪の場合、それよりも多いだろうか。おそらく隠された真相は誰にもはっきりとは分からない。

それゆえ、一九八八年、共産党指導者の喬石[3]はチベットを視察した際、「政策を際限なく実行してはいけない。だらだらといつまでも続けるのはだめだ」と明確に指摘した。その意味するところは、あれらの冤罪・でっち

上げ・誤審事件を蒸し返す必要はない、もう全部水に流そう、ということではないのか。それでは、無実の罪で失われた命は、チベットの大地をゆらゆら漂う亡霊と化してしまうのではなかろうか。当時、幾度も「赤色テロ」を経験したことのあるチベット人は私にこう語った。

「祝日が終わったら、すぐ銃殺が行われる。何とも恐ろしかった。いちばん残酷だったのは、人を銃殺する時には必ず肉親がその場にいて最前列に座らなければならなかったことだ。でも、これらの人たちは後になっても基本的に名誉回復がなされなかった。あんなにも多くの殺人事件があったわけだからね、私たちチベット人はすっかり震え上がったよ。私たちが受けた傷はあまりにも深かったので、共産党への信頼はもうなくなってしまった。だから、八七年と八九年の、いわゆる『騒乱』は、実のところ、これらの傷と関係のあることなんだ」

一九七二年以降、宗教の信仰はゆっくりと復活し始めた。そのメルクマールは大きな災禍に見舞われたジョカン寺の修復ができるようになったことであった。しかし、民衆のおおっぴらな宗教活動は依然として許されなかった。

文化大革命終了から三年後の一九七九年、権力機関として一〇年間命脈を保った革命委員会が廃止されると、その多くの指導者たちは態度をがらりと一変させ、相も変わらずチベット政界で様々な手練手管を弄した。

〔写真／右上〕 旧チベットが「最も悲惨なこの世の地獄」、「最も陰惨な人食いの魔窟」、「最も反動的な統治機構」であり、「一〇〇万農奴は救いの神、毛主席を待ち望んでいる」ということを誇張するため、チベット自治区革命委員会は一九七五年、北京と瀋陽の御用芸術家を招いて、巨大な塑像「農奴憤」を作らせた。目も当てられないほど悲惨な姿の塑像もあれば、義憤の表情をあらわにした塑像もあり、合わせて一〇〇体余りの塑像がにぎやかに「チベット革命展覧館」に展示された。これらの作品は「歴史教育の生きた教材を提供した」と吹聴されたが、かえって文革の痕跡をありありと体現しており、時代の印を刻んだ文革の産物と言うべきものであった。文革の終結宣言からすでに二九年の歳月が流れた二〇〇五年、チベット自治区成立四〇周年に捧げる贈り物として、写真集『農奴憤』が再編集の上、チベット語と漢語の二つの文字で印刷され、西藏人民出版社から発行された(4)。

2 人民公社

チベットの農牧民にとって、「人民公社」は、文化大革命全体と自分たちの日常生活との間に生じた最も直接的で切実な関係を象徴するものであった。「人民公社」は彼らの物質生活を劣悪なものにした。まさに、「四旧打破」が彼らの精神生活を粉々に打ち砕いたように――。

農牧民たちは今も「人民公社」の記憶を忘れ去ることができないでいるが、彼らの言葉の中ではチベット語に訳された「人民公社」という単語はまったく存在感がない。それとは逆に、彼らが覚えているのは漢語の発音の「公社〔コンショー。チベット語ではクンシェ〕」だ。「共産党〔中国語＝コンチャンタン、チベット語＝クンデンタン〕」といったような形而上の語彙や、「白菜〔中国語＝パイツァイ、チベット語＝ペーツェー〕」「酸蘿蔔〔大根の漬物。中国語＝スワンルオポー、チベット語＝スンラブー〕」といったような形而下の語彙と同じく、外来の言葉でありながら元の発音を保っている単語である。これらの言葉は様々な社会変革を経て絶えず豊かさを増したチベット語の言語体系の大地にしっかりと根を下ろし、植民の痕跡をとどめている。

以下の何点かの写真を入れてあったネガ袋には、「人民公社を祝う」とのメモ書きがあった。高い空に淡い雲、そしてすこぶる広大な大地が、どっしりした山々をはるか遠くへと押しやっている。その大地の上を歩むデモ隊の服装から判断すると、彼らはラサ近郊の農民に違いない。では、私の父が撮影したのは、チベットの最初の人民公社であるドンカル〔通嘎〕人民公社であろうか。

上の写真は興味深い。チベットの農民がレーニンの肖像画を高々と掲げているのを見るのは初めてである。なぜレーニンの肖像を選んだのか。共産党のほかの開祖たち、例えば、マルクス、エンゲルスやスターリンの肖像画はどうしてこの中に見当たらないのか。もちろん、それは解答があるはずのない問題であり、実際にはどうでもいいことでもある。チベットの農民にとっては、彼らと毛沢東は同じであり、いずれもよそからやって来た神様なのであった。レーニンの肖像画の左側のプラカードにはチベット語でこう書いてある。「われわれは必ず毛主席の指示どおりに恐れることなく闘争し、勇敢に革命を行い、巧みに闘争し、うまく革命をやらなければならない。われわれは毛沢東思想をプロレタリア文化大革命の羅針盤として、真剣に、全面的に、徹底的に、一言も漏らすことなく、一六条をやり遂げなければならない」。

若い農民が高々と掲げている横書きのスローガンにはチベット語で「プロレタリア文化大革命と全自治区の人民公社化を慶祝する」と書かれている。先頭を歩いているのは明らかに共産党の女性幹部である〔前頁の写真〕。彼女が着ている服は後ろの一般幹部の服装と異なり、ズボンの二つの大きな継ぎ接ぎがずいぶんと目立ち、つつましやかで質素な生活ぶりを物語っている。彼女は郷長なのか、県長なのか、あるいは工作組の組長なのか。一群のチベット農民の先頭を単独で歩き、まるで一人の道案内人がみんなを率いて、社会主義の楽園へと通じる光り輝く道を歩んでいるかのようである。この光り輝く道とはすなわち人民公社であり、それは広大な農村の田畑の上に成り立っていたが、あたり一面草ぼうぼうであった。共産党はわれわれをこう教え導いた。「たとえ社会主義の草となっても、資本主義の苗にはなるな」。まさしくそれが「人民公社」の特色であった。

報道によれば、革命委員会が成立した後、全自治区の文芸団体はいくつもの「毛沢東思想文芸宣伝隊」に改編され、歌舞など様々な公演形式で文化大革命を宣伝した。写真は、これらの愛すべき芸人たちが農村へ出向いて演技を披露し、毛沢東が押し広める人民公社を褒めたたえている場面である。今日、愛すべき芸人たちは相変わらず舞台で歌い踊り、人民公社制度が廃止された農村を、そして誰もが小康〔まずまずの暮らし向き〕の実現を目指していることを賛美する。どの時代の芸人たちも共産党の掌中の人形みたいなものであり、いいように操られている。

人民公社のこの農婦の表情からは農作業の労苦がしのばれる。しかし、カメラのレンズを前にすると、やはり顔をほころばせ、純朴な笑みを浮かべた。彼女の眼差しはやさしげで、キラキラした耳飾りをつけている。

これら三点の写真は、それぞれチベットのウー・ツァン一帯の農村（前頁上下、一九六〇年代末撮影）と東部カム一帯の農村（上、一九七〇年代初め撮影）である。人民公社になった後、下放した知識青年と民兵を含むすべての農民が一緒に集団労働に従事し、刈り取った裸麦を積み上げたり、脱穀したり、選別したりしている場面である。

「知識青年」として成都、康定などからカムの農村へ下放した漢人の若者たち。まるでロマンチックな生活を送っているかのようだ。「知青〔知識青年〕」と呼ばれた若者たちは、カメラマンのお膳立てでチベット服を着て馬に乗ったり、厚化粧をしたりして、簡素なステージの上で漢人とチベット人の大団結を演じ、軍隊と人民が家族のように親しいことをアピールする歌舞を披露した。しかし、調べたところでは、漢人を主体とするこれらの「知青」たちは、実際にはその多くがチベットの農村で精神的にひどく苦しい日々を送った。一九七六年八月に瀋陽〔遼寧省〕からチベットの農村へやって来た六十数人の「知青」のうちの一人に私はインタビューしたことがある。彼はこのように語った。

「仲間たちはチベットの農村の生活にまったく慣れず、毎日、家の中にこもって労働に参加せず、半年もたたないうちに、一人また一人と去っていった。でも、私はチベットの農村で新しい道を切り開きたかった。それに村のみんながとてもよくしてくれ、村中の家から食事に招かれたほどだ。村人は自分ではもったいながって食べようとしない卵やバター茶までごちそうしてくれた」

前述したことだが、ラサでは一九六九年九月、「ラサ中学の第一陣一三二名の知識青年が農村へ入って定住した」。これに続いてすべての学生が農村へ追いやられた。かつて批判闘争の標的になったデモ＝ワンチュク・ドルジェが私に語ったところでは、一九六八年九月、彼と同級生の男子一名は「知青」としてセラ寺下方のタチ〔扎其〕村へ入ったことがあった。村の人々は彼らのことを哀れみ、都会育ちの子供が農村に来て苦労するのは本当に可哀想だと言って、かつて寺院のケンポ（高僧）の家だったところに彼らを住まわせ、しょっちゅう食事にも招いてくれた。また、彼らがしばしば実家に戻ることを許してくれただけでなく、いちばんいい労働点数〔労働の軽重などによって労働量を点数化したもの〕の八点を与えてくれた。年末には人民元で約二〇〇元に相当する量の裸麦を分配してくれた。農閑期には彼らは若い農民たちと宣伝隊を組織してあちこちで上演活動を行った。彼は二胡〔二弦の弦楽器〕を弾いたり、太鼓を叩いたりし、解放軍を演じたこともあれば、農奴を搾取し圧迫した「三大領主」を演じたこともあった。ただ、彼は「牛鬼蛇神」の子弟だったことから、村で「林彪事件」に関する伝達が行われたときも、それを聞きに行く資格がなかった。一九七二年になってようやく農村を離れることができ、ラサで数年間操業していたガラス工場の労働者になった。

一九五九年以降、チベットの農村と牧畜区では「民主改革」が推し進められたが、それはチベットの伝統的経済に対する革命であった。これに続いて「人民公社化」が革命によってもたらされた混乱を一段と激化させた。党幹部たちは、チベットも全中国の歩みに遅れをとるまいと焦り、人民公社化の試みに着手した。いわゆる「人民公社」は毛沢東とその同志たちがスターリンのソ連農業集団化モデルを模倣したものであり、計画経済の集団農村である上に、農村における共産党の基層政権でもあった。こうして農民たちは生産手段の所有権を取り上げられた。

一九六〇年には早くもチベットの農村に八千余の農業生産互助組が設立され、かつまた七〇-八〇の合作社が実験的につくられたが、当時、チベットはなお「反乱鎮圧」のさなかで、情勢も不安定だった。そうした現状への配慮から、この試みはしばし中断した。

一九六五年、チベットは人民公社の試験的な設立に乗り出し、トゥールン・デチェン〔堆龍徳慶〕県トンガ郷に第一号の人民公社を発足させ、ほどなくしてタクツェ県ポンド〔幫堆〕郷に二つ目の人民公社をつくった。一九六六年初めにはすでに一三〇の人民公社が設立された。革命委員会が成立してからは、ますます急ピッチで人民公社化が進められ、一九七五年にはチベットの九九パーセントの郷で人民公社化が完了した。設立された人民公社は全部で一九二五か所に上り、革命委員会の大きな成果であることは疑いなかった。

中国における人民公社化推進の成果として、大自然に挑戦する精神を武器に大地を改造し、不毛の地をすばらしい田畑に変えた大寨[5]という人民公社が現れた。一九六三年、毛沢東が「農業は大寨に学べ」と一声呼びかけると、全中国のあらゆる農村が大自然と闘う労働の熱気に巻き込まれた。山西省昔陽県にある大寨は中国の全人民公社の模範であり、文化大革命の勝利の成果の一つを象徴していた。チベットも中国各地の農村と同じように、それぞれの人民公社を大寨式の人民公社につくり変えようとした。このため、チベットの当時の農牧民たちが生涯でいちばん鮮明に記憶に刻んだ中国の二つの地名は、おそらく一つが北京、もう一つが大寨であったと思われる。

いかに大寨に学んだのか。水利、段々畑など「農地の基本建設」を大々的に進めただけでなく、牧草地のむやみな開墾、牧場での穀物栽培、裸麦から冬小麦への作付け転換など、チベットの生態系にまったくそぐわない政策もたくさん打ち出された。このことは後に「社会的災難であり、生態的災難でもあった」と認識されるに至った。裸麦は青蔵高原の最も主要な農作物であるとともに、標高が高い地帯での生育にいちばん適した農作物であり、裸麦を加工して作るツァンパは、チベット民族がこの絶対的な高地で生存、繁栄していく上で欠くことのできない食べ物だ。実際、ほぼすべてのチベット人は別に小麦を好んで食べたりはしない。しかもチベットで栽培した小麦は品質が悪く、まったく食用にならないのである。

とりわけ、人民公社化は農牧民から土地と家畜を取り上げてしまった。さらに、集団労働では、労働点数に応じて収入が決められ、それは雀の涙ほどの金額だった。農業現物税をはじめとする税金は高くなかったとはいっても、決して軽い負担ではなかった。農村と牧畜区の間で行われていた伝統的な物々交換（例えば、裸麦をバターや肉類と交換する）も廃止され、政府による統一的な食糧配給などに改められた。加えて、雪害、雹害などの様々な自然災害により、民衆は生活の手立てを失い、廃村に追い込まれるところまで現れた。住むべき場所を失った村民たちはほかの土地で物乞いをするしかなかった。

共産党自身の評価と統計によれば、人民公社化の後期、チベット全土に

チベットの農牧区の老人たちは大寨だけでなく、大寨の指導者の陳永貴を覚えている。写真は1974年11月、陳永貴〔1975年1月、国務院副総理に就任〕（右）がわざわざチベットへ来て大寨の経験を宣伝し、ロカ〔山南〕地区ルンツェ〔隆子〕県のニャメ〔列麦〕公社党委書記、リンジン・ワンギェルと握手をしている場面である。リンジン・ワンギェルは「チベットの陳永貴」と称せられ、中国唯一の副省長クラスの郷党委書記といわれていた（1975年出版の『西蔵自治区画集』から複写）。

は生活レベルが人民公社化以前よりも低下した人々が五〇万人おり、このうち二〇万人近くは暮らし向きがかなり厳しかった。当時のチベット自治区の総人口を一八〇万とすると、この数字の割合は驚くほど高い。チベットの党官僚たちも、民衆は「人民公社化でいい思いをすることなく、苦しみを味わった」と認めざるをえなかった。

思うに、毎日毎日、田畑のへりで毛沢東思想を学習しても、この「精神の原子爆弾」のおかげでチベット中至るところで麦の穂が波打つということはなかったし、食糧が倉庫に山積みになるということもなかった。ところが、滑稽なことに、一九七四年一一月、チベットで「大寨に農牧業を学ぶ経験交流会」が開かれ、チベットの軍・政府の大権を一手に握っていた中共高官の任栄は「自治区全体で基本的に食糧の自給を達成した」と誇らしげに宣言した。数日後、大寨の英雄として知られ、すでに国家指導者になっていた「毛沢東の農民」こと陳永貴[6]がチベットを視察し、現地情勢について「かなりすばらしい」と語った。

一九七六年、中共当局が撮影した記録映画「西蔵高原大寨花〔チベット高原の大寨の花〕」が上映され、この中で描かれたのはチベットの第一号の人民公社である、トゥールン・デチェン〔堆龍徳慶〕県のドンカル人民公社の様子だった。映画の紹介文にはこのようなことが書かれていた。

「山や岩を開削し、農地を造成し、治水を行う。農業は大寨に学ぶ大衆運動がチベット高原で大々的に繰り広げられ始めた……海抜四二〇〇メートルの世界有数の高山の町、ドモ〔亜東〕

県パリ〔帕里〕鎮では経済的価値の高い様々な農作物が高地寒冷の限界を突き破って根を生やし、花を咲かせ、実を結んでいる。万里の高原の古い顔は面目を新たにし、チベットでは大寨の花が満開である」

しかし、人民公社化の過程では、チベットの農村と牧畜区の伝統文化に対するすさまじい破壊が行われた。米国のチベット学専門家、メルヴィン・ゴールドスタインは、一九八〇年代にチベット西部の牧畜区で一六か月間に及ぶ野外調査を行い、以下のように指摘している。

個人の宗教活動は禁止され、寺院や祈りの壁はみな取り壊され、牧畜民たちは頭の中に深く刻まれている価値観と風習を捨て去るよう強制された。例えば、男たちはあの特徴ある前髪とおさげを切り落とさなければならず、婦人たちも女は動物を殺してはならないという戒律を破るよう求められた。これは何とも恐ろしい時代状況であった。というのも、牧畜民たちの価値基準と道徳規範が作為的にひっくり返されてしまったからである。とりわけ、めちゃくちゃだったのは食料不足だった。チベットの幹部が操る階級闘争大会と、大量に流され、あらゆる物事を歪曲した宣伝は、認識上の混乱と不調和を生み出した。ある意味では、政府はただ言葉の上から伝統的倫理に対するチベット人のアイデンティティーを弱めたかっただけなのである。

それゆえに、彼はこう結論付けた。「この時期の中国の政策は放牧地の経済を維持しようというものであったが、放牧地の伝統的な社会、文化構造を破壊してしまった」

人民公社化がチベットの多くの農村、牧畜区で引き起こしたすさまじい反応は、一連の写真からはうかがえない。当時、チャムドの某地区で幹部を務めていたホルカン＝チャンパ・テンダルが取材の中で語ったところでは、そのころ、農業区はすでに人民公社化を完了しており、続いて牧畜区で人民公社が設立された。彼がいた地区の文書係は大会で、牧畜民たちは人民公社化を望んでいないと述べ、これに異議を申し立てた。牧畜民は自分たちが放牧している家畜に愛着を抱いているのに、今は家畜をすべて生産隊に引き渡さなければならず、心中やりきれない思いでいる、というのがその理由だった。この発言が原因で、文書係は県公安局の警官に当日夜のうちに逮捕され、まるまる三年間も監禁された。

ゴールドスタインが視察したシガツェ地区ガムリン〔昂仁〕県パラ〔帕拉〕郷は一九六九年の年末、牧畜区の人民公社化に抵抗し、「大多数の牧畜民が昔からの首領の指揮下で一揆を起こして地域を制圧、中国寄りのチベット役人を何人か殺した上、いわゆる政府を樹立し、宗教と経済の自由を公然と提唱した」という。このため、「反乱は直ちに南部から進攻した中国軍によって鎮圧され、中国政府は指導者たちを逮捕ないし処刑したほか、それ以外の者たちを監禁または再教育処分とし、しかる後に人民公社と革命委員会を設立した……」とされる。

つまり、一九六九年に起きた一連の抵抗事件の目的は様々であったが、その中にはまさしく人民公社化への反発から生じたものがあったわけである。チベット学専門家のツェリン・シャキャ〔茨仁夏加〕は自著『龍在雪域——一九四九年後的西蔵〔雪の国の龍——一九四九年後のチベット〕』の中で「ある地域では、反乱活動は中共が人民公社制度を復活させようとしたことから起きた」と述べている。まさしく、当時、チベットの庶民の間ではこんな言い方が流布していたのである。「解放とは、まるで人の頭に濡れた毛皮の帽子をかぶせるようなものだ。帽子が乾けば乾くほど、頭がきつく締めつけられる」。そこで、中共が解放を勝ち取ったと公言していた「翻身農奴」たちは、このような「解放」は望まないとの態度を示し、「ツァンパを食う者たちはコメを食うやつらを追い払え」というスローガンを叫んだのであった。ツァンパとコメは実際、チベット人、漢人というそれぞれの民族属性を象徴しており、かつまた民族アイデンティティーをも意味している。

もちろん、多くの物事のいきさつは決して単純に一言で言い表すことはできず、多種多様な可能性が存在する。しかし、このようにたくさんある可能性も、実際には一つの前提に起因している。それは革命である。チベットで起きたあらゆる革命とともに半生のほとんどを歩んだチベット人のある知識人は「一九五九年以降の『民主改革』はチベット経済に対する革命だった。また、一九六六年の文革はチベット文化に対する革命だった。二度の革命がチベットの様相を根底から変えてしまった」と語る。そして、人民公社化は、チベット文化に対する革命の中に入り混じった、チベット経済に対するさらなる革命であった。

このため、当局の意図を体現するメディアの宣伝と同じように、私の父が撮った人民公社の写真が物語っているのは、決して真実の状況ではなく、幸福な生活に見せかけた偽りの姿なのである。

これらの集団労働と学習に参加した人たちの中に知識青年がいたかどうかは分からない。早くも一九六五年一〇月、『西蔵日報』は首都の知識青年の一団が志願してチベット入りし、農業生産に参加したことを報じている。一九六九年には、チベットの地元中学生たちがチベットの農村に下放し、生産隊に入って定住した。その後、長年にわたって、知識青年が農山村に下放する運動が推進され、熱情溢れる青年たちが続々と中国各地からチベットへやって来た。

かつてラサの某国有企業でトップを務めた孫という名字の男性はそのうちの一人である。それは一九七六年のことで、東北地方の遼寧省撫順市からやって来た、一八歳になったばかりの孫はロカ地区チョンゲー県紅旗人民公社の農民になった。期間は長くなかったものの、チベット農民といつも一緒にいたため、チベット語をマスターしてしまっただけでなく、彼らと浅からぬ友情を結び、それは今日まで続いている。結局、文革はほどなくして終結することになる。そのころのチベットの農村は、労働のほかにやることと言えば会議しかないといったようなありさまだったが、階級闘争はもはやたいして重要ではなくなっていた。土地に暮らす人々は純朴、善良かつ温厚で、この漢人の知識青年は「ちょっと桃源郷に来たみたいだった」と振り返る。

だが、本当に桃源郷だったのだろうか。あんなにも多くの革命を経てきたのに、チベットが桃源郷ということがありうるだろうか。

私の父は寺院や仏像が破壊され、経典が燃やされる現場を直接目撃し、なおかつこれらの恐ろしい場面をカメラに収め、記録を保存した。そうした後でさえも、彼本人は自ら演出したチベット農民の幸せな生活という新状況を心から信じたのであろうか。私にはそうだとはとても思えないのである。

新たな神の創出

「あの太陽の東方に」はチベット北部のチャンタン〔羌塘〕牧畜区で広く歌われている有名な民謡で、本来の歌詞は以下のような内容だ。

あの太陽の東方に
金色宮殿がありまして
その黄金造りの宮殿に
金剛勇士仏がおわします

あの太陽の南方に
銀色宮殿がありまして
その白銀造りの宮殿に
無量光仏がおわします

あの太陽の西方に
白色宮殿がありまして
その法螺貝造りの宮殿に
宝生如来仏がおわします

あの太陽の北方に
緑色宮殿がありまして
その碧玉造りの宮殿に
不空成就如来仏がおわします

ところが、文化大革命中に、「革命的文芸活動家」によって、チベット人の名義で、こんなふうに改作されてしまった。

あの太陽の東方に
金色宮殿がありまして
その黄金造りの宮殿に
われらが偉大な領袖、毛沢東がおわします

あの太陽の南方に
銀色宮殿がありまして
その白銀造りの宮殿に
われらが偉大な中国共産党がおわします

あの太陽の西方に
白色宮殿がありまして
その法螺貝造りの宮殿に
われらが偉大な人民解放軍がおわします

あの太陽の北方に
緑色宮殿がありまして
その碧玉造りの宮殿に
われらが偉大な全国各民族人民がおわします

これらのチベット人の子供たちは『毛主席語録』を学習するポーズをとっている。彼らは毛沢東に朝八－九時の太陽に例えられ、毛が希望を託した革命の後継者であった。今ではチベット社会の中堅層になっているが、毛が考える革命者の基準に合致した者はどれだけいるだろうか。あるいは、実際には多くの者が再び自分たちの先祖の伝統へと回帰し、毛沢東が諄々と説いた教えを捨て去ってしまっただろうか。

解放軍のオーバーコートを羽織った高級幹部が、毛沢東の肖像画を「翻身農奴」たちに配布している。中山服を着た新たな神、毛沢東をじっと見つめる「翻身農奴」は何とも畏れ多いといった表情をしている。

新華書店で「紅宝書」――『毛沢東選集』と『毛主席語録』――を競うように買い求める人たち。中国の官製メディアの報道によると、「一九五一年から一九七六年までの間に印刷、発行された様々な版の『毛沢東選集』（少数民族語版、点字版、外国語版を含む）は約二億五〇〇〇万セットに達する」という。『毛主席語録』は「国家の出版社が正式に出版したものだけでも総発行部数は約一〇億五五〇〇万冊」とされる。また、チベット語にも翻訳され、一九六七年六月二五日に出版された、中国語とチベット語の対訳版は発行部数が五〇万冊に上り、「チベット人民のすばらしい慶事」と言いはやされた。

一九六九年四月三日、ラサの新華書店は引き続き『毛沢東選集』B六判上製合冊本と、『毛主席語録』、『毛主席的五篇著作（毛主席の五編の著作）』、『毛主席詩詞』のポケット版ビニールカバー上製本などを大量に発行した。印刷部数の多さは全チベットの人々に一冊ずつ行き渡るほどであった。最も小さな判型の『毛主席語録』はマッチ箱ほどの大きさだったといわれるが、これは中国語版だったはずだ。チベット語版の『毛主席語録』にもポケット版があったという。

毛沢東の「三支両軍」を貫徹するため、「解放」マークのトラックが毛沢東思想宣伝隊をチベットの農村と牧畜区へ送り込み、現地の農牧業への支援を行った。チベット軍区の一九六八年の『三支両軍』工作のさらなる着実な取り組みに関する指示」ではこう強調されている。

「主要な形式は毛沢東思想宣伝隊であり、軍事管制の機関が引き続き軍事管制を実施しなければならない。各地の駐屯軍は駐屯地の機関と付近の大衆に対して宣伝を行う責任を負う」

その成果はどんなものであったか。文革終了後、チベットの上層部は内部座談会を開き、こう総括した（一九八五年の中共のチベット内部資料であり、軍が「三支両軍」期間に犯した過ちについてチベット自治区とチベット軍区が共同で行った調査）。

「文革期間中、わが自治区部隊では一二三三人の大隊以上の幹部がチベット各地で『三支両軍』に参加し、このうち『三結合』に参加した者は七一六人で、関係した地方職場は五六六か所に及んだ。地方で『支左〔左派支持〕』に参加した軍区機関の大隊以上の幹部だけでも、おおまかな統計では一六四人を数え、関係した地方職場は七六か所に上った。こんなにも多くの者が『三支両軍』に参加したことは、地方に、軍に、そして自分たちに、深刻なマイナスの結果をもたらした」

解放軍毛沢東思想宣伝隊の「農業支援」は案の定、野良へと繰り出して行われた。この写真に写っている限りでは三十数人の男女の軍人がおり、『毛主席語録』を手に、大勢のチベット農民たちに毛沢東の思想を宣伝している。

チベット文字と漢字で書かれた「毛沢東思想宣伝隊」の横断幕には、さらに小さな字で「チベット軍区四〇三部隊」と記してあるが、これは無数の「軍宣隊」の中の一つにすぎない。「チベット軍区四〇三部隊」から派遣された「軍宣隊」がチベットのどの農村に入ったのかについては知りようがない。また、これらのごく普通のチベット農民たちが、こんなにも多くの毛主席の肖像画や赤旗、スローガン、軍服姿の異民族を目の当たりにして何を感じたのかについても知りようがない。

こんなにも人がびっしり集まった場所で、懇切丁寧に教え諭すような宣伝が行われた。その際、人々の心の中では、ある種の変化が生じたのではないか。例えば、このような心境の変化である。

「陽光の下に高く掲げられた毛沢東の肖像画は、まるで天から降りてきた新たな神様みたいだ。彼が公布した新しい天理は、旧チベットはもはや打倒され、新チベットがすでに誕生した、というものである。ならば、『一言一句が真理だ』とされる毛主席の言葉に従いさえすれば、新チベットはまったく新しい幸福な生活を農民に与えてくれるのではないか」

軍宣隊が野良に農民を集め、毛主席の著作の学習に取り組んでいる。

『西蔵大事輯録（一九四九－一九八五）』に以下のような記述がある。

【一九六六年】九月一四日『西蔵日報』報道――最近、人民解放軍のチベット駐屯の各部隊は続々と宣伝隊を組織し、農村と牧畜区へ深く入り込み、党の八期一中全会〔第八期中央委員会第一回全体会議〕コミュニケと一六条、さらに毛主席が「紅衛兵」に接見したニュースを大衆に宣伝した。

【一九六七年】三月三〇日『西蔵日報』報道――毛主席の指示を貫徹し、春の耕作の生産と工業生産を支援するため、チベット軍区党委は四千余名の幹部を選抜して派遣した。兵士たちは毛沢東思想宣伝隊を組織して農村、牧場、工場、鉱山、都市、町、学校へ深く入り込み、「革命に力を入れ、生産を促す」との毛主席の方針を宣伝した。また、中共中央が全国の農村、鉱工業企業の革命的大衆と革命的幹部へ送った二通の手紙について宣伝した。

【一九七〇年】四月一四日『西蔵日報』報道――この一年来、チベット駐屯の人民解放軍は何千何万もの毛沢東思想宣伝隊を組織し、農村と牧畜区へ深く入り込んで毛沢東思想を宣伝した。

【一九七三年】八月一日『西蔵日報』報道――今年に入ってから、チベット駐屯の人民解放軍各部隊は一〇一の医療隊（チーム）、百八十余の宣伝隊を農村と牧畜区へ送り込んで深く浸透させた。彼らは大衆のために病気の予防と治療を実施し、延べ六八〇〇人余りに散髪のサービスを行い、映画を八〇〇回余り上映したほか、「農業は大寨に学べ」との毛主席の呼びかけについて宣伝し、思想と政治路線の教育を展開した。……

（上）『毛主席語録』を読むこの三人の「翻身農奴」たちは何とも楽しそうであるが、毛主席の教えには非識字者を一掃してしまう非凡な効用があるようだ。彼らは本当に字が読めたのだろうか。あるいは、字が読めるふりをしたのか。チベットの実情に対する理解に基づけば、彼らが字を読めた可能性は低いと思われる。

（左）小学生の教室も野良へ引っ越した。だが、彼らが勉強しているのは『西藏日報』であり、そこには党中央と毛主席の新しい精神が紹介されている。革命事業の後継者は小さいころから洗脳しなければならないのである。

集団労働の合間に毛沢東思想を学習しなければならないのは、写真の中の農民たちだけではない。たとえ辺鄙なチベット北部の牧畜区であっても、毛沢東の影響は人々の心の奥底にまで及んだ。小さいときから放牧を生業とする家庭に育ったチベットの作家、ジャムヤン・シェーラプ（加央西熱）は、自作『西藏最後的駄隊（チベット最後の駄馬隊）』（第三回魯迅文学賞受賞作）の中で、伝統的な力仕事である塩の採掘が終わったときの様子をこう記している。

「親方は自分の塩包（食塩を詰めた大きな袋で、ヤクの毛で織ってある）の間に私たちを呼び寄せると、毛主席語録の中の階級闘争に関する論述を学習させ、続いて討論を行わせた。最後に親方がこの上なく革命的な指示を発し、こう語った。『塩の採掘は終わった。これは革命の勝利であり、毛沢東思想の勝利であり、プロレタリア階級の勝利だ。しかし、われわれは思い上がったり焦ったりすることなく、革命を最後までやりぬかなければならない……』」

これらのカム地方の民兵たちは、毛主席の著作を学習して幸せであるというポーズをとっている。どれもよく似た笑顔である。

この組写真は、明らかに念入りに段取りを整えてから撮影したものだ。狙いは人民公社化が広範なチベット農民にもたらした幸せな生活を表現する点にある。

人民公社の農民たちのこざっぱりしたスカーフ、しゃれた礼帽、色鮮やかなパンデン（前掛け）。また、毛沢東の肖像画をうっとり見詰めるその表情。さらには、毛沢東の肖像画を掲げながら、腕を振り上げてスローガンを叫ぶそのポーズ。もしこの間の歴史を理解していなければ、人民公社は確かに共産党が約束したように社会主義の天国へと通じる黄金の橋であると思わせられてしまうに違いない。

もちろん、これらの写真は人民公社が設立されたばかりのころに撮られたもので、その当時は農民たちも確かに人民公社に希望を抱いていた。

しかし、写真が間違いなく体現しているのは、私の父本人の願望であり、まさしく父の要求とお膳立てによって、農民たちは幸せいっぱいで恩に感じているというポーズをとったのである。

中央ニュース記録映画制作所のラサ支局が撮影した映画の中に、農村のチベット人の娘がリンゴの木から実をもぎ取りながら、喜色満面の表情で「暮らし向きがいいか悪いか聞きたいなら、私たちのつやつやした顔を見てごらん」と語るシーンがある。父の写真はちょうどそれと同じようなものである。確かに、映画の中の娘たちの頬は赤い色をしていて活力に満ち溢れ、樹上の大ぶりの赤リンゴみたいだった。彼女たちの表情は、まったく写真の女性公社員の表情と驚くほどよく似ている。が、実際はどうであったか。

毛沢東が農作物の番をする案山子に変身している。害虫駆除などの被害防止に絶大な威力を発揮しそうである。このような光景は当時のチベット農村ではどこでも目にすることができた。だが、それは毛沢東思想の宣伝を主要な任務とする軍宣隊が至るところに毛沢東の肖像画を送り届けたからだった。宣伝によって神秘性をまとった毛沢東はあたかも一人の新たな神のようであり、チベットの農民たちは毛沢東を万能の新たな神と見なしたのであった。もちろん、これは農村の幹部たちや積極分子たちがしかるべく取り計らったからであろう。

「旧チベット」はめちゃくちゃに叩き壊された。では、「新チベット」がそれから廃墟の上に建設されたのであろうか。

文革中期、はるかな高みにある廟堂から限りなく深い地獄へと落ち、「反党集団」、「反革命集団」を組織したと決めつけられた林彪は、まだ軍の元帥だったころ、毛沢東思想は「精神の原子爆弾」であると言い触らした。それは、このような「精神の原子爆弾」を持っていれば、共産党が宣伝するところの「三大領主がこしらえた精神の枷」を粉みじんに破壊できるということを意味していたのであろうか。

王力雄は『天葬――西蔵的命運』の中でこう書いている。

『精神の原子爆弾』のキノコ雲は毛沢東時代全体をすっぽりと包み込んだ。一団また一団と、漢人がチベットへ入って行った。一九五〇年代にチベット入りした現地要員はすでに四‐五万に達し、軍隊の人数も五万に上った。一九六〇‐七〇年代になると、さらにこれが倍増した。……『共産』宗教を信仰する十数万の漢人――当時のチベット人口の一〇分の一を占めた――が、一〇〇〇年間も閉ざされていた雪の国の浄土へ突如なだれ込んだ。彼らはチベット社会の中心と上層に集まり、その末端にも幅広く散らばっていった。かつまた、現地に根を下ろすと同時に、苦行僧のような熱情をもって、チベットで自分たちの新宗教を押し広めていった」

例えば、広大な農牧区に派遣された無数の宣伝隊は、まさしく毛沢東思想という「精神の原子爆弾」を運ぶ隊列であった。おもしろいことに、紅衛兵と解放軍の軍人を含むこれらの毛沢東思想宣伝隊は、「四旧」の徹底的な打破を呼びかける一方、革命の「迷信」を盛んに宣伝した。

ほとんどすべての家の中に毛沢東の肖像画が掲げられ、ほとんどすべての人の手に一冊の毛沢東の語録が押しつけられた。こうして、本書の写真を見れば分かるように、毛の肖像画はあらゆるところに満ち溢れ、毛の語録は各人の手に一冊ずつ握られたのであった。その光景はむしろ喜劇的でさえある。そうなのだ。いま改めてこれらの写真を眺めると、つまりこれは大衆的な行動芸術であると言うことができよう。ましてや、チベットを舞台とし、チベットの農牧民を出演者としていることから、独特の風格を醸し出している。しかし、当時は、ことのほか激しい闘争が錯綜していた。そこから飛び散ったのは民族の悲痛であった。

このようにして、外部からやって来た、毛という名字の新たな神は、革命の生臭い風と血の雨を巻き上げながら、稲光を発し、雷鳴をとどろかせてチベット上空に出現した。彼は頑迷固陋な殻に包まれてきた、青蔵高原の一〇〇〇年にわたる静寂を打ち破った。このように天地をひっくり返す勢いの革命が続いたことは、一つの民族が雪の国の大地に深く張り巡らした根を余すところなく掘り起こすことに等しかった。それが及んだのはチベット人の肉体であり、彼らは貧困にさいなまれた。さらにはチベット人の魂にまでそれは触手を伸ばし、彼らが伝統と信仰を喪失させられたとき、心の中は分裂し、魂は寄る辺を失った。これによって、すべてのチベット人はこの上なく明確に悟ったのであった。「魂の奥底から革命を勃発させる」という毛沢東の言葉が意味したものは、何と誰も贖うことのできない「殺劫」のことであった、と。

第五章

エピローグ

二〇年の輪廻

神界の輪廻

中国には「恨みを抱くには敵がおり、借金をするには貸し手がいる〔ものごとにはすべて原因がある〕」ということわざがある。その伝でいけば、一九七六年一〇月、英明なる党中央によって摘発された『四人組』反革命グループ[1]」は、あらゆる災難の元凶のようである。そこで、一九七七年から一九八九年にかけてチベットでは毎年、文革中に生じた過ちを正す作業が進められたが、これらの過ちはことごとく、遠く離れた北京の「四人組」反革命グループが犯したものとされた。一九九〇年以降、この問題はもはや提起されなくなった。全部の誤りがすでに是正され、文化大革命は過去の歴史になったので、もう無視してよく、再び論議するには及ばないと言わんばかりであった。

だが、時間を逆流させることができようか。人生をもう一度やり直すことができようか。ときに文化大革命は本当に終わったのだろうか。

一九七六年九月九日、チベット自治区成立一一周年〔一九六五年の同日、ラサで自治区成立祝賀大会が開かれた〕の当日、毛沢東が死去した。一か月後、北京・中南海〔中共中央と国務院の所在地〕で発生した事件〔四人組逮捕〕は、中国の大地に大地震のような動揺と変化を引き起こし、チベット全域においても強烈な連鎖反応を生じさせた。写真の現場であるチベット東部のカム——現在の四川省カンゼ・チベット族自治州タウ県も同様であった。

前頁の写真と上の写真を見比べると、軍人、民兵、赤旗、スローガン、そして毛沢東の大きな肖像画といった具合に、おなじみの情景が相変わらず写っているものの、プラカードの内容はすでに変わっており、一つの新たな名前が登場している。[2]「華国鋒同志の中共中央主席、中央軍事委主席就任を熱烈に祝賀する」──それは毛沢東の時代が終わったことを物語っている。

ラサではどんな動きがあったか。『中共西藏党史大事記』には一九七六年一〇月の大事件が以下のように記されている。

一〇月六日「四人組」反革命グループを粉砕──華国鋒、葉剣英、李先念らを核心とする中央政治局は党と人民の意思を執行して、断固とした措置を講じて江青反革命グループを粉砕し、「文化大革命」の一〇年の動乱を終結させた。これは全党、全軍および全国各民族人民の長期にわたる闘争が勝ち取った偉大な勝利であった。

一〇月七日　華国鋒が中共中央主席に就任し、チベットの党・政府・軍・人民はこれを熱烈に擁護した。

一〇月二三日　ラサ地区で各民族の軍人・人民六万余が空前の規模の盛大な祝賀大会を開催し、党・政府・軍の責任者の同志の指揮により、すばらしい威勢に溢れたパレードを行った。大会は党中央へ祝電を送った。

人々が「ご長寿を祈念します」と大声で叫んだ毛沢東が死んだ。彼の後継者は、一九七五年にチベット自治区成立一〇周年を祝った際、ラサを訪れたことのある華国鋒〔写真の肖像画〕であり、チベットの人々にとってまったくなじみがない人物ではなかった。

彼にまつわるエピソードがあっという間に広まった。その年に華国鋒がお出ましになった時のことだそうである。彼はチンコー酒を愛飲するチベット族人民が重くて使い勝手の悪い陶器に酒を注いでいるのを見て、にわかに哀れみの情を催し、わざわざ北京のプラスチック製品工場に命じて、両側に耳のある、やや平たい形のプラスチック容器を設計・製作させた。恩義を重んじるチベットの人々は、このプラスチックの酒器を、親しみを込めて「華主席」と呼んだ。

では、「華主席」は毛主席の生まれ変わりなのであろうか。もっとも、たいした時間も経たないうちに、「華主席」は鄧小平に打倒されてしまい、新たに組織された党中央は、文化大革命について「一〇年の大きな災禍」であったと宣言した。[3] 任栄のあとを引き継いでチベットの最高権力者になった陰法唐もこう宣言した。

「チベットの文革の実際の状況について言えば、さほどたいしたことのない問題もあれば、やや面倒な問題もあるが、全体的には深刻であり、この特殊な地区に生じたのはもっと深刻な……」

王力雄は『天葬——西蔵的命運』の中で次のように論評している。

「いくばくもなく、毛沢東がダライ・ラマに取って代わり、共産主義が仏教の神界輪廻に取って代わったが、それはまず永久に変わらないであろうと思われた。しかし、このたびの輪廻の時間が何とこんなにも短いとは思いもよらなかった。ほんの二〇年の時間が流れただけで、別の逆転の輪廻がまた始まった」。そうなのだ。一九五九年にダライ・ラマが亡命者の身分でチベットを離れてから、一九七九年にダライ・ラマの派遣した使者がチベットに戻ってくるまでのわずか二〇年の間に、すべてのチベット人の心中で輪廻が生じたのである。

文化大革命が終わった。

「牛鬼蛇神」たちは再び政界へ復帰し、「統一戦線人士」となり、引き続き「政治的飾り物」の役を演じた。チベットの民衆は数珠とマニ車をもう一度手にし、新たに修復された寺院を訪れ、新たに作られた仏像を拝んだ。彼らが記憶するところでは、文化大革命——「人類殺劫」——は、人々を狂わせた悪夢であった。

二〇〇三年二月、ジョカン寺の講経場「スンチュ・ラワ」の石段で、自ら願い出てすでに一七年も寺の掃除夫をしているチャンパ・リンチェンは、この写真を眺めながら、起伏に富んだ七五年の人生に思いを馳せ、何度となく繰り返し語った。

2003年のチベット暦新年の前夜、チャンパ・リンチェンはジョカン寺の僧侶たちと一緒に諸仏菩薩を祭るためのバターの供え物を作った。私がカメラを構えると、顔をほころばせたが、これが私が見た彼の最後の笑顔であった。

経歴から見れば、私はすごく革命的なんだよ。でも、胸の奥を覗けば、ああ、ずいぶん罰当たりなことをしたと思うな。だから、いつもお祈りしているんだ。来世は絶対に漢人に生まれ変わらないように、漢人のいるところに生まれ変わらないように、とね。私は昔、デプン寺で僧侶をしていたが、何年もたった後、僧服を着るのを止めた。なぜかって？　私は革命をやり、居民委員会で働き、民兵になり、文化大革命のときも、よからぬことをたくさんしでかしたので、もう僧服を着るのは具合が悪くなったんだよ。僧服を着たら、あれこれの戒律を守らなくちゃならんが、私には僧服を着る資格がなくなってしまったんだ。本当は僧服を着たかったが、自分にはその資格がないと思ったので、着られなかったのさ。

「四旧打破」のころ、私はカニゴシ（四門仏塔）を壊し、老師が収蔵していた経典を全部焼いちまった。その経典というのは、老師が一九五九年以降、ポタラ宮からこっそり運び出したツォンカパ大師の語録で、この上なく貴重なものだった。ところが、文革が始まって、収蔵し続けることがはばかられたので、焼き捨てるしかなかったんだ。あのときは、ネパール人が一人いて、私と一緒に焼いたんだが、お互いに涙がこぼれたよ。焼き終わった後の灰はラサ河に流した。ああ、あのとき、こうして宗教を捨てちまったんだな。

もし革命がなかったら、文化大革命がなかったら、私の一生はいい僧侶で過ごせたし、生涯、僧服を着続けたに違いないと思うよ。寺もちゃんとそこにあり、私はひたすら寺の中でお経を読んでいたはずだ。しかし、革命がやって来て、僧服はもう着られなくなった。私は女の人を求めたことはないし、還俗したわけでもないけれども、やはり、再び僧服を着る資格はないな。それが自分の一生でいちばんつらいことだ……。

この年の一一月末、チベット暦のカンデン・ガムジュー（灯明祭。ゲルク派の宗師、ツォンカパの誕生日と入寂を記念する日）の前夜、チャンパ・リンチェンはスンチュ・ラワのそばの小部屋で亡くなった。当夜、ジョカン寺の全僧侶が彼のために読経し、その霊魂を済度した。また、彼を鳥葬台へと送った深夜、彼のために祈禱を行った。彼を十分満足させる処置であったと言うべきであろう。ただ、チャンパ・リンチェンはかつて身につけた僧服を、死ぬまで着ることができなかった。修行者の穢れのない一生を象徴する臙脂色の僧服は、チャンパ・リンチェンの生命の中の最大の夢幻を象徴していたのだろう……。

一九九九年一二月 - 二〇〇五年九月
ラサ、北京にて記す

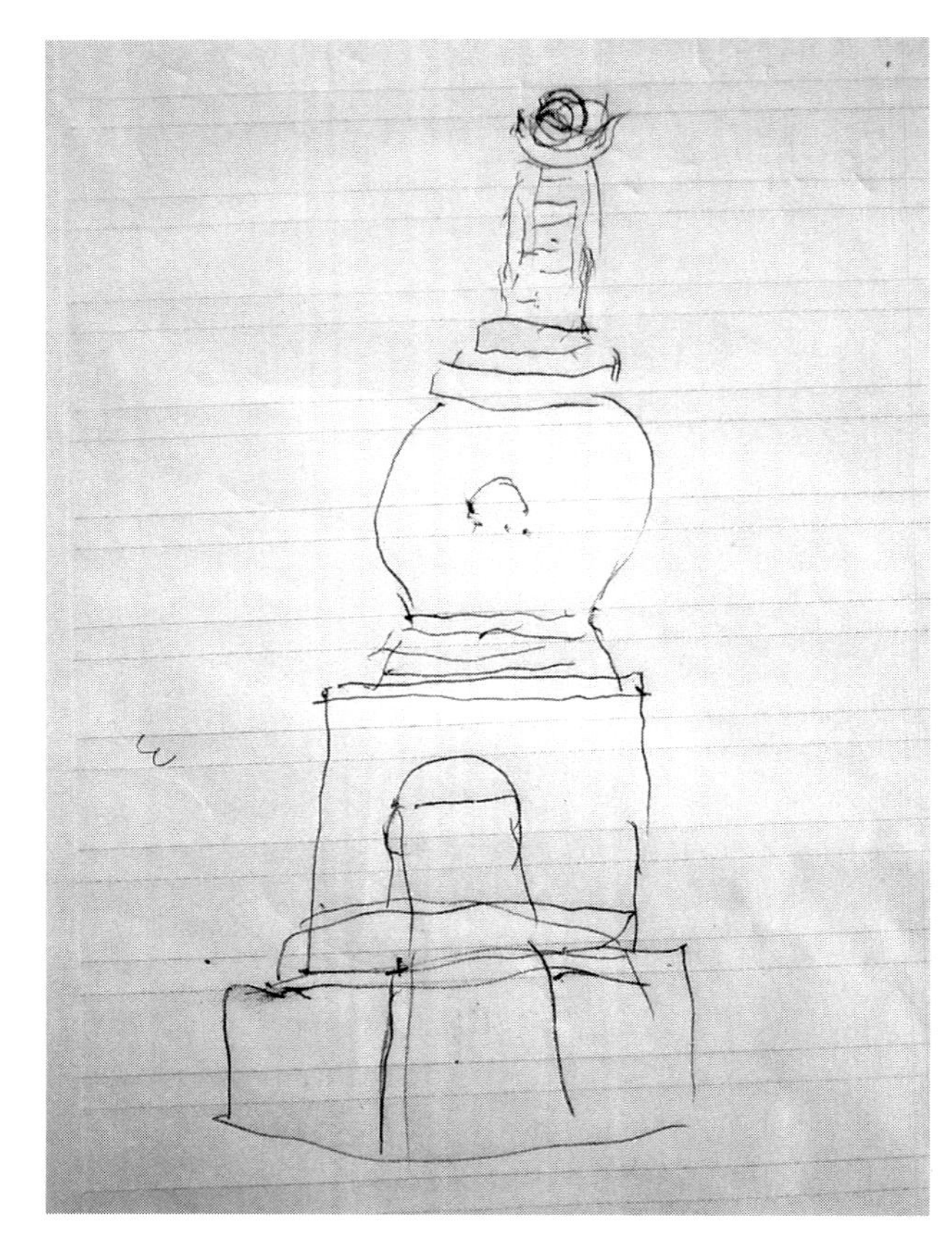

チャンパ・リンチェンが思いのままに紙に描いたカニゴシ。さっと描き上げたところを見ると、塔の姿は脳裏に深く刻まれていたようだった。その実、晩年の彼はかつてこの塔を壊してしまったことをずっと悔やんでいた。当時の様子を振り返りながら、彼はこう語った。

「実は、何ともいやな気分だった。何と言おうが、私は昔、坊主だったんだ。それがいまこんなことをしでかしてしまった。罪業だ。とはいえ、革命はやらないわけにはいかない。だから、私は心の中でひそかに念じた。お願いだから、来世では金持ちの家に生まれ変わり、これとそっくり同じチョルテンを建てられるように……」

ག་ཤ་ད་བཞི།

補記

『殺劫』その後

題辞

ヴァルター・ベンヤミン（Walter Benjamin）には、よく知られた言葉がある。
「文化の記録で同時に野蛮の記録でないようなものは決して存在しない」[1]
だが、私は次のように書き直す。
「いわゆる文化の記録とは、実質的にその多くが野蛮の記録である」

——オーセル

（上）私が撮影場所に選んだのは、いずれも父が当時、写真を撮った地点である。例えば、この写真は一九四‐一九五頁の写真に写っている地点と同じだ。ただ、現在、木々が茂っている場所には、文革当時、「労働人民文化宮」の建物があった。それ以前は、ここはダライ・ラマの法座のある「シューティ・リンカ」だった。

（下）ポタラ宮広場。二二二頁右上の写真に写っている場所と同じである。黒い服を着ているのは軍人で、雨傘を背負っている（突発事件が起きたときにカメラ撮影を阻止するためのものだ）。ポタラ宮広場にはこのような黒ずくめの連中が縦隊の間隔で並び、通り過ぎる人や立ち止まる人を注意深くチェックしている。地べたに座り込むことは厳しく禁止されており、しゃがみ込むことさえも許されない。彼らは何を恐れているのだろうか。実はこの間、チベット各地で起きていた、個々のチベット人による焼身抗議事件[2]がラサでも発生したのである。

（上）ノルブ・リンカ。一七一頁の写真と同地点である。文革中、ここは「人民公園」に改称されたが、今は入場料をとる観光スポットになっている。

（下）ジョカン寺。四六‐四七頁の写真と同地点。文革期、この中庭にはめちゃくちゃに叩き壊された仏像が一面に積み重ねられた。現在、ここには観光客がどっと押し寄せ、やかましい話し声が響き渡る。

（上）ジョカン寺。四八頁上の写真と同地点。文革期、紅衛兵たちはこの場所から仏像などを階下へ投げ捨てた。今は観光客が歩き回ったり写真を撮ったりしており、寺院の神聖さは相変わらず無視されている。

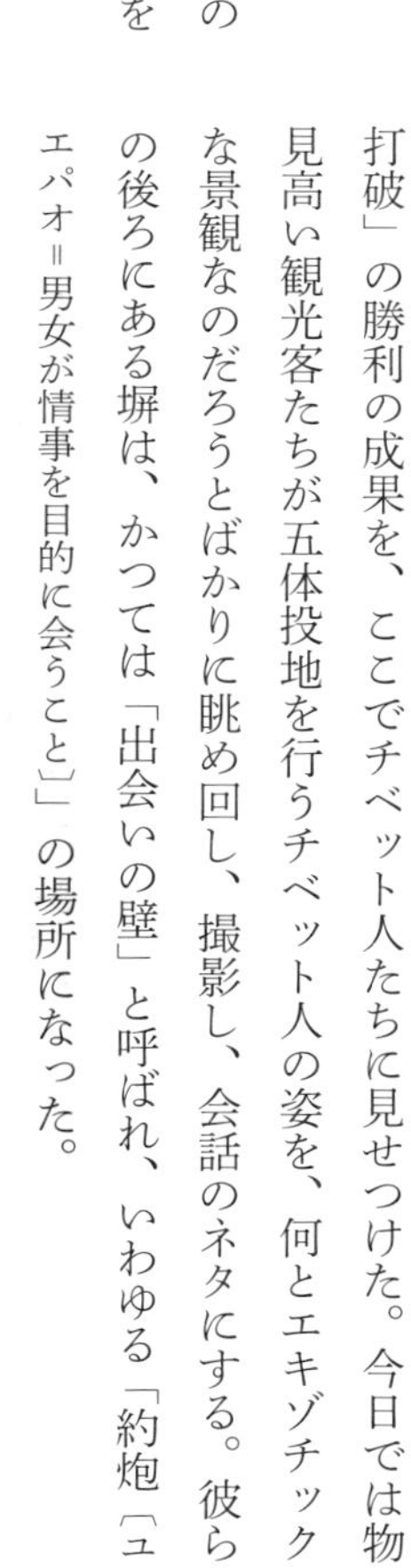

（下）ジョカン寺。五〇頁の写真と同地点。文革期、紅衛兵たちは「四旧打破」の勝利の成果を、ここでチベット人たちに見せつけた。今日では物見高い観光客たちが五体投地を行うチベット人の姿を、何とエキゾチックな景観なのだろうとばかりに眺め回し、撮影し、会話のネタにする。彼らの後ろにある塀は、かつては「出会いの壁」と呼ばれ、いわゆる「約炮〔ユエパオ＝男女が情事を目的に会うこと〕」の場所になった。

ジョカン寺。一八頁および四九頁の写真と同じ場所である。この写真には五体投地を行う信者はあまり写っていない。というのは、二〇一二年五月二七日、この近くで二人のチベット人が焼身自殺する事件が起きたため、当局がラサを「アパルトヘイト〔人種差別・隔離政策〕地区」にしてしまい、各地のチベット人がラサに入ることはかなり難しくなったからである。

スンチュ・ラワ。これは『牛鬼蛇神』をやっつける」一連の写真の中で最も多く登場する場所である。文革期、ここではラマやリンポチェ、貴族、旧政府の役人に対する批判闘争が行われたほか、集会も開かれ、北京で習い覚えた革命劇や革命舞踊が上演された。この場所は、仏法を教授し、経典について議論を戦わせる伝統的な講経場としては現在も使われておらず、寺院に駐在する工作組と寺院の民主管理委員会〔共産党指導下の権力機関〕の「赤いお坊さん〔当局に従順な僧侶〕」たちの駐車場になっている。

パルコルの通り。文革期、ここは多くの「牛鬼蛇神」が街から街へと引き回されてつるし上げを受けるときに通過したところである。彼らは紙で作られた三角帽子をかぶり、昔の高貴な衣服を身にまとい、また手には様々な貴重品を捧げ持ち、紅衛兵と積極分子に追い立てられたが、尊厳は地を掃い、恥辱にまみれた。今日、ここはチベット人が巡礼し、仏を拝む場所になっているものの、警察の派出所、監視カメラ、狙撃手、制服姿の軍人・警官や私服警官、様々な内通者によって厳しく監視されている。ちなみに、ここは中国の観光客たちが野蛮人（彼らがイメージしているチベット人）の格好をして仏具を道具扱いし、「チベット族の風情」がにじむ写真を撮る撮影スポットにもなっている。

チャクポ・リ〔薬王山〕。一六九頁の写真と同じ場所である。文革期、紅衛兵はこの山に「勝利峰」の看板を立てた。現在、山頂は軍と警察が警備する立ち入り禁止区域になっており、中腹には兵営、山の下には寺院がある。三基の白塔の近くの山裾には廃墟が散在している。まさしく一九五九年三月に人民解放軍の砲火で破壊されたメンパ・タツァン〔医薬利衆寺〕である。

（上）ユトク路。五四頁の写真と同じ地点。文革期、紅衛兵と軍隊がラサ全域を巡り歩くときに必ず通った場所である。今は商店が軒を連ねる歩行者天国になっている。

（下）一九六五年に建設された、ラサ河に架かるラサ大橋。軍事的要地という理由から軍と警察によりここでの撮影は禁止されているため、こっそり撮るしかない。

八五頁の写真と同じ場所。文革時と変わらないのは五星紅旗が再びジョカン寺の屋上に掲げられている点である。文革時と異なるのはひしめく観光客が紅衛兵に取って代わったことだ。

チベット人の巡礼者たちが大昭寺［ジョカン寺］の前でひれ伏して叩頭し、仏を拝んでいる。しかし、傍らの建物の屋上を見れば、五星紅旗の隣の日除けテントの下に銃を携えた狙撃手がいる。

昔のポー・リンカ、「新チベット」のラサ人民体育場である。かつて文革の集会や様々な「悪質分子」の公開裁判が行われた場所だ。現在ここは「安定維持」のための軍人が多数駐屯するキャンプになっている。

（上）ヤプシー・タクツェルの廃墟。クモが一匹、死んでいた。
（下）文革期およびそれ以降に破壊されたシデ・タツァンの廃墟はまるでラサの巨大なケロイドのようである（二〇一八年にすべて撤去され、元の場所にかつてのシデ・タツァンに似通った建物が再建されたが、これまでずっと廃墟など存在しなかったかのようである）。

（上）ダライ・ラマ一四世の家族の邸宅、ヤプシー・タクツェルは文革で破壊され、すでに廃墟と化している（二〇一八年にすべて解体され、同じ場所に本来の姿に似せた建物が再建されたが、これまでずっと完璧な状態であったかのようである）。

（下）ラサ西郊の「烈士陵園」内にある「紅衛兵墓地」。現在は塀で隔離されているので、なかなか見つけにくい。

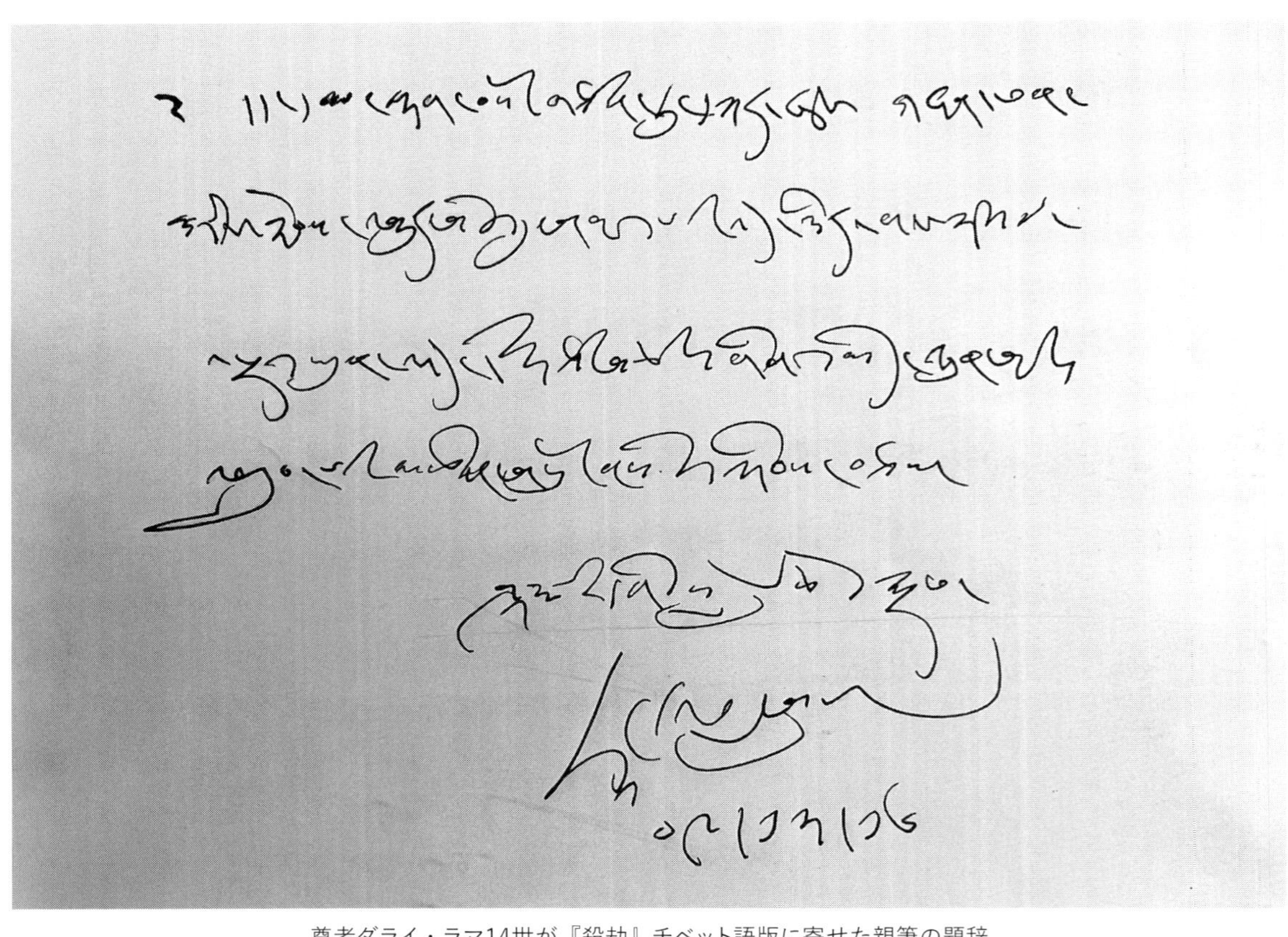

尊者ダライ・ラマ14世が『殺劫』チベット語版に寄せた親筆の題辞

チベット語の「革命〔サルジェ〕」に発音が似ていることから『殺劫〔シャーチエ〕』と命名したこの写真証言集は、一〇年前〔二〇〇六年〕に台湾の大塊文化出版から刊行された。それは文化大革命四〇周年のときのことだった。これと同時に、私は二冊の本を出版した。チベット文革について二三名の体験者に取材してまとめたオーラル・ヒストリー『西藏記憶〔チベットの記憶〕』と、中国で出版直後に発禁処分を受けたエッセイ集『西藏筆記〔チベットノート〕』（台湾版の題名は『名為西藏的詩〔チベットという名の詩〕』）である。

もし台湾が存在しなかったならば、これらの三冊の本が世に出ることはなかったかもしれない。というのは、隣接する香港を見れば分かるように、状況が以前とは異なってしまっているからである。香港ではまだ衰弱していない価値観によって言論の自由が許容され、ひょっとすると出版の可能性は残されているかもしれない。しかし、広大な中国では可能性がまったくない。

王力雄は『殺劫』に寄せた「序」の中で、「すでに四〇年の歳月が過ぎているにもかかわらず、文革は依然として触れてはならないタブーとされている」、「文革は中国共産党にとって痛恨の古傷であるだけでなく、深く掘り下げれば共産党の根幹に触れるものである」からだと述べ、チベットで起きた文革はいやがうえにもタブーの中のタブーになっていると指摘した。それゆえ、文化大革命五〇周年の今日、有害な大気汚染のスモッグが日増しに深刻化しているにもかかわらず、大国勃興を公言している中国において、『殺劫』は依然として禁書扱いを受け、文革も相変わらずタブーであり続けている。

禁書が検問をくぐり抜けることは困難である。大塊文化出版は気前がいいことに契約分以外に五〇冊もの『殺劫』を余分に提供してくれた。もちろん、私は本書に登場する数十人の取材協力者が本を手にすることを望んでいたし、彼らがそれを受け取るのは当然のことであった。しかし、香港から深圳への税関で、それらの本は中国警察の横暴によってことごとく没収されてしまった。私は取材協力者に対する後ろめたい思いを拭うことができないでいる。彼らの中にはすでに他界した人たちがおり、実際、これまでに一六人の取材協力者が相次いで世を去った（本書巻頭の「写真について」の中で補足したように、私の知っている範囲では二〇二三年三月までに半数以上の年長者がこの世を去った。その中には私の母ツェリン・ユドンも含まれる）。彼らは書物に書き留められた自分の証言を永遠に目にすることはできないのだ。

二〇〇九年に『殺劫』チベット語版が出版された。チベット語に翻訳したのはラジオ・フリー・アジア[3]のチベット語番組のベテランキャスター、ドゥカである。彼女はチベット語版の訳者序で、次のように述べた。「多くのチベットの若者たちは文革期にチベットで起きた状況についてまったく知らない。私たちの次世代、そして海外亡命チベット人たちにその真相を知ってもらうこと、これが本書翻訳の目的である」。版権と組版を無償提供してくれた大塊文化出版にお礼を申し上げる。また、ノルウェー・チベット委員会（Norwegian Tibet Committee）、ノルウェー作家協会（Norwegian Authors Union）およびスイス・チベット友好協会〔Gesellschaft Schweizerisch-Tibetische Freundschaft〕の出版への支援にも感謝したい。

チベット語版『殺劫』は、私の代わりにはるばるインドのダラムサラ〔チベット亡命政府所在地〕へ赴いてくれた翻訳者のドゥカの手で尊者ダライ・ラマ一四世に謹呈された。尊者は、もう一冊の『殺劫』の扉に、このように直筆で題辞を書き記してくださった。

> 信仰と忠誠が純白そのものであり、利他の勇気を貫くオーセル・ラー〔オーセルさん〕——三宝〔仏法僧〕に祈願する。現在においても未来においても、一切の願望が運命の摂理に従い、つつがなく成就されんことを。
>
> 釈迦比丘説法僧　ダライ・ラマ
>
> 二〇〇九年一二月一六日

尊者の加持祈禱を受けた貴重な一冊は、その後、次から次へと人の手を経て、パスポートを取得できないために出国がかなわない私の手元に届けられた。

二〇一三年、ツイッターを通じて知り合った鄭玉萍女史（在米マレーシア華人）が自ら進んで『殺劫』のチベット語電子版を制作してくれた。彼女はさらに翻訳者のドゥカやチベット語版の組版を担当したトゥプテンと協力し、電子版を首尾よくウェブ上にアップしてくれた。おかげで今では中国各地のチベット人たちがそれを読むことができるようになった。

『殺劫』執筆の六年間、約三〇〇〇枚もの古い写真にのめり込み、手掛かりを頼りにものを探し回るようなやり方で、まったく知るところのなかったチベット文革の歴史への理解を深めていった。それは決してなまやさしいことではなかった。まさしくインドの女性歴史学者ウルワシー・ブターリア（Urvashi Butalia）がインドとパキスタンの分離に関する著書[〔一〕]の中で述べているように、いかなる出来事であっても、重要なのは「事実」だけではなく、人々がその事実をいかに回想し、語るのかもまた同じように重要なのであるから、「歴史」を通じて出来事を理解するのみならず、その文学性、虚構性、歴史性、政治性を帯びた叙述、あるいはその個人的、実証的な陳述を通じて理解しなければならないのである。私が取材した七〇名以上の関係者の語りは、もう向き合いたくない暗闇を目の前にさらけ出すがゆえに、必然的に再び暗闇へと立ち戻らせ、記録者の私をも否応なくその暗闇に引きずり込むのであった。

「気が狂ったんだ。あのときは、みんな気が狂ったんだ。幻覚剤を飲まされたみたいにね」、「哀れだなあ。おれたちの民族はほんとうに哀れだよ」――。今でも記憶に残っているが、取材の際、先方が突然ため息交じりに一言二言心情を吐露するのを耳にし、胸が痛むことがしばしばあった。私は革命の名の下に壊滅を推し進めた者たちを心ひそかに非難した。

ただ、パソコンに向かい、録音を一字一句文字に起こして整理する中で、一つひとつの感嘆符が疑問符に変わり始めた。こんなにも多くの人々の心の葛藤、軋轢、鬱屈、重荷に触れたことにより、彼らの精神世界には実際のところ恐怖の烙印が無数に押されているということに気付かされたのである。この烙印は主に言語面に体現されており、言葉を発しさえすれば、ある時代ないしある時期の歴史における特殊な言語が次々と途切れることなく湧き出てきて、あたかも昔からずっと、単調そのものながら強靭な生命力を宿しているかのようであった。しかも、それらの言語は外来の侵略性を帯びたものであり、彼らがもともと帰属している民族のものではないため、いかにも分かりにくく、ぎこちない感じがした。彼らが自民族の言語を使うときは、それらの醜悪な烙印は母語の力によって自然と消し去られるように思えたが、漢語で口真似をするときには、例のスティグマにまみれた言葉――「解放」、「反乱」、「四旧打破」、「牛鬼蛇神」、「人民公社」の類い――を、ただおうむ返しに繰り返しているかのようであった。

漢語〔中国語〕で創作をする私にとっては、一時期、スティグマの押された古い写真を改めて見たり記録したりすることはまったく気乗りがしない作業であった。当時の録音や文章を再確認することも苦痛であった。まるで暗黒のチベット文革に対する「倦怠期」に陥ったかのようであった。

長年の間、私は王力雄と議論を重ね、写真証言集を出版するだけでは不十分だと思うようになった。父が撮影したチベット文革の写真は数百点（『殺劫』に掲載したのは約三〇〇点）にすぎないものの、チベット文革に関する最も包括的な民間の記録である。したがって、もっと多くのことに取り組み、強権によって覆い隠されてきた歴史を、証人としてできる限り明らかにしなければならない。

例えば、ドキュメンタリー映画の制作である。王力雄の当時の構想は以下のようなものだった。

「これらのチベット文革の写真を糸口とし、取材を手掛かりに、入手可能な文革の映像資料を組み合わせる。写真の人物にインタビューし、また写真が伝えるストーリーを記述し、写真の人物と現場の過去・現在の対比を通して、チベット文革の輪郭と重要な断面、そして人物の運命と歴史の変遷を描き出す。その上で、これらを補完するものとしてチベット文革をめぐる専門家や学者の議論（チベット人と漢人の相異なる視点）を盛り込む。同時にチベットの文化、文物、宗教などを紹介し、現在の世界の二つのホットな問題――チベットと文革――を結びつけることにより、二〇〇六年の文革勃発四〇周年に際して、特別な意義を持つ作品に仕上げる」

もちろん、このようなアイデアは夢物語であった。ドキュメンタリー映画の制作は、リアルな世界では可能性がゼロに等しかったからである。こうしたテーマの撮影は当局によって厳重に封殺され、チベット人の関係者たちもカメラの前に身をさらすことを恐れるであろう。私は当初、『殺劫』の取材の際に録音と撮影を行ったが、両者を比べてみれば、録音は撮影よりもすんなり行うことができた。ビデオカメラでの撮影となると、実際にそれを回すことは無理だった。

しばらくして、王力雄はまたパフォーマンス・アート式の撮影を発案し、ラサと北京のアーティストたちと議論した。以下は彼が当時書いたコンテである。

オーセルは父親が四十数年前にラサでの写真撮影に用いたツァイス・イコンのカメラを持ち、当時の父親と同じアングルで今日のラサの景観を撮影する。昔のドラマが演じられた場所は今や別世界に変貌している。宗教が新たに復興し、巡礼者たちの五体投地が続く中、線香の煙がゆらゆらと立ち昇る。その一方には世俗の喧騒が渦巻き、商業経済の波が押し寄せ、観光客が溢れ返っている。

今日、あたかもチベット文革は存在していないかのようである。二つの時代の写真を対比することによって、歴史の無常が浮き彫りになる。オーセルは往時の写真の人物を探し出し、現在の写真を撮らせてくれるよう彼らに頼み込むが、それはたいへんな難題であることに気付く。往時の被害者であれ、革命家であれ、誰もが自分の姿をさらけ出すことを拒むのである。

ビデオカメラはオーセルの取材に密着するものの、ドアの外に閉め出されるのが関の山である。オーセルは想像を巡らす。どのようなイメージで往時の写真の人物を今日の写真の中にとらえたらいいのだろうか。一つひとつの想像はチベットの運命を解き明かす視点や角度になるのだ。初めから終わりまで、実在の人物の姿は現れない。とすれば、最終的には昔のネガに刻印されている姿をホワイトボードに投射し、人物のシルエットを切り取って型を作るほかない。それを当時と同じ場所に立てて撮影すれば、意味深長なワンセットの写真が得られる。

オーセルは二つの写真――父親の文革の写真と、人物のシルエットである現在の写真――を一緒に並べて写真展を開きたいと思うが、ラサでのそれはもとより考えるまでもない。北京では開催できないか、骨抜きにされるか、あるいは展示できても閉鎖されるかのいずれかであり（実際状況に基づいて記録する）、どのみち往時の歴史が再び日の目を見ることは許されない。

最後に、オーセルは父親の文革写真を、じわじわと凝結した氷（アイス）の塊の表面に一枚一枚投影する。そして、この氷の塊を持ってラサの大通りや路地を歩き回る。陽光の下、氷の塊は喧噪に満ちた今日の情報に包み込まれ、ついには融けて蒸発してしまう。

この「アイス文革」というパフォーマンス・アートはやはり実現できなかった。というのは、二〇〇八年が巡って来たからである。より正確に言えば、二〇〇八年三月一〇日以降、ラサをはじめとしてチベット全域の多くの場所で世間の耳目を集める抗議事件が勃発した[4]ことによる。

二〇〇八年三月の抗議事件によって多くのことや多くの人が変わり、私自身も変わった。この変化をどのように記述したらよいだろうか？　私はこのように表現してみた。

「それからの数か月間、一つの声がいつも私の耳に響き渡っていた。それは私の青春時代のアイドルで、その後、しだいに忘れてしまったイタリア人女性、オリアーナ・ファラーチ（Oriana Fallaci）が発したものだった。彼女は九・一一事件〔二〇〇一年の米同時多発テロ〕が起きた後、こう書き記した。『こうしたときに、私たちが沈黙し続けるとすれば、それは誤りであり、発言することこそが責務なのだ[11]』。一人のジャーナリスト、作家として彼女はたくさんのことを書いたり、語ったりしたが、この一言だけが私の

心を責めさいなむのである」[三]

その年の夏、ラサに帰った私は自宅に乱入した警官に家宅捜索され、尋問のため連行された。私は王力雄と七日間いただけで、逃げ出すようにそそくさとラサを離れた。そして、そのときの体験について次のように書き記した。

「『三・一四』〔注（4）参照〕から五か月余、ラサを連綿と取り巻く山並みの独特の形状が改めて目に飛び込んできた。ラサを突き抜ける大気の独特の味わいが改めて鼻にしみ通った。特有の韻律を帯びた、お国なまりも近しいラサ言葉が改めて耳に響いた。……ああ、私はこれほどまでにラサをいとおしく思っている。ラサに帰郷するたびに、ありとあらゆるものがことごとく私の肌に触れ、さらに私の魂の奥深いところに触れるのだ！　だが、言葉では言い表せないほどラサは日に日に変化しており、私はいつも歯がズキズキ痛むような思いに駆られる。歯が痛むからには、口を開けて話すことはできない。痛みのあまり、二度と言葉を発することができなくなる日がいつかやって来るのではないか？　それが私には気掛かりだ」[四]

私は取り組んでいた原稿も、予定していた創作もひとまず中断し、ノンフィクションの記録へと著述をシフトさせた。それから八年の間〔二〇〇八－一六年〕、現地の最新情報に基づいた著作──『鼠年雪獅吼〔鼠年、スノー・ライオンの咆哮〕──二〇〇八年西蔵事件大事記』、『聴説西蔵〔チベット仄聞〕』、『西蔵──二〇〇八』、『圖伯特這幾年〔チベットの近年〕』、『自焚蔵人檔案〔焼身抗議するチベット人の記録〕』、『西蔵火鳳凰〔チベットのフェニックス〕』、『仁波切之殤〔リンポチェの死〕』、『楽土背後〔楽土の背後〕』──を（台湾で）相次いで出版した。また、チベットの時事問題に関するコラム、ブログの文章なども発表した。

「チベット現代史の重要な歴史家」として国際的に認められているチベット人学者、ツェリン・シャキャ（Tsering Shakya）〔カナダ・ブリティッシュ・コロンビア大学教授〕は『鼠年雪獅吼』に寄せた序文の中で次のように述べている。

チベット高原を席巻したこれらの事件を記録したことは、発生した事柄を理解する上で非常に重要である。チベット人にとって、それはとりわけ重要だ。まさに人々の胸中の記憶を蓄積してこそ、一つの民族は生存していくことができるからである……二〇〇八年三月の事件は、一つの新たな記憶を生み出し、それは子々孫々に伝えられていく。今日、記憶はもはや私たちの心の奥深いところにのみ存在するものではなく、インターネット空間を通じて広まり、世界と共有される。この点において、オーセルは特別なポジションを占めており、現代チベットの記憶の記録者になっている……彼女は自分の重要な仕事は事実を伝えることにあると考えており、しかも中国語で著述する一人の作家として、自分の土地で起きた出来事を中国語の読者に知ってもらうことにとりわけ責任を負っていると自覚している。

どうやら、『殺劫』が明らかにしたチベット文革は、より熾烈で、より唐突で、より切羽詰まった現実にすでに取って代わられたようである。

二〇一二年、私は父が遺した古いカメラを手にラサを撮影して回る「パフォーマンス・アート」を始めた。中国の独立系映画人・カメラマンである王我の協力により、長年、引き出しの奥にしまわれていたツァイス・イコンのカメラは再び活躍の機会を得た。

父が一九五〇年代半ばに、二年間にわたり軍人の俸給から少しずつ蓄えた貯金をはたいて、ラサのパルコルの有名なシャムカプ・ネパリ店〔Syamu-kapu Nepali Shop〕で購入したこのドイツ製カメラは確かに優れものだった。手に持つと、ちょっと重量があり、本革の茶褐色のカバーには歳月の痕跡がいっぱい刻まれ、カメラ本体にも擦れた跡があった。それは父がかつて何年もの間、使い込んだ証しである。平たい本体の黒い部分は亀の甲羅みたいに、硬くて、麻のようなしわしわの模様が刻み込まれ、銀色の部分は今なおきらきらした光沢を湛えている。レンズをいじると、それが前方に伸び、軽く、小気味よい音を立てる。左目を閉じ、右目で小さいファインダーを覗けば、父が目撃した「殺劫」が見えるだろうか？　シャッターを押すと、また別の、軽く、小気味よい音が耳元に「カシャッ」と響く。

準備万端。私は北京で購入した一〇〇本もの富士リバーサル・フィルム一二〇〔スライドフィルム〕を持ってラサへ帰郷した。ところが、またしても敏感な時期に出くわした。この年の五月のある日、アムドのアバ〔四川省阿壩県〕とサンチュ〔甘粛省夏河県〕からラサに出稼ぎに来ていた二人のチベット人青年が、軍人・警官や観光客・巡礼者が最も密集するジョカン寺とパルコル派出所の間で焼身自殺を図ったのである。わが身を炎と化す焼身をもって中国政府に抗議し、チベット民族に殉じる個人としての闘いは、全チベットの周縁各地から心臓部のラサへと波及したのであった。

こうして、ラサは「アパルトヘイト地区」と化した。寺院、旧市街、ポタラ宮など観光スポットの周辺に安全検査の検問が設けられたほか、空港、鉄道、道路などにも隙間なく防備が施された。ラサを旅した、ある中国の作家が書いているように、ラサ居住者以外の地元チベット人は各種の身分証明者や「進蔵〔チベット入境〕許可証」がなければ、「翼でもない限り、ラサへ入るのは不可能」になった。『殺劫』の古い写真が指し示している地点を手掛かりに、同じスポットで、同じカメラで撮影することが、いかにタイミングの悪い行動であったか、推して知るべしである。しかも、どこに行くにも多くの私服警官と彼らの車が私の前後に貼りついたり離れたりして付きまとい、私の写真を撮ったりもした。実際、私の生活は完璧にこれらの私服警官の監視下に置かれた。私と彼らは幾度となく面と向かってすれ違ったことがあり、一人ひとりの「凡庸な顔」はよく憶えてしまった。言うまでもなく、彼らに「喝茶〔ホーチャー＝お茶を飲む〕」〔召喚の比喩的な言い方〕に呼び出されたり、パソコンや携帯電話を捜索されたり、この世から蒸発させるぞとの警告を受けたりといったことは一再ならずあった。

このほか、ドラマのような事件まで起きた。およそ二か月間、私は炎天下を東奔西走し、撮影したフィルムは一九本に上った。しばらくラサを離れるつもりはなかったので、旅行に来ていた漢人の友人がラサを発つ前に別れを告げにわが家を訪れた際、それらのフィルムをできるだけ早く現像するため、彼女に持っていってくれるよう頼んだ。当時、その場には私たちのほかには誰もおらず、二人の間では電話でフィルムの話をしたこともなかった。ところが、翌日、彼女は空港の安全検査を通過しようとしたところ、フィルムを入れたリュックサックに「果物ナイフ」があるとの指摘を受けた。その「果物ナイフ」は彼女が見たこともないものだったが、警察は有無を言わせずにリュックを持ち去り、荷物は彼女の見えないところで「詳細なチェック」を受けてから、搭乗機の離陸直前に返却された。驚いた彼女はあたふたと搭乗し、飛行機が着陸してからリュックの中身を改めた。私の一九本の富士リバーサル・フィルム一二〇は、コダックの一三五ネガフィルム一〇本と富士のネガフィルム五本に変身してしまっていた。

現在、このすり替えられた一五本のネガフィルムは、記念品の一つとして北京の自宅で保管している。試しにそのうちの一本を現像してみたが、何も写っていなかった。私がラサで苦労して撮った作品はこのようにして国家機関がつくり出したブラックホールの中に消えてしまった。いったい、当局は私の友人がフィルムを持ち運ぶことを、どのような方法で察知したのだろうか？　私には思いつかない。わが家に盗聴器や監視カメラがひそかに仕掛けられていたのだろうか？　それとも、数キロメートルも離れたラサ公安局の信息大廈〔情報ビルディング〕の屋上に備えつけられた高倍率望遠鏡がわが家の窓を覗いていたのだろうか？　彼らがどんなハイテク技術の手法を用いたにせよ、私をそれ以上に驚かせたのは、国家の法律を代表する部門が意外にもあのような手段で私のフィルムを取り上げてしまったことだった。

　フィルムがすり替えられた後も、私は父のカメラで撮影を続けた。翌年の夏から秋にかけての時期もそうして過ごした。一枚一枚の写真はどれも意義のあるものだった。文化大革命という事件、半世紀近い時間の経過、ラサという空間を背景にしたものだからである。ゆえにどの写真にも特別な意義があるのだ。当時、父の写真は「報道スタイル」というか、フォトジャーナリズムのようなものであった。彼が撮影したもの、あるいは記録したものはチベットにおける文化大革命の多くの事件であり、歴史の証言になっているためである。四十数年の時を隔てて私が同じカメラで撮影をする――確かに、連続した撮影にはなっておらず、むしろ画像による叙述みたいなもので、見たところ、一つひとつの具体的な事件があるわけでもない。だが、そこには数多くの見えざる物語がちりばめられているのである。

　初めのうちは、父が使ったカメラを手に、彼が四十数年前に歩いたラサ市内の現場を一つひとつたどってみたが、「記憶を無理やり取り上げられたような戸惑い」を覚えた。目に触れるものがどれもこれも文革写真の中には存在しない情景や事物であるように思えたからだ。しかし、ある日突然、党の宣伝ラッパであるツェテン・ドルマの歌声がポタラ宮広場のあちこちにあるラウドスピーカーから響いてきた。

ヒマラヤの峰がどんなに高くても頂はあり
ヤルンツァンポ川がどんなに長くても源はあり
チベット族人民がどんなに辛く苦しくとも限りはある
共産党が来た、苦しみは幸せに変わる
共産党が来た、苦しみは幸せに変わる……

　これはまさしく文革期に党の文芸家に流用され、「紅色革命歌曲」〔共産党を讃える革命歌や抗日戦争の軍歌〕に改作されて中国全土でヒットしたチベット民謡である。そう遠い昔のことではない記憶がたちまちよみがえって頭をもたげ、ナンセンスだ、場違いだといった思いがにわかに募り、時間もまた逆流した。そこで、私は苦い思いをかみしめながら気付いたのである。実際のところ、文革は決して終わってはいない、と。

　様々な痕跡が数え切れないほどの細部に残っている。例えば、ポタラ宮の右手にある、マルポ・リのふもとの狭くて長い洞窟は、実は文革期に毛沢東の「戦争に備えよ」との指示[5]を受けて掘られた防空壕で、今はチベット風の甜茶館〔甘いミルクティーなどを供する茶館〕に改造されている。年配者中心のチベット人たちがずらりと並んで甜茶〔チャ・ンガーモ〕を飲み、トゥクパ〔チベット風うどん〕をすすり、小声で世間話にふける。近在の農村からやって来た娘たちがチューインガムをかみながらお茶を注ぎ、代金を受け取る。こじんまりした窓台には満開に花を咲かせた植木鉢が並んでいる。チベットの伝統的な図案が描かれた戸口の前は、「ポタン・ツェコル」

と呼ばれる伝統ある巡礼路で、多くの巡礼者や観光客が行き交うだけでなく、私と背後の私服警官も通り過ぎていく。また、巡礼路とつながっている、道幅のやや広い北京中路では車が往来している。北京中路のもう一方は天安門広場を模して造ったポタラ宮広場で、[6]厳戒態勢の軍人・警官が銃を持って守備についている国旗掲揚台があり、五星紅旗が翻っている。砲弾の形をした「チベット平和解放記念碑」と、旧チベット政権のシンボルであるポタン・ポタラ〔ポタラ宮〕は遠く離れて向かい合っている。このほか、巨大な街頭ビジョンが新チベットの観光地の風景や偉大な発展の成果を繰り返し放映している――。これはまさしくポスト文化大革命の情景であるが、ラサに移植されたがゆえに、ある種の悲劇的な意味合いを帯びている。

かつて「牛鬼蛇神」の引き回しが行われたパルコルや周辺の通り、大小の寺院は今や国家権力により商業化と移民化の場所に改造され、それと同時に新たに歴史を修正し、国家アイデンティティーを構築する場所にもなっている。レンズを覗けば、チベット風の建物を背景に、主として「中国の特色」を際立たせた情景が見える。「中国の夢」[7]の宣伝広告、吊り下げられた赤提灯、チベット文字よりも大きい漢字の看板、さらに大型ショッピングプラザの前では、ビニール風船で出来た真っ赤な円柱や金色の獅子が風に揺れながら、にわか成金の侵入と野暮ったさを見せつけている。血のように赤い五星紅旗は、人目を引く、店先の高いところに掲げなければならない。街中の多くの曲がり角のチベット式ビルの屋上には狙撃手が配置されており、しばしばレンズの中に闖入してくるので、避けようとしても間に合わない。二〇一四年の夏に気付いたことだが、パルコルの至る所に設置された一〇〇か所にも上る監視カメラにはいかにもチベット様式といった偽装が施されている。マニ車の形を装った円形のケースで本物の監視カメラを覆ってあり、しかもこのニセのマニ車の表面には六字真言〔オンマニペメフン。チベット文字で六文字の祈りの言葉で、「蓮の中の宝珠」を意味し、観音菩薩を指す〕まで書かれているのだ。一般の人たちはそれを仏具としか思わず、「ビッグ・ブラザー〔ジョージ・オーウェルの小説『一九八四』に登場する絶対権力者〕」に背後から見られているなどということは知りもしないのである。

チベット人から見れば、パルコルは今でもやはりツクラカン（大昭寺）を取り囲む主要な巡礼路であり、それゆえ、昔と変わることなく一巡、また一巡と「コルラ」に励み、巡り歩き、五体投地をするのである。ツクラカンの前では依然として人波が後から後から途切れることなく押し寄せ、そこかしこで五体投地が行われ、それは灯明堂周辺の石畳までずっと続いている。もっとも、「パルコル古城」と称せられる観光スポットとあって、老若男女のチベット人たちがあやなす一種独特のエキゾチックな光景に旅行者は引きつけられ、足を止めて物珍し気に様子を眺めている。多くは中国の旅行者であるが、彼らはしばしば様々な大小のカメラでチベット人を追いかけ回し、ぶしつけにレンズを相手の身体に近付け、相手がお祈りの最中であろうがなかろうが、赤の他人に写真を撮られることを望んでいようがいまいが、まったくお構いなしである。ラサは明らかに一つのテーマパークと化してしまった。もっぱら中国人観光客向けに「ラサの至上の幸福」を展示するテーマパークに。

二〇一二年八–一〇月と二〇一三年七–一一月に撮影を行ったとき、私は『殺劫』の古い写真が指し示している場所を基に、以下のようにいくつかの地点をリストアップしてみた。

・ポタラ宮広場、すなわち往時のシューティ・リンカ（尊者の法座がある庭

園）

・ノルブ・リンカ、すなわち尊者ダライ・ラマの夏の離宮
・ツクラカン、すなわち大昭寺
・スンチュ・ラワ、すなわち往時の大昭寺講経場
・パルコルおよび周辺の路地
・「牛鬼蛇神」が引き回されたり、批判闘争にかけられたりした場所
・チャクポ・リ、すなわち薬王山
・ユトク路、江蘇路（造反派、解放軍が活動した場所）
・ラサ人民体育場、すなわち往時のポー・リンカ
・ラサ大橋
・付近の農村……

さて、私が毎年見てきたラサの風景は相変わらず「殺劫」の風景であり、実際には無常の風景であるということ、私が語ろうとしたラサの物語は依然として「殺劫」の物語であり、実際には無常の物語であるということに気付かれたであろうか？　そこには、混乱もあれば、秩序もあり、困惑もあれば、堅忍もあり、暴力もあれば、憐憫もある……。もし仏法を学びたいのであれば、種々様々な、切れ目のない無常を通じて、多くのこと、あるいはいくばくかのことを学べる。写真そのものは撮影プロセスのドラマ性にはとうてい及ばず、しかも写真は実のところ平凡で何の変哲もないものであって、解説なり説明なりがなければ、見る者はその意味を理解することができない。それでも、写真家のジャン・モア（Jean Mohr）が言うように、人は舌で写真を撮ることはできないのである。したがって、現在、このような状況下にあるチベットでの自分の経験、チベット人自身の経験を私は話したいと思うけれども、それ以上の私の解説や説明は無用であり、一枚一枚の写真が覆い隠された真実を自ら語ってくれることを願うのみである。まさしく、ジャン・モアと一緒に多くの仕事をした作家のジョン・バージャー（John Berger）が述べているように、「撮影とは一種の記憶である。写真は、人の記憶と同じように、時の流れに身を委ねつつ、それに抗うものなのだ」[五]。

とはいえ、私の撮影の成果についてはご寛恕いただきたい。デジタル一眼レフカメラやGoPro〔ゴープロ〕、iPhone〔アイフォーン〕で写真を撮ることに慣れてしまった私にすれば、少なくとも五〇年も昔に作られたツァイス・イコンは決して意のままに扱えるメカではない。できるだけ父と同じカメラアングルで撮ろうと頑張ってみても、また、心の中で父の当時の気持ちを精いっぱい感じ取ろうとしても、このような伝統あるカメラはピント合わせにしてもシャッター速度にしても、はたまたフィルムの装填や交換にしても、常に私をてこずらせるのである。そのために、いったいどれだけのフィルムを無駄にしてしまったことか！　最終的な画像もすべてが思い通りのものになるとは限らず、「パフォーマンス・アート」とは名ばかりで、実質がなかなか伴わないのである。ただ、私はこんな希望も抱いているのだ。写真の出来栄えがどうであれ、特殊な意味を持つ状況下においては、歴史の記録という点でやはりいくらか貢献するところはあったと。

これは、別の側面からすると、数十年来の科学技術の進歩は必ずしも往時の記録よりも価値があるとは限らないということを物語ってはいないか？そして、その価値は現在の真実と関係があり、移り変わる時代と関係があり、複雑な人間性とも関係があるのだ。二つを並べると、古い写真はますます大切なものに感じられてくる。あたかもそれは「窓の外へ投げかける一瞥であり、それによって歴史を看破し、ある種の、時間を超越した領域を覗き見ることができる」（ジョン・バージャー）かのように。

私は父が遺したカメラで撮影を続けると同時に、「文革後遺症」にかかってしまったようで、ラサの廃墟の記録とノスタルジーの虜になった。

実際、ラサへ戻るたびにとりわけ強く興味をそそられたのは、文革で破壊された三つの廃墟——シデ・タツァン廃墟、ヤプシー・タクツェル廃墟、ガンデン・ゴンパ（ガンデン寺）廃墟——である。一番目の廃墟の前世は寺院ないし経学院、二番目の廃墟の前世は尊者ダライ・ラマの父母と肉親のラサにおける住居、三番目の廃墟は今ではほぼ修復を終えて光り輝いているガンデン寺である。

私が最も頻繁に訪れ、場所もいちばん行きやすかったのは旧市街にあるシデ・タツァンで、何年もの間、いろいろなカメラでほとんど同じような写真を撮りまくった。ここでは隅々に至るまで私の知らない箇所はなく、共産ソ連に迫害されて死んだ詩人マンデリシュターム（Mandelstam）の詩の一節にあるように「私は自分の町に帰ってきた。私の涙が、私の血管が、幼いころに腫れた私のリンパ腺がよく見知っている町に」[六]という気分だった。ときには偶然出会った住民や子供とおしゃべりをしたり、通り過ぎる子猫や子犬をかまったりもしたが、心の奥底ではここに来ると「すっかり裃を脱いだ気分になる」[七]と感じたものだ。

また、この変化の激しい古都ラサの廃墟にとっては、覆い隠すことも、遠ざけて語らないことも、さらには立ち入り禁止にすることも、すべてが一種の「記憶没収」の動きであるということにだんだんと気付いた。このため、これらの廃墟を記録するときには、全体像を描くだけでなく、細部についても伝えなければならないと私はいつも自分に言い聞かせた。細部の状況はまさに何年も撮り続けてきた記録写真の中にたくさん詰まっている。例えば、シデ・タツァンの廃墟の入り口には、「中国の英雄」である雷鋒〔一九六二年、執務中の事故で殉職した人民解放軍の模範兵士〕の肖像画が貼られているほか、「中国はなぜ強いのか、共産党が存在するからだ」といったようなスローガンが書かれた、天朝中国の「中国の夢」ポスターが大きく掲げられており、そこにあるのはイデオロギーの照射と植民地主義の傲慢である。傍らには経済の成功を象徴する新築の大型ショッピングプラザが建ち、消費主義の氾濫を見せつけている。あるとき、私はこのショッピングプラザの最上階に立ち、シデ・タツァンの廃墟の全容を初めて眺めてみたが、中国の都市建造物に似た広大なビル群の中で、その一角だけはまるでケロイドのようであり、ひときわ目を引いた。別のショッピングプラザの通路上の階段からヤプシー・タクツェルの廃墟の全容と、五星紅旗を掲げたポタラ宮の近景を初めて眺めたときのように、それは記念と消費、歴史と植民地化、政治化と商業化などなど、しみじみと考えさせられるコントラストであった。

別の角度から、つまりシデ・タツァンの廃墟のそばに立って左方を見渡すと、大きなガラスで覆われたショッピングプラザの外壁がラサの黄昏時の金色の夕焼けを反射し、廃墟をよりいっそう廃墟らしくしていた。もしいつの日か完全に倒壊したら、陽光を受けてことのほかまぶしい「神力・時代広場」〔二〇一三年に竣工した大型商業施設〕はますます神力を持っているように見えるだろうが、実際にはそれは現代のユートピアの廃墟であり、人類の欲望を浮かび上がらせることになる。要するに、ラサ旧市街では、少なくともこの一角においては、二つの廃墟が驚くべき諸行無常を見せつけているのである。一つは巨大なトーチカのような神力の廃墟であり、まるで舞台セットのように組み立てられた「パルコル古城」の一部となって成功と繁華の幻影を映し出している。もう一つはシデ・タツァンの廃墟で、路地の奥に隠れるようにたたずんでいるため、それを知る外部の人は多くないが、地元民の生存のメタファーになっている。かつてその周囲には数百人もの僧侶の住居があったが、今は地元のチベット人、僻地から来たチベット人、さらには漢人の出稼ぎ労働者、回族の小商人ら八十数戸の住民が暮らしており、「公共的部分と私的部分の境界線が消失」してしまっている。

いちばん心が痛むのは、高貴でひときわ目立つ存在だった白亜の大邸宅、すなわち尊者ダライ・ラマの家族の屋敷だったヤプシー・タクツェルが日に日に朽ち果てつつあることだ。たとえポタラ宮の屋上から眺めたとしても、それを見つけるのは容易ではない。一つには、その周囲にあまりにも多くの、品性のかけらもない、不細工でのっぽの家々が立ち並び、かつてのうっそうとした園林を完全に埋め尽くしてしまっているからである。二つには、つぶさに見分ければ、探し当てられるものの、見ない方がましだ。なぜなら、見つけたとき、言葉では言い表せないほどの悲哀が突如として襲ってくるからである。ヤプシー・タクツェルはもはや白亜の大邸宅ではなく、外観がひどく汚れてしまっているだけでなく、内部もあちこち崩れ落ちている。チベットの伝統によれば、毎年秋の吉日に建物の外壁を塗り直す習慣があり、神聖な意味を帯びた、建物の石灰塗料の中に牛乳、蜂蜜、サフランなどを混ぜ入れることによって、祭祀、幸福祈願および加護を示す。しかし、ヤプシー・タクツェルは一九五九年三月一七日、尊者ダライ・ラマと家族が亡命した後、「解放者」――ウラジーミル・ナボコフ（Vladimir Nabokov）の表現を借りれば、「緑色の服を着た成り上がり者」――によって所有権を抹消され、しかも革命の名の下に、時期によって「二所」、「造総」本部、西蔵大厦従業員宿舎と様々に名前を変えた。いわゆる「二所」とは自治区第二政府招待所のことである。また、いわゆる「造総」本部とはラサの二大造反派のうちの一つの拠点であり、文革期には革命経験大交流を名目に中国各地からラサへやって来た紅衛兵をもっぱら受け入れたが、彼らはありとあらゆる破壊活動を行った。こうして、旅館に変えられ、旅館の従業員たちに使われるようになったときには誰も他人のことなどに頓着しない雑居住宅に成り果てた。

二〇一三年には三回にわたり、私と友人はまったく幸運なことに、外壁に四川料理屋、理髪店、招待所の看板が掛かっているヤプシー・タクツェルの廃墟の中へこっそり入りこむことができた。それ以前もそれ以後も外庭の鉄門には鍵がかかっていて人が監視しており、中へ入ることができなかった。尊者の家族の昔の庭園をぶらつくと、広大な敷地は一面に雑草が生い茂り、母屋へと通じる石畳道の両側には自転車やバイクがばらばらに停めてあり、あまり使い道のない倉庫のようだった。左右の家屋は二階建てで、右側の家の一階には四、五頭の大きなチベット犬が繋がれていて、ちょうどワンワン吠えている最中だった。あるとき、近所で料理屋を営んでいる漢人の店主が犬にエサをやっているところに出くわしたが、これらのチベット犬が値上がりを待って売り払う算段の商品であることは明らかだった。滑稽なことに、四川方言を話すこの男はチベット人の警備員を呼んで私たちを追い払うよう言いつけたので、すかさず私はチベット語で「いったい誰がここのご主人様なの？」と問い質した。チベット人の警備員はなんとも決まりが悪そうだった。

腐った臭いを発散し、ゴミが山を成している母屋から階上へ上がり、長短の、窪みだらけの廊下を通り過ぎると、かつてインドから輸入して取り付けた鉄製の欄干がいくつか残っており、錆びついてはいたものの、まだまだ頑丈で、そのひとつらなりのエキゾチックな模様が夕日を受けて倒影となり、ことのほか風情を感じさせた。ほこりにまみれた暗い部屋に順繰りに入っていくと、一九八〇年代の中国のスターのポスターや一九九〇年代の『西蔵日報』が壁に貼ってあった。また、ドアに緋色の「福」という漢字や、太刀を肩に担いだ中国の魔除けの神様の絵を貼りつけてあったほか、別のドアには「二〇〇五年元月〔一月〕七日封」と記した、白っぽい封じ紙が貼ってあった。しかし、私が最も強い印象を受けたのは、壊れた窓から逆光の中で眺めた、尊者の幼年・青年期の住居、ポタン・ポタラでも、三階の左右両サイドの廊下と部屋が崩れ落ちて目をそむけたくなるほどのひどいありさまだったことでもなかった。それはがらんとした広間の柱に掛けられていた、破損した鏡だった。近付いてみれば、一九五九年の深夜、慌ただしく逃げ出した一群の命が残した痕跡がちらっと見えるだろうか？「あなたの家、あなたの友人、そしてあなたの祖国は瞬く間にすべて失われてしまった……」という、異国へ亡命した尊者の悲しげなつぶやきが聞こえるだろうか？　四方の壁のすばらしい壁画が殺気漲る文革スローガンと、鬼のような「馬恩列斯毛」[八]の血生臭い肖像画に覆われてしまっているのが見えるだろうか？　もしかすると、ヨシフ・ブロツキー（Joseph Brodsky）の「……道が尽きたところ／そこに一枚の鏡があるよ、中へ入って遊んでみたら」[九]という詩の一節のように、その中へ入ってみれば、「長い年月が慌ただしく消え去る」様子が見えるかもしれない。それだけでなく、鏡の中の自分は実のところまったく寄る辺ない身であるのに、いまだかつてなかったほどの美に魅了され、どうやらそこに身を隠していれば、もう国家機関に尾行されたり脅されたり侮辱されたりすることもないらしいということまでうかがえるかもしれない。

　ガンデン寺の廃墟の場合は、もともと文革終結後に数え切れないほどのチベット人の信徒たちが自発的に修復に取り組んだ。ところが、中国の官製メディアは「国家が大規模な修復を行った」と繰り返し公言し、当局が何回かに分けて投じた金額を列挙した。見たところ、破壊は逆らうことのできない要素になってしまっており、いわゆる「国家」は昔からずっとこの上なく気前がいい大恩人のようである。しかし、「旧チベット」が遠慮会釈もなく「解放」される以前、チベット全土で六千余か所を数えた寺院は一連の革命の後、わずか十数か所しか残らなかった。今ではほとんどの寺院が修復されたが、規模は昔には遠く及ばない。はっきりさせておかなければならないのは、「国家」が修復のために支出した代価はチベット人自身が支払った代価とはとうてい比べようがないということだ。災難をこうむるたびに復興を遂げた寺院にはチベット人たちの敬虔な玉の汗と懺悔の熱い涙が注がれているのであって、苦難の六道輪廻〔地獄・餓鬼・畜生・修羅・人間・天上の六界で生死を繰り返すこと〕および凶悪な権力に対抗する、この土地の衆生の信念が刻み込まれているのである。

　ガンデン寺以外の寺院は修復すべきだが、ガンデン寺は修復する必要はないと私はずっと思っている。なぜなら、廃墟にさせられたガンデン寺は生きた文革記念館だからだ。例えば、災難をこうむった多くの寺院には文革スローガン、毛沢東の語録、肖像画などが溢れ、昔のことを振り返る気にもなれない。往時を振り返っても恥辱しか感じない。私はそれらを除去したり塗り消したりするチベット人たちの行為を理解してはいるものの、やはりそのまま残しておくべきである。廃墟はいかなる修復や復元をもってしても代替できないものなのだ。あたかも以前の神聖な建物こそがガンデン寺の永遠の存在の証しなのだとばかりに、どうしても新たに建造しなければならないと考えるとすれば、それは実際には実相に対する一種の執着である。仏法の観点から言えば、廃墟は死ぬことと同じで、まさにこの世における無常の、最も明快な教訓である。また、美学の観点から言えば、全身傷だらけの廃墟は斬新な彫刻や彩色を施した豪華な建物よりもはるかに美しい。チベットについて言えば、チベットには実際にこのような

記念館が必要なのである。(8)

私のことを「チベットの慰霊者」という人がいる。つらつら考えてみるに、それは見当違いなことだとは思わない。というのも、これらの廃墟に関する私の記録はまさしく一種の「心の底からの哀悼」だからである。哀悼の思いがだんだんと深まっていくにつれて、今まさに消え失せようとしている廃墟は復活するのではないかと思われ、あるいは日に日に崩れ落ちる廃墟も、もしかしたら再生のパワーを獲得するかもしれない。こうも言えるだろう。これらの廃墟はいずれもラサの傷跡であり、暴力とからまりあった歴史の烙印が一面に押されている。また、様々な変遷の証人でもあり、物質のもろさ、あるいは仏教でいうところの無常を見せつけている。したがって、「反省型の環境の空間に変わるかもしれない」のである。ブロツキーは強権がもたらした廃墟について早くにこう論評している。「一枚の『プラウダ』〔旧ソ連共産党機関紙〕で廃墟を覆い隠すことはできない。がらんどうの窓がわれわれに大口を開けている、まるで髑髏の眼窩のように。われわれはちっぽけではあるものの、悲劇を感じ取ることはできる。確かに、われわれは自らを廃墟と一体化させることはできないが、それが必要であるとは限らない。廃墟が放つ空気は微笑みを消し去るに十分である」(10)

さて、私は何者に見えるのだろうか？　隠れたアマチュアの考古学愛好家か、物の怪に憑かれた廃墟マニアか、はたまたこの占領された古都の亡命者の一人で、たくさんの前世の記憶を心中に抱えながら流浪しているのであろうか？　シデ・タツァン廃墟、ヤプシー・タクツェル廃墟、ガンデン・ゴンパ廃墟を繰り返し歩き回っているとき、実は廃墟そのものから昔日のシデ・タツァンへと回帰し、昔日のヤプシー・タクツェルへと回帰し、昔日のガンデン・ゴンパへと回帰している。それは一種の中有の旅〔冥途の旅＝死後四九日の間、霊魂が中有に迷っている状態〕のようなものであり、不思議な光芒と魅惑をちらちらと放ちながら、クンチョク・スム〔仏法僧の三宝〕の加護の下で、新たにこれらの廃墟の真の住人になるのだ。安住することはできなくとも、いくらかは満足である。

改めて写真を撮ったり記録を取ったりするうちに、私はしだいにチベット文革の倦怠感から回復したらしく、子供の成長を記録した家族写真など、父が生前撮影した写真を引き続き再度点検してみた。また、ラサの家から北京へ持って帰ったネガをスキャンしたことで、パソコンが過去を再現する場に変身した。何度も何度も繰り返し眺めているうちに、また驚くべき細部の問題を発見した。私が言っているのはポタラ宮を背景にした、あの何点かの写真である。

ひょっとすると、驚いているのは私だけなのかもしれない。あるとき、一人の外国メディアの記者が訪ねてきたので、私は書棚の木製の額縁に納まっている大きなモノクロ写真——そう、胸に毛沢東バッジをつけた四歳の女の子（まさに私である）が父親の「永久」印〔上海の自転車メーカーのブランド〕の自転車のハンドルの上に腹ばいになっている、例の写真であり、背景にはポタラ宮がぼんやりと写っている。ぼやけてはいるものの、数階分の高さの五つの漢字がその頂に屹立しているのがはっきり見える——を指差しながら、「それは『毛主席万歳』と書いてあるのよ」と、その器量よしの女性記者に説明し、彼女が驚きの声を上げるものと期待した。ところが、付き添いの若い中国人の通訳も欧米人の彼女もそのことには興味がなかったらしく、歴史のそのページはもうめくられてしまったみたいだったので、再び話題にすることはなかった。

ポタラ宮の文革期の境遇についてはこれまで誰も話題にしなかったようである。実際には、ポタラ宮は「三大領主の大ボスどもが勤労大衆を手ひどく抑圧した封建主義の砦の一つ」と革命者に痛罵され、すんでのところで壊滅的打撃をこうむるところだった。そのうえ、あやうく「東方紅宮」と改名されそうになった。私の発見は私だけが気付いたらしいが、当時の目撃者はたくさんいたはずである。ただ、それを口にする者はおらず、もはや集団的な記憶喪失に陥ってしまったかのようだ。文革期、ポタラ宮の屋上に「毛主席万歳」の巨大な看板が掛けられていたかどうか、私は母に尋ねたことがある。母はじっと記憶の糸をたぐり、はたと思い出したように言った。「オンレー（そうよ）、あのころ、大きな看板が五つあったわ、どうして忘れるものですか」。もっとも、母の記憶にも抜け落ちたところがあった。というのは、五つの文字が書かれた巨大な看板がポタラ宮の屋上に掲げられて衆生を見下ろしていただけでなく、外来の「解放者」は北京の天安門の城楼をまねてポタラ宮の左側に「中華人民共和国万歳」、右側に「各民族人民大団結万歳」と書いた看板をそれぞれ設置していたからである。それだけでなく、一時は五星紅旗がポタラ宮に掲揚され、毛沢東の巨大な肖像画がそこに高々と掲げられた。実際にはもっと早くに、つまり尊者ダライ・ラマが追い詰められてラサを脱出してから六日後の一九五九年三月二三日、銃声と硝煙の中で、さらに血だまりと涙の中で、「中共はポタラ宮に五星紅旗を掲揚した」のであった。[9]「それは中共がこの最も神聖で、最も歴史的意義を有する建物に初めて首尾よく掲げた五星紅旗であった。『光輝と喜悦を象徴する中国国旗がラサのそよ風にはためき、この古い歴史を持つ都市の新生を迎えています……』。解放軍がポタラ宮とノルブ・リンカをすでに占領したことを伝える放送が拡声器から大音量で流れたことも、反乱の終結を象徴していた」〔一一〕。

残念なことに、父は文革期のポタラ宮とその細部を特に撮影することはなかったようだ。彼が撮ったのはすべてポタラ宮を背景にした家族写真や他人との記念写真だった。私はしかたなく写真をトリミングしたが、看板の文字はあまり鮮明なものではなかった。とはいえ、やはり歴史の現場の貴重な記録ではある。

紹介しておきたいエピソードがもう一つある。二〇一二年九月、私は『殺劫』の中から二四点の写真を選んでベルリン国際文学祭に出品した。「形のない監獄——形のある監獄」と題された展示に一緒に参加したのは、中国の芸術家の艾未未と孟煌、作家の廖亦武、詩人でノーベル平和賞受賞者の劉暁波の妻、劉霞の作品だった。[10]私の父はその中で唯一の故人であり、また唯一の「少数民族」、中共軍士官でもあったが、この展示会における彼の身分は写真家だった。ドイチェ・ヴェレ〔ドイツの国際公共放送〕は「ツェリン・ドルジェの写真はチベット文革の貴重な歴史記録であり、唯一無二のチベット文革の記録である」と報じた。

これらの写真のオリジナル版は私が提供したもので、主催者が現像、焼き付け、引き伸ばしを行い、適当な修正を施した。展示会が終わった後、友人がベルリンから写真を持ち帰り、私に届けてくれたが、印画紙は極上、しかもプロの手による仕上げとあって、父が当時、チベット軍区で現像した写真とは桁違いの出来栄えだった。ただ、その中の一枚の写真に私はびっくりさせられ、思わず声をたてて笑ってしまった。そして、そのうちにだんだんと、ある一つの意味に気付いた。

それは一九六六年八月某日に撮影された写真で、ラサの大貴族であり、中共の協力者でもあったサンポー＝ツェワン・リンジン（Sampo Tswang Rinzin）が文革中に批判闘争にかけられている場面を撮ったものだった。彼の生涯、経歴および家族の不幸な境遇については『殺劫』の中で写真と文章で紹介している（一二九頁）。写真を見ると、彼を糾弾している紅衛兵と「積極分子」は彼にチベット政府の四品以上の官僚の服飾を無理やり身に着けさせているのが分かる。一見華やかだが、実際には彼はあれやこれやの辱めを受けており、尊厳は地を掃い、こともあろうに公衆の面前で鼻水を長々と垂らしている。私は小さいときからこの写真を見てきたが、身分の高い人がどうしてみんなの前で鼻水を垂らし、こんなひどい目にあっているのか理解できなかったので、強烈な印象を受けたものである。

ところが、サンポー＝ツェワン・リンジンの批判闘争の写真がベルリン国際文学祭で展示された際、あの長々と垂れ下がった鼻水はあろうことか、消えてなくなってしまっていた。写真を持ち帰った友人が笑いながら教えてくれたところでは、あの鼻水はドイツの写真修整技師が古いネガの傷跡だと思い込んで消してしまったとのことだった。

先進的なコンピューター技術のおかげで、修整はかくのごとく徹底したものとなり、いささかもその痕跡を残さないレベルにまで達している。羞恥感にまみれた鼻汁は完全に塗り消されたが、原因はおそらく、ドイツの、かの心根の無邪気な修整技師が、革命の嵐はこのように一個人の尊厳を失わせる恐れさえあるということを露程も想像しなかった点にあるのだろう。しかし、彼が「正常な判断」に基づいて修整を行った結果、父が撮ったこの傑作写真は本来持っていたインパクトを大幅に削がれてしまった。とすれば、これはもう一つの（理解できる）破壊ということになるのだろうか？

あの長々と垂れ下がった鼻水はもともと一筋の裂け目みたいなものであり、人の命を、いわゆる「新」と「旧」に分かっている。ここにおいて私たちは歴史の激変を目にすることになり、その激変の中で、かつてこの上なく高貴だった雲上人は地獄へ突き落されてしまうのだ。もっとも、それは、地位の低かった者が解放されて主人になる可能性があるということを決して意味していない。例えば、サンポー＝ツェワン・リンジンを糾弾している二人のチベット人紅衛兵は栄耀栄華を極めることなく、とうの昔に亡くなってしまった。事実上、祖国さえもが失われ、一人ひとりが奴隷なのである。誰であれ尊厳を失ったときには、自分をコントロールできずにみんなの前で鼻水を長々と垂らしてしまうであろう。

まさしく、あの鼻水のおかげで深い意味を帯びることになった写真は、修整技師の独り善がりなクリーニングによって記録の作用を弱めてしまっただけでなく、歴史の真実性をも減殺してしまった。私はこのような行為はおそらく東洋と西洋の文化の違いによるものであろうと考えていたが、今では記憶に対する態度と関係があるはずだと思っている。雑な修整は写真から「キズ」を消し去ったものの、たぶん意義を大きく損ない、記憶の中の肝心な部分を摩滅させ、命の中の悲劇性をも弱めてしまった。この修整は絶えず私に警告を発してくれる。歴史の中で起きた一つひとつの小さな出来事は鋭敏につかみ取って理解しなければならず、そうして初めて記憶を確実に復元でき、一筋一筋の恥辱の鼻水を元の形のまま残すことで真実の画像を浮かび上がらせることができるのだ、と。

ともあれ、父の古い写真は私のためにラサの門を開けてくれた。それによって私は歴史の中のラサへと足を踏み入れ、かつて存在していたものの、すでに失われてしまった風景や、多くの変遷を経て輪廻を繰り返す人々のことを認識し、かつて生まれた物語とその中の有為転変に耳を傾けるのである……。「もし革命がなかったら、文化大革命がなかったら、私の一生はいい僧侶で過ごせたし、生涯、僧服を着続けたに違いないと思うよ。寺もちゃんとそこにあり、私はひたすら寺の中でお経を読んでいたはずだ。しかし、革命がやって来て、僧服はもう着られなくなった。私は女の人を求めたことはないし、還俗したわけでもないけれども、やはり、再び僧服を着る資格はないな。それが自分の一生でいちばんつらいことだ……」。文革中に仏塔を壊したり経典を焼いたりしたことのあるチャンパ・リンチェンの訴えは、現代チベットについての悲痛な証言と言える。

実のところ、父の古い写真は、ぴったり閉じたラサの門を今もなお私のために開放してくれるのである。一昨年夏、子供のころは僧侶で、後に労働者、幹部になったお年寄りが、何人かの「牛鬼蛇神」が学生紅衛兵や住民紅衛兵に街中を引き回されている『殺劫』の写真（一四七頁下）を指差しながらこう言った。「彼らの後ろにある四角い家はチベット軍区のトーチカで、建てられたばかりのころは、ラサの人々は何に使う建物なのか全然知らなかった。ほどなくして、つまり一九五九年の三月のことだけれども、いわゆる『反乱』が起きると、解放軍はガラス窓を突き破って機関銃をむき出しにしたんだ。この石造りの家は軍用トーチカになり、たくさんのチベット人が殺されたよ」。お年寄りはさらに一言付け加えた。「ラサ中至るところにあったトーチカは、実際には現在、ラサのあちこちにある便民警務派出所[11]と同じものだ。単にあのころはトーチカといい、今は便民警務派出所と呼んでいるだけのことで、やはりチベット人を殺したのさ」

私は父が撮影した文革写真を基にラサとラサの人々にまつわる情景を探し回った。その後、すべてのことに激しい変化が、しかも取り返しのつかないことが起きたのだということをよく理解した。チベット語の発音で「トゥロク」といい、漢語で「世時翻転〔あらゆることが翻転する〕」を意味する情景は今に至るも相変わらずラサでのことなのだろうか？　依然としてラサの人々に関係することなのであろうか？　一〇年前、いや、一六年前だったと思うが、この『殺劫』を書き上げるために、私はこれらの写真を携えながら自転車でラサの大通りや路地を走り抜け、あちこちの家を訪ね歩いた。覆い隠されていた文革期の古い出来事はこのようにしてひとコマひとコマ目の前に立ち現れ、当時は驚愕すると同時に苦痛をも感じたものである。しかし、今思い返すと、それは何とも得がたい時間だったのであり、あたかも幸せな日々を過ごしたかのようであった。

現在、父が数十年間使ったこの年代物のカメラで撮影することは、私にとっては実際、感慨無量で胸がいっぱいになるプロセスそのものである。当時、父は私が詩人や作家になることよりも、写真家になることをおそらく強く望んでいた。私がまだ中学生だったころ、父はお気に入りのカメラを試しに私に持たせ、ピントの合わせ方、アングルの決め方、レンズの絞り方などについて手ほどきしてくれた。さらに、自分でこしらえた暗室に私を連れ込み、どのように写真を現像するか、よく見ておくよう言いつけ、こっちのバットの中の液体が現像用、そっちのバットの中の液体が定着用と念を押した。一枚一枚の白い紙の上にだんだんとモノクロの画像が現れてくるのがおもしろく、家族全員が瞬時に一つの構図に固定された姿は永遠に残り続けるのではないかと思われたが、手順があまりにも複雑だったため、私はしだいに興味を失った。あるいは、私の興味は撮影することよりも文章を書くことに大きく傾いていたのかもしれない。そのうち、父は私の好きなようにさせるより仕方がなくなり、とうとう私はこのカメラで撮影する技術を身につけることができなかった。それからこんなにも長い歳月が流れたが、この数年について言えば、父の指紋と視線がいっぱい染みついているように思えるカメラを手に、彼が当時撮った数百枚もの「殺劫」写真の現場で撮影するとき、いつも私はある種の感覚に襲われた。それはシャッターを押すたびに父が隣に立って無言でじっと見詰めているという感覚で、そのとき時間は逆流し、この世を去ってから何年にもなる父が何とも近しく感じられた。それはすこぶる貴重な時間であり、あたかも幸福そのものの日々であった。

こうしたことがあって、私はドイツ映画界の巨匠、ヴィム・ヴェンダース（Wim Wenders）が語った以下の言葉を理解したのである。

「一枚一枚の写真はどれも時間が絶え間なく連続し、とどまることは許されないということを改めて証明している。それぞれの写真は、命は必ず消え去るということを私たちに気付かせてくれる。どの写真もすべて生と死に関係しているのだ」[一二]

最後に説明しておきたいのは、文化大革命の五〇周年（一九六六年の文革開始から五〇年）を機に出版したこの本は『殺劫』の改訂版であるということだ。

主な改訂箇所は、一つには初版本の中の個別の細かい誤りに関する修正である。例えば、初版本の三七頁の写真説明にある「ラサ中学の紅衛兵たちが学校を出発し、『四旧』打破のため、ジョカン寺へ向かおうとしている場面である」とのくだりは、実際には、ラサ中学の紅衛兵たちが学校を出発し、ジョカン寺で「四旧打破」を行った後、ポタラ宮の正面（現在の北京中路）を通って学校に帰る場面、とすべきである。この誤りを指摘してくれたのは他ならぬ当時のラサ中学の紅衛兵だった。さらに、初版出版時、私が取材した七十数人について「そのうちの二人はすでに病気で亡くなった」と記した。しかし、一〇年の歳月が流れ、人生の無常は疾風迅雷である。結果的に、改訂版では「そのうちの二人はすでに病気で亡くなった（注：二〇一六年三月までに、私の知る範囲では、すでに一六人が亡くなっている）」と改めることになった。[一三]

このほか、初版の中では「内地」という言葉を頻繁に用いたが、当時、私は執筆の際、まさしくこれは洗脳なのだということを別に意識せず、そう書くことに慣れっこになってしまっていた。ちょうどツェリン・シャキャ先生が一九五〇年以降の変化についてこう述べている通りである。

「チベット語における中国の呼称は『ギャナー』だったが、現在、この用法は日常生活の中では完全に消滅してしまった。今では新しくつくられた名詞である祖国（メーギェル）がメディアと公的出版物の日常用語となっているが、この名詞が暗示しているのはチベットを含む中国なのである。それと同時に、学生・幹部が勉学や研修を目的に中国へ行くことは、『内地（ギェルナン）』へ旅するというふうに表現される。加えて、現在では『チベット人』と『中国人』も存在しなくなった。逆に、今は『チベット族』と『漢族』しかおらず、二つの民族はともに中国人なのである」[一四]。

したがって、『殺劫』刊行一〇年後の改訂版では「内地」という言葉はすべて修正し、「中国」、「中国各地」といった表現に改めた。その他の類似の問題も同様に処理した。

これで、もう書き加えることはなさそうである。大塊文化の一〇年にも及ぶ、ひとかたならぬ支援に心から御礼申し上げたい。

補足すると、『殺劫』はチベット語版が出ているほか、日本語にも翻訳され、すでに出版されている[一五]。また、英語にも翻訳され、これは二〇一六年に出版される[一六]。チベット文革の口述記録『西蔵記憶』はフランス語に翻訳され、すでに刊行された[一七]。

二〇一五年一〇月一日、北京にて執筆

二〇一五年一二月二五日、北京にて脱稿

（追伸：私の父は二四年前のこの日、病気のため、ラサで他界した）

二〇一六年三月二八日、成都にて改訂

原注

〔一〕布塔利亜・烏瓦什〔印：ウルワシー・ブターリア〕（馬愛農訳）『沈黙的另一面〔The Other Side of Silence〕』人民文学出版社、二〇〇一年〔邦訳は藤岡恵美子訳『沈黙の向こう側――インド・パキスタン分離独立と引き裂かれた人々の声』明石書店、二〇〇二年〕。

〔二〕法拉奇（毛喩原訳）『憤怒與自豪』http://blog.sina.com.cn/s/blog_49f2485a0102vxea.html

〔三〕唯色『鼠年雪獅吼――二〇〇八年西蔵事件大事記』台湾・允晨文化有限公司、二〇〇八年〔「鼠年」はチベット暦の「土鼠年」で、二〇〇八年はそれに当たった〕。

〔四〕唯色『西蔵――二〇〇八』台湾・聯経出版、二〇一一年。

〔五〕約翰・伯格〔英：ジョン・バージャー〕、尚・摩爾〔スイス：ジャン・モア〕（張世倫訳）『另一種影像叙事〔Another Way of Telling〕』三言社、二〇〇七年。

〔六〕「列寧格勒〔レニングラード〕」、奥西普・曼徳爾斯塔姆〔露：オシップ・マンデリシュターム〕（黄燦然訳）『曼徳爾斯塔姆詩選』広西人民出版社、二〇一五年。

〔七〕斯維特蘭娜・博伊姆〔米：スヴェトラーナ・ボイム〕（楊徳友訳）『懐旧的未来〔The Future of Nostalgia〕』訳林出版社、二〇一〇年。

〔八〕馬克思〔マルクス〕、恩格斯〔エンゲルス〕、列寧〔レーニン〕、斯大林〔スターリン〕、毛沢東を指す。

〔九〕約夫・布羅茨基〔露：ヨシフ・ブロツキー〕（黄燦然訳）『小於一』浙江文芸出版社、二〇一四年。

〔一〇〕同前。

〔一一〕茨仁夏加〔ツェリン・シャキャ〕（謝惟敏訳）『龍在雪域――一九四七年後的西蔵〔The Dragon in the Land of Snows: A History of Modern Tibet Since 1947〕』左岸文化、二〇一一年。

〔一二〕温徳斯〔独：ヴェンダース〕（崔嶠・呂晋訳）『一次――図片和故事〔Einmal: Bilder und Geschichten〕』広西師範大学出版社、二〇〇四年。

〔一三〕前述したことではあるが、改めて触れておく。二〇二三年三月までに、私の知る範囲ではすでに半数以上の年長者が他界した。

〔一四〕前掲『龍在雪域――一九四七年後的西蔵』。

〔一五〕『殺劫』日本語版、藤野彰・劉燕子訳、集広舎、二〇〇九年。

〔一六〕『殺劫』英語版〔Forbidden Memory: Tibet during the Cultural Revolution〕スーザン・T・チェン訳、ロバート・バーネット修訂、ポトマック・ブックス、二〇二〇年。

〔一七〕『西蔵記憶』フランス語版、張莉・ベルナール訳、ガリマール出版社、二〇一〇年。

原著者の参考文献

◎索甲仁波切（Sogyal Rinpoche）（鄭振煌訳）『西蔵生死書』台北・張老師文化出版、一九九六年

◎『西蔵日報』（一九六五－一九七〇年）

◎王力雄『天葬――西蔵的命運』明鏡出版社、一九九八年

◎（仏）董尼徳（Pierre-Antoine Donnet）（蘇瑛憲訳）『西蔵生與死――雪域的民族主義』台北・時報文化、一九九四年

◎西蔵社会科学院等編『西蔵地方是中国不可分割的一部分』西蔵人民出版社、一九八六年

◎西蔵自治区党史資料徴集委員会編『中共西蔵党史大事記』西蔵人民出版社、一九九五年

◎西蔵農牧学院馬列教研室・西蔵自治区党校理論研究室合編『西蔵大事輯録（一九四九－一九八五）』一九八六年

◎達頼喇嘛（Dalai Lama XIV）（康鼎訳）『達頼喇嘛自伝――流亡中的自在』台北・聯経出版事業股份有限公司、一九九七年

◎（米）約翰・F・艾夫唐（John F. Avedon）（尹建新訳）『雪域境外流亡記』西蔵人民出版社、一九八七年

◎篠敏『成年礼』太白文芸出版社、二〇〇一年

◎徐明旭『陰謀與虔誠——西藏騒乱的来龍去脈』明鏡出版社、一九九九年

◎中共西藏自治区委員会党史資料徴集委員会編『西藏革命史』西藏人民出版社、一九九一年

◎廖東凡『雪域西藏風情録』西藏人民出版社、一九九八年

◎程徳美『高山反応』中国藏学出版社、二〇〇五年

◎夏加次仁（次仁夏加）『龍在雪域——一九四七年以来的西藏現代史』中共統戦部二局二〇〇〇年組織編訳（内部資料）

◎黄仁宇『従大歴史的角度読蒋介石日記』中国社会科学出版社、一九九八年

◎西藏流亡政府外交與新聞部発行『七万言書——班禅喇嘛文論選集』一九九八年

◎米国「中国文化大革命文庫光碟」編委会・香港中文大学中国研究服務中心合作編撰、宋永毅主編『中国文化大革命文庫光碟』二〇〇二年

◎西藏自治区党史弁公室編『周恩来與西藏』中国藏学出版社、一九九八年

◎夏格巴・旺秋徳丹（Tsepon W. D. Shakabpa）『西藏政治史』中国藏学出版社、一九九二年翻訳（内部資料）

◎西藏自治区『西藏政治史』評注小組編写『夏格巴的「西藏政治史」與西藏歴史的本来面目』民族出版社、一九九六年

◎高皋・厳家其『「文化大革命」十年史』天津人民出版社、一九八六年

◎「西藏文化発展公益基金会」編写『拉薩八廓街区古建築物簡介』一九九九年

◎（米）埃利・威塞爾（Elie Wiesel）（陳東飆訳）『一個猶太人在今天』作家出版社、一九九八年

◎『西藏文史資料選輯』（一―二二）西藏人民出版社・民族出版社、一九八三―二〇〇四年

◎温普林『安多強巴——達頼和西藏的画師』台北・大塊文化出版股份有限公司、二〇〇二年

◎（米）梅爾文・戈爾斯坦（Melvyn Goldstein）（杜永彬訳）『喇嘛王国的覆滅（現代西藏史：一九一三―一九五一年——喇嘛王国的崩逝）』時事出版社、一九九四年

◎台湾『撮影家』一九九八年八月、三九期

◎降辺嘉措（Jampel Gyatso）『悲劇英雄班禅喇嘛』開放雑誌社、一九九九年

◎海因利希・哈勒（Heinrich Harrer）（刁篠華訳）『西藏七年與少年達頼』台北・大塊文化出版股份有限公司、一九九七年

◎秦文玉『女活仏』人民文学出版社、一九八五年

◎（伊）畢達克（Luciano Petech）（沈衛栄・宋黎明訳）『西藏的貴族和政府』中国藏学出版社、一九九〇年

◎杜永彬『二十世紀西藏奇僧——人文主義先駆更敦群培大師評伝』中国藏学出版社、二〇〇〇年

◎『中国人民解放軍将帥名録・第三集』解放軍出版社、一九九〇年

◎謝廷傑等編著『西藏昌都史地綱要』西藏人民出版社、二〇〇〇年

◎恰白・次旦平措（Chapel Tseten Phuntso）等著『西藏通史——松石宝串』西藏社会科学院・『中国西藏』雑誌社・西藏古籍出版社聯合出版、一九九六年

◎譚放・趙無眠選輯、趙無眠述評『文革大字報精選』明鏡出版社、一九九六年

◎『国外藏学研究訳文集（十）』西藏人民出版社、一九九三年

◎中国人民大学編輯小組編『無産階級文化大革命勝利万歳』北京新華印刷廠印刷（内部学習文件）、一九六九年一〇月

◎中共西藏自治区委員会政策研究室編『西藏自治区重要文件選編』一九九四年

◎加央西熱『西藏最後的駄隊——藏北駄塩紀実』北京十月文芸出版社、二〇〇三年

◎扎西次仁口述、梅爾文・戈爾斯坦、威廉木・司本石初英文執筆（楊和晋訳）『西藏是我家——扎西次仁的自伝』明鏡出版社、二〇〇〇年

Translation with Notes

訳注

序　写真について　日本の読者へ

（1）「継続革命」を唱える毛沢東が一九六六年に発動した歴史的な大政治運動。劉少奇国家主席ら他の指導者の多くは「走資派（資本主義の道を歩む実権派）」として軒並み打倒され、毛沢東への個人崇拝が頂点に達した。文革路線は一九七一年の林彪事件で破局を迎え、一九七六年の毛死去、四人組逮捕により終結した。被害者総数は明らかになっていないが、一億人に上るともいわれる。中国共産党は一九八一年六月の第一一期中央委員会第六回全体会議（一一期六中全会）で採択した「建国以来の党の若干の歴史問題に関する決議（歴史決議）」で「指導者（毛沢東）が誤って引き起こした内乱」として文革を全面否定した。

（2）学生や青少年を中心とした大衆組織で、文革初期に出現した。「紅衛兵」と染め抜いた赤い腕章をつけ、「毛沢東主席の親衛隊」として「造反有理（造反するには道理がある）」を叫び、ブルジョア階級の打倒を旗印に、つるし上げ、引き回し、家宅捜索、文物破壊などの乱暴狼藉を働いた。これにより、多くの知識人らが犠牲になった。毛沢東は一九六六年八月一八日、天安門広場で開かれた文革祝賀百万人集会で初めて紅衛兵を接見するなど、紅衛兵運動を文革推進のテコとして利用した。しかし、様々な紅衛兵組織の間の主導権争いから武力闘争（武闘）が激化し、文革の混乱に拍車をかけた。一九六九年に紅衛兵を農山村に定住させて再教育する「上山下郷運動」が始まると、紅衛兵運動は終息に向かった。

（3）中国に五つある自治区の一つで、インド、ネパールなどと国境を接する西南部に位置する。区都はラサ。全区の常住人口は約三六五万人（二〇二〇年）。一九六五年九月に自治区が成立した。面積は約一二〇万平方キロメートルで、全中国の約八分の一を占める。かつてダライ・ラマ政権が支配していた中央チベットの領域にほぼ相当し、学術的には「政治的チベット」と称せられる。一方、青海省および甘粛、四川、雲南各省のチベット人居住地域を含めたチベット文化圏の面積は約二四〇万平方キロメートル（中国全土の約四分の一）に上り、「民族誌的チベット」と呼ばれる。

（4）「牛鬼蛇神」とはもともと、牛頭の化け物や蛇身の魔物などの「妖怪変化」を意味する。それが様々な悪人の比喩として使われ、文革期には特に階級闘争の中で打倒の対象とされた人々を指した。一九六六年六月一日付『人民日報』が「すべての牛鬼蛇神を一掃せよ」と題する社説を発表するなど、文革を象徴する流行語の一つになった。

（5）湖南省出身の中国革命指導者。中華人民共和国の「建国の父」として絶対的な権威を誇り、死去するまで共産党主席の座にあった。社会主義段階においても階級闘争は継続するとの継続革命論に基づいて文革を発動し、全土を内乱状態に陥れた。毛沢東に対する共産党の公式評価は「功績第一、誤り第二」というものである。一九八一年六月の「歴史決議」は、文革の誤りについて毛沢東に主要な責任があるとしながらも、「一人の偉大なプロレタリア革命家が犯した誤りである」とし、「革命事業に対する、長期にわたる偉大な貢献」をたたえている。（一八九三－一九七六年）。

（6）文革運動に積極的に参加した者を指す。いわゆる革命的態度をとることが政治的に正しいと心から信じた者、貧しい階級の出身者、あるいは時流に便乗した者などタイプは様々だった。闘争集会で率先して「罪人」を告発し、非難、侮辱、迫害といった行為をしばしば直接実行した。

（7）中国語の「翻身（ファンシェン）」は本来、「体の向きを変える」、「寝返りを打つ」といった意味だが、抑圧された状態や貧困状況から「解放される」、「生まれ変わる」といった比喩的用法もある。「翻身農奴」は「生まれ変わった農奴」という意味であり、中国共産党が旧チベット政権の抑圧下にあった「農奴」を「解放」したとの物語をアピールし、人民解放軍のチベット侵攻を正当化するためにこうした言葉がつくられた。

(8)安徽省出身の第四世代の共産党指導者。総書記兼中央軍事委員会主席。共産主義青年団(共青団)中央書記処第一書記、貴州省党委書記などを経て、一九八八年から一九九二年までチベット自治区党委書記を務めた。チベット赴任直後の一九八九年三月、ラサで大規模な民族騒乱が発生したが、戒厳令(国務院が布告)によって鎮圧した。一九九二年の第一四回党大会で政治局常務委員に抜擢され、二〇〇二年の第一六回党大会で総書記に就任した。二〇一二年の第一八回党大会で総書記を退任し、習近平に政権を引き継いだ。(一九四二年－)。

(9)スカーフ状の白い絹布で、チベットでは仏像に供えたり、お祝いやあいさつのときに相手の首にかけて贈ったりする。高僧から祝福を受ける際、持参したカタを首にかけてもらう習慣もある。

第一章 「古いチベット」を破壊せよ

(1)新しい思想、新しい文化、新しい風俗、新しい習慣を「四新」と呼び、文革中は「立四新(四新を打ち立てる)」というスローガンが叫ばれた。「破四旧(四旧を打破する)」の対義語である。

(2)「大昭寺」は中国名。ラサ旧市街の中心部にあるチベットを代表する仏教寺院で、吐蕃時代の七世紀中葉に創建された。ソンツェン・ガムポ王のネパール人王妃ティツゥンが建立したと伝えられる。ジョカンは本尊の釈迦牟尼十二歳等身像が祭られているジョウォ・ラカンにちなむ通称で、正式にはトゥルナン・ツクラカン(トゥルナン寺)という。二〇〇〇年に世界遺産に追加登録された。

(3)中国語では「批闘」。文革中、大衆を動員して闘争集会を開き、「反革命分子」や「反動分子」をつるし上げるという意味で用いられた。批判闘争の場では「反革命分子」らに対してしばしば暴行も加えられた。チベット語では公衆の面前での自己批判のことを「タムジン」という。

(4)中国共産党は旧チベットを封建農奴制社会と定義し、支配層である農奴主(地方政府、貴族、寺院)を「三大領主」と呼んでいる。一九五九年の「反乱(チベット動乱)」に加わらなかった一部の者たちは、その後の宥和政策で「愛国上層人士」として優遇されたが、文革期には一転して「牛鬼蛇神」のレッテルを貼られて糾弾された。

(5)一七世紀のダライ・ラマ五世時代に、ラサ旧市街西方の岩山マルポ・リ(「赤い山」を意味する)に建てられた。七世紀にソンツェン・ガムポ王が城を築いたのが始まりという説もある。「ポタラ」は観音菩薩の住処とされる「補陀落」に由来し、チベット語では「ツェポタン」と呼ぶ。一六四五年に造営が始まり、一六七五年に白宮(ポタン・カルポ)が完成した。その後、紅宮(ポタン・マルポ)が増築された。現在の建物は東西三六〇メートル、南北一四〇メートル。歴代ダライ・ラマの冬の宮殿であり、政教一致政権の中心として機能した。文革中は国家的文化財として中央政府の管理下に置かれ、物理的被害は少なかった。一九九四年に世界遺産に登録された。

(6)ダライ・ラマはゲルク派最高位の転生僧で、観音菩薩の化身(トゥルク)とされる。ダライ・ラマ一四世(テンジン・ギャムツォ)は一九三五年、青海省(現在の海東市平安区)に生まれた。一九三三年に死去したダライ・ラマ一三世の転生者と認定され、一九四〇年に即位した。一九五〇年に始まった人民解放軍のチベット侵攻を受けてインド国境へ避難し、翌年の「チベット平和解放の方法に関する協議(一七条協議)」締結後にラサへ帰還した。一九五四年、全国人民代表大会(全人代)常務副委員長に就任したが、一九五九年三月のチベット動乱のさなかにインドへ亡命した。インド北部のダラムサラを拠点にチベット亡命政府を組織し、チベット仏教最高指導者としてチベット問題の平和的解決を訴え続け、一九八九年にノーベル平和賞を受賞した。なお、ゲルク派(黄帽派)はチベット仏教四大宗派(ほかにニンマ派、カギュ派、サキャ派)の中の最大宗派で、ツォンカパ（一三五七－一四一九年）を開祖とする。
（7）パンチェン・ラマはダライ・ラマに次ぐゲルク派の高位転生僧で、阿弥陀仏の化身とされる。歴代パンチェン・ラマはシガツェにあるタシルンポ寺の座主を務める。パンチェン・ラマ一〇世（ロプサン・チョキ・ギェルツェン）は一九三八年、青海省循化県（現・循化サラ族自治県）に生まれ、一九四九年に即位した。チベット動乱後も中国に残り、全人代常務副委員長などの要職を歴任。しかし、一九六二年、政府に「七万言書（七万字の意見書）」を提出して中央の急進的な改革によるチベット文化破壊などを告発したことから、反動派のレッテルを貼られ、一九六四年に投獄された。文革後に名誉回復を果たし、全人代常務副委員長の職に復帰。チベット仏教界の重鎮として活躍したが、一九八九年一月に急死した。
（8）一九五九年三月一〇日、ラサ駐屯の人民解放軍がダライ・ラマ一四世を軍区内で催される観劇に招待した。ダライ・ラマは出席する意向だったが、チベット人の間ではダライ・ラマを連行するための中国の陰謀ではないかとのうわさが広まった。このため、民衆がラサ市内に集結して大規模なデモを行い、解放軍との武力衝突事件に発展した。この混迷のさなか、ダライ・ラマはインドへ亡命した。中国側は「チベット地方政府の反動グループによる全面的な反乱」としているが、チベット亡命政府は中国の侵略に反抗する「民族蜂起」と位置付けている。
（9）シガツェ、ギャンツェなどを中核都市とするツァン地方（中央チベット西部地区）を指す。中国語では「後蔵」。これに対し、ラサおよびその周辺を中心とする中央チベット東部地区はウー地方（中国語で「前蔵」）という。両地区をウー・ツァン（同じく「前後蔵」ないし「衛蔵」）と総称する。
（10）パンチェン・ラマ一〇世は一九六二年に中国政府に提出した「七万言書」の中で、「民主改革」以前（一九五九年のチベット動乱以前）のチベットには大中小の寺院が約二五〇〇か所あったと指摘している。中国政府が二〇二一年五月に発表したチベット白書「チベット平和解放と繁栄発展」によれば、自治区内のチベット仏教の活動拠点は一七〇〇か所余りを数える。これを単純に寺院数と理解した場合、一九五〇年代と比べ、約三割減少したことになる。
（11）文革を指導した党中央の機関で、一九六六年五月、それまで文芸界の整風を指導していた「文化革命五人小組」（組長＝彭真・北京市党委書記）に代わって設立された。「中央文革」、「中央文革小組」ともいう。陳伯達（『紅旗』総編集）を組長、康生（中央書記処書記）を顧問、江青（毛沢東夫人）らを副組長として発足した。毛沢東の威光をバックに一時は政治局に代わる権力を行使した。
（12）政治的意見やスローガンを筆で大書した壁新聞を指す。文革中は行政機関、学校、研究所、工場など全国至る場所に貼り出され、革命を宣伝し、推進する手軽な手段としておおいに活用された。
（13）江西省出身の軍人。一九二九年、中国工農紅軍（人民解放軍の前身）に参加。中華人民共和国建国後、第二野戦軍第一八軍の軍長としてチベット進軍を指揮した。一九五二年からチベット軍区司令員を務めた。一九六五年から文革初期にかけてはチベット自治区党委第一書記としてチベットの全権を握った。後に四川省党委第一書記、党中央軍事委員会委員などを歴任した。（一九一四－七二年）。
（14）チベット女性の伝統的な髪型は三つ編みであったが、文革期、革命精神を発揮しようとする女性は、男性に女性らしさを意識させることを極力避けるため、男性のように髪を短くした。逆に女性らしさを強調することはプチブル意識として批判の対象になった。
（15）毛沢東の著作から革命思想やマルクス・レーニン主義に関する文章を抜粋して編集した小冊子で、文革中は大々的な学習運動が展開され、全国民の必携必読の書となった。一九六四年、林彪の指示により、軍機関紙『解放軍報』に掲載された毛沢東の語録を基に編集、出版したのが始まり。赤いビニールの表紙がつけられており、「紅宝書」と呼ばれた。文革一〇年間で発行部数は五十数億冊に上ったとされる。
（16）ダライ・ラマ、パンチェン・ラマなど高位の転生僧の生まれ変わりを選定する制度。あらかじめ金瓶（黄金製の壷）の中に別々の候補者の名前、誕生日などをそれぞれ記した複数の象牙の札を入れておき、抽選で決定するという方式で、一八世紀に清朝の乾隆帝が導入した。金瓶はラサのジョカン寺と北京のチベット仏教寺院、雍和宮に一つずつ保管されている。共産党政権もチベットの統治者としてチベット仏教の伝統を擁護するとの建前からこの制度を継承している。

(17) ジョカン寺を周回する環状道路。巡礼の道であるとともに、ラサ最大の繁華街でもあり、土産物屋、レストランなど様々な店が軒を連ねている。パルコル一帯は歴史の古い旧市街で、細い路地が縦横に入り組んでいる。

(18) 居民委員会は都市部における末端の住民自治組織。最末端の行政機構である街道弁事処の指導の下で、住民の間のトラブルの調停や治安維持などに当たる。住民間の相互監視という役割も担っている。居民委員会はチベット語で「ウヨンレンカン」という。「ウヨン」は中国語の「委員（ウエイユエン）」の音写、「レンカン」は中国語の「会」の訳語である。

(19) ポタラ宮、ジョカン寺などを内側に抱え込む形でラサ市中心部を大きく一周する外環巡礼路。ラサにはジョカン寺の本尊である釈迦牟尼十二歳等身像「ジョウォ・リンポチェ」を中心として、ジョカン寺内のナンコル（マニ車の回廊）、パルコル（中環巡礼路）、ツェコル（ポタラ宮を取り巻く巡礼路）、リンコルと四重の巡礼路がある（コルラ・ルート）。リンコルは林廓西路、北路、東路などを巡る最も長い周回路である。

(20) ラサの市街地西方にある歴代ダライ・ラマの夏の離宮。「ノルブ」は「宝物」、「リンカ」は「公園」を意味する。一八世紀中葉にダライ・ラマ七世が造営し、その後、徐々に拡張された。ダライ・ラマ一四世が住んだ宮殿も残されており、観光地として一般公開されている。

(21) 「三忠於」は「毛沢東主席に忠実であり、毛沢東思想に忠実であり、毛沢東主席のプロレタリア革命路線に忠実であること」を意味し、「四無限」は「毛沢東主席・毛沢東思想・毛沢東主席の革命路線を限りなく熱愛し、限りなく信奉し、限りなく崇拝し、毛主席に限りなく忠誠を尽くす」ことをいう。ともに文革前期に毛沢東の個人崇拝を煽るスローガンとして用いられた。

(22) 湖北省出身の軍人、共産党指導者。一九二五年入党。黄埔陸軍軍官学校に学び、国民革命軍の北伐に参加。南昌蜂起、長征に加わり、国共内戦では東北野戦軍、第四野戦軍の司令員として活躍した。建国後は副首相、国防相、党副主席などの要職を歴任。文革中の第九回党大会（一九六九年）でただ一人の副主席となり、党規約で「毛沢東同志の親密な戦友であり後継者」と定められた。一九七一年九月、「毛沢東暗殺クーデター」に失敗して航空機でソ連への逃亡を図る途上、モンゴルで墜死した。事件については今もなお林彪の真意など不可解な謎が多い（一九〇七‐七一年）。

(23) 文革期に盛んに上演された現代京劇をはじめとする革命的芸能作品を指し、「様（ヤン）板戯（バンシー）（模範劇）」と呼ばれた。「沙家浜」、「紅灯記」、「白毛女」（バレエ劇）のほか、「智取威虎山」、「奇襲白虎団」、「紅色娘子軍」、「海港」、「沙家浜」（交響曲）が代表的演目として一世を風靡し、革命模範劇以外の伝統京劇などの上演は禁じられた。

(24) モンラム・チェンモの期間はラサに多くの僧侶や民衆が集まり、チベット人の宗教的情熱が激しく燃え上がる。このため、中国当局は反中国暴動などの不穏な事態が生じることを極度に警戒し、こうした規制を行っているとみられる。

(25) 「エー」は語気詞。「パタ」は吉祥を意味する。「ヘー」も語気詞で、親しみを表す。

(26) 「大商家」という階級の出身で紅衛兵になるのは難しいため、当初は紅衛兵ではなかったが、文革運動の「最前線」で非常に「革命的」な姿勢を示したので晴れて紅衛兵になれたのかもしれない――というのが著者の解釈である。

(27) 清朝が朝廷の代表としてラサに駐在させた高官で、チベット人はアンバン（満洲語の称号）と呼んだ。駐蔵大臣制度は一七二七（雍正五）年に正式に創設され、任期は三年とされたが、実際の駐在期間は長短まちまちだった。一九一一年の辛亥革命によって清朝が倒れるまで一八五年間にわたって継続され、延べ一七三人の大臣が派遣された。共産党政権は駐蔵大臣について「チベット地方の最高行政長官」と位置付け、中国によるチベット統治の歴史的証拠の一つと見なしているが、チベット亡命政府は清朝の「大使」にすぎなかったとしている。

(28)中国はチベット占領後、旧体制の改革にすぐ着手することはせず、「民主改革の実施は、第一次五か年計画期（一九五三–五七年）のことではありえないし、第二次五か年計画期（一九五八–六二年）のことでもない」（一九五六年九月四日付の党中央の通達）としていた。しかし、一九五九年三月のチベット動乱後、中国に反抗した領主らを搾取階級として弾圧し、貧農に土地を分配するなどの「民主改革」を断行した。中国はこれにより「政教一致の封建的農奴制度」を解体し、「一〇〇万農奴の解放」を達成したと主張している。毛沢東は同年五月、禍を転じて福と為すと言わんばかりに「ネルー（インド首相）とチベットの反乱分子に感謝しなければならない。彼らの武装反乱はいまチベットで改革を行う理由をわれわれに提供してくれた」と述べている（『毛沢東西蔵工作文選』二〇三頁）。

(29)革命委員会は、文革中、旧来の共産党指導組織を改組して設置された権力機構。造反派による奪権闘争が全国各地に広がる中、黒龍江省で初の革命委員会が誕生し、一九六八年までに全国のすべての一級行政区（省・直轄市・自治区）に設立された。チベットでは同年九月五日、ラサに五万人を集めて革命委員会成立大会が開かれた。しかし、革命委員会の設立は文革の混迷が深まるにつれて行政機能を麻痺させる事態を招いた。

(30)文字通りの意味は「新しい事物」であるが、文革期には紅衛兵、大字報、革命模範劇、革命委員会など新たに出現した様々な現象や試みを指し、「社会主義の新生事物」としてもてはやされた。

(31)江蘇省生まれの共産党指導者。中華人民共和国建国から死去するまで一貫して国務院（建国当初は政務院）総理を務めた。一九五八年までは外相も兼務。外交分野で大きな足跡を残し、一九五五年の第一回アジア・アフリカ会議（バンドン会議）での活躍や、一九七二年のニクソン米大統領訪中の実現などで高い評価を得た。文革期、巧みな政治感覚で失脚を免れ、鄧小平の復活に努めるとともに、一九七五年の第四期全人代第一回会議で「四つの近代化」を提起した。（一八九八–一九七六年）。

(32)「成分」は「階級区分」を意味し、どのような階級の出身かによって、その人物の政治的な立場や思想の良否を判断、選別する考え方。階級闘争が極端な形で突出した文革期に全国的に蔓延し、「紅五類（革命軍人、革命幹部、労働者、貧農、下層中農）」、「黒五類（地主、富農、反革命分子、悪質分子、右派分子）」といった分類がなされ、「黒五類」は否定的人物として攻撃、打倒の標的になった。「唯出身論」、「血統論」ともいう。

(33)中国共産党が一九六三年から一九六六年にかけて全国の都市や農村で展開した政治運動。農村では「四清」運動とも呼ばれ、人民公社における労働点数、帳簿、財産、倉庫の四つを点検する運動（小四清）が行われた。これは後に政治、思想、組織、経済の四つを点検する政治運動（大四清）へと発展した。これらの運動には、資本主義の復活を警戒する毛沢東の意向が色濃く投影されていたが、階級闘争を拡大化し、運動の重点を「資本主義の道を歩む党内実権派の一掃」に置いたことから、結果的に文革発動の政治環境を準備することになった。

(34)一九六六年八月五日、毛沢東は『人民日報』などに「司令部を砲撃せよ——私の大字報」を発表し、「中央から地方に至る一部の指導的同志は反動的なブルジョア階級の立場に立脚し、ブルジョア階級独裁を実行している」として、劉少奇、鄧小平ら党内実務派に対する攻撃を行った。これを受けて江青は、北京にはプロレタリア階級を代表する司令部とブルジョア階級を代表する司令部の二つがあると述べ、文革の目標がブルジョア司令部である劉少奇らの打倒にあるとの方向性を示した。

(35)一九六六年五月二九日、清華大学付属中学の生徒約四〇人が「毛沢東主席を守り、共産政権を守る」ことを旗印に、全国で初めて「紅衛兵」を組織し、六月二日には「紅衛兵」の署名を用いた大字報を貼り出した。八月一日、毛沢東は同中学紅衛兵あてにその「革命造反精神」をたたえる手紙を書き、以後、紅衛兵運動が全国へ波及していった。

(36)ラサ出身の元貴族で、共産党政権に協力し、チベットおよび中央の要職を歴任したチベット人政治家。漢字名の中国語音に基づき、「アペイ・アワンジンメイ」と表記されることもある。一九五一年五月二三日、チベット政府首席代表として中国側首席代表の李維漢との間で「一七条協議」に調印した。チベット軍区第一副司令員、チベット自治区準備委員会秘書長などを経て、一九六四年から文革初期までチベット自治区政府主席の地位にあった。一九六五年から一九九三年まで全人代常務副委員長を務めた。元全国政治協商会議（政協）副主席。（一九一一－二〇〇九年）。

(37) 国民の愛国心育成を目的として当局が指定した、革命史跡などの教育拠点。全国レベルと地方レベルの教育基地があり、全国レベルのものは、江沢民時代に第一次（一九九七年）、第二次（二〇〇一年）各一〇〇か所、胡錦濤時代に第三次（二〇〇五年）六六か所、第四次（二〇〇九年）八七か所がそれぞれ指定された。習近平時代に入ってからも追加指定が行われている。

(38) チベット仏教四大宗派の一つであるカギュ派の一支派。テュスム・ケンパ（一一一〇－九三年）を開祖とし、ラサ近郊のツルプ（楚布）寺を本山とする。黒帽カルマ派と紅帽カルマ派に分かれる。高僧の死後、その地位が転生者によって継承されるトゥルク（化身）制度はカルマ・カギュ派によって始められた。一九九二年に即位したカルマ黒帽ラマのカルマパ一七世（一九八五年－）は二〇〇〇年にインドへ亡命した。

(39) 「ルンシャル事件」は、ダライ・ラマ一三世の寵臣で財務長官だったルンシャル＝ドルジェ・ツェギェルが、一九三三年に一三世が遷化した後、チベットの民主化を目指して秘密結社「幸福連合（キチョ・クンテュン）」を結成したが、反逆罪に問われて逮捕された事件を指す。「摂政ラデン事件」は、一九三四年から一九四一年まで摂政を務めたラデン＝ジャンペル・イェシェがクーデターを画策したとして一九四七年に逮捕された事件である。また、「漢人追放事件」は、国共内戦での共産党軍の勝利が確定的となっていた一九四九年七月、共産党軍の侵攻を恐れたチベット政府が中国との関係を断つことを決定し、中華民国政府の駐蔵弁事処の関係者やその他すべての漢人を一斉追放した事件を指す。

(40) 中国共産党は一九五〇年一月、人民解放軍にチベットへの進軍を指示した。第二野戦軍第一八軍を主体とする中国軍は同年一〇月、東チベットの要衝であるチャムドを攻撃、占領し、チベット軍の主力約五七〇〇人を殲滅した。チベット政府は一一月七日、国連に仲裁を求めたが、朝鮮戦争への対応に追われていた国連には外交介入の余裕がなく、チベットは事実上、国際社会から見捨てられた。

(41) 「一七条協議」は第一条で「チベット人民は中華人民共和国の祖国の大家庭の中に戻る」としてチベットが中国の一部であることを規定した。また、「中央はチベットの現行の政治制度を変更しない」（第四条）、「宗教信仰自由の政策を実行し、チベット人民の宗教信仰と風俗習慣を尊重する」（第七条）などを定めた。ダライ・ラマ一四世は一九五九年のインド亡命後、「不法に脅迫され、自由が拘束された状況下で、強制的に調印させられた協定」（『チベットわが祖国——ダライ・ラマ自叙伝』二五五頁）であるとして、「一七条協議」を拒否することを宣言した。

(42) 江沢民が総書記時代の二〇〇〇年二月に打ち出した指導思想。中国共産党は①先進的生産力の発展要求、②先進的文化の進路、③広範な人民の根本利益——の三つを代表するとの主張を柱としている。「三つの代表」は党規約と憲法に盛り込まれ、マルクス・レーニン主義、毛沢東思想、鄧小平理論と並ぶ党の公式指導思想となった。また、党は「広範な人民」の根本利益を代表するとの定義により、資本家の入党が公認された。

(43) 大川謙作「ナンセン（nang zan）考」（「参考文献」参照）によれば、「テーバ」は「納税義務を負った人」という意味で、富農層を指し、「税戸」と訳されている。旧チベット社会で人口の大部分を占めた社会身分「ミセー（領民、平民）」の一つで、「ミセー」の中では上層に位置する。「ナンセン」は中国語では「家奴」、「奴隷」などと訳されているが、大川論文は「ナンセン」とは「家内労働者」という「職業的特性」を指す言葉であり、「身分」を示すものではないと指摘している。

（44）鄧小平の主導の下で一九七八年一二月に開催された中国共産党第一一期中央委員会第三回全体会議（一一期三中全会）。通常、単に「三中全会」といえば、この会議を指すことが多い。党の活動の重心を階級闘争から近代化建設へと移行させる方針が決定され、公式に文革路線と決別するとともに、改革・開放政策の起点となった。本文にある三中全会後の「一九八一年ごろ」は全国的に政治、経済、社会など様々な分野で改革・開放の機運が高まりつつあった時期にあたり、チベットでも前年五月の胡耀邦総書記の現地視察を受けて、脱文革の新政策が推し進められた。

第二章　造反者の内戦

（1）保皇派。本来は、清末の戊戌変法が失敗した後、海外に亡命して「保皇会」を設立し、光緒帝の復活を図ろうとした康有為らを指す。文革中は、造反行為に対して消極的ないし批判的な態度をとる人物や組織を指弾する言葉として用いられ、「プロレタリア革命派」の敵対勢力として「ブルジョア保皇派」のレッテルが貼られた。

（2）一九六六年八月の第八期中央委員会第一一回全体会議（八期一一中全会）で採択された。全一六条からなる決定であることから「一六条」と呼ばれる。第一条で文革について「人々の魂に触れる大革命であり、わが国の社会主義革命の発展の、より深く、より広い、新たな段階である」と規定し、当面の目的は「資本主義の道を歩む実権派と闘争して打ち倒し、ブルジョアジーの反動的な学術『権威』を批判する」ことなどにあると宣言した。

（3）人民解放軍の長老（元帥）で建国の功労者の一人。四川省出身。革命戦争中は八路軍総司令などを務め、建国後は国家副主席、党副主席、全国人民代表大会常務委員長などを歴任した。（一八八六－一九七六年）。

（4）湖南省出身の共産党指導者。建国後、全国人民代表大会常務委員長、党副主席などを歴任し、一九五八年、毛沢東に代わって国家主席に就任。毛沢東が進めた大躍進の失敗を受けて生産力の回復を目指す調整政策に取り組んだが、文革中は「われわれの側に眠るフルシチョフ」として主要な打倒目標にされ、紅衛兵に暴行されるなど激しい迫害を受けた。党籍を剝奪され、監禁されていた河南省開封市で病死。文革終了後、党中央が追悼大会を開き、名誉を回復した。（一八九八－一九六九年）。

（5）毛沢東が一九四二年五月、革命根拠地の陝西省延安で行った「延安の文学・芸術座談会における講話」。一般に「文芸講話」と呼ばれる。文芸は労働者、農民、兵士ら人民大衆のものであり、政治的基準を第一とし、芸術的基準を第二とすることなどを呼びかけ、党の文芸政策の基本路線を定めた。

（6）毛沢東の詩「七律　韶山に到る」（一九五九年）。抑圧されていた農民たちが赤旗を掲げ、手製の槍を持って立ち上がったさまを形容している。

（7）上海では造反派による奪権の嵐が吹き荒れる中、党委員会は統治能力を失い、市全体が無政府状態に陥った。造反派は一九六七年一月、『文匯報』、『解放日報』などを奪権したのに続き、中央文革小組の指導下で市党委員会打倒大会を開催し、奪権を宣言した。この動きについて毛沢東は「全国各省の文革運動の発展に巨大な推進作用を果たす」と称賛した。同年二月、上海では造反派などにより「上海人民公社（上海コミューン）」が樹立された。

（8）上海で発行されている有力日刊紙。一九三八年創刊。一九六五年一一月一〇日、「四人組」の一人で文芸評論家の姚文元が、江青の意を受けて同紙に論文「新編歴史劇『海瑞免官』を評す」を発表、文革の口火を切った。

（9）文革中の造反派による奪権闘争や古参幹部批判は、葉剣英、陳毅、李先念、譚震林ら長老グループの激しい反発を招いた。一九六七年二月中旬、北京の中南海・懐仁堂で開かれた党政治局拡大会議で、長老たちは文革の暴力的手法を厳しく批判した。これに対し、江青ら文革派指導者は、文革の流れに反対する「二月逆流」として長老たちを攻撃した。

（10）毛沢東の夫人で、「四人組」の中心メンバーとして文革を推進した。山東省出身。上海で女優として活躍し、延安で毛沢東と結婚。文革中は文化革命の旗手を自認し、中央文化革命小組第一副組長、同代理組長、政治局員を務めた。毛沢東の死去後に逮捕され、「林彪・江青反革命グループ」の主犯として死刑判決を受けた。後に無期懲役に減刑されたが、自殺を図った。（一九一五－九一年）。

（11）江青は一九六七年七月二二日、北京・人民大会堂で河南省からの代表団を接見した際、「武闘を挑発する連中が武器を手に攻めかかってきたときには、革命大衆は武器を持って自己防衛に立ち上がっていい」と語り、武闘の動きを扇動した。これを受けて、翌日の上海『文匯報』は「文攻武衛（道理で反対派に攻撃を加え、武力で自派を防衛する）」のスローガンを掲載。以後、各地の武闘は激化の一途をたどった。

（12）一九六七年九月一八日、周恩来と陳伯達、康生、江青らは北京でチベット軍区の任栄、チベット自治区党委員会の周仁山ら現地指導者と会見した。席上、周恩来は「チベットの両派はいずれも革命大衆組織である」として、両派が大批判を通じて大連合を実現するとともに、直ちに武闘を停止して交通運輸を速やかに回復し、軍民関係および民族関係をうまく処理するよう要求した。

（13）一九六九年三月から同年八月ごろにかけて、チャムド地区のテンチェン県、ペンバー県、ラサ市のニェモ県、シガツェ地区のシェー・トムン〔謝通門〕県、ナクチュ地区のビル〔比如〕県などで相次いで発生した騒乱事件。チベット人住民が役所や解放軍の部隊を襲撃し、多数の死傷者が出た。『中共西蔵党史大事記』によれば、五月二〇日のペンバー事件では「ひとつまみの反革命分子」が「共産党も社会主義も要らない」との綱領を掲げて「翻身農奴革命造反司令部」などを組織し、県党委員会などを襲った。六月にかけての数回に及ぶ襲撃で、幹部、兵士五十余人を殺害した。六月一三日のニェモ事件では、ティンレー・チュドゥンが「宗教的迷信を利用」して大衆を扇動し、解放軍毛沢東思想宣伝隊員二二人を襲撃、二一日には末端幹部の積極分子一三人を殺害した（一八七－一八八頁）。一方、『中共拉薩党史大事記（文化大革命時期）』によれば、六月三日－一三日、ニェモ全県で殺害された解放軍、幹部、民衆は五四人、手や足を切られた者は二十余人、激しい暴行を受けた者は三三五人に上った（一九頁）。チベット当局は一連の事件を「反革命暴乱事件」と見なし、党中央は同年九月二五日、暴乱鎮圧を指示した。

（14）一九五一年一〇月二六日、張国華率いる解放軍本隊がラサに入城した。共産党当局は「中国の不可分の領土」であるチベットを「帝国主義勢力の侵略およびその政治的、経済的束縛から脱却させた」との見解に立ち、チベット進軍は「侵略」ではなく「平和解放」であると一貫して主張している。

第三章 「雪の国」の龍

（1）毛沢東に続く共産党第二世代の中核的指導者。四川省出身。建国後、副総理、党総書記などの要職を歴任。文革開始直後に「資本主義の道を歩む実権派」と批判され、全職務から解任された。林彪事件（一九七一年）後の一九七三年にいったん復活したが、周恩来総理を追悼する大衆運動が「四人組」批判へと発展した一九七六年の第一次天安門事件で「黒幕」とされ、またも失脚した。しかし、文革終了後の一九七七年に完全復活を果たして実権を掌握し、脱毛沢東路線を推し進めると同時に、政策の機軸を改革・開放へと大きく転換した。経済建設を重視する実利主義的な政治手法で知られ、改革・開放の「総設計師」と称せられた。（一九〇四－九七年）。

（2）人民解放軍進駐後のチベットの最高権力ポスト（自治区党委書記、一九六五年の自治区成立以前はチベット工作委員会書記）には、初代の張国華以降、軍人が代々就任した。文革が終了し、改革・開放時代に入ってからも、しばらくの間は軍人の陰法唐が党委第一書記（在任一九八〇－八五年）を務めた。その後任には、軍歴はあるものの、基本的には地方党幹部出身の伍精華・国家民族事務委員会副主任（彝族）が任命され、一九八五年六月、ラサに赴任した。伍精華の後は胡錦濤（在任一九八八－九二年、前党総書記）が引き継いだ。

（3）中国とインドは東部国境地区（チベットとアッサム州北部の境界のマクマホン・ライン地区）と西部国境地区（ラダク地区のアクサイチン）の帰属をめぐって対立して

きた。一九五九年三月のチベット動乱によるダライ・ラマ一四世のインド亡命を機に、両国関係の緊張が高まり、一九六二年にかけて国境地帯で軍事衝突が頻発した。

（4）「三支」は左派・農業・工業に対する支援、「両軍」は軍事管制・軍事訓練を指し、文革中に人民解放軍が推進した。一九六七年の「上海一月革命」を機に文革は奪権闘争の段階に入ったが、これによって党・政府の機能はマヒし、工業生産も停滞するなど全国的な混乱状態が生じた。このため、毛沢東は軍に対して、農工業生産を支援し、軍事管制を通じて秩序維持に当たるよう指示した。

（5）一九七九年二月二八日、ダライ・ラマ一四世の兄、ギャロ・トゥンドゥプが北京を訪問し、三月一二日、鄧小平と会談した。その中で鄧小平は「チベットは中国の一部である」と強調し、ダライ・ラマの帰国問題は「国と国の対話ではなく、中国内部の問題として話し合わなければならない」との基本的考えを伝えた。同年九月二五日にはチベット亡命政府の代表団（ダライ・ラマの兄、ロプサン・サムテンら五人）がチベットを訪れ、一二月五日までの間、ラサ、シガツェ、ギャンツェ、チャムドなど各地を視察した。『中共西蔵党史大事記』によれば、代表団は至るところで群集に取り囲まれ、ジョカン寺では一二〇〇人が集まった。ロブサン・サムテンはノルブ・リンカで群集に向かって「ツァンパを食べる者、チベット語を話す者は団結せよ」と呼びかけたという。

（6）湖南省出身の共産党指導者。党組織部長、党主席、総書記などを歴任。一九七六年の文革終了後、鄧小平の下で失脚幹部の名誉回復をはじめとする諸政策を断行、改革・開放の基礎を固めた。総書記時代の一九八〇年五月、チベットを現地視察した際、自治区幹部大会で報告を行い、チベットの経済建設に全力で取り組むよう指示する一方、教育・文化事業の重視、チベット人幹部の積極登用などの新政策を打ち出した。一九八七年一月、各地で発生した学生デモへの対応が甘かったとして保守派の攻撃を受け、総書記を辞任。一九八九年四月一五日に死去したが、これを機に学生らの民主化要求デモが発生し、第二次天安門事件へとつながった。（一九一五－八九年）。

（7）人民解放軍が紅衛兵運動の拡大により激化した武闘を制止し、秩序回復を図るため、各地の大学や各種機関などに進駐させた組織。一方、労働者による「工人（労働者）毛沢東思想宣伝隊（工宣隊）」も結成され、大学などに駐留した。農村の小中学校や人民公社の機関には「貧下中農（貧農下層中農）毛沢東思想宣伝隊（貧宣隊）」が駐留した。

（8）チベット仏教ゲルク派のラデン五世。チベット・ギャツァ〔加査〕県の農家に生まれ、ラデン四世の転生者に認定された。一九三三年にダライ・ラマ一三世が死去した後、摂政に就任し、その転生者（現在のダライ・ラマ一四世）の探索に従事した。当時の中華民国政府の駐蔵弁事処（在ラサ）設置に同意するなど、中国当局との関係強化を図ったことから、共産党は「祖国統一、漢蔵団結の愛国人士」と評価している。ラデン寺は一一世紀の創建で、ラサ北郊のルンドゥプ〔林周〕県にある。（一九一〇－四七年）。

（9）建国後、農村の農業合作社を合併して設立された大規模な行政・生産・社会組織で、人民公社は生産大隊と生産隊で構成された。一九五八年、毛沢東が河南省七里営で組織された人民公社を視察し、「人民公社はすばらしい」と語ったことから、全国的に人民公社設立運動が広まった。同年末には全国七四万の合作社が二万六〇〇〇の人民公社に再編され、九九パーセント以上の農家が参加した。社会主義建設の総路線、大躍進と合わせて「三面紅旗」と称された。しかし、非効率、平均主義に象徴される極左的な運営は農村を疲弊させ、改革・開放の進展に伴って一九八二年に廃止が決まった。

第四章　毛沢東の新チベット

（1）諸組織を構成する三つの要素を意味し、文革中は革命委員会を構成する革命大衆組織の責任者（造反派組織の指導者）、人民解放軍の現地部隊の代表、革命指導幹部の三者を指した。革命委員会の「三結合」は、造反各派の勢力を均衡させる中で、軍が主導権を握ることが目的だった。このほか、「三結合」は、工場における指導幹部、技術者、労働者の結合、指導グループにおける老中青（老年、中年、青年）の結合といった意味でも用いられた。

（2）一九六六年五月一六日の政治局拡大会議で採択された「中国共産党中央委員会通知」を指し、文化大革命の綱領的文書となった。「五・一六通知」は、「プロレタリア文化大革命の大きな旗を高々と掲げ、反党・反社会主義の、いわゆる学術権威のブルジョア反動的立場を徹底的にあばき、学術界、教育界、報道界、文芸界、出版界のブルジョア反動思想を徹底的に批判し、これらの文化領域における指導権を奪取する」よう呼びかけた。

（3）浙江省出身の共産党指導者。党中央組織部長、政治局常務委員、中央規律検査委員会書記などを歴任し、公安・政法部門に大きな影響力を及ぼした。元全国人民代表大会常務委員長。一九九七年の第一五回党大会で指導部から引退した。（一九二四－二〇一五年）。

（4）「農奴憤」は中央五七芸術大学美術学院チベット派遣彫塑班、瀋陽魯迅美術学院教師、チベット革命展覧館による集団創作であり、かつてのチベットを完全な「暗黒社会」として描き、中国共産党による「解放」を正当化するプロパガンダ美術展である。仏教寺院は「農奴の身体につけられた重い首枷と鎖」、「鮮血したたる人食いの魔窟」と全否定されている。写真集『農奴憤』初版は一九七六年に西蔵人民出版社・人民美術出版社から発行された。

（5）山西省昔陽県の旧モデル農村。平地の乏しい貧困地区だったが、自力更生の精神で石ころだらけの谷と尾根を段々畑につくり変え、食糧生産を増大させたとして全国的に注目され、毛沢東に称賛された。一九七五年には「農業は大寨に学ぶ」全国会議も開かれた。しかし、文革終了後の一九八〇年、「大寨は食糧生産量を水増し報告し、村民の豊かな暮らしや生産意欲をおおげさに宣伝した」と批判された。

（6）山西省出身の全国労働模範。大寨村党支部書記、大寨大隊党支部書記を務め、「農業は大寨に学ぶ」運動の立役者となった。文革中に山西省革命委員会副主任、同省党委書記に昇進し、政治局員、副総理も務めた。（一九一四－八六年）。

第五章　エピローグ

（1）文化大革命の中で毛沢東の威光を利用して台頭した政治グループで、毛夫人の江青（元政治局員、一九九一年死去）、姚文元（同、二〇〇五年死去）、張春橋（元政治局常務委員、同）、王洪文（元党副主席、一九九二年死去）の四人を指す。周恩来、鄧小平ら実務派と対立し、激しい権力闘争を繰り広げたが、毛沢東死去後の一九七六年一〇月に一斉逮捕された。

（2）山西省出身の共産党指導者。建国後、湖南省の湘潭地区党委書記、副省長、省党委書記などを歴任。副総理時代の一九七五年九月、中央代表団を率いて自治区成立一〇周年のチベットを訪問した。一九七六年、周恩来の死去を受けて総理代行に就任。第一次天安門事件後の同年四月に第一副主席兼総理、「四人組」逮捕後の同年一〇月に党主席、中央軍事委主席に就いた。その後も「二つのすべて」（毛主席の政策決定はすべて断固擁護しなければならず、毛主席の指示はすべて終始変わることなく順守しなければならない）の方針を掲げて文革理念の継承を図ったが、脱文革を図る鄧小平との抗争に敗れて失脚した。要職辞任後も、「四人組」逮捕の功績により、二〇〇二年まで党中央委員を務めた。（一九二一－二〇〇八年）。

（3）中国共産党は一九八一年六月の「建国以来の党の若干の歴史問題に関する決議」（歴史決議）で、文化大革命について「全局的で長期にわたる『左』傾の誤りであり、毛沢東同志に主要な責任がある」と断定しており、これが公式評価の基軸になっている。

第六章　補記

（1）邦訳はヴァルター・ベンヤミン（好村富士彦訳）「エードゥアルト・フックス――収集家と歴史家」（佐々木基一編集解説『複製技術時代の芸術』［ヴァルター・ベンヤミン著作集2］晶文社、一九七〇年、一〇八頁）。また、今村仁司『ベンヤミン「歴史哲学テーゼ」精読』（岩波現代文庫、二〇〇〇年）も参照。

（2）中国によるチベット統治や宗教弾圧に抗議するチベット人僧侶らの焼身自殺はチベット自治区や四川、青海両省で相次いで発生し、チベット亡命政府によると、二〇〇九年以降、焼身自殺者は約一四〇人に上り、うち約一二〇人が死亡した（『読売新聞』二〇一六年一月一〇日付）。

（3）Radio Free Asia（RFA＝自由アジア放送）。一九九四年に米国議会で制定された国際放送法に基づき、九六年に米国議会の出資で設立された短波ラジオ放送局。

（4）北京五輪開催を五か月後に控えていた二〇〇八年三月一〇日、ラサではチベット人僧侶ら数百人による反中国デモが発生し、同一四日には大規模な民衆暴動へと発展した。民衆は街中で「チベット万歳」、「ダライ・ラマ万歳」などのスローガンを叫び、商店などへの投石や放火を行った（『読売新聞』二〇〇八年三月一五日付）。暴動は中国当局によって鎮圧されたが、当局発表によると、暴動のさなかに民間人一八人が犠牲になり、関係者九五三人が逮捕された。当局側はダライ・ラマ支持勢力が「北京五輪の破壊を扇動した事件」（温家宝総理＝当時）と非難した。

（5）毛沢東は文革期の一九七二年、「深く穴を掘り、食糧を蓄え、覇を唱えない」との指示を出し、これを機に戦争に備えて防空壕を掘る運動が全国で繰り広げられた。こうした指示の背景には一九六九年三月、黒龍江省の中ソ国境を流れるウスリー江の珍宝島（ダマンスキー島）で中ソ武力衝突が起きるなど対ソ関係の緊張の高まりがあった。

（6）ポタラ宮の南面にはもともと「ショル（雪城）」と呼ばれる集落があり、「平和解放」以前はチベット政府の行政・司法機関、監獄などが置かれ、貴族や役人のほか、仏具・法衣などを作る様々な職人たちが住んでいた。ポタラ宮が一九九四年に世界文化遺産に登録されたのを機に、ショルではポタラ宮広場の建設をはじめとした大規模な再開発が行われ、六七〇戸の住民が立ち退きを迫られた。

（7）「中国の夢」は中国共産党の習近平総書記が二〇一二年の就任以来、中国の発展戦略を象徴するキャッチフレーズとして打ち出した言葉。習総書記は「中華民族の偉大なる復興の実現こそが中華民族の近代以降の最も偉大な夢である」と語り、今世紀中葉までに「総合国力と国際的影響力の面でトップクラスの国家になる」との長期目標を掲げている。

（8）中国では共産党の革命闘争や抗日戦争に関する公的記念館が全国各地に多数建設され、愛国主義教育の場として活用されているが、文革をテーマにした公的記念施設は存在しない。文革は共産党にとって最大の「負の遺産」であるため、できるだけ国民の意識から遠ざけたいという政治判断がある。二〇世紀の中国文学界を代表する作家の一人である巴金は生前、自分たちの世代には「文革一〇年の痛ましい教訓を、孫子の代まで心に刻んでもらう責任がある」との信念から、「文革博物館」の建設を訴えたが、実現しなかった。

（9）一九五九年三月二三日までに中国人民解放軍チベット軍区の部隊はラサの「反乱軍」四千余人を捕虜にし、銃器八千余挺、軽重機関銃八一挺、八一迫撃砲二七門、山砲六門、銃弾一〇〇〇万発を鹵獲した。「反乱軍」の多くは中国軍に包囲された後、投降し、ラサでは同日、軍事管制委員会が設立された（郭兹文編『西蔵大事記［一九四九－一九五九］』民族出版社、一九五九年、二六－二七頁）。

（10）吉林省長春市出身（一九五五年生まれ）の文芸批評家、人権活動家。元北京師範大学文学部講師。一九八九年の北京の民主化運動では天安門広場で学生たちとともに抗議のハンストを行う一方、当局による武力鎮圧（六月四日の第二次天安門事件）の際には学生らの広場からの平和的な撤退を組織し、最悪の事態の回避に努めた。二〇〇八年三月のチベット騒乱発生時には当局にダライ・ラマ一四世との直接対話などを求める「チベット情勢解決に関する一二の意見書」を共同発表したほか、民主化要求宣言「〇八憲章」の中心的な起草者になるなど、一貫して中国の民主化推進を訴え続けた。このため、天安門事件以降、たびたび投獄され、二〇一〇年二月、「国家政権転覆扇動罪」で懲役一一年、政治的権利剥奪二年の判決を受けた。獄中にあった同年一〇月、中国の基本的人権のための非暴力の闘争が評価され、ノーベル平和賞を受賞したが、授賞式への出席は許されず、二〇一七年七月、末期の肝臓癌により服役中のまま死去した。

（11）中国語では「便民警務站」と呼ばれる。「便民」は「人々の便宜を図る」という意味で、日本で言えば、街角の交番のような存在であるが、任務の重点は「安定維持」のための警戒・監視・出動に置かれている。全国各地に設置されており、チベット自治区内では六九八か所（二〇二〇年八月時点）を数える（中共中央政法委員会「中国長安網」https://www.chinapeace.gov.cn/chinapeace/c100062/2020-8/30/content_12389373.shtml＝二〇二一年八月六日閲覧）。

参考文献

翻訳および訳注、解説の執筆にあたって参照した著書・論文等。

■中国語文献（ピンイン順）

◎曹自強・李徳成『西蔵宗教工作概説』中国蔵学出版社、二〇〇八年

◎巣峰主編『「文化大革命」詞典』港龍出版社、一九九三年

◎達頼喇嘛（唐鼎訳）『達頼喇嘛自伝――流亡中的自在』聯経出版事業股份有限公司、二〇〇五年

◎《当代中国》叢書編輯部『当代中国的西蔵』（上下）当代中国出版社、一九九一年

◎《当代中国的民族工作》編輯部『当代中国民族工作大事記（一九四九－一九八八）』民族出版社、一九八九年

◎達瓦『古城拉薩市区歴史地名考』社会科学文献出版社、二〇一四年

◎徳吉卓瑪『蔵伝仏教出家女性研究』社会科学文献出版社、二〇〇三年

◎多傑才旦・江村羅布主編『西蔵経済簡史』中国蔵学出版社、一九九五年

◎多傑才旦主編『元以来西蔵地方與中央政府関係研究』（上下）中国蔵学出版社、二〇〇五年

◎杜継文・黄明信主編『佛教小辞典』上海辞書出版社、二〇〇六年

◎傅崇蘭主編『拉薩史』中国社会科学出版社、一九九四年

◎傅正明『詩従雪域来』允晨文化実業股份有限公司、二〇〇六年

◎傅正明・桑傑嘉編訳『西蔵流亡詩選』傾向出版社、二〇〇六年

◎格勒・海帆『康巴――拉薩人眼中的荒涼辺地』生活・読書・新知三聯書店、二〇〇五年

◎苟霊（巴登）編著『拉薩概覧』科学技術文献出版社、二〇〇八年

◎国家民族事務委員会・中共中央文献研究室編『新時期民族工作文献選編』中央文献出版社、一九九〇年

◎国家統計局編『中国統計年鑑２０２１』中国統計出版社、二〇二一年

◎国務院人口普査弁公室・西蔵自治区人口普査弁公室編『当代中国西蔵人口』中国蔵学出版社、一九九二年

◎国務院新聞弁公室「西蔵和平解放與繁栄発展」白皮書（二〇二一年五月二一日）http://www.gov.cn/zhengce/2021-05/21/content_5609821.htm（二〇二一年七月一二日閲覧）

◎国務院新聞弁公室編『中国政府西蔵白皮書匯編』人民出版社、二〇一〇年

◎郭茲文編『西蔵大事記（一九四九－一九五九）』民族出版社、一九五九年

◎何俊芳『中国少数民族双語研究――歴史與現実』中央民族大学出版社、一九九八年

◎何沁主編『中華人民共和国史［第二版］』高等教育出版社、一九九九年

◎Human Rights Watch「中国〝双語教育〟政策在西蔵――蔵語教学面臨威脅」https://www.hrw.org/zh-hans/report/2020/03/04/339144（二〇二一年七月八日閲覧）

◎姜安『蔵伝仏教』海南出版社、二〇〇三年

◎降辺嘉措『十世班禅喇嘛伝記（二〇〇八年版）』開放出版社、二〇〇八年

◎江平・李佐民・蔣堅永『西蔵的民族区域自治』中国蔵学出版社、一九九一年

◎軍事科学院軍事歴史研究部編『中国人民解放軍六十年大事記（一九二七－一九八七）』軍事科学出版社、一九八八年

◎金炳鎬『中国共産党民族政策発展史』中央民族大学出版社、二〇〇六年

◎《跨世紀的中国人口》［西蔵巻］編委会編著『跨世紀的中国人口』中国統計出版社、一九九四年

◎拉森［Knud Larsen］・拉森［Amund Sinding-Larsen］（李鴿、木雅・曲吉建才訳）『拉薩歴史城市地図集――伝統西蔵建築與城市景観』中国建築工業出版社、二〇〇五年

◎廖東凡『西蔵的節慶《拉薩編》』山月文化有限公司、二〇〇六年

◎李伶『西蔵之水救中国』中国長安出版社、二〇〇五年

◎李青『拉薩老城区歴史演変與保護』社会科学文献出版社、二〇一四年

◎馬麗華『走過西蔵』作家出版社、一九九四年

◎馬戎『西蔵的人口與社会』同心出版社、一九九六年
◎Michael C. Van Walt Van Praag（跋熱・達瓦才仁訳）『西蔵的地位』達賴喇嘛西蔵宗教基金会、二〇〇八年
◎民族出版社編『中華人民共和国国務院関於西蔵工作的幾項決定』民族出版社、一九五五年
◎任傑『中国共産党的宗教政策』人民出版社、二〇〇七年
◎沈学明・鄭建英主編『中共第一届至十五届中央委員』中央文献出版社、二〇〇一年
◎沈宗濂・柳陞祺（柳暁青訳）『西蔵與西蔵人』中国蔵学出版社、二〇〇六年
◎孫子和『十輩班禅額爾徳尼確吉堅賛』台湾・行政院蒙蔵委員会、一九九七年
◎蘇嘉宏（達頼喇嘛序）『流亡的民主』水牛出版社、二〇〇五年
◎索甲仁波切（鄭振煌訳）『西蔵生死之書』中国社会科学出版社・青海人民出版社、一九九九年
◎天津市革命委員会政治部編『無産階級文化大革命重要文献選編』天津人民出版社（内部発行）、一九六九年
◎王貴『蔵族人名研究』民族出版社、一九九一年
◎王力雄『天葬――西蔵的命運』明鏡出版社、一九九八年
◎王作安『中国的宗教問題和宗教政策』宗教文化出版社、二〇〇二年
◎王堯・陳慶英主編『西蔵歴史文化辞典』西蔵人民出版社・浙江人民出版社、一九九八年
◎唯色『西蔵筆記』花城出版社、二〇〇三年
◎唯色『絳紅色的地図』中国旅游出版社、二〇〇四年
◎唯色『西蔵記憶』大塊文化出版股份有限公司、二〇〇六年
◎唯色『名為西蔵的詩』大塊文化出版股份有限公司、二〇〇六年
◎唯色『念珠中的故事』大風出版社、二〇〇七年
◎唯色『看不見的西蔵』大塊文化出版股份有限公司、二〇〇八年
◎呉冷西『憶毛主席――我親身経歴的若干重大歴史事件片断』新華出版社、一九九五年
◎伍昆明主編『西蔵近三百年政治史』鷺江出版社、二〇〇六年
◎西蔵工業建築勘測設計院編『古格王国建築遺址』中国建築工業出版社、一九八八年
◎西蔵人民出版社編『西蔵民族問題論文選』西蔵人民出版社、一九八四年
◎西蔵自治区党史資料徴集委員会編『中共西蔵党史大事記』西蔵人民出版社、一九九五年
◎西蔵自治区地方志編纂委員会編『西蔵自治区志　統計志』中国蔵学出版社、二〇〇五年
◎《西蔵自治区概況》編写組『西蔵自治区概況』西蔵人民出版社、一九八四年
◎西蔵自治区文物管理委員会編『古格故城』（上下）文物出版社、一九九一年
◎西蔵自治区政協文史資料学習委員会編・楊一真著『平息1959年西蔵武装叛乱紀実――楊一真回憶録』中国蔵学出版社、二〇一〇年
◎牙含章『民族問題與宗教問題』中国社会科学出版社・四川民族出版社、一九八四年
◎陰法唐『陰法唐西蔵工作文集』（上下）中国蔵学出版社、二〇一一年
◎永青巴姆・王巨栄・張紅編『蔵事要聞（一九四九－二〇一二）』中国蔵学出版社、二〇一三年
◎扎西次仁口述・Melvyn C. Goldstein, William R. Siebenschuh 英文執筆（楊和晋訳）『西蔵是我家』中国蔵学出版社、二〇〇六年
◎張天路『西蔵人口的変遷』中国蔵学出版社、一九八九年
◎趙靳秋・余萍・劉園園編著『西蔵蔵語伝媒的発展與変遷1951－2012』中国伝媒大学出版社、二〇一三年
◎中共拉薩市委党史工作領導小組編『中共拉薩党史大事記（文化大革命時期）』中共拉薩市委党史工作領導小組、一九九八年
◎中共西蔵自治区委員会党史研究室編著『張経武與西蔵解放事業』中共党史出版社、二〇〇六年

◎中共西蔵自治区委員会政策研究室編『西蔵自治区重要文献選編』（上下）中文出版物服務中心（内部文件）、二〇〇七年

◎中共中央統一戦線工作部・中共中央文献研究室編『新時期統一戦線文献選編』中共中央党校出版社、一九八五年

◎中共中央文献研究室『関於建国以来党的若干歴史問題的決議注釈本（修訂）』人民出版社、一九八五年

◎中共中央文献研究室編『三中全会以来――重要文献選編』（上下）人民出版社（内部発行）、一九八二年

◎中共中央文献研究室・中共西蔵自治区委員会・中国蔵学研究中心編『毛沢東西蔵工作文選』中央文献出版社・中国蔵学出版社、二〇〇一年

◎《中国共産党簡史》編写組『中国共産党簡史』人民出版社・中共党史出版社、二〇二一年

◎中国蔵学研究中心社会経済研究所編『西蔵家庭四十年変遷――西蔵百戸家庭調査報告』中国蔵学出版社、一九九六年

◎中央五七芸術大学美術学院赴蔵彫塑組・瀋陽魯迅美術学院教師・西蔵革命展覧館『農奴憤』西蔵人民出版社・人民美術出版社、一九七六年

◎周潤年『西蔵教育五十年』甘粛教育出版社、二〇〇二年

■英語文献

◎Goldstein, Melvyn C.(with the help of Gelek Rimpoche), *A History of Modern Tibet, 1913-1951: the Demise of the Lamaist State*, University of California Press, Berkeley, 1989（杜永彬訳『喇嘛王国的覆滅』中国蔵学出版社、二〇〇五年）

◎Goldstein, Melvyn C., *The Snow Lion and the Dragon*, University of California Press, 1999

◎Goldstein, Melvyn C., Ben Jiao and Tanzen Lhundrup, *On the Cultural Revolution in Tibet: the Nyemd Incident of 1969*, University of California Press, 2009

◎Powers, John, *History as Propaganda: Tibetan exiles versus the People's Republic of China*, Oxford University Press, 2004

◎Smith Jr. ,Warren W., *China's Tibet? autonomy or assimilation*, Rowman & Littlefield Publishers, 2008

◎Tsering Woeser, Tsering Dorje(tr.Susan T.Chen), *Forbidden Memory: Tibet during the Cultural Revolution*, Potomac Books, 2020

■日本語文献

◎青木文教『秘密の国　西蔵遊記』中公文庫、一九九〇年

◎アジア経済研究所企画、松本脩作・大岩川嫩編『第三世界の姓名――人の名前と文化』明石書店、一九九四年

◎アデ・タポンツァン（ペマ・ギャルポ監訳、小山晶子訳）『チベット女戦士　アデ』総合法令出版、一九九九年

◎阿部治平『もうひとつのチベット現代史――プンツォク＝ワンギェルの夢と革命の生涯』明石書店、二〇〇六年

◎アベドン、ジョン・F（三浦順子・小林秀英・梅野泉訳）『雪の国からの亡命――チベットとダライ・ラマ　半世紀の証言』地湧社、一九九一年

◎天児慧ほか編『岩波　現代中国事典』岩波書店、一九九九年

◎アリヤ・ツェワン・ギャルポ（亀田浩史訳）『チベットの反論――チベットの史実を歪曲する中国共産党に挑む』集広舎、二〇二三年

◎アレント、ハンナ（ジェローム・コーン編、中山元訳）『責任と判断』ちくま学芸文庫、二〇一六年

◎石濱裕美子（写真・永橋和雄）『図説　チベット歴史紀行』河出書房新社、一九九九年

◎石濱裕美子編著『チベットを知るための50章』明石書店、二〇〇四年

◎石濱裕美子『物語　チベットの歴史――天空の仏教国の１４００年』中公新書、

二〇二三年
◎色川大吉『雲表の国――青海・チベット踏査行』小学館、一九八八年
◎岩尾一史・池田巧編『チベットの歴史と社会』（上下）臨川書店、二〇二一年
◎ウィニントン、アラン（阿部知二訳）『チベット』（上下）岩波新書、一九五九年
◎浦野起央『チベット・中国・ダライラマ――チベット国際関係史【分析・資料・文献】』三和書籍、二〇〇六年
◎NHK取材班『チベット紀行』日本放送出版協会、一九八二年
◎大岩昭之『チベット寺院・建築巡礼』東京堂出版、二〇〇五年
◎大川謙作「ナンセン(nang zan)考――チベット旧社会における家内労働者の実態をめぐって」、『中国研究月報』二〇〇七年一二月号
◎大川謙作「チベットを騒乱にさせたのは誰か!?」、『寺門興隆』二〇〇八年六月号
◎大川謙作「チベット旧社会と『農奴解放』言説」、『中国研究月報』二〇〇八年八月号
◎長田幸康『チベットで食べる・買う――こんなに楽しい聖地探訪』祥伝社黄金文庫、二〇〇一年
◎加々美光行『中国の民族問題――危機の本質』岩波書店、二〇〇八年
◎金子英一『チベットの都　ラサ案内』平河出版社、一九八二年
◎河口慧海『チベット旅行記』旺文社文庫、一九七八年
◎権寧俊「文化大革命期における延辺朝鮮族自治州の民族教育と言語問題」、『アジア経済』二〇〇二年第四三巻第七号
◎グラスドルフ、ジル・ヴァン・（鈴木敏弘訳）『ダライ・ラマ――その知られざる真実』河出書房新社、二〇〇四年
◎グルンフェルド、A・T（八巻佳子訳）『現代チベットの歩み』東方書店、一九九四年
◎ケルサン・タウワ編著『チベット語辞典　蔵日・日蔵』カワチェン、二〇〇三年
◎ゴールドスタイン、メルヴィン・Cほか（山口周子訳）『チベットの文化大革命――神懸り尼僧の「造反有理」』風響社、二〇一二年
◎ジッド、アンドレ（國分俊宏訳）『ソヴィエト旅行記』光文社古典新訳文庫、二〇一九年
◎シャカッパ、W・D（貞兼綾子監修、三浦順子訳）『チベット政治史』亜細亜大学アジア研究所、一九九二年
◎菅沼晃『モンゴル仏教紀行』春秋社、二〇〇四年
◎スーイン、ハン（安野早己訳）『太陽の都ラサ――新チベット紀行』白水社、一九七八年
◎スタン、R・A（山口瑞鳳・定方晟訳）『チベットの文化　決定版』岩波書店、一九九三年
◎スネルグローヴ、D／リチャードソン、H（奥山直司訳）『チベット文化史』春秋社、一九九八年
◎曹長青編著（ペマ・ギャルポ監訳、金谷譲訳）『中国民主活動家　チベットを語る』日中出版、一九九九年
◎ソナム・ギェルツェン（今枝由郎監訳）『チベット仏教王伝――ソンツェン・ガンポ物語』岩波文庫、二〇一五年
◎高野優紀「中国少数民族の漢語人名に関する一考察――チベット族を例に」、『民俗と歴史』二〇一二年第三〇号
◎武田泰淳・竹内実『毛沢東　その詩と人生』文藝春秋新社、一九六五年
◎多田等観『チベット』岩波新書、一九四二年
◎ダナム、マイケル（山際素男訳）『中国はいかにチベットを侵略したか』講談社インターナショナル、二〇〇六年
◎ダライ・ラマ（木村肥佐生訳）『チベットわが祖国――ダライ・ラマ自叙伝』亜細亜大学アジア研究所、一九八六年
◎ダライ・ラマ（山際素男訳）『ダライ・ラマ自伝』文春文庫、二〇〇一年
◎田中公明『活仏たちのチベット――ダライ・ラマとカルマパ』春秋社、二〇〇〇年
◎チベット中央政権文部省（石濱裕美子・福田洋一訳）『チベットの歴史と宗教――チ

ベット中学校歴史宗教教科書』明石書店、二〇一二年
◎チベット亡命政府情報・国際関係省（南野善三郎訳）『チベットの現実』風彩社、一九九五年
◎チベット亡命政府情報・国際関係省（南野善三郎訳）『チベット入門』鳥影社、一九九九年
◎ツェリン・オーセル／王力雄（劉燕子編訳）『チベットの秘密』集広舎、二〇一二年
◎ツェリン・オーセル著／ツェリン・ドルジェ写真（藤野彰・劉燕子訳）『殺劫――チベットの文化大革命』集広舎、二〇〇九年（初版）
◎陳東林ほか主編・加々美光行監修（徳澄雅彦監訳、西紀昭ほか訳）『中国文化大革命事典』中国書店、一九九七年
◎デエ、ロラン（今枝由郎訳）『チベット史』春秋社、二〇〇五年
◎ドネ、ピエール＝アントワーヌ（山本一郎訳）『チベット＝受難と希望――「雪の国」の民族主義』サイマル出版会、一九九一年
◎中村元『佛教語大辞典』（上下、別巻）東京書籍、一九七五年
◎中村元ほか編集『岩波　仏教辞典　第二版』岩波書店、二〇〇二年
◎西川一三『秘境西域八年の潜行　抄』中公文庫、二〇〇一年
◎野町和嘉『チベット「天の大地」』集英社、一九九四年
◎野町和嘉「文化大革命が叩き壊したチベット秘境の仏教寺院」、『芸術新潮』一九九四年七月号
◎ハーラー、H（近藤等訳）『チベットの七年』新潮社、一九五五年
◎パルデン・ギャツォ（檜垣嗣子訳）『雪の下の炎』ブッキング、二〇〇八年
◎ヒルトン、イザベル（三浦順子訳）『ダライ・ラマとパンチェン・ラマ』ランダムハウス講談社、二〇〇六年
◎藤野彰「共産中国が初体験する転生霊童選び」、『THIS IS』一九八九年一二月号
◎藤野彰『現代中国の苦悩』日中出版、二〇〇三年
◎藤野彰『臨界点の中国――コラムで読む胡錦濤時代』集広舎（中国書店発売）、二〇〇七年
◎藤野彰編著『現代中国を知るための52章【第6版】』明石書店、二〇一八年
◎藤野彰編著『現代中国を知るための54章【第7版】』明石書店、二〇二四年
◎Books Esoterica 第一一号『チベット密教の本――死と再生を司る秘密の教え』学習研究社、一九九四年
◎ペマ・ギャルポ『改訂新版　チベット入門』日中出版、一九九八年
◎星泉・浅井万友美『旅の指差し会話帳　チベット』情報センター出版局、二〇〇五年
◎ポマレ、フランソワーズ（今枝由郎監修、後藤淳一訳）『チベット』創元社、二〇〇三年
◎正木晃『裸形のチベット――チベットの宗教・政治・外交の歴史』サンガ新書、二〇〇八年
◎三浦順子「アジャ・リンポチェインタビュー――チベットの苦難の歴史を語る」、『大法輪』二〇〇九年四月号
◎ムリン、グレン・H（田崎國彦、渡邊郁子、クンチョック・シタル訳）『14人のダライ・ラマ――その生涯と思想』（上下）春秋社、二〇〇六年
◎山際素男『チベット問題――ダライ・ラマ十四世と亡命者の証言』光文社、二〇〇八年
◎山口瑞鳳『チベット』（上下）東京大学出版会、一九八七年（上巻）、一九八八年（下巻）
◎楊克林編著（樋口裕子、望月暢子訳）『中国文化大革命博物館』（上下）柏書房、一九九六年
◎頼富本宏・宮坂宥明監修『西蔵図像聚成』四季社、二〇〇一年
◎ラストガーテン、アブラム（戸田裕之訳）『チベット侵略鉄道――中国の野望とチベットの悲劇』集英社、二〇〇八年
◎李振盛（清宮真理訳）『紅色新聞兵』ファイドン、二〇〇五年
◎劉燕子『不死の亡命者――野性的な知の群像』集広舎、二〇二四年
◎旅行人編集部『旅行人ノート　チベット（第4版）』旅行人、二〇〇六年

◎リンチェン・ドルマ・タリン（三浦順子訳）『チベットの娘――貴族婦人の生涯』中央公論新社、二〇〇三年

■その他

◎西蔵自治区人民政府網
◎ダライ・ラマ法王日本代表部事務所ホームページ
◎中共中央政法委員会「中国長安網」
◎中国共産党西蔵自治区委員会網站
◎中国政府網
◎『読売新聞』
◎拉薩市人民政府網

解説

チベットの文化大革命

現在を照射する歴史の闇 ［全面改訂稿］

藤野 彰

一 二重に封印されたチベット文革史

■「忘れさせられた」不都合な過去

一九六六年から一〇年間にわたって中国全土を未曾有の大混乱に陥れたプロレタリア文化大革命（以下、文革）は、中国共産党の今日の公式見解によれば、「いかなる意味での革命でも社会の進歩でもなかった」、「指導者〔毛沢東〕が誤って発動し、反革命グループ〔林彪・四人組〕に利用され、党、国家および各民族人民に重大な災難をもたらした内乱であった」（「歴史決議」）(一)とされ、全面的に否定されている。しかし、こうした共産党の文革評価は、鄧小平の指導の下で時代の流れが「脱文革＝改革・開放」へと大きく変動していた一九八一年当時の内政状況を振り返れば明らかなことであるが、あくまでも旧時代と新時代の「けじめ」をつけるための政治的判断に基づく評価であった。

しかし、共産党が公式に文革を否定したからといって、そのこと自体は党が文革の失敗を真摯に反省し、十分に教訓を汲み取ったということを意味しない。二〇一二年に習近平政権が発足して以降、最高指導者個人への権力集中が一段と強化され、毛沢東時代の専制政治を彷彿とさせる状況が見られることは、真の意味で文革に「けじめ」がつけられていない現実を象徴している。

中国共産党の政治体質という観点から見れば、文革期のすさまじい権力闘争や人権蹂躙の起源は一九三〇 - 四〇年代の党上層部内の政治対立や粛清にまでさかのぼる。また、文革発動の背景には、共産党のお家事情だけでなく、当時激しさを増していた中ソ対立などの複雑な国際情勢も影を落としている。これらの様々な歴史的、政治的要因と文革がどう関連しているのか、その全貌は今日においてもなお十分解明されているとは言いがたい。さらには、中華人民共和国の建国者である毛沢東の権威や威信がいかに大きかったにせよ、あまたの国民が毛の呼びかけに熱狂的に応え、「革命」という名の不条理な暴力が全国を席巻するに至ったのはなぜなのかという根本的問題は、数千年に及んだ中国の封建政治、社会構造、伝統的な思想・文化や価値観との関連の中で、多角的な視点をもって読み解いていかなければならない。その意味で、共産党の「歴史決議」は文革が内包する特質を単純化しすぎており、とりわけ「内乱」の一言で片付けてしまっているのは、文革の実態を糊塗する、極めて乱暴な論理と言うしかない。

ただ、この文革評価は現在でも共産党の公式の歴史観としての地位を保っており、たとえ学術論争の範疇であっても、「歴史決議」の枠を超えて文革の是非を公に論議することは政治的に許されていない。文革は明らかに共産党の最大の失政であり、歴史的汚点であることから、まだ多くの被害者、体験者が生存している現在、その評価をめぐって自由な論争を許せば、国民の間で共産党政権の正統性そのものに対する疑念と批判が沸騰しかねない。いわば、「歴史決議」は政治的に危険な文革論争を封印するための一種の重石として機能しているわけである。抜本的な政治改革が行われないまま、現在の共産党政権が中国を統治し続ける限り、文革に対して、また毛沢東に対して、まったく別の角度から新たな審判が下される可能性は低いであろう。

文革を取り巻くこうした現状の中でまず問題となるのは、文革の理論的研究はさておき、法治や民主、人権を蹂躙した政治的暴挙としての文革全体の実態解明が極めて不満足な状態のまま放置され続けていることである。文革研究に一定の枠がはめられている中国においても、改革・開放後、共産党や毛沢東の既成の権威に真っ向から挑戦しないという範囲内で文革研究はそれなりに行われ、知識人ら個人の文革体験記なども数多く発表されてきた。国内外で高い評価を得た「芙蓉鎮」（謝晋監督）のように文革の悲劇を真正面から描いた映画作品もすでに改革・開放初期の一九八〇年代に公開されている。それらの努力によって明らかにされた文革の個別的な事実、あるいは一つの象徴的なイメージとして提示された文革の真実はそれぞれに貴重であり、私たちの文革理解をおおいに助けてくれている。

しかし、それらは基本的に、いわゆる「内地」の漢民族社会の文革を主題としたものであり、少数民族が集中的に居住する広大な「辺境」の、ある意味で特殊な環境下で展開された文革は、これまでずっと人々の――少なくとも圧倒的多数派である漢人たちの――視野の外にあった。とりわけ、雪と氷の高山で「内地」と隔絶され、北京から見れば、辺境のまた辺境であるチベットの文革は、公開されている関連の情報や資料が極端に乏しく、ほとんど「忘れられた文革史」、いや「忘れさせられた文革史」として歴史の闇に沈んでいる。

■「臭いものに蓋」の独善的歴史観

チベットの文革はなぜそのような状況に置かれているのか。一つの主要な理由としては、文革運動自体が北京あるいは上海といった中国心臓部の政治を表舞台として展開され、必然的な帰結として中央の視点からの文革史が主流になっていることが挙げられる。文革全体から見れば、チベットや新疆ウイグル、内モンゴルなどの文革はしょせん辺境の同時代史のひとコマであり、大きな幹から分かれた、細く小さな枝葉の部分にすぎない――中央の漢民族の視座に立つと、おそらく、そのようなとらえ方になるのであろう。

また、政治的文脈から見れば、少数民族側の被害をとりたてて強調することは、漢民族側の「加害性」（文革を発動した毛沢東、文革を利用して権力を握った林彪・四人組ら権力者たちはもとより、紅衛兵の圧倒的大多数は漢民族であった）を浮き彫りにすることにつながりかねず、共産党の「安定・団結」重視の民族政策上好ましくないとの判断があると思われる。一方、学術研究面では、共産党政権の正統性や毛沢東評価ともからんで、文革研究そのものが自由化されておらず、政治的制約を受けているという問題がある。（二）

だが、それ以上に重要な理由を指摘しなければならない。それはチベットという地域が、「内地」はもちろん、他の少数民族地域と比べても歴史、政治、宗教、文化などの面で極めて独自性に富んでおり、国内の民族対立が象徴的に表出している地域であるために、共産党当局が常に民族関係の緊張に強い警戒感を抱き、「文革中、チベットで何が起きたのか」を白日の下にさらすことに対して「臭いものに蓋」の姿勢で臨んでいるという点である。

一九五九年三月のチベット動乱によって、チベット仏教の最高指導者、ダライ・ラマ一四世がインドに亡命してから六五年余の歳月が流れた。中国側の統計によれば、動乱を機にチベットからは約七万四〇〇〇人が国外へ逃亡したとされ、（三）亡命チベット人社会はチベット本土の生活を知らない第二－第四世代が中心を占めている。中国とチベット亡命政府の対立の構図が事実上、固定化する中、双方の和解はまったく展望が開けていない。ラサやチベット自治区周辺各省のチベット人居住地域で民衆騒乱や独立要求デモが頻発している事実が示しているように、漢人とチベット人との間の心情的亀裂は深く、チベット情勢は絶えず陰鬱な暗雲に覆われている。共産党の政治的観点からすれば、チベットが依然としてこのように不安定な状況にある以上、人々に思い出させたくない文革期の惨状を、あえてあれこれほじくり出すのはくすぶる火種（民族摩擦）に団扇で風を送るようなものではないか、というわけである。

つまり、共産党当局には、最大の負の遺産である文革について、まず「みだりに寝た子を起こしてはならない」との自己防衛本能があり、それは総論としての「文革論議」の回避につながっている。次に、少数民族地域における文革は、現在進行中の民族摩擦問題とも底流で密接に関連しているだけに、よけい慎重に取り扱わなければならないとの判断があり、それは各論としての「文革と少数民族」問題の棚上げにつながっている。これらの政治的思惑によって、まさに作家の王力雄が本書の序でいみじくも指摘しているように、チベット文革は二重に封印されているわけである。

チベット文革に「触れない」とは具体的にどういうことか。一例を挙げると、中国に『西蔵近三百年政治史』というチベット政治史の専門書がある。同書の中の文革に関する記述は「チベット自治区が正式に成立してからまもなく、『文革』運動が発生し、民族区域自治という重要政策、基本制度は破壊され、チベットの各方面の建設事業は深刻な損失をこうむった」という簡単な一文のみである。[四] 六〇〇頁を超える大部の書籍にもかかわらず、一〇年に及んだ文革についてほとんど何も語っていないに等しい。ちなみに同書は中国社会科学院民族学・人類学研究所の執筆・編集によるもので、公的な歴史観を反映していると考えてよい。一方で、中国側はチベット動乱後に断行した「民主改革」については「偉大な民主改革の大衆運動は最も暗黒に包まれ、最も残酷な封建農奴制度を徹底的に廃棄した」[五] と強調している。[六] 自分たちこそがチベットの救世主との立場をとる以上、チベット人を「解放」したはずの共産党が文革で彼らを底知れぬ暗黒に突き落としたということはたとえ事実であっても認めるわけにはいかないということだろう。

本書の著者であるツェリン・オーセルの仕事が特筆されるのはまさに以上のような歴史の歪曲が大手を振ってまかり通っているからにほかならない。文革期、チベットは紅衛兵の「経験大交流」を通じた人的往来など、「内地」との一定範囲内の接触はあったものの、一般国民や外国人が旅行やビジネスで気軽に現地訪問できるような時代ではなく、外部世界からほとんど隔絶されていた。中国当局のプロパガンダ的報道を除き、チベットから外へ流出する情報も限られており、まさしく閉ざされた秘境のイメージそのままであった。本書はそうした文革下のチベットにおける政治集会、紅衛兵運動、つるし上げ、寺院破壊などの知られざる光景を、三〇〇点以上の現場写真と粘り強い追跡取材で初めて詳細に明らかにした、極めて資料的価値の高い画期的ルポルタージュである。オーセルの父親のカメラがとらえた一瞬一瞬のチベット文革の生々しいドキュメントは、自己正当化のレトリックに長けた中国共産党の反論も否定も改竄も許さない。

しかしながら、本書の強烈な衝撃度ゆえに、本来であれば広く読まれなければならない中国国内では公刊することができず、台湾においてようやく日の目を見た。その理由は以上述べたことから自ずと明らかであろう。もし、オーセルが王力雄の助言と支援を得て、父親が撮った数々の写真を手掛かりに、困難を恐れることなく、チベット文革の真相を探るたびに赴く決断を下さなかったならば、おそらくこの極めて貴重な記録は世に出ることなく、今も眠り続けていたに違いない。

ここで指摘しておきたいのは、チベットの文革は特殊な事件のように見えて実はある種の普遍性を持つ出来事であるということだ。なぜかと言うと、本書が数々の証拠を基に赤裸々に記録している歴史のひずみは何もチベットに限った話ではないからである。独裁体制下で絶対的権力を握る為政者が政治の舵取りを大きく誤ったとき、どれだけの規模の、想像を絶するカオスが社会を覆うことになるのか。カオスの熱狂に呑み込まれて理性を失った人間はどこまで暴力的で残虐な行動に走ることになるのか。また、一つの自立した民族の誇り、そして文化や宗教、言語を蹂躙する暴風はその社会と人々の心の中にどれだけの深い傷跡を残すことになるのか。これらの問題は国家や民族の垣根を超えて普遍的教訓を私たちに投げかけている。一言に要約すれば、本書に書かれていることは、外国人にとっても「見知らぬ遠国の、関係のない過去の出来事」では決してない、ということだ。

■歴史を「鑑」とすべきなのは誰か

二〇二四年時点で文革終結からすでに四八年の歳月が過ぎた。この間、中国は改革・開放政策への大転換をテコに驚異的な高度経済成長を遂げ、表面的には様変わりした。では、文革はもはや歴史になったのかと問われれば、「否」と答えざるをえない。何よりもまず、一九七一年九月の林彪事件をはじめ、文革中の重要事件の真相がまだ国民の前に明らかにされていない。さらに、文革期の全国の被害者数についてこれまで党・政府による公式の実態調査が行われたことはなく、犠牲者への正当な補償もなされていない。ちなみに、一九七八年一二月一三日、葉剣英（当時、全国人民代表大会常務委員長）が中央工作会議の席上述べたところによると、「累が及んだ者をも含む被害者は一億人に上り、全国人口の九分の一を占める」とされている。[七]

「一億人」の具体的な内訳はつまびらかではないが、これには死傷者だけでなく、投獄されるなどして迫害された者、被害者本人の家族らが含まれると思われる。チベットに関しては文革期をはさんだ一九五一–八三年のチベット人犠牲者数として、チベット亡命政府側から以下のような数字が伝えられている。[八]

・抵抗して死んだ者――四三万二〇〇〇人
・飢餓で死んだ者――三四万三〇〇〇人
・監獄で死んだ者――一七万三〇〇〇人
・処刑された者――一五万七〇〇〇人
・拷問で死んだ者――九万三〇〇〇人
・自殺者――九〇〇〇人

中国政府の一九八二年の人口調査によると、中国国内のチベット人の総人口は三八七万六八八人（このうちチベット自治区は一七八万六五四四人）であるから、上記の犠牲者数（総計一二〇万七〇〇〇人）が真に事実を反映したものであるとすれば、想像を絶する膨大な数字である。文革期一〇年に限定した死者数は分からないが、これをベースとするなら、おそらく相当数に上ると推測できよう。ただし、研究者の間では、これらの数字はチベット人亡命者に対する、多分に誘導的な聞き取り調査によって得られたものであり、信頼性に問題があるとの指摘もなされている。[九]中国当局は一〇〇万単位の犠牲者数について、根拠がない数字であるとして亡命政府側を非難しているが、一方で、信頼に足る数字や記録は一切明らかにしていない。いずれにせよ、文革をはじめとする中国の暴政によって少なからぬチベット人が犠牲になったことは否定しようのない事実であり、中国側はいずれ歴史の真実を明らかにすべき責務を負っている。二〇〇〇年代以降、自治区をはじめ甘粛、四川、青海などのチベット圏では中国の統治に抗議する僧侶らチベット人の焼身自殺が相次いでいるが、彼らも共産党の少数民族抑圧政策の犠牲者と見なすべきであろう。強調しておかなければならないのは、その意味で問題は今なお現在進行中であるということだ。

中国共産党の言行不一致、あるいは二重基準の最たるものは歴史認識である。例えば、日本の過去の侵略戦争をめぐっては「歴史を鑑とせよ」としばしば反省を迫る反面、文革をはじめとする自らの失政の歴史については平然と覆い隠し、いまだに真実を明らかにしないだけでなく、国民がそれを論じることとさえ許さない。言っていることとやっていることが見事に真逆である。中国共産党創設一〇〇年を記念して二〇二一年に発行された公式党史『中国共産党簡史』は全五三一頁の中で文革期についてはわずか一三頁分しか記述しておらず、しかも「中国共産党は自分の力で、最終的に自らこの深刻な誤りを正した。中国共産党が自分の力で誤りを正す能力を持っていることを歴史はまたも証明した」と自画自賛している始末である。[一〇] 中国共産党のロジックに従えば、事実が何かということは必ずしも重要な問題ではなく、政治的認識が正しいかどうかということが第一義的な優先事項なのであり、党の価値観と利益に立脚した「正しい政治的認識」こそが「真実」とされる（もちろん、「正しい政治的認識」についての判断基準は時代状況によって変化する）。そこからは、真摯に、謙虚に歴史に向き合うという姿勢はまったく感じ取れない。

文革は人的損害にとどまらず、もともと基盤の脆弱なチベット経済にも深刻な影響を及ぼした。文革開始三年目の一九六八年の農工業生産総額は一九六七年に比べ、九・七九パーセントも低下した。一九六九年にはさらに経済悪化に拍車がかかり、農工業生産総額は三・九五パーセント以上減少した。農業区と半農半牧区では草原や林をむやみやたらに開墾して穀物を栽培するなどしたため、農業と牧畜を結合した独自の生産構造が破壊された。チベットの伝統的な民族手工業品は「四旧（旧思想、旧文化、旧風俗、旧習慣）」と見なされ、ほとんどが生産停止に追い込まれた。一方で、「農業は食糧生産を中心に据える」とのスローガンが叫ばれ、多数の職人たちが手工業から農業への転業を強制された。「資本主義のしっぽ」を絶つとの名目で、農牧民家庭で昔から使われていた手動織機は没収され、ロカ（山南）地区タナン（扎囊）県だけでも約四〇〇〇戸がその被害にあった。民族手工業は手痛い打撃をこうむり、文革前年の一九六五年に八九二万元に達していた生産総額は、一九七六年には三分の一の三〇〇万元足らずの水準にまで落ち込んだ。[一一]

この間、「内地」の人民公社化の波はチベット高原へも波及した。一九六五－六六年、全自治区で試験的に約一五〇か所の人民公社が設立され、一九七〇年には約一〇七〇か所へと急増し、一九七五年八月には一九二五か所に達して九九パーセントの郷（村）で設立されるまでになった。[一二]「共産風（共産主義熱）」に煽られた、非科学的かつ非効率なシステムが生産活動を著しく阻害したことは疑いない。文革終了後の一九八〇年、チベットの貧困ぶりに衝撃を受けた党中央は「衣食に事欠き、生活がとりわけ困難な十数万人の民衆」（「チベット工作座談会紀要」）の存在を認めざるをえなかった。[一三]

共産党政権は自ら引き起こした文革を「誤り」であったとして全面否定しながら、その負債を十分に清算できないでいる。独善的な歴史認識のツケは極めて大きく、特にチベットにおいては人民解放軍のチベット侵攻以来の根強い反中国感情が文革によってほとんど固定化されてしまい、現在まで尾を引いている。あるチベット研究者の言を借りれば、まさに、「チベット人の感情からすれば中国の統治下に入った途端にこうした災厄がふりかかったとしか思えないのも無理のないことであり、今日に至る中国統治への反感と不信感がこの時期に決定的に醸成された[14]」のであった。

いずれにせよ、中国社会の、とりわけ漢人側の、チベット文革に対する不十分な歴史認識は、チベットの民族感情や宗教文化への無理解という状態をそのまま放置し、民族融和促進の足かせとなっていると同時に、新たな民族摩擦のタネを拡大再生産していると見なさざるをえない。最も深刻な問題は、そうした状況に対して漢民族社会がほとんど無自覚であることだ。本書の中で紹介されていることだが、文革期にチベット人が中国式に「創氏改名」することを強いられたり、チベットの歴史的な地名が中国語の無味乾燥な名称に改められたりした事実（まさしく、事実上の植民地主義の統治政策である）を、今日、どれだけの漢人たちが認識しているだろうか。多民族社会の中で多数派が少数派の痛みとその起因について概して無頓着であるという現象は現在も世界各地で見られる普遍的問題であるが、「民族平等」の社会主義の優越性を誇示する中国も、その建前を崩せないがゆえに、出口の見えない陥穽にはまってしまっている。

二　癒やしがたい仏教破壊の傷跡

■文革被害の「内地」との落差

中国の「内地」と「辺境」の文革をめぐる言説で、強い違和感を覚えずにはいられないのは、地域・民族の特性に関係なく、みな同じように文革の被害をこうむったというような解釈、あるいは主張である。実際、中国では学術界においても一般社会においても、チベット文革の被害実態や特殊性はあまり認識されておらず、したがって重視もされていない。いや、むしろ意識的か無意識的かはともかく、ほとんど無視されていると言ったほうが正確かもしれない。

例えば、「『文化大革命』期間中、全国の他地区と同じように、少数民族地区の宗教信仰の自由政策は著しく破壊された[15]」、「動乱の一〇年の『文革』期、チベットは全国と同様に、甚大な災難に見舞われ、チベットにおける党の各種の有効な方針・政策とチベットの様々な事業は深刻な妨害と破壊をこうむった[16]」といった記述が関連の専門書に見られるように、「内地」と少数民族地域の状況は一緒くたにされ、少数民族地域の文革被害の特殊性は「一般化」されてしまっている。こうした言説は文革終了後、ほどなくして党中央の公式文書に「チベット人民は全国の他の地方の人民と同様に苦難に見舞われた」といった表現で登場している[17]。チベットの文革を全国の他地域のそれと同列視する視点、さらに言えば、文革を引き起こした張本人の共産党があたかも「被害者」であったかのようなロジックは、共産党がチベットに対して背負うべき歴史的負債を、できる限り矮小化したいという思惑の反映であろう。

確かに、文革中、宗教は「内地」、少数民族地域の別を問わず否定・排撃の対象とされた。文革期の黒龍江省で、同省党委機関紙『黒龍江日報』のカメラマン、李振盛によって克明に記録された文革運動の写真集がある。それを見ると、一九六六年八月、ハルビンの仏教寺院で「何が仏教の経典だ。デタラメばかり」と大書された紙を手に持たされ、苦渋に満ちた表情で立ちつくす僧侶たちの姿や、めちゃくちゃに破壊され、三角帽子をかぶせられた仏像の惨めな姿が記録されている[18]。それらの生々しい現場写真からは、単なる政治運動を超えた集団的狂気の異様さがひしひしと伝わってくる。これはほんの一例に過ぎず、当時、中国の津々浦々で大同小異の光景が数限りなく繰り広げられたことであろう。

しかし、ここで問わなければならないのは、文革期にチベット人の身に降りかかった「苦難」の中身である。チベットでは宗教が社会に占める地位は極めて特殊であり、チベット仏教とそれを精神的支柱とするチベット民衆が文革によってこうむった打撃は、「内地」とは比べようがないほど深刻だった。なぜなら、「仏教王国」チベットにおいては、七世紀前半に仏教が伝来して以来、仏教の浸透と発展の歴史そのものが民族文化の形成と成熟の足跡であり、仏教信仰すなわち民族アイデンティティーの本質と位置付けられるからである。その意味で、チベットの文革はただ単に政治運動として展開されたのではなく、言語も宗教も風俗習慣も異なる「異民族」がチベット人を巻き込んで行った、伝統的な民族文化に対する大々的な破壊行為であった。つまり、「チベットも全国の他地方と同様」という言説はチベット文革の複雑性と深刻性を覆い隠し、その実態をうやむやにするための論理と言うしかない。

　一九五〇年代にチベット東部のカム地方で中国に対する抵抗運動に参加したことから、二七年間もの獄中生活を強いられたアデ・タポンツァンは「中国は私たちに自分たちが邪悪で、人間以下のものであると信じ込ませようとし、彼らが来る前には想像すらできなかったほどの暴力と屈辱を受けさせた。中国人は、魂を持たない組織、すなわち略奪と破壊と憎悪と虚偽からなる組織の奴隷になり下がった人々のように思えた」と述べている。[一九]共産党の歴史観の論理がどうであれ、少なくともチベット人は、掛け値なしにチベットにはチベットならではの、筆舌に尽くしがたい苦しみと悲しみがあったと受け止めているのである。

　鄧小平はかつて文革について「少数民族も被害を受けたが、最も大きな被害をこうむったのはやはり漢族だ。大部分の古い世代の革命家たちが打倒されたが、彼らのほとんどは漢族であり、私もその一人だった」と語ったことがある。[二〇]単純に被害者の絶対数について言えば、そういう理屈になるのだろうが、少数民族が受けた被害の特殊性に対する感覚はまったく欠落していると言わざるをえない。こうした漢民族中心の歴史認識の向こうに中国の民族融和を妨げている要因の根幹が透けて見える。

■宗教弾圧とチベット人の信仰心

フランスのチベット研究者、ロラン・デエは自著『チベット史』の中で、文革期の狂瀾怒濤の様相をこう概括している。

「文化大革命の間、チベット自治区は今までにない過酷な宗教弾圧を受けた。一九六六年夏紅衛兵が『世界の屋根』を行進し、熱狂的献身で『四旧』（旧い考え、旧い文化、旧いしきたり、旧い風習）を追放し、撤廃した。八月六日、彼らはジョカン寺を略奪し始め、小便所と屠殺場に変えた。九世紀の仏教弾圧者ラン・ダルマ皇帝の『中国人末裔』の出現である。千年以上の

文革期に激しく破壊されたラサ・ジョカン寺では改革・開放後、仏像の造立や修復が進められた（1987年7月、藤野彰撮影）

ジョカン寺で読経をする僧侶の一団と、供え物作りに勤しむ人々（1987年7月、藤野彰撮影）

歴史を持つ文化の組織的破壊の始まりであった。十年後紅衛兵が残したのは、国中に六千程あった寺院、礼拝所の内わずか十余りであった。つるはしとダイナマイトにより、チベットは広大な遺蹟の荒野と化した。仏像は壊されるか、中国（成都、北京）に持っていかれ、中国自身がその消滅に気付き動揺する一九七三年まで、何百トンと積み上げられるか、溶かされた」[二一]

チベット自治区関係部門の調査（一九七八年七月）によると、文革期に全区で保存された寺院はわずか八か所しかなく、約七〇〇〇〇人いた僧尼は約一一〇〇人にまで激減した。また、自治区民族宗教委員会の統計（一九八七年六月）では、文革期に各地の寺院から略奪され、改革・開放以降、寺院に返還された宝石などの財物は三万七七〇四件、銅仏法器は約三七〇トンに上った[二二]。本文（七五頁）にあるように、仏像には金銀、真珠、宝石などが飾られており、略奪者たちは仏像を破壊すると同時にそれらを「戦利品」として持ち去ったということである。「四旧」打破の文革運動は思想上の高邁な装いとは裏腹に、人間の下劣な欲望をも解き放ったのであった[二三]。

仏教寺院は多くの日本人にとっても身近な存在だが、チベットの寺院（僧院）は日本人が一般的に抱く「お寺」のイメージとは性格に大きな違いがあることに注意しなければならない。チベットにおける寺院は僧侶の修業や学問の場であるだけでなく、青少年の教育の場であり、仏典や書籍を所蔵する図書館でもある。つまり、「学校や大学、さらには芸術、工芸、医学、文化の中心[二四]」として地域の総合的な宗教・教育・文化拠点の役割を果たしてきた。そして何よりも人々が過酷な自然環境の中で代々命を繋いでいくための精神の拠り所であり、それだけ人々の生活や意識の中に占める寺院の地位は格別に大きかった。そうした寺院が軒並み破壊され、伝統的な機能を失ったことの衝撃には想像を絶するものがあった。被害は単に宗教施設や文化財の物理的破壊にとどまるものではなく、チベット人の社会生活と精神文化にまで及んだのである。

チベット人の家庭であれば、たいていどの家にも仏壇がある。彼らの日常生活における仏教の比重の大きさは以下のような数字からもうかがい知ることができる。ラサ市のルグ（魯固）居民委員会で民家四五戸を対象に行われた調査（一九九五年八月）によれば、家庭内の宗教用品（仏龕、仏像、灯明台、タンカ、経典など）の数量は一戸平均五一・二八件（約二三二〇元相当）に上り、家財の重要な一部を占めていた。また、一九九四年の宗教関係の支出は家庭の総支出の一〇・〇七パーセントを占め、飲食費に次いで二番目に支出が多かった。[二五] 時に「葬式仏教」と揶揄されることもある日本の現代仏教とは、人々の日常生活への根の下ろし方が質的に異なることに気付かされるであろう。

■迫害されたパンチェン・ラマの告発

言わば、チベットでは歴史的にダライ・ラマを頂点とする政教一致体制の下で仏教が完全に生活の中に根を下ろし、仏教は人々の思考、観念、価値観、習慣と分かちがたく結びついていた。それは、一九六二年、パンチェン・ラマ一〇世（当時、全国人民代表大会常務副委員長）が「七万言書（一万字の意見書）」の中で、「〔チベット人は〕あらゆる客観事物の善し悪しを判断するとき、常に宗教的な観点、見解、認識から考える。同時に、個人、家庭、村落、集落、地区、地域全体を問わず、楽しい事や苦しい事、いい事や悪い事など大小もろもろの事が起きれば、どれも宗教活動から離れることはできない」[二六] と指摘していることからも裏付けられる。

文革期の仏教破壊は文字通り壊滅的なものだったが、忘れてはならないのは、チベットでは文革開始以前からすでに仏教破壊が行われていたということである。パンチェン・ラマはいわゆる「民主改革」期に、急進的な改革の暴走によっていかにチベットの社会体制や宗教、文化が踏みにじられ、チベットの人々が傷付けられたかについて、この「七万言書」を通じて警告を発していた。その要点は以下の通りである。

①　改革前には大中小の寺院が約二五〇〇か所あったが、七〇か所余りに減った。

②　もともと僧侶は約一一万人いたが、一万人が国外へ逃亡し、残る一〇万人のうち、改革後に寺院にとどまることができたのは七〇〇〇人だった。寺院は宗教組織としての役割と意義を失ってしまった。

③　ごく一部の主要寺院を除き、仏堂、仏塔、仏像、経典などが破壊、焼却され、価値のある仏像の装飾品や宝物が略奪された。『大蔵経』を堆肥の原料にしたり、仏画や経典を靴の材料に使ったりという、宗教を汚す行為も平然と行われた。

その上でパンチェン・ラマは「私は一九六一年に総理〔周恩来〕にこう報告したことがある。『かつてチベットには信教の自由しかなく、宗教を信じない自由はなかった。民主改革後は、宗教を信じない自由が十分あるが、信教の自由はなくなったか、ほんのわずかしかない』。こうした意見は、チベットで実際に起きている状況とまったく合致している」[二七] と宗教抑圧の現状を嘆いた。まさしく、チベット動乱後、「仏教は破壊され、チベット人は自らの文化的アイデンティティーの核をなす固有の価値観と習慣を放棄するよう強制された」[二八] のであった。

「七万言書」は、パンチェン・ラマ自身の言葉を借りれば、「個人の利益を放擲」して行った告発であり、チベット情勢のさらなる悪化——数年後に襲来する文革の惨劇——を予告するものとなった。しかし、パンチェン・

ラマの「腹の底からの言葉」が党指導部に受け入れられることはなく、逆に彼は批判され、自宅軟禁の身になった。一九六四年には「反党、反人民、反社会主義」のレッテルを貼られ、激しい批判と攻撃にさらされた。さらに、文革中の一九六八年夏に投獄され、一九七七年一〇月に釈放されるまで長期にわたる監禁生活を送らざるをえなかった。阿弥陀仏の化身（トゥルク）とされ、チベット人に崇拝されてきたパンチェン・ラマへの政治的迫害は、そのままチベット現地での宗教抑圧や文化破壊と重なる。

　パンチェン・ラマは一九八二年七月一七日、ラサの幹部大会で行った講話「社会主義の祖国の建設と社会主義の新チベットのために奮闘しよう」の中で「一〇年間の動乱〔文革〕の中で不当な攻撃と迫害を受けた」と回想し、文革期の宗教破壊について「宗教の物質的側面を消滅させたにすぎず、逆に人々の宗教的感情を刺激し、宗教的精神を促進させた。この教訓は重く、心に刻み込むに値する」と述べた[二九]。中国当局のチベット政策にいちおうの「忠誠」を示しながらも、被害者の立場から加害者に対して突きつけた、政治的な許容範囲ぎりぎりの異議申し立てであった。

　ただ、「内地」から波及した文革に翻弄されたという意味では被害者であったはずのチベット人自身も革命の熱狂と政治の風圧に突き動かされて運動に参加した（参加せざるをえなかった）点に、チベット文革の屈折と悲劇があった。

　本書に登場するラサのある住民は往時をこう回想している。

「居民委員会の紅衛兵と積極分子は先頭に立って突撃し、二つの仏殿とギュメー・タツァンを壊してしまった。私たち住民は仏像のかけらを背負いかごに入れ、大通りや街路にばらまいた。経典も一枚一枚、通りにまいて捨てた。居民委員会がそうするよう指示していたのでね。私も背負いかごを担いで仏像を捨てたのよ。そうしないわけにはいかなかった。やらなければ、どなりつけられるだけでなく、もっと厳しい処罰を受けるわけだから。つまり、戸籍と食糧配給通帳を取り消されるということよ。そういうしだいで、誰もが参加したわ。大胆にも参加しないなどという人は一人もいなかった。多くの人は怖くて、仕方なくそうしたのよ。積極分子を除けば、自ら進んでやった人は一人もいないわ」（本文六八頁）

　文革の奔流はチベット人が傍観者として運動と距離を置く立場を取ることを許さず、チベット人の中にも人間性や道徳、倫理の荒廃を確実にもたらしたのである。「漢人＝加害者、チベット人＝被害者」といった単純な構図ですべてを一括りにすることができないのがチベット文革の複雑性であり、屈折した側面であった。

　元僧侶の老人チャンパ・リンチェンは、「四旧」打破のころ、「カニゴシ」を壊し、ツォンカパ大師の語録という貴重な経典を焼き捨てた。彼の悔恨と苦悩は以下の独白に象徴的に表現されている（本文三一五頁）。オーセルが記録した、チベット人の文革体験者の貴重な証言の中でも最も強く心に響く言葉の一つである。

「もし革命がなかったら、文化大革命がなかったら、私の一生はいい僧侶で過ごせたし、生涯、僧服を着続けたに違いないと思うよ。寺もちゃんとそこにあり、私はひたすら寺の中でお経を読んでいたはずだ。しかし、革命がやって来て、僧服はもう着られなくなった。私は女の人を求めたことはないし、還俗したわけでもないけれども、やはり、再び僧服を着る資格はないな。それが自分の一生でいちばんつらいことだ……」

　付け加えれば、文革期に紅衛兵や積極分子として「牛鬼蛇神」に対する批判闘争に血道を上げたチベット人が、文革の狂気が過ぎ去った後、敬虔な仏教徒として暮らしているといった話が本書では紹介されているが、宗教と政治の、息の長さや根の深さの違いを想起させるエピソードである。

三　チベット語蔑視に見る「大漢民族主義」

■植民地式の民族言語抑圧

チベット文革の特殊性は仏教破壊のみにとどまらない。仏教と並ぶ民族文化の支柱であるチベット語の学習、使用および研究さえもが、主として漢人側から軽視あるいは無視された。民族言語の存在そのものを否定するかのような風潮は、チベット人の民族アイデンティティーを土足で踏みにじるに等しい所業であっただけでなく、チベットの民族教育の大幅な質の低下を招いた。

文革期のチベット語教育の状況に関して、中国の研究書は以下のように記している。

「『左』の思想の影響下で、ほとんどの学校は自民族の言語と文字を用いて授業を行うという問題を重視しなかった。入学試験、とりわけ大学入試ではチベット語で試験を受ける必要はなく、自民族の言語は試験科目にならないと、教師も父兄も生徒も一般的に考えていた。したがって、チベット語の勉強は『骨折り損』であり、『それより数学や物理、化学を学ぶ方がまし』とされた。このような考え方の影響により、多くの学校では漢語（中国語）による教育を偏重し、チベット語の教育と研究をないがしろにした[三〇]」

共産党政権によるチベット侵攻は軍事的、政治的侵攻にとどまらず、文化的侵攻でもあった。チベットが漢民族主体の新国家の一部としてその版図に否応なく組み込まれたことは、政治、経済をはじめとした各分野での「内地」との一体化推進を意味し、漢語に象徴される漢民族文化の急速な流入を促すことになったからである。それでも、「民主改革」がまだ行われなかったチベット動乱以前（一九五一－五八年）の教育を見ると、中国当局の政策には現地情勢への配慮という点で、まだいくらかの柔軟性があった。学校ではチベット語教育が奨励されただけでなく、読経の授業が設けられ、小中学生が伝統的な慣習にのっとってダライ・ラマを拝むことも許された。また、愛国主義は教えられたが、階級教育や社会主義教育は行われなかった[三一]。また、中央人民政府駐チベット代表を務めた張経武が一九五五年三月当時、現地報告の中で「チベット入りした一部の漢族幹部には多かれ少なかれ大〔漢〕民族主義思想の残りかすが見られる。例えば、チベット族人民の宗教信仰や風俗習慣を真面目に尊重しない。チベットの状況をよく理解せず、漢族地区での仕事の経験を機械的に適用する漢族幹部もいる」と述べているように、チベット工作の欠点を率直に認める謙虚さもあった[三二]。

一九五五年にチベットの「ラサ社会教育大学」を取材した英国人記者、アラン・ウィニトンは、「漢語の学課以外は、どの授業も、たとえ漢人が教えるときでも、チベット語を使っています」とのチベット人校長の言葉を紹介している。ウィニトンは、チベット人講師が中国の軍人たちにチベット語を教えている場面も目撃している[三三]。

当時、共産党政権にとっては、チベットの政治・社会体制の改革に着手することよりも、まずチベット民衆の人心掌握に全力を挙げることが優先事項だった。一九五六年九月四日付の党中央の通達は「チベットでの改革実施の条件はまだ熟していない」として、「民主改革の実施は、第一次五か年計画期（一九五三－五七年）のことではありえないし、第二次五か年計画期（一九五八－六二年）のことでもない。第三次五か年計画期まで先延ばしすることになるかもしれない」と指摘し、「民主改革」延期の理由について「チベット民族の上層分子に対する一種の譲歩と言うべきだ。われわれは、こうした譲歩は必要であり、正しいと考える。なぜなら、チベット民族は今なお漢民族と中央に対して、つまり、われわれに対してあまり信を置い

ていないからだ」と説明している。[三四]

それは、できるだけスムーズにチベットを統治したい共産党政権の深謀遠慮から出た政策であったにせよ、チベットの実情をそれなりに認識した上での現実的対応であった。一九五〇年代（動乱以前）のチベットは、その後の状況と比べれば、表面的には中国返還後の香港・マカオに適用された「一国二制度」にも似た、過渡期のまずまず緩やかな政策の下にあったと見ることができる。「チベット語尊重」はそうした環境に合わせた融和政策の一つだった。

しかし、香港の「一国二制度」が北京の強圧的な統制政策によって形骸化してしまったケースの先例と言うべきか、こうした比較的穏健なチベット政策は長く続かなかった。チベットの旧体制がチベット動乱とその後の「民主改革」によって根底から解体される中で、従来の穏健路線は放棄され、文革期にかけてチベット社会の実際状況を無視した急進主義の嵐が吹き荒れた。

少数民族言語を軽視する風潮は文革期に頂点に達し、少数民族言語は「無用」、少数民族の文字は「宗教」文字だ、それを話すことは「隠語を使う」ことだなどと侮辱された。このような状況下で、チベット自治区の党政府機関ではチベット語は長期にわたって公文書の言語としては基本的に用いられず、チベット語の教育やチベット語出版物の発行も重視されなかった。大学・中等専門学校の学生募集や工場・官公庁の職員募集の際、チベット人学生に対する試験はすべて漢語で行われた。漢語ができなければ、社会で文化人とは見なされず、チベット語は「どうでもよい」地位へ追いやられた。仕事の面でチベット語を生かす余地はなくなり、チベット人の幹部・労働者の間には多くの非識字者が生まれることになった。[三五]母語のチベット語だけで、社会生活上、何の不自由もなかったチベット人に、問答無用で「外国語」が強制的に押しつけられたわけである。それはまさしく植民地式の言語政策であった。

ちなみに、チベット自治区のチベット語図書の印刷部数は一九六六年と一九六七年にはそれぞれ八〇万冊あったが、一九六八年には二五万冊、一九六九年には一五万冊へと激減した。一九六六－六七年の水準を上回るのは文革末期の一九七四年になってからである。[三六]

■「立ち遅れた言語」という偏見

チベット自治区党委宣伝部は一九八〇年一月三一日付の通達の中で、文革期のチベット語蔑視問題について「林彪、『四人組』が狂ったように推し進めた民族差別政策により、少数民族の言語、文字は『立ち遅れている』、『役に立たない』、あるいは何やら『野蛮で反動的な言葉』だと誹謗された」と振り返り、「民族虚無主義がはびこって少数民族の文化は破壊され、はなはだしく悪い結果をもたらした。現在、わが自治区ではチベット語、漢語の二言語に通じた各分野の職業人が極めて乏しく、多くの漢族の幹部、職員、労働者はチベット語ができない」と自己批判した。その上で、①五〇歳以下のすべての指導幹部は率先してチベット語を学び、使用しなければならない、②今後三年以内に、相当数の同志がチベット語をおおむね理解できるようにし、チベット族の同志と直接コミュニケーションがとれるレベルにまでもっていく――との指針を掲げた。[三七]

ここで注意しなければならないのは、「民族差別」の責任を、共産党の紋切り型の歴史観にのっとって、一方的に「林彪・四人組」に押しつけているだけで、本質的な意味での共産党政権の政治責任を回避し、差別の底流に潜んでいるもの――チベット語を「野蛮な言葉」と見る意識が映し出している漢人側の少数民族偏見と、それと表裏一体の優越感――にはまったく切り込んでいない点である。

文革期に民族政策を誤ったことの責任を、単純に「林彪・四人組」ないし「極左思想」に帰する独善的な論法は、中国では現在も大手を振ってまかり通っている。民族問題専門家の研究書においても、「〔文革中〕各民族の広範な幹部・大衆は、林彪、江青の二つの反革命グループとその追随者の残酷な迫害にあった。それにもかかわらず、彼らは相変わらず断固として共産党と社会主義を信じ、党の民族政策が少数民族地区で復活するに違いないと信じた」といった御都合主義的見解が披露されている[三八]。事実が本当にそうであるならば、「林彪・四人組」が政治の表舞台からとうに姿を消し、改革・開放によって「極左思想」が否定された後も、チベットで民族騒乱が頻発し、不安定な政治情勢に依然として改善の兆しが見られないことの理由を合理的に説明できないであろう。

「漢人側の少数民族偏見と、それと表裏一体の優越感」とは、中国式の言い方に従えば、「大漢民族主義」ということである。共産党は、毛沢東が建国後まだ日が浅い一九五三年に「大漢民族主義に反対する」との党内指示を発したことからも分かるように、多民族国家における民族間矛盾の核心的問題点を認識はしていた。しかし、毛沢東によれば、「大漢民族主義の思想」とは「民族関係に表れている地主階級とブルジョア階級の反動思想、つまり国民党の思想」であった[三九]。

すなわち、問題は階級闘争の観点からとらえられており、そこには国家や政治体制、歴史状況の相違を超えて人間社会に普遍的に存在している「多数派民族の横暴」という視点はなかった。結局、毛沢東のイデオロギー偏重の考え方は「民族問題の実質は階級問題」という文革期の倒錯した民族政策へとつながった。その「大漢民族主義」批判は本来立脚すべき観点から大きくずれていたため、必然的に実際の民族摩擦の現場において「多数派民族の横暴」に歯止めをかけるブレーキとはなりえなかったのである。

チベット語と漢語の関係性について、中国の著名なチベット研究者の牙含章は「多民族国家においては、各民族は政治、経済、文化の発展の不均衡により、わりと先進的な民族もあれば、わりと遅れた民族もある。遅れた民族の人民は先進的な民族の言語を学ぶことは自分たちの民族の発展におおいに関係する問題であり、それを学ばなければ、自分たちにとって非常に不利であると考える。こうして遅れた民族の人民は自発的に先進的民族の言語を学ぶようになる。漢語の状況とはつまりこういうことである」と述べている[四〇]。ここで彼は明らかに「漢族＝先進的」、「少数民族＝後進的」という区分をしている。民族関係には、建前はともかく、実態として様々な面で不平等な状況が存在し、漢族が政治、経済、文化の各方面で主導権と影響力を握り、少数民族が好むと好まざるとにかかわらず漢語を習得せざるをえない環境をつくり上げてきた。上記のような、無批判的に現状を肯定する論理に決定的に欠落しているのはそうした問題意識である。

■「漢民族優越思想」に潜む差別意識

パンチェン・ラマ一〇世は前述のラサ幹部大会（一九八二年七月）で「チベットではチベット語を主とし、同時に漢語を用いる。チベット族幹部はまずチベット語に精通すべきであって、同時に漢語も習得すべきだ。漢語学習がチベット語学習に取って代わることはできない」という趣旨の発言を行い、漢語がなしくずし的にチベットの第一言語となることのないようクギを刺した[四一]。しかし、漢語優位の状況に変化はなく、漢人幹部に対するチベット語学習の要求も形式に流れ、実効性のある措置が講じられることはなかった。チベット人幹部は基本的に漢語を話すことができ、漢語の文章を書くことができる者も多いのに対し、チベット語のできる漢人幹部は

少なく、チベットで何年も勤務しているのに日常生活で用いる簡単なチベット語さえも話せないというのが現実だった。[四二]

一九八六年、学術調査でチベット各地を訪れ、文革中に徹底的に破壊された寺院の生々しい惨状を目の当たりにした歴史家の色川大吉は、チベットの多くの人命と貴重な文化財が失われたことについて、「大漢民族主義」に批判的な目を向けつつ、本質的問題点を単刀直入にこうえぐり出している。

「これを林彪や四人組の誤った煽動による文革一般の犠牲だった（漢族にも共通する）といって帳消しにすることはできない。文革一般の破壊の上に民族差別、植民地的抑圧という重大な要素が加わっていたことを直視しなくてはならない。それは文革の発動される以前からの問題であった。つまり、過去において中国共産党員は口先で国際主義をうたいながら、現実には中華主義や漢民族優越思想にもとづく異民族差別、とりわけ域内少数民族を迫害する誤りをおかしてきた。それが文革中には露骨にあらわれた」[四三]

文革期の少数民族言語弾圧は、疑いなく、色川のいう「漢民族優越思想」の表れであった。その意味で、当時のチベット語に対する処遇は決して孤立した問題ではなく、中国の少数民族地域に共通する普遍性を帯びていた。例えば、中国国内に約一八三万人（二〇一〇年）が居住する朝鮮族は民族意識が高いことで知られているが、文革期には「民族融合論」、「朝鮮語無用論」などが流布し、朝鮮族民族学校が漢族学校に統廃合されるなど、朝鮮語の漢語化が進められた。その結果、朝鮮族の若年層では朝鮮語ができない者が多く現れた。また、朝鮮族と漢族が相互に相手の言語を学ぶことがうたわれていたにもかかわらず、実際には朝鮮族の漢語教育のみが要求され、吉林省延辺朝鮮族自治州ではすべての官庁書類が漢語で作成された。[四四]この当時、互いに遠く離れたチベットと東北部の朝鮮族居住地域は民族文化の核心である母語を否定されたという点で、ほとんどシンメトリーな関係にあったのであり、そのことはとりもなおさず少数民族全般が文革によってこうむった被害の広域性を物語っている。

四　文革終結後のチベット政策転換

■チベット工作座談会の民族融和策

文革は一九七六年九月九日の毛沢東死去、同年一〇月六日の四人組逮捕によってようやく終結した。新政権トップの座には毛沢東の衣鉢を継ぐ華国鋒が就いたが、脱文革の流れが強まる中で、政権中枢の実権は大胆な改革・開放を志向する鄧小平が掌握するところとなり、旧来の教条的なイデオロギーを打破する新政策が民族問題を含む各分野で推し進められた。

チベットではラサ市が一九七九年三月、「反乱（一九五九年のチベット動乱）参加者を寛大に処分する大会」を開催し、「反乱」に加わった「犯罪者」三七六人を釈放し、「反乱分子」のレッテルを貼られていた約六〇〇〇人の名誉回復を宣言した。同年四月には四川省のカンゼ（甘孜）・チベット族自治州、アバ（阿壩）・チベット族チャン族自治州でも一九六〇年以前に「武装反乱」に参加した五八八人の服役者を釈放したほか、刑期を終えて釈放済みの三六三人について「反乱分子」のレッテルを撤廃した。[四五]文革期に「反革命分子」として批判闘争に引きずり出されて迫害された、チベット貴族「ヤプシー一族」のサンポー＝ツェワン・リンジン（本文二二九頁）や、ダライ・ラマ一四世付きの経師だった転生僧ギャムツォリン＝トゥプテン・ケサン（同一一四－一一五頁）も一九七九年二月、「（反革命の）実際の証拠は何もなかった」として名誉回復が図られた。[四六]一連の措置は共産党軍のチベット侵攻以降の強権統治と文革の混乱で深まった民族摩擦を緩和し、チベット情勢の安定化を促すことによって改革・開放の環境整備を加速することが狙いだった。

建国時から文革前の一九六四年にかけて党中央統一戦線工作部長として民族問題を担当した李維漢は一九八一年、文革中のチベットでの宗教弾圧について「正常な宗教活動が禁止され、寺院が閉鎖、破壊された。このようなやり方はまったく間違っており、はなはだ悪い結果をもたらしただけだった」と述べ、率直に失策を認めた。[四七] チベット自治区党委宣伝部などが編集した公的文献によれば、チベットにおける文革期の極左路線の誤りは、以下のように総括されている。

①「民族問題の実質は階級問題である」との誤った理論を提起し、軽率にも、歴史上残されてきた民族的わだかまりを階級闘争であると言いくるめた。これによって、民族団結を強化できなくなっただけでなく、民族関係の緊張がもたらされた。大衆の宗教活動は禁止となり、極めて多くの寺院が破壊され、重要な文化財が大量に散逸した。

②階級闘争が著しく拡大化され、冤罪・でっち上げ・誤審事件がつくりだされ、多数の幹部、大衆が被害をこうむった。

③党中央と毛沢東同志が定めた「慎重かつ着実に前進する」との方針が否定され、「チベット政策はチベットの実際から出発しなくともよい、チベットの歴史状況や客観条件を考慮しなくともよい、チベット族大衆の生活習慣を尊重しなくともよい」といった思想上の混乱が生じた。

④人民公社化と「農業は大寨に学ぶ」運動の中で、チベットの現実が顧みられず、急いで物事を推し進めたり、機械的に模倣したり、規模の大きさや財産共有化、平均主義を追い求めたりすることが要求された。例えば、食糧生産一本やりで、冬小麦の栽培が強行された。

⑤基本建設の分野を広げすぎ、投資が多いわりに、効果と利益は乏しく、必要な条件が備わっていない中で事業が行われたことにより、膨大な浪費が生じた。[四八]

文革後のチベット政策の重要な転換点となったのは、党中央書記処が一九八〇年三月一四、一五の両日、北京で開催した「チベット工作座談会」だった。座談会は、文革中のチベット政策について「極左路線によってチベットの各種の建設事業の発展が著しく阻害、損壊された。党の民族政策と、親密かつ友好的な民族関係が損なわれ、農牧業生産と大衆の生活に大きな困難をもたらした」と総括した上で、チベット人幹部を積極的に養成することや、言語を含むチベット文化を尊重することなどを確認し、チベット仏教についても「歴史的に長い時間をかけて形成されたものであり、チベット人民大衆の間に大きな影響力を有している」として「慎重に対処しなければならない」との方針を打ち出した。

新たなチベット政策の具体的内容としては①あらゆる決定と措置は、まずチベット族の幹部、人民の同意と支持を得なければならない、②中央の政策や指示、規定がチベットの実際の状況に合わない場合、チベットの党・政府などの指導機関は執行しなくともよい、③全国の関係する地方、機関は上級の指示に基づき、チベット支援活動にしっかり取り組む。チベットへの人口流入は厳格に抑制する——など計八項目が提起された。[四九] これらの新政策の実行可能性はさておき、内容そのものは現地事情にほとんど配慮することのなかった文革期の強圧的なチベット政策を大きく転換するものであった。

■胡耀邦のチベット視察と特殊政策

座談会での新政策決定を受けて、鄧小平の指導下で改革推進に取り組んでいた総書記の胡耀邦は、一九八〇年五月二二日から同三一日までチベットを視察し、二九日の自治区幹部大会で報告を行った。その発言内容は率直な人柄で知られた胡耀邦らしく、従来のチベット政策の誤りを単刀直入に指摘し、歯に衣着せぬ批判と反省の念に満ちたものだった。

彼はまず「チベット人民の生活には目立った向上が見られない。われわれは責任を負うべきかどうか？　まずわれわれ中央が責任を負う。八割の責任は中央が負う」と自己批判した上で、「何年もの間、カネの使い方が不適切で、浪費がひどく、カネをヤルンツァンポ川に捨てちまった！」と自治区指導部を厳しく批判した。さらに、今後解決すべき問題の筆頭に「自治の権利」の十分な行使を挙げ、全国面積の八分の一を占めるチベットは「相当に特殊な大自治区」であると強調し、「自治がなければ、全国人民の団結はない。自治とは自主権だ」と明言した。大会にはチベットの県委書記クラス以上の幹部たちが参加していたが、胡耀邦は「あなた方自身の特殊性に基づいて具体的な法令、法規、条例を制定し、自分たちの民族の特殊な権益を守ること。今後、あなた方が中央の物事をそっくりそのまま適用しようとするならば、批判しなければならない。外地のマネも中央のマネも一切してはならない」と厳命するとともに、工業、農業、貿易などあらゆる経済政策面でチベットに適合した、特殊な弾力的政策を実施する考えを表明した。(五〇)

このほか、彼はチベット語問題にも言及し、「チベットで仕事をする漢族幹部は必修の科目としてチベット語を学ばなければならないと思う。さもないと、民衆から遊離してしまう。少数民族を心から愛するというのは空念仏ではなく、彼らの風俗習慣、言語、歴史、文化を尊重する必要がある。いかなる漢族幹部であれ、チベット族の文化を無視したり衰退させたりする考え方は間違っており、民族団結の強化にとってマイナスである」として、民族文化を積極的に擁護するよう訴えた。(五一)以上の発言から分かるように、胡耀邦が特に力説したのはチベットの「特殊性」を考慮して「自治権」と「民族文化」を重んじなければならないということであり、彼が文革の混乱によって経済も文化も人心も荒廃したチベットの惨状を初めて目の当たりにして深刻な衝撃を受け、危機感を深めたことがうかがえる。人事政策面では地元重視の民族バランスに配慮し、「二、三年以内に教員を含む行政・事務職の幹部は、チベット族が三分の二以上を占めるようにする。現地の漢族幹部は一五パーセントだけチベットに残し、そのほかは内地へ異動させる」との方針を示した。(五二)

一方、胡耀邦に続いて同年七月一〇日、チベットでの幹部大会で講話を行った国家民族事務委員会主任の楊静仁（回族）は、チベット人の主食である裸麦（ツァンパの原料）の栽培をやめさせて冬小麦への作付け転換を強要した問題を槍玉に挙げて「自分たちの生活習慣と胃袋を無理やり押しつけて人さまの生活習慣と胃袋を改造しようとするやり方はまったくの誤りだ」と厳しい口調で過去の政策を批判し、「自治の権利を十分に実現するため、党機関も民族化を実行しなければならない」、「チベットにおける第一言語はチベット語だ」として、胡耀邦報告と同様にチベットの自治権と民族化の必要性を強調した。(五三)楊静仁の発言の中で衝撃的なのは当時のチベットの劣悪な教育状況で、「小学校の入学率は七〇‐八〇パーセントに上るが、下半期に入ると、四〇‐五〇パーセントに下がる。二年目には三〇パーセントも残ればまあまあだ。高小〔高級小学〕卒業時には十数人から数人しか残らない」というありさまだった。(五四)原因は主として貧困問題にあり、これが文革終結直後の「新チベット」の現実であった。

チベット工作座談会の開催と胡耀邦の現地視察は、長年の文革によって混迷、疲弊し、文革終結後も極左路線の影響が色濃く残り、改革・開放の波に乗ることができずにいたチベットに対する政策を大きく軌道修正するものとなった。中央と地方、漢族と少数民族、民族団結と民族自主権——これらの矛盾がせめぎ合う中で胡耀邦は極めて敏感な問題にまで切り込んだが、それは当時、文革の傷跡を癒し、事態を改善するには大胆な政策転換が必要であると認識していたからにほかならない。

ただ、軍に大きく依存したチベットの統治体制は基本的に変わらなかった。胡耀邦はチベット視察に先立って、文革中の一九七一年八月から自治区党委第一書記の座にあった任栄を更迭し、チベットでの軍歴が長い済南軍区副政治委員の陰法唐を後任の代理第一書記（後に第一書記）に任命した。陰法唐は胡耀邦が打ち出した新チベット政策に沿って旧来の左傾路線の転換を図り、文革期までに「反革命」や「反党」を理由に弾圧、迫害された人々の名誉回復を推し進めたが、武力を背景にした長年の強権統治によって蓄積されたチベット人の反中国感情は容易には好転せず、一九八〇年代以降、チベット人の集団的な抗議行動が頻発していくことになる。

■「統一」「愛国」による統制強化

党中央書記処は一九八四年に再び「チベット工作座談会」（二月二七日－三月二八日）を招集し、胡耀邦は席上、チベット人が長年の間、政教一致の農奴制度下にあったことや住民がチベット仏教を心から信仰していることなどを指摘し、「チベットは他省より特殊であり、内モンゴルや新疆ウイグルと比べても特殊である」として「チベットの特殊性」を再認識する必要性を強調した。また、「この特殊性は長期にわたって形成されたものであり、短期間では消えてなくならない」と語った。[五五]

座談会は「わが国は現在、二つの特殊政策を実施している。一つは沿海の深圳、アモイなどの経済特区で行っている一連の特殊政策であり、もう一つはチベット自治区で行っている一連の特殊政策である」との認識の下、「チベットで実際の状況に合致した特殊政策」を推し進めることを確認した。しかし、具体的課題として、第一に挙げられたのは「あらゆる方法を講じての経済発展」であり、第二は「チベット民族の特色を備えた社会主義精神文明の建設」、第三は「統一戦線、民族、宗教工作の重視」であった。[五六]

ここで示されたのは、チベットに対する特殊政策は、経済特区へのそれと並列的に述べられている点に端的に表れているように、あくまでも現行の政治体制の枠内での限定的な特殊政策にとどまるというものであった。つまり、改革・開放に伴うチベット政策の転換は、中央の財政支援などによって、それまであまりにも低水準にあったチベット経済を活性化させると同時に、政治的配慮を著しく欠いていた極左的な文化・宗教行政を相対的に穏当な方向へと引き戻すことにより、中央および漢人に激しい敵愾心を抱くチベット人の民族感情を和らげ、政情の安定を図るという点に主眼

改革・開放初期のラサ・パルコル。まだ観光開発が進んでおらず、道端では昔ながらの青空市場が見られた（1987年7月、藤野彰撮影）

が置かれていた。

チベット人が自らの宗教、伝統文化の保護を主張するといった民族主義的行為は、それまで「民族問題の実質は階級問題」とのイデオロギーによって否定され、封じ込められてきた。そうした階級論の束縛から解放したという意味では、胡耀邦の一連の新政策はチベット人にとってとりあえず歓迎すべき決定であった。それは、共産党の歴代指導者の中でも異色の開明派として知られた胡耀邦だからこそ踏み切れた政策転換であったと評価できよう。

胡耀邦は一九八五年、陰法唐の後任のチベット自治区党委書記に、少数民族の彝族出身の伍精華（国家民族事務委員会副主任などを歴任）を抜擢した。職業軍人ではない文民官僚をチベットのトップに配置したのは初めてであり、少数民族幹部が一級行政区（省・直轄市・自治区）の党委書記に任命されたのも極めて異例だった。こうした大胆な人事からも、胡耀邦がチベットにおける反中国感情の緩和に心を砕いたことがうかがわれる。

しかし、見方を変えれば、一連の新政策は、中国軍の侵攻後、文革期までのチベットの状況がとりわけ悲惨であったことの反作用としての「戦後復興策」のようなものであったと言えなくもない。統治者・中国と被統治者・チベットという基本的構図にはいささかも変化がなく、チベット人の自治権拡大などの本質的な問題解決は一貫して棚上げされたままだった。

チベットの「自主＝自治権」を認めるという胡耀邦の考え方は理念としては確かに斬新なものではあったが、党内で普遍的な賛同を得られる意見ではなかったと思われる。なぜなら、チベットの「特殊性」を重んじ、それを出発点として「自主＝自治権」を拡大するという政策の政治的影響は、チベットのみにとどまらず、新疆ウイグル、内モンゴルなど他の少数民族地域へも波及する可能性を秘めており、それを本格的に推進すれば、共産党の中央集権的な少数民族政策を根本的に改めざるをえなくなるからである。とりわけ、胡耀邦の改革推進を快く思っていなかった党内保守派の目には、チベットへの融和策は中央の権威を揺るがす危険な道と映ったに違いない。

したがって、胡耀邦のチベット政策に初めから一定の限界があったことは否めない。結果的に、その後、彼自身が党内抗争に巻き込まれて一九八七年に失脚させられ、チベット政策の改革はもとより、中国全体の政治改革路線そのものが頓挫してしまった。歴代総書記の重要講話は党の重要文献集に収録されるのが通例だが、胡耀邦が失脚したことも影響し、上記の報告は『西蔵工作文献選編』などの公式文献集に収録されていない。胡耀邦路線がお蔵入りになった以上、党中央の判断としては、彼の講話は人々に「読ませたくない文献」という扱いなのであろう。今振り返れば、胡耀邦の新政策は民族対立の状況を多少なりとも改善できる転換点だったが、共産党はその好機をみすみすつぶしてしまった。

少数民族政策をめぐっては、かつてのようなイデオロギー偏重の階級論が消えた代わりに、「祖国統一か祖国分裂か」、「愛国か非愛国か」が厳しく問われるようになった。それは、少数民族の権益主張は祖国統一擁護（共産党の民族政策への支持）を前提としたものであれば「愛国」として容認するが、祖国分裂につながる（共産党の民族政策に異議を唱える）ものは「非愛国」として否定、排除するとの政治判断基準である。一九八〇年代半ば以降、共産党は第二次天安門事件、ソ連・東欧社会主義体制の連鎖的崩壊、台湾の自立化加速など内外情勢の激変に揺さぶられ、国内の民主化運動や少数民族の分離独立の動きに極めて神経を尖らせるようになった。

特にチベットでは、一九八九年に、ラサ騒乱を受けての初の戒厳令布告（三月）、ダライ・ラマのノーベル平和賞受賞（一〇月発表）といった大きな情勢変化があり、欧米の対中人権外交を「和平演変」（社会主義の平和的転覆）として警戒した中国当局は、共産党一党体制を死守するためにも、チベット人の分離独立要求は力で封殺していくとの姿勢を強めた。改革・開放により、宗教活動は一定範囲内で容認されるようになったものの、それは決して自由化推進を意味するものではなく、寺院への監督・管理、僧侶らへの愛国主義教育はむしろ新たな制度の導入や法規の制定によって一段と強化されることになったのである。

五　「民族区域自治」の問題点と限界

■「自治」という名の中央支配体制

以下、チベット政策転換に関して、具体的な問題点を見ていきたい。第一は、チベット自治区の「自治」の内実である。

「チベット工作座談会」（一九八〇年）の方針によれば、「あらゆる決定と措置は、まずチベット族の幹部、人民の同意と支持を得なければならない」とされている。しかし、もしそれを実際の政策として貫徹しようとした場合、「共産党の指導」原則と抵触する恐れがあるため、現実には建前としてチベット人の意見もいちおう聞き置くとの意味を超えるものではない。結局のところ、宗教、教育など重要な基本政策の最終決定権が誰の手にあるのかと言えば、チベット人側ではなく漢人側にある。

中国政府は一九八二年に憲法を改正した際、「自治区の主席、自治州の州長、自治県の県長は、区域自治を実施している民族の公民が務める」（第一一四条）との新たな規定を盛り込んだ。行政の最高ポストは少数民族に付与するということであり、それが明文化されたことは自治拡大の面で一歩前進と言えなくもないが、各行政機関の最高権力は主席や州長ではなく、党委書記が握っている。チベット自治区に限らず、他の自治区でも慣例として区党委書記は漢人が務め、少数民族がその座に就くことはごくまれなケースを除き、通常ありえない。「民族区域自治」の看板を掲げつつも、少数民族側に実質的な自治権はなく、主導権は漢人が握るという統治メカニズムが確立しているわけである。自治区の党委書記はいわば宗主国が植民地へ派遣する総督のような存在である。こうした制度の眼目が中央によるコントロールを徹底し、少数民族地域が反中国、分離独立などの方向へと向かわないよう監督・指導することにあるのは言うまでもない。

チベットの最高意思決定機関である自治区党委員会指導部の民族構成を見てみたい（二〇二一年七月八日時点）。党委指導部は書記の呉英傑（漢人）をトップに副書記四名（漢人一名、チベット人三名）、常務委員九名（漢人七名、チベット人二名）の計一四名で構成されている。民族区分で言えば、漢人九名に対し、チベット人は五名にとどまり、漢人の優位が明らかであるが、それだけでは権力バランスの実態を理解することはできない。まず、書記と同様にナンバーツーの常務副書記も漢人であり、中枢の最高権力を漢人が握っている。また、政法委員会書記、規律検査委員会書記、組織部長、宣伝部長といった重要ポストは漢人の常務委員に配分されており、チベット人の副書記・常務委員に配分されているのは、副書記の一人がラサ市党委書記を兼務しているのを除けば、自治区人民代表大会主任、自治区政府主席、同常務副主席、統一戦線工作部長といった、実権の比較的乏しいポストである。しかも、チベット人五名のうち三名は自治区以外の青海、雲南両省の出身者であり、自治区の生え抜きは二名にとどまる。全体として「民族融和」を巧妙に演出する一方、実質的な指導権力は漢人が掌握する体制が確立していると言える。（五七）

民主集中制、上意下達の共産党独裁システムにおいて、以上の点は非常に重要である。区党委書記だけでなく、漢人は軍区司令員や党・政府内の要職を押さえている。中国当局はこれまで「チベット族とその他の少数民族の公民は自治区、地区（市）、県の三レベルの国家機関職員の七七・九七パーセントを占める[五八]」、「自治区人民代表大会の代表四三九名のうちチベット族とその他の少数民族の代表は二八九人で、六五・八三パーセントを占める[五九]」といった数字を強調しながら、少数民族の権利尊重をアピールしてきた。

しかし、肝心な問題は形式よりも実質、つまり人数や比率ではなく、真の実権のありかである。事実上の漢人優位の体制下で、「中央の政策や指示、規定がチベットの実際の状況に合わない場合、チベットの党・政府などの指導機関は執行しなくともよい」（前出の文革後の新チベット政策）といったような柔軟路線はそもそも前提として政治体制改革による一定の民主化が行われなければ実現不可能であった。そのことは「民族区域自治法」（一九八四年制定）が「民族区域自治」とは「国家の統一的指導の下」で行われるものであり、「民族自治地方の自治機関は国家の統一を擁護しなければならない」と規定していることからも明らかである。つまり、「自治」とは言っても、少数民族には実質的な自決権は認められておらず、その裁量には厳しい中央統制のタガがはめられているのである。

■法による宗教管理の厳格化

第二に、宗教政策はどうか。

中国当局は文革期に多くの寺院や文化財が破壊されたことから、一九八〇年以来、約二四〇〇万元の特別金を支出して約二〇〇〇か所の寺院、約七四〇か所の宗教活動拠点を修復した[六〇]。一九八九年から九四年にかけては、

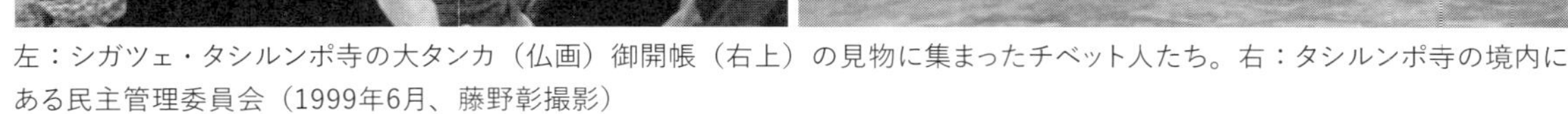
左：シガツェ・タシルンポ寺の大タンカ（仏画）御開帳（右上）の見物に集まったチベット人たち。右：タシルンポ寺の境内にある民主管理委員会（1999年6月、藤野彰撮影）

経費五五〇〇万元を投じてチベットのシンボルであるポタラ宮の第一期修復工事を行い、二〇〇一年からは総額三億三〇〇〇万元を費やしてポタラ宮第二期工事のほか、ノルブ・リンカ、サキャ寺の修復を行った。自治区内には約一七〇〇か所の仏教活動拠点があり、四万六〇〇〇人の僧尼が寺院に居住している。[六一]ちなみに、文革終結時の僧尼の数は九〇〇人余りだったという。[六二]チベットの人心安定のため、中央政府としてもチベットの民族文化と「信仰の自由」を尊重しているとの姿勢を示したものであり、文革期の最悪の状況と比べれば、宗教は一定範囲内の活動空間を取り戻したとみることができるであろう。

　しかし、前述したように、寺院と僧尼に対する当局の管理は緩和されるどころか、ますます強化されている。中国はチベット動乱後、「民主改革」を推進する中で寺院の「民主管理」体制の確立を急ぎ、各寺院の権力機関として民主管理委員会を設立し、共産党の指導の下に寺院を管理・運営する制度を整えた。一九五九年制定の「寺廟民主管理試行章程」は「寺に居住する僧尼は中国共産党の指導を受け、祖国統一と民族団結を擁護し、社会主義の道を歩まなければならない」と規定し、寺院を共産党体制の指揮系統の中に組み入れた。[六三]文革期の混乱を経て、一九八七年九月には新たに「チベット自治区仏教寺廟民主管理章程（試行）」を制定し、各寺院に民主管理機構（民主管理委員会ないし民主管理小組）の設置を義務付けるとともに、同機構メンバーの候補者について「祖国統一と民族団結を断固として擁護できる者」でなければならないとの条件を定めた。[六四]さらに、一九九四年一月には全国的な法規として「宗教活動施設管理条例」を施行し、「いかなる者も宗教活動施設を利用して国家統一、民族団結、社会安定を破壊する活動を行ってはならない」、「宗教活動施設は国外の組織と個人の支配を受けない」と規定し、寺院が反中国活動の拠点となることを断固阻止する方針を示した。[六五]

　以上のような統制強化によって、チベット仏教の寺院に対しては①民主管理委員会をしっかり建設し、寺院の指導権を愛国愛教の僧尼の手中に握らせ、民主管理委員会を党・政府の指導に服従させる、②僧尼の組織を浄化し、祖国分裂活動を行う僧尼が寺院を拠点に違法な犯罪活動に従事することを許さない、③高僧の転生（代々生まれ変わる）相続制度の管理を強化し、ダライ・ラマ分裂主義集団との闘争展開に有利な状況をつくる――などの規制の網が張り巡らされることになった。[六六]中国当局はダライ・ラマが自治区内の仏教関係者を通じて祖国分裂を策動しているとみており、一連の統制強化はダライ・ラマのチベットへの影響力を断ち切ることを主要な目的としている。

　この中で注目されるのは、チベット仏教の大きな特徴である高僧の転生相続制度を当局のコントロール下に置き、共産党に従順な仏教指導者に育て上げるという策略である。中国はこれまで特に、一九八九年一月に死去したパンチェン・ラマ一〇世の転生者として擁立したパンチェン・ラマ一一世（一九九〇年生まれ）の育成に力を入れてきた。中国政府が認定した一一世はダライ・ラマの承認を得ていないため、チベット仏教界で威信を確立できるかどうか疑問視されているが、中国はダライ・ラマに代わるチベット仏教界の求心力として一一世の役割を重視しており、様々な宗教活動に参加させるなどしてキャリアを積ませている。[六七]

　チベット自治区政府は二〇〇七年一月に施行した「宗教事務条例実施規則」で、自治区の宗教事務部門の許可なしには、いかなる組織も個人も転生者を探索・認定することはできないと定め、ダライ・ラマはもとより、各宗派や寺院が独自判断で転生者を選定することを阻止すべく予防線を張った。チベット仏教の伝統的な転生制度を尊重するとの大義名分の下で、最終的な許認可権は政府が握るとの方針を明確にしたものであり、中国が転生者選定を宗教問題ではなく、チベット統治の安定にかかわる政治問題ととらえていることを物語っている。以上のように、宗教部門においても中国当局の統制は貫徹されており、チベット人の自決権は実質的に存在しないと言わざるをえない。

■漢語教育と漢人増加による「漢化」進行

第三に、改めてチベット語教育の実情を見てみよう。

二〇〇二年に発行された『西蔵教育五十年』によると、農牧区の小学校では基本的にすべてチベット語で授業を行い、三年生から漢語の授業が加わる。都市部の小学校では二つのコースがあり、漢人クラス（チベット人も一部含む）は漢語による授業を主とし、三年生からチベット語の授業が加わる。チベット人クラスはチベット語による授業を主とし、一般的には三年生から漢語を学び始める。中学校に入ると、漢語中心の教育を受けてきた生徒はチベット語科目を除くすべての教科を漢語で教えられる。チベット語中心の教育を受けてきた生徒は、最初の一年間、漢語の集中授業を受けた後、二年目から三年間、チベット語科目以外の全教科を漢語で学ぶことになる。[六八]

以上は二〇〇〇年代初めの状況であり、現在では漢語重視の教育が一段と徹底されるようになってきている。米人権団体「ヒューマン・ライツ・ウオッチ」の二〇二〇年の報告によると、チベット自治区当局はチベット人の子供たちに対し、漢語とチベット語の二言語を習得させる「双語（バイリンガル）教育」を推し進めているが、チベット語のできない漢人の小学校教師の数を徐々に増やし、学校で漢語による教育を否応なく進めざるをえない状況をつくり出しているという。[六九]

こうした「双語教育」には深刻な問題点がある。主としてチベット人側の不利益と言える問題であるが、チベット語の学習が重視されない社会風潮の影響により、チベット語科目は有名無実と化し、多くのチベット人の生徒は、漢語もチベット語も十分にできないという、どっちつかずの状況に陥ってしまっている。[七〇] 漢語優位の状況下で民族語が正しく継承されない教育環境が今後も持続するとすれば、いずれ民族文化そのものが存立の基盤を消失することになりかねない。さらに、チベットでは一九八〇年代からチベット人生徒の教育を主として寄宿制学校で行う政策を推進しており、父母ら家族から引き離されて生活する子供たちの民族アイデンティティーの喪失が懸念されている。

一方、中国当局はチベット統治に必要なチベット人の人材を育成するため、一九八五年から、優秀な子供を選抜して「内地留学」させる制度をスタートさせている。第一期は、小学校卒業生一三〇〇人が「内地」の一六省・市の中学校へ送り込まれた。北京、成都、重慶、上海など「内地」の主要都市には「チベット中学校」（あるいは一般中学に特設した「チベット族クラス」）が開設されており、漢語主体の教育が四年間行われている。成績優秀な生徒はそのまま北京や成都で高校に進学させ、さらには大学教育まで受けさせる。

中国当局にすれば、チベット統治を強化していく上で漢語を自在に操り、「内地」事情に通じた人材の育成は不可欠である。優秀なチベット人を選抜し、共産党員の国家幹部として行政部門に配置するなどして体制内に取り込んでいくという狙いもある。チベット人側から見ても、チベットが中国の一つの行政区として国家体制の中に完全に組み込まれている現状が変わらない以上、多数派の漢人と伍して社会的地位を築いていくには、漢語で高等教育を受けることがほとんど唯一の選択肢となっている。結果として、エリートであればあるほど、漢語を「第一言語」として習得、使用せざるをえない現実に直面している。これは事実上、言語を通じた「漢化（漢人への同化）」政策の推進にほかならず、当局側は長期的にはその流れを加速させることによってチベット人の民族性を希釈し、チベットと「内地」の融合を図っていく考えとみられる。

こうした状況に対して、パンチェン・ラマ一〇世は早くから警鐘を鳴らしていた。パンチェン・ラマは「内地留学」の問題点について「小さいうちに父母の元から、そして故郷から離れれば、故郷、民族、父母への感情が自然と薄らいでしまう。……チベット語の授業があるとはいうが、本当にしっかり習得することはとうてい不可能だ」と述べ、チベットの教育はチベットで行うべきであり、「内地」で学ばせるにしても、チベット語の基礎固めを終えた高校卒業以降でなければならないと主張した[七一]。パンチェン・ラマ一〇世のように、完全にチベット語を母語として育った世代のチベット人にとっては、民族の自尊心からして漢語教育の強制には相当の心理的抵抗があったであろう。

漢語優位の圧力は他の少数民族にも重くのしかかっている。チベット仏教文化圏の内モンゴル自治区では、「自治区」という看板とは裏腹に、モンゴル人は人口の約一七パーセント（約四〇三万人、二〇〇〇年）を占めるにすぎず、漢人が圧倒的多数派となっている。中国社会科学院民族研究所などの民族言語使用状況調査によれば、すでに一九八〇年代の時点でモンゴル人の一八・七五パーセントは日常の使用言語を、母語のモンゴル語から漢語へと切り替えてしまっている[七二]。漢語ができなければ、進学も就職も難しい社会環境が形成され、否応なく「漢化」が進んだ結果である。内モンゴルでは二〇二〇年、政府が学校での漢語教育強化を強引に推し進め、これにモンゴル人が反発する騒動が起きたが、民族文化喪失の危機感がこれまでになく高まっていることの表れだ。

中国教育省は二〇二一年七月、「童語同音（子供の言葉を同じ発音に）」をスローガンに、少数民族地区の学齢前の幼稚園児に対して全面的に普通話（標準漢語）教育を実施する計画を全国に通達した[七三]。この政策が徹底的に実施されれば、母語習得の過程にある少数民族の子供たちの言語生活に大きな影響が及ぶことは避けられないだろう。文革期には政治運動によってチベット語が抑圧されたが、現在は政府の系統だった政策と制度によってその衰退が図られようとしている。漢語の優位性が高まりこそすれ、減じることのない状況の中で、「民族の言葉を失ったら、他の民族に変わってしまう」（パンチェン・ラマが「七万言書」で述べた警告）とのチベット人の懸念は、決して杞憂ではない。チベットが「中国の一部」として中華人民共和国体制から離脱できない現実がある以上、共通語である漢語の重要性を否定することはできないものの、独自の歴史を有する一つの民族の伝統文化の継承、マイノリティーの権利の尊重という観点から見れば、植民地式の一方的な漢語の強制はやはり深刻な矛盾をはらんでいる。

チベット人の「漢化」を促しているもう一つの大きな要因は漢人人口の増加である。改革・開放による市場経済の発展と交通インフラの整備は、高山・高原という自然の障壁によって「内地」と隔てられていたチベットにも流入人口の急速な増大をもたらした。特に二〇〇六年の青蔵鉄道の全通はチベットへの陸路のアクセスを容易にし、人口流動を加速させた。四川省成都とラサを結ぶ川蔵鉄道も建設が急ピッチで進んでおり、インフラ面の「内地」との一体化はチベット社会に革命的な変化を生じさせつつある。

チベット人居住地域（チベット自治区と青海、甘粛、四川、雲南各省の自治州、自治県）の漢人人口は、一九五三年当時は約四三万人だったが、一九九〇年には約一五二万人を数え、約四〇年間で三・六倍の増加傾向を示した[七四]。漢人人口の大幅な増加は主として青海など四省での現象とみられるが、チベット自治区でも移住漢人は確実に増えている。一九九〇年の第四回全国人口センサスによると、自治区の総人口は二一九万六〇〇〇人で、このうちチベット人は九六・一一パーセントを占め、漢人は三・六八パーセント（約八万人）だった。[七五] しかし、二〇〇〇年の第五回全国人口センサスでは、総人口二六一万六三〇〇人のうちチベット人の人口比率は九二・二パーセントへと約三・九ポイント低下し、漢人人口は五・九パーセント（約一五万四〇〇〇人）へと約二・二ポイント上昇した。この一〇年間の人口増加率はチベット人が一五・〇パーセントにとどまったのに対し、漢人は九二・一パーセントもの伸びを見せた。[七六]

チベットの政治経済の中心である区都ラサの漢人の増加ぶりは特に顕著で、すでに少なくとも市民の五人に一人は漢人という状況が生まれている。ラサの戸籍人口は二〇〇七年末当時、四六万四七三六人で、このうち漢人は四万八七六〇人を数え、一〇・五パーセントを占めた。ところが、近年の公式統計では戸籍人口五五万八九〇〇人のうちチベット人など少数民族は七八・四パーセントと八割を切り、逆に漢人が二一・六パーセント（約一二万人）に達している。[七七] 十余年の間に約二・五倍の増加を見せたことになるが、これは戸籍人口統計であるため、流動人口は含まれておらず、仮にそれも計上するとすれば、漢人人口、特にラサ市街地のそれはさらに大きく膨れ上がると推定される。

鄧小平は一九八七年当時、「チベットは人口のまばらな地方で、地域は非常に広大だ。二〇〇〇万のチベット族同胞にのみ頼って建設を行うのでは十分とは言えない。漢人が彼らを助けに行くのは少しも悪いことではない。……［少数民族地域の］漢人の数が多くなれば、現地の民族経済の発展に有利だ」[七八]と語っている。経済発展のための漢人人口増加を推進する考え方であり、これは建国以来の共産党の既定路線と言っていい。チベット自治区全体では内モンゴルのような民族人口比率の主客転倒はまだ起きていないが、青海、四川、甘粛三省のチベット人居住地域（自治州、自治県）では漢人人口が一九九〇年時点ですでに四〇 - 五三パーセントを占める状況が生じている。[七九] 今後、チベット自治区でも漢人増加の圧力が一段と高まっていくのは不可避の情勢と思われる。

六　「高度な自治」とチベット問題の行方

■「アメとムチ」政策のほころび

チベット人は自民族の宗教、文化、風俗、習慣、言語を守り、次世代へと伝えていくことを望み、それが保障される政治社会体制を欲している。これはチベット人に限らず、あらゆる民族共通の思いであろう。多くのチベット人の理想を言えば、究極の願望は「チベット独立」ないし「高度な自治」の獲得ということになるのだろうが、中国の内政、そして国際情勢の現実を見ると、中国が民主化された後の遠い将来はともかく、現状での実現可能性はほとんどないと判断せざるをえない。

ダライ・ラマは二〇〇八年三月一〇日、「チベット動乱」四九周年に際して発表した声明の中で、「チベット自治区とは名ばかりで、実際には本当の自治は存在しない。チベットは現地情勢に無頓着な人々によって統治され、漢民族優越主義に率いられている」と語り、中国のチベット統治を厳しく非難した。「名ばかりの自治」との告発は、チベット人の不満の所在を端的に物語っている。

中国政府は一九六五年にチベット自治区を設立して以降四〇年間、農牧業以外に見るべき産業のなかったこの地域に対して自治区財政支出の九四・九パーセント以上を補助するという経済支援を行ってきた。全国から人材や援助物資を投入して経済建設に力を注いだ結果、一九六五年時点でわずか二四一元にすぎなかったチベットの一人平均国内総生産（GDP）は二〇〇三年には六八七四元へと飛躍的に増大した。[八〇] 中央のてこ入れによって経済だけでなく、交通、通信、医療、衛生など多方面にわたってチベットが昔とは比較にならないほどの発展を遂げたことは否定できない。しかし、それにもかかわらず、チベット民衆が中国の統治に強い反感を抱き続けているのは、ダライ・ラマの指摘にあるように、チベット人には形式的な自治しか認められておらず、「大漢民族主義」がチベットに君臨しているという状況が一貫して続いているからにほかならない。「いったい誰がここのご主人様なの？」――本書の著者のオーセルがヤプシー・タクツェルの廃墟から追い出されそうになったとき、思わず発したこの言葉（本文三四二頁）は「他者の土地」で尊大に振る舞う漢人の無神経さと、それに慣らされてしまっている同胞に対する苛立ちのスパークであった。

　前述したように、中国の自治区（省・直轄市と同等の行政区画）は中央の強力な指導下にあり、漢人の党委書記が実権を握る。少数民族の側に重要政策の実質的な決定権はない。他の民族自治区と異なり、チベットの場合はこれに加えてチベット仏教の精神的支柱であるダライ・ラマの関与を徹底的に排除する形で、当局による露骨な宗教管理が行われている点に問題の複雑性がある。パンチェン・ラマ転生問題での中国側の強引な手法はそれを象徴するものだった。このため、宗教管理強化策は当局が期待するチベットの安定化には必ずしもつながらず、信仰心のあついチベット人の反中国感情を一段と煽りたてる結果を招いた。チベットで僧侶や民衆が武力でいくら抑えつけられても次から次へと抗議行動に立ち上がる現状は、もはや経済支援と宗教管理という「アメとムチ」政策では民心の掌握は困難であることを示すとともに、中国の改革・開放下のチベット政策のほころびを証明している。

　もっとも、共産党のチベット政策は一九五九年のチベット動乱でいったん破綻し、その後の「民主改革」と文革で再度破綻した。改革・開放期に入って胡耀邦時代に軌道修正したチベット政策も民族和解の面ではさしたる成果を上げることができないまま失速し、一九八九年三月にラサで大規模騒乱が発生した際には政府は戒厳令を布告する事態に追い詰められた。一九九九年の年末から翌年初めの時期にかけてはチベット仏教カギュ派の最高指導者、カルマパ一七世がひそかにヒマラヤを越えてインドへ脱出する事件（事実上の亡命）が起き、当局に衝撃を与えた。

　中国はなぜチベット政策で失敗を繰り返してきたのか。チベット人の民族的自尊心をないがしろにする政策の誤りが本質的な意味で反省されず、したがって新たな統治の枠組みを模索する動きもなく、チベット民族主義が短絡的に「分裂主義」の烙印を押され、抑圧され続けているからであろう。さらに言えば、中国はことあるごとにチベットの近代化や経済成長の成果を誇示しているが、物質的恩恵はチベット人の民族性や文化の代替物とはなりえないことを明確に認識していない点に深刻な問題が潜んでいる。

■ダライ・ラマの「中道路線」を阻む壁

　ダライ・ラマは一九八八年六月一五日、仏ストラスブールの欧州議会の議場で演説し、チベット問題解決の方途として「中華人民共和国はチベットの外交政策に関して持続した責任を持つ。チベット政府はチベットとチベット民族に関係するすべての事柄に決定権を持つ」との提案を行った。これは事実上の「チベット独立」の放棄宣言であり、以後、ダライ・ラマは中国との交渉において、「現状」を認めず、「独立」を要求せず、平和的にチベットの「高度な自治」を実現する、いわゆる「中道路線（Middle-Way Approach）」[八一]を歩むことを再三表明してきた。現状ではチベット独立は非現実的であり、一方で中国のチベット支配体制をそのまま受け入れないとすれば、第三の道、つまり「中道路線」しかないとの判断があった。ここでダライ・ラマ側が「高度な自治」の適用を求めているチベットの領域は、旧ダライ・ラマ政権が支配していた中央チベット（政治的チベット）とほぼ重なるチベット自治区だけでなく、青海省および甘粛、四川、雲南三省のチベット人居住地域をも含む大チベット圏（民族誌的チベット）を指している。

ダライ・ラマは二〇〇八年四月六日に発表した声明で「中華人民共和国の枠内で解決の道を探る」と明言し、外交・国防を除く自治の追求を改めて強調した。これは言ってみれば、「一国二制度」式の特殊政策のチベットへの適用を求めたものである。しかし、中国当局は、チベット独立はもとより、ダライ・ラマ側の妥協案である「高度な自治」も頑なに拒否している。チベット政策に関する中国当局の基本的立場は、一九八四年一〇月、チベット自治区党委員会が「ダライ・ラマ集団」に対する党中央の方針を踏まえてまとめた通達に明確に示されている。それは次の四点が柱となっている。[八二]

チベットの「高度な自治」を主張するダライ・ラマ14世（2003年11月、藤野彰撮影）

① チベットは中国の不可分の一部であり、独立も半独立も許さない。

② 台湾に対する「九か条」（全国人民代表大会常務委員長の葉剣英が一九八一年九月に発表した台湾統一の方針。台湾を「特別行政区」とし、「高度の自治権」を与えると表明）はチベットには適用されない。

③ 「一つの中国、一つの台湾、一つのチベット」は絶対許さない。

④ 「大チベット族自治区」（現行のチベット自治区および周辺各省のチベット人居住地域を統合した自治区）は非現実的で不可能である。

要するに、中国の基本的立場は自治区体制の現状維持であり、その方針は現在に至るもいささかも揺らいでいない。中国政府は二〇一一年五月、チベット白書「チベット平和解放と繁栄発展」の中で、ダライ・ラマについて「『チベット独立』の企みを放棄したことがなく、絶えず騒動を引き起こしている」と改めて非難するとともに、その「中道路線」についても、「大チベット区」の設立を目指すものとして批判した。[八三] 現行の自治区体制の枠組みは一切変更しないという意思表示である。

実は、以上のようなダライ・ラマ非難の論法は中国にとって極めて都合のいい理屈と言える。チベット情勢の不安定性の責任をダライ・ラマの「分裂活動」に押しつけることができ、自らの政策の失敗や問題点に頬被りを決め込むことができるからだ。内部矛盾の責任を外部に転嫁するのは中国の常套手段である。ありていに言えば、自分たちのチベット統治のロジックを維持するためには、中国はダライ・ラマが「チベット独立の企みを放棄した」ということになっては困るのである。

ダライ・ラマ側が提案する「高度な自治」導入をめぐり、中国が妥協できない理由は明らかだ。「高度な自治」を認める融和策を「大チベット」に適用すれば、鉱物、地熱、水力、太陽光など豊富な地下資源・自然エネルギーに恵まれた広大な地域（全国土の約四分の一）が中央の直接統治の枠外に置かれてしまう。しかも、チベットはインドなどと四〇〇〇キロメートルに及ぶ国境を接しているだけに安全保障上の不安が高まるだけでなく、少数民族地域における「一国二制度」の先例ができることによって、分離独立運動の続く新疆ウイグル自治区、さらにはモンゴルに隣接する内モンゴル自治区などの民族自立の動きが活性化するのは必至である。そうした寛容な政治改革路線は全国的な民主化運動を誘発する恐れさえあり、現行の中央集権体制の崩壊につながりかねない。このほか、中国がすでに実効支配しているチベットに、わざわざ「一国二制度」を認めるとなると、共産党の統治が及んでおらず、事実上「独立状態」にある台湾が「一国二制度」を受け入れる可能性はますます低くなるという懸念もあろう。

チベットは資本主義体制の香港・マカオや台湾とは状況が異なり、すでに「民主改革」を経て社会主義制度がとうに確立しているというのが中国の考え方であり、チベットへの「一国二制度」適用を拒否するのは、俗な言い方をすれば、「釣った魚に餌はやらない」ということである。しかし、中国の「一国二制度」政策は香港で国家安全維持法が施行された二〇二〇年六月以降、民主派排除や言論弾圧が公然と行われるようになったことで有名無実化してしまっており、今ではすっかり色あせたものになっている。香港が「一国二制度」破綻の前例となった以上、中国が仮にチベットへの「高度な自治」適用に同意したとしても、将来にわたって約束を履行する保証はない。ダライ・ラマ側の問題解決の構想はその意味でも厚い壁にぶつかっている。

■習近平のチベット「中国化」戦略

中国にとって受け入れ可能な和解の道はおそらく一つしかない。それはダライ・ラマ側が中国統治下のチベットの現状を全面的に承認し、亡命政府を解散して中国政府と統一戦線を組むことである。そうなれば、中国側はダライ・ラマの帰国を認め、本拠地のラサではなく北京に常住するとの条件の下で全国人民代表大会（全人代）常務委員会副委員長（国会副議長に相当）などの、実権を伴わない名誉職的ポストを用意することになるだろう。[八五]

しかし、現状ではダライ・ラマがそうした和解案を受諾する可能性は皆無に等しく、一方の中国側も積極的に和解を希求しているわけではない。中国は善かれ悪しかれダライ・ラマ不在のままチベットを六五年以上にわたって統治してきたのであり、なお多くの不安定要因を抱えてはいても、現状維持に一定の自信を持っているとみていい。

その主要な根拠の一つは長年の統治を通じて共産党の意思を末端まで徹底させる強力な官僚機構を確立し、機能させていることである。その官僚機構には共産党の反ダライ・ラマ政策に同調することで地位や富を築いたチベット人既得権益層がしっかり組み込まれている。オーセルに言わせれば「うまい汁をたっぷり吸ったこれらの地元チベット人たちの存在は、現在まさしく『チベット問題』の解決が困難であることとの根本的原因の一つとなっている。『反分裂』をよく心得ていることのうまみは、保身に役立つだけでなく、出世して金持ちになれる点にあるのだ」(本文二二八頁)ということになる。共産党のチベット人分断統治は大きな効果を上げていると考えるべきだろう。

現に習近平政権はチベット支配を、「祖国統一」、「民族団結」から新たな段階へと推し進めようとしている。キーワードは「チベット仏教の中国化」と「中華民族の共同体意識」である。

習近平総書記は二〇二〇年八月、中央第七回チベット工作座談会での講話の中で、「チベット仏教が社会主義社会に適応するよう積極的に導き、チベット仏教の中国化を推進しなければならない」と力説し、「中華民族の共同体意識」を打ち立てる必要性を訴えると同時に、「学校の思想政治教育の強化を重視し、愛国主義精神を各レベルの各種の学校教育の全過程で貫徹し、わが中華を愛する種を一人ひとりの青少年の心の奥深くに埋め込まなければならない」と指示した(八六)。

ここでいう「チベット仏教の中国化」とは、チベット仏教界からダライ・ラマの影響力を徹底的に排除し、寺院や僧侶の宗教活動、さらには信者の信仰生活も共産党の完全な指導・監督下に置くことを意味する。キリスト教(カトリック)になぞらえれば、中国国内の教会・信者をバチカンの影響下から切り離すことと同義である。共産党から見れば、チベット情勢がいまだに不安定なのは、ダライ・ラマがチベット仏教最高指導者として内外のチベット人から崇拝され、精神的に絶大な影響力を行使しているからにほかならず、その紐帯を断ち切らない限り、「共産党のチベット」のかたちは完結しない。そもそも共産党権力に対抗する宗教権威の存在は認めないというのが中国の立場であり、「チベット仏教の中国化」は「ダライ・ラマが指導するチベット仏教」を「共産党が指導するチベット仏教」へと組み替えることを意図するものと言える。

一方、「中華民族の共同体意識」とは、チベット人の民族意識を、共産党が中国の全民族を統合する高次元の民族概念と定義する「中華民族」意識へと昇華させ、チベット人も「中華民族」の一部であるとのアイデンティティーを植えつけることを意味している。共産党が従来から強調してきた「民族団結」よりも、さらに民族統合(事実上の少数民族同化政策)へ向けて大きく踏み込んだ主張であり、チベット人の「漢化」を正当化するイデオロギーと位置付けることができよう。漢語教育推進は単なる言語の問題ではなく、それを通じた思想政治教育の浸透を伴うものであるだけに、チベット人の間に幅広く「中華民族の共同体意識」を涵養するための有力な手段である。あえて言えば、共産党政権による、チベット人の「洗脳」が一段と進行するということである。今後、チベットの青少年の心に「中華を愛する種」(習近平)を埋め込む教育が徹底して行われることになれば、「チベット仏教の中国化」とあいまってチベット人の民族性と文化はこれまで以上に深刻な衰亡の危機に直面する恐れがある。

注視しなければならないのは、チベット人固有の民族性を軽視ないし否定する政治的価値観は文革期から今日まで脈々と受け継がれている点である。文革期、チベットの革命歌曲の歌姫として一世を風靡したツェテン・ドルマが熱唱した歌の一節に「チベット族と漢族は一人のお母さんの娘たちなの／彼女たちのお母さんは中国よ」という文句がある(本文二〇九頁)。これはまさに今日の共産党政権がチベット人の精神構造の中にしっかり植えつけたいと願ってやまない「中華民族の共同体意識」を、俗耳に入りやすいように平たく表現した政治的メッセージの原型にほかならない。みんなが「一人のお母さんの娘たち」という思想は半世紀以上の時空を超えて「中華民族の共同体意識」へとつながっている。この観点からすれば、政治運動としての文革は過去のものになったとしても、精神改造運動としての文革は今も続いていると言えるのである。
漢民族主体の中国において、個々の民族のアイデンティティーを超越した「中華民族」という概念を、政権当局が漢民族以外の諸民族にも一方的に強要することは一種の暴力性をはらんだ政治的行為である。共産党はおそらくそのことについて無自覚なのではなく、十分に自覚しつつ、政策的にその概念の受容を少数民族側に迫っている。というのは、共産党は「中華民族」概念の必要性を強調する中で、それが少数民族の漢民族への文化的同化を含む多民族統合を正当化するイデオロギーとして機能することを期待しているからである。近年、中国当局は公式文書、声明などにおいてチベットを英語表記する際に、国際的呼称である「Tibet」を用いず、漢語の「西蔵」のピンイン（ローマ字）表記である「Xizang（シーツァン）」を使うようになっている。チベットを歴史的に自立した主体としてではなく、中国の一部「Xizang」として再定義し、「中国化」を促進するための布石と解釈できる。

習近平講話を前出の胡耀邦講話と比較してみると、共産党のチベット政策の方向性が改革・開放初期とは大きく様変わりしたことが見てとれる。胡耀邦講話の大きな特徴は、文革によるチベット社会の荒廃という現実を出発点として、チベットの「特殊性」や「自治権」、「民族文化」を尊重するという点にあった。しかし、習近平講話はそうした問題には一切触れておらず、チベットが独自の歴史、宗教、文化、言語を有する地域であるということへの配慮も敬意もうかがえない。また、過去のチベット政策の誤りについての言及や反省もまったくない。そこにあるのは、いかにチベットおよびチベット人を共産党の意に添うように改造し、統治するかという北京の視点だけである。「チベット工作に関する党中央の方針、政策は完全に正しい」。習近平総書記は二〇二一年七月にチベットを視察した際、そう宣言したが[八七]、チベット政策の紆余曲折を客観的に総括し、「歴史を鑑とする」つもりは露程もなさそうである。

チベット統治についての中国共産党の本音は、公式見解などを基に推測すれば、おそらくこういうことではないか。

〈中央政府はこれまで巨額の資金や多くの人材をチベット支援事業に投入し、チベットの近代化建設に努め、人民の生活レベルを向上させた。それよりも何よりも、共産党には「民主改革」を実行して、政教一致の封建農奴制度を覆し、封建的等級制度、人身隷属関係および各種の野蛮な刑罰を廃止した。一〇〇万の農奴・奴隷は解放を勝ち取り、国家とチベット地方の主人となった[八八]」という不朽の歴史的功績があるではないか。確かに、一時期、文革による混乱はあったが、それはチベットだけのことではなかったし、文革後に党中央は誤りのあったことを認め、政治運動優先の政策を改めた。今日の経済的繁栄はそのおかげであろう。これ以上、何を望むというのか。新チベットには共産党の指導によって確固たる政治社会秩序がすでに築き上げられている。それはいまさら解体できないし、解体する必要もないのだ〉

しかし、チベットとチベット人を基本的に統治する対象としてしか扱わない政策の限界はすでに露呈してしまっている。ダライ・ラマ側との和解の見通しが立たない中、現実に中国当局は解放軍の武力に依拠した武断政治から脱却できず、騒乱と鎮圧が何度も繰り返されるという完全な悪循環に陥ってしまっている[八九]。

つまり、内懐にずっと爆弾（いつでも噴出する可能性のある民族摩擦）を抱え込んだままである。強権統治の代償として、人権、民主、法治といった近代文化国家が備えるべき理念・制度を国内に根付かせることができずにいる。それは、新たな発想に立った民族政策の確立に向けて、歴史の教訓を生かそうとしない、あるいは生かすことができない共産党政治の宿痾かもしれないが、このまま無理やり矛盾を糊塗し続けるとすれば、新疆ウイグル、内モンゴルと並んでチベットに先鋭的な形で表出している民族摩擦は中国の近代化推進の最大の足枷となる恐れがある。のみならず中国がいかに経済的、軍事的に大国化しようとも、その地位にふさわしい信頼と尊敬を国際社会から勝ち取ることは不可能となろう。中国が独善的な論理で人権抑圧や真実の隠蔽を正当化する非民主政治に固執する限り、近代的な文化国家として認知されることもない。少なくとも、すでに表面化しているように、中国の人権問題の改善を強く求める欧米諸国などとの軋轢は激化することはあっても止むことはなく、中国の対外関係に絶えず緊張感を生むことになるだろう。

■「ポスト一四世」がはらむ不透明感

一九三五年七月、チベット・アムド地方（青海省）の農家に生まれたダライ・ラマ一四世は、日本式に言えば、二〇二五年に卒寿を迎える超高齢者であり、その転生問題の行方がチベット人社会だけでなく、国際社会の関心事として浮上してきている。筆者は二〇〇三年一一月、一四世が来日した際にインタビューし、この問題について尋ねたことがあるが、その答えは「真の転生とは私の任務の役に立つものでなければならず、障害とはならないものである。（自分の死後）中国政府は別の子供を選ぶだろうが、それはニセ者だ」というものだった。

この発言の背景には、パンチェン・ラマ一〇世の死後、ダライ・ラマ側と中国側がそれぞれパンチェン・ラマ一一世を擁立し、「二人のパンチェン・ラマ」が存在している問題がある。ダライ・ラマ側がどのような方式で一四世の転生問題に対処する計画なのかは明確になっていないが、現段階で確実に言えるのは、ダライ・ラマ側が伝統的慣習にのっとって転生者の子供（一五世）を選ぶにせよ、あるいは別の方式で後継者を選ぶにせよ、中国側は間違いなく独自に転生者の子供を探し出し、一五世として擁立するということだ。仮に双方が独自に転生者を探索することになれば、「二人のダライ・ラマ」が誕生する可能性が高い。

転生制度は本来、唯物論の共産主義イデオロギーとは両立しえないものだが、共産党は二〇二二年までに九三名の転生者を認定している。[九〇] 二〇〇七年には転生者を選ぶための申請手続きや認定方法を定めた「蔵伝仏教（チベット仏教）活仏転世管理弁法」を公布し、①活仏（化身〔トゥルク〕の中国式の呼び名）の転生に当たっては国家統一、民族団結の擁護を尊重しなければならない、②活仏の転生は国外のいかなる組織・個人の干渉も支配も受けない、③特に重大な影響力を持つ活仏（ダライ・ラマ、パンチェン・ラマら高位の転生僧）は国務院の承認を受ける、④いかなる団体・個人も転生霊童（生まれ変わりの子供）の探索・認定活動を勝手に行ってはならない、⑤歴史的に金瓶掣籤（金瓶を用いたくじ引きで転生者を選ぶ制度）で認定された活仏についてはその転生霊童の認定に際して金瓶掣籤を実施する——などの規定によって、ダライ・ラマの関与を排除しつつ、政府主導で転生者の認定を行う法制度を確立した。[九一]

チベットの伝統的な諸制度や慣習を封建主義の残滓として目の敵にしてきた中国が転生制度を認めているだけでなく、積極的に関与しているのはなぜか。「蔵伝仏教活仏転世管理弁法」は「宗教儀式と歴史的制度の尊重」をうたっているが、それは表向きの理由にすぎない。真の理由は「二人のパンチェン・ラマ」問題を見ても分かるように、転生制度がチベット仏教の主導権をめぐってダライ・ラマ側との激しい綱引きの場となっていることにあり、中国としては自らが転生制度を隙間なく管理することによってチベット仏教に対する統制を盤石のものにしたいとの思惑がある。

加えて、チベット仏教の「伝統的な慣習や儀式」に基づいて転生者を選び、認定するというパフォーマンスは、中央政府のチベット統治の正統性を内外にアピールする絶好の機会になるとの計算がある。例えば、中国が金瓶掣籤の実施を重視しているのはそうした理由が大きい。ダライ・ラマやパンチェン・ラマの転生者選びに関しては、清朝時代に乾隆帝が下賜した金瓶を用いて掣籤（くじ引き）を行う制度（金瓶掣籤）が定められたが、この方法は毎回必ず用いられたわけではなく、ダライ・ラマ九世や同一四世の選出の際には実施されなかった。その意味では金瓶掣籤はチベット仏教の不動の伝統とは言いがたい。また、一四世の即位式（一九四〇年）には当時の国民政府蒙蔵委員会委員長の呉忠信が出席したが、ダライ・ラマ政権はイギリスも招待しており（シッキム政務官グールドが出席）、国民党が転生者の捜索・認定の過程で主導権を発揮することはなかった。つまり、共産党政権は伝統を都合よく解釈して制度化し、統治者の権威を演出しようとしているわけである。

中国側は次期ダライ・ラマ（一五世）の探索・認定にあたって「蔵伝仏教活仏転世管理弁法」の規定に沿った形で関連の活動に取り組むことになる。重要な原則の一つは「転生者は中国国内で探さなければならない」ということであり、おそらくチベット自治区を含むチベット人居住地域で転生者の探索が行われることになるだろう。一方、ダライ・ラマ側は、自らが中国国内で探し出して認定したパンチェン・ラマ一一世がずっと囚われの身となっていることから、同じ轍を踏むことはできない。次期ダライ・ラマの身の安全や教育環境を考えれば、中国以外の国・地域で転生者を探すというのが現実的な選択肢かもしれないが、その場合、チベット本土ではない「外国生まれ」のダライ・ラマが今日のチベット人社会でどのように受け入れられるかは不透明である。

中国から見れば、将来、ダライ・ラマ一五世を擁立した段階で、パンチェン・ラマ一一世との二人三脚の、新たなチベット仏教指導体制が整うことになる。それはチベット動乱以前の二頭体制の復活であるが、昔と決定的に異なるのは共産党式の思想教育を施した子飼いの二頭体制になるということだ。歴史的にダライ・ラマとパンチェン・ラマの間には「ヤプセー・グンポ（父と子という保護者関係）」と呼ばれる絆があり、二人のうちの年長者が宗教上の師匠として一方の年少者を導く伝統がある。中国は当局に忠実なパンチェン・ラマ一一世を模範とするようダライ・ラマ一五世を育成し、両ラマを押し立てて「チベット仏教の中国化」と「中華民族の共同体意識」を広めることでチベット情勢の安定化を図る考えとみられる。

しかし、これもまた先行き不透明と言わざるをえない。なぜなら、チベット問題の底流には「意思決定主体としてはいささかも『チベット民族』を認めない、いってみれば、『民族』としては意思を持たない単なる風景としてのみ漢人から扱われたチベット人」たちの積年の鬱屈した民族感情が絶えず渦巻いているからである。中国当局は公式的にはチベット統治の安定を誇示しているものの、その内実は有無を言わせぬ強権と監視の徹底によって人々の言動を抑圧しているだけのことにすぎず、人々の心中の民族感情まで自在にコントロールできているわけではない。したがって、ダライ・ラマ一四世の意思に完全に反する形で選ばれた一五世がチベット人社会で真の権威を確立できると期待するとすれば、あまりにも楽観的との誹りを免れないであろう。

一九三六年にソ連を旅行し、スターリン体制下の社会主義の実態に失望したフランスの作家、アンドレ・ジッドは『ソヴィエト旅行記』の中で、専制政治の欠陥に対して頂門の一針と言うべき告発を行っている。

「一国家の中で、反対派を抹殺することは――あるいは単にその発言や行動を封じるだけであったとしても――極めて重大なことである。それはテロリズムへの道を開く。もし一国家の市民全員が同じような思想を持つようになったとしたら、それは間違いなく為政者たちにとって好都合だろう。しかし、そのような精神の貧困化を前にして、一体誰がなお〈文化〉を語ろうとするだろう。反対意見なくして、どうやって精神はある一つの意味や方向の中にあらゆるものを流し込むことができるだろう。私が考えるに、反対派の意見に耳を傾けることは大いなる叡智なのだ」(九八)

今日の中国共産党体制の「精神の貧困化」は、反対派の意見を聞く耳を持たない（それのみならず、反対意見を述べる者を迫害し、排除する）という非寛容性の一点において、スターリン体制下のソ連の状況と本質的に変わるところがない。ジッドの言葉からも分かるように、豊かで包容力のある精神がなければ、文化など語れないのであり、そのことを謙虚に認識できない点に中国の政治体制の限界と悲劇がある。この文脈から言えば、中国政府がいかにポタラ宮やチベット寺院の修復に巨額の資金を投入したとしても、それだけで真にチベット文化を「保護」しているということにはならないのであり、中国を文化国家と呼ぶこともできないのである。

最後に、筆者個人の印象的なチベット取材体験を紹介し、本稿の締め括りとしたい。筆者はチベット自治区を二回訪れたことがある。一回目は中国留学中の一九八七年夏のことで、青海省ゴルムドから一泊二日の長距離バスでラサへ入った。当時はチベットも改革・開放へと大きく踏み出した時期とあって、外国人旅行者に対しても特段の制約はなく、行動は比較的自由だった。パルコルの土産物屋ではダライ・ラマ一四世の写真がおおっぴらに売られていたし、ポタラ宮でも各部屋の仏像の前などに一四世の写真が飾られていた。今思えば、このころはつかの間の「ラサの春」だった。二回目の訪問は北京特派員時代の一九九九年夏で、ラサでは一四世の写真は販売禁止になっていた。(九九)当局監視下の窮屈な取材旅行だったが、今も脳裏に鮮明に刻み込まれているのは、お仕着せ取材の合間を縫ってこっそり話を聞いたジョカン寺の青年僧の、次のような言葉である。

「僧侶はみんなダライ・ラマを尊敬している。現実には無理だとは思うが、ダライ・ラマにチベットに戻ってほしいと願っている。見てごらん、信者たちも参拝しながら口や心の中で『ダライ・ラマ万歳』と唱えているんだ。真のパンチェン・ラマはダライ・ラマが選んだ子供だ。寺の老師からもそう教わっている」(一〇〇)

振り返れば、共産党による、いわゆる「チベット解放」後のチベット現代史は民族反乱の歴史であった。とりわけ、ニェモ、ペンバーなどチベット各地で文革期に続発した反乱事件は、その悲惨さから、「チベット文革史上、最大の疑獄であり、また最大の殺傷事件であった」と、本書にも記されている（本文二二五頁）。反乱の歴史はピリオドを打たれたわけではなく、今なお生々しさと緊張感をはらみながら進行中である。物理的行動を伴う「激しい反乱」はそのたびごとに当局の圧倒的な武力によって押しつぶされるが、ジョカン寺の青年僧が筆者に語ったような、心の中の「静かな反乱」は政治の圧力にも時の流れにも磨り潰されることがない。矛盾が矛盾を呼ぶ状況が放置され続ける限り、それは「雪の国」の屈折した光景――中国の民族政策の歪み――をひそかに照射し続けるであろう。

＊引用文中の［　］で括った部分は筆者による注釈である。

解説　チベットの文化大革命――注

（一）「中国共産党中央委員会関於建国以来党的若干歴史問題的決議」、『三中全会以来――重要文献選編』（下）人民出版社（内部発行）、一九八二年、八一一頁。「歴史決議」は一九八一年六月二七日、党第一一期中央委員会第六回全体会議（一一期六中全会）で採択された。

（二）藤野彰『臨界点の中国――コラムで読む胡錦濤時代』集広舎（中国書店発売）、二〇〇七年、一七九‐一八一頁。

（三）国務院人口普査弁公室・西蔵自治区人口弁公室編『当代中国西蔵人口』中国蔵学出版社、一九九二年、一九四頁。一方、チベット亡命政府側の情報によると、八万人がネパール、インド、ブータンへと亡命した。現在、インドでは一二州に四〇のチベット人居住地域があり、九万人が暮らしている。米国、カナダ、オーストラリア、スイスなどへ移住したチベット人も多い（アリヤ・ツェワン・ギャルポ［亀田浩史訳］『チベットの反論――チベットの史実を歪曲する中国共産党に挑む』集広舎、二〇二三年、二〇‐二一頁）。

（四）伍昆明主編『西蔵近三百年政治史』鷺江出版社、二〇〇六年、六二二頁。

（五）チベット亡命政府側は、チベットが「農奴制」に象徴される暗黒社会だったとの中国側の主張に反論している。関係資料によれば、多くの僧官は非特権階級の出身で、僧界には階級を上下に動く機会が広く備わっていたし、修行に励みさえすれば、出自にかかわらず、高位につく機会が均等に与えられていた。また、貧農にも法的な人格が認められており、裁判所を利用することもできたし、主人を訴える権利もあった（チベット亡命政府情報・国際関係省［南野善三郎訳］『チベットの現実』風彩社、一九九五年、六三‐六四頁）。

（六）傅崇蘭主編『拉薩史』中国社会科学出版社、一九九四年、二二六頁。

（七）王年一『大動乱的年代』河南人民出版社、一九八八年、六二三頁。

（八）ロラン・デエ（今枝由郎訳）『チベット史』春秋社、二〇〇五年、三四一頁。「ダライ・ラマの亡命政府がタイムズ・オヴ・インディア紙に発表した数字」で、「一九六六‐七六年の十年間が最もひどい時期であった」とされる。一方、チベット亡命政府によれば、一九四九‐七九年の間にチベット（ウー・ツァン、カム、アムド）で拷問、死刑、戦闘、飢餓、自殺、傷害致死により死亡したチベット人は計一二〇万七三八七人に上る（チベット亡命政府情報・国際関係省［南野善三郎訳］『チベット入門』鳥影社、一九九九年、一〇二頁）。

（九）John Powers, *History as Propaganda: Tibetan exiles versus the People's Republic of China*, Oxford University Press, 2004, p.142.

（一〇）《中国共産党簡史》編写組『中国共産党簡史』人民出版社・中共党史出版社、二〇二一年、二一四頁。

（一一）《当代中国》叢書編集部『当代中国的西蔵』（上）当代中国出版社、一九九一年、三七六‐三七七頁。

（一二）多傑才旦・江村羅布主編『西蔵経済簡史』中国蔵学出版社、一九九五年、六六五‐六七〇頁。

（一三）「西蔵工作座談会紀要」、前掲『三中全会以来――重要文献選編』（上）、四八八頁。

（一四）大川謙作「チベットを騒乱にさせたのは誰か!?」、『寺門興隆』二〇〇八年六月号、六二頁。

（一五）王作安『中国的宗教問題和宗教政策』宗教文化出版社、二〇〇二年、二四一頁。

（一六）許広智編著『西蔵地方革命史稿』中国蔵学出版社、二〇〇八年、三二五頁。

（一七）「中共中央関於転発《西蔵工作座談会紀要》的通知」（一九八〇年四月七日）、前掲『三中全会以来――重要文献選編』（上）、四七九頁。

（一八）李振盛（清宮真理訳）『紅色新聞兵』ファイドン、二〇〇五年、九八‐一〇一頁。

（一九）アデ・タポンツァン（ペマ・ギャルポ監訳、小山晶子訳）『チベット女戦士

アデ』綜合法令出版、一九九九年、二七六－二七七頁。

（二〇）鄧小平「立足民族平等、加快西蔵発展」（一九八七年六月二九日）、鄧小平『鄧小平文選』（第三巻）人民出版社、一九九三年、二四六頁。

（二一）前掲『チベット史』、三四〇頁。

（二二）曹自強・李徳成『西蔵宗教工作概説』中国蔵学出版社、二〇〇八年、一五二－一五三、一六四頁。

（二三）写真家の野町和嘉は一九九一年夏、チベット自治区西端にあるグゲ王国（一七世紀に滅亡）故地を訪れ、ツァパランの王城の寺院で、破壊された多くの仏像を撮影している。その後発表した報告の中で「ひとつの文化に対する大々的なホロコースト」であると指摘している（野町和嘉「文化大革命が叩き壊したチベット秘境の仏教寺院」、『芸術新潮』一九九四年七月号、一三五頁）。その全容は写真集『チベット「天の大地」』（集英社、一九九四年）にまとめられている。中国の出版物としては西蔵工業建築勘測設計院編『古格王国建築遺址』（中国建築工業出版社、一九八八年）、西蔵自治区文物管理委員会編『古格故城』（上下、文物出版社、一九九一年）に、激しく破壊され、略奪の跡も生々しい、グゲ王国故地の仏像写真が多数紹介されているが、いつ、誰によって破壊されたのかに関する説明は一切ない。

（二四）前掲『チベットの現実』、六五頁。

（二五）中国蔵学研究中心社会経済研究所編『西蔵家庭四十年変遷――西蔵百戸家庭調査報告』中国蔵学出版社、一九九六年、三四一、三四九頁。

（二六）降辺嘉措『十世班禅喇嘛伝記（二〇〇八年版）』香港・開放出版社、二〇〇八年、二二八－二二九頁。「七万言書」は一九六二年五月一八日付で書かれ、周恩来総理に提出された。

（二七）同前、二二九－二三〇頁。

（二八）Melvyn C. Goldstein, *The Snow Lion and the Dragon*, University of California Press, 1999, p.60.

（二九）西蔵人民出版社編『西蔵民族問題論文選』西蔵人民出版社、一九八四年、六二、六九頁。

（三〇）周潤年『西蔵教育五十年』甘粛教育出版社、二〇〇二年、一六八頁。

（三一）同前、三五頁。

（三二）張経武「西蔵地方工作報告」（一九五五年三月九日、国務院全体会議第七回会議批准）、民族出版社編『中華人民共和国国務院関於西蔵工作的幾項決定』民族出版社、一九五五年、二三頁。

（三三）アラン・ウィニトン（阿部知二訳）『チベット』（下）岩波新書、一九五九年、一七八－一七九頁。

（三四）「中共中央関於西蔵民主改革問題的指示」（一九五六年九月四日）、中共中央文献研究室・中共西蔵自治区委員会編『西蔵工作文献選編（一九四九－二〇〇五年）』中央文献出版社、二〇〇五年、一八三頁。

（三五）格桑培傑「執行党的民族政策重視使用民族語言文字」、前掲『西蔵民族問題論文選』、二九九頁。

（三六）趙靳秋・余萍・劉園園編著『西蔵蔵語伝媒的発展與変遷１９５１－２０１２』中国伝媒大学出版社、二〇一三年、一一五頁。

（三七）「西蔵自治区党委宣伝部《関於漢族幹部、職工学習蔵語文的意見》（一九八〇年一月三一日）」、前掲『西蔵工作文件選編（一九四九－二〇〇五年）』、三一五－三一七頁。

（三八）金炳鎬『中国共産党民族政策発展史』中央民族大学出版社、二〇〇六年、一七二頁。著者は中央民族大学教授、中国民族理論学会副会長（出版当時）。

（三九）一九五三年三月一六日付で党中央のために起草した指示。『毛沢東選集（第五巻）』外文出版社、一九七七年、一一一－一一二頁。

（四〇）牙含章『民族問題與宗教問題』中国社会科学出版社・四川民族出版社、一九八四年、三八－三九頁。

（四一）班禅額爾徳尼・確吉堅賛「為建設社会主義祖国和社会主義新西蔵而奮闘」（一九八二年七月一七日）、前掲『西蔵民族問題論文選』、六四頁。

（四二）前掲「執行党的民族政策重視使用民族語言文字」、『西蔵民族問題論文選』、

三〇二頁。チベット自治区当局は一九八七年、「チベット語の学習・使用・発展に関する若干の規定（試行）」を定めた。翌年公布された実施細則は①自治区ではチベット語を主とし、チベット語と漢語を併用する、②自治区内で働く漢族など他民族の幹部・職員は積極的にチベット語を学ばなければならない——などの指針を掲げたが、実際にはこれらの規定は空文化してしまった。一九九九年当時の状況について言えば、ラサ市幹部の約三割を占める漢人のうち、チベット語をある程度話せる者は約二〇パーセントにすぎず、会議では漢語を使うことの方が多いというのが実態だった（『読売新聞』一九九九年七月一三日）。

（四三）色川大吉『雲表の国——青海・チベット踏査行』小学館、一九八八年、二九三頁。

（四四）権寧俊「文化大革命期における延辺朝鮮族自治州の民族教育と言語問題」、『アジア経済』二〇〇二年第四三巻第七号、二三、二七、三四頁。

（四五）何沁主編『中華人民共和国史［第二版］』高等教育出版社、一九九九年、二七一頁。

（四六）西蔵自治区党史資料徴集委員会編『中共西蔵党史大事記』西蔵人民出版社、一九九五年、二二〇－二二一頁。

（四七）李維漢「西蔵民族解放的道路」（一九八一年五月二三日）、前掲『西蔵工作文献選編（一九四九－二〇〇五年）』、三三五頁。

（四八）《西蔵自治区概況》編写組『西蔵自治区概況』西蔵人民出版社、一九八四年、五九七－五九八頁。

（四九）「中共中央関於転発《西蔵工作座談会紀要》的通知」、前掲『三中全会以来——重要文献選編』（上）、四八〇－四八二頁。

（五〇）「胡耀邦同志在西蔵自治区幹部大会上的報告」（一九八〇年五月二九日）、中共西蔵自治区委員会政策研究室編『西蔵自治区重要文献選編』（上下）中文出版物服務中心（内部文件）、二〇〇七年、一九－二五頁。

（五一）同前、二八頁。一九八〇年代前半の胡耀邦時代は、チベット政策の柔軟化を受けて他の有力指導者からもチベット語重視を呼びかける指示が出されている。例えば、全人代常務委員会委員長の彭真は一九八四年一月一六日、全人代民族委員会の会議で行った講話の中で「チベットで仕事をするのに漢語しか話せなくていいのか？　少数民族の言葉を習得し、話せるようになって初めて民衆に近付きやすくなるし、調査研究もやりやすくなるのだ」と述べている（「関於全国人大民族委員会工作的幾箇問題」、中共中央統一戦線工作部・中共中央文献研究室編『新時期統一戦線文献選編』中共中央党校出版社、一九八五年、三五九頁）。

（五二）前掲『中共西蔵党史大事記』、二二九－二三〇頁。チベットの党・政府の幹部構成について付言すれば、漢人幹部が全体に占める比率は文革開始前年の一九六五年時点で六六・七パーセント、胡耀邦が現地視察した一九八〇年時点で五四・四パーセントだった。中央の政策により、チベットの少数民族幹部（ほとんどはチベット人）の比率は年々高まり、一九九三年には七〇・三パーセントにまで達したが、一九六〇－七〇年代までは漢人幹部が六〇パーセント前後と明確な多数派を占めていたことが分かる（王力雄『天葬——西蔵的命運』明鏡出版社、一九九八年、三六九頁）。

（五三）「楊静仁同志在西蔵自治区直属機関県以上幹部大会上的講話」（一九八〇年七月一〇日）、前掲『西蔵自治区重要文献選編』（上下）、三九－四二頁。

（五四）同前、四四頁。一九九〇年の調査によると、チベットの少数民族（チベット族、メンパ族、ロッパ族）の非識字者（半非識字者を含む）比率は約七割だった。教育水準もチベット族の場合、小学校程度が全体の八二・三二パーセントを占めた（《跨世紀的中国人口》［西蔵巻］編委会編著『跨世紀的中国人口』中国統計出版社、一九九四年、八九頁）。

（五五）中共西蔵自治区委員会党史研究室編著『中国共産党西蔵歴史大事記』（第一巻）中共党史出版社、二〇〇五年、四〇六－四〇七頁。

（五六）「西蔵工作座談会紀要（節録）」（一九八四年三月二八日）、国家民族事務委員会・中共中央文献研究室編『新時期民族工作文件選編』中央文献出版社、一九九〇年、二一一頁。

（五七）「中国共産党西蔵自治区委員会」https://www.xzdw.gov.cn/ldjs/（二〇二一年七

月八日閲覧）。

（五八）「西蔵的民族区域自治」（二〇〇四年五月二三日）、国務院新聞弁公室編『中国政府西蔵白皮書匯編』人民出版社、二〇一〇年、七一頁。

（五九）国務院新聞弁公室「西蔵和平解放與繁栄発展」白皮書（二〇二一年五月二一日）http://www.gov.cn/zhengce/2021-05/21/content_5609821.htm（二〇二一年七月一二日閲覧）。

（六〇）戴延年ほか編『チベットの「神話」と現実』北京週報出版社、一九八九年、一〇二頁。

（六一）前掲『西蔵的民族区域自治』、二二一－二二三頁。

（六二）前掲『チベットの「神話」と現実』、一〇六頁。

（六三）前掲『西蔵宗教工作概説』、二二四－二二五頁。

（六四）同前、一九二－一九三頁。

（六五）同前、一九八－一九九頁。

（六六）前掲『中国的宗教問題和宗教政策』、二六一頁。

（六七）パンチェン・ラマ一一世については、中国政府が認定したギェンツェン・ノルブのほかに、ダライ・ラマが認定したゲンドゥン・チューキ・ニマ（一九八九年生まれ。中国当局の監視下にあり、所在不明）がおり、「二人のパンチェン・ラマ」という異常事態が続いている。

（六八）前掲『西蔵教育五十年』一七三－一七四頁。

（六九）Human Rights Watch「中国〝双語教育〟政策在西蔵——蔵語教学面臨威脅」https://www.hrw.org/zh-hans/report/2020/03/04/339144（二〇二一年七月八日閲覧）。

（七〇）前掲『西蔵教育五十年』、一七五頁。

（七一）一九八七年三月二八日、第六期全国人民代表大会第五回会議のチベット代表団討論会に出席した際の発言。前掲『十世班禅喇嘛伝記（二〇〇八年版）』、二四六－二四八頁。

（七二）前掲『臨界点の中国——コラムで読む胡錦濤時代』、二四八－二四九頁。

（七三）「教育部弁公庁関於実施学前児童普通話教育〝童語同音〟計画的通知」http://www.moe.gov.cn/srcsite/A18/s3129/202108/t20210802_548318.html（二〇二一年八月一〇日閲覧）。

（七四）前掲『当代中国西蔵人口』、九〇頁。

（七五）同前、二一頁。前掲『跨世紀的中国人口』、四頁。なお、通常の人口統計には算入されないが、チベットには漢人主体の人民解放軍が駐留していることを忘れてはならない。胡耀邦は前出の幹部大会報告の中で、チベット駐屯軍について「幹部であれ兵士であれ、漢族の幹部、同志を主体としなければならない」、「チベットの人口は一八三万、部隊には三〇万の漢族の同志がいる」と述べている（前掲「胡耀邦同志在西蔵自治区幹部大会上的報告」、『西蔵自治区重要文献選編』、三〇頁）。

（七六）西蔵自治区地方志編纂委員会編『西蔵自治区志　統計志』中国蔵学出版社、二〇〇五年、一一三頁。

（七七）「拉薩市人民政府」https://www.lasa.gov.cn/lasa/yxls/yx.shtml（二〇二一年七月八日閲覧）。

（七八）前掲「立足民族平等、加快西蔵発展」、『鄧小平文選』（第三巻）、二四六－二四七頁。

（七九）馬戎『西蔵的人口與社会』同心出版社、一九九六年、六三頁。

（八〇）前掲『西蔵的民族区域自治』、一六－一七頁。

（八一）二〇〇八年一一月一七－二二日、チベット亡命政府所在地のインド・ダラムサラで亡命チベット人代表による臨時総会が開かれ、ダライ・ラマの提唱する「中道路線」を維持する決議が採択された。しかし、世界中に三万分以上のメンバーを抱えているとされる「チベット青年会議」のように、「完全な独立」を闘争目標に掲げている団体もあり、亡命チベット人社会にも多様な政治的主張が存在する。

（八二）前掲『中共西蔵党史大事記』、二九五頁。

（八三）前掲「西蔵和平解放與繁栄発展」白皮書。

（八四）江平・李佐民・蔣堅永『西蔵的民族区域自治』中国蔵学出版社、一九九一年、九六‐九七頁。

（八五）中国政府の発表によると、中国側は一九七九‐二〇〇二年の間、一三回にわたってダライ・ラマの私的代表と接触し、二〇〇二‐一〇年の間、ダライ・ラマの帰国に一〇回同意した。しかし、ダライ・ラマ側は「しばしば中央の期待に背き、一貫してその政治的主張を根本的に放棄することはなかった」とされる（前掲、国務院新聞弁公室「西蔵和平解放與繁栄発展」白皮書）。ダライ・ラマは一九五四年から五九年のインド亡命までの間、第一期全人代常務委員会副委員長の職にあった（第二期も形式的に再任）。ダライ・ラマ亡命事件直後の一九五九年四月二五日、毛沢東はダライ・ラマが帰国した場合は引き続き全人代常務委員会副委員長の職に就ける考えを示していた（呉冷西『憶毛主席――我親身経歴的若干重大歴史事件片断』新華出版社、一九九五年、一二六頁）。胡耀邦も一九八一年七月二七日、ダライ・ラマの兄と接見した際、ダライ・ラマが中国に帰国した場合の待遇について「一九五九年以前の待遇と変わらない」と述べ、全人代常務委員会副委員長および全国政治協商会議副主席のポストを用意する意向を明らかにした。ただし、ダライ・ラマのチベット定住やチベットにおける役職の兼務は認めないとの条件付きだった（「関於達頼喇嘛回国的五条方針」、前掲『新時期統一戦線文献選編』、一三八頁）。

（八六）『人民日報』二〇二〇年八月三〇日。

（八七）『人民日報』二〇二一年七月二四日。

（八八）前掲「西蔵的民族区域自治」、『中国政府西蔵白皮書匯編』、六八頁。

（八九）一九九九年六月二五日、ラサ市の副市長が筆者の取材に対して明らかにしたところによると、ラサでは一九八九年の大規模な反中国騒乱以降、一〇年間に一〇〇件を超える「民族分裂運動」が発生した（『読売新聞』一九九九年六月二六日）。海外へ伝えられる大騒乱以外に、中小規模の事件が頻発していることが分かる。

（九〇）国務院新聞弁公室「新時代党的治蔵方略的実践及其歴史性成就」、『人民日報』（二〇二一年一一月一一日）。

（九一）「中華人民共和国中央人民政府」http://www.gov.cn/ziliao/flfg/2007-08/02/content_704414.htm（二〇二一年七月一六日閲覧）。

（九二）チベット仏教の高位の転生僧であるアジャ・ロサン・トゥプテン（アジャ・リンポチェ八世）は一九八九年九月一日、青海省のクンブム寺（タール寺）で筆者の取材を受けた際、パンチェン・ラマの転生者選びについてこう説明している。「チベット仏教の考えでは、ラマが死亡してから四十九日以内に受胎した子供の中から転生者を捜し出す。占いなどでまず二、三人の候補の赤ん坊を見つけ、十世の遺品である数珠、仏像、筆記具などを見分けさせる。次に、ラサの大昭寺にチベット仏教の各教派の高僧を集め、これらの子供たちの資格審査を行う。最終的には別個の子供の名前を書いた複数の紙片を、ツァンパ（大麦の炒りこがし粉）を練ったものの中に一枚ずつ丸めこんで玉を作り、玉の中から一つを選んで転生霊童を決めることになる。霊童捜しは必ずこうした伝統の方法に基づいて行われなければならないが、霊童の選定に当たってはチベットの全教派及び国家の同意が必要だ」（藤野彰「共産中国が初体験する転生霊童選び」、『THIS IS』一九八九年一二月号、二四八頁）。実際にはパンチェン・ラマ一〇世の転生者の選定は最終的に金瓶掣籤によって行われた。その後、一九九八年に米国に亡命したアジャ・リンポチェは「籤は細工してあって、どの子供を選ぶかあらかじめ決まっていたと思いますよ」と語っている（三浦順子「アジャ・リンポチェインタビュー――チベットの苦難の歴史を語る」、『大法輪』二〇〇九年四月号、一四五頁）。中国当局が金瓶掣籤にこだわるのは「伝統」尊重を装うことで権威付けを行うことのほかに、やり方によっては自らの意中の転生者を選べるとの理由によるものである可能性を否定できない。

（九三）岩尾一史・池田巧編『チベットの歴史と社会』（上）臨川書店、二〇二一年、一一七、一四三頁。

（九四）前掲『西蔵宗教工作概説』、二三七頁。

（九五）歴代ダライ・ラマは四世（一五八九‐一六一七年）がモンゴル生まれのモンゴル人（アルタン・ハンの曾孫）であったことを除けば、いずれもチベット領内の生まれである。

（九六）グレン・H・ムリン（田崎國彦、渡邊郁子、クンチョック・シタル訳）『14人のダライ・ラマ――その生涯と思想』（上）春秋社、二〇〇六年、三四六頁。

（九七）加々美光行『中国の民族問題――危機の本質』岩波書店、二〇〇八年、一二二頁。著者は文革期のチベット人の反乱について「『民族』の主体性を取り戻そうとする『民族主義』の現れ」と分析している。

（九八）アンドレ・ジッド（國分俊宏訳）『ソヴィエト旅行記』光文社古典新訳文庫、二〇一九年、九五‐九六頁。

（九九）当時の筆者の取材によれば、パルコルの土産物屋の中には、客の求めに応じ、ひそかにダライ・ラマ一四世の写真を販売している店もあった。その店のチベット人経営者によると、「チベット人の九割は一四世の写真を持っている」とのことだった。

（一〇〇）『読売新聞』一九九九年七月一日。

訳者あとがき（初版）

本書の著者、ツェリン・オーセル（茨仁唯色）さんと初めて会ったのは、私がまだ読売新聞の特派員として北京に駐在していた二〇〇六年八月末のことだった。残暑の厳しい午後、場所は北京市街西方の住宅地にある静かな茶館の二階であった。オーセルさんは夫の王力雄さんと仲良く連れだって現れ、当方が初対面の外国人、しかも新聞記者であるにもかかわらず、終始、顔に穏やかな笑みを浮かべながら、旧知の間柄であるかのように気さくに応対してくれた。夫妻の経歴、執筆活動から国内政治やチベット情勢に至るまで、話題はあっちへ飛んだりこっちへ飛んだりし、気がついたら、あっという間に二時間半が過ぎていた。

王さんは中国の崩壊と再生を描いたベストセラー小説『黄禍』などで国際的に知られる作家で、チベット、新疆ウイグルの現地事情に通じた中国少数民族問題の専門家でもある。漢民族の知識人には珍しく、チベット問題を公平かつ客観的、しかも同じ人間としての情のこもった眼差しで取材しており、そんな王さんにオーセルさんは全幅の信頼を寄せているようだった。二人のなれそめは本書冒頭の「序」および「写真について」に書かれてある通りだが、まさしく「チベット」が取り持った奇しき因縁ということになるであろう。

当局の監視の目が厳しい政治都市・北京での特派員生活は何かと息苦しい。そうした中で、一服の清涼剤を口に含んだ気分になり、中国の将来にほのかな希望を感じるのは、自分の目で世情を観察し、自分の言葉で物事を率直に語ることができる人たちに出会ったときである。オーセルさんは、そして王さんも、まさしくそのような自立思考型の人間であった。したがって、当人たちは「幸いなことに」と言うかもしれないが、二人とも共産党当局から好かれ、歓迎され、評価される知識人ではない。中国国内での自著の出版は許されず、日常生活ではしばしば「その筋」の監視の目にさらされている。茶館で別れる際も、夫妻は「先に行くね。一緒に出ると目立つから」との言葉を残し、店からひっそり立ち去っていった。

オーセル父娘の合作である『殺劫』の存在を知ったのはその懇談の場だった。夫妻に一緒に会おうと誘ってくれた中国書店代表取締役、川端幸夫さんが、半年ほど前に台湾で出版されたばかりのその本を一冊持参しており、見せてくれたのである。にわかにはイメージが焦点を結ばないチベット文革というテーマと、本自体の数奇な来歴に興味をそそられた。そのときは、『殺劫』にじっくり目を通す時間はなく、ざっとページをめくっただけだったが、次から次へと現れる衝撃的なモノクロ写真が発するメッセージの重要性にはすぐさまピンとくるものがあった。職業柄、長いこと文革には強い関心を持ち、数多くの資料に接してきたつもりでいたが、チベット文革についてまとまった形のものを目にしたのは初めてだった。しかも、有無を言わせぬ、多量の「証拠写真」付きである。本の重みが、実際の重量以上に、ずしりと両手に伝わってきた。

北京で入手できる本ではない。さっそく翌日、台北駐在の同僚に連絡し、東京の留守宅あてに一冊買って送ってくれるよう頼んだ。北京へ発送してもらっても、内容が内容だけに、税関で没収されてしまう恐れがあり、無事に届くかどうか心もとなかったからである。後日、休暇で一時帰国した折に、『殺劫』を読み通し、これは単なる写真集でも歴史の記録でもなく、沸騰した湯壷のようなチベット問題の、たぎる底流を映し出す鏡だと思った。それと同時に、チベットの過去と現在を理解する上で、日本の人々に紹介する価値がある、いや、ぜひとも翻訳して紹介しなければならない本だと確信した。

その後、関西在住の中国人作家、劉燕子さんが『殺劫』の持つ価値に注目して翻訳に取り組もうとしていることを知り、日本語版発行に意欲を抱いていた川端さんをまじえて三人で相談した結果、劉さんと私の共同作業で翻訳に当たることになった。川端さんは福岡にあって長年、中国関係書の編集出版に情熱を傾けており、世界にあまり類例のない『中国文化大革命事典』の発行をはじめ、すでに多くの実績がある。また、良書発掘のため、しばしば中国を訪れ、人脈作りに精力を注いでいる。本書がこうした形で日本に紹介されることになったのも、川端さんのそうした地道な努力のたまものと言える。その意味では、この翻訳書は三人の共同作業で誕生した。

オーセルさんは文革が始まった一九六六年、ラサで生まれた。一九八八年、少数民族幹部などを育成する西南民族学院（現・西南民族大学、四川省成都市）の漢語文（中国語・中国文学）学部を卒業後、四川省カンゼ（甘孜）・チベット族自治州の地元紙『甘孜報』の編集者兼記者を務めた。一九九〇年、生まれ故郷のラサに戻り、チベット自治区文学芸術界連合会の雑誌『西蔵文学』の編集に携わったが、本書「写真について」の中で本人が記しているように、二〇〇三年に発行した散文集『西蔵筆記』（広州・花城出版社）が、「政治的誤り」を理由に当局から発禁処分を受けたことにより、公職を解任された。その後、北京に居を移し、フリーランスの作家として活動している。

ここで、オーセルさんが自らのホームページ「看不見的西蔵（見えざるチベット）」で公開した資料を基に、彼女が生まれた家庭の環境について若干説明しておきたい。本書の写真の撮影者である父親のツェリン・ドルジェ氏はチベット東部カムの出身で、その父親（オーセルさんの祖父）は漢人だった。国民党軍の中校（中佐に相当）副官を務めたことがあり、カムのデルゲ（徳格）で後半生を過ごし、チベット仏教を信仰していたという。ツェリン・ドルジェ氏は一九五〇年（当時、一三歳）、チベットへ侵攻した人民解放軍に加わり、一九五六年にはチベット軍区から選抜された唯一のチベット人将校として、北京の国慶節式典に参列し、毛沢東、周恩来ら指導者に会ったという。死去時の肩書きはラサ軍分区副司令員だった。チベットにおける軍の重要な地位を考えれば、エリートの高級幹部一家と言えるであろう。

一方、オーセルさんの母方の祖父は中華人民共和国建国前、旧チベット政府カシャ（内閣）のカロン（大臣）を務めたラル家の執事として、ダルツェンド（康定）で商売に携わるとともに情報収集に当たっていた。彼女の母親はシガツェ出身で、中国軍の進駐後、ラサに設けられた蔵幹校（チベット地方幹部学校）で学んだが、旧チベットの上層階層の出身であることから、共産党支配体制の中で思想上の悩みを抱えていたという。一九六〇年代前半には北京の中央政法幹校（警察、検察、裁判所関係の幹部養成学校）に内地留学した。やはり、ツェリン・ドルジェ氏と同じく、新チベット社会のエリートである。

二人は一九六五年に結婚し、翌年七月にはオーセルさんが生まれたが、一九七〇年、文革の余波で一家はラサを離れざるをえなくなり、カムへ引っ越した。場所は現在の四川省カンゼ・チベット族自治州タウ（道孚）県で、ツェリン・ドルジェ氏は人民武装部副部長のポストに就き、母親は新華書店の販売係になった。この時期、母親は「出身」が悪かったため、公安関係の仕事に就くことはできなかったとされる。ところが、オーセルさんにとってはこれが幸いした。母親が働く書店で、革命に題材をとった本や連環画（小型漫画本）を読みふけり、読書好きの少女に育ったという。まさに、禍福は糾える縄の如し、である。後年の作家、ツェリン・オーセルはこうした巡り合わせがなければ、誕生しなかったかもしれない。

さて、翻訳作業に話を戻すと、普通の中国書と異なり、手ごわい難題が一つあった。私たちは二人とも中国語の翻訳にはある程度の経験があるものの、チベットの歴史や宗教、言語の専門家ではない。ところが、本書には、当然ながら、チベット語の人名、地名、寺院名をはじめ、もろもろの固有名詞が中国語（漢字表記）で登場している。これらを、チベット語の原音に基づいて、どうカタカナ表記するかが悩みのタネだった。

一部については、日本や中国で出版されている文献、資料、辞書を参照することによって表記方法の目途がついたが、少なからぬ部分は専門家の協力を仰がなければならなかった。本書翻訳の意義を理解され、チベット語の表記について、終始、懇切丁寧に教示してくださったのは、佛教大学講師の手塚利彰さんである。手塚さんは当方の度重なる煩雑な問い合わせに、労をいとわず、個々の言葉の細部にわたる緻密な指導をしてくださった。また、東京大学東洋文化研究所助教の大川謙作さんにも表記上の多くの疑問点について的確かつ貴重なアドバイスをいただいた。このほか、東京外国語大学アジア・アフリカ言語文化研究所准教授の星泉さんがホームページ上で開設されている「チベット語辞典」の「地名・人名データベース」も活用させていただき、おおいに得るものがあった。三人の専門家の方々に心から感謝の意を表したい。

翻訳の基本的作業は、前半の「序――ツェリン・オーセル」から「第一章」までを劉燕子、後半の「第二章」から「第五章」までを藤野彰が担当した。その上で、藤野が劉燕子担当分も含めて訳文（訳注を含む）全体の推敲を重ね、用語・表記の統一なども行って決定稿とした。したがって、翻訳の最終的な責任は藤野が負っている。歴史事実の記録という本書の性質上、当然ながら、訳文はできる限り原文の意を尊重し、正確を期したつもりだが、チベットの固有名詞や宗教用語の表記などに関して、なお改善の余地があるかもしれない。読者各位から忌憚のないご指摘をたまわれば幸いである。

本書の内容をよく理解する上では、文革そのものやチベットの宗教、歴史、文化などに対する基礎知識がある程度必要になると思われる。そこで、日ごろ、中国、チベット問題に関心を寄せる方々だけでなく、より幅広い読者層を想定し、丁寧な説明が必要と判断される個所にはできるだけ詳細な訳注を付した。巻末の書き下ろし解説「チベットの文化大革命――現在を照射する歴史の闇」と併せて参考にしていただきたい。

二〇〇八年夏の北京五輪の熱狂が過ぎ去ったいま、話題としてはもはや旧聞に属するであろうが、いまでも心に引っかかっていることを一つ記録にとどめておく。五輪開会式のアトラクションに登場した、中国五六民族の民族衣装を着た子供たち――各民族の代表と思いきや、実は大半が漢人だった、という一件である。このあざとい「偽装」は国際的な非難を浴びたが、私がまず感じたのは、中国の少数民族問題の本質がはしなくも露呈した、ということだった。

北京五輪組織委員会の王偉・執行副会長は記者会見で「演技者が異なる民族の服を着るのはよくある。たいしたことではない」と述べた。勘違いも甚だしいと思ったが、何が問題かといえば、漢人以外の五五の少数民族の立場、心情に対する配慮がまったく欠けている点である。アトラクションはすべて演出であり、演技であり、創作なのだから、民族衣装を着ていたのが漢民族であろうが誰であろうが一向に差し支えない――。中国当局者の論理はそういうことだろう。しかし、少数民族の人たちは「民族融和」を世界に向けてアピールする演目で、自分たちの独自文化を象徴する民族衣装をまとっていたのが漢人であることを知り、どう感じたであろうか。屈辱と疎外感を覚えこそすれ、「よくあることだ」と澄まし顔で受け止めるほど鈍感とは思えない。

アトラクションである以上、演出が伴うのは当然としても、五輪の開会式は映画でもなければ、芝居でもない。創作行為にはおのずと踏み込んではならない領域がある。だが、当局者たちは傲慢にもその境界を越えてしまった。民族問題が騒がしい折、漢人主体の方が無難と考えたのか。漢人と顔つきの似通った少数民族が多いからバレないと高をくくったのか。いずれにせよ、その無神経さは、チベット人、ウイグル人などが漢人に反感を抱く理由の一端を物語っている。

仮に、米国での五輪開会式で多人種多民族国家の融和を訴える演目があるとする。白人が「先住民族代表」としてその伝統衣装を着て登場したら、どんな反応が起きるか。メディアは一斉に批判の声を上げ、世論は沸騰し、責任者は人権無視だけでなく、歴史や民族文化への冒瀆を指弾されるだろう。中国の人権意識はまだ不十分な状況にあるとはいえ、北京五輪当局者の想像力の貧しさには暗澹たる思いがした。本書の解説でも述べたが、文革中、チベット人は自分たちの言語、宗教、伝統文化まで侮蔑、排撃され、漢人とは違う次元での屈辱を味わった。繰り返すが、民族アイデンティティーそのものが踏みにじられたのである。そうした歴史を経てきているにもかかわらず、なぜいまだに圧倒的多数者は少数者の心の痛みを理解しようとしないのであろうか。

一九五九年三月のチベット動乱から早くも五〇年が過ぎた。半世紀の時間を費やしてもなおチベット問題が解決できないでいるという現実は、国家利害にかかわる重大問題において安易な「妥協」や「合意」は期待すべくもないという政治の冷厳さを見せつけている。近い将来も中国当局が現行の民族政策の大枠を変更する可能性は低いであろう。だが、政治の形がどうあれ、民族間の摩擦や葛藤は簡単に消滅することなく存在し続けるはずであり、それだからこそ、少なくとも強者は弱者が内に秘める思いに対して常に神経を研ぎ澄まさなければならないのである。

『殺劫』は、残念ながら中国国内では発行されていない。願わくは、チベット人はもちろんだが、中国人（漢人）にこそ読んでもらいたい。文革世代であれば、「殺劫」の含意を、自らの体験に重ね合わせて嚙みしめてもらいたい。本書で明らかにされている史実は国家や民族のあり方を改めて考え直す重要な手掛かりになると思うからである。いつか大陸の読者にも受け入れられる日のくることを、著者とともに切に願っている。

周知のように、中国における言論統制は相変わらず厳しい。しかし、困難な政治環境にもめげず、ペンの力を信じて中国社会の様々な矛盾や不正と戦っている多くの知識人がいることを、私は長年の現地取材体験を通じてよく知っている。オーセルさんは疑いなく、そうした勇気と良識を備えた知識人の一人である。ジャーナリストもペンの力だけが頼りだ。オーセルさんの不屈の姿勢に対する共感こそが、何にも増して『殺劫』翻訳の推進力となったことを最後に記しておきたい。

二〇〇九年七月

藤野　彰

重版補遺

ノルウェーのノーベル賞委員会は二〇一〇年一二月、中国の獄中の民主活動家、劉暁波氏にノーベル平和賞を授与した。劉暁波氏は、多くの中国知識人らが署名した民主化要求宣言「〇八憲章」を、中心となって起草した人物で、「基本的人権を求める非暴力の闘い」が平和賞に値すると評価された。しかしながら、中国当局の激しい反発により、服役中の本人はもとより、軟禁状態に置かれた劉霞夫人や代理人さえも授賞式には出席できなかった。

体制の動揺を恐れる当局側は批判勢力に対する監視を一段と強化しており、ノーベル平和賞問題の余波はオーセルさんにも及んだ。彼女も「〇八憲章」の署名者の一人だったからである。オーセルさんが自身のブログで明らかにしたところによると、二〇一〇年一一月初旬、帰省先のチベット・ラサで地元警察から突然、理由説明もないまま出頭を求められた。オーセルさんの再三の申請にもかかわらず、彼女にはパスポートが発給されず、外国を訪問できない状態が続いている。

中国共産党は二〇一一年七月一日、党創設九〇周年祝賀大会を開催した。胡錦濤総書記は記念演説の中で「歴史上の一時期、われわれは過ちを犯し、さらには深刻な挫折に見舞われた。根本的な原因はそのときの指導思想が中国の実際から離脱していたことにある」と過去を振り返ったが、文化大革命など具体的な失策に言及することはなかった。歴史の教訓が十分に咀嚼され、現在に生かされているとは言いがたいのが中国の現実である。

二〇一二年二月

増補改訂版の訳者あとがき

中国語版の『殺劫』はこれまでに初版（二〇〇六年）、増補改訂版（二〇一六年）、増補改訂新版（二〇二三年）の三種類の版が刊行されている（発行元はいずれも台北・大塊文化出版股份有限公司）。本書（日本語版）は原著の最新版である増補改訂新版（二〇二三年）を底本としている。内容的には本書も増補改訂新版と銘打つべきであるが、二〇〇六年版原著を底本とした、二〇〇九年刊行の日本語版初版（二〇一一年に二版［重版］発行）に次ぐ改訂版であることから、「増補改訂版」とした。

原著の二〇一六年版は二〇〇六年版と比べると、全体の構成・内容に根本的な変更はないものの、新たに第六章「補記――『殺劫』その後」が書き加えられたほか、旧来の第一章～第五章の本文と写真説明に多岐にわたる加筆・修正が施され、写真も二二点追加された。二〇二三年版ではさらに多くの加筆・修正が行われ、新たな写真が一三点（うち差し替え三点）補充された。現時点では内容的に最も充実した『殺劫』決定版と言える。

二〇二三年版の翻訳にあたっては、旧版の翻訳時と同様に、藤野彰と劉燕子が分担して作業を行い、最終的に藤野が全体の訳文・訳注を点検・修正し、定稿とした。索引は藤野が作成した。

また、藤野の解説「チベットの文化大革命――現在を照射する歴史の闇」は、邦訳初版発行後の情勢変化などを踏まえて全面的に加筆・修正した。本文と併せて解説を読むことによって、文革期の状況をはじめとする現代チベット問題の多様な側面を複層的にご理解いただけるのではないかと思う。

二〇〇九年の邦訳初版の発行からすでに一五年の年月がたった。このたび増補改訂版を新たに刊行することにしたのは、初版および二版がすでに品切れとなり、入手困難な状況が続いていることも一因だが、主としてこの間に原著が二度にわたって改訂され、より密度と精度の高い作品に生まれ変わったことから、日本の読者にそれを手に取って目を通していただきたい、形にして後世へ伝えていきたいとの思いが募ったことによる。

歴史の真実は放っておいても誰かによって自動的に記録されていくものではなく、逆に往々にして権力者の都合のいいように隠蔽されたり改竄されたりするものであり、それを究明しようとする志を抱く者の熱意と努力がなければ、いつの間にか忘却の深海へと沈んでいってしまう。とりわけ、チベット文革史のように、政治的理由から信頼に足る客観的な情報へのアクセスが著しく制約されている分野は常にそうしたリスクにさらされている。

歴史上の特定の出来事の体験者や目撃者は、時間の経過とともに徐々に姿を消していく。それは避けられないことであるが、次世代の人間は先人たちの記憶を発掘し、考察し、検証し、記録し、公開することによって人為的な歴史の忘却に抗うことができる。怒濤の時代を生き抜いたチベット人自身のリアルなオーラル・ヒストリーでもある『殺劫』を刊行することの根本的な意義はそこにある。チベット文革の現場を直接体験しておらず、その意味では部外者である私たちにも、二〇世紀の同時代をともに生きた人間として、忘却させてはならない人類の歴史の記憶を継承していく責務があるのではなかろうか。

中国では胡錦濤政権の後を継いで登場した習近平政権が大国化路線とあいまって極めて強権的な権威主義体制を確立し、改革・開放以降の四六年の中で最も苛烈な言論統制、人権抑圧を行っている。チベット問題について言えば、改革・開放初期の一九八〇年代には、十分とは言えないまでもそれなりに見られた、当局者の政策上の謙虚さ、寛容さ、自省的態度ははやほとんどうかがうことができなくなった。藤野解説で言及しているが、チベット政策をめぐる、胡耀邦講話と習近平講話を比較すると、その政治姿勢の落差に愕然とせざるをえない。胡耀邦は中国によるチベット統治の正統性を強調しながらも、党の失策に目を向ける誠実さを見せたが、習近平はチベット問題の因果律には目をつむり、党の政策の「正しさ」と「成果」をひたすら自画自賛するばかりである。時代は前進するだけでなく後退もするということを改めて痛感させられる。

オーセルさんら中国の知識人を取り巻く政治環境も相変わらず厳しく、干渉や抑圧が強まる恐れはあっても緩和へと向かう兆しは見えないのが実情である。今に始まったことではないものの、中国憲法第三五条で保障されているはずの「言論・出版の自由」は完全に空文化している。ハンナ・アーレントが『責任と判断』の中で述べているように、反対する権利が法的に認められないところでは、法による統治は存在しえないのであり、中国は自らの背信行為によって、内実を伴わない「法治」の虚偽性をさらけ出している。しかし、共産党当局がいかに強権を振るって自由な言論を排除しようとしても、彼女の声を完全に封殺できないことは中国国外における『殺劫』翻訳版の相次ぐ発行が証明している。

日本ではチベット問題への社会的関心は必ずしも高くないが、本書は幸いにも熱意ある読者に支えられ、ささやかながらこうして版を重ねることができた。ただ、研究界、メディア界を見渡せば、現代チベットに関する、一般向けの情報は依然として乏しい状況にあると言わざるをえない。政治的に閉ざされたチベットの重い扉を開くカギとして、本書『殺劫』がさらに多くの人々の目に触れることを願ってやまない。

オーセルさんが知識人の良心としてひたすら追い求めているものは「真実を明らかにし、記録し、伝える」ことである。それは、力こそが正義とばかりに、主権者であるはずの国民の前で真実を歪曲・隠蔽しても恬として恥じない独裁者や強権政府が内心最も恐れている自由精神に裏打ちされた営為である。オーセルさんの、権力の横暴にも心を曲げることのない作家としての矜持、研ぎ澄まされた問題意識、しなやかな行動力、そしてそれらが紡ぎ出す生きた言葉の数々は、チベットが背負わされている苦難や矛盾――それはグローバルな民族・宗教問題の裂け目でもある――について、私たちがより深く理解し、思いを巡らす上で確かな道標になると信じている。

最後に、出版を取り巻く環境が一段と厳しさを増す中、本書は編集・出版費用をクラウドファンディングによる資金調達で賄い、無事刊行できたことを特記しておきたい。ここに一人ひとりのお名前を記すことはできないが、本書刊行の意義に賛同し、支援の手を差し伸べてくださったすべての関係者の皆様方に心より御礼申し上げる。

また、本書初版に引き続き新版の出版を引き受けてくださった集広舎の川端幸夫代表と、編集・装丁を担当してくださったスタジオカタチの玉川祐治さんには企画段階からたいへんお世話になった。ご尽力にあつく感謝を捧げたい。

二〇二四年一二月

藤野　彰

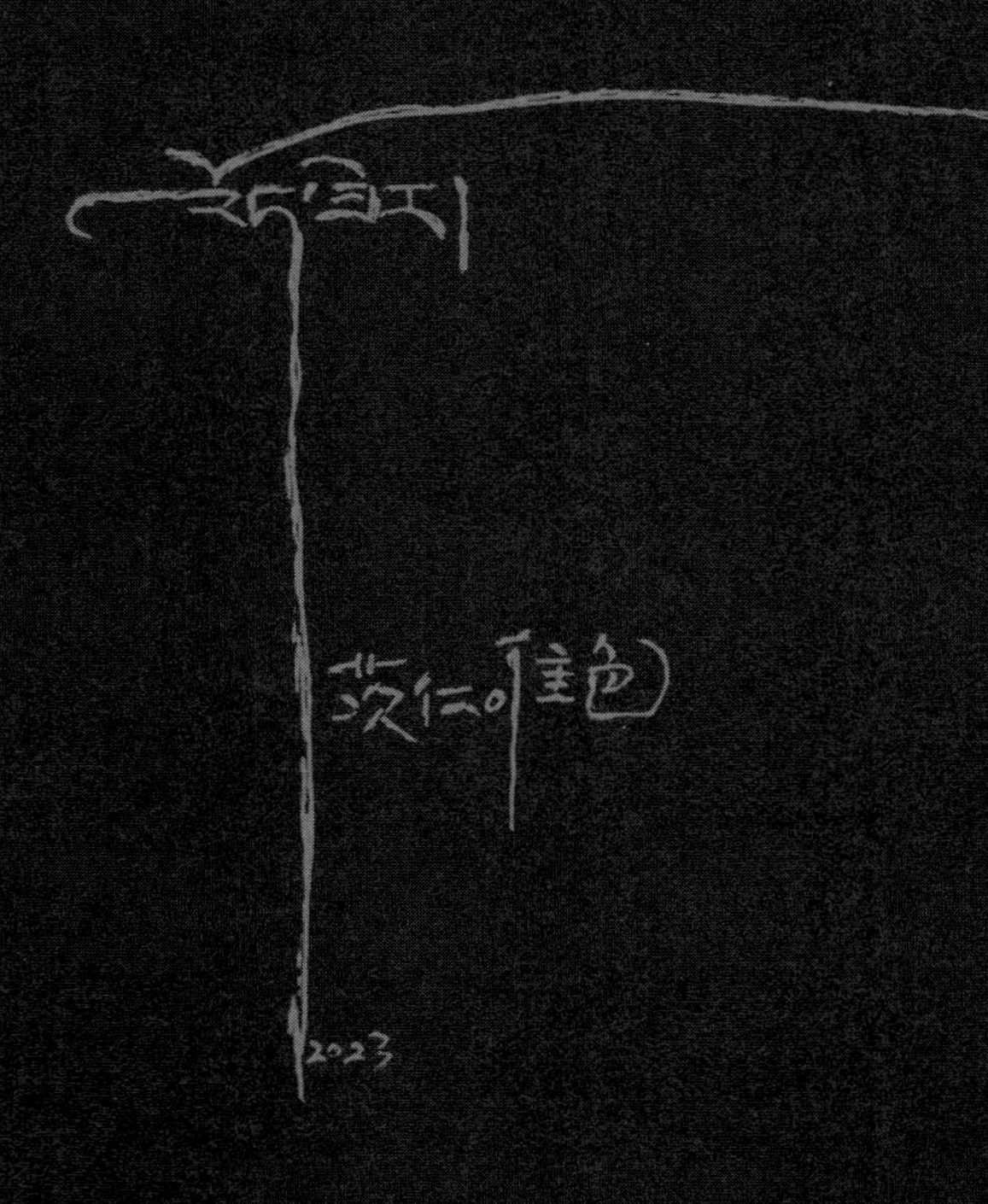

Credit

殺劫 チベットの文化大革命

令和7（2025）年2月20日　第1刷発行

ツェリン・オーセル 著

ツェリン・ドルジェ 写真

藤野彰 訳＋解説

劉燕子 訳

川端幸夫 発行人

集広舎 発行所
〒812-0035　福岡市博多区中呉服町5-23
TEL：092（271）3767　FAX：092（272）2946
https://shukousha.com/

スタジオカタチ 玉川祐治 ブックデザイン

モリモト印刷株式会社 印刷・製本

ISBN 978-4-86735-056-0 C0098

*左上の画像は著者のサイン

著訳者プロフィール

ツェリン・オーセル（茨仁唯色、Tsering Woeser）

一九六六年、文化大革命下のチベット・ラサに生まれる。原籍はチベット東部カムのデルゲ（徳格）。一九八八年、四川省成都の西南民族学院（現・西南民族大学）漢語文（中国語・中国文学）学部を卒業し、ラサで雑誌『西蔵文学』の編集に携わる。チベット関連の作品に詩集『西蔵在上』（青海人民出版社、一九九九年）、散文集『名為西蔵的詩』（二〇〇三年に『西蔵筆記』の書名で花城出版社から出版後、発禁処分となり、二〇〇六年に台北の大塊文化出版股份有限公司から再発行）、旅行記『西蔵——絳紅色的地図』（台湾・時英出版社、二〇〇三年）のほか、『西蔵火鳳凰』（同、二〇一五年）、『看不見的西蔵』（同、二〇一五年）、『疫年記西蔵』（同、二〇二二年）などがある。二〇〇六年、大塊文化出版股份有限公司から、本書『殺劫』（増補改訂版二〇一六年、増補改訂新版二〇二三年）と、チベット文革体験者のインタビュー集『西蔵記憶』を出版し、中国当局によって封印されてきた歴史のタブーを明らかにする画期的な著作として国際的な反響を呼んだ。

藤野　彰（ふじの・あきら）

中国問題ジャーナリスト、北海道大学名誉教授。一九五五年、東京生まれ。七八年、早稲田大学政治経済学部卒。同年、読売新聞社入社。八六－八七年、中国・山東大学留学。上海特派員、北京特派員、シンガポール支局長、国際部次長、中国総局長などを歴任。中国駐在は通算一一年。東京本社編集委員（中国問題担当）を経て二〇一二－二〇一九年、北海道大学大学院メディア・コミュニケーション研究院教授。主な著書に『客家と毛沢東革命——井岡山闘争に見る「民族」問題の政治学』（日本評論社）、『嘆きの中国報道——改革・開放を問う』（亜紀書房）、『現代中国の苦悩』（日中出版）、『臨界点の中国——コラムで読む胡錦濤時代』（集広舎）、『「嫌中」時代の中国論——異質な隣人といかに向きあうか』（柏艪舎）、『現代中国を知るための54章【第7版】』（明石書店、編著）、『客家と中国革命——「多元的国家」への視座』（東方書店、共著）など。訳書に『わが父・鄧小平「文革」歳月（上下）』（中央公論新社、共訳）、『殺劫——チベットの文化大革命』（集広舎、共訳）ほか。

劉　燕子（リュウ・イェンヅ）

現代中国文学者。博士（学術）。中国湖南省出身。大学で教鞭を執りつつ、日中バイリンガルで著述・翻訳。藤原書店から『天安門事件から「〇八憲章」へ』（共著）、『「私には敵はいない」の思想』（共著）、『中国が世界を動かした「一九六八」』（共著）。『「友好」のエレジー』（共著）。集広舎から『「〇八憲章」で学ぶ教養中国語』（共著）、『永遠の時の流れに』（共訳）、『中国低層訪談録——インタビューどん底の世界』（編著訳）、『殺劫——チベットの文化大革命』（共訳）、『チベットの秘密』（編著訳）、『劉暁波伝』（編訳）、『牛鬼蛇神録——獄中の精霊たち』（共編訳）、『マオイズム革命』（編訳）、『私の西域、君の東トルキスタン』（監修・解説）、『不死の亡命者——野性的な知の群像』（単著）。書肆侃侃房から『劉暁波詩集——独り大海原に向かって』（共訳）、『劉霞詩集——毒薬』（共訳）、『テンジン・ツゥンドゥ詩集——独りの偵察隊』（共訳）等。中国語の著訳書に『這条河、流過誰的前生與后生？』、『一一封信——関於劉暁波的至情書簡』（共訳）等。

索引

①本索引は、序、写真について、日本の読者へ、本文、写真、写真説明、訳注、解説（注を含む）に登場する、主要な事項名、人名、地名、組織名、資料名などを見出し語としている。なお、注の中の引用文献名は除外した。
②基本的に見出し語の読みの五十音順で順次配列している。「ダライ・ラマ」、「パンチェン・ラマ」は世代順、「中国共産党（中共）」の会議は開催順に並べた。
③見出し語の後ろの数字は本書の頁を示している。また、数字の後ろのⓅや注□は該当の頁が写真、注であることを示している。注の文中に登場する関連の見出し語は数字のみを記している。訳注の注番号は洋数字、解説の注番号は漢数字で表記してある。
④資料名は『　』で括ってある。
⑤主見出し語および副見出し語の中の（　）は、その語の略称、正式名称、別称、関連語、中国語・チベット語の呼称、補足説明等を示している。
⑥副見出し語の中で主見出し語を含む語は、その位置を「2倍ダーシ（――）」で示している。
⑦参照の指示として ⇨（「をも見よ」参照）」を用いている。

き

く

し

た

ち

つ

や

ゆ

よ

ら

り

る

れ

ろ

わ